CUENTOS

Antón P. Chéjov

Cuentos

Selección y traducción
Víctor Gallego Ballestero

ALBA *minus*

ALBA MINUS

Publicado por primera vez en Alba Clásica Maior, en 2004

La traducción de los cuentos «Vanka», «El beso», «El estudiante» y «Casa con desván» ha sido cedida por la editorial Pre-Textos

Baixada de Sant Miquel, 1 08002 Barcelona

www. albaeditorial.es

DISEÑO: Pepe Moll de Alba

PRIMERA EDICIÓN: marzo de 2023

ISBN: 978-84-9065-961-8

DL B 2271-2023

IMPRESIÓN: Liberdúplex, s. l. u.

Ctra. BV 2241, km 7,4 Polígono Torrentfondo 08791 Sant Llorenç d'Hortons (Barcelona)

IMPRESO EN ESPAÑA

Índice

Unas palabras sobre la presente selección

Preparar una antología de los cuentos de Chéjov no es tarea fácil. La edición completa de sus obras ocupa dieciocho generosos tomos de los cuales, amén de las obras de teatro, la parte del león corresponde a relatos de mayor o menor longitud y, en menor medida, a un puñado de novelas cortas; solo el prolífico año de 1886, el de su madurez definitiva, cubre dos amplios volúmenes.

Además de esa dificultad, el antólogo debe enfrentar otro escollo: la elevada calidad de casi todas sus composiciones, circunstancia que no puede dejar de sorprender: a diferencia de otros compatriotas ilustres dedicados a las letras, Chéjov, de humildes orígenes, era un escritor profesional que siempre encaró la literatura, primero como estudiante de medicina en apuros y después como colaborador asiduo de las más prestigiosas revistas literarias de su tiempo, como un medio de ganarse la vida y de contribuir al bienestar de sus padres y hermanos, que desde su juventud dependieron económicamente de él; por ello, en algunas ocasiones se vio obligado a escribir con enorme premura, no pudiendo dedicar a algunas de sus composiciones más allá de veinticuatro horas. A pesar de ese posible lastre, hasta los apresurados bocetos y mordaces sátiras de la primera época son merecedores de recuerdo, pues permiten rastrear alguna huella de su particular manera de narrar y apreciar su maestría inigualable para definir un personaje con apenas unos trazos o perfilar una situación cómica en apariencia y profundamente trágica en el fondo, como en el caso del cuento que abre esta antología, «En la barbería», escrito con solo veintitrés años.

Desde muy temprana época, debido quizá a esa prolijidad, se han confeccionado selecciones más o menos amplias de su narrativa. Ya en 1903 Lev Tolstói escribió a vuelapluma una lista de sus cuentos favoritos de Chéjov, divididos por el atrabiliario y genial novelista, entonces en el ocaso de su vida, en dos secciones: de primera y de segunda categoría. Varios de ellos –«La corista», «Tristeza», «Vanka», «El malhechor», «Ganas de dormir» (de primera categoría según Tolstói), «La bruja», «Vérochka», «¡Qué público!», «Los nervios» y «Campesinas» (de segunda)– figuran en la presente selección; otros, ningún especialista serio los incluiría entre los más granados. Ello da una idea de la dificultad de discriminar unas composiciones de otras.

En general, cualquier seguidor o conocedor de la obra de Chéjov tiene su propia lista de cuentos preferidos, y las diferencias entre unas opciones y otras no son pequeñas. Así, otro gran escritor ruso, Iván Bunin, heredero en gran medida del arte de Chéjov, se decantaba por los siguientes relatos: «Las ostras», «La noche de Pascua», «La corista», «La princesa», «Enemigos», «Tifus», «Gúsiev», «Ariadna» y «La dama del perrito».

En la presente antología se han dejado fuera las novelas cortas, tratando con ello de crear un grupo de relatos más coherente y compacto. Pocas narraciones incluidas –«Ariadna», «La cigarra», «El monje negro» y «Luces»– superan las veinticinco páginas; otro requisito ha sido ofrecer una panorámica de toda la obra del escritor, desde los implacables relatos humorísticos escritos bajo seudónimo en los primeros años de actividad literaria, hasta las complejas y reflexivas composiciones de la última época, aunque la selección se centra en la etapa posterior a 1886, la más madura e interesante.

Es una antología amplia y representativa, en la que se entremezclan relatos seguramente conocidos por el lector –aunque no siempre a través de versiones fiables o completas–, con otros muchos que rara vez han sido traducidos, como «La noche de Pascua», «Un trotamundos», «Por casualidad», «En el carro», «En deportación», «Campesinas» o, sorprendentemente, «Ariadna», una de sus creaciones más perfectas. También se incluye completo el tríptico «El hombre enfundado», «Las grosellas» y «Del amor», que el escritor concibió como una unidad y que rara vez se publican juntos. Los seguidores de Chéjov tal vez echen en falta algún cuento concreto, por lo demás fácil de conseguir en otras ediciones, pero seguro que ninguno de los incluidos aquí los defraudará y muchos les sorprenderán por su novedad, descubriéndoles nuevas facetas y matices del universo chejoviano.

Chéjov cuentista

En una ocasión Chéjov alardeó ante el escritor Korolenko de su facilidad para la creación literaria, aseverándole que al día siguiente podría tener preparado un cuento sobre cualquier tema o motivo, por nimio o anodino que este fuera, citando como ejemplo un cenicero que había sobre la mesa. No era, ni mucho menos, una fanfarronada, como el lector de esta extensa antología podrá comprobar. Los cuentos incluidos son de lo más variado, por tema, ambiente, orientación y carácter, así como el propio lenguaje, unas veces encumbrado, otras popular, según sean los personajes, y siempre denso, preciso, delicadamente poético en la interpretación del paisaje, como en la maravillosa noche con luna descrita en «Vérochka».

Cabe destacar que Chéjov suele ver el paisaje con los ojos de los personajes, no con los suyos, integrando de ese modo las escenas más descriptivas en las puramente narrativas y logrando así un conjunto más armonioso, en el que no se perciben saltos ni interrupciones en la trama del relato; esas descripciones sirven también, en cierta manera, para definir a los protagonistas de la historia, perfilando su sensibilidad y carácter.

Se suele considerar a Chéjov –así lo hicieron ya sus contemporáneos– un escritor de lectura fácil, limpio y transparente como un cristal. Nada más lejos de la realidad. Chéjov es un escritor elusivo, elíptico, que en unas ocasiones deja muchas casillas de información sin rellenar y en otras desperdiga alusiones y referencias oblicuas que el lector no puede pasar por alto si quiere formarse una idea cabal de lo que el autor quiere comunicar. «Lo más importante de la vida sucede entre bastidores», comenta Iván Ivánich en «Las grosellas». Esa máxima es válida en gran medida para la narrativa de Chéjov, como también para su teatro. Recuérdese la acotación final de *El jardín de los cerezos*, su última pieza: «Silencio, interrumpido solo por el sonido lejano de un hacha que tala uno de los árboles del huerto». Chéjov, por medio de ese sonido, nos informa de la suerte del jardín, aunque no muestra el abatimiento de los árboles. Así funcionan muchas veces sus relatos, sin explicaciones concluyentes, con sobreentendidos o informaciones fragmentarias. Es por ello por lo que algunos amigos le acusaron de no conocer «a fondo» a sus personajes, a lo que él replicó que «solo los imbéciles creen saberlo todo».

El éxito de «La dama del perrito», relato verdaderamente maravilloso y convertido en emblema de su obra, ha creado una imagen amable y luminosa de Chéjov, olvidando que dentro de su extensa producción ese cuento constituye, por su tersura, delicadeza y relativa placidez, más una excepción que una muestra representativa de su obra. Quizá su cuento más característico sea «Tristeza», dominado por la tragedia de la muerte y la soledad del hombre ante el dolor, que condiciona la desgarradora escena final. En los cuentos de Chéjov, por lo general, dominan dos sentimientos o ideas nada tranquilizadores: la inevitabilidad de la muerte y el carácter único de la vida, don inefable e irrepetible que el ser humano derrocha de forma absurda y despreocupada, inconsciente de su valor. Chéjov, que desde mediados de la década de 1890 se sabía condenado a una muerte temprana, pues como médico sabía que la tisis que padecía no tenía cura, era plenamente consciente de la precariedad y fugacidad de la existencia. Ese carácter desesperado de toda vida se refleja de manera punzante y angustiosa en muchos de sus cuentos, como «El caramillo», remedo trágico de una escena pastoril, en el admirable y sobrecogedor «El violín de Rothschild», quizá el más complejo de todos sus cuentos, o en el penúltimo relato que escribió, «El obispo», en el que asombra la sutileza del escritor para captar el cambio en el comportamiento de la madre del protagonista, respetuoso y distante cuando el obispo resplandece con todo el brillo de su dignidad, amoroso y tierno, cuando, despojado de toda pompa, se convierte en un hombre más, en un hijo a secas. Quien considere a Chéjov un escritor delicado y cristalino probablemente cambie de opinión tras la lectura de obras como «Volodia», soberbio en el tratamiento de los últimos momentos de un ser humano, «Vecinos», uno de sus cuentos más extraños, lleno de una rabiosa inquietud, con su tormenta, sus fustazos, sus inhibiciones y su insatisfacción, y, sobre todo, «Campesinas», obra emparentada sin duda con las creaciones más tétricas y turbias de Chéjov, *Campesinos* y *En el barranco*, y que presenta como protagonista quizá al personaje más aborrecible, por lo hipócrita e inhumano, creado por su pluma, así como a uno de los más conmovedores, el desamparado y aterrorizado Kuzka, condenado a la custodia del verdugo de su madre. La acusación de misógino que con harta frecuencia y cierta injusticia se le hace a Chéjov se resquebraja de algún modo tras la lectura de ese relato o de obras como «Luces».

En cualquier caso, esos dos rasgos sobresalientes –la perspectiva ineluctable de la muerte y la angustiosa certidumbre de que la vida solo se concede una vez– no bastan para definir el universo de Chéjov. Con ellos se entreveran muchas otras preocupaciones, unas veces sociales, como en «Las ostras», «La corista», «Aniuta»; otras de índole más trascendente, como en «Pequeñeces de la vida», «Terror» o «Del amor».

Pueblan los relatos de Chéjov unos seres extraños, inútiles, llenos de buenas intenciones, pero incapaces para la acción. Esos seres definen el mundo chejoviano, son casi una marca distintiva de su narrativa, y recorren toda su obra con nombres diversos. En unas ocasiones se muestran ineficaces para labrar su propia felicidad, como en «Relato de la señorita N. N.» o en «Vérochka»; en otras, fracasan en su intento de mejorar las condiciones sociales de sus semejantes, como en «La nueva dacha», en la que Chéjov se ocupa de un tema que le preocupó a lo largo de su vida: las barreras y desconfianzas que separaban unas clases de otras y la inutilidad de los esfuerzos por quebrarlas. En otros casos, un cuento que parece una fantasía a lo Hoffmann, como «El zapatero y el diablo», se convierte en una reflexión desesperanzada sobre la incapacidad del ser humano para ser feliz, cualquiera que sea su condición o su posición social, pues como constata el atribulado Fiódor Nílov, el protagonista del relato: «Ahora pensaba que el destino de ricos y pobres era igualmente desdichado. Los unos podían ir en carro, los otros cantar con todas sus fuerzas y tocar el acordeón, pero a todos les esperaba la misma tumba».

Lo más turbador de esos personajes es que saben perfectamente lo que deben hacer y sin embargo no lo hacen; también sorprende que estén derrotados de antemano, que parezcan conocer el resultado frustrado de sus gestiones o afanes, que no concedan la menor opción a la esperanza.

Terratenientes arruinados, ricas herederas abrumadas e infelices, hombres y mujeres acuciados por las dudas y por los remordimientos, criadas explotadas, criaturas indefensas y maltratadas como la inolvidable «Aniuta», amantes despechados y no correspondidos, soñadores fracasados, en fin, seres desvalidos o asustadizos que no esperan nada y conciben la vida como un desencanto inevitable: esos son los habitantes del universo de Chéjov, marcado en todo momento por una dramática división entre fuertes y débiles, tan terrible para los segundos, como se refleja dolorosamente en «En fiestas», y la amarga sospecha de que en este mundo a los malos les va mejor que a los buenos, como queda patente en «En deportación» o «Ariadna». Esa última obra revela otro rasgo sorprendente de los personajes chejovianos: ni siquiera en los pocos casos en que se cumplen sus expectativas y se ven colmadas sus aspiraciones, estos se sienten satisfechos; la realización de sus sueños o esperanzas les inspira, como mucho, indiferencia, e incluso en algunos casos desdén. En los cuentos de Chéjov, como en la vida, nunca hay finales plenamente dichosos: la resolución de un problema o un motivo de infelicidad lleva inevitablemente a otro conflicto, plantea una nueva complicación, como sucede en «La dama del perrito».

Otra de las singularidades de la narrativa de Chéjov que a veces pasa desapercibida es la mágica tersura de su estilo, a veces comparable a la delicadeza y el lirismo de Turguéniev. Como ejemplo de su maestría estilística baste citar la soberbia carta que cierra el original relato «La apuesta».

Algunas narraciones, por su complejidad y profundidad, merecerían un tratamiento más extenso y detallado, como «Ariadna», que incluye uno de los retratos femeninos más sobresalientes de toda su obra y que también permite calibrar algunos de los rasgos que han llevado a ciertos estudiosos modernos a calificar a Chéjov de «protoecologista» –también en «El caramillo» puede estudiarse la preocupación de Chéjov por la destrucción del entorno natural y la transformación del paisaje, así como en «Por casualidad», uno de cuyos personajes, la señora Kandúrina, ha prohibido la caza en sus bosques. Cuando el protagonista, tratando de quebrar la decisión de la propietaria y de refutar su razonamiento, argumenta que ese respeto por el medio natural, llevado a sus últimas consecuencias, nos obligaría a ir descalzos, pues «los zapatos se fabrican con pieles de animales muertos», Kandúrina replica: «Hay que distinguir entre la necesidad y el placer»–. Al mismo orden pertenece «El monje negro», que constituye una rareza dentro de la narrativa de Chéjov, por su temática seudofantástica, aunque a fin de cuentas racional. En ese cuento resulta inolvidable la imagen nocturna del jardín de Pesotski, circundado de fuegos para proteger la plantación de la helada, así como la enigmática correspondencia que se establece entre una rara melodía y la aparición del turbador espectro. «La cigarra» presenta otro soberbio retrato femenino y vuelve a incidir, como el anterior, en el carácter inevitable de la muerte, que priva de toda posibilidad de enmendar errores y borrar injusticias pasadas. Los protagonistas de ambas obras reconocen sus yerros y caprichos, pero nunca serán capaces de redimirlos: la muerte, de uno u otro modo, se les ha adelantado. En «Luces», por último, Chéjov se ocupa de un tema que analizará de forma más dramática en *El pabellón número seis:* el sinsentido de la vida ante la perspectiva de la muerte y la nula importancia que adquieren nuestros actos y convicciones a la luz de esa reflexión. El ingeniero Anániev trata de combatir esos pensamientos, pues los considera nocivos, en especial para los jóvenes, pero, a pesar de su elocuencia y del calor de su exposición, no parece convencer a sus interlocutores, a juzgar por el comentario final de uno de ellos, que también hace las veces de narrador: «¡No hay modo de entender nada en este mundo!».

Delicados, sutiles y melancólicos unas veces, ásperos, turbios y hasta violentos otras, y siempre profundos, complejos, llenos de alusiones e imágenes simbólicas, los cuentos de Chéjov dejan una vaga sensación de tristeza y a la vez de inefable felicidad.

Para la traducción se han utilizado las *Obras Completas* en dieciocho tomos publicadas en Moscú por la editorial Nauka en 1983-1988.

Procedencia de los textos

«En la barbería» *(V tsirulne)*, publicado en *El Espectador* el 7 de febrero de 1883.

«La muerte de un funcionario» *(Smert Chinovnika)*, publicado en *Añicos* el 2 de julio de 1883.

«La hija de Albión» *(Doch Albiona)*, publicado en *Añicos* el 13 de agosto de 1883.

«La cerilla sueca» *(Shvedskaia spichka)*, publicado en *La Libélula* en 1884.

«Cirugía» *(Jirurgia)*, publicado en *Añicos* el 11 de agosto de 1884.

«El camaleón» *(Jamaleon)*, publicado en *Añicos* el 8 de septiembre de 1884.

«De mal en peor» *(Iz ognia da v polimia)*, publicado en *Entretenimiento* el 20 de septiembre de 1884.

«Las ostras» *(Ustritsi)*, publicado en *El Despertador* en 1884.

«De mal humor» *(He v duje)*, publicado en *Añicos* el 29 de diciembre de 1884.

«Los nervios» *(Nervi)*, publicado en *Añicos* el 8 de junio de 1885.

«Los simuladores» *(Simulianti)*, publicado en *Añicos* el 29 de junio de 1885.

«Apellido de caballo» *(Losahdnaia familia)*, publicado en *La Gaceta de San Petersburgo* el 7 de julio de 1885.

«El cazador» *(Eger)*, publicado en *La Gaceta de San Petersburgo* el 18 de julio de 1885.

«El malhechor» *(Zloumishlennik)*, publicado en *La Gaceta de San Petersburgo* el 24 de julio de 1885.

«¡Qué público!» *(Nu, publika!)*, publicado en *Añicos* el 30 de noviembre de 1885.

«Tristeza» *(Toska)*, publicado en *La Gaceta de San Petersburgo* el 27 de enero de 1886.

«Aniuta» *(Aniuta)*, publicado en *Añicos* el 22 de febrero de 1886.

«Iván Matveich» *(Ivan Matveich)*, publicado en *La Gaceta de San Petersburgo* el 3 de marzo de 1886.

«La bruja» *(Bedma)*, publicado en *Tiempo Nuevo* el 8 de marzo de 1886.

«Agafia» *(Agafia)*, publicado en *Tiempo Nuevo* el 15 de marzo de 1886.

«Pesadilla» *(Koshmar)*, publicado en *Tiempo Nuevo* el 29 de marzo de 1886.

«La noche de Pascua» *(Sviatoiu nochiu)*, publicado en *Tiempo Nuevo* el 13 de abril de 1886.

«La corista» *(Joristka)*, publicado en *Añicos* el 5 de julio de 1886.

«Por casualidad» *(Pustoi sluchai)*, publicado en *Tiempo Nuevo* el 20 de septiembre de 1886.

«Pequeñeces de la vida» *(Zhiteiskaia meloch)*, publicado en *La Gaceta de San Petersburgo* el 29 de septiembre de 1886.

«Vanka» *(Vanka)*, publicado en *La Gaceta de San Petersburgo* el 25 de diciembre de 1886.

«La helada» *(Moroz)*, publicado en *La Gaceta de San Petersburgo* el 12 de enero de 1887.

«Enemigos» *(Vragi)*, publicado en *Tiempo Nuevo* el 20 de enero de 1887.

«Vérochka» *(Verochka)*, publicado en *Tiempo Nuevo* el 21 de febrero de 1887.

«Tifus» *(Tif)*, publicado en *La Gaceta de San Petersburgo* el 23 de marzo de 1887.

«El juez de instrucción» *(Sledovatel)*, publicado en *La Gaceta de San Petersburgo* el 11 de mayo de 1887.

«Volodia» *(Volodia)*, publicado en *La Gaceta de San Petersburgo* el 1 de junio de 1887.

«Un trotamundos» *(Perekati-pole)*, publicado en *Tiempo Nuevo* el 14 de julio de 1887.

«El caramillo» *(Sbirel)*, publicado en *Tiempo Nuevo* el 29 de agosto de 1887.

«El beso» *(Potselui)*, publicado en *Tiempo Nuevo* el 15 de diciembre de 1887.

«Relato de la señorita N. N.» *(Rasskaz gospozhi NN)*, publicado en *La Gaceta de San Petersburgo* el 25 de diciembre de 1887.

«Ganas de dormir» *(Spat jochetsa)*, publicado en *La Gaceta de San Petersburgo* el 25 de enero de 1888.

«Luces» *(Ogni)*, publicado en *El Mensajero del Norte* en 1888.

«El zapatero y el diablo» *(Sapozhnik i nechistaia sila)*, publicado en *La Gaceta de San Petersburgo* el 25 de diciembre de 1888.

«La apuesta» *(Pari)*, publicado en *Tiempo Nuevo* el 1 de enero de 1889.

«La princesa» *(Kniaginia)*, publicado en *Tiempo Nuevo* el 26 de marzo de 1889.

«Gúsiev» *(Gusev)*, publicado en *Tiempo Nuevo* el 25 de diciembre de 1890.

«Campesinas» *(Babi)*, publicado en *Tiempo Nuevo* el 25 de junio de 1891.

«La cigarra» *(Poprigunia)*, publicado en *Norte*, el 5 y el 12 de enero de 1892.

«En deportación» *(V Ssilke)*, publicado en *La Ilustración Universal* el 9 de mayo de 1892.

«Vecinos» *(Sosedi)*, publicado en *Los Libros de «La Semana»* en 1892.

«Terror» *(Straj)*, publicado en *Tiempo Nuevo* el 25 de diciembre de 1892.

«El monje negro» *(Chiorni monaj)*, publicado en *El Artista* en 1894.

«El violín de Rothschild» *(Ckripka Rotshilda)*, publicado en *Noticias Rusas* el 6 de febrero de 1894.

«El estudiante» *(Student)*, publicado en *Noticias Rusas* el 15 de abril de 1894.

«Ariadna» *(Aridana)*, publicado en *El Pensamiento Ruso* en 1895.

«Casa con desván» *(Dom s mezoninom)*, publicado en *El Pensamiento Ruso* en 1896.

«En el carro» *(Na podvode)*, publicado en *Noticias Rusas* el 21 de diciembre de 1897.

«El hombre enfundado» *(Chelovek v futliare)*, publicado en *El Pensamiento Ruso* en 1898.

«Las grosellas» *(Krizhovnik)*, publicado en *El Pensamiento Ruso* en 1898.

«Del amor» *(O liubi)*, publicado en *El Pensamiento Ruso* en 1898.

«Una visita médica» *(Sluchai iz praktiki)*, publicado en *El Pensamiento Ruso* en 1898.

«La nueva dacha» *(Novaia dacha)*, publicado en *Noticias Rusas* el 3 de enero de 1899.

«La dama del perrito» *(Dama s sobachkoi),* publicado en *El Pensamiento Ruso* en 1899.

«En fiestas» *(Ha sbiatkaj),* publicado en *La Gaceta de San Petersburgo* el 1 de enero de 1900.

«El obispo» *(Arjierei),* publicado en *Revista para Todos* en 1902.

EN LA BARBERÍA (1883)

Primeras horas de la mañana. Aún no son las siete, pero la barbería de Makar Kuzmich Blestkin ya está abierta. El dueño, un joven de unos veintitrés años, sucio, vestido con ropas mugrientas que pretenden pasar por elegantes, está poniendo en orden el local. En realidad, no tiene nada que limpiar, pero el trabajo le ha hecho sudar. Aquí pasa una bayeta, allí rasca con la uña, más allá encuentra una chinche y la retira de la pared.

La barbería es pequeña, estrecha, destartalada. Las paredes de troncos están cubiertas de un empapelado que recuerda una camisa de cochero desteñida. Entre las dos ventanas con cristales mates y lacrimosos hay una puertecilla delgada, miserable, chirriante, coronada por una campanilla medio verdosa por la humedad que tintinea de vez en cuando, sin razón aparente, se estremece y emite un sonido quejumbroso. Si miráis el espejo suspendido de una de las paredes, veréis vuestro rostro deformado en todos los sentidos de la manera más lamentable. Es delante de ese espejo donde el barbero corta los cabellos y afeita a sus clientes. En una mesita tan sucia y mugrienta como Makar Kuzmich, todo está dispuesto: peines, tijeras, navajas, fijadores y polvos de a kopek y agua de Colonia muy diluida también de a kopek. La verdad es que toda la barbería no vale ni medio rublo.

El chirrido de la enfermiza campanilla suena por encima de la puerta y un hombre de edad madura, con zamarra de piel de cordero y botas de fieltro, entra en la barbería. Lleva la cabeza y el cuello cubiertos por un chal de mujer.

Es el padrino de Makar Kuzmich, Erast Ivánich Yágodov. Antaño trabajaba como guardián en el consistorio, ahora vive cerca del Estanque Rojo y ejerce el oficio de cerrajero.

–¡Buenos días, Makar! –le dice al barbero, que sigue ocupado en su labor de limpieza.

Se besan. Yágodov se quita el chal de la cabeza, se santigua y se sienta.

–¡Sí que queda esto lejos! –dice, carraspeando–. No es poca cosa. Del Estanque Rojo a la puerta de Kaluga.

–¿Qué tal le va?

–Nada bien, hermano. He tenido fiebre.

–¿Qué me dice? ¡Fiebre!

–Fiebre. He pasado un mes en cama; creí que me moría. Me administraron la extremaunción. Ahora se me cae el cabello. El doctor me ha ordenado que me lo corte. Dice que me saldrá un pelo nuevo y más fuerte. Entonces pensé: «Vete a ver a Makar. Antes que ir a cualquier otro sitio, vale más ir a casa de un pariente. Lo hará mejor y no te cobrará nada. Queda un poco lejos, es verdad, pero ¿qué importa? Así te darás un paseo».

–No faltaría más. ¡Siéntese!

Makar Kuzmich, chocando los talones, le señala una silla. Yágodov se sienta, se mira en el espejo y parece satisfecho con lo que ve: en el cristal aparece una jeta torcida, con labios de calmuco, una nariz ancha y chata y ojos en la frente. Makar Kuzmich cubre los hombros de su cliente con una servilleta blanca salpicada de manchas amarillas y empieza a manejar las tijeras.

–¡Se lo voy a cortar al rape! –dice.

–Naturalmente. Que tenga aspecto de tártaro o de bomba. Así nacerá más tupido.

–¿Qué tal está la tía?

–Bien. Hace poco asistió al parto de la mujer del comandante. Le dieron un rublo.

–Un rublo, nada menos. ¡Agárrese la oreja!

–Ya lo hago... No me cortes, ten cuidado. ¡Ay, qué daño! Me tiras del pelo.

–No es nada. En nuestro oficio es imposible hacer las cosas de otra manera. Y ¿qué tal se encuentra Anna Erástovna?

–¿Mi hija? Estupendamente. El miércoles de la semana pasada se prometió en matrimonio con Sheikin. ¿Por qué no viniste?

El ruido de las tijeras se interrumpe. Makar Kuzmich deja caer los brazos y pregunta con terror:

–¿Quién se ha prometido?

–Anna.

–¿Cómo es posible? ¿Con quién?

–Con Prokofi Petrov Sheikin. Su tía trabaja como gobernanta en el callejón Zlatoustenski. Es una buena mujer. Naturalmente, todos estamos muy contentos, alabado sea Dios. La boda se celebrará dentro de una semana. Ven, nos correremos una juerga.

–Pero ¿qué me dice? –pregunta Makar Kuzmich, pálido, sorprendido, encogiéndose de hombros–. ¡No puedo creerlo! ¡Es... es totalmente imposible! Si Anna Erástovna... si yo... si yo albergaba sentimientos por ella, tenía intenciones. ¿Cómo ha ocurrido algo así?

–Pues ya lo ves. Se han prometido, eso es todo. Es un buen hombre.

El rostro de Makar Kuzmich se cubre de un sudor frío. Deja las tijeras en la mesa y empieza a frotarse la nariz con el puño.

–Tenía intenciones... –dice–. ¡No es posible, Erast Ivánich!

Yo... estoy enamorado y le he ofrecido mi corazón... La tía había dado su consentimiento. Siempre le he respetado como a un padre... Siempre le corto el pelo gratis... Siempre me he mostrado servicial con usted y, cuando mi padre murió, se quedó usted con el sofá y diez rublos en dinero que no me ha devuelto. ¿Se acuerda usted?

–¡Cómo no voy a acordarme! Claro que me acuerdo. Pero ¿qué clase de novio serías tú, Makar? No tienes dinero, ni posición, te ocupas de un oficio insignificante...

–Y ¿Sheikin es rico?

–Sheikin es maestro de obras. Tiene quinientos rublos en títulos. Así es, hermano... Di lo que quieras, pero el asunto está cerrado. No es posible dar marcha atrás, Makar. Búscate otra novia... No es el fin del mundo... ¡Bueno, sigue cortando! ¿Qué haces ahí parado?

Makar Kuzmich guarda silencio y no se mueve de su sitio; luego se saca un pañuelo del bolsillo y se echa a llorar.

–¡Bueno, basta! –le consuela Erast Ivánich–. ¡Déjalo ya! ¡Sollozas como una mujer! Acaba de cortarme el pelo y llora luego todo lo que quieras. ¡Coge las tijeras!

Makar coge las tijeras, durante un minuto las mira con aire abstraído y a continuación vuelve a dejarlas sobre la mesa. Le tiemblan las manos.

–¡No puedo! –dice–. ¡Ahora no puedo, me faltan las fuerzas! ¡Soy muy desdichado! ¡Y ella también! Nos queríamos, nos habíamos prometido, pero personas sin corazón y sin piedad nos han separado. ¡Váyase, Erast Ivánich! No puedo verle.

–En ese caso volveré mañana, Makar. Terminarás de cortarme el pelo mañana.

–De acuerdo.

–Cálmate. Vendré mañana por la mañana, a primera hora.

Con la mitad de la cabeza pelada al rape, Erast Ivánich parece un presidiario. Le resulta molesto irse con esa pinta, pero no hay nada que hacer. Se envuelve la cabeza y el cuello con el chal y sale. Una vez solo, Makar Kuzmich se sienta y sigue llorando en silencio.

Al día siguiente, por la mañana temprano, Erast Ivánich aparece de nuevo en la barbería.

–¿Qué se le ofrece? –le pregunta Makar Kuzmich con frialdad.

–Acaba de cortarme el pelo, Makar. Aún te queda la mitad de la cabeza.

–Págueme por adelantado. No trabajo gratis.

Erast Ivánich se marcha sin pronunciar palabra. Hasta la fecha sigue teniendo el pelo largo en una mitad de la cabeza y corto en la otra. Considera un lujo pagar por un corte de pelo y espera a que los cabellos cortados crezcan por sí mismos. Así fue a la boda.

La muerte de un funcionario (1883)

Una agradable velada, el no menos agradable ujier Iván Dmítrich Cherviakov estaba sentado en la segunda fila de butacas y miraba con sus gemelos el espectáculo *La campana de Corneville*, sintiéndose en la cumbre de la felicidad. Pero de pronto... En los relatos se encuentra a menudo este «de pronto». Y los autores tienen razón. ¡La vida está llena de imprevistos! Pero de pronto su rostro se cubrió de arrugas, los ojos empezaron a darle vueltas, contuvo la respiración..., apartó los gemelos de los ojos, se inclinó y... ¡Achís! Estornudó, como veis. En ninguna parte se le prohíbe a nadie que estornude. Estornudan tanto los mujiks como los comisarios de policía y a veces incluso los consejeros privados. Todos estornudan. Cherviakov no se turbó lo más mínimo, se limpió con el pañuelo y, como persona educada que era, miró a su alrededor. ¿No habría molestado a alguien con su estornudo? Y entonces fue cuando se quedó turbado. Vio cómo un viejecito, sentado delante de él, en la primera fila de butacas, se secaba afanosamente con un guante la calva y el cuello, al tiempo que farfullaba algunas palabras. En aquel viejecito Cherviakov reconoció al alto funcionario Brizzhálov, que ostentaba el grado de general y trabajaba en el Ministerio de Comunicaciones

«¡Le he salpicado! –pensó Cherviakov–. No es mi jefe, trabajo en un departamento ajeno, pero de todos modos es una situación embarazosa. Debo disculparmc.»

Cherviakov tosió, inclinó el cuerpo hacia delante y murmuró al oído del general:

–Perdone, excelencia, le he salpicado... Fue sin querer...

–No importa, no importa...

–¡Por el amor de Dios, perdóneme! ¡Ha sido sin querer!

–¡Ah, basta ya, por favor! ¡Déjeme escuchar!

Cherviakov se azoró, esbozó una sonrisa estúpida y se puso a mirar el escenario, pero ya no le embargaba ninguna felicidad. Le atormentaba la inquietud. En el entreacto se aproximó a Brizzhálov y estuvo dando vueltas a su alrededor hasta que, venciendo su timidez, dio unos pasos y murmuró:

–Le he salpicado, excelencia... Perdone... Yo... No fue por...

–Ah, por favor. ¡Ya lo había olvidado y usted sigue con lo mismo! –dijo el general, moviendo con impaciencia el labio inferior.

«Dice que lo ha olvidado, pero se lee el resentimiento en sus ojos –pensó Cherviakov, mirando con recelo al general–. Ni siquiera quiere hablar del asunto. Debo explicarle que en absoluto pretendía... que es una ley de la naturaleza; tal vez se figure que tenía intención de escupirle. Ahora no lo piensa, pero con el tiempo puede llegar a esa conclusión...»

Una vez en casa, Cherviakov le contó a su mujer el desgraciado incidente. La mujer, según le pareció, acogió con demasiada ligereza lo ocurrido; en un principio se asustó, pero luego, cuando supo que Brizzhálov pertenecía a un departamento «ajeno», se tranquilizó.

–De todos modos ve a verlo y discúlpate –le dijo–. ¡Va a pensar que no sabes comportarte en público!

–¡De eso se trata! Me disculpé, pero él reaccionó de una forma extraña... No dijo nada en concreto. Y no había tiempo para conversar.

Al día siguiente Cherviakov se puso el uniforme nuevo, se cortó el pelo y fue a ver a Brizzhálov para explicarse... Al entrar en la sala de recepción del general vio allí a muchos solicitantes y, entre ellos, al general en persona, que había comenzado a escuchar las peticiones. Después de atender a varios de los presentes, el general alzó la mirada hacia Cherviakov.

–Ayer, en el Arcadia, si recuerda usted, excelencia –empezó a referir el ujier–, yo estornudé... con tan mala fortuna que le salpiqué... Perdóneme...

–¡Qué bobada!... ¡Por Dios! ¿Qué desea? –dijo el general, dirigiéndose al siguiente solicitante.

«¡No quiere ni oír hablar del tema! –pensó Cherviakov, palideciendo–. Eso significa que sigue enfadado... No, esto no puede quedar así... Se lo explicaré...»

Cuando el general terminó su conversación con el último solicitante y enfiló el camino de su despacho, Cherviakov dio unos pasos hacia él y murmuró:

–¡Excelencia! Si me atrevo a molestarle es movido por un sentimiento de arrepentimiento... No lo hice a propósito, ¡debe usted saberlo!

El general adoptó una expresión de desaliento y sacudió la mano con impaciencia.

–¡Se está usted burlando de mí, señor mío! –dijo, desapareciendo detrás de la puerta.

«¿De qué burla está hablando? –pensó Cherviakov–. ¡Esto no es ninguna burla! ¡Todo un general y no se entera! ¡En tal caso, no volveré a disculparme ante semejante fanfarrón! ¡Que se vaya al diablo! ¡Le escribiré una carta, pero no volveré a presentarme ante él! ¡Ya lo creo que no!»

Así pensaba Cherviakov mientras se dirigía a su casa. Pero no escribió la carta. Pasó largo tiempo meditando, pero no encontró el modo de redactarla. En consecuencia, decidió volver al despacho al día siguiente para explicarse.

–Ayer vine a molestar a su excelencia –murmuró cuando el general levantó hacia él unos ojos interrogantes– no para burlarme, como usted se dignó decir, sino para disculparme porque, al estornudar, le salpiqué... No tenía ninguna intención de burlarme. ¿Cómo iba a atreverme? Si lo hubiera hecho, significaría que no siento el menor respeto por las personas... Así es...

–¡Fuera-a! –gritó de pronto el general, temblando de pies a cabeza, mientras una tonalidad azulada se adueñaba de su cara.

–¿Qué? –preguntó Cherviakov en un susurro, paralizado de terror.

–¡Fuera-a! –repitió el general, pataleando.

Cherviakov sintió una especie de desgarro en el estómago. Sin ver ni oír nada, retrocedió hasta la puerta, salió a la calle y se alejó lentamente... Caminando como un autómata, llegó hasta su casa, se tumbó en el sofá sin quitarse el uniforme y... se murió.

La hija de Albión
(1883)

Una magnífica calesa con llantas de caucho, asiento de terciopelo y un grueso cochero en el pescante se detuvo ante la casa del hacendado Griabov. Fiódor Otsov, mariscal de la nobleza del distrito, se apeó de un salto. En el vestíbulo le recibió un soñoliento lacayo.

–¿Está el señor en casa? –preguntó el mariscal.

–No, excelencia. La señora y los niños se han ido de visita y el señor está pescando con *mademoiselle* la gobernanta. Se fueron por la mañana.

Otsov, tras reflexionar durante un instante, se dirige a la orilla del río en busca de Griabov. Lo encuentra a unas dos verstas de la casa. Nada más verlo desde lo alto de la escarpada ribera, Otsov se ríe a carcajadas... Griabov, hombre grueso, corpulento, con una cabeza muy grande, está sentado a la turca sobre la arena, con una caña en la mano. Lleva el sombrero echado hacia atrás, la corbata cuelga hacia un lado... A su lado hay una inglesa alta y delgada, con ojos saltones de cangrejo y una gran nariz aguileña, más parecida a un gancho que a una nariz. Viste un traje blanco de muselina a través del cual se transparentan los hombros amarillentos y descarnados. Del cinturón dorado cuelga un reloj de oro. También está pescando. En torno a ellos reina un silencio de muerte. Ninguno de los dos se mueve, como tampoco las aguas, sobre las que flotan las veletas.

–¡Ánimo no falta, pero no hay suerte! –dijo Otsov, riendo–. ¡Buenos días, Iván Kuzmich!

–Ah... ¿eres tú? –preguntó Griabov, sin apartar los ojos del agua–. ¿Has venido?

–Ya lo ves... y tú, ¿sigues ocupándote de estas naderías? ¿Cómo es posible que no te canses?

–Que el diablo... Llevo todo el día pescando, desde por la mañana... Hoy no pica ni uno. Ni yo ni este adefesio hemos cogido nada. Pasan las horas y nada. ¡Es para perder la paciencia!

–¡Mándalo todo a paseo! ¡Vámonos a tomar una copa de vodka!

–Espera... Quizá cojamos algo... Por la tarde pican más... ¡Llevo aquí desde por la mañana, amigo! No soy capaz de expresar lo mucho que me he aburrido. ¡Sin duda es el diablo quien me ha hecho aficionarme a la pesca! Sé que es una tontería, pero no me muevo del sitio. Sigo aquí como un canalla, como un presidiario, mirando el agua, lo mismo que un imbécil... Debería estar supervisando la siega y estoy pescando. Ayer ofició la misa en Japónevo el arzobispo, pero yo, en lugar de ir, me quedé aquí con este esturión... con esta diablesa...

–Pero... ¿te has vuelto loco? –le preguntó Otsov, mirando de soslayo a la inglesa con aire confuso–. Decir esas groserías en presencia de una dama... y encima sobre ella...

–¡Que se vaya al diablo! Da igual, no entiende ni una palabra de ruso. Ya puedes dedicarle un cumplido o insultarla, a ella le da lo mismo. ¡Mira qué nariz tiene! ¡Es para desmayarse! ¡Pasamos días enteros juntos y no cruzamos ni una palabra! Se queda ahí plantada, como un espantapájaros, mirando el agua con ojos como platos.

La inglesa bostezó, cambió el cebo y volvió a lanzar.

–¡No salgo de mi asombro, amigo! –continuó Griabov–. ¡La muy idiota lleva viviendo en Rusia diez años y no ha aprendido ni una palabra! Cuando uno de nuestros hidalgüelos va a su país, aprende a chapurrear en nada de tiempo, mientras que ellos... ¡el diablo los entiende! ¡Mira qué nariz tiene! ¡Mira qué nariz!

–Bueno, basta... No está bien... ¿Por qué la has tomado con esa mujer?

–No es una mujer, es una señorita... Apuesto a que sueña con casarse, ese adefesio del demonio. Y encima huele a podrido... ¡La odio, hermano! ¡Me saca de mis casillas! Cuando me mira con sus ojos saltones tengo la misma sensación que si me hubiera rozado el codo con una barandilla. También le gusta pescar. Mírala: pesca como si estuviera oficiando misa. Todo lo mira con desprecio... La muy canalla está convencida de que es un ser humano y hasta quizá piense que es la reina de la Creación. ¿Sabes cómo se llama? ¡Wilka Charlzovna Tfais! ¡Uf! ¡Es impronunciable!

La inglesa, al escuchar su nombre, volvió poco a poco la nariz hacia Griabov y lo miró de arriba abajo con desdén. A continuación posó los ojos en Otsov, al que también cubrió de desprecio. Todo eso lo hizo en silencio, con lentitud y aire de importancia.

–¿Has visto? –preguntó Griabov, riéndose a carcajadas–. ¡Ahí queda eso! ¡Ah, adefesio! Solo por mis hijos mantengo en casa a este tritón. De no ser por ellos, no la dejaría acercarse ni a diez verstas de mi hacienda... Su nariz parece el pico de un gavilán... ¿Y su talle? Esta muñecona me recuerda un clavo largo. Con qué gusto la hundiría en la tierra. Espera... Parece que pican...

Griabov se abalanzó sobre la caña y tiró. El sedal se tensó... Griabov volvió a tirar, pero no pudo soltar el anzuelo.

–¡Se ha enganchado! –dijo, y frunció el ceño–. Seguramente ha quedado prendido en una piedra... Maldita sea...

El rostro de Griabov expresaba sufrimiento. Con movimientos destemplados, acompañados de suspiros y blasfemias, se puso a tirar del sedal. Pero sus esfuerzos no tuvieron resultado. Se puso pálido.

–¡Vaya desgracia! Hay que meterse en el agua.

–¡Déjalo ya!

–Imposible... Por la tarde es cuando mejor pican... ¡Menuda tarea, que Dios me perdone! Hay que meterse en el agua. No hay más remedio. ¡Y si supieras qué pocas ganas tengo de desnudarme! Es necesario que la inglesa desaparezca de aquí... Me resulta embarazoso desnudarme delante de ella. ¡A pesar de todo es una dama!

Griabov se quitó el sombrero y la corbata.

–Miss... eh... –exclamó, dirigiéndose a la inglesa–. ¡Miss Tfais! *Je vous prie...* ¿Cómo explicárselo? ¿Cómo voy a decírtelo para que lo entiendas? Escucha... ¡Vete allí! ¡Allí! ¿Me oyes?

Miss Tfais respondió con una mirada de desprecio y un ruido nasal.

–¿Qué? ¿No entiendes? ¡Te están diciendo que desaparezcas! ¡Tengo que desnudarme, muñecona del diablo! ¡Márchate de aquí! ¡Márchate!

Griabov cogió a la inglesa por la manga, le señaló unos arbustos e hizo ademán de sentarse; con esos gestos trataba de decirle que se fuera y se ocultara en ese lugar... La inglesa, moviendo enérgicamente las cejas, pronunció con apresuramiento una larga retahíla en inglés. Los hacendados se echaron a reír.

–Es la primera vez en mi vida que oigo su voz... ¡Y qué vocecita, por cierto! ¡No se entera! ¿Qué hacer?

–¡Déjalo! ¡Vamos a tomar un vaso de vodka!

–Imposible, están a punto de picar... Ya cae la tarde... Bueno, ¿qué puedo hacer? ¡Menudo asunto! Tendré que desnudarme delante de ella...

Griabov se quitó la chaqueta y el chaleco, y se sentó en la arena para desatarse las botas.

–Escucha, Iván Kuzmich –dijo el mariscal de la nobleza, tapándose la boca con la mano para ocultar la risa–. Esto ya es una burla, amigo mío, un escarnio.

–¡La culpa es suya por no entender nada! ¡Que le sirva de lección a los extranjeros!

Griabov se quitó las botas y los pantalones, se despojó de la ropa interior y se quedó como Dios lo trajo al mundo. Rojo por la risa y la vergüenza, Otsov se cogía el vientre con las manos. La inglesa levantó las cejas y parpadeó... Una sonrisa despectiva y altiva cruzó su rostro amarillento.

–Hay que dejar que el cuerpo se enfríe –dijo Griabov, dándose unas palmadas en las caderas–. Dime, Fiódor Andreich, ¿por qué todos los veranos me sale alguna erupción en el pecho?

–¡Métete de una vez en el agua o cúbrete con algo! ¡Animal!

–¡Ni siquiera se ha turbado, la muy canalla! –exclamó Griabov, entrando en el agua y santiguándose–. Brrr... ¡Qué fría! ¡Mira cómo mueve las cejas! No se va... ¡Está por encima de la masa! Je, je, je... ¡No nos considera personas!

Cuando el agua le llegó por las rodillas, estiró su enorme cuerpo, guiñó un ojo y dijo:

–¡Que se entere, hermano, de que no está en Inglaterra!

Miss Tfais cambió el cebo con la mayor sangre fría, bostezó y lanzó el sedal. Otsov se dio la vuelta. Griabov desenganchó el anzuelo, se zambulló y salió del agua resoplando. Al cabo de dos minutos estaba de nuevo sentado en la arena, pendiente de su caña.

La cerilla sueca
(1884)

I

En la mañana del 6 de octubre de 1885, un joven correctamente vestido se presentó en la oficina del comisario de policía del segundo sector del distrito de S. y declaró que su señor, el corneta de la guardia retirado Mark Ivánovich Kliauzov, había sido asesinado. El hombre que informaba de esa novedad estaba pálido y extremadamente agitado. Sus manos temblaban y sus ojos estaban llenos de terror.

–¿Con quién tengo el honor de hablar? –le preguntó el comisario.

–Soy Psekov, el administrador de Kliauzov, agrónomo y mecánico.

El comisario y los agentes, conducidos por Psekov al lugar de los hechos, se encontraron con el siguiente cuadro: junto al pabellón en el que vivía Kliauzov se apiñaba una gran cantidad de personas. La nueva se había propagado por los alrededores a la velocidad del rayo y, como era día festivo, la gente afluía al pabellón desde todas las aldeas vecinas. En el lugar todo era ruido y discusiones. Aquí y allá se veían rostros pálidos y llorosos. La puerta que daba al dormitorio de Kliauzov estaba cerrada. La llave estaba puesta por dentro.

–Es evidente que los criminales entraron por la ventana –señaló Psekov tras examinar la puerta.

Se dirigieron al jardín, adonde daba la ventana del dormitorio. La ventana tenía un aire sombrío y siniestro, con su cortina de un verde desteñido, uno de cuyos bordes estaba ligeramente doblado, permitiendo ver el interior de la estancia.

–¿Ha mirado alguno de ustedes por la ventana? –preguntó el comisario.

–Nadie, excelencia –dijo el jardinero Yefrem, un viejecito achaparrado y canoso con cara de suboficial retirado–. ¡Quién va a atreverse a mirar cuando a todos nos tiemblan las piernas!

–¡Ah, Mark Ivánich! ¡Mark Ivánich! –suspiró el comisario, mirando por la ventana–. ¡Ya te decía yo que acabarías mal! ¡Te lo decía, mi pobre amigo, pero no me hacías caso! ¡El desenfreno no conduce a nada bueno!

–Hay que dar las gracias a Yefrem –dijo Psekov–, sin él no nos habríamos dado cuenta de nada. Fue el primero que pensó que aquí pasaba algo raro. Esta mañana vino a verme y me dijo: «¿Cómo es que nuestro señor tarda tanto en despertarse? ¡No ha salido del dormitorio en toda la semana!». Al oír esas palabras, sentí como si alguien me hubiera dado un martillazo... La idea me vino de pronto a la cabeza... ¡No se había dejado ver desde el sábado pasado y hoy estamos a domingo! Siete días. ¡No es poca cosa!

–Sí, el pobre... –suspiró una vez más el comisario–. Era un muchacho inteligente, instruido, de buen corazón. En las reuniones siempre era el primero de todos. Pero ¡era un libertino, que Dios lo tenga en su gloria! ¡Lo que ha pasado no me coge de sorpresa! Stepán –dijo, dirigiéndose a uno de los agentes–, vete enseguida a mi oficina y dile a Andriuska que informe sin falta al jefe de policía. Dile que han asesinado a Mark Ivánovich. Y corre también a buscar al cabo. ¿Por qué se entretiene tanto? ¡Que venga! ¡Y tú dirígete cuanto antes a casa del juez de instrucción Nikolái Yermoláievich y dile que se presente aquí! Espera, voy a escribirle una nota.

El comisario dispuso un cordón policial alrededor del pabellón, escribió la nota y se dirigió a casa del administrador a tomar el té. Al cabo de unos diez minutos estaba sentado en un taburete, sorbiendo un té ardiente como la brasa, al tiempo que mordisqueaba con delicadeza un terrón de azúcar.

–Así es... –comentaba con Psekov–. Así es... Un hombre noble y rico... amado por los dioses, como decía Pushkin. Y ¿a qué ha llegado? ¡A nada! Se emborrachaba, llevaba una vida licenciosa y... ¡ya ve!, lo han asesinado.

Al cabo de dos horas llegó el juez de instrucción. Nikolái Yermoláievich Chúbikov (así se llamaba) era un anciano alto y corpulento de unos sesenta años, que ejercía sus funciones desde hacía ya un cuarto de siglo. Tenía fama en toda la región de ser un individuo honrado, inteligente, enérgico y amante de su profesión. Su secretario y ayudante Diukovski, joven de elevada estatura y unos veinte años de edad, su compañero inseparable, se desplazó con él al lugar de los hechos.

–¿Es posible, señores? –dijo Chúbikov, entrando en la habitación de Psekov y estrechando con prontitud la mano de todos los presentes–. ¿Es posible? ¿Mark Ivánich? ¿Asesinado? ¡No, es imposible! ¡Im-po-si-ble!

–Véalo usted mismo... –suspiró el comisario.

–¡Dios nuestro Señor! ¡Si lo vi el viernes pasado en la feria de Tarabankovo! ¡Hasta estuvimos bebiendo juntos, perdonen ustedes, una copa de vodka!

–Vaya y véalo... –exclamó de nuevo el comisario.

Después de suspirar un rato, expresar su espanto y beber un vaso de té, se dirigieron todos al pabellón.

–¡Abran paso! –gritó el cabo a la gente.

Al entrar en el pabellón, el juez de instrucción examinó ante todo la puerta del dormitorio. Era de madera de pino, estaba pintada de amarillo y aparecía intacta. No se encontró ninguna señal que pudiera servir de indicio. Se procedió a forzar la puerta.

–¡Señores, ruego a las personas que no tengan nada que ver con el asunto que se alejen! –dijo el juez de instrucción una vez que, tras muchos golpes y crujidos, la puerta cedió al hacha y al cincel–. Se lo pido en interés de la investigación... ¡Cabo, que no entre nadie!

Chúbikov, su ayudante y el comisario abrieron la puerta y, con paso vacilante, entraron uno tras otro en el dormitorio. A sus ojos se ofreció el siguiente espectáculo: junto a la única ventana había una gran cama de madera con un enorme edredón. Sobre el edredón, muy arrugado, se extendía una manta desordenada y revuelta. La almohada, con una funda de algodón también muy arrugada, estaba en el suelo. Sobre una mesilla situada delante de la cama descansaban un reloj de plata y una moneda de veinte kopeks de idéntico metal. Al lado había una caja de cerillas de azufre. La cama, la mesilla y una única silla constituían todo el mobiliario de la habitación. Tras echar un vistazo debajo de la cama, el comisario descubrió unas veinte botellas vacías, un viejo sombrero de paja y un cuarto de litro de vodka. Bajo la mesilla apareció una bota cubierta de polvo. Cuando su mirada recorrió la habitación, el juez de instrucción frunció el ceño y se ruborizó.

–¡Canallas! –farfulló, apretando los puños.

–Y ¿dónde está Mark Ivánich? –preguntó en voz queda Diukovski.

–¡Le ruego que no se entrometa! –le respondió con rudeza Chúbikov–. ¡Haga el favor de examinar el suelo! ¡Es el segundo caso de este género al que me enfrento en mi carrera, Yevgraf Kuzmich! –le comentó al comisario, bajando la voz–. En 1870 me encargué de un caso semejante. Sin duda lo recuerda usted... Me refiero al asesinato del comerciante Portrétov. Las circunstancias eran las mismas. Los criminales lo mataron y arrastraron el cadáver por la ventana...

Chúbikov se acercó a la ventana, apartó la cortina y empujó el batiente con cuidado. La ventana se abrió.

–Si se abre es que no estaba cerrada... ¡Hum...! Hay huellas en el alféizar. ¿Las ve usted? Aquí tenemos la huella de una rodilla... Alguien ha trepado por aquí... Hay que examinar a fondo la ventana.

–En el suelo no hay nada digno de atención –dijo Diukovski–. Ni manchas, ni arañazos. Solo he encontrado una cerilla sueca consumida. ¡Aquí la tiene! Si no recuerdo mal, Mark Ivánich no fumaba y en la casa utilizaba cerillas de azufre, en ningún caso suecas. Esta cerilla podría ser una prueba.

–Ah... ¡Cállese, por favor! –exclamó el juez de instrucción, haciendo un gesto de disgusto con la mano–. ¡La que ha organizado con su cerilla! ¡No puedo soportar las mentes calenturientas! ¡En lugar de buscar cerillas, mejor haría en inspeccionar la cama!

Tras el examen, Diukovski ofreció su informe:

–No hay manchas de sangre ni de ningún otro tipo... Tampoco se advierten desgarrones recientes. En la almohada hay marcas de dientes. Sobre la manta se ha vertido un líquido que tiene el olor y el sabor de la cerveza... El aspecto general de la cama da pie a pensar que en ella se ha desarrollado algún forcejeo.

–¡Que ha habido algún forcejeo lo sé sin necesidad de que usted me lo diga! No es eso lo que le he preguntado. En lugar de buscar rastros de lucha, haría mejor en...

–Solo hay una bota. La otra no aparece.

–Bueno, ¿y qué?

–Pues que lo estrangularon mientras se las quitaba. No había tenido tiempo de quitarse la otra bota cuando...

–¡Ya está fantaseando...! Y ¿cómo sabe usted que lo han estrangulado?

–En la almohada hay marcas de dientes. La propia almohada estaba muy arrugada y ha aparecido a más de dos metros de la cama.

–¡Eso es hablar por hablar! Mejor será que vayamos al jardín. Más valdría que reconociera usted el jardín, en lugar de andar rebuscando por aquí... Para eso no lo necesito.

Una vez en el jardín, la investigación se centró ante todo en el examen de la hierba, que estaba aplastada debajo de la ventana, como también un arbusto de bardana muy próximo a la pared. Diukovski tuvo la fortuna de descubrir algunas ramas quebradas y un trozo de guata. En las flores más altas aparecieron unas hebras de lana de color azul oscuro.

–¿De qué color era el traje que llevaba la última vez que se lo vio? –preguntó Diukovski a Psekov.

–Amarillo. Era un traje de lienzo.

–Estupendo. En consecuencia, los asesinos vestían de azul.

Cortó algunas flores de bardana y las envolvió con cuidado en un papel. En ese momento llegaron el jefe de policía Artsibaschev-Svistakovski y el doctor Tiutiúiev. El jefe de policía saludó a los presentes y, sin más preámbulos, trató de satisfacer su curiosidad; el doctor, hombre alto y de una delgadez extrema, con ojos hundidos, larga nariz y prominente barbilla, se sentó en un tocón y, sin saludar a nadie ni hacer ninguna pregunta, suspiró y dijo:

–¡Ya están de nuevo en danza los serbios! ¡No entiendo qué es lo que quieren! ¡Ah, Austria, Austria! ¡Tú tienes la culpa!

El examen de la cara externa de la ventana no aportó absolutamente nada, mientras que el reconocimiento de la hierba y los arbustos cercanos proporcionó a la investigación muchas indicaciones útiles. Por ejemplo, Diukovski consiguió seguir sobre la hierba un largo rastro oscuro compuesto de manchas, que partía de la ventana y se internaba varios metros en el jardín. El rastro terminaba bajo un arbusto de lilas con una gran mancha de color marrón oscuro. Bajo ese mismo arbusto se encontró una bota que resultó ser la pareja de la hallada en el dormitorio.

–¡Es sangre seca! –dijo Diukovski, examinado las manchas.

Al oír la palabra «sangre», el doctor se levantó y, con cierta indolencia, echó un vistazo a las manchas.

–Sí, es sangre –murmuró.

–¡La presencia de la sangre demuestra que no fue estrangulado! –dijo Chúbikov, mirando a Diukovski con aire sarcástico.

–En el dormitorio lo estrangularon; luego llegaron aquí y, temiendo que recobrara el sentido, le golpearon con un objeto punzante. La mancha que hay debajo del arbusto demuestra que pasó allí un tiempo relativamente largo, mientras los asesinos buscaban el modo de sacarlo del jardín.

–Bueno, ¿y la bota?

–Esa bota refuerza aún más mi convencimiento de que lo asesinaron mientras se descalzaba para meterse en la cama. Ya se había desembarazado de una bota; la otra, es decir, esta, solo tuvo tiempo de quitársela a medias. De modo que con las sacudidas y la caída del cuerpo se desprendió por sí misma...

–¡Qué imaginación! –exclamó Chúbikov, con una sonrisa irónica en los labios–. ¡Se le ocurre una tras otra! ¿Cuándo perderá usted la costumbre de molestar a todo el mundo con sus razonamientos? ¡En lugar de eso, mejor sería que cogiera una muestra de hierba ensangrentada para analizarla!

Una vez concluido el examen y trazado un plano del lugar, el equipo investigador se dirigió a casa del administrador para redactar el atestado y almorzar. Durante la comida las lenguas se soltaron.

–El reloj, el dinero y lo demás... todo está intacto –dijo Chúbikov, iniciando la conversación–. El móvil del crimen no ha sido el dinero: tan cierto como que dos y dos son cuatro.

–Debe de haberlo cometido un hombre cultivado –terció Diukovski.

–¿Qué le ha llevado a esa conclusión?

–La cerilla sueca, cuyo uso aún desconocen los campesinos del lugar. Solo los hacendados, y no todos, emplean cerillas de ese tipo. Por otro lado, el asesino no estaba solo: al menos tres personas participaron en el crimen: dos lo sujetaron y el tercero lo estranguló. Kliauznov era fuerte y los asesinos probablemente lo sabían.

–¿De qué podía valerle su fuerza si, por ejemplo, estaba durmiendo?

–Los asesinos lo sorprendieron cuando se quitaba las botas. Se estaba descalzando, de modo que no dormía.

–¡Lo que no inventará! ¡Más valdría que comiera!

–En mi opinión, excelencia –dijo el jardinero Yefrem, mientras ponía el samovar en la mesa–, la única persona que ha podido cometer esta vileza es Nikolashka.

–Es muy posible –dijo Psekov.

–Y ¿quién es ese Nikolashka?

–El ayuda de cámara del señor, excelencia –respondió Yefrem–. ¿Quién pudo haber sido sino él? ¡Es un bandido, excelencia! Un borracho, un depravado. ¡Que la Reina de los Cielos nos proteja de la gente como él! Era quien le llevaba el vodka al señor y quien le ayudaba a acostarse... No puede haber sido otro. Además, me atrevo a informar a su excelencia de que un día, en la taberna, el muy granuja se jactó de que mataría al señor. Y todo por culpa de Akulka, una mujer... La esposa de un soldado... Al señor le gustaba y consiguió ganársela, entonces el otro... como es normal, se enfadó... Ahora está en la cocina, borracho como una cuba, y llora... Finge que le da pena del señor...

–Realmente, por una mujer como Akulka cualquiera se enfadaría –dijo Psekov–. Es la esposa de un soldado, una campesina, pero... No en vano Mark Ivánich la llamaba Naná. Hay en ella algo que recuerda a Naná...* Algo que atrae...

–La he visto... Lo sé –comentó el juez de instrucción, sonándose con un pañuelo rojo.

Diukovski se ruborizó y bajó los ojos. El comisario tamborileaba con el dedo sobre su platillo. El jefe de policía tuvo un ataque de tos y se puso a buscar algo en su cartera. Por lo visto, el médico era el único a quien dejaba indiferente el recuerdo de Akulka y de Naná. El juez ordenó que trajeran a Nikolashka. Era un muchacho desgarbado, con larga nariz picada de viruelas y el pecho hundido, vestido con una chaqueta que había sido del señor; al entrar en la habitación de Psekov, hizo una profunda reverencia. Tenía una expresión soñolienta y llorosa. Estaba borracho y apenas se tenía en pie.

–¿Dónde está el señor? –le preguntó Chúbikov.

–Lo han matado, excelencia.

Al decir esas palabras, Nikolashka parpadeó y se echó a llorar.

–Ya lo sabemos. ¿Dónde está ahora? ¿Dónde se encuentra su cadáver?

---

* Se refiere al personaje de la novela homónima de Zola. *[Esta nota, como las siguientes, es del traductor.]*

–Dicen que lo sacaron por la ventana y lo enterraron en el jardín.

–¡Hum...! Los resultados de la investigación ya son conocidos en la cocina... Lamentable. Dime, amigo, ¿dónde estabas la noche que mataron a tu señor? Fue el sábado, ¿no es así?

Nikolashka levantó la cabeza, extendió el cuello y se quedó pensativo.

–No puedo saberlo, excelencia –dijo–. Estaba borracho y no me acuerdo.

–¡Un *alibi!* –susurró Diukovski, sonriendo con aire burlón y frotándose las manos.

–Bueno. Y ¿por qué hay sangre debajo de la ventana?

Nikolashka levantó de nuevo la cabeza y se quedó pensativo.

–¡Piensa más deprisa! –exclamó el jefe de policía.

–Enseguida. Esa sangre no tiene importancia, excelencia. Es de una gallina que maté. Le había cortado el cuello como de costumbre, pero se me escapó de las manos y echó a correr... Por eso hay sangre.

Yefrem declaró que, en realidad, Nikolashka mataba todas las tardes una gallina en lugares diferentes, pero nadie había visto que una gallina medio degollada corriera por el jardín; no obstante, no se podía negar ese hecho de manera tajante.

–Un *alibi* –dijo Diukovski con una sonrisa–. ¡Y qué *alibi* tan estúpido!

–¿Te veías con Akulka?

–Sí, pecador de mí.

–¿Y el señor te la quitó?

–¡Nada de eso! Fue el señor Psekov quien me la birló y a él se la arrebató el señor. Así es como sucedieron las cosas.

Psekov se turbó y empezó a rascarse el párpado izquierdo. Diukovski, que tenía los ojos fijos en él, advirtió su embarazo y se estremeció. Acababa de reparar en que el administrador llevaba unos pantalones azules, detalle que antes había escapado a su atención. Esos pantalones le recordaron las hebras azules encontradas en la mata de bardana. Chúbikov, a su vez, miró a Psekov con aire de sospecha.

–¡Vete! –le dijo a Nikolashka–. Y ahora, señor Psekov, permítame que le haga una pregunta. Seguramente, pasó usted aquí la noche del sábado al domingo, ¿no es cierto?

–Sí, a las diez cené con Mark Ivánich –Psekov, confundido, se levantó de la mesa–. Luego... Luego... La verdad es que no me acuerdo –farfulló–. Esa noche bebí mucho... No recuerdo dónde y cuándo me quedé dormido... ¿Por qué me miran todos así? ¡Ni que lo hubiera matado yo!

–¿Dónde se despertó usted?

–En la cocina de los criados, sobre la estufa... Todos pueden confirmarlo. Cómo fui a parar allí, no lo sé...

–No se ponga nervioso... ¿Conocía a Akulka?

–Eso no tiene nada de particular...

–¿Pasó de usted a Kliauzov?

–Sí... Yefrem, ¡sirve más setas! ¿Quiere té, Yevgraf Kuzmich?

Se produjo un silencio embarazoso, agobiante, que se prolongó durante cinco minutos. Diukovski seguía callando y no apartaba su penetrante mirada del pálido rostro de Psekov. El juez de instrucción fue el primero en hablar.

–Será necesario que vayamos al edificio principal –dijo– para hablar con María Ivánovna, la hermana del difunto. Tal vez ella pueda proporcionarnos alguna pista.

Chúbikov y su ayudante dieron las gracias por el almuerzo y se pusieron en marcha. Encontraron a María Ivánovna, la hermana de Kliauzov, una solterona de cuarenta y cinco años, rezando ante la alta urna con los iconos de la familia. Al ver en las manos de los recién llegados carteras y gorras con escarapelas, palideció.

–Ante todo le pido disculpas por haber interrumpido, por decirlo así, sus piadosas actividades –dijo con galantería Chúbikov, haciendo chocar los talones–. Venimos a hacerle una petición. Como sin duda ha oído usted... existen indicios de que su hermano ha sido asesinado. La voluntad de Dios, ya sabe... La muerte no respeta a nadie, ni a reyes ni a campesinos. ¿No podría proporcionarnos algún indicio o aclaración?

–¡Ah, no me pregunte nada! –dijo María Ivánovna, palideciendo aún más y ocultando el rostro en las manos–. ¡No puedo decirle nada! ¡Nada! ¡Se lo suplico! No sé nada... ¿Qué puedo decirle? Ah, no, no... ¡No diré una palabra sobre mi hermano! ¡Antes de hablar, prefiero morir!

María Ivánovna se echó a llorar y se retiró a otra habitación. Los investigadores intercambiaron miradas, se encogieron de hombros y se marcharon.

–¡Qué diablo de mujer! –exclamó Diukovski en tono insultante al salir de la espaciosa casa–. Por lo visto, sabe algo y lo oculta. Y la doncella también tiene aspecto de guardar algún secreto... ¡Esperad un poco, diablesas! ¡Ya lo aclararemos todo!

Era ya de noche cuando Chúbikov y su ayudante, alumbrados por la pálida luz de la luna, regresaban a sus casas; sentados en la calesa, hacían balance de los acontecimientos del día. Ambos estaban agotados y guardaban silencio. A Chúbikov, en general, no le gustaba hablar cuando estaba de camino, mientras Diukovski, charlatán por naturaleza, callaba por consideración al anciano. Sin embargo, al final del viaje el ayudante no pudo contenerse y comentó:

–Que Nikolashka ha tomado parte en este asunto *non dubitandum est.* Basta verle la jeta para darse cuenta de la clase de pájaro que es... Su *alibi* nos lo entrega atado de pies y manos. También está fuera de toda duda que él no es el instigador. Solo ha sido un instrumento ciego del que alguien se ha servido. ¿Está usted de acuerdo? También el modesto Psekov desempeña un papel de cierta importancia en este caso. Los pantalones azules, su turbación, el miedo que le llevó a buscar la estufa después del asesinato, su *alibi* y Akulka.

–¡Siga dándole a la lengua! En su opinión, basta con conocer a Akulka para ser sospechoso de asesinato. ¡Ah, tiene usted una mente calenturienta! ¡Debería usted volver al biberón en lugar de instruir procesos! También usted ha cortejado a Akulka. ¿Significa eso que ha tomado parte en el asunto?

–También usted la empleó durante un mes como cocinera... pero no digo nada. La noche del sábado al domingo estuvimos usted y yo jugando a las cartas y por tanto le vi, de otro modo me habría ocupado de usted. No se trata de esa mujer, señor, sino de un sentimiento vil, repugnante y vergonzoso... A ese joven modesto le ha disgustado no haber quedado por encima, ¿ve usted? Es una cuestión de amor propio. Quería vengarse... Luego... Sus gruesos labios delatan una naturaleza sensual. ¿Recuerda cómo chasqueaba la lengua cuando se comparó a Akulka con Naná? ¡Es indudable que a ese canalla le devora la pasión! En definitiva: amor propio herido y pasión insatisfecha. Suficiente para cometer un asesinato. Tenemos a dos en nuestras manos; pero ¿quién es el tercero? Nikolashka y Psekov sujetaron a Kliauzov. ¿Quién lo ahogó? Psekov es tímido, miedoso y, en general, cobarde. Los tipos como Nikolashka no saben ahogar con una almohada; prefieren servirse de un hacha o una maza... Lo hizo una tercera persona, pero ¿quién?

Diukovski se caló el sombrero hasta las cejas y se quedó pensativo. Guardó silencio hasta que el carricoche se detuvo delante de la casa del juez de instrucción.

–¡Eureka! –dijo, mientras entraba y se quitaba el abrigo–. ¡Eureka, Nikolái Yermolaich! ¡No sé cómo no se me ha ocurrido antes! ¿Sabe quién es el tercero?

–¡Basta, por favor! ¡La cena está lista! ¡Siéntese a cenar!

El juez y su ayudante se sentaron a la mesa. Este último se sirvió una copa de vodka, se puso en pie, se estiró cuan largo era y, con los ojos centelleantes, exclamó:

–Sepa que esa tercera persona, la que actuó en consonancia con ese canalla de Psekov y ahogó a Kliauzov, es una mujer. ¡Sí, señor! ¡Me refiero a la hermana del difunto, María Ivánovna!

Chúbikov se atragantó con el vodka y clavó los ojos en Diukovski.

–¿Está usted... en sus cabales? ¿No le dolerá la cabeza?

–Me encuentro perfectamente. Pero piense que estoy loco, si lo desea. En cualquier caso, ¿cómo explica usted su turbación cuando fuimos a verla? ¿Cómo explica su negativa a prestar declaración? Supongamos que nada de eso tiene importancia. ¡Está bien! ¡De acuerdo! Pero ¡recuerde usted las relaciones que existían entre ambos! ¡Ella odiaba a su hermano! Es una antigua creyente* y él un libertino, un descreído... ¡Esa es la razón de su odio! Dicen que había logrado convencerla de que era un ángel de Satán. ¡En su presencia se entregaba a prácticas de espiritismo!

–Bueno, ¿y qué?

–¿No lo comprende usted? ¡Ella, antigua creyente, lo mató por fanatismo! No solo ha arrancado la cizaña y ha acabado con

* Antiguos creyentes, secta rusa formada en la segunda mitad del siglo XVII por aquellos que se negaban a aceptar las reformas del patriarca Nikon.

un libertino, sino que también ha librado al mundo del Anticristo. En eso, piensa, reside su mérito, su hazaña religiosa. ¡Ah, no conoce usted a esas solteronas partidarias de la antigua fe! ¡Lea usted a Dostoievski! ¡Y qué cosas escriben Leskov y Pecherski...! ¡Es ella, ella, por mucho que le disguste a usted! ¡Ella lo ahogó! ¡Ah, pérfida mujer! ¿Acaso no se situó delante de los iconos, cuando entramos, con la única intención de engañarnos? «Voy a ponerme a rezar para que piensen que estoy tranquila y no los esperaba», se habrá dicho. Es el método de los delincuentes novatos. ¡Querido Nikolái Yermolaich! ¡Amigo mío! ¡Asígneme este caso! ¡Déjeme que lo lleve hasta el final! ¡Hágame el favor! ¡Yo lo he empezado y yo lo terminaré!

Chúbikov sacudió la cabeza y frunció el ceño.

–También nosotros sabemos desentrañar casos difíciles –dijo–. Su función no consiste en meterse donde no le llaman. Escribir cuando le dictan: esa es su función.

Diukovski se ruborizó y salió dando un portazo.

–¡Es inteligente el granuja! –murmuró Chúbikov, siguiéndolo con la mirada–. ¡Muy inteligente! Pero se acalora sin motivo. Tendré que comprarle una pitillera en la feria y regalársela...

Al día siguiente por la mañana fue conducido ante el juez un joven de la aldea de Kliauzova, de enorme cabeza y labio leporino; era un pastor llamado Danilo, que hizo una deposición muy interesante.

–Estaba un poco bebido –dijo–. Hasta medianoche no me moví de casa de mi compadre. Al volver a casa, borracho como una cuba, se me ocurrió bañarme en el río. Me metí en el agua... y ¿qué cree que vi? Dos hombres pasaban por la presa llevando un bulto negro. «¡Eh!», les grité. Ellos se asustaron y se dirigieron a todo correr a los huertos de Makáriev. ¡Que Dios me castigue si no llevaban al señor!

Ese mismo día, al caer la tarde, Psekov y Nikolashka fueron detenidos y enviados bajo escolta a la capital del distrito. Una vez allí, los metieron en la cárcel.

II

Pasaron doce días.

Una mañana el juez de instrucción Nikolái Yermolaich, sentado tras su mesa de tapete verde, hojeaba el expediente de Kliauzov. Diukovski, inquieto como un lobo en la jaula, iba y venía de un lado a otro de la habitación.

–Está usted convencido de la culpabilidad de Nikolashka y Psekov –dijo, mesándose con nervioso ademán su incipiente barbita–. ¿Por qué no quiere convencerse de la de María Ivánovna? ¿Es que no tiene suficientes pruebas?

–No digo que no esté convencido. Lo estoy, pero no acabo de creer... Carecemos de pruebas concretas, todo se reduce a cierta filosofía... Que si el fanatismo, que si esto, que si lo otro...

–¡Necesita usted a toda costa el hacha y las sábanas ensangrentadas! ¡Ah, los juristas! ¡Pues se lo voy a demostrar! ¡Dejará de descuidar el lado psicológico del caso! ¡Su María Ivánovna acabará en Siberia! ¡Yo aportaré las pruebas! Si la filosofía no le satisface, le aportaré algo más tangible... ¡Eso le demostrará lo acertado de mi filosofía! Solo le pido que me deje hacer un recorrido por el distrito.

–¿De qué se trata?

–De la cerilla sueca... ¿La había olvidado usted? ¡Pues yo no! ¡Me enteraré de quién la encendió en la habitación del difunto! No fue Nikolashka, ni Psekov, a quienes no se les encontraron cerillas durante el registro, sino una tercera persona, es decir, María Ivánovna. ¡Se lo demostraré...! Lo único que le pido es que me permita recorrer el distrito e indagar...

–Bueno, de acuerdo, siéntese... Procedamos al interrogatorio.

Diukovski se sentó ante su mesita y hundió su larga nariz en los papeles.

–¡Que traigan a Nikolái Tétejov! –gritó el juez de instrucción.

Nikolashka, pálido y delgado como un clavo, entró en la habitación. Estaba temblando.

–¡Tétejov! –empezó Chúbikov–. En 1879 fue usted procesado por robo y condenado a prisión por el juez de primera instancia. En 1882 fue juzgado otra vez por idéntico delito y enviado de nuevo a la cárcel... Lo sabemos todo.

El rostro de Nikolashka expresaba sorpresa. La omnisciencia del juez de instrucción le llenaba de espanto. Pero pronto la sorpresa se trocó en una aflicción extrema. Estalló en sollozos y pidió permiso para ir a refrescarse la cara y serenarse un poco. Se lo llevaron.

–¡Que traigan a Psekov! –ordenó el juez.

Entró Psekov. Sus facciones habían cambiado mucho en los últimos días. Había adelgazado, estaba pálido y tenía las mejillas hundidas. Sus ojos solo expresaban apatía.

–Siéntese, Psekov –dijo Chúbikov–. Espero que hoy se muestre usted razonable y no trate de mentirnos como las otras veces. Durante todos estos días ha negado su participación en el asesinato de Kliauzov, a pesar de las numerosas pruebas que lo incriminan. Esa actitud no es razonable. La confesión atenúa la culpa. Hoy es la última vez que le hablo. Si no confiesa usted, mañana será demasiado tarde. Bueno, cuéntenos...

–Yo no sé nada... Y no conozco sus pruebas –susurró Psekov.

–¡Hace usted mal! Bueno, en tal caso, permítame que le cuente yo cómo sucedió todo. El sábado por la noche se encontraba usted en el dormitorio de Kliauzov, bebiendo con él vodka y cerveza. –Diukovski clavó su mirada en el rostro de Psekov y no la apartó de él en el transcurso de todo el monólogo–. Les servía Nikolái. Algo después de medianoche Mark Ivánich le anunció su deseo de acostarse. Siempre se iba a la cama a esa hora. Mientras se quitaba las botas y le daba algunas disposiciones relativas a la hacienda, Nikolái y usted, a una señal convenida, agarraron a su señor, que estaba borracho, y lo arrojaron sobre la cama. Uno de ustedes se sentó sobre sus piernas; el otro le sujetó la cabeza. En ese momento, procedente del vestíbulo, una mujer vestida de negro a la que ambos conocen muy bien entró en la habitación; su participación en el crimen había sido pactada de antemano con ustedes. Cogió la almohada y se sirvió de ella para ahogar a Mark Ivánich. Durante el forcejeo la vela se apagó. La mujer sacó del bolsillo una caja de cerillas suecas y volvió a encenderla. ¿No es así? Por la expresión de su rostro veo que digo la verdad. Sigamos... Tras ahogar a Kliauzov, convencidos de que ya no respiraba, Nikolái y usted lo sacaron por la ventana y lo depositaron junto a la mata de bardana. Temiendo que recobrara el conocimiento, le golpearon con un objeto punzante. A continuación lo arrastraron hasta el arbusto de lilas, donde lo dejaron durante un tiempo. Tras una breve pausa para recobrar el aliento y reflexionar, se lo llevaron... Atravesaron la cerca... Luego salieron al camino... Más allá se encuentra la presa. Cerca de allí un campesino les asustó. Pero ¿qué le pasa?

Psekov, pálido como una sábana, se puso en pie y se tambaleó.

–¡Me ahogo! –exclamó–. Bueno... Sea... Pero déjeme salir... Por favor...

Se lo llevaron.

–¡Por fin ha confesado! –dijo Chúbikov, estirándose con aire satisfecho–. ¡Se ha delatado! No obstante, ¡con qué habilidad lo he cazado! Le he abrumado con mi exposición...

–¡Ni siquiera ha negado lo de la mujer vestida de negro! –comentó Diukovski, echándose a reír–. En cualquier caso, sigue obsesionándome la cerilla sueca. ¡No puedo aguantar más! ¡Adiós! Me marcho.

Diukovski se puso la gorra y salió. Chúbikov empezó el interrogatorio de Akulka, quien declaró que no sabía nada de nada...

–¡He vivido solo con usted, con nadie más! –dijo.

Pasadas las cinco, regresó Diukovski. Estaba más alterado que nunca. Las manos le temblaban de tal manera que no era capaz de desabotonarse el abrigo. Sus mejillas ardían. Era evidente que traía noticias frescas.

–*¡Veni, vidi, vinci!* –exclamó, irrumpiendo en el despacho de Chúbikov y desplomándose en un sillón–. Le doy mi palabra de honor de que empiezo a creer en mi genio. ¡Escuche, por todos los diablos! ¡Escúcheme y sorpréndase, venerable señor! ¡Es triste y cómico a la vez! Ya tiene en sus manos a tres, ¿no es así? Pues yo he encontrado al cuarto, o, mejor dicho, a la cuarta, ya que se trata de una mujer. ¡Y qué mujer! ¡Solo por rozar sus hombros, daría diez años de mi vida! Pero... escuche... Me dirigí a Kliauzova y me puse a husmear por los alrededores. De camino entré en todas las tiendas, tabernas y ventas, pidiendo en cada una de ellas cerillas suecas. Pero siempre me enfrentaba con la misma respuesta: «No tenemos». No he parado hasta ahora. Veinte veces perdí la esperanza y otras tantas la recobré. Me he pasado el día entero deambulando de un lado para otro y hasta hace una hora no he encontrado lo que andaba buscando. A unas tres verstas de aquí pedí cerillas y me sacaron un paquete de diez cajas. Faltaba una... Sin pérdida de tiempo pregunté: «¿Quién la ha comprado?». «Fulana... Le gustó cómo crepitan.» ¡Amigo mío! ¡Nikolái Yermolaich! ¡Hasta dónde puede llegar a veces un hombre expulsado del seminario que ha leído en profundidad a Gaboriau!* ¡Es inconcebible! ¡Hoy me he ganado mi propia estima...! ¡Uf...! Bueno, ¡vámonos!

–¿Adónde?

–A casa de la otra, de la cuarta... Hay que darse prisa, de otro modo... ¡De otro modo voy a consumirme de impaciencia! ¿Sabe quién es? ¡Jamás lo adivinaría! Es la joven mujer de nuestro viejo comisario Yevgraf Kuzmich: Olga Petrovna. ¡Esa es! ¡Fue ella quien compró la caja de cerillas!

–Usted... Tú... Usted... ¿Ha perdido la razón?

–¡Está todo muy claro! En primer lugar, ella fuma; en segundo, está locamente enamorada de Kliauzov. Él rechazó su amor por una Akulka cualquiera. Se trata de una venganza. Ahora recuerdo que en una ocasión los sorprendí en la cocina, detrás de un biombo. Ella le juraba amor eterno, mientras él fumaba un cigarrillo y le echaba el humo en la cara. Pero vamos... Hay que darse prisa, pues ya está oscureciendo... ¡En marcha!

–¡Aún no estoy lo bastante loco para ir a molestar en plena noche a una mujer noble y honrada por culpa de un chiquillo como usted!

–Noble y honrada... ¡Más que un juez de instrucción, parece usted un guiñapo! ¡Nunca me he atrevido a insultarle, pero ahora me veo obligado a ello! ¡Guiñapo! ¡Inútil! ¡Vamos, mi querido Nikolái Yermolaich! ¡Se lo pido por favor!

El juez de instrucción hizo un gesto destemplado con la mano y escupió.

---

* Émile Gaboriau (1835-1873), escritor francés, creador de novelas policíacas y detectivescas.

–¡Se lo ruego! ¡No por mí, sino en interés de la justicia! ¡Se lo suplico! Por una vez, atienda a mi petición. –Diukovski se puso de rodillas–. ¡Nikolái Yermolaich! ¡Sea bondadoso! ¡Si me equivoco con esa mujer, le permito que me tilde de canalla y miserable! ¡Qué caso! ¡Menudo caso! ¡Más que un proceso es una novela! ¡Su fama se extenderá por toda Rusia! ¡Le pedirán que instruya las causas más importantes! ¡Trate de comprender, viejo insensato!

El juez de instrucción frunció el ceño y con indecisión extendió la mano hacia su sombrero.

–¡Bueno, que el diablo te lleve! –exclamó–. ¡Vamos!

Ya era de noche cuando el carricoche del juez se detuvo ante la casa del comisario.

–¡Somos unos cerdos! –dijo Chúbikov, tirando de la campanilla–. ¡Qué manera de molestar a la gente!

–No importa, no importa... No sea pusilánime... Le diremos que la ballesta del coche se ha roto.

Chubnikov y Diukovski fueron recibidos en el umbral por una mujer alta y regordeta, de unos veintitrés años, con cejas negras como el azabache y labios rojos y carnosos. Era Olga Petrovna.

–¡Ah... encantada! –exclamó con una amplia sonrisa–. Llegan a tiempo para cenar. Yevgraf Kuzmich no está... Ha debido de entretenerse en casa del pope... Pero nos las arreglaremos sin él... ¡Siéntense! ¿Vienen de instruir alguna causa?

–Sí... Figúrese, se nos ha roto una ballesta –dijo Chúbikov, entrando en el salón y tomando asiento en un sillón.

–¡A qué espera...! ¡Desconciértela! –le susurró Diukovski–. ¡Desconciértela!

–Una ballesta... Mmm... Sí... Así que decidimos entrar.

–¡Le estoy diciendo que la desconcierte! Si empieza a dar rodeos, acabará adivinándolo todo.

–¡Haz lo que te parezca, pero libérame de esa obligación! –murmuró Chúbikov, poniéndose en pie y acercándose a la ventana–. ¡No puedo! ¡Tú te lo has guisado, así que cómetelo tú!

–Sí, la ballesta... –empezó Diukovski, acercándose a la mujer del comisario y frunciendo su larga nariz–. No hemos venido para... eh... cenar ni para ver a Yevgraf Kuzmich. Hemos venido para preguntarle dónde se encuentra Mark Ivánich, a quien asesinó usted.

–¿Cómo? ¿Qué Mark Ivánich? –balbució la mujer del comisario y al punto su grueso rostro se puso como la grana–. No... no comprendo.

–¡Se lo pregunto en nombre de la ley! ¿Dónde está Kliauzov? ¡Lo sabemos todo!

–¿Quién se lo ha dicho? –preguntó la mujer con voz queda, incapaz de soportar la mirada de Diukovski.

–¿Le importaría indicarnos dónde está?

–Pero ¿cómo lo han sabido? ¿Quién se lo ha contado?

–¡Lo sabemos todo! ¡Le exijo una respuesta en nombre de la ley!

El juez de instrucción, animado por la turbación de la mujer, se acercó a ella y dijo:

–Díganoslo y nos marcharemos. De otra manera...

–Y ¿para qué lo quieren?

–¿A qué vienen todas esas preguntas, señora? ¡Le pedimos que nos diga dónde está! Tiembla usted, está confundida... Sí, ha sido asesinado; y eso no es todo: ha sido asesinado por usted. ¡Sus cómplices la han delatado!

La mujer del comisario palideció.

–Vengan –dijo en voz baja, retorciéndose las manos–. Lo tengo escondido en el baño. Pero, ¡por Dios, no se lo digan a mi marido! ¡Se lo suplico! ¡No lo soportaría!

La mujer descolgó de la pared una gran llave y condujo a sus huéspedes a través de la cocina y el zaguán hasta el patio. Allí reinaba la oscuridad. Caía una lluvia menuda. Olga Petrovna abría la marcha. Chúbikov y Diukovski caminaban tras ella por la alta hierba, aspirando un olor a cañas salvajes y a aguas sucias, en las que sus pies chapoteaban. El patio era grande. Pronto dejaron atrás ese terreno encharcado y pisaron tierra labrada. En la oscuridad surgieron las siluetas de los árboles y entre ellas apareció una casita con la chimenea torcida.

–Ahí está el baño –dijo la mujer–. Pero ¡les ruego que no se lo digan a nadie!

Al acercarse, los dos hombres vieron un grueso candado sobre la puerta.

–¡Prepare un cabo de vela y una cerilla! –le susurró el juez de instrucción a su ayudante.

La mujer del comisario abrió el candado y les dejó entrar. Diukovski encendió una cerilla e iluminó el antebaño. En medio de la pieza había una mesita. Sobre ella, junto a un samovar pequeño y panzudo, se veía una sopera con *schi** frío y un plato con restos de salsa.

–¡Sigamos!

Entraron en la habitación siguiente, el baño propiamente dicho. Allí también había una mesa, en la que descansaban una gran fuente con jamón, una garrafa de vodka, platos, cuchillos y tenedores.

–Pero ¿dónde está... el muerto? –preguntó el juez de instrucción.

–¡En la tabla superior! –susurró ella, toda pálida y temblorosa.

Diukovski cogió la vela y subió. Vio un largo cuerpo humano, que yacía inmóvil sobre un gran colchón de plumas. El cuerpo emitía un ligero ronquido...

–¡Nos está tomando el pelo, demonios! –gritó Diukovski–.

* Sopa de col típica de Rusia.

¡No es él! ¡El imbécil que está aquí tumbado está bien vivo! ¡Eh! ¿Quién eres? ¡Que el diablo te lleve!

El cuerpo aspiró el aire con un silbido y se movió. Diukovski lo empujó con el codo. El cuerpo levantó los brazos, se estiró e incorporó la cabeza.

–¿Quién está ahí? –preguntó con profunda y ronca voz de bajo–: ¿Qué quieres?

Diukovski acercó la vela al rostro del desconocido y pegó un gritó. Había reconocido la nariz purpúrea, los cabellos erizados y despeinados, el bigote negro como la pez, una de cuyas guías estaba gallardamente retorcida y parecía mirar el techo con arrogancia, del alférez Kliauzov.

–¿Es... usted... Mark... Ivánich? ¡No puede ser!

El juez de instrucción levantó la vista y se quedó petrificado...

–Sí, soy yo... ¡Y usted es Diukovski! ¿Qué diablos hace aquí? ¿Y de quién es esa jeta que asoma por ahí debajo? ¡Dios santo, pero si es el juez de instrucción! ¿Qué viento les ha traído a este lugar?

Kliauzov bajó y abrazó a Chúbikov. Olga Petrovna se escabulló por la puerta.

–¿Cómo han venido a parar aquí? ¡Bebamos una copa, diablos! Tra-ta-ti-to-tom... ¡Bebamos! Pero ¿quién les ha traído? ¿Cómo sabían que estaba aquí? ¡En cualquier caso, da lo mismo! ¡Bebamos!

Kliauzov encendió una lámpara y llenó tres vasos de vodka.

–No entiendo nada –dijo el juez de instrucción, separando los brazos–. ¿Eres tú o no?

–Basta... ¿Vas a venirme ahora con lecciones de moral? ¡No te esfuerces! ¡Vacía tu copa, joven Diukovski! Celebremos, amigos míos, esta... Pero ¿por qué me miráis así? ¡Bebed!

–De todos modos, no entiendo nada –comentó el juez, vaciando maquinalmente su copa–. ¿Qué haces aquí?

–¿Y por qué no voy a estar aquí si me encuentro a gusto?

Kliauzov bebió y tomó un trozo de jamón.

–Vivo con la mujer del comisario, como ves. En un lugar recóndito y apartado, como un duende. ¡Bebe de una vez! ¡Me daba pena de ella, amigo! Así que me compadecí y me instalé en este baño abandonado como un eremita... Como, bebo... Pienso marcharme la semana que viene... Ya estoy cansado...

–¡Es inconcebible! –exclamó Diukovski.

–¿Por qué?

–¡Es inconcebible! Por el amor de Dios, dígame cómo fue a parar su bota al jardín.

–¿Qué bota?

–Encontramos una bota en el dormitorio y otra en el jardín.

–Y ¿para que queréis saberlo? No es asunto vuestro... Pero ¡bebed, por todos los diablos! ¡Me habéis despertado, así que bebed! Lo de la bota es una historia curiosa, amigo. Yo no quería venir aquí. Estaba de mal humor y un poco achispado... Ella se llegó hasta mi ventana y me montó una escena... Ya sabes cómo son las mujeres... en general... Como estaba borracho, cogí una bota y se la tiré... Ja, ja... Para que se callara. Ella entró por la ventana, encendió la lámpara y me dio una tunda. Me zurró, me trajo aquí y me encerró... Ahora vivo a cuerpo de rey... ¡Amor, vodka y aperitivos! Pero ¿adónde vais? ¿Adónde vas, Chúbikov?

El juez de instrucción escupió y salió del baño. Tras él, con la cabeza gacha, iba Diukovski. Ambos se montaron en silencio en el carricoche y se pusieron en camino. Nunca el viaje se les antojó tan largo y tedioso. Los dos callaban. Durante todo el trayecto Chúbikov temblaba de ira, mientras Diukovski ocultaba la cara en el cuello del abrigo, como si temiera que la oscuridad y la llovizna pudieran leer en ella su vergüenza.

Al llegar a su casa, el juez de instrucción se encontró con el doctor Tiutiúiev. Sentado a la mesa, lanzaba profundos suspiros y hojeaba un número de la revista *Niva*.

–¡Qué cosas pasan en este mundo! –exclamó, recibiendo al juez con una triste sonrisa–. ¡Otra vez está Austria haciendo de las suyas! Y también Gladstone*, en cierta manera...

Chúbikov arrojó el sombrero debajo de la mesa y empezó a temblar.

–¡Esqueleto de los demonios! ¡Déjame en paz! ¡Te he dicho mil veces que no me des la lata con tu política! ¡No tengo la cabeza para esas cosas! Y en cuanto a ti –añadió, dirigiéndose a Diukovski, al tiempo que blandía el puño–, en cuanto a ti, ¡no te lo perdonaré jamás!

–¡Pero... la cerilla sueca! ¡Cómo podía yo saber!

–¡Vete al diablo con tu cerilla! ¡Márchate y no me irrites! De lo contrario, no sé lo que podría hacer contigo! ¡Que no vuelva a verte por aquí!

Diukovski suspiró, cogió su sombrero y salió.

–¡Voy a emborracharme! –decidió, al atravesar la cancela, y se encaminó con aire abatido a la taberna.

La mujer del comisario, al regresar del baño, se encontró con su marido en el salón.

–¿A qué ha venido el juez de instrucción? –preguntó.

–A decirte que ya ha aparecido Kliauzov. ¡Imagínate, lo han encontrado en casa de una mujer casada!

–¡Ah, Mark Ivánich, Mark Ivánich! –suspiró el comisario, levantando los ojos al cielo–. ¡Ya te decía yo que el vicio no conduce a nada bueno! ¡Te lo decía, pero no querías escucharme!

* William Ewart Gladstone (1809-1898), político inglés. Fue primer ministro en cuatro ocasiones.

Cirugía
(1884)

Un hospital provincial. En ausencia del médico, que ha emprendido viaje para casarse, se ocupa de los pacientes el enfermero Kuriatin, un hombre gordo de unos cuarenta años, con raída chaqueta de seda y gastados pantalones de lana. En la expresión de su rostro se lee que es un hombre afable y amante del deber. Entre los dedos índice y corazón de la mano izquierda sostiene un cigarrillo que despide un olor apestoso.

En la sala de espera entra el sacristán Vonmiglásov, un anciano alto y rechoncho, con una sotana pardusca y un ancho cinturón de cuero. En el ojo derecho, semicerrado, tiene una catarata y en la nariz una verruga que de lejos parece una mosca de gran tamaño. Por un instante el sacristán busca con los ojos el icono y, al no encontrarlo, se santigua delante de una botella de fenol; luego saca de su pañuelo rojo un pan bendito y, con una inclinación, lo pone delante del enfermero.

–¡A-a-ah...! ¡Hola! –bosteza el enfermero–. ¿Qué le trae por aquí?

–Le deseo un buen día de domingo, Serguéi Kuzmich... Necesito su ayuda... Como dice el salmo, perdóneme, con mucha verdad y justicia: «Mi bebida está mezclada con lágrimas». El otro día me senté a tomar el té con mi vieja, pero no pude pasar ni una sola gota, nada de nada, Dios mío, y creí que me moría... Tomé un sorbo... y no pude más. No solo me molestaba la muela, sino toda esta parte... ¡Qué dolor, qué dolor! Llega hasta la oreja, perdóneme, y es como si me hundieran un clavo o algo parecido. ¡Qué punzadas, qué punzadas! Soy un pecador, he faltado a la ley... Pues he dejado que el pecado enfriara mi alma y he pasado mi vida sumido en la pereza... ¡Me lo merezco por mis pecados, por mis pecados, Serguéi Kuzmich! Tras la misa, el sacerdote me ha reprendido: «Tartajeas, Yefim, y tu voz se ha vuelto gangosa. Cuando cantas, no hay manera de entender ni una palabra». Pero cómo voy a cantar, hágase cargo, cuando no puedo ni abrir la boca; tengo toda la mandíbula hinchada, perdóneme, y no he pegado ojo en toda la noche...

–Bueno... Siéntese... ¡Abra la boca!

Vonmiglásov se sienta y abre la boca.

Kuriatin frunce el ceño, examina la boca y, entre los dientes amarillentos por los años y el tabaco, descubre una muela adornada con un gran agujero.

–El diácono me dijo que aplicara vodka con rábano, pero no ha surtido efecto. Glikeria Anísimovna, que Dios le conserve la salud, me dio un hilo del monte Athos para que me lo atara a la muñeca y me aconsejó que me enjuagara la muela con leche tibia; me puse el hilo, pero confieso que, en lo que respecta a la leche, no hice nada: temo a Dios, estamos en Cuaresma...

–Prejuicios... –Un silencio–. ¡Hay que arrancarla, Yefim Mijeich!

–Usted sabrá, Serguéi Kuzmich. Para eso ha estudiado, para saber lo que hay que hacer en estos casos: si es necesario arrancar o basta con aplicar gotas o alguna otra cosa... Para eso estáis aquí, bienhechores nuestros, que Dios os conserve la salud, para que nosotros recemos por vosotros, que sois nuestros verdaderos padres, día y noche... hasta la hora final...

–Una nadería... –dijo el enfermero, dándoselas de modesto, al tiempo que se acercaba al armario y rebuscaba entre los instrumentos–. La cirugía es una nadería... Basta con tener práctica y mano firme... Es muy sencillo... El otro día vino al hospital, como usted, el hacendado Aleksandr Ivánich Yeguípetski... También le dolía una muela... Es un hombre instruido, no para de hacer preguntas, todo lo quiere saber, el qué y el cómo. Me aprieta la mano, me llama por mi nombre... Ha vivido siete años en San Petersburgo, se ha codeado con todos los profesores... Hablamos durante un buen rato... «¡Por el amor de Dios –me dijo–, arránquemela, Serguéi Kuzmich!» ¿Arrancarla? ¿Por qué no? No hay de qué preocuparse. Pero hay que saber lo que se hace, de otro modo es imposible... Hay muchas clases de muelas. En un caso hay que usar las tenazas, en otro las pinzas, en un tercero la llave... A cada una lo suyo.

El enfermero coge las pinzas, se queda mirándolas un momento con indecisión, luego las deja en su sitio y toma las tenazas.

–Bueno, abra bien la boca... –dice, acercándose con ellas al sacristán–. Ahora mismo... así... es muy sencillo... Solo hay que separar la encía... efectuar una tracción en sentido vertical... y ya está... –separa la encía– y ya está...

–Sois nuestros bienhechores... Nosotros, pobres idiotas, no comprendemos nada, pero a vosotros el Señor os ha iluminado...

–Déjese de razonamientos mientras tiene la boca abierta... Esta muela es fácil de arrancar, pero a veces no quedan más que las raíces... Es muy sencillo... –Aplica las tenazas–. Espere, no se mueva... Estese quieto... En un abrir y cerrar de ojos... –Efectúa una tracción–. Lo esencial es coger la muela lo más abajo posible –tira– ... para que la corona no se rompa...

–Por todos los santos... Madre de Dios... ¡Ay!

–No... No... Así no puedo. ¡No me coja usted las manos! ¡Deje las manos! –Tira–. Ahora... Ya está, ya está... No es un caso fácil.

–Por todos los santos... Padres de la Iglesia... –Grita–. ¡Ángeles del cielo! ¡Ay! ¡Ay...! Pero ¡arránquela, arránquela! ¿Va a pasarse cinco años tirando?

–Es que... la cirugía... no es cosa de un momento... Ya está, ya está...

Vonmiglásov levanta las rodillas hasta los codos, mueve los dedos, desencaja los ojos, respira con dificultad... Su rostro purpúreo se cubre de sudor, sus ojos se llenan de lágrimas. Kuriatin jadea, se afana alrededor del sacristán y tira... Pasan treinta segundos de una tortura inenarrable y las tenazas se desprenden de la muela. El sacristán pega un salto y se mete los dedos en la boca, pero encuentra la muela en su lugar.

–¡Pues sí que has tirado bien! –dice con voz llorosa y al mismo tiempo burlona–. ¡Ojalá tiren así de ti en el otro mundo! ¡Te estoy muy agradecido! ¡Si no sabes arrancar muelas, mejor no te metas! No veo nada...

–¿Y por qué me has cogido las manos? –pregunta enfadado el enfermero–. Mientras yo trato de tirar, tú me apartas el brazo y dices toda suerte de idioteces... ¡Imbécil!

–¡Tú sí que eres un imbécil!

–¿Acaso crees que es fácil arrancar una muela semejante, mujik del demonio? ¡Inténtalo! ¡Esto no es como subir al campanario y darle a la cuerda! –Le imita–. «¡No sabes, no sabes!» ¿Es que vas a enseñarme mi oficio? Lo que hay que ver... Cuando le arranqué la muela al señor Aleksandr Ivánich Yeguípetski no dijo ni una palabra... Es un hombre más respetuoso que tú y no se puso a cogerme las manos... ¡Siéntate! ¡Siéntate, te digo!

–No veo nada... Deja que me recupere... ¡Ay! –Se sienta–. Solo te pido que no tires mucho tiempo, que la arranques. No tires, arráncala... ¡De un tirón!

–¡Y todavía pretende darme lecciones! ¡Ah, Señor, qué pueblo más ignorante! ¡Vivir en medio de esta gente embrutece! Abre la boca... –Aplica las tenazas–. La cirugía, amigo, no es ninguna broma... No es como cantar en el coro... –Efectúa una tracción–. No te retuerzas... Es una muela vieja, tiene raíces profundas... –Tira–. No te muevas... Así... Así... No te muevas... Bueno, bueno... –Se oye un crujido–. ¡Ya lo sabía yo!

Vonmiglásov se queda inmóvil durante un minuto, como privado de sentido. Está aturdido... Sus ojos miran el vacío con aire estúpido, el sudor baña su rostro demudado.

–Tenía que haber empleado las pinzas... –murmura el enfermero–. ¡Menuda historia!

Al volver en sí, el sacristán se mete los dedos en la boca y en el lugar de la muela enferma encuentra dos raigones salientes.

–Diablo sarnoso... –exclama–. ¡Para martirizarnos os ha creado Dios, malditos!

–Y todavía me insulta... –farfulla el enfermero, dejando las tenazas en el armario–. Grosero... No te debieron zurrar mucho en el seminario... El señor Aleksandr Ivánich Yeguípetski, que ha vivido siete años en San Petersburgo... es un hombre educado... solo su traje costará unos cien rublos... y, sin embargo, no se atrevió a insultarme... ¿Quién te has creído que eres? ¡No te preocupes, no te morirás de esta!

El sacristán coge el pan bendito que había dejado sobre la mesa y, sujetándose la mejilla con la mano, se vuelve a su casa...

El camaleón
(1884)

El inspector de policía Ochumélov, con su capote nuevo y un paquete en la mano, atraviesa la plaza del mercado. Le sigue un agente pelirrojo con un tamiz lleno a rebosar de grosellas confiscadas. A su alrededor reina el silencio... En la plaza no hay ni un alma... Las puertas abiertas de tiendas y tabernas contemplan con tristeza este mundo de Dios, como bocas hambrientas; ni siquiera se ven mendigos a su lado.

–¿Así que quieres morderme, maldito? –oye de pronto Ochumélov–. ¡No lo dejéis escapar, muchachos! ¡Ahora está prohibido morder! ¡Cogedlo! ¡Ah...! ¡Ah!

Se oye un aullido. Ochumélov vuelve la cabeza y ve un perro que, saltando sobre tres patas, se aleja corriendo del almacén de madera del comerciante Pichuguin, sin dejar de mirar a un lado y a otro. Lo persigue un hombre con camisa de percal almidonada y chaleco desabotonado que se lanza con el torso hacia delante y, tras caer al suelo, atrapa al animal por las patas traseras. De nuevo se oye un aullido y un grito: «¡Que no escape!». Algunas caras soñolientas se asoman desde las tiendas y en un abrir y cerrar de ojos, como salida de debajo de la tierra, una muchedumbre se agolpa delante del almacén de madera.

–¡Están alterando el orden, excelencia...! –dice el agente.

Ochumélov gira a la izquierda y se encamina al lugar de la reunión. Junto a la puerta del almacén ve cómo el hombre del chaleco desabotonado, mencionado más arriba, levanta la mano derecha y muestra a la concurrencia un dedo ensangrentado. En su rostro de borracho puede leerse: «¡Me las pagarás, granuja!»; y el mismo dedo parece un signo de victoria. Ochumélov reconoce en ese hombre al orfebre Jriukin. En medio de la multitud, con las patas delanteras separadas y todo el cuerpo tembloroso, está sentado el responsable del escándalo, un cachorro de galgo blanco con el hocico afilado y una mancha amarillenta en el lomo. Sus llorosos ojos expresan tristeza y pavor.

–¿Qué pasa aquí? –pregunta Ochumélov, abriéndose paso entre el gentío–. ¿Qué es esto? ¿Qué estás haciendo con el dedo...? ¿Quién ha gritado?

–Iba tranquilamente por la calle, excelencia, sin meterme con nadie... –empieza Jriukin, tosiendo en el puño–. Para tratar de la leña con Mitra Mítirch; de pronto, este canalla, sin razón alguna, me mordió el dedo... Perdóneme, pero soy un trabajador... Mi actividad requiere una gran minuciosidad. Quiero que me paguen, porque tal vez no pueda mover el dedo en una semana... En ninguna parte está escrito, excelencia, que haya que aguantar que estas bestias... Si todos se ponen a morder, más valdría no vivir en este mundo...

–¡Hum...! Está bien... –dice Ochumélov con aire severo, tosiendo y moviendo las cejas–. Está bien... ¿De quién es este perro? Las cosas no van a quedar así. ¡Os voy a enseñar a dejar sueltos a los perros! ¡Ya es hora de ocuparse de esos señores que no quieren respetar las ordenanzas! ¡Cuando le haya puesto una multa a ese miserable sabrá lo que significa dejar en plena calle un perro o cualquier otro animal! ¡Se va a enterar de quién soy yo...! ¡Yeldirin! –dijo, dirigiéndose al agente–. ¡Encuentra al propietario de este perro y levanta el atestado! ¡Y al perro hay que sacrificarlo! ¡Ahora mismo! Seguro que tiene la rabia... ¿De quién es este perro? ¿Es que no me oís?

–¡Me parece que es del general Zhigálov! –grita alguien entre la multitud.

–¿Del general Zhigálov? Hum... Ayúdame a quitarme el capote, Yeldirin... ¡Hace un calor insoportable! Seguro que va a llover... Solo hay una cosa que no entiendo: ¿cómo ha podido morderte? –dice dirigiéndose a Jriukin–. ¿Acaso puede llegarte al dedo? ¡Con lo pequeño que es y el corpachón que tú tienes! Seguro que te has arañado el dedo con un clavo y luego se te ha ocurrido la idea de sacar provecho. ¡Te... conozco muy bien! ¡Os tengo muy calados a todos, demonios!

–Le ha puesto un cigarrillo en el hocico para divertirse, excelencia, y el perro, que no es tonto, le ha mordido... ¡Siempre está armando líos, excelencia!

–¡Mientes, tuerto del demonio! No has visto nada, así que ¿por qué mientes? Su excelencia es un hombre inteligente y sabe quién miente y quién habla en conciencia, como delante de Dios... Si miento, que sea el juez de paz quien lo diga. En sus leyes está escrito... Hoy día todos somos iguales... Un hermano mío es gendarme... por si quieren saberlo...

–¡Nada de comentarios!

–No, no es del general... –observa el agente, sumido en profunda meditación–. El general no tiene perros así. Casi todos los suyos son perros de muestra...

–¿Estás seguro?

–Completamente, excelencia...

–Ya lo sabía. El general tiene perros caros, de raza, mientras que este... ¡el diablo sabe lo que es! No tiene pelo, ni prestancia... Es una birria... ¿Cómo va a tener un perro así? ¿Dónde tenéis la cabeza? Si un perro como este apareciera en San Petersburgo o Moscú, ¿sabéis lo que pasaría? ¡No se pararían a ver lo que dice la ley, sino que lo matarían de inmediato! Tú has resultado herido, Jriukin, y no debes dejar que este asunto acabe así... ¡Hay que darle una lección! Ya es hora...

–Aunque es posible que sea del general... –piensa en voz alta el agente–. No es algo que se lleve escrito en el hocico... El otro día vi uno parecido en su patio.

–¡Es del general, no cabe duda! –dice alguien entre la multitud.

–Hum... Ayúdame a ponerme el capote, amigo Yeldirin... Se ha levantado algo de viento... Tengo escalofríos... Llévalo a casa del general y pregunta si es suyo. Diles que lo he encontrado y que se lo envío... Y añade que no lo dejen suelto por la calle... Puede que sea un perro caro y, si cualquier cerdo le pone un cigarrillo en el hocico, no tardará mucho en echarse a perder. Un perro es un animal delicado... ¡Y tú, granuja, baja el brazo! ¡No hay razón, imbécil, para que enseñes el dedo! ¡La culpa la tienes tú!

–Por ahí viene el cocinero del general. Vamos a preguntarle... ¡Eh, Prójor! ¡Ven aquí un momento, amigo! Échale un vistazo a este perro... ¿Es vuestro?

–¡Qué dices! ¡Jamás hemos tenido un perro así!

–Bueno, ya no hay necesidad de seguir preguntando –dice Ochumélov–. ¡Es un perro vagabundo! No tiene sentido seguir dándole vueltas al asunto... Si digo que es un perro vagabundo, es que es un perro vagabundo... Hay que acabar con él, eso es todo.

–No es nuestro –continúa Prójor–. Es del hermano del general, que ha llegado hace unos días. Al general no le gustan los galgos. Es de su hermano...

–¿Ha llegado el hermano del general? ¿Vladímir Ivánich? –pregunta Ochumélov, y una afectuosa sonrisa ilumina todo su rostro–. ¡Vaya por Dios! ¡Y yo sin saber nada! ¿Ha venido de visita?

–Así es...

–Vaya por Dios... Echaba de menos a su hermanito... ¡Y yo sin saberlo! ¿Así que este perro es suyo? Estupendo... Cógelo... Menudo ejemplar... Es muy vivaracho... ¡Le ha dado un mordisco en el dedo a ese! ¡Ja, ja, ja! Bueno, ¿por qué tiemblas? Rrr... rr... Está enfadado el muy bribón... Qué cachorro más bonito...

Prójor llama al perro y se aleja con él del almacén de madera... El gentío se ríe a carcajadas de Jriukin.

–¡Todavía tengo que ajustar cuentas contigo! –le dice Ochumélov, amenazándole, y, tras envolverse en su capote, sigue su camino por la plaza del mercado.

De mal en peor
(1884)

El abogado Kaliakin estaba en casa de Grádusov, maestro de capilla de la catedral, y, mientras daba vueltas en las manos a una citación del juez de paz a nombre de Grádusov, decía:

–Diga lo que quiera, Dosiféi Petróvich, pero la culpa es suya. Le respeto y aprecio su benevolencia, pero, a pesar de todo eso, debo hacerle notar, por mucho que me pese, que no tiene usted razón. Como lo oye, no tiene usted razón. Ha ofendido a mi cliente Dereviashkin... Dígame, ¿por qué le ha ofendido usted?

–¿Quién diablos le ha ofendido? –se acaloró Grádusov, anciano de elevada talla, con la frente estrecha y poco despejada, cejas espesas y una medalla de bronce en el ojal–. ¡No he hecho más que darle una lección de moral, eso es todo! ¡A los imbéciles hay que enseñarles! De no ser así, no habría manera de vivir.

–Pero, Dosiféi Petróvich, no le ha dado usted ninguna lección. Según ha declarado en su deposición, lo tuteó en público, le llamó asno, miserable y otras cosas parecidas... y en un determinado momento hasta levantó la mano con intención aparente de ofenderle de obra.

–¿Por qué no darle un golpe si se lo merece? ¡No lo entiendo!

–Pero ¡comprenda que no tiene usted ningún derecho a hacer algo así!

–¿Que no tengo derecho? Bueno, en cuanto a eso, usted perdone... Váyale con esos cuentos a otros, pero a mí no me maree más, se lo ruego. Cuando lo sacaron por el cuello del coro del arcipreste, lo tuve diez años en el mío. Soy su benefactor, por si quiere saberlo. Y si está enfadado porque le he echado del coro, solo él tiene la culpa. Lo he expulsado por andarse con filosofías. Filosofar solo está al alcance de los hombres instruidos y con estudios, pero cuando uno es tonto y no tiene ni dos dedos de frente, lo mejor es quedarse en un rincón y guardar silencio... Calla y escucha lo que dicen las personas inteligentes; pero ese tunante no deja pasar ocasión de soltar alguna. Aunque estemos ensayando o en plena misa, él no para de hablar de Bismarck y de no sé qué Gladstone. ¡Creerá usted que el muy canalla se ha suscrito a un periódico! ¡No puede imaginarse cuántas veces he tenido que darle en los morros a cuenta de la guerra ruso-turca!* Van allí para cantar, pero él se inclina sobre los tenores y empieza a hablar de cómo los nuestros han hecho saltar con dinamita el acorazado turco Lufti-Djelil... ¿Acaso está eso bien? Claro que nos alegramos de que los nuestros hayan salido victoriosos, pero de ahí no se desprende que no se deba cantar... Esos asuntos pueden tratarse perfectamente después de la misa. En una palabra, es un cerdo.

–¡En definitiva, ya lo había injuriado antes!

–Antes no se ofendía. Se daba cuenta de que lo hacía por su propio bien, lo entendía... Sabía que es un pecado contradecir a los mayores y benefactores, pero cuando entró como escribiente en la policía se acabó, empezó a darse aires de importancia y dejó de comprender. «Ahora –dice– ya no soy un chantre, sino un funcionario. Voy a examinarme para registrador colegiado.» «Eres tonto... –le digo yo–. Deberías filosofar menos y sonarte

* Se refiere a la guerra ruso-turca de 1877-1878.

más a menudo; más te valdría eso que pensar en los grados. Tú no estás hecho para los títulos, sino para pasar hambre.» ¡Y no quiere escuchar! Examinemos, por ejemplo, el presente caso: ¿por qué me lleva ante el juez de paz? ¿No hace falta ser un sinvergüenza? Estaba en la posada de Samopliúiev tomando té con el mayordomo de la parroquia. El local estaba a rebosar, no había ni un solo sitio libre... De pronto veo que está allí sentado, tomándose una cerveza con sus colegas del trabajo. Parecía un petimetre; tenía el mentón levantado, voceaba... gesticulaba con las manos... Me quedé escuchando: hablaba del cólera... ¿Qué le parece? ¡Estaba filosofando! Durante un rato guardé silencio y traté de mantener la calma... «Parlotea –pensaba–, parlotea todo lo que quieras... No será el hueso de la lengua el que te lo impida...» Pero de pronto, por desgracia, empezó a sonar un organillo... El muy granuja se emociona, se pone en pie y les dice a sus amigos: «¡Bebamos por la prosperidad! Soy hijo de mi patria y eslavófilo! ¡Daría mi vida por ella! ¡Venid, enemigos, todos a una! ¡Si hay alguien que no esté de acuerdo conmigo, que lo diga!». ¡Y en ese instante descargó un puñetazo sobre la mesa! Entonces ya no pude contenerme... Me acerqué a él y le dije con delicadeza: «Mira, Ósip... Cuando no se comprende nada, cerdo, lo mejor es callarse y no emitir juicios. Un hombre instruido puede dárselas de listo, pero en tu caso es mejor que te tranquilices. No eres más que un pulgón, un montón de polvo...». Yo le decía una palabra y él me respondía con diez... De una cosa pasábamos a otra... Yo, naturalmente, se lo decía por su bien, pero él me contestaba movido por la estupidez. El caso es que se ofendió y, ya lo ve, me ha llevado ante el juez de paz...

–Sí –suspiró Kaliakin–. Un feo asunto... De tonterías como esas, el diablo sabe lo que puede resultar. Es usted un respetable padre de familia, y ahora se enfrenta a una citación, a las habladurías y rumores de la gente, a un posible arresto... Hay que arreglar este incidente, Dosiféi Petróvich. Tiene usted una salida con la que también está de acuerdo Dereviashkin. Venga conmigo a la posada de Samopliúiev a las seis, hora en que se reúnen los escribientes, los actores y los otros parroquianos ante los cuales lo ofendió usted, y pídale disculpas. En ese caso, retirará la denuncia. ¿Lo ha entendido? Supongo que estará usted de acuerdo, Dosiféi Petróvich... Le hablo como un amigo... Ha ofendido usted a Dereviashkin, le ha cubierto de oprobio y, lo que es más importante, ha puesto en duda sus loables sentimientos e incluso... puede decirse que los ha profanado. En nuestros tiempos, sabe usted, no se puede actuar de esa manera. Hay que ser más circunspecto. A sus palabras se les ha atribuido un matiz, cómo decirle, que en nuestros tiempos... en una palabra... que no... Son las seis menos cuarto... ¿Quiere venir conmigo?

Grádusov empezó negando con la cabeza, pero cuando Kaliakin le pintó con tonos encendidos el «matiz» atribuido a sus palabras y las consecuencias que de él podían derivarse, Grádusov se asustó y dio su conformidad.

–Trate de disculparse como es debido, guardando las formas –le aleccionaba el abogado camino de la posada–. Acérquese a él, trátele de «usted»... «Discúlpeme... Retiro mis palabras», o algo por el estilo.

Al llegar a la posada, Grádusov y Kaliakin la encontraron llena a rebosar. Había comerciantes, actores, funcionarios, escribientes de la policía y, en general, toda la «chusma» que tenía por costumbre reunirse allí por las tardes para beber té o cerveza. Entre los escribientes se encontraba el propio Dereviashkin, hombre de edad incierta, con las mejillas rasuradas, grandes ojos que no pestañeaban, nariz aplastada y unos cabellos tan ásperos que al verlos le entraban a uno ganas de cepillarse las botas con ellos... Su rostro había sido cincelado con tanto acierto que una mirada bastaba para saberlo todo: que era un borracho, que tenía voz de bajo y que era estúpido, aunque no hasta el punto de no considerarse un hombre muy inteligente. Cuando vio entrar al maestro de capilla, se estiró y sus bigotes se estremecieron como los de un gato. La concurrencia, que por lo visto estaba avisada de que iba a haber un acto de desagravio público, aguzó los oídos.

–Bueno... ¡El señor Grádusov está de acuerdo! –dijo Kaliakin nada más traspasar la puerta.

El maestro de capilla saludó a algunas personas, se sonó de manera ruidosa y, ruborizándose, se acercó a Dereviashkin.

–Perdóneme... –balbució sin mirarle, al tiempo que se guardaba el pañuelo en el bolsillo–. Delante de todos los presentes retiro mis palabras.

–Le perdono –respondió Dereviashkin con su voz de bajo y, paseando una mirada triunfante por todo el público, se sentó–. ¡Me doy por satisfecho! Señor abogado, le ruego que retire la denuncia.

–Me disculpo –continuó Grádusov–. Perdóneme... No me gusta que nadie esté descontento... ¿Quieres que te trate de «usted»? Pues muy bien... ¿Quieres que te considere un hombre inteligente? Como te plazca... Me importa un bledo... Yo, hermano, no soy rencoroso. Vete al diablo...

–Pero, permítame, ¡limítese a disculparse y no insulte!

–¿Qué más puedo hacer para disculparme? ¡Me disculpo! Si no le he tratado de usted, ha sido porque se me ha olvidado. ¡No creo que tenga que ponerme de rodillas por eso...! Me disculpo e incluso doy gracias a Dios de que hayas tenido la suficiente inteligencia para poner fin a este asunto. No tengo tiempo que perder en los juzgados... Nunca en mi vida he tenido que comparecer en un juicio, no tengo intención de hacerlo ni te lo aconsejo a ti... quiero decir a usted...

–¡Por supuesto! ¿Quiere brindar por la paz de San Esteban?*

–Podría... Solo que tú, Ósip, eres un cerdo... No te lo digo con intención de ofenderte, sino... a título de ejemplo... ¡Eres un cerdo, hermano! ¿Recuerdas cómo te arrastrabas a mis pies cuando te echaron sin contemplaciones del coro del arcipreste? ¿Eh? ¿Y te atreves a presentar una denuncia contra tu benefactor? ¡Qué jeta de cerdo tienes! ¿No te da vergüenza? ¿Es que no debería sentir vergüenza, señores?

–¡Permítame! ¡Está usted insultándome de nuevo!

–¿Que te estoy insultando? Te lo digo por tu propio bien... He hecho las paces y te digo por última vez que no tengo intención de insultarte... ¡No quiero tener nada que ver con un salvaje como tú, capaz de presentar una denuncia contra su benefactor! ¡Vete al diablo! ¡No quiero ni hablar contigo! Y si te he llamado cerdo sin querer es simplemente porque eres un cerdo... En lugar de rezar eternamente a Dios por tu benefactor, que te ha alimentado durante diez años y además te ha enseñado música, presentas contra él una estúpida denuncia y le envías a esos demonios de abogados.

–Permítame, Dosiféi Petróvich –se ofendió Kaliakin–. ¡En su casa no ha estado ningún demonio, sino yo...! ¡Modérese, se lo ruego!

–¿Acaso le he nombrado a usted? Venga todos los días si quiere; será bien recibido. Lo que me sorprende es que haya acudido usted a la escuela, que haya recibido una educación y que, en lugar de aleccionar a este ignorante, haya tomado su partido. ¡Si yo es-

* La paz de San Esteban, firmada el 19 de febrero de 1878, puso fin a la guerra entre Rusia y Turquía.

tuviera en su lugar, habría dejado que se pudriera en la cárcel! Además, ¿por qué se enfada usted? ¿Acaso no he presentado mis excusas? ¿Qué más quiere de mí? ¡No lo entiendo! Señores, son ustedes testigos de que me he disculpado, ¡y no estoy dispuesto a disculparme otra vez delante de ningún imbécil!

–¡Usted sí que es imbécil! –soltó Ósip con voz ronca, golpeándose el pecho con indignación.

–¿Yo un imbécil? ¿Yo? ¿Es posible que me hables así? –Grádusov se puso como la grana y empezó a temblar–. ¿Cómo te has atrevido? ¡Te vas a enterar! ¡No solo te voy a dar un bofetón ahora mismo, canalla, sino que te voy a llevar ante el juez de paz! ¡Ya te enseñaré yo a insultar! ¡Señores, ustedes han sido testigos! Señor inspector, ¿qué hace ahí parado, mirando? ¿Me ofenden y se queda con los brazos cruzados? Para cobrar el sueldo bien que se da usted prisa, pero cuando se trata de mantener el orden no mueve ni un dedo. ¿Acaso piensa que no hay jueces para usted?

El inspector de policía se acercó a Grádusov y se montó una buena.

Al cabo de una semana Grádusov comparecía ante el juez de paz, acusado de ofender a Dereviashkin, al abogado y al inspector, a este último en el cumplimiento de sus funciones. En un principio no comprendía si era el demandante o el acusado; luego, cuando el juez de paz le condenó a dos meses de prisión, por «acumulación de penas», sonrió con amargura y rezongó:

–Hum... Me ofenden y encima tengo que ir a la cárcel... Sorprendente... Hay que juzgar de acuerdo con la ley, señor juez, y no dárselas de listo. Su difunta madre, Varvara Serguéievna, que Dios la tenga en su gloria, hacía azotar a los individuos como Ósip; usted, en cambio, los trata con indulgencia... ¿En qué acabará todo esto? Si usted absuelve a los canallas, los demás harán lo mismo... En ese caso, ¿dónde podremos presentar nuestras quejas?

–Tiene usted un plazo de dos semanas para presentar apelación... ¡Y haga el favor de no hacer comentarios! ¡Pueden retirarse!

–Claro... En nuestros tiempos no se puede vivir solo del sueldo –dijo Grádusov, guiñando el ojo con aire de entendido–. A la fuerza, si uno quiere comer, hay que meter al inocente en la cárcel... Así es... Y no se puede culpar a quien lo hace...

–¿Qué?

–Nada... Hablaba... del *hapen sie gewesen*.* ¿Se figura que por llevar una cadena de oro no hay justicia para usted? Pues no lo crea... Ya pondré yo las cosas en su sitio...

Estuvo a punto de ser procesado por «desacato a la autoridad», pero el arcipreste intervino y, mal que bien, se echó tierra sobre el asunto.

Al recurrir la sentencia, Grádusov estaba convencido no solo de que le absolverían, sino también de que enviarían a la cárcel a Ósip. Tal fue su pensamiento durante todo el tiempo que duró la instrucción. Ante los jueces se comportó con compostura y moderación, sin decir una palabra de más. Solo en una ocasión, cuando el presidente le pidió que se sentara, se ofendió y dijo:

–¿Acaso está escrito en la ley que un maestro de capilla deba sentarse al lado de un chantre?

Y cuando la corte confirmó la sentencia del juez de paz, entornó los ojos...

–¿Cómo? ¿Qué? –preguntó–. ¿Cómo debo interpretarlo? ¿Estamos hablando del mismo asunto?

–La corte ha confirmado la sentencia del juez de paz. Si no está usted conforme, puede recurrir al tribunal supremo.

–Muy bien. Le estoy muy agradecido, excelencia, por su juicio

---

* Combinación incomprensible de dos verbos alemanes que empleaban los funcionarios rusos como sinónimo de «soborno» por el parecido de *hapen* con *japet*, que significa «coger».

rápido y equitativo. Me hago cargo de que solo con el sueldo no se puede vivir, lo comprendo perfectamente; pero, perdóneme, ya encontraré un tribunal íntegro.

No voy a referir todo lo que Grádusov le dijo a sus señorías... En la actualidad está procesado por «desacato al tribunal» y, cuando sus conocidos tratan de explicarle que la culpa es suya, se niega a escucharlos... Está convencido de su inocencia y cree que, tarde o temprano, le darán las gracias por haber revelado esos abusos.

–¡No hay nada que hacer con ese imbécil! –dice el arcipreste, haciendo un gesto de desesperación con la mano–. ¡No se entera!

Las ostras
(1884)

No necesito forzar mucho la memoria para recordar con todos sus detalles ese crepúsculo lluvioso de otoño. Me encuentro con mi padre en una de las calles más concurridas de Moscú y siento que poco a poco una extraña enfermedad se apodera de mí. No me duele nada, pero las piernas se me doblan, las palabras no salen de mi garganta, la cabeza se inclina sin fuerzas hacia un lado... Es evidente que estoy a punto de caer y perder el conocimiento.

Si en ese momento hubiera sido llevado al hospital, los médicos habrían escrito en mi tablilla *fames*, enfermedad de la que no se ocupan los manuales de medicina.

En la acera, junto a mí, está mi padre, vestido con un abrigo de verano todo gastado, un gorro de lana por el que asoma un blanquecino trozo de guata y unos grandes y pesados chanclos en los pies. Esclavo de la vanidad, se cubre las piernas con unas viejas cañas de bota para que la gente no advierta que lleva los chanclos sobre los pies desnudos.

Este hombre estrafalario, pobre y algo lerdo, por el que siento un cariño tanto más intenso cuanto más astroso y sucio se vuelve su elegante abrigo de verano, vino hace cinco meses a la capital en busca de un empleo de escribiente. Durante ese tiempo ha recorrido la ciudad solicitando trabajo y solo hoy ha decidido salir a la calle para pedir limosna...

Frente a nosotros se alza un gran edificio de tres plantas con un letrero azul: «POSADA». Mi cabeza, vencida de un lado, cae sin fuerzas hacia atrás, de modo que, sin yo quererlo, mis ojos contemplan sus ventanas iluminadas. Algunas figuras humanas pasan fugaces detrás de los cristales. Se ve el lado derecho de un organillo, dos oleografías, varias lámparas colgadas del techo... Mirando por una de las ventanas descubro una mancha blanquecina. Es una mancha inmóvil y sus contornos rectilíneos se destacan con viveza sobre el fondo marrón oscuro. Aguzo la vista y reconozco en ella una placa blanca con una inscripción que no logro distinguir...

Durante media hora no aparto los ojos de la placa. Su blancura atrae mi mirada y parece hipnotizarme. Trato de leer, pero mis esfuerzos son vanos.

Finalmente la extraña enfermedad se apodera de mí.

El ruido de los carruajes empieza a parecerme un trueno, distingo miles de olores en la hediondez de la calle, mis ojos ven cegadores relámpagos en las lámparas de la posada y las farolas de la acera. Mis cinco sentidos están en tensión y alcanzan un grado de percepción extremo. Empiezo a ver lo que antes no veía.

–Ostras... –descifro en la placa.

¡Extraña palabra! Llevaba en este mundo exactamente ocho años y tres meses y no la había oído ni una sola vez. ¿Qué significa? ¿No será el apellido del dueño de la posada? Pero ¡los letreros con el nombre del propietario se cuelgan en la puerta, no en las paredes!

–Papá, ¿qué significa la palabra «ostra»? –pregunto con voz ronca, tratando de volver el rostro hacia él.

Mi padre no me oye. Está pendiente del movimiento de la

multitud y sigue con la mirada a cada uno de los transeúntes... Veo en sus ojos que quiere decir algo, pero la palabra fatal, como una enorme pesa, parece prendida de sus temblorosos labios y no acaba de soltarse. Llega incluso a dar unos pasos detrás de un viandante y a tocarle la manga pero, cuando este se vuelve, mi padre dice «perdón» y, todo confuso, retrocede.

–Papá, ¿qué significa la palabra «ostra»? –repito.

–Es un animal... Vive en el mar...

En un abrir y cerrar de ojos me imagino esa criatura marina desconocida. Debe de ser algo intermedio entre un pez y un cangrejo. Como vive en el mar, probablemente se preparara con ella una suculenta sopa de pescado, bien caliente, con olorosa pimienta y una hoja de laurel; o bien un guiso agridulce lleno de cartílago, una crema de cangrejos o una gelatina con rábanos... Casi puedo ver cómo traen del mercado esa criatura, la limpian a toda prisa y la meten en la cazuela sin perder un instante... Rápido, rápido, porque todo el mundo tiene hambre... ¡Un hambre terrible! De la cocina sale un olor a pescado frito y a sopa de cangrejos.

Siento que ese olor me hace cosquillas en el paladar y en la nariz, que poco a poco invade todo mi cuerpo... La posada, mi padre, la placa blanca, mis mangas: todo exhala ese olor, un olor tan poderoso que empiezo a masticar. Mastico y trago, como si en mi boca hubiera un pedazo de ese animal marino...

Mis piernas se doblan del placer que siento y, para no caer, cojo a mi padre por la manga y me aprieto contra su húmedo abrigo de verano. Mi padre tiembla y se encoge. Tiene frío...

–Papá, ¿las ostras son comida de vigilia o de carne?

–Hay que comerlas vivas... –dice mi padre–. Están dentro de una concha, como las tortugas, pero... una concha con dos valvas.

Al punto el sabroso olor deja de hacerme cosquillas en el cuerpo y la ilusión desaparece... ¡Ahora lo comprendo todo!

–¡Qué asco! –murmuro–. ¡Qué asco!

¡Así que eso significa la palabra «ostra»! Me imagino un animal parecido a una rana. Una rana dentro de una concha, que mira con ojos grandes y brillantes y mueve sus repugnantes mandíbulas. Me represento cómo traen del mercado ese animal con concha, pinzas, ojos brillantes y piel viscosa... Todos los niños se esconden y la cocinera, con una mueca de disgusto, coge al animal por las pinzas, lo pone en un plato y lo lleva al comedor. Los adultos lo cogen y se lo comen... ¡Se lo comen vivo, con ojos, dientes y patas! Y él chilla y trata de morderles en los labios...

Hago un gesto de disgusto, pero... ¿por qué mis labios empiezan a masticar? El animal es desagradable, repugnante, terrible, pero me lo como, me lo como con avidez, temiendo distinguir su gusto y olor. Me he comido uno y ya percibo los ojos brillantes de un segundo, de un tercero... También me los como... Por último me como la servilleta, el plato, los chanclos de mi padre, la placa blanca... Me como todo lo que se asoma a mis ojos, pues entiendo que solo la comida puede acabar con mi enfermedad. Las ostras me miran con sus ojos horribles, son repugnantes, solo pensar en ellas me hace temblar, pero ¡quiero comer!, ¡comer!

–¡Denme ostras! ¡Denme ostras! –se me escapa del pecho, al tiempo que tiendo los brazos hacia delante.

–¡Ayúdenme, señores! –dice mi padre en ese momento, con voz sorda y ahogada–. ¡Me da vergüenza pedir, pero ya no tengo fuerzas, Dios mío!

–¡Denme ostras! –grito yo, sacudiendo los faldones del abrigo de mi padre.

–¿Acaso comes ostras? ¡Si eres muy pequeño! –oigo que dicen a mi lado, entre risas.

Ante nosotros hay dos señores con sombrero de copa que me miran sonrientes.

–¿Comes ostras, mozalbete? ¿Es posible? ¡Qué interesante! ¿Cómo te las comes?

Recuerdo que una mano poderosa me empuja hacia la posada iluminada. Al cabo de un minuto se reúne una multitud que me mira con curiosidad y burla. Me siento a una mesa y como algo viscoso y salado, que huele a humedad y a moho. Como con avidez, sin masticar, sin mirar, sin tratar de averiguar qué estoy tragando. Tengo la sensación de que, si abro los ojos, voy a ver sin falta unos ojos brillantes, unas pinzas y unos dientes afilados...

De pronto empiezo a masticar algo duro. Se oye un crujido.

–¡Ja, ja! ¡Se come las conchas! –se ríe la multitud–. Tontuelo, ¿es qué piensas comerte eso?

A continuación recuerdo una sed terrible. Estoy tumbado en mi lecho y no puedo dormir; me lo impiden una sensación de ardor y un gusto extraño en la boca irritada... Mi padre va de un rincón a otro gesticulando con las manos.

–Creo que me he resfriado –farfulla–. Siento algo raro en la cabeza... Como si alguien se hubiera introducido en ella... Quizá se deba a que hoy... no... he comido nada... Soy un tipo extraño y estúpido, no cabe duda... Veo que esos señores pagan diez rublos por las ostras... ¿Por qué no me acerqué a ellos y les pedí algo de dinero prestado? Seguro que me lo habrían dado.

Por la mañana me quedo dormido y veo en sueños una rana con pinzas, que está sentada en una concha y mueve los ojos. A mediodía, despertado por la sed, busco con la mirada a mi padre: sigue yendo de un lado para otro, trazando ambiciosos gestos con las manos...

De mal humor
(1884)

El comisario de policía Semión Ilich Prachkin va de un lado a otro de su habitación, tratando de ahogar un sentimiento desagradable. La víspera había visitado al comandante militar por una cuestión del servicio, se había puesto a jugar a las cartas por pura casualidad y había perdido ocho rublos. La suma era insignificante, despreciable, pero el demonio de la avaricia y la codicia le reprochaba al oído ese despilfarro.

–Ocho rublos... ¡No es mucho dinero! –decía Prachkin, tratando de acallar a aquel demonio–. Algunas personas pierden sumas mucho más considerables y no le conceden ninguna importancia. Además, el dinero siempre puede recuperarse... Basta con pasar por la fábrica o por la posada de Rílov para obtener ocho rublos, puede que incluso más.

–«Es invierno... El campesino, solemnemente...» –lee con voz monótona en la habitación contigua Vania, el hijo del comisario–. «El campesino solemnemente... emprende el camino...»

–Además, siempre puedo tomarme la revancha... ¿Qué dice ese de «solemnemente»?

–«El campesino, solemnemente, emprende el camino... emprende...»

–«Solemnemente...» –sigue cavilando Prachkin–. Si le hubieran dado diez azotes, no tendría un aire tan solemne. En lugar de tanta solemnidad, más le valdría pagar regularmente sus impuestos... Ocho rublos... ¡No es mucho dinero! No estamos hablando de ocho mil, siempre es posible recuperarlos...

—«Su caballo, oliendo la nieve... oliendo la nieve, se lanza al trote con indolencia...»

—¡Solo bastaba que hubiera partido al galope! ¡Ni que fuera un pura sangre! ¡Un penco será siempre un penco! Lo que le gusta a ese campesino embrutecido y borracho es azotar a su caballo, y luego, si se mete en un agujero de hielo o cae rodando por un barranco, hay que ocuparse de él... ¡Como te atrevas a galopar, te voy a recetar un jarabe de palo que ni en cinco años se te olvida! ¿Por qué se me ocurriría salir con una carta tan baja? Si hubiera salido con el as de trébol, no me habría quedado sin el dos...

—«Levantando vaporosos copos, vuela el osado carruaje... Levantando vaporosos copos...»

—«Levantando... levantando copos... copos...» ¡Las tonterías que hay que oír! ¡Cómo les permitirán escribir esas cosas, Dios mío! ¡La culpa de todo la tuvo el diez! ¡En qué mal momento lo sacó ese diablo!

—«Allí corre un muchacho de la aldea... Ha puesto en el trineo a su perro... a su perro...»

—Si corre y brinca será que tiene el estómago lleno... Y los padres ni siquiera piensan en ocupar al niño en alguna tarea. En lugar de pasear al perro, más le valdría estar cortando leña o leyendo los Evangelios... Y la cantidad de perros que crían... ¡No hay modo de circular, ni en coche ni a pie! No tendría que haberme sentado a jugar después de la cena... Debería haberme marchado nada más terminar...

—«Le duele y se ríe, mientras su madre le amenaza... su madre le amenaza por la ventana...»

–Le amenaza, le amenaza... Lo que pasa es que le da pereza salir al patio y castigarlo... Deberías levantarle la pelliza y zumbarle. Vale más eso que amenazar con el dedo... Si no, ya verás cómo acaba haciéndose un borracho... ¿Quién ha escrito eso? –pregunta en voz alta Prachkin.

–Pushkin, papá.

–¿Pushkin? ¡Hum...! Algún chiflado, seguro. Se pasan el día con la pluma en la mano, pero ni ellos mismos entienden lo que escriben. ¡La cuestión es escribir!

–¡Papá, ha venido un campesino con la harina! –grita Vania.

–¡Cógela!

Pero ni siquiera la harina consiguió animar a Prachkin. Cuanto más trataba de consolarse, más le dolía la pérdida. Le daba tanta pena de esos ocho rublos como si en verdad hubiera perdido ocho mil. Cuando Vania se aprendió la lección y se calló, Prachkin se acercó a la ventana y, lleno de pesar, fijó su triste mirada en las montoneras de nieve... Pero esa visión solo consiguió agravar su herida. Le recordaba su visita de la víspera al comandante militar. Se le revolvió la bilis; el corazón se le encogió... La necesidad de descargar en alguien su pena alcanzó tal grado que no admitía ninguna demora. No podía más...

–¡Vania! –gritó–. ¡Ven aquí! ¡Tengo que darte unos azotes por el cristal que rompiste ayer!

Los nervios
(1885)

El arquitecto Dmitri Ósipovich Vaksin volvía a su casa de campo bajo la impresión reciente de una sesión de espiritismo en la que acababa de participar en la ciudad. Mientras se desvestía y se tumbaba en su lecho solitario (la señora Vaksin había partido para la fiesta de la Trinidad), empezó a recordar involuntariamente todo lo que había visto y oído. No había habido sesión, en el sentido estricto del término, pero toda la velada había transcurrido entre terribles conversaciones. Una señorita, sin venir a cuento, se puso a hablar de la adivinación de los pensamientos. De los pensamientos pasaron, sin darse cuenta, a los espíritus, de los espíritus a las apariciones y de las apariciones a los sepultados vivos... Cierto señor leyó un relato escalofriante sobre un muerto que se había dado la vuelta en su ataúd. El propio Vaksin había pedido un platillo para demostrar a las señoritas cómo había que conversar con los espíritus. Había invocado, entre otros, a su tío Klavdi Mironóvich y le había preguntado mentalmente: «¿No ha llegado el momento de que ponga la casa a nombre de mi mujer?». A lo que el tío le había respondido: «Todo lo que se hace a su debido tiempo está bien».

«Hay muchas cosas misteriosas y terribles... en la naturaleza...

–reflexionaba Vaksin, cubriéndose con la manta–. Lo que aterra no son los muertos, sino lo desconocido...»

Los relojes dieron la una de la madrugada. Vaksin se volvió del otro lado y miró desde debajo de la manta la luz azul de la lamparilla. La llama temblaba y apenas alumbraba la urna de los iconos y el gran retrato del tío Klavdi Mironóvich, colgado enfrente de la cama.

«¿Y si aparece en esta semioscuridad la sombra de mi tío? –se le pasó por la cabeza a Vaksin–. ¡No, es imposible!»

Las apariciones son hijas del prejuicio, fruto de cerebros inmaduros, pero, en cualquier caso, Vaksin se cubrió con la manta hasta la cabeza y cerró los ojos con mayor fuerza. Por su imaginación desfilaron el cadáver que se había dado la vuelta en el ataúd, la imagen de su difunta suegra, un colega que se había ahorcado, una joven ahogada... Vaksin trató de expulsar de su cabeza esos pensamientos sombríos, pero cuanta mayor energía ponía en ese intento, mayor claridad adquirían esas imágenes y pensamientos espantosos. Estaba aterrado.

«El diablo lo entiende... Me asusto como un muchacho... ¡Es estúpido!»

«Tic... tic... tic...», sonaba el reloj al otro lado de la pared. En la iglesia de la aldea, junto al cementerio, el guardián se puso a tocar la campana. Era un sonido lento, lúgubre, que helaba la sangre... Vaksin sintió escalofríos en la nuca y en la espalda. Tenía la impresión de que alguien respiraba con dificultad sobre su cabeza, como si su tío hubiera salido del cuadro y se inclinara sobre su sobrino... Un terror insoportable se apoderó de él. Apretó los dientes de miedo y contuvo la respiración. Por último, cuando por la ventana abierta entró un abejorro y se puso a zumbar por encima de la cama, no pudo soportarlo más y tiró con desesperación de la campanilla.

–Demetri Ósipich, *was wollen Sie?** –se oye al cabo de un minuto la voz de la institutriz detrás de la puerta.

–¡Ah! ¿Es usted, Rosalía Kárlovna? –dice Vaksin con voz alegre–. ¿Por qué se molesta usted? Podría haber venido Gavrila...

–A Gavrila usted mismo le dio permiso para ir a la ciudad y, en cuanto a Glafira, se marchó esta tarde no sé adónde... No hay nadie en la casa... *Was wollen Sie doch?***

–Mi buena Rosalía, quería decirle... Eh... Pero ¡entre, no sea tímida! La habitación está a oscuras...

Rosalía Kárlovna, mujer gruesa y rubicunda, entró en el dormitorio y se quedó parada en medio de la pieza, en actitud expectante.

–Siéntese, querida... Se trata de lo siguiente... –«¿Qué podría pedirle?», pensó Vaksin, mirando de soslayo el retrato de su tío y sintiendo que poco a poco su alma se tranquilizaba–. A decir verdad, lo que quería pedirle es lo siguiente... Mañana, cuando un criado vaya a la ciudad, no se olvide de decirle que... eh... que me compre papel para los cigarrillos... Pero ¡siéntese usted!

–¿Papel para los cigarrillos? ¡Muy bien! *Was wollen Sie noch?****

–*Ich will...***** Yo no *will* nada, pero... ¡Siéntese! Todavía tengo que acordarme de otra cosa...

–No es conveniente que una doncella esté en la habitación de un hombre... Ya veo, Demetri Ósipich, que es usted un poco travieso y pícaro... Me hago cargo... No se despierta a nadie por el papel de los cigarrillos... Ya entiendo...

Rosalía Kárlovna se dio media vuelta y salió. Vaksin, algo más

---

* ¿Qué quiere usted?

** Pero ¿qué quiere usted?

*** ¿Qué más quiere?

**** Quiero...

sereno después de la conversación que había tenido con ella y avergonzado de su pusilanimidad, se cubrió la cabeza con la manta y cerró los ojos. Durante unos diez minutos se sintió más o menos bien, pero luego los mismos disparates de antes volvieron a ocupar su cabeza... Escupió, buscó a tientas las cerillas y, sin abrir los ojos, encendió la vela. Pero esa luz no le ayudó. A su imaginación asustada le parecía que alguien le vigilaba desde un rincón y que su tío guiñaba un ojo.

–Volveré a llamarla... ¡Que se la lleve al diablo! –decidió–. Le diré que me encuentro mal... Le pediré unas gotas.

Vaksin llamó, pero no recibió respuesta. Volvió a llamar y la campana del cementerio sonó a modo de réplica. Dominado por el miedo y con el cuerpo helado, salió a todo correr de la habitación y, santiguándose y censurándose por su cobardía, se dirigió a toda prisa, con los pies desnudos y en ropa interior, a la habitación de la institutriz.

–¡Rosalía Kárlovna! –dijo con voz temblorosa, llamando a la puerta–. ¡Rosalía Kárlovna! ¿Duerme... usted? Yo... eh... me encuentro mal... ¡Necesito unas gotas!

No obtuvo respuesta. A su alrededor todo era silencio...

–Se lo ruego... ¿Entiende? ¡Se lo ruego! No comprendo porque es usted... tan susceptible, sobre todo cuando una persona... está enferma. La verdad, qué mojigata es usted. A su edad...

–Se lo diré a su mujer... No deja usted en paz a una muchacha honesta... Cuando vivía en casa del barón Anzig y este quiso venir a mi habitación a buscar cerillas, comprendí... Enseguida me di cuenta de la clase de cerillas a las que se refería y se lo dije a la baronesa... Soy una muchacha honesta...

–¡Ah, qué diablos me importa a mí su honestidad! Me encuentro mal... y le pido unas gotas. ¿Lo entiende? ¡Estoy enfermo!

–Su esposa es una mujer buena y honrada, y usted debe quererla. *Ja!* ¡Es una mujer respetable! ¡No quiero convertirme en su enemiga!

–¡Es usted tonta, eso es todo! ¿Lo entiende? ¡Tonta!

Vaksin se apoyó en una jamba, cruzó los brazos y esperó a que se le pasara el miedo. No tenía fuerzas para volver a su habitación, donde la lamparilla parpadeaba y su tío le miraba desde el marco, y quedarse junto a la puerta de la institutriz en paños menores resultaba embarazoso desde todos los puntos de vista. ¿Qué hacer? Dieron las dos, pero su miedo no menguaba ni disminuía. El pasillo estaba a oscuras y desde cada rincón le miraba una cosa oscura. Vaksin volvió la cara hacia la jamba, pero en ese momento le pareció que alguien le tiraba ligeramente de la camisa y le tocaba el hombro...

–¡Por todos los diablos... Rosalía Kárlovna!

Nadie le respondió. Vaksin abrió la puerta con indecisión y echó un vistazo. La virtuosa alemana dormía apaciblemente. Una pequeña lamparilla iluminaba los contornos de su cuerpo pesado y rebosante de salud. Vaksin entró en la habitación y se sentó en un baúl de mimbre que había junto a la puerta. Se sentía más tranquilo en presencia de un ser vivo, aunque estuviera dormido.

«Que duerma, la alemanota... –pensó–. Me quedaré a su lado y, en cuanto se haga de día, me marcharé... En esta época amanece temprano.»

Mientras esperaba la llegada del alba, Vaksin se acurrucó en el baúl, acomodó los brazos debajo de la cabeza y se puso a cavilar.

«¡Hay que ver lo que hacen los nervios! Soy un hombre sensato, reflexivo y sin embargo... ¡El diablo lo entiende! ¡Hasta me da vergüenza!»

Poco después, al escuchar la respiración serena y acompasada de Rosalía Kárlovna, se tranquilizó del todo...

A las seis de la mañana la mujer de Vaksin volvió de la fiesta de la Trinidad y, al no hallar a su marido en la habitación, se dirigió al cuarto de la institutriz en busca de unas monedas para pagar al cochero. Nada más entrar, se encontró con el siguiente cuadro: en la cama, toda destapada por el calor, dormía Rosalía Kárlovna y apenas a unos metros, hecho un ovillo sobre el baúl, roncaba, con el sueño de los justos, su marido. Dejo a otros la tarea de referir lo que dijo la mujer y la cara de tonto que puso el marido cuando se despertó. Yo, por mi parte, me declaro vencido y rindo las armas.

Los simuladores
(1885)

I

Un martes del mes de mayo, la generala Marfa Petrovna Pechónkina, o, como la llaman los campesinos, Pechónchija, que lleva diez años dedicándose a la homeopatía, recibe en su gabinete a los enfermos. Delante de ella, sobre la mesa, hay un botiquín lleno de productos homeopáticos, un manual y las facturas de la farmacia homeopática. De la pared cuelgan, encerradas en marcos dorados y bajo cristal, las cartas de un célebre homeópata petersburgués, que en opinión de Marfa Petrovna también es un gran médico, y el retrato del padre Aristarco, a quien debe su salvación: la abjuración de la nefasta alopatía y el conocimiento de la verdad. Los pacientes, campesinos en su mayoría, esperan en el vestíbulo. Todos, excepto dos o tres, van descalzos, pues la generala exige que se quiten las botas hediondas en el patio.

Marfa Petrovna ya ha recibido a diez personas y se dispone a atender al undécimo.

–¡Gavrila Gruzd!

La puerta se abre y, en lugar de Gavrila Gruzd, entra en el gabinete Zhamujrishin, vecino de la generala, propietario arruinado, viejecito menudo de ojos malignos, que lleva bajo el brazo una gorra de noble. Deja el bastón en un rincón, se acerca a la generala y, sin decir palabra, pone una rodilla en tierra.

–¡Qué hace usted! ¡Por favor, Kuzmá Kuzmich! –exclama espantada la generala, ruborizándose–. ¡Por el amor de Dios!

–¡No me levantaré mientras viva! –dice Zhamujrishin, apretando los labios contra la mano de ella–. ¡Que todo el mundo vea cómo me arrodillo ante usted, ángel de la guardia, benefactora del género humano! ¡Que lo vea! ¡Ante el hada bienhechora que me ha concedido la vida, que me ha mostrado el camino de la verdad, que ha iluminado mi mente escéptica, estoy dispuesto no solo a ponerme de rodillas, sino a arrojarme al fuego, curandera milagrosa, madre de huérfanos y viudas! ¡Me he curado! ¡He resucitado, hechicera!

–Yo... estoy muy contenta... –farfulla la generala, enrojeciendo de satisfacción–. Es tan agradable escucharle... ¡Siéntese, por favor! ¡El martes pasado estaba usted tan enfermo!

–¡Ya lo creo que lo estaba! ¡Hasta me espanta recordarlo! –dice Zhamujrishin, sentándose–. Tenía todos los miembros y órganos atacados por el reumatismo. Ocho años de tormentos, sin conocer el reposo... ¡Ni de día ni de noche, benefactora mía! ¡Consulté a médicos y profesores de Kazán, recurrí a toda suerte de barros, tomé las aguas, lo intenté todo! Lo único que conseguí aliviar fue la cartera, madre salvadora. Esos médicos no hicieron otra cosa que aumentar mis males. Hundían más en mi cuerpo la enfermedad. La hundían, en lugar de expulsarla, pues su ciencia no alcanzaba para ello... Lo único que interesa a esos bandidos es el dinero, pero apenas se preocupan de servir a la humanidad. Te recetan cualquier filtro y tienes que bebértelo. En una palabra, son unos asesinos. ¡De no ser por usted, ángel mío, estaría ya en la tumba! Cuando volví a casa el otro martes, después de hablar con usted, miré los granitos que usted me dio y pensé: «¿Cómo va a ayudarme esto? ¿Acaso estos gránulos, apenas visibles, pueden curar una enfermedad tan formidable y arraigada como la mía?». Así pensaba, hombre de poca fe, al tiempo que sonreía, pero, nada más tomar un grano, fue como si nunca hubiera estado enfermo o el mal hubiera desaparecido como por ensalmo. Mi mujer me miraba con ojos como platos y no podía creerlo: «¿Eres tú, Kuza?». «Soy yo», respondí. Y los dos nos arrodillamos ante el icono y empezamos a rogar por nuestro ángel: «¡Envíale, Señor, toda la felicidad que nosotros sentimos!».

Zhamujrishin se enjuga los ojos con la manga, se levanta y hace intención de poner de nuevo una rodilla en tierra, pero la generala se lo impide y le obliga a tomar asiento.

–¡No me dé las gracias! –dice, roja de emoción, mirando con arrobo el retrato del padre Aristarco–. ¡No a mí! En este asunto yo no soy más que un instrumento dócil... ¡En realidad, se trata de un milagro! ¡Un reumatismo de ocho años curado con un solo granito de *scrofuloso!*

–Me dio usted tres. Tomé uno en la comida... ¡y el efecto fue inmediato! Otro por la tarde y el tercero al día siguiente. ¡Desde entonces, no siento el menor dolor! ¡Ni un solo pinchazo! ¡Y yo que me disponía ya a morir...! ¡Había escrito a mi hijo, que vive en Moscú, para que viniera! ¡El Señor le ha dado sabiduría, salvadora nuestra! Ahora hasta puedo andar y me siento como si estuviera en el Paraíso... El martes pasado, cuando vine a verla, cojeaba; ahora me veo capaz de perseguir una liebre... Podría vivir cien años. La única desdicha es nuestra pobreza. Estoy sano, pero ¿para qué quiero la salud si no tengo con qué vivir? La miseria pesa más que la enfermedad... Le expondré un caso a modo de ejemplo... Es el momento de sembrar la avena, pero ¿cómo hacerlo cuando no hay semillas? Habría que comprarlas, pero el dinero... Ya se sabe cómo andamos de dinero...

–Yo le daré avena, Kuzmá Kuzmich... ¡Siéntese, siéntese! Me

ha dado usted una alegría tan grande, me ha procurado tanta satisfacción, que soy yo, no usted, quien debe mostrarse agradecida.

–¡Es usted nuestra alegría! ¡Que Dios haya creado tal dechado de virtud! ¡Regocíjese, amiga, ante el espectáculo de sus nobles acciones! En cuanto a nosotros, pecadores, no tenemos ningún motivo de regocijo... Somos seres insignificantes, cobardes, inútiles... una nulidad... De nobles solo tenemos el nombre porque desde el punto de vista material estamos igual que esos campesinos o incluso peor... Vivimos en casas de piedra, pero eso no pasa de ser un espejismo, porque el tejado se hunde... No tenemos dinero para comprar tablas.

–Yo se las daré, Kuzmá Kuzmich.

Zhamujrishin le saca también una vaca, una carta de recomendación para su hija, que tiene intención de ingresar en un internado y... conmovido por las bondades de la generala e incapaz de contener su emoción, solloza, tuerce la boca y busca su pañuelo en el bolsillo... La generala ve salir del bolsillo, además del pañuelo, un papel rojo que cae al suelo sin hacer ruido.

–No la olvidaré por los siglos de los siglos... –balbucea–. Conminaré a mis hijos a que la recuerden y también a mis nietos... De generación en generación... Esta es, hijos, la que me salvó de la tumba, la que...

Tras despedirse de su paciente, la generala contempla durante un minuto, con ojos llorosos, el retrato del padre Aristarco; luego dirige una mirada llena de ternura y veneración al botiquín, al manual, a las facturas, al sillón en que hace un momento estaba sentado el hombre al que ha salvado de la muerte; de pronto sus ojos reparan en el papelito que ha dejado caer el paciente. La generala lo recoge, lo despliega y ve en su interior los tres granos que había entregado el martes pasado a Zhamujrishin.

–Son los mismos... –dice perpleja–. Hasta el papel es el mismo... ¡Ni siquiera lo ha desenvuelto! Pero, entonces, ¿qué es lo que ha tomado? Qué raro... ¡No habrá tratado de engañarme!

Y, por primera vez en diez años de práctica, a la generala le asaltan las dudas... Llama a los enfermos siguientes y, mientras habla con ellos de sus males, repara en cosas que hasta entonces habían escapado a su atención. Los enfermos, desde el primero al último, como si se hubieran puesto de acuerdo, empiezan alabándola por la curación milagrosa, ponderando sus conocimientos médicos, insultando a los médicos alópatas; luego, una vez que ella está roja de emoción, pasan revista a sus necesidades. Uno pide una parcela de tierra de labor; otro, leña; un tercero, permiso para cazar en sus bosques. La mujer mira el orondo y bondadoso rostro del padre Aristarco, que le ha revelado la verdad, y una nueva verdad empieza a roerle el corazón. Una verdad maligna, penosa...

¡Qué astuto es el hombre!

Apellido de caballo (1885)

Al general mayor retirado Buldéiev le dolían las muelas. Se enjuagó la boca con vodka y coñac, aplicó sobre la muela enferma ceniza de tabaco, opio, trementina, petróleo, se untó la mejilla con tintura de yodo, se puso algodón empapado en alcohol en las orejas, pero todas esas medidas se mostraron ineficaces o le dieron náuseas. Vino el médico. Escarbó en la muela y le recetó quinina, pero tampoco eso le alivió. A la propuesta de arrancar la muela enferma, el general respondió con una negativa. Todos los habitantes de la casa –su mujer, sus hijos, los criados, hasta el pinche Petka– le propusieron remedios diferentes. Entre otros, también el intendente de Buldéiev vino a verle y le aconsejó que recurriera a un conjuro.

–En nuestro distrito, excelencia –dijo–, hace unos diez años trabajaba un recaudador de impuestos llamado Yákov Vasílich. Para conjurar el dolor de muelas no había otro como él. Se volvía hacia la ventana, murmuraba unas palabras, escupía, y el mal desaparecía. Tenía un poder especial.

–¿Dónde se encuentra ahora?

–Cuando le despidieron, se marchó a Sarátov, a casa de su suegra. Ahora se gana la vida con las muelas. Si a una persona le duele una muela, va a verle y él le cura... A los ciudadanos de Sarátov los recibe en su propia casa y a los que residen en otras localidades los trata por telégrafo. Envíele un despacho, excelencia, diciéndole algo así: «Al siervo del Señor, Alekséi, le duelen las muelas y solicita tratamiento». Y mande por correo el dinero de la cura.

–¡Bobadas! ¡Charlatanería!

–Haga la prueba, excelencia. Tiene debilidad por el vodka, no vive con su mujer, sino con una alemana. Es un deslenguado, pero puede decirse que hace milagros.

–¡Envíale recado, Aliosha! –suplicó la generala–. Ya sé que no crees en conjuros, pero yo misma me he beneficiado de sus efectos. Aunque no tengas confianza, ¿qué pierdes por probar? No se te van a caer los anillos.

–Bueno, de acuerdo –convino Buldéiev–. Para acabar con este tormento estoy dispuesto a enviar un despacho no solo a un recaudador de impuestos, sino al diablo en persona... ¡Ay! ¡No puedo más! Bueno, ¿dónde vive tu recaudador? ¿Cuáles son sus señas?

El general se sentó a la mesa y tomó una pluma.

–En Sarátov lo conocen hasta los perros –dijo el intendente–. Sírvase escribir a la ciudad de Sarátov, excelencia... A su señoría Yákov Vasílich... Vasílich...

–¿Qué más?

–Vasílich... Yákov Vasílich... Y el apellido... ¡Pues se me ha olvidado...! Vasílich... Diablos... ¿Cuál era su apellido? Hace un momento, cuando venía para aquí, me acordé... Permítame un momento...

Iván Yevseich levantó los ojos al techo y movió los labios. Buldéiev y la generala esperaban con impaciencia.

–¿Y bien? ¡Piensa más deprisa!

–Un momento... Vasílich... Yákov Vasílich... ¡Lo he olvidado! Es un apellido tan sencillo... Algo relacionado con los caballos...

¿Potrov? No, no es Potrov. Espere... ¿No será Yeguóvich? No, tampoco es Yeguóvich. Recuerdo que es un apellido de caballo, pero se me ha ido de la cabeza...

–¿Corcelóvich?

–Tampoco. Espere... Caballeróvich... Caballérov... Caballerinski...

–A lo mejor es un apellido de perro y no de caballo. ¿Garañónov?

–No, tampoco es Garañónov... Caballinski... Corcelinski... Potrinski... ¡No, no es ninguno de esos!

–Entonces, ¿cómo voy a escribirle? ¡Piensa!

–Un momento. Caballónov... Potrónov... Trotónov...

–¿Trotonóvich? –preguntó la generala.

–No. Rocinóvich... ¡No, no es eso! ¡Lo he olvidado!

–¿Para qué diablos vienes con consejos si se te ha olvidado el nombre? –se enfadó el general–. ¡Largo de aquí!

Iván Yevseich salió lentamente, mientras el general, con la mano en la mejilla, se puso a recorrer las habitaciones.

–¡Ay, santos del cielo! –se lamentaba–. ¡Ay, santas benditas! ¡No veo la luz del día!

El intendente salió al jardín y, levantando los ojos al cielo, trató de recordar el apellido del recaudador.

–Corcelonski... Cocelónov... Corcelov... ¡No, no es eso! Caballonovski... Caballósov... Yegüinski... Garañinski...

Al cabo de un rato los señores le hicieron llamar.

–¿Te has acordado? –preguntó el general.

–No, excelencia.

–¿Tal vez Rocinski? ¿Caballúnov? ¿No?

Todos en la casa, a cual mejor, se pusieron a inventar apellidos. Pasaron revista a todas las edades, sexos y razas de caballos, sin olvidar las palabras *crin*, *pezuña* y *arnés*... En la casa, en el jardín, en las dependencias de los criados y en la cocina las personas iban de un lado para otro y, rascándose la frente, buscaban el apellido...

A cada momento se solicitaba la presencia del intendente en la casa.

–¿Yeguadóvich? –le preguntaban–. ¿Pezuñónov? ¿Potronóvich?

–No –respondía Iván Yevseich y, levantando los ojos al cielo, seguía pensando en voz alta–. Caballenko... Caballenkóvich... Potrenko... Corcelenko...

–¡Papá! –gritaban desde el cuarto de los niños–. ¡Calesóvich! ¡Riendanenko!

En toda la hacienda reinaba la mayor agitación. El general, impaciente y consumido por el dolor, prometió dar cinco rublos a quien recordara el apellido y al intendente empezó a seguirle un verdadero enjambre de personas...

–¡Alazánov! –le decían–. ¡Trotónov! ¡Jamelgóvich!

Pero cayó la tarde y seguían sin dar con el apellido. Así que se fueron a dormir sin haber enviado el telegrama.

El general no pegó ojo en toda la noche, iba de un extremo al otro de la habitación y gemía... Poco después de las dos de la madrugada salió de la casa y llamó a la ventana del intendente.

–¿No será Castradóvich? –preguntó con voz llorosa.

–No, no es Castradóvich, excelencia –respondió Iván Yevseich, suspirando con aire culpable.

–Tal vez no sea un apellido de caballo, sino de algún otro animal.

–Le aseguro, excelencia, que es un apellido de caballo... Lo recuerdo perfectamente.

–Vaya memoria que tienes, hermano... En estos momentos ese apellido tiene más valor para mí que cualquier otra cosa en el mundo. ¡No puedo más!

Por la mañana el general mandó llamar de nuevo al médico.

–¡Que me la arranque! –decidió–. No puedo soportarlo más...

Llegó el médico y arrancó la muela enferma. El dolor desapareció en el acto y el general recobró la calma. Tras cumplir con su cometido y recibir la cantidad estipulada, el médico se sentó en su coche y se marchó. Una vez atravesada la cancela, ya en pleno campo, se encontró con Iván Yevseich... El intendente estaba al borde del camino, miraba el suelo con aire concentrado y pensaba en alguna cosa. A juzgar por los pliegues que surcaban su frente y por la expresión de sus ojos, esos pensamientos eran fuente de tensión y de tormento...

–Bayonóvich... Arnesónov... –farfullaba–. Riendanóvich... Jamelgónov...

–¡Iván Yevseich! –le dijo el médico–. ¿No querría venderme cinco cuartas de avena, amigo? Se la compro a los campesinos de la aldea, pero es muy mala...

Iván Yevseich miró con aire estúpido al médico, esbozó una sonrisa extraña y, sin responder palabra, batió palmas y echó a correr en dirección a la hacienda con tanta prisa como si le estuviera persiguiendo un perro rabioso.

–¡Lo he encontrado, excelencia! –gritó alegremente, con la voz alterada, entrando como un torbellino en el gabinete del general–. ¡Lo he encontrado, que Dios conceda salud al médico! ¡Avénov! ¡El apellido del recaudador es Avénov! ¡Avénov, excelencia! ¡Mande el telegrama a Avénov!

–¡Toma, para ti! –exclamó el general con desprecio, haciendo la higa ante sus mismas narices–. ¡Ya no necesito tu apellido de caballo! ¡Toma, para ti!

El cazador
(1885)

Mediodía bochornoso y sofocante. En el cielo no hay ni una nube... Las hierbas, quemadas por el sol, se doblan con aire triste y desesperado: aunque lloviera, no reverdecerían... El bosque está silencioso e inmóvil, como si escrutara alguna cosa desde lo alto de sus copas o esperara algún acontecimiento.

Por el borde del lindero camina con indolencia y desgana un hombre alto y estrecho de hombros, de unos cuarenta años de edad, vestido con una camisa roja, unos pantalones remendados que le ha dado su amo y unas botas altas. Avanza por el sendero con paso cansino. A la derecha verdea el bosque; a la izquierda, hasta el mismo horizonte, se extiende un mar dorado de centeno maduro... Está rojo y sudoroso. Sobre la hermosa cabellera rubia luce con bizarría una gorra blanca, con la visera recta como la de los jockeys, regalo, sin duda, de algún generoso señor. Lleva un morral en bandolera, con un urogallo hecho un ovillo en su interior. El hombre tiene en la mano un fusil de dos cañones, con el gatillo levantado, y sigue con la mirada, entornando los ojos, a su viejo y enflaquecido perro, que corre delante de él y olisquea los arbustos. A su alrededor reina el silencio, no hay ni un ruido... Todas las criaturas vivas se ocultan del calor.

—¡Yegor Vlásich! —dice de pronto alguien en voz baja.

El cazador se estremece y, tras dirigir una mirada a su alrededor, frunce las cejas. A su lado, como si hubiera surgido de debajo de la tierra, aparece una campesina de unos treinta años, de blanca tez, con una hoz en la mano. Trata de mirarle el rostro y sonríe con timidez.

–¡Ah, eres tú, Pelagueia! –dice el cazador, deteniéndose y bajando poco a poco el gatillo–. ¡Hum...! ¿Qué haces tú por aquí?

–Yo y otras mujeres de la aldea hemos venido a trabajar aquí... Como jornaleras, Yegor Vlásich.

–Ya... –gruñe este, reanudando lentamente la marcha.

Pelagueia le sigue. Dan unos veinte pasos en silencio.

–Hace mucho tiempo que no lo veía, Yegor Vlásich... –dice Pelagueia, mirando con ternura el movimiento de los hombros y los omoplatos del cazador–. Desde Pascua, cuando entró usted en nuestra isba a beber un vaso de agua, no había vuelto a verlo... En aquella ocasión apenas se quedó usted un minuto y sabe Dios en qué estado estaba... borracho... Me llamó usted de todo, me golpeó y se marchó... He esperado mucho tiempo... Me he estropeado los ojos de tanto buscarle con la mirada... ¡Ah, Yegor Vlásich, Yegor Vlásich! ¡Podía haber pasado por casa al menos una vez!

–¿Qué se me ha perdido a mí en tu casa?

–Nada, por supuesto, pero... de todos modos, están los asuntos domésticos... Podía ver cómo van las cosas... Es usted el dueño... Pero ¡si ha matado usted un urogallo, Yegor Vlásich! Si quisiera usted sentarse un momento a descansar...

Tras pronunciar esas palabras, Pelagueia se ríe como una tonta y levanta los ojos hasta el rostro de Yegor... En el suyo resplandece una expresión de felicidad...

–¿Sentarme? Está bien... –dice Yegor con indiferencia, y elige un lugar entre dos jóvenes abetos–. ¿Qué haces ahí de pie? ¡Siéntate tú también!

Pelagueia se sienta a cierta distancia, a pleno sol, y, avergonzada de su alegría, se cubre la sonriente boca con la mano. Transcurren un par de minutos en silencio.

–Podía haber pasado al menos una vez –dice en voz baja Pelagueia.

–¿Para qué? –suspira Yegor, quitándose la gorra y enjugándose la frente enrojecida con la manga–. No veo la necesidad. Pasar allí una hora o dos no tiene ningún sentido y solo serviría para confundirte, y yo no estoy hecho para vivir de manera permanente en la aldea... Ya sabes que soy un hombre mimado... Lo que yo necesito es una buena cama, té de calidad y conversaciones delicadas... todo de categoría... Y en la aldea, donde tú vives, no hay más que miseria, isbas llenas de humo... No aguantaría allí ni un solo día. En caso de que un decreto me obligara a vivir contigo, prendería fuego a la casa o me mataría. Desde niño me ha tentado la buena vida, qué le vamos a hacer.

–¿Dónde vive usted ahora?

–En casa del señor Dmitri Ivánich, en calidad de cazador. Me encargo de procurar caza para su mesa, pero si me mantiene a su servicio... es sobre todo por gusto.

–La suya no es una ocupación seria, Yegor Vlásich... La gente la considera una distracción y usted, en cambio, la toma por un oficio... por un trabajo de verdad...

–Tú no lo entiendes, tonta –dice Yegor, mirando el cielo con expresión soñadora–. Nunca has comprendido la clase de hombre que soy y no lo comprenderás en tu vida... En tu opinión, soy un tipo chiflado y estrafalario, pero para los expertos soy el mejor tirador de la región. Los señores lo saben y hasta en una revista se ha hablado de mí. No hay cazador que pueda compararse conmigo... Y si desprecio las actividades de la aldea, no es por comodidad ni por orgullo. Desde que era pequeño, sabes, no he conocido otra ocupación que el fusil y los perros. Si me quitan el fusil, cojo la caña; y si me quitan la caña, me las arreglo con las manos. También me he dedicado a la compraventa de caballos, he recorrido las ferias cuando tenía dinero, y tú misma sabes que si un campesino se hace cazador o se ocupa de caballos, adiós al arado. Una vez que el hombre le toma el gusto a la libertad, nada puede quitárselo. De la misma manera, cuando un señor se hace actor o se ocupa de alguna otra actividad artística, ya no hay modo de que se haga funcionario o hacendado. Tú eres una campesina y no entiendes de estas cosas.

–Lo comprendo, Yegor Vlásich.

–No lo creo, porque estás a punto de llorar...

–No... no lloro –dice Pelagueia, volviendo la cabeza–. ¡Lo suyo es pecado, Yegor Vlásich! ¡Que no haya pasado un solo día conmigo, desdichada! Hace doce años que nos casamos y... ¡entre nosotros no ha habido nunca amor! No... no estoy llorando...

–Amor... –balbucea Yegor, rascándose el brazo–. Entre nosotros no puede haberlo. Según los papeles somos marido y mujer, pero ¿acaso es eso cierto? Para ti yo soy un salvaje y para mí tú eres una mujer simple, que no entiende nada. ¡Menuda pareja! Yo amo la libertad, la vida regalada, las diversiones; tú eres una jornalera, una campesina con chanclos, vives en medio de la suciedad, con la espalda siempre doblada. Me considero el primer cazador de la región y en cambio tú me miras con lástima... ¡Vaya pareja!

–Pero ¡estamos casados, Yegor Vlásich! –solloza Pelagueia.

–No por mi voluntad... ¿Es que lo has olvidado? Debes agradecérselo al conde Serguéi Pávlich... y a ti misma. El conde, envidioso de que disparara mejor que él, me hizo beber durante un mes entero, y a un borracho no solo se le puede casar, sino incluso convertirlo a una fe distinta. Se aprovechó de mi ebriedad para casarme contigo por venganza... ¡Un cazador con una vaquera!

Te dabas cuenta de que estaba borracho y de todos modos te casaste. No eres una sierva, podías haberte negado. Entiendo que para una vaquera sea toda una suerte casarse con un cazador, pero hay que tener un poco más de juicio. Ahora sufres y lloras. El conde se divierte y a ti no te queda más que llorar... y darte de cabezadas contra la pared...

Se produce un silencio. Por encima del lindero vuelan tres patos salvajes. Yegor los mira y los sigue con los ojos hasta que, convertidos en tres puntos apenas visibles, desaparecen en la lejanía, más allá del bosque.

–¿De qué vives? –pregunta él, volviendo la mirada a Pelagueia.

–Ahora trabajo como jornalera; en invierno tomo a mi cargo un niño de la inclusa y lo crío con biberón. Me pagan un rublo y medio por mes.

–Ya...

Nuevo silencio. Desde uno de los surcos recién segados, llega una delicada canción que se interrumpe a las primeras notas. Hace demasiado calor para cantar...

–Dicen que le ha levantado a Azulina una isba nueva –comenta Pelagueia. Yegor guarda silencio–. Eso significa que le gusta...

–¡Tal es tu suerte, tu destino! –dice el cazador, estirándose–. Paciencia, huerfanita. Bueno, adiós, ya hemos hablado bastante... Tengo que llegar a Boltovo antes de la noche...

Yegor se pone de pie, se estira y se echa la escopeta al hombro. Pelagueia se levanta.

–¿Cuándo vendrá usted a la aldea? –pregunta en voz baja.

–No hay razón para que vaya. Nunca iré con la cabeza despejada y de un borracho poco provecho puedes sacar... Cuando bebo me vuelvo desagradable... ¡Adiós!

–Adiós, Yegor Vlásich...

El cazador se echa la gorra sobre la coronilla, llama a su perro con un chasquido de la lengua y reanuda la marcha. Pelagueia, quieta en su sitio, le sigue con la mirada... Contempla el movimiento de sus omoplatos, su nuca varonil, sus andares perezosos y descuidados, y sus ojos se llenan de tristeza y de suave ternura... Su mirada recorre el cuerpo alto y delgado de su marido, y con la imaginación le cubre de caricias y cuidados... Él parece percibir esa mirada, se detiene y vuelve la cabeza... No dice nada, pero al ver su rostro y sus hombros levantados Pelagueia comprende que quiere decirle algo. Se acerca con timidez y le mira con ojos suplicantes.

–¡Toma! –dice él, dándose la vuelta.

Le entrega un billete de un rublo todo arrugado y se aleja con rapidez.

–¡Adiós, Yegor Vlásich! –dice ella, cogiendo maquinalmente el rublo.

El cazador avanza por un camino largo y recto como una correa tendida... Ella, pálida e inmóvil como una estatua, sigue con la mirada cada uno de sus pasos. Pero pronto el color rojo de su camisa empieza a fundirse con la tonalidad oscura de los pantalones; sus pasos se hacen invisibles; el perro ya no se distingue de las botas. Solo se ve la gorra, pero... de repente Yegor gira bruscamente a la derecha y también esta desaparece entre el follaje.

–¡Adiós, Yegor Vlásich! –susurra Pelagueia, y se pone de puntillas para ver al menos una vez más la gorra blanca.

El malhechor
(1885)

Ante el juez de instrucción comparece un campesino pequeño y de una extrema delgadez, con una camisa de lienzo y unos pantalones remendados. Su rostro devorado por la barba y picado de viruelas y sus ojos apenas visibles bajo las espesas y colgantes cejas tienen una expresión de sombría severidad. Una verdadera maraña de cabellos enredados y revueltos acentúa aún más ese aspecto arisco, dándole cierto aire de araña. Va descalzo.

–¡Denís Grigóriev! –exclama el juez–. Acércate y responde a mis preguntas. El día siete del presente mes de julio, el guardavías Iván Semiónov Akínfov, al recorrer la línea por la mañana, te sorprendió en la versta 141 desatornillando una de las tuercas que sujetan los raíles a las traviesas. Ahí está la tuerca... La tenías en tu mano cuando te detuvo. ¿Es eso cierto?

–¿Qué?

–Que si todo sucedió como explica Akínfov.

–Sin duda.

–Muy bien. Y ¿por qué desatornillabas esa tuerca?

–¿Qué?

–Déjate de tanto «qué» y responde a mi pregunta: ¿por qué desatornillabas la tuerca?

–Si no la hubiera necesitado, no la habría desatornillado –responde Denís con voz ronca, mirando de soslayo el techo.

–Y ¿para qué necesitabas esa tuerca?

–¿La tuerca? Con ellas fabricamos plomos para pescar...

–¿A quiénes te refieres?

–A la gente... Es decir, a los campesinos de Klímovo.

–Escucha, hermano, no te hagas el tonto conmigo y habla claro. ¡Eso de los plomos es mentira!

–No he mentido en mi vida y ahora resulta que miento... –balbucea Denís, haciendo guiños con los ojos–. ¿Cómo vamos a pescar sin plomos, excelencia? Ya se ponga en el anzuelo un pececito o un gusano, ¿acaso iba a hundirse sin plomo? Dice que miento... –añade Denís, con una sonrisa irónica–. ¡De poco sirve el cebo si se queda en la superficie! La perca, el sollo y la lota viven en el fondo, en la superficie lo único que puedes coger es un barbo, y eso rara vez... Por lo demás, en nuestro río no hay barbos... Es un pez que necesita mucho espacio.

–¿Por qué me cuentas todo eso?

–¿Qué? Pero ¡si ha sido usted quien me ha preguntado! En nuestra aldea, hasta los señores pescan de ese modo. Ni al último de los muchachos se le ocurriría pescar sin plomo. Claro que el que no entiende es muy libre de hacerlo. La ley no está hecha para los imbéciles...

–Entonces, ¿dices que desatornillaste la tuerca para utilizarla como plomo?

–¡Pues claro! ¡No va a ser para jugar a las tabas!

–Pero podías haber empleado como plomo un pedazo de metal, una bala, un clavo...

–Por la carretera no se encuentra ningún metal, hay que comprarlo; y en cuanto a los clavos, no valen. No encontrarás nada mejor que una tuerca... Es pesada y tiene un agujero.

–¡Mira cómo se hace el tonto! Como si hubiera nacido ayer o se hubiera caído del cielo. ¿Acaso no comprendes, cabeza hueca, las consecuencias de desatornillar tuercas? ¡De no haberte visto el guardavías, el tren podría haber descarrilado y varias personas habrían muerto! ¡Tú las habrías matado!

–¡Dios me libre, excelencia! ¿Por qué matar a nadie? ¿Acaso somos infieles o malhechores? Gracias a Dios, respetable señor, no he matado a nadie en toda mi vida y jamás se me ha pasado por la cabeza hacer algo semejante... Sálvanos y ten piedad de nosotros, Reina de los Cielos... ¡Qué cosas dice usted!

–¿Y a qué crees que se deben los descarrilamientos? ¡Basta con desatornillar dos o tres tuercas y ya tienes uno!

Denís sonríe y mira al juez con aire incrédulo, entornando los ojos.

–¡Pues sí! Anda que no hace años que toda la aldea desatornilla tuercas y el Señor nos ha preservado de todo mal, y ahora nos vienen con descarrilamientos... con muertos... Si me hubiera llevado el raíl o, pongamos, hubiera puesto un tronco en medio de la vía, entonces, de acuerdo, el tren habría volcado, pero ¡una tuerca...! ¡Pff!

–Pero ¿no entiendes que son las tuercas las que fijan los rieles a las traviesas?

–Claro que lo entendemos... Por eso no las desatornillamos todas... Dejamos algunas... No lo hacemos a tontas y a locas... Claro que lo entendemos...

Denís bosteza y hace el signo de la cruz sobre la boca.

–El año pasado descarriló aquí un tren –dice el juez–. Ahora lo entiendo...

–¿Qué dice usted?

–Digo que ahora entiendo por qué descarriló aquí un tren el año pasado... ¡Lo entiendo muy bien!

–Para eso tienen ustedes instrucción, para comprendernos, bienhechores nuestros... El Señor sabe muy bien a quién da entendimiento... Usted ha comprendido el cómo y el porqué, mientras que el guardavías, un campesino como yo, sin ningún entendimiento, te coge por el cuello y te trae a rastras... ¡Reflexiona un poco antes de empujar a la gente! Con razón se dice que un campesino siempre tiene un cerebro de campesino... Escriba también, excelencia, que me golpeó dos veces en la boca y en el pecho.

–Cuando registraron tu casa encontraron otra tuerca... ¿Cuándo y dónde la desatornillaste?

–No la desatornillé yo, me la dio Ignashka, el hijo de Semión, el tuerto. Me refiero a la que había debajo del baúl; la que había en el patio, en el interior del trineo, la desatornillé con Mitrofán.

–¿Qué Mitrofán?

–Mitrofán Petróvich... ¿No lo conoce? Fabrica redes y las vende a los señores. Necesita muchas tuercas de esas. Unas diez por red...

–Escucha... El artículo 1081 del Código Penal estipula que cualquier deterioro de la vía férrea cometido con premeditación, cuando pone en peligro el transporte en esa vía y el acusado sabe que la consecuencia de su acto puede ser un accidente... ¿entiendes? ¡Lo sabe! Y tú no podías dejar de saber lo que ocurriría si desatornillabas la tuerca... Será castigado con trabajos forzados.

–Eso lo sabe usted mejor... Nosotros somos gente ignorante... ¿Qué podemos entender nosotros?

–¡Tú lo entiendes todo! ¡Mientes y haces como que no te enteras!

–¿Por qué mentir? Pregunte en el pueblo si no me cree... Sin plomo solo es posible pescar brecas; ni siquiera el gobio, que no es gran cosa, se puede coger sin plomo.

–¡No me vengas otra vez con lo del muble! –dijo el juez, sonriendo.

–En nuestro río no hay mubles... Cuando se pesca sin plomo, en la superficie, con mosca, solo pica el mújol, y eso rara vez.

–Bueno, cállate...

Se produce un silencio. Denís carga el peso del cuerpo ya en una pierna ya en otra, mira la mesa recubierta de tapete verde y parpadea con fuerza, como si en lugar de un tapete tuviera delante de los ojos el sol. El juez escribe con rapidez.

–¿Puedo irme ya? –pregunta Denís al cabo de un rato.

–No. Tengo que arrestarte y enviarte a la cárcel.

Denís deja de parpadear y, levantando sus espesas cejas, mira al juez con aire inquisitivo.

–¿Cómo que a la cárcel? ¡Excelencia! No dispongo de tiempo; tengo que ir a la feria; Yegor me debe tres rublos por el tocino...

–Cállate, no me molestes.

–A la cárcel... Si hubiera una razón, iría, pero así... De buenas a primeras... ¿Por qué? No he robado, no me he peleado con nadie, creo... Y si tiene usted dudas sobre los atrasos, excelencia, no crea al *starosta*...* Pregunte al miembro permanente... El *starosta* es un hombre sin conciencia...

–¡Cállate!

–Ya me callo... –balbucea Denís–. Y que el *starosta* ha mentido en su informe, estoy dispuesto a jurarlo... Somos tres hermanos: a saber, Kuzmá Grigóriev, Yegor Grigóriev y yo, Denís Grigóriev...

–Me estás molestando... ¡Eh, Semión! –grita el juez–. ¡Llévatelo!

–Somos tres hermanos –balbucea Denís, mientras dos robus-

* Autoridad elegida por la asamblea rural, encargada de actividades disciplinarias y administrativas.

tos soldados lo agarran y lo sacan de la cámara–. Una persona no es responsable de lo que hagan sus hermanos... Si Kuzmá no paga, eres tú, Denís, el que tiene que responder por él... ¡Vaya jueces! Si nuestro amo, el difunto general, no hubiera muerto, el Señor lo tenga en su gloria, ya les enseñaría a ustedes, los jueces... Hay que juzgar como Dios manda, no a tontas y a locas... Que me den de latigazos, si es necesario, pero que sea por algo, con conocimiento de causa...

¡Qué público!
(1885)

–¡Se acabó! ¡No volveré a beber...! ¡Por nada del mundo! Ya es hora de sentar la cabeza. Hay que trabajar, esforzarse... Si quieres recibir tu salario, debes trabajar con honradez y dedicación, en conciencia, sacrificando tu tranquilidad y reposo. Se acabó la buena vida... Te has acostumbrado, amigo, a cobrar un sueldo sin hacer nada, y eso no está bien... no, no lo está...

Tras expresar varias consideraciones morales de ese jaez, del revisor jefe Podtiaguin se apodera el prurito de trabajar. Ya es más de la una de la madrugada, pero, a pesar de ello, despierta a los revisores y en su compañía recorre los vagones revisando los billetes.

–¡Señores... sus billetes! –grita, haciendo sonar alegremente la taladradora.

Las soñolientas figuras, envueltas en la semioscuridad del vagón, se estremecen, sacuden la cabeza y tienden sus billetes.

–¡Señor... su billete! –dice Podtiaguin, dirigiéndose a un pasajero de segunda clase, hombre delgado, fibroso, arrebujado en una pelliza y una manta y rodeado de cojines–. ¡Señor... su billete!

El hombre fibroso no responde. Está sumido en el sueño. El revisor jefe le toca el hombro y repite con impaciencia:

–¡Señor... su billete!

El pasajero se estremece, abre los ojos y mira a Podtiaguin con pavor.

–¿Qué? ¿Quién? ¡Eh?

–Se lo estoy pidiendo con educación: ¡su... billete! ¡Haga usted el favor!

–¡Dios mío! –gime el hombre fibroso, con gesto de desconsuelo–. ¡Señor, Dios mío! Tengo reumatismo... Llevo tres noches sin pegar ojo, he tomado morfina expresamente para poder conciliar el sueño ¡y ahora me viene usted... con el billete! ¡No tiene usted piedad ni humanidad! Si supiera lo mucho que me cuesta dormirme no me molestaría por semejante nadería... ¡Qué falta de piedad y de sentido común! ¿Qué necesidad tiene usted de mi billete? ¡Hasta es estúpido!

Podtiaguin piensa si debe ofenderse o no, y finalmente se decanta por la primera opción.

–¡Aquí no se grita! ¡Esto no es una taberna!

–Hasta en las tabernas la gente es más humanitaria... –dice el viajero, tosiendo–. ¡A ver cómo me duermo yo ahora por segunda vez! No lo entiendo: he viajado por todo el mundo y nadie me ha pedido el billete; aquí, en cambio, se diría que el diablo les tira de la manga; ¡no hacen otra cosa...!

–¡Bueno, pues váyase al extranjero si tanto le gusta!

–¡Eso es estúpido, señor! ¡Sí! No contentos con atormentar a los viajeros con el humo, el calor y las corrientes de aire, también quieren, los muy diablos, acabar con ellos a base de formalidades. ¡Necesitan el billete! ¡Fíjense cuánto celo! ¡Si por lo menos fuera un control de verdad, pero la mitad de los pasajeros viaja sin billete!

–¡Escuche, señor! –exclama Podtiaguin, acalorándose–. ¡Haga el favor de medir sus palabras! ¡Si no deja de gritar y de molestar a la gente, me veré en la obligación de hacerle bajar en la próxima estación y de levantar acta de lo sucedido!

–¡Esto es indignante! –protestan los viajeros–. ¡La toma con un enfermo! ¡Debería tener un poco de compasión!

–¡Es él quien me ha insultado! –replica Podtiaguin, amilanado–. Está bien, no le reclamaré el billete... Como quieran... Pero ustedes mismos saben que el servicio me lo exige... Si no fuera por el servicio, yo, por supuesto... Pueden preguntárselo al jefe de estación... Pueden preguntárselo a quien quieran...

Podtiaguin se encoge de hombros y se aleja del enfermo. En un principio se siente ofendido y algo vejado; luego, una vez atravesados dos o tres vagones, empieza a sentir en su pecho de revisor jefe una suerte de inquietud semejante al remordimiento.

«En realidad, no había necesidad de despertar a un enfermo –piensa–. En cualquier caso, yo no tengo la culpa... Los pasajeros se imaginan que actúo de ese modo porque me da la gana, porque no tengo nada mejor que hacer, cuando en realidad me lo exige el servicio... Si no lo creen, puedo llevarles ante el jefe de estación.»

Una estación. Cinco minutos de parada. Antes de la tercera campanada Podtiaguin entra en el vagón de segunda clase descrito más arriba. Le sigue el jefe de estación, tocado con una gorra roja.

–Este señor –empieza Podtiaguin– dice que no tengo ningún derecho a pedirle el billete y... y se ha ofendido. Le ruego que le aclare, señor jefe de estación, si pedir el billete forma parte de mis obligaciones o lo hago por diversión. Señor –añade Podtiaguin, dirigiéndose al hombre fibroso–. ¡Señor! Puede preguntarle al jefe de estación si no me cree.

El enfermo se estremece como si le hubieran pinchado, abre los ojos y, haciendo un gesto de desesperación, se reclina sobre el respaldo del asiento.

–¡Dios mío! Había tomado otro comprimido y acababa de

quedarme dormido cuando aparece otra vez usted... ¡Otra vez! ¡Se lo suplico, tenga compasión de mí!

–Puede usted dirigirse al señor jefe de estación... ¿Tengo pleno derecho a pedirle el billete o no?

–¡Esto es intolerable! ¡Tenga usted su billete! ¡Téngalo! ¡Compraré cinco más si quiere, pero déjeme morir en paz! ¿Es que usted no ha estado nunca enfermo? ¡Qué gente más insensible!

–¡Esto ya es un escarnio! –se indigna un viajero vestido de oficial–. ¡De otro modo no puedo entender tanta insistencia!

–Déjelo... –dice el jefe de estación, frunciendo el ceño y tirando a Podtiaguin de la manga.

Podtiaguin se encoge de hombros y sigue al jefe de estación con pasos lentos.

–¡No hay manera de contentarlos! –se dice perplejo–. Llamo al jefe de estación para que el enfermo entienda la situación y se tranquilice... y en lugar de eso se enfada.

Otra estación. Diez minutos de parada. Antes de la segunda campanada, cuando Podtiaguin se encuentra ante el mostrador de la cantina, bebiendo agua de Seltz, dos señores se le acercan, uno de ellos con uniforme de ingeniero, el otro con capote militar.

–¡Escuche, revisor jefe! –le dice el ingeniero a Podtiaguin–. Su comportamiento con el usuario enfermo ha indignado a cuantos hemos presenciado la escena. Soy el ingeniero Puzitski y este es... un coronel del ejército. Si no se disculpa usted delante de los pasajeros, elevaremos una queja al jefe de la línea, común amigo nuestro.

–Pero, señores, si yo... si ustedes... –responde Podtiaguin estupefacto.

–Nosotros no necesitamos ninguna explicación. Pero le advertimos de que, si no se disculpa usted, tomaremos al pasajero bajo nuestra protección.

–De acuerdo, yo... yo, bueno, me disculparé... Como quieran...

Al cabo de media hora Podtiaguin, tras preparar una frase de disculpa que pueda dar satisfacción al viajero sin rebajar su dignidad, entra en el vagón.

–¡Señor! –se dirige al enfermo–. ¡Escúcheme, señor!

El enfermo se estremece y se sobresalta.

–¿Qué?

–Yo... ¿cómo decírselo...? No se ofenda usted...

–¡Ah...! Agua... –dice el enfermo, respirando con dificultad y llevándose la mano al corazón–. Había tomado un tercer comprimido de morfina, me había quedado dormido y... ¡de nuevo aparece usted! Dios mío, ¿cuándo terminará este suplicio?

–Yo... Usted perdone...

–Escuche... Hágame bajar en la próxima estación... No puedo soportarlo más... Me muero...

–¡Esto es una canallada, una vileza! –se indignan los viajeros–. ¡Váyase de aquí! ¡Le va a costar cara esta burla! ¡Fuera!

Podtiaguin hace un gesto de desaliento con la mano, suspira y sale. Se dirige anonadado al vagón de servicio, se sienta ante la mesa y se lamenta: «¡Qué público! ¡Cualquiera los contenta! ¡Ya puede uno cumplir con su obligación, esforzarse! Al final, lo quieras o no, acabas desentendiéndote de todo y dándote a la bebida... Si no haces nada, se enfadan; si te pones a trabajar, lo mismo... ¡Me tomaré una copita!».

Podtiaguin se bebe media botella de un trago y deja de pensar en el trabajo, en el deber y en la honradez.

TRISTEZA
(1886)

¿A quién confiar mi pena?

Crepúsculo vespertino. Gruesos y húmedos copos giran perezosos alrededor de los faroles recién encendidos, cubriendo de una delgada y blanda capa los tejados, los lomos de los caballos, los hombros y las gorras. El cochero Iona Potápov, tan blanco como un fantasma, encorvado hasta donde puede hacerlo un ser humano, está sentado inmóvil en el pescante. Se diría que, aunque le cayera encima una montonera de nieve, no le parecería necesario sacudirse... Su caballejo también está parado y cubierto de nieve. Su inmovilidad, sus formas angulosas y sus patas rígidas como bastones lo hacen semejante, incluso de cerca, a uno de esos caballitos de bizcocho que cuestan un kopek. Es muy posible que esté sumido en sus propios pensamientos. ¿Cómo no va a meditar quien ha sido arrancado del arado, de los paisajes grises y familiares, y arrojado en medio de ese remolino lleno de luces monstruosas, ruidos incesantes y gentes apresuradas...?

Hace ya tiempo que Iona y su caballejo no se mueven de su sitio. Salieron antes de la comida, pero aún no se han estrenado. Sobre la ciudad cae ya la penumbra de la noche. La palidez de los faroles cede su lugar a un color más vivo y el ajetreo de la calle se hace más intenso.

–¡Cochero, a Viborg! –oye Iona–. ¡Cochero!

Iona se estremece y, a través de sus pestañas sepultadas por la nieve, ve a un militar con capote y capucha.

–¡A Viborg! –repite el militar–. ¿Duermes o qué? ¡A Viborg!

En señal de asentimiento Iona sacude las riendas, y ese movimiento hace caer del lomo del caballo y de sus propios hombros una capa de nieve... El militar se sienta en el trineo. El cochero chasquea los labios, extiende el cuello a la manera de un cisne, se incorpora y, más por costumbre que por necesidad, blande el látigo. El caballejo también extiende el cuello, tuerce sus patas rígidas como bastones e inicia la marcha con paso vacilante...

–¿Adónde vas, mastuerzo? –gritan al punto algunas voces en la oscura masa que se mueve a un lado y a otro–. ¿Dónde te metes? ¡Conserva la derecha!

–¡No sabes conducir! ¡Conserva la derecha! –se enfada el militar.

Un cochero le insulta desde lo alto de su berlina; un peatón, cuyo hombro tropieza con el hocico del caballejo al atravesar la calle, le dedica una mirada furibunda y se sacude la nieve de la manga. Iona se agita en el pescante como si estuviera sentado sobre alfileres, mueve los codos y dirige a un lado y a otro los ojos aturdidos, como si no comprendiera dónde está y qué hace allí.

–¡Qué canallas! –ironiza el militar–. Se han puesto de acuerdo para tropezar contigo y meterse debajo de las patas del caballo. Se han confabulado.

Iona se gira hacia su cliente y mueve los labios... Parece que quiere decir algo, pero de su garganta solo sale un ronco murmullo.

–¿Qué? –pregunta el militar.

Iona esboza una torpe sonrisa, carraspea y comenta con voz gutural:

–Verá, señor... he perdido a mi hijo esta semana...

–¡Hum...! ¿Y de qué murió?

Iona vuelve todo el cuerpo y responde:

–¡Y quién lo sabe! Probablemente de fiebres... Pasó tres días en el hospital y murió... Es la voluntad de Dios.

–¡Échate a un lado, demonio! –grita alguien en medio de la oscuridad–. ¿Es que no tienes ojos en la cara, perro viejo? ¡Mira lo que haces!

–Vamos, vamos... –dice el pasajero–. A este paso no llegaremos hasta mañana. ¡Más deprisa!

El cochero vuelve a estirar el cuello, se endereza y blande el látigo con torpe ademán. Luego se gira varias veces hacia su cliente, pero este ha cerrado los ojos y no muestra el menor interés en escucharlo. Tras dejarlo en Viborg, se detiene junto a una taberna, se encorva en el pescante y de nuevo se queda inmóvil... La húmeda nieve lo pinta otra vez de blanco, y también a su matalón. Pasa una hora, luego otra...

Por la acera, haciendo ruido con los chanclos y discutiendo, pasan tres jóvenes, dos de ellos altos y delgados, el tercero pequeño y jorobado.

–¡Cochero, al puente de la Policía! –grita con voz trémula el jorobado–. ¡Veinte kopeks... por los tres!

Iona tira de las riendas y chasquea los labios. Veinte kopeks es una cantidad irrisoria, pero poco le importa el precio... Le da lo mismo un rublo que cinco kopeks, con tal de que haya clientes... Los jóvenes se acercan al trineo y trepan al unísono al asiento, empujándose y lanzando improperios. A continuación se ocupan de resolver esta cuestión: ¿quiénes ocuparán los dos asientos y quién irá de pie? Después de largas disputas, caprichos y recriminaciones, deciden que el jorobado, por ser más pequeño, irá de pie.

–¡Bueno, arranca! –dice con voz temblorosa el jorobado, instalándose detrás y respirando en la nuca de Iona–. ¡Dale al látigo! ¡Vaya gorra que tienes, amigo! No la encontrarías peor en todo Petersburgo...

–Ji, ji... ji, ji... –se ríe Iona–. Es la que tengo...

–¡Bueno, «es la que tengo», más deprisa! ¿Vas a ir así todo el camino? ¿Sí? ¿Quieres que te dé un golpe en el cogote...?

–Me duele la cabeza... –dice uno de los altos–. Ayer, en casa de los Dukmasov, Vaska y yo nos bebimos cuatro botellas de coñac.

–¡No sé por qué mientes tanto! –se enfada el otro largirucho–. Mientes como un animal.

–Que Dios me castigue si no es verdad...

–¡Tan verdad como que un piojo tose!

–Ji, ji –se ríe Iona–. ¡Qué señores tan alegres!

–¡Por Dios bendito...! –se indigna el jorobado–. ¿Vas a ir más deprisa o no, viejo del demonio? ¿Es que se puede llevar este paso? ¡Dale con el látigo! ¡Dale, por todos los diablos! ¡Golpéale fuerte!

Iona siente cómo el cuerpo del jorobado se agita a su espalda y percibe el temblor de su voz. Oye los improperios que le dirigen, mira a los pasajeros y la sensación de soledad poco a poco deja de oprimirle el pecho. El jorobado no para de injuriarle hasta que se atraganta con un insulto interminable, que acaba causándole un acceso de tos. Los altos empiezan a hablar de una tal Nadezhda Petrovna. Iona se vuelve hacia ellos. Aprovechándose de un breve momento de silencio, se gira de nuevo y balbucea:

–Esta semana... he perdido a mi hijo.

–Todos tenemos que morir... –suspira el jorobado, secándose los labios después del ataque de tos–. ¡Bueno, más deprisa, vamos!

¡Señores, decididamente no puedo seguir a este paso! ¿Cuándo llegaremos?

–¡Dale un golpe en el cogote a ver si se anima!

–¿Lo has oído, viejo del demonio? ¡Te voy a dar un pescozón...! ¡Como gastáramos ceremonias con vosotros, tendríamos que ir a pie! ¿Me oyes, maldito dragón? ¿O te da igual lo que te dicen?

Iona más bien oye que siente los sopapos que le caen en la nuca.

–Ji, ji... –se ríe–. Qué señores tan alegres... ¡Que Dios les dé salud!

–Cochero, ¿estás casado? –pregunta uno de los altos.

–¿Yo? Ji, ji... ¡Qué señores tan alegres! Ahora mi única mujer es la húmeda tierra... Ji, jo, jo... ¡Es decir, la tumba...! Mi hijo ha muerto y yo sigo vivo... Qué extraño, la muerte se equivocó de puerta... En lugar de visitarme a mí, se llevó a mi hijo...

E Iona se gira para relatar cómo murió su hijo, pero en ese momento el jorobado deja escapar un leve suspiro y anuncia que, gracias a Dios, por fin han llegado. Tras recibir los veinte kopeks, Iona se queda mirando largo rato a los juerguistas, que desaparecen en un portal oscuro. De nuevo se queda solo, rodeado por el silencio... Su tristeza, apaciguada por un instante, se desata de nuevo, oprimiendo su pecho con mayor vehemencia. Sus ojos inquietos y doloridos recorren la multitud que discurre a un lado y otro de la calle: ¿no habrá entre esos miles de personas una sola que quiera escucharlo? Pero el gentío avanza, sin reparar en él ni en su pena... Una pena inmensa, ilimitada. Si su pecho estallara y su tristeza se derramara, acaso inundaría el mundo entero, y, sin embargo, es invisible. Ha sabido alojarse en un cascarón tan insignificante que ni siquiera en pleno día y con un farol podría verse...

Iona ve a un portero con un paquete y decide entablar conversación con él.

–¿Qué hora será, amigo? –pregunta.

–Las nueve pasadas... ¿Por qué te has parado aquí? ¡Circula!

Iona se aleja unos pasos, se encorva y se entrega a su pena... Considera ya inútil dirigirse a la gente. Pero no han pasado ni cinco minutos cuando vuelve a enderezarse, sacude la cabeza como si sintiera un agudo dolor y tira de las riendas... No puede más.

«A la cochera –piensa–. ¡A la cochera!»

Y el matalón, como si hubiera entendido su pensamiento, emprende un ligero trotecillo. Al cabo de hora y media, Iona ya está sentado junto a una estufa grande y sucia. En el poyo, en el suelo y en los bancos roncan varios hombres. Hace un calor sofocante... Iona mira a los durmientes, se rasca y lamenta haber regresado tan temprano...

«Ni siquiera he sacado para la avena –piensa–. A eso se debe mi tristeza. Un hombre que conoce su oficio... que tiene el estómago lleno y ha dado de comer a su caballo siempre está tranquilo...»

En un rincón se levanta un joven cochero, carraspea y se arrastra con aire soñoliento hasta el cubo del agua.

–¿Tienes sed? –le pregunta Iona.

–¡Ya lo creo!

–Bueno... A tu salud... He perdido a mi hijo, amigo. ¿No te has enterado? Murió esta semana en el hospital... ¡Menuda historia!

Iona trata de observar el efecto producido por sus palabras, pero no ve nada. El joven se ha tapado la cabeza con la manta y se ha quedado dormido. El viejo suspira y se rasca... Tiene tanta necesidad de hablar como el joven de beber. Pronto hará una semana que murió su hijo y aún no ha hablado con nadie como Dios manda... Y esas cosas hay que contarlas con calma, tomándose su tiempo... Es preciso relatar cómo enfermó el hijo, cuánto sufrió, lo que dijo antes de expirar, cómo murió... Hay que describir el entierro y el viaje al hospital para recoger la ropa del difunto. En la aldea ha quedado su hija Anisia... También habría que hablar de ella... Temas de conversación no le faltan. Además, el oyente debe suspirar, gemir, lamentarse... Lo mejor sería hablar con mujeres. Son tontas, pero bastan dos palabras para que lloren a lágrima viva.

«Iré a ver al caballo –piensa Iona–. Para dormir siempre hay tiempo... Ya dormirás, descuida...»

Se viste y se dirige al establo donde está su caballo. Piensa en la avena, en el heno, en el tiempo... Cuando está solo, no puede pensar en su hijo... Puede hablar de él con los demás, pero a solas le resulta absolutamente insoportable pensar en él y evocar su imagen...

–¿Rumias? –pregunta Iona a su caballo, mirando sus ojos brillantes–. Bueno, rumia si quieres... No hemos ganado para avena, así que tendremos que comer heno... Sí... Soy demasiado viejo para hacer de cochero... Es mi hijo quien debiera ocuparse de este oficio, no yo... Él sí que era un cochero de verdad... Solo le bastaba haber vivido...

Iona guarda silencio durante un rato y prosigue:

–Así es, mi buen rocín... Kuzmá Iónich ya no está entre nosotros... Nos ha dejado... Se murió de repente, así como así... Supongamos que tuvieras un potrillo, que fueras la madre de ese potrillo... Si de pronto, digamos, ese potrillo pasara a mejor vida... ¿No te daría pena?

El matalón rumia, escucha y resopla en las manos de su amo...

Iona no puede contenerse y se lo cuenta todo...

Aniuta
(1886)

Por la habitación amueblada más barata del Hotel Lisboa se paseaba de un rincón a otro Stepán Klochkov, estudiante de medicina de tercer curso, repasando las lecciones con aplicación. Esa actividad porfiada e incesante le había dejado la boca seca y había cubierto su frente de sudor.

Junto a la ventana, bordeada de festones de hielo, estaba sentada en un taburete Aniuta, una morena menuda y delgada de unos veinticinco años, muy pálida y con dulces ojos grises, con quien el estudiante compartía la pieza. Con la espalda doblada, bordaba con hilo rojo el cuello de una camisa de hombre. Trabajaba deprisa... El reloj enronquecido del pasillo había dado las dos de la tarde y la habitación aún estaba sin recoger. La manta revuelta, las almohadas en desorden, los libros, la ropa, la gran palangana sucia llena de agua enjabonada en la que flotaban colillas, las barreduras del suelo: se diría que alguien hubiera amontonado, embarullado y arrugado a propósito todas esas cosas.

–El pulmón derecho se compone de tres lóbulos... –repasaba Klochkov–. Límites: el lóbulo superior alcanza, en la pared anterior del tórax, la altura de la cuarta o quinta costilla; en la pared lateral, la cuarta... y en la posterior, la *spina scapulae*...

Klochkov, tratando de representarse lo que acababa de leer,

levantó los ojos al techo. Al no lograr una imagen nítida, empezó a palparse las costillas superiores a través del chaleco.

–Estas costillas se parecen a teclas de piano –dijo–. Para no equivocarse en la cuenta, es completamente necesario acostumbrarse a ellas. Hay que estudiarlas en un esqueleto y en una persona viva... Aniuta, ven aquí, a ver si me oriento...

Aniuta dejó su labor, se quitó la blusa y se estiró. Klochkov se sentó frente a ella, frunció el ceño y se puso a contar las costillas.

–Hum... La primera no se siente... Está detrás de la clavícula... Esta debe de ser la segunda... Bien... Aquí está la tercera... Aquí la cuarta... Hum... Bien... ¿Por qué te encoges?

–¡Tiene usted los dedos fríos!

–Vamos, vamos... no te morirás; no te retuerzas... Así pues, esta es la tercera y esta la cuarta... A pesar de que pareces muy delgada, apenas se te notan las costillas. Esta es la segunda... esta la tercera... No, si sigo así, me equivocaré y no conseguiré representármelas con nitidez... Hay que dibujarlas. ¿Dónde está mi carboncillo?

Klochkov cogió el carboncillo y trazó en el pecho de Aniuta algunas líneas paralelas, correspondientes a sus costillas.

–Estupendo. Ahora lo veo todo claro... Ya puedo auscultarte. ¡Levántate!

Aniuta se puso en pie y alzó el mentón. Klochkov empezó a darle golpecitos y se ensimismó tanto en esa actividad que no advirtió que los labios, la nariz y los dedos de Aniuta estaban morados de frío. La joven temblaba y temía que el estudiante, al advertir ese estremecimiento, dejara de dibujar sus rasgos a carboncillo y de darle golpecitos, comprometiendo, acaso, el resultado del examen.

–Ahora todo está claro –dijo Klochkov, dejando de auscultarla–. Siéntate como estás y no te borres las marcas; mientras tanto, yo voy a repasar un poco más.

Y el estudiante se puso a pasear de nuevo por la habitación, repitiendo la lección. Aniuta, con el pecho literalmente tatuado de rayas negras, encogida de frío, se quedó meditabunda. En general, hablaba muy poco, guardaba silencio casi todo el tiempo y no hacía más que pensar y pensar...

Durante los seis o siete años que había ido rodando de habitación en habitación, había conocido a unos cinco jóvenes como Klochkov. Ahora todos habían terminado sus estudios, se habían abierto camino y, naturalmente, como correspondía a personas respetables, la habían olvidado hacía mucho tiempo. Uno de ellos vivía en París, dos eran médicos, el cuarto pintor y el quinto, según se decía, había llegado ya a catedrático. Klochkov era el sexto... Pronto también él terminaría sus estudios y se abriría camino. Sin duda, le aguardaba un espléndido futuro; probablemente se convertiría en un gran hombre, pero por el momento su situación era espantosa: Klochkov carecía de tabaco y de té y solo le quedaban cuatro terrones de azúcar. Tenía que acabar el bordado cuanto antes, entregarlo y con el cuarto de rublo recibido comprar té y tabaco.

–¿Puedo entrar? –se oyó detrás de la puerta.

Aniuta se echó a toda prisa un pañuelo de lana sobre los hombros. El pintor Fetísov apareció en el umbral.

–Vengo a pedirle un favor –dijo a Klochkov; lucía una mirada salvaje y los cabellos le caían sobre la frente–. ¿Sería tan amable de cederme a su gentil compañera durante un par de horas? Verá usted, estoy pintando un cuadro y sin una modelo no puedo hacer nada.

–¡Ah, con mucho gusto! –convino Klochkov–. Vete, Aniuta.

–¡Lo que he tenido que ver allí! –dijo en voz queda Aniuta.

–¡Bueno, basta! Te lo pide en nombre del arte, no por cualquier tontería. ¿Por qué no ayudar a la gente cuando puedes hacerlo?

Aniuta empezó a vestirse.

–¿Y qué está pintando usted? –preguntó Klochkov.

–Una Psique. Es un buen tema, pero no acaba de salirme. Tengo que cambiar de modelo cada dos por tres. Ayer se presentó una con las piernas azules. «¿Por qué tienes las piernas de ese color?», le pregunté. Y ella me respondió: «Mis medias destiñen». ¡Se pasa usted todo el tiempo repasando! Es usted un hombre afortunado, tiene paciencia.

–La medicina no puede aprenderse sin dedicación.

–Hum... Perdone, Klochkov, pero vive usted peor que los cerdos. ¡Dios mío, cómo vive usted!

–¿Y qué quiere? No puedo vivir de otra manera... Mi padre solo me manda doce rublos al mes, y con ese dinero no es fácil llevar una vida decorosa.

–Tal vez... –dijo el pintor con un gesto de repugnancia–, pero de todos modos podría vivir un poco mejor... Un hombre cultivado está obligado a ser un esteta. ¿No es verdad? ¡Su habitación está patas arriba! La cama sin hacer, la jofaina llena de agua sucia, el suelo sin barrer... el puré de ayer en el plato... ¡Uf!

–Tiene usted razón –dijo el estudiante, confuso–. Pero Aniuta ha estado hoy tan ocupada que no ha tenido tiempo de arreglar la habitación.

Cuando el pintor y Aniuta salieron, Klochkov se tumbó en el sofá y siguió repasando; no obstante, aunque trató de luchar contra el sueño, acabó quedándose dormido; se despertó al cabo de una hora, apoyó la cabeza en los puños y se sumergió en sombríos pensamientos. Recordaba lo que el pintor le había dicho, que todo hombre cultivado está obligado a ser un esteta, y las condiciones en las que vivía se le antojaron ahora repugnantes y repulsivas. Trató de imaginarse el futuro y se vio recibiendo a los pacientes en su despacho, tomando el té en un comedor espacioso, en compañía de su esposa, una mujer decente; y esa jofaina con agua sucia, en la que nadaban colillas, adquirió un aire indeciblemente sórdido. También Aniuta le pareció fea, desaseada, lamentable... Y decidió separarse de ella sin más dilación, a cualquier precio.

Cuando, una vez de vuelta, la muchacha estaba quitándose el abrigo, Klochkov se levantó y le dijo con aire severo:

–Mira, querida... Siéntate y escucha. ¡Tenemos que separarnos! En una palabra, no quiero seguir viviendo contigo.

Aniuta había regresado de la habitación del pintor agotada, extenuada. El largo tiempo pasado de pie había acentuado la delgadez y demacración de su rostro y el mentón se había vuelto más agudo. Sus labios temblaron, pero fue incapaz de pronunciar palabra.

–Estarás de acuerdo conmigo en que tarde o temprano teníamos que separarnos –dijo el estudiante–. Eres una chica amable y bondadosa, y no tienes un pelo de tonta, así que debes entenderlo...

Aniuta volvió a ponerse el abrigo, envolvió en silencio su labor en un papel, recogió el hilo y las agujas; encontró el envoltorio con los cuatro terrones de azúcar en el antepecho de la ventana y lo puso sobre la mesa, al lado de los libros.

–Aquí está... su azúcar... –dijo en voz queda, volviéndose para ocultar las lágrimas.

–¿Por qué lloras? –le preguntó Klochkov.

Presa de una repentina turbación, se puso a dar vueltas por la habitación y, al cabo de un rato, dijo:

–Eres una criatura extraña, la verdad... Sabes perfectamente que nuestra separación es inevitable. No vamos a pasarnos juntos toda la vida.

Ella, una vez recogidos sus paquetes, se volvió hacia él para despedirse. El estudiante sintió pena de ella.

«¿Por qué no dejar que se quede otra semana? –pensó–. Sí, que se quede un poco más y dentro de una semana le diré que se marche.»

No obstante, molesto por su falta de carácter, le gritó con sequedad:

–Bueno, ¿qué haces ahí parada? Si quieres irte, vete; y si prefieres quedarte, no tienes más que quitarte el abrigo. ¡Quédate!

Aniuta, sin decir palabra, se despojó del abrigo con delicadeza, se sonó con gran comedimiento, suspiró y, sin hacer ruido, retomó su lugar habitual: el taburete que había junto a la ventana.

El estudiante cogió su manual y de nuevo se puso a dar vueltas por la habitación.

–El pulmón derecho se compone de tres lóbulos... –repasaba–. El superior alcanza, en la pared superior del tórax, la cuarta o quinta costilla...

En el pasillo alguien gritó a voz en cuello:

–¡Grigori, el samovar!

Iván Matveich
(1886)

Ya son más de las cinco de la tarde. Un sabio ruso de bastante renombre –lo llamaremos sencillamente un sabio– está sentado en su despacho y se muerde con inquietud las uñas.

–¡Es absolutamente escandaloso! –dice, mirando a cada momento el reloj–. No cabe mayor desconsideración por el tiempo y el trabajo ajenos. ¡En Inglaterra un individuo así no ganaría ni un céntimo y se moriría de hambre! Ya verás la que te espera cuando llegues...

Y, sintiendo la necesidad de descargar en alguien su irritación y su impaciencia, el sabio se acerca a la puerta de la habitación de su mujer y llama:

–Escucha, Katia –dice con voz indignada–. Si ves a Piotr Danílich, dile de mi parte que las personas decentes no se comportan de ese modo. ¡Qué vergüenza! ¡Recomendarme un amanuense sin saber quién es! Ese muchacho se retrasa sistemáticamente dos o tres horas cada día. ¿Qué clase de amanuense es ese? ¡Para mí esas dos o tres horas son más valiosas que para otros dos o tres años! ¡Cuando llegue, lo regañaré como a un perro, no le pagaré y lo pondré de patas en la calle! ¡Con gente así no puede andarse uno con contemplaciones!

–Todos los días dices lo mismo y nunca haces nada.

–Pues de hoy no pasa. Ya he perdido bastante tiempo por su culpa. ¡Perdona si oyes palabras gruesas, voy a jurar como un carretero!

Pero he aquí que suena por fin el timbre. El sabio adopta un aire de severidad, se yergue y, echando la cabeza hacia atrás, se dirige al vestíbulo. Allí, junto a la percha, se encuentra su amanuense Iván Matveich, un joven de unos dieciocho años, con el rostro oval como un huevo, imberbe, con un abrigo usado y raído y sin chanclos. Jadea y limpia cuidadosamente en el felpudo sus botas grandes y toscas, tratando de ocultar de la mirada de la doncella un agujero por el que asoma un calcetín blanco. Cuando ve al sabio, esboza una de esas sonrisas amplias, prolongadas y algo bobaliconas de que solo son capaces los niños y las personas muy ingenuas.

–Buenas tardes –dice, tendiéndole una mano enorme y mojada–. ¿Se le ha pasado el dolor de garganta?

–¡Iván Matveich! –dice el sabio con voz temblorosa, retrocediendo y enlazando los dedos de las manos–. ¡Iván Matveich! –Luego se abalanza sobre el amanuense, lo agarra por un hombro y lo sacude sin violencia–. ¿Cómo puede tratarme así? –dice con desesperación–. ¡Es usted un hombre ruin y despreciable! ¿Cómo puede tratarme así? ¡Está usted burlándose, mofándose de mí!

Iván Matveich, a juzgar por su sonrisa, que aún no se ha borrado del rostro, esperaba un recibimiento muy distinto; por ello, cuando repara en la expresión indignada del sabio, estira aún más su semblante ovalado y, lleno de asombro, abre la boca.

–¿Qué... qué pasa? –pregunta.

–¿Y me lo pregunta usted? –exclama el sabio, levantando las manos–. ¡Sabe lo importante que es el tiempo para mí y se retrasa de este modo! ¡Llega usted dos horas tarde...! ¡No tiene vergüenza!

–Es que no vengo directamente de casa –balbucea Iván Matveich, desanudándose la bufanda con indecisión–. He ido a ver a mi tía para felicitarle el santo y su casa está a unas seis verstas de aquí... Si hubiera venido directamente de casa, sería otra cosa.

–Reflexione usted, Iván Matveich, y se dará cuenta de que su proceder carece de sentido. Aquí hay un trabajo que hacer, un trabajo urgente, ¡y usted se va por ahí a celebrar el santo de su tía! ¡Ah, acabe de desanudarse de una vez esa horrible bufanda! ¡Esto es verdaderamente intolerable!

El sabio se abalanza de nuevo sobre el amanuense y le ayuda a quitarse la bufanda.

–Qué torpe es usted... Bueno, vamos... ¡Dese prisa, por favor!

Sonándose en un pañuelo sucio y arrugado y arreglándose su astrosa levita gris, Iván Matveich atraviesa la sala y el comedor y entra en el despacho. Allí hace tiempo que tiene preparado el lugar para escribir, el papel y hasta los cigarrillos.

–Siéntese, siéntese –le apremia el sabio, frotándose las manos con impaciencia–. Es usted un hombre insoportable... Sabe que el trabajo es urgente y se retrasa de ese modo. Tengo que regañarle aunque no quiera. Bueno, escriba... ¿Dónde nos habíamos quedado?

Iván Matveich se alisa los erizados cabellos, cortados a trasquilones, y toma su pluma. El sabio se pasea de un rincón al otro, se concentra y empieza a dictar:

–La cuestión es... coma... que algunas formas que podríamos llamar fundamentales... ¿lo ha escrito...? están condicionadas exclusivamente por la existencia de esos principios... coma... que encuentran expresión en sí mismos y solo pueden encarnarse en ellos... Nueva línea... Ahí, por supuesto, hay que poner un punto... La mayor independencia se encuentra... se encuentra... en aquellas formas que tienen un carácter menos político... coma... que social...

–Ahora los alumnos de secundaria tienen otro atuendo... de color gris... –dice Iván Matveich–. Cuando yo estudiaba, era más bonito: llevábamos un uniforme...

–¡Ah, escriba, por favor! –se enfada el sabio–. ¿Ha escrito usted «social»? Pero en lo que se refiere a las reformas relativas a la organización... de las funciones gubernamentales y no a la reglamentación de usos y costumbres populares... coma... no puede decirse que se distingan por las características nacionales de sus formas... las cinco últimas palabras van entrecomilladas... Eh... Bueno... ¿Qué decía usted del instituto?

–Que en mis tiempos llevábamos otro uniforme.

–Ah... sí... ¿Hace mucho que abandonó los estudios?

–Pero ¡si se lo dije ayer! Hace ya tres años... Lo dejé en cuarto.

–¿Por qué razón? –pregunta el sabio, echando una ojeada a lo que acaba de escribir Iván Matveich.

–Por razones de familia.

–¡Otra vez tengo que repetírselo, Iván Matveich! ¿Cuándo perderá usted la costumbre de separar tanto las palabras? ¡En un renglón no debe haber menos de cuarenta letras!

–¿Se figura que lo hago a propósito? –replica ofendido Iván Matveich–. Además, otros renglones superan esa cifra... Cuéntelas. Pero si le parece que separo demasiado las palabras, puede usted quitármelo de la paga.

–¡No se trata de eso! Qué poco delicado es usted, la verdad... A la menor alusión, saca usted a colación el dinero. Lo principal es la puntualidad, Iván Matveich. ¡La puntualidad es esencial! Debe usted acostumbrarse a ser puntual.

La doncella entra en el despacho llevando una bandeja con dos vasos de té y una cesta llena de galletas... Iván Matveich coge torpemente su vaso con ambas manos y al punto empieza a beber. El té está demasiado caliente. Para no quemarse los labios, Iván Matveich trata de tragarlo a pequeños sorbos. Come una galleta, luego otra, a continuación una tercera y, con aire confuso, mirando al sabio de reojo, tiende con timidez la mano hacia la cuarta... Sus ruidosos sorbos, la glotonería con que mastica y la expresión de hambrienta avidez de sus cejas levantadas irritan al sabio.

–Acabe de una vez... El tiempo es oro.

–Siga dictando. Puedo beber y escribir a un tiempo... Le confieso que tenía hambre.

–¡No me extraña, ha venido a pie!

–Sí... ¡Y vaya tiempo tan malo! En mi tierra en esta época huele ya a primavera... Hay charcos por todas partes, la nieve se derrite.

–Es usted del sur, ¿no es así?

–Sí, de la región del Don... Allí en el mes de marzo ya es primavera. Aquí aún hiela y todo el mundo lleva pelliza; allí, en cambio, ya asoma la hierba... Todo está seco y hasta se pueden coger tarántulas.

–Y ¿para qué?

–Pues... para pasar el rato... –dice Iván Matveich con un suspiro–. Es divertido. Se pega a un hilo un trocito de resina, se mete en el nido y se golpea a la tarántula en el lomo; entonces, la muy canalla, se irrita, coge la resina con las patas y queda atrapada... ¡Qué no habremos hecho con ellas! A veces llenábamos una palangana entera y soltábamos dentro una *bijorka*.

–¿Qué es una *bijorka?*

–Una araña parecida a la tarántula. En una batalla una sola de ellas puede matar cien tarántulas.

–Ya... Bueno, sigamos escribiendo... ¿Dónde se ha quedado usted?

El sabio dicta unos veinte renglones más, luego se sienta y se sumerge en sus propios pensamientos.

Mientras espera el resultado de esa reflexión, Iván Matveich estira el pescuezo, tratando de acomodar mejor el cuello de su camisa. La corbata no está bien anudada, los botones se han soltado y el cuello se abre a cada momento.

–Sí... –dice el sabio–. Bueno... ¿Aún no ha encontrado colocación, Iván Matveich?

–No. ¿Dónde encontrarla? Había decidido partir como voluntario, sabe. Pero mi padre me aconseja que me haga mancebo de botica.

–Ya... Mejor sería que ingresara usted en la universidad. El examen es difícil, pero con paciencia y dedicación se puede superar. Estudie, lea usted más... ¿Lee usted mucho?

–Poco, lo confieso... –dice Iván Matveich, encendiendo un cigarrillo.

–¿Ha leído a Turguéniev?

–No...

–¿Y a Gógol?

–¿A Gógol? ¡Hum...! Gógol... ¡No, no lo he leído!

–¡Iván Matveich! ¿No le da a usted vergüenza? ¡Ay, ay! Un muchacho tan listo y original como usted y resulta... ¡que ni siquiera ha leído a Gógol! ¡Haga el favor de leerlo! ¡Yo se lo daré! ¡Tiene que leerlo sin falta! ¡De otro modo acabaremos discutiendo!

De nuevo se hace el silencio. El sabio está recostado en un mullido sofá y medita, mientras Iván Matveich, dejando en paz el cuello, concentra toda su atención en las botas. No se había dado cuenta de que la nieve, al fundirse, había formado dos grandes charcos bajo sus pies. Se siente avergonzado.

–Hoy no me sale nada... –masculla el sabio–. Me parece, Iván Matveich, que también es aficionado usted a capturar pájaros.

–Eso es en otoño... Aquí no los cazo, pero en mi tierra no hacía otra cosa.

–Ya... Bueno. En cualquier caso, hay que escribir.

El sabio se levanta con decisión y empieza a dictar, pero al cabo de diez renglones vuelve a sentarse en el sofá.

–No, mejor será que lo dejemos para mañana por la mañana –dice–. Vuelva mañana, pero antes, a eso de las nueve. Que Dios le proteja si se retrasa.

Iván Matveich deja la pluma, se levanta de la mesa y se sienta en otra silla. Después de unos cinco minutos de silencio, empieza a sentir que es hora de marcharse, que está de más en esa casa, pero se encuentra tan a gusto en el despacho del sabio, una habitación luminosa y caldeada, y el sabor de las galletas de mantequilla y del té azucarado está tan fresco en la memoria que se le encoge el corazón ante la sola idea de volver a su casa, donde le esperan la pobreza, el hambre y el frío, un padre gruñón y una sarta de reproches; allí, en cambio, reinan la tranquilidad y el sosiego y hasta hay alguien que se interesa por sus tarántulas y sus pájaros.

El sabio consulta su reloj y coge un libro.

–Entonces ¿va a prestarme un ejemplar de Gógol? –pregunta Iván Matveich, poniéndose en pie.

–Sí, sí. Pero ¿por qué tiene tanta prisa, amigo? Siéntese y cuénteme algo...

Iván Matveich se sienta y esboza una amplia sonrisa. Pasa casi todas las tardes en el despacho del sabio, en cuya voz y mirada percibe un matiz especialmente delicado y afectuoso, casi paternal. En algunos momentos hasta le asalta la sospecha de que el sabio le aprecia y se ha acostumbrado a él, y se figura que los reproches que le dirige cuando se retrasa solo se deben a que echa de menos sus comentarios sobre las tarántulas y el modo de coger jilgueros a orillas del Don.

La bruja
(1886)

Caía la noche. El sacristán Saveli Guikin estaba en su casa, tumbado en una cama inmensa, pero no dormía, aunque tenía la costumbre de quedarse dormido al mismo tiempo que los gallos. Sus cabellos rojizos y ásperos asomaban por un lado de la manta mugrienta, compuesta de abigarrados pedazos de percal; por el otro sobresalían unos pies enormes, que llevaban mucho tiempo sin lavar. Escuchaba... Su cabaña estaba ubicada en el recinto de la iglesia y su única ventana daba al campo, donde se libraba una auténtica batalla. Costaba trabajo entender quién borraba a su enemigo de la faz de la tierra, a quién trataba de aniquilar la naturaleza, pero, a juzgar por el estruendo incesante y siniestro que levantaba, alguien lo estaba pasando bastante mal. Una fuerza vencedora se arrastraba por los campos, asolaba el bosque y el tejado de la iglesia, tamborileando con furor en la ventana y arrasando todo a su paso, mientras un elemento vencido aullaba y gemía... Ese llanto lastimero se oía ora detrás de la ventana, ora sobre el tejado, ora en la estufa. No resonaba en él una petición de ayuda, sino la angustia, la conciencia de que ya era demasiado tarde, de que no había salvación posible. Los montones de nieve se habían cubierto de una delgada corteza de hielo; en ellos y en los árboles temblaban las lágrimas, por los caminos y senderos se esparcía un líquido negro, compuesto de barro y nieve derretida. En definitiva, en la tierra había empezado el deshielo, pero el cielo, a través de la oscura noche, no lo veía y desperdigaba con todas sus fuerzas copos de nieve fresca sobre la tierra tibia. El viento vagaba como un hombre borracho... No daba tiempo a que la nieve se posara en el suelo y la hacía girar en las tinieblas a su antojo.

Guikin prestaba oídos a esa música y fruncía el ceño. Sabía, o al menos adivinaba, cuál era el motivo de ese alboroto y a quién se debía.

–Lo sé –farfullaba, amenazando a alguien con el dedo por debajo de la manta–. ¡Lo sé todo!

Su mujer Raisa Nílovna estaba sentada en un taburete, junto a la ventana. La pequeña lámpara de hojalata, colocada sobre otro taburete, parecía intimidada y poco segura de sus fuerzas, y derramaba una luz tenue y vacilante sobre sus anchos hombros, sobre las bellas y apetitosas formas de su cuerpo, sobre su gruesa trenza que llegaba hasta el suelo. Estaba cosiendo sacos de basta estopa. Sus manos se movían deprisa, pero todo su cuerpo, la expresión de sus ojos, las cejas, los gruesos labios y el blanco cuello, ocupados en ese trabajo mecánico y monótono, estaban rígidos y parecían dormir. Solo de vez en cuando levantaba la cabeza para que su cuello fatigado reposara, dirigía una mirada furtiva a la ventana, detrás de la cual se enfurecía el temporal, y de nuevo se encorvaba sobre la estopa. Su hermoso rostro de nariz respingona y hoyuelos en las mejillas no exteriorizaba nada, ni deseos ni pesares ni alegrías y se mostraba igual de inexpresivo que una amena fuente sin chorro de agua.

Pero he aquí que termina un saco, lo arroja a un lado y, estirándose con placer, detiene su mirada opaca e inmóvil en la ventana... En los cristales, recorridos por algunas lágrimas, blanquean efímeros copos. La nieve cae sobre el cristal, contempla a la mujer y se funde...

–¡Ven a la cama! –rezonga el sacristán.

La mujer guarda silencio. Pero de pronto sus pestañas se agitan y la atención brilla en sus ojos. Saveli, que no deja de observar la expresión de su rostro desde debajo de la manta, saca la cabeza y pregunta:

–¿Qué?

–Nada... Parece que se acerca un coche... –responde ella con voz queda.

El sacristán se quita de encima la manta con las manos y los pies, se pone de rodillas en la cama y dirige una mirada estúpida a su mujer. La indecisa luz de la lámpara ilumina su cara peluda y picada de viruelas y resbala por su cabellera desgreñada e hirsuta.

–¿No lo oyes? –pregunta su mujer.

A través del aullido monocorde de la tormenta el hombre distingue un gemido suave y metálico, apenas audible, semejante al zumbido de un mosquito que quiere posarse en una mejilla y se enfada porque se lo impiden.

–Es el coche de postas... –gruñe Saveli, sentándose en cuclillas.

A tres verstas de la iglesia pasaba la gran carretera de postas. Cuando hacía mucho viento y soplaba desde allí, el sacristán y su mujer oían las campanillas.

–¡Señor, tener ganas de viajar con un tiempo semejante! –exclama la mujer con un suspiro.

–Es un servicio del Estado. Te guste o no, tienes que ponerte en marcha...

El gemido se prolonga en el aire unos momentos y luego se apaga.

–¡Ha pasado! –dice Saveli, tumbándose.

Pero apenas ha tenido tiempo de cubrirse con la manta, cuando llega a sus oídos el claro tintineo de una campanilla. El sacristán mira a su mujer con inquietud, salta de la cama y, contoneándose, se pone a dar vueltas de un lado a otro de la estufa. La campanilla resuena unos instantes y vuelve a enmudecer, como si la cuerda se hubiera roto.

–Ya no se oye nada... –murmura el sacristán, deteniéndose y mirando a su mujer con ojos entornados.

Pero en ese mismo momento el viento golpea la ventana y trae de nuevo ese gemido suave y metálico... Saveli palidece, carraspea y vuelve a golpear el suelo con los pies desnudos.

–¡El coche de postas está girando en redondo! –dice con voz ronca, dirigiendo una mirada maligna a su mujer–. ¿Lo oyes? ¡Está girando en redondo! Lo sé... ¿Es que crees que no me doy cuenta? –farfulla–. ¡Sé todo lo que haces!

–¿Qué es lo que sabes? –pregunta en voz baja la mujer, sin apartar los ojos de la ventana.

–¡Sé que todo es obra tuya, diablesa! ¡Obra tuya! Esta tormenta, el coche de postas girando en redondo... ¡Todo eso lo has hecho tú! ¡Tú!

–Ya se ha enfurecido, el muy estúpido... –observa tranquilamente la mujer.

–¡Hace tiempo que me doy cuenta de lo que haces! ¡Cuando me casé, el primer día advertí que tenías sangre de perro!

–¡Uf! –exclama Raisa con sorpresa, encogiéndose de hombros y santiguándose–. ¡Haz la señal de la cruz, idiota!

–Una bruja es una bruja –continúa Saveli con voz sorda y llorosa, sonándose apresuradamente en un faldón de su camisa de noche–. Aunque seas mi mujer y pertenezcas al clero, no dejaré de decir que eres... ¿Acaso no es así? ¡Protégenos, Señor, y ten piedad de nosotros! El año pasado, la víspera de la fiesta del profeta

Daniel y los tres adolescentes hubo una tormenta y un artesano entró a calentarse. Luego, el día de san Alejo el río rompió el hielo y vino un agente... Estuvo toda la noche charlando contigo, el maldito, y cuando se marchó por la mañana me di cuenta de que tenía ojeras y las mejillas hundidas. ¿Eh? Y durante las fiestas del Salvador hubo dos tormentas y ambas veces vino un cazador a pasar la noche. ¡Lo vi todo, que el diablo se lo lleve! ¡Todo! ¡Ah, te has puesto más colorada que un cangrejo! ¡Vaya!

–No viste nada...

–¡Ya lo creo que sí! Y este invierno, antes de Navidad, en la fiesta de los Diez Mártires de Creta, cuando la tormenta gemía día y noche... ¿lo recuerdas?, el secretario del mariscal de la nobleza se extravió y vino a parar aquí, el muy perro... ¡Y cómo te encaprichaste de él! ¡Uf, de un secretario! ¡No valía la pena enturbiar el tiempo por él! Un adefesio, un mocoso que no levantaba dos palmos del suelo, con el morro lleno de espinillas y el cuello torcido... ¡Si al menos fuera atractivo, pero...! ¡Uf! ¡Un demonio!

El sacristán tomó aliento, se secó los labios y prestó oídos. La campanilla había enmudecido, pero el viento gemía sobre el tejado y al otro lado de la ventana, en medio de la oscuridad, volvió a oírse un tintineo.

–¡Y ahora otra vez lo mismo! –continuó Saveli–. ¡El coche de postas no gira en redondo por casualidad! ¡Escúpeme en la cara si el coche de postas no te busca! ¡Ah, el diablo es un buen ayudante, conoce bien su oficio! Le hará dar algunas vueltas y acabará trayéndolo aquí. ¡Lo sé! ¡Lo veo! ¡No me engañas, charlatana del diablo, tentadora de paganos! Cuando empezó la tormenta, comprendí enseguida lo que tramabas.

–¡Eres idiota! –dijo ella con una sonrisa–. Entonces, según tu estúpido razonamiento, ¿yo soy la causante de la tormenta?

–Hum... ¡Has sonreído! Ya seas tú o no, lo que es indudable es que, cuando tu sangre entra en ebullición, hace mal tiempo, y en cuanto eso sucede, aparece por aquí algún chiflado. ¡Siempre pasa lo mismo! ¡Por tanto, debes de ser tú!

El sacristán, tratando de resultar más convincente, se llevó un dedo a la frente, cerró el ojo izquierdo y añadió con voz cantarina:

–¡Ah, locura! ¡Ah, maldición de Judas! Si fueras una criatura humana de verdad y no una bruja, lo entenderías: ¿y si en lugar de un artesano, un cazador o un secretario se tratara del diablo transfigurado? ¿Eh? ¡Deberías pensarlo!

–¡Qué tonto eres, Saveli! –exclamó la mujer con un suspiro, mirando a su marido con pesar–. Cuando mi padre vivía aquí, gente de toda condición (de las aldeas, de los caseríos, de las granjas armenias) acudía para que le curara las fiebres. Venían todos los días y nadie los trataba de diablos. Pero basta que una vez al año, un día de mal tiempo, alguien entre a calentarse para que te parezca un prodigio, estúpido, y te figures toda clase de cosas.

La lógica de la mujer hizo vacilar a Saveli, que separó los pies descalzos, agachó la cabeza y se quedó pensativo. Aún no estaba firmemente convencido de sus conjeturas y el tono sincero e indiferente de su mujer había desbaratado su argumentación; sin embargo, al cabo de unos minutos de reflexión, sacudió la cabeza y dijo:

–Sí, pero los que solicitan pasar la noche no son nunca viejos ni patizambos, sino jóvenes... ¿Por qué? Además, si se limitaran a calentarse... pero también tientan al demonio. ¡No, no hay sobre la faz de la tierra criaturas más astutas que las mujeres! Lo que es cerebro, Señor, tenéis menos un mosquito, pero ¡qué malicia tan diabólica! ¡Ah, sálvanos, Reina de los Cielos! ¡Ya vuelve a sonar la campanilla del coche de postas! ¡En cuanto empezó la tormenta, me di cuenta de lo que tramabas! ¡Todo se debe a tus sortilegios, araña del demonio!

–¿Por qué te metes conmigo, maldito? –dijo la mujer, fuera de sus casillas–. ¿Por qué me atormentas, canalla?

–Solo te digo que si esta noche, Dios no lo quiera, sucede que... ¿Lo has oído? Si pasa algo, mañana, en cuanto amanezca, iré a Diádkovo en busca del padre Nikodim y se lo explicaré todo. «Así es, padre Nikodim –le diré–, haga el favor de perdonarme, pero es una bruja.» «¿Por qué?» «Hum... ¿quiere saber por qué? Pues verá... Por esto y por esto.» ¡Y ya verás entonces, mujer del demonio! ¡No solo serás castigada en el Juicio Final, sino también en la tierra! ¡No en vano en el misal hay oraciones que conciernen a vuestro hermano!

De pronto se oyó un golpe en la ventana, tan fuerte e inesperado que Saveli palideció y las rodillas se le doblaron de miedo. La mujer pegó un brinco y también perdió el color.

–¡Por amor de Dios, dejen que entremos a calentarnos un poco! –dijo una profunda y temblorosa voz de bajo–. ¿Hay alguien ahí? ¡Por favor! ¡Nos hemos extraviado!

–¿Y quiénes son ustedes? –preguntó la mujer, sin atreverse a levantar los ojos hasta la ventana.

–¡El correo! –respondió otra voz.

–¡Tus diabluras han dado sus frutos! –dijo Saveli con un gesto de la mano–. ¡Ya están ahí! Tenía yo razón... Bueno, ten cuidado.

El sacristán dio dos saltos delante de la cama, se tumbó sobre el edredón y, resoplando con enfado, se volvió de cara a la pared. No tardó en sentir un soplo de aire frío en la espalda. La puerta chirrió y en el umbral apareció un hombre alto cubierto de nieve de los pies a la cabeza. Tras él surgió otro, igual de blanco...

–¿Metemos los sacos? –dijo el segundo, con voz ronca.

–¡No vamos a dejarlos ahí!

Tras pronunciar esas palabras, el primero se puso a desanudarse el capuchón, pero, antes de terminar, se lo arrancó junto con la gorra y lanzó ambas prendas con irritación sobre la estufa. Luego se quitó el abrigo, lo arrojó al mismo lugar y, sin saludar, se puso a dar vueltas por la habitación.

Era un correo joven y rubio, con la levita del uniforme raída y unas botas gastadas y cubiertas de barro. Una vez que ese ejercicio le hizo entrar en calor, se sentó junto a la mesa, extendió los sucios pies hacia los sacos y apoyó la cabeza en el puño. En su rostro pálido, con manchas rojas, se veían aún las huellas del sufrimiento y el miedo que acababa de pasar. Los rasgos crispados por la irritación, las marcas frescas de sufrimientos físicos y morales recientes y la nieve fundida en las cejas, el bigote y la perilla le conferían cierto atractivo.

–¡Una vida de perros! –masculló, paseando la mirada por las paredes, como si no acabara de creer que estaba a cubierto–. ¡Casi no salimos de esta! De no ser por vuestra estufa, no sé lo que habría pasado... ¡El diablo sabe cuándo acabará todo esto! ¿Es que no terminará nunca esta vida de perros? ¿Dónde estamos? –preguntó, bajando la voz y levantando los ojos hasta la mujer.

–En la colina de Gulaiov, en la hacienda del general Kalinovski –respondió esta, estremeciéndose y ruborizándose.

–¿Has oído, Stepán? –dijo el correo, volviéndose hacia el cochero, que se había quedado atascado en la puerta por culpa de la gran saca de cuero que llevaba a la espalda–. ¡Hemos ido a parar a la colina de Gulaiov!

–Sí... ¡Es un buen trecho!

Tras pronunciar esas palabras en forma de suspiro ronco y entrecortado, el cochero salió y, al cabo de unos instantes, volvió a entrar con otra saca algo más pequeña; luego volvió a salir y esta vez trajo el sable del correo, de ancho tahalí, semejante a la gran espada plana que aparece en las xilografías de Judit junto al lecho de Holofernes. Una vez colocadas las sacas a lo largo de la pared, se retiró al zaguán, se sentó allí y encendió su pipa.

–Después del viaje, tal vez le apetezca un té –dijo la mujer.

–¡Nada de té! –respondió el correo, frunciendo el ceño–. Hay que calentarse lo antes posible y partir, de otro modo perderemos el tren. Nos quedaremos unos diez minutos y nos iremos. Lo único que le pido es que tenga la amabilidad de mostrarnos el camino.

–¡Este tiempo es un castigo del Señor! –suspiró la mujer.

–Sí... ¿Y quiénes son ustedes?

–¿Nosotros? Vivimos aquí, cuidamos de la iglesia... Pertenecemos al clero... ¡Mi marido está ahí tumbado! ¡Saveli, levántate y ven a saludar! Antes esto era una parroquia, pero hace año y medio la suprimieron. Naturalmente, cuando los señores vivían aquí, había más gente y merecía la pena mantenerla; pero ahora, sin señores y con la aldea más cercana, Márkovka, a cinco verstas, juzgue usted mismo de qué vamos a vivir. Saveli está sin empleo y... sustituye al guardián. Se encarga de vigilar la iglesia...

También se enteró el correo de que, si Saveli fuera a ver al general y le pidiera una carta para el arzobispo, le darían un buen destino; pero no lo hacía porque era perezoso y le daba miedo la gente.

–En cualquier caso pertenecemos al clero... –añadió la mujer.

–¿Y de qué viven? –preguntó el correo.

–Junto a la iglesia hay un prado y un huerto, aunque ninguno de los dos produce mucho... –suspiró la mujer–. El padre Nikodim, de Diádkino, a quien se le antoja todo lo que ve, viene a decir misa en las dos fiestas de san Nicolás, la de verano y la de invierno*, y se queda con casi todo. ¡No hay nadie que nos defienda!

* El 9 de mayo y el 6 de diciembre.

–¡Mientes! –exclamó con voz ronca Saveli–. El padre Nikodim es un hombre santo, la antorcha de la Iglesia, y no se queda con nada a lo que no tenga derecho.

–¡Vaya genio tiene tu marido! –dijo el correo con una sonrisa–. ¿Hace mucho que estás casada?

–El Domingo del Perdón hará cuatro años. Mi padre era sacristán aquí; cuando le llegó la hora de morir, fue al consistorio y, para que yo conservara la plaza, pidió que enviaran un sacristán soltero con vistas a un matrimonio. Así fue como me casé.

–¡Ya veo! ¡De modo que mataste dos pájaros de un tiro! –dijo el correo, mirando la espalda de Saveli–. Conseguiste la plaza y ganaste una mujer.

Saveli sacudió los pies con impaciencia y se acercó más a la pared. El correo se levantó de la mesa, se estiró y se sentó en una de las sacas. Después de meditar durante unos instantes, aplastó la saca, cambió el sable de lugar y se tumbó con una pierna colgando.

–Una vida de perros... –farfulló, poniendo las manos en la nuca y cerrando los ojos–. Ni siquiera a un bandido tártaro le deseo una vida semejante.

Pronto reinó el silencio. Solo se oían los resoplidos de Saveli y la respiración regular y lenta del correo, que se había quedado traspuesto y cada vez que expulsaba el aire dejaba escapar un «j-j-j-j» grave y prolongado. A veces de su garganta salía una especie de chirrido de polea mal engrasada y la pierna, sacudida por un temblor, levantaba un susurro del saco.

Saveli se dio la vuelta bajo la manta y, lentamente, echó un vistazo a su alrededor. Su mujer estaba sentada en el taburete y, con las mejillas apoyadas en las palmas de las manos, contemplaba el rostro del correo. Tenía la mirada fija, como las personas aturdidas o asustadas.

–¿Qué estás mirando? –susurró Saveli con enfado.

–¿Y a ti qué te importa? ¡Sigue tumbado! –respondió la mujer, sin apartar la vista de la rubia cabellera.

Saveli expulsó con furia todo el aire del pecho y, con un movimiento brusco, se giró hacia la pared. Al cabo de unos tres minutos volvió a revolverse inquieto, se puso de rodillas en la cama y, con las dos manos apoyadas en la almohada, miró de reojo a su mujer, que seguía en la misma posición, contemplando al recién llegado. Sus mejillas habían palidecido y en su mirada ardía un fuego extraño. El sacristán carraspeó, se deslizó hasta el suelo sobre el vientre y, acercándose al correo, le cubrió la cara con un pañuelo.

–¿Por qué haces eso? –preguntó la mujer.

–Para que la luz no le haga daño en los ojos.

–¡No tienes más que apagar!

Saveli miró a su mujer con desconfianza y tendió los labios hacia la lámpara, pero al punto se arrepintió y sacudió las manos.

–¿No será una treta del diablo? –exclamó–. ¿Eh? ¿Acaso hay una criatura más astuta que la mujer?

–¡Ah, demonio con sotana! –silbó la mujer, frunciendo el ceño con desprecio–. ¡Espera un poco!

Y, tras acomodarse mejor, volvió a clavar la mirada en el correo.

Poco le importaba que tuviera el rostro cubierto. No le interesaba tanto la cara como el aspecto general, la novedad de ese hombre. Tenía el pecho ancho y poderoso, las manos hermosas y finas, y sus piernas musculosas y firmes eran bastante más atractivas y masculinas que las dos zancas de Saveli. No había comparación posible.

–Aunque sea un demonio con sotana –comentó Saveli, al cabo de un rato–, no pueden dormir aquí... No... Son empleados del Estado y en consecuencia, si los retenemos, los responsables seremos nosotros. Cuando se lleva la correspondencia, no hay tiempo para dormir... ¡Eh, tú! –gritó Saveli en el zaguán–. Cochero... ¿cómo te llamas? ¿Necesitáis que os guíe? ¡Levántate, no se puede dormir cuando se transporta el correo! –A continuación, fuera de sus casillas, se acercó al correo de un salto y le tiró de la manga–. ¡Eh, excelencia! Si tiene que irse, váyase, y si no... No es momento de dormir.

El correo se sobresaltó, se sentó, recorrió la cabaña con una turbia mirada y volvió a tumbarse.

–¿Cuándo piensa marcharse? –dijo Saveli, recalcando las sílabas, sin dejar de tirarle de la manga–. La correspondencia tiene que llegar a tiempo, ¿lo oye? Yo les guiaré.

El correo abrió los ojos. Envuelto en el cálido ambiente de la pieza y sumergido en la dulzura del primer sueño, aún no despierto del todo, vio como en una especie de niebla el cuello blanco y la mirada fija y lánguida de la mujer, cerró los ojos y sonrió, como si todo eso formara parte de un sueño.

–¿Adónde van a ir con un tiempo semejante? –oyó la delicada voz de la mujer–. ¡Déjalos que duerman tranquilos!

–¿Y la correspondencia? –se sobresaltó Saveli–. ¿Quién va a llevarla? ¿La llevarás tú? ¿Tú?

El correo volvió a abrir los ojos, contempló los cambiantes hoyuelos en el rostro de la mujer, se acordó de dónde estaba y entendió las palabras de Saveli. La idea de que había que partir en medio de las frías tinieblas le puso la carne de gallina e hizo que todo su cuerpo se encogiera.

–Habría podido dormir cinco minutos más... –dijo bostezando–. De todos modos vamos a retrasarnos...

–¡Puede que todavía lleguemos a tiempo! –dijo una voz en el zaguán–. Con un poco de suerte, el tren también vendrá con retraso.

El correo se levantó y, desperezándose con placer, empezó a ponerse el abrigo.

Saveli, al ver que los huéspedes se disponían a partir, hasta relinchó de satisfacción.

–¡Échame una mano! –le gritó el cochero, levantando una talega.

El sacristán se acercó a él y le ayudó a sacar al patio las sacas. El correo se puso a deshacer el nudo de su capuchón. La mujer le miraba a los ojos, como tratando de leer en su corazón.

–Debería tomar una taza de té... –dijo.

–No me importaría... pero ya están listos –comentó él–. De todos modos vamos a llegar con retraso.

–¡Quédese! –susurró ella, bajando los ojos y cogiéndole de la manga.

El correo terminó de deshacer el nudo y, presa de la indecisión, puso la capucha sobre el brazo. La proximidad de esa mujer le acaloraba.

–Qué cuello... tienes...

Y se lo acarició con dos dedos. Viendo que no le oponía resistencia, le acarició el cuello, los hombros...

–Ah, eres...

–Debería quedarse... y tomar una taza de té.

–¿Dónde la pones, demonio con sotana? –se oyó en el patio la voz del cochero–. Colócala de través.

–Debería quedarse... ¡Hace un tiempo de perros!

Y el correo, que aún no se había despertado del todo y no había tenido tiempo de desembarazarse de los encantos del lánguido sueño juvenil, sintió un deseo repentino de olvidarse de las sacas, del tren correo... de todo lo que había en el mundo. Asustado, como si se dispusiera a salir corriendo o a ocultarse, echó una ojeada a la puerta, cogió a la mujer por el talle y, ya se inclinaba sobre la lámpara para apagarla, cuando en el zaguán se oyó un ruido de pasos y en el umbral apareció el cochero... Por encima de su hombro se distinguía la figura de Saveli. El correo apartó rápidamente las manos y se quedó parado, como sumido en honda meditación.

–¡Todo está listo! –dijo el cochero.

El correo permaneció inmóvil unos instantes, volvió bruscamente la cabeza, como para despertarse de una vez por todas, y siguió al cochero. La mujer se quedó sola.

–¡Vamos, sube y muéstranos el camino! –dijo una voz.

Se oyó el perezoso tintineo de una campanilla y a continuación de una segunda; luego esos sonidos argentinos se fueron alejando de la cabaña en forma de suave y prolongado cascabeleo.

Cuando se apagaron del todo, la mujer rompió su inmovilidad y se puso a pasear con inquietud de un rincón al otro. Al principio estaba pálida, pero luego se puso muy colorada. En su rostro se imprimió una expresión de odio, su respiración se hizo entrecortada, los ojos resplandecieron con una rabia salvaje y feroz; daba vueltas por la pieza como una bestia enjaulada, y parecía una tigresa a la que se asusta con un hierro candente. Se detuvo durante un minuto y contempló la vivienda. La cama, que ocupaba casi la mitad de la habitación, se extendía a lo largo de toda la pared y se componía de un edredón sucio, unos almohadones duros y grises, una manta y un montón de trapos indistintos. Ese lecho formaba un amasijo informe y desagradable, casi idéntico al que erizaba la cabeza de Saveli cuando a este se le antojaba untarse los cabellos con pomada. Desde la cama hasta la puerta que daba al frío zaguán se extendía la oscura estufa, coronada de pucheros y rodeada de paños colgados de ganchos. La pieza estaba tan extremadamente sucia, grasienta y negra de hollín como Saveli; en ese decorado se hacía extraño ver el cuello blanco, la piel suave y delicada de una mujer. La esposa del sacristán corrió hacia la cama y extendió las manos como queriendo dispersar, pisotear y reducir a polvo todo aquello, pero en ese momento, como asustada del contacto de tanta suciedad, retrocedió y de nuevo se puso a dar vueltas de un rincón al otro...

Cuando al cabo de un par de horas regresó Saveli, blanco de nieve y extenuado, ella ya se había desvestido y acostado. Tenía los ojos cerrados, pero por las ligeras contracciones que agitaban su rostro el hombre adivinó que no dormía. De camino a casa se había jurado no dirigirle la palabra ni tocarla hasta el día siguiente, pero una vez allí no pudo abstenerse de hurgar en la herida.

–¡No te han valido de nada tus sortilegios: se ha marchado! –exclamó con una maliciosa sonrisa.

La mujer no dijo nada, solo su mentón tembló. Saveli se desvistió sin prisas, pasó por encima del cuerpo de ella y se tumbó de cara a la pared.

–¡Mañana le explicaré al padre Nikodim la clase de esposa que eres! –farfulló, haciéndose un ovillo.

La mujer se volvió bruscamente hacia él y le dirigió una mirada fulminante.

–Vas a tener que contentarte con el puesto –dijo–, pero si quieres una mujer, tendrás que ir a buscarla al bosque. ¿Te imaginas que soy tu esposa? ¡Ya puedes reventar! ¡Buena la he hecho cargando con un gandul y un zoquete como tú, que Dios me perdone!

–Vamos, vamos... ¡Duérmete!

–¡Qué desdichada soy! –dijo ella, estallando en sollozos–. ¡De no haber sido por ti, podría haberme casado con un comerciante o con un noble! ¡Tendría un marido a quien amar! ¡Ojalá te hubiera tragado la nieve y te hubieras helado de frío en la carretera, monstruo!

Pasó largo rato llorando. Al final exhaló un profundo suspiro y se calmó. Al otro lado de la ventana seguía aullando la tormenta. En la estufa, en la chimenea y detrás de cada pared se oía una especie de llanto; Saveli tenía la impresión de oírlo dentro de sí, en sus propios oídos. Esa noche se había convencido definitivamente de que las suposiciones sobre su mujer eran fundadas y ya no albergaba la menor duda de que esta, con la ayuda del demonio, disponía a su antojo de los vientos y de los coches de postas. No obstante, para colmo de su desdicha, ese aspecto secreto, esa fuerza sobrenatural y salvaje, le daba a la mujer que yacía a su lado un encanto peculiar e inefable, en el que no había reparado antes. Sin darse cuenta, dejándose llevar por su propia estupidez, la había poetizado, y de ese modo la había vuelto más blanca, más tersa, más inaccesible...

–¡Bruja! –dijo con despecho–. ¡Uf, qué repugnante eres!

Sin embargo, una vez que la mujer se calmó y su respiración se hizo más regular, rozó su nuca con los dedos... cogió su gruesa trenza con la mano. Ella no se percató... Él entonces se envalentonó y le acarició el cuello.

–¡Déjame! –gritó ella, y le dio un codazo tan violento en el caballete de la nariz que le hizo ver las estrellas.

El dolor desapareció pronto, pero el suplicio continuó.

AGAFIA
(1886)

Durante mi estancia en el distrito de S. tuve ocasión de visitar a menudo los huertos de Dubovo y a su cuidador, Savva Stukach, o simplemente Savka. Esos huertos eran mi lugar preferido para la llamada pesca «general», en la que se parte de casa sin saber el día ni la hora en que se regresará, equipado de toda clase de aparejos y pertrechado de provisiones. A decir verdad, lo que me interesaba, más que la pesca, era ese sosegado deambular, las comidas a cualquier hora, las conversaciones con Savka y la larga contemplación de las serenas noches estivales. Savka era un muchacho de unos veinticinco años, alto, atractivo, lleno de salud, duro como el pedernal. Pasaba por hombre juicioso y sensato, sabía leer y escribir, rara vez bebía vodka, pero como trabajador ese hombre joven y fuerte no valía un céntimo. Sus músculos resistentes como cables estaban llenos de energía y a la vez de una pereza abrumadora, invencible. Vivía en la aldea, como todos, en una isba de su propiedad, disponía de una parcela de tierra, pero no la araba ni la sembraba ni se ocupaba de ninguna actividad. Su anciana madre mendigaba bajo las ventanas; en cuanto a él, vivía como un ave del cielo: por la mañana no sabía lo que comería a mediodía. No es que careciera de voluntad, de energía o de compasión por su madre, sino simplemente que no tenía inclinación por el trabajo ni era consciente de su utilidad... Toda su figura desprendía un aura de placidez y revelaba el gusto innato, casi la vocación artística por una vida regalada, sin ninguna clase de esfuerzo. Cuando su cuerpo joven y lleno de salud sentía la necesidad fisiológica de ocuparse de algún trabajo muscular, el muchacho se entregaba durante algún tiempo a alguna profesión liberal pero fútil, como el aguzamiento de jalones de los que nadie tenía necesidad, o entablaba una carrera de velocidad con las mujeres. Su estado favorito era la inmovilidad concentrada. Era capaz de pasar horas enteras en un mismo sitio, sin cambiar de postura, con la mirada fija en un punto. Se revolvía al compás de su inspiración y solo cuando se presentaba la ocasión de hacer un movimiento rápido y brusco: coger por la cola a un perro que corría, arrancarle el pañuelo a una mujer, salvar un ancho hoyo. Ni que decir tiene que, siendo tan parco en movimientos, Savka era más pobre que una rata y vivía peor que un pordiosero. Con el paso del tiempo fueron acumulándose los atrasos en el pago de sus impuestos y, a pesar de su juventud y de su salud, la asamblea acabó confiándole una ocupación reservada a los viejos: guardián y espantapájaros de los huertos comunales. Por mucho que los vecinos se reían de su vejez anticipada, él ni se inmutaba. Esa ocupación tranquila, propicia para una contemplación inmóvil, estaba en perfecta consonancia con su naturaleza.

Una hermosa tarde de mayo me encontraba en compañía de ese Savka. Recuerdo que estaba tumbado sobre una manta de viaje desgarrada y ajada, casi en la entrada de su cabaña, de la que salía un olor intenso y sofocante a hierba seca. Con las manos en la nuca, miraba el panorama que se abría ante mis ojos. Junto a mis pies había unas horcas de madera. Detrás se destacaba, como una mancha negra, el perro de Savka, Kutka, y a dos *sazhens** de este, como mucho, se recortaba la escarpada orilla. Al estar tumbado, no alcanzaba a ver el río. Solo vislumbraba las cimas de las mimbreras que se apretujaban en esta ribera y el borde sinuoso y como roído de la otra. En la lejanía, sobre una sombría colina, se acurrucaban unas contra otras, como jóvenes perdices asustadas, las casas de la aldea en que vivía Savka. Más allá de la colina se apagaba el crepúsculo. Solo quedaba un rayo de un púrpura pálido y aun este estaba cubierto de menudas nubes, como brasas de ceniza.

A la derecha de los huertos la masa oscura de una aliseda susurraba dulcemente y a veces se estremecía por alguna súbita ráfaga de viento; a la izquierda se extendían los campos ilimitados. Allí donde las tinieblas no permitían ya al ojo distinguir el cielo de la tierra, centelleaba con fuerza una lucecilla. Savka estaba sentado a poca distancia de mí. Con las piernas dobladas a la turca y la cabeza gacha, contemplaba a Kutka con aire meditabundo. Nuestros anzuelos, provistos de cebo vivo, llevaban ya un buen rato bajo el agua, de modo que no teníamos otra cosa que hacer que entregarnos a ese reposo tan apreciado por Savka, que no se fatigaba nunca y siempre estaba fresco. Los últimos rayos del sol poniente aún no se habían apagado del todo, pero la noche estival envolvía ya la naturaleza con su caricia deleitosa, que incita al descanso.

Todo se sumergía en la profundidad del primer sueño, solo un ave nocturna desconocida para mí lanzaba en el bosque un largo gorjeo articulado, prolongado y perezoso, semejante a las palabras: «¿Has visto a Nikita?», y al punto se respondía a sí misma: «¡Lo he visto! ¡Lo he visto! ¡Lo he visto!».

---

* Antigua medida rusa equivalente a 2,134 metros.

–¿Por qué no cantan los ruiseñores? –pregunté a Savka.

Este se volvió lentamente hacia mí. Tenía unos rasgos pronunciados y netos, pero a la vez expresivos y suaves como los de una mujer. Luego contempló con sus ojos dulces y soñadores el bosque y las mimbreras, sacó del bolsillo con parsimonia un caramillo, se lo llevó a los labios y se puso a imitar el canto de un ruiseñor hembra. Al punto, como en respuesta a su llamada, en la orilla opuesta se oyó el graznido de un rascón.

–Ahí tiene a su ruiseñor... –dijo Savka con una sonrisa–. ¡Derg-derg! ¡Derg-derg! Chirría como una cerradura vieja y seguro que se imagina que canta.

–Me gusta esa ave... –dije yo–. ¿Sabes? Durante la migración el rascón no vuela, sino que corre por el suelo. Solo vuela para atravesar los ríos y los mares, lo demás lo hace a pie.

–Vaya... –farfulló Savka, mirando con respeto el lugar en el que había graznado el rascón.

Sabiendo lo aficionado que era Savka a escuchar, le conté todo lo que había leído del rascón en los libros de caza. De ese tema pasé sin darme cuenta a las migraciones. Savka me escuchaba con atención, sin pestañear, en todo momento con una sonrisa de satisfacción.

–¿Y cuál es la patria de las aves? –preguntó–. ¿Estas tierras o aquellas?

–Estas, sin duda. Aquí es donde nacen y donde crían, de modo que esta es su patria; solo vuelan a otras regiones para no morir de frío.

–¡Curioso! –exclamó Savka, estirándose–. Cualquier tema del que se hable está lleno de sorpresas. Ya se trate de las aves, de los hombres... o de esta piedra, todo tiene su sentido. ¡Ah, señor, de haber sabido que venía usted, no le habría dicho a esa mujer que se reuniera aquí conmigo...! Hay una que me ha pedido venir hoy...

–¡Ah, por favor, no quiero molestar! –dije yo–. Puedo tumbarme en el bosque...

–¡Nada de eso! No se va a morir por venir mañana... Si se quedara sentada, escuchando la conversación... pero no parará de hablar. Estando ella presente, no será posible mantener una conversación sensata.

–¿Es a Daria a quien esperas? –le pregunté después de una pausa.

–No... Hoy va a venir una nueva... Agafia, la del guardagujas.

Savka pronunció esas palabras con su voz habitual, desganada, un poco sorda, como si estuviera hablando de tabaco o de unas gachas, pero yo me quedé sorprendido. Conocía a Agafia, la del guardagujas... Era una mujer muy joven, de unos diecinueve o veinte años, que se había casado hacía unos diez o doce meses con un muchacho joven y bravo, guardagujas del ferrocarril. Vivía en la aldea y su marido venía a pasar casi todas las noches con ella.

–¡Tus aventuras con las mujeres acabarán mal, amigo! –dije con un suspiro.

–Me da igual... –Y, al cabo de una pausa, añadió–: Se lo he dicho a ellas, pero no me escuchan... A las muy tontas les entra por un oído y les sale por el otro.

Se produjo un silencio... Las tinieblas, entretanto, se espesaban cada vez más y los objetos perdían sus contornos. El rayo que centelleaba más allá de la colina se había apagado del todo, las estrellas refulgían y resplandecían con fuerza creciente, cada vez más brillantes y luminosas... El chirrido monocorde y melancólico de los grillos, el graznido del rascón y el chillido de la codorniz, lejos de quebrar el silencio de la noche, reforzaban su inmensa monotonía. Parecía como si esa suave melodía que encantaba los oídos no emanara de las aves ni de los insectos, sino de las estrellas que nos contemplaban desde el firmamento...

El primero en romper el silencio fue Savka. Apartando lentamente los ojos del negro lomo de Kutka y fijándolos en mí, dijo:

–Veo que se aburre usted, señor. ¿Qué tal si cenamos?

Y, sin aguardar mi consentimiento, se deslizó boca abajo hasta la cabaña y se puso a buscar algo, haciendo que toda la cabaña se estremeciera como una hoja; luego salió, también arrastrándose, y puso delante de mí una botella de vodka y una escudilla de barro con huevos duros, tortas de centeno untadas en manteca, unas rebanadas de pan negro y alguna otra cosa... Bebimos el vodka en un vaso torcido, que no era posible mantener derecho, y atacamos los alimentos... Sal gruesa de color gris, tortas sucias y grasientas, huevos elásticos como el caucho... pero ¡qué suculento me pareció todo!

–Vives como un pordiosero, pero tienes buenos productos –dije, señalando la escudilla–. ¿De dónde los sacas?

–Me los traen las mujeres... –masculló Savka.

–¿Por qué razón?

–Pues... por piedad...

No solo el menú, sino también la ropa de Savka portaba la marca de la «piedad» femenina. Así, esa velada advertí que llevaba un cinturón nuevo de gruesa lana y en el sucio cuello una cinta de un rojo vivo de la que pendía una cruz de cobre. Conocía la debilidad del bello sexo por Savka, como también su renuencia a hablar de ella, de modo que interrumpí mi interrogatorio. Además, no era momento para comentarios... Kutka, que daba vueltas a nuestro alrededor, esperando pacientemente un pedazo de comida, aguzó de pronto las orejas y empezó a gruñir. Se oyó un chapoteo lejano, intermitente.

–Alguien atraviesa el vado... –dijo Savka.

Al cabo de unos tres minutos Kutka volvió a gruñir y emitió un sonido semejante a una tos.

–¡Cállate! –le gritó su amo.

Unos pasos tímidos resonaron en la penumbra con ruido sordo y una silueta de mujer surgió del bosque. La reconocí, a pesar de la oscuridad que nos rodeaba: era Agafia, la del guardagujas. Se acercó a nosotros con temor y se detuvo, respirando con dificultad. Probablemente estaba menos sofocada por la caminata que por el temor y el sentimiento desagradable que se experimenta siempre que se atraviesa un vado de noche. Al darse cuenta de que junto a la cabaña había dos hombres en lugar de uno, lanzó un débil grito y retrocedió un paso.

–¡Ah... eres tú! –exclamó Savka, metiéndose una torta en la boca.

–Sí... soy yo –balbució ella, dejando en el suelo un paquete y mirándome de reojo–. Yákov le manda saludos y me ha pedido que le traiga... esto...

–¿Por qué mentir? ¡Yákov! –dijo Savka con una sonrisa–. ¡No es necesario mentir, el señor sabe a lo que has venido! Siéntate, te invitamos.

Agafia volvió a mirarme de soslayo y se sentó con indecisión.

–Pensaba que ya no vendrías hoy... –dijo Savka, después de un largo silencio–. ¿A qué estás esperando? ¡Come! ¿O es que quieres vodka?

–¡Menuda idea! –comentó Agafia–. No estás tratando con una borracha...

–Bebe... Te pondrá a tono... ¡Vamos!

Savka le entregó el vaso torcido a Agafia, que lo vació poco a poco, pero no comió nada, contentándose con soplar ruidosamente.

–Me has traído algo... –continuó Savka, deshaciendo el paquete y adoptando un tono de condescendencia–. Las mujeres siempre tienen que traer alguna cosa. Vaya, una empanada y patatas... ¡Estas sí que saben vivir! –dijo con un suspiro, volviéndose hacia mí–. ¡En toda la aldea solo ellas tienen patatas después del invierno!

No veía el rostro de Agafia en la oscuridad, pero, a juzgar por el movimiento de sus hombros y de su cabeza, tenía la impresión de que no apartaba los ojos de Savka. No queriendo chafarles la entrevista, me puse en pie y me dispuse a dar un paseo. Pero en ese momento, en el bosque, un ruiseñor emitió dos notas de contralto. Al cabo de medio minuto lanzó un trino agudo y ligero y, después de probar así su voz, empezó a cantar. Savka se incorporó de un salto y prestó oídos.

–¡Es el mismo de ayer! –dijo–. ¡Espere un poco...!

Y, con la rapidez de una flecha, se internó en el bosque sin hacer ruido.

–¿Qué vas a hacer? –le grité mientras se alejaba–. ¡Déjalo!

Savka hizo un gesto con la mano para indicarme que no gritara y desapareció en la oscuridad. Cuando quería, Savka era un pescador y un cazador extraordinario, pero en ese momento gastaba en balde tanto sus dotes como sus fuerzas. Por lo común era perezoso y empleaba toda su pasión de cazador en empresas vanas. Así, atrapaba ruiseñores con las manos, disparaba a los lucios con perdigones y pasaba horas enteras a la orilla del río, empeñado en cobrar peces pequeños con un anzuelo grande.

Al quedarse a solas conmigo, Agafia tosió y se pasó la mano por la frente varias veces... El vodka empezaba a surtir efecto.

–¿Cómo te va, Agafia? –le pregunté al cabo de una prolongada pausa, cuando el silencio se hizo embarazoso.

–Bien, gracias a Dios... No se lo cuente a nadie, señor... –añadió de pronto en un susurro.

–No te preocupes –la tranquilicé–. En cualquier caso, eres muy temeraria, Agafia... ¿Y si Yákov se entera?

–No se enterará...

–Nunca se sabe.

–No... Llegaré a casa antes que él. Está en la línea férrea y vendrá en el tren correo; desde aquí se le oye acercarse...

Agafia volvió a pasarse la mano por la frente y miró hacia el lugar por el que había desaparecido Savka. El ruiseñor cantó. Un ave pasó volando a ras de suelo y, al vernos, se estremeció, sacudió las alas y ganó la otra orilla del río.

El ruiseñor no tardó en callarse, pero Savka seguía sin regresar. Agafia se puso en pie, dio algunos pasos con aire preocupado y volvió a sentarse.

–¿Qué está haciendo? –no pudo dejar de preguntar–. ¡El tren no va a esperar a mañana! ¡Tengo que marcharme enseguida!

–¡Savka! –grité yo–. ¡Savka!

Ni siquiera el eco me contestó. Agafia se removió inquieta y volvió a levantarse.

–¡Debo irme! –exclamó con inquietud–. ¡El tren está al llegar! ¡Sé cuándo pasan!

La pobre muchacha no se había equivocado. No había transcurrido un cuarto de hora, cuando se oyó un ruido lejano.

Agafia se quedó mirando largo rato el bosque, agitando febrilmente los brazos.

–Pero ¿dónde está? –dijo con una risa nerviosa–. ¿Dónde diablos se ha metido? ¡Me marcho! ¡Palabra, señor, me marcho!

Entretanto el ruido se hacía cada vez más nítido. Ya se distinguía el golpeteo de las ruedas de la trabajosa respiración de la locomotora. El tren silbó, atravesó el puente con sordo tamborileo... Al cabo de un instante todo quedó en silencio...

–Esperaré un minuto más... –dijo Agafia con un suspiro, sentándose con determinación–. ¡Así es, esperaré!

Por fin Savka apareció en medio de la oscuridad. Avanzaba en silencio, con los pies desnudos, por la mullida tierra del huerto, y murmuraba algo en voz baja.

–¡Menuda suerte tengo! –exclamó, con una alegre risa–. Acababa de acercarme al arbusto y preparaba ya la mano para atraparlo, cuando se calló. ¡Ah, perro calvo! Estuve esperando un buen rato a que volviera a cantar y luego me di por vencido...

Savka se tumbó torpemente junto a Agafia y, para guardar el equilibrio, le cogió el talle con ambas manos.

–Y tú ¿por qué pones esa cara de niña sin madre? –preguntó.

A pesar de su bondad y sencillez Savka menospreciaba a las mujeres. Las trataba con desdén y altanería, y llegaba hasta el extremo de reírse con desconsideración de la debilidad que sentían por él. Quién sabe, tal vez esa actitud despreocupada y desdeñosa era una de las razones de la seducción poderosa e irresistible que ejercía sobre las dulcineas de la aldea. Era atractivo, de formas armoniosas, en sus ojos brillaba siempre, incluso cuando miraba a las despreciadas mujeres, una dulzura serena, pero los atributos externos no bastaban para explicar ese encanto. Además de su afortunado físico y de la peculiaridad de sus modales, hay que pensar que parte de su fascinación se debía a su conmovedor papel de fracasado reconocido, de desdichado expulsado de su isba natal y relegado a los huertos.

–¡Cuéntale al señor a qué has venido! –continuó Savka, sin soltar el talle de Agafia–. ¡Vamos, díselo, mujer casada! Jo, jo... ¿Y si le damos un poco más de vodka a nuestra amiga Agafia?

Me levanté y me puse a caminar por el huerto, entre los bancales, que en la oscuridad parecían grandes tumbas aplastadas. Del lugar se alzaba un olor a tierra removida y a la suave humedad de las plantas, que empezaban a cubrirse de rocío... A la izquierda seguía brillando la lucecilla roja. Parpadeaba con aire afable y parecía sonreír.

Escuché una risa alegre. Era Agafia.

«¿Y el tren? –pensé–. Hace tiempo que ha llegado.»

Al cabo de un rato, volví a la cabaña. Savka, inmóvil, sentado a la turca, tatareaba en voz baja, apenas audible, una canción compuesta exclusivamente de monosílabos, algo así como: «Ah, tú; eh, tú... yo y tú». Agafia, embriagada por el vodka, las despectivas caricias de Savka y el bochorno de la noche, estaba tendida a su lado, apretando convulsivamente el rostro contra sus rodillas. Se había entregado de tal modo a su pasión que ni siquiera advirtió mi llegada.

–¡Agafia, el tren ha pasado hace tiempo! –exclamé yo.

–Es hora de que te vayas –dijo Savka, apoyando mis palabras y sacudiendo la cabeza–. ¿Qué haces ahí tumbada? ¡Desvergonzada!

Agafia se estremeció, apartó la cabeza de las rodillas de Savka, me miró y volvió a apretarse contra él.

–¡Deberías haberte ido hace tiempo! –dije yo.

Agafia se agitó, apoyó una rodilla en el suelo... Sufría... Al cabo de medio minuto toda su figura, en lo que pude distinguir a través de la penumbra, adoptó una expresión de lucha y de vacilación. Hubo un momento en que pareció volver en sí y estiró el tronco para ponerse de pie, pero una fuerza invencible e inexorable se apoderó de ella, lanzándola de nuevo contra Savka.

–¡Que se vaya al diablo! –dijo con una sonrisa salvaje y gutural, en la que se entreveraban la determinación irracional, la impotencia y el dolor.

Gané el bosque sin hacer ruido y desde allí descendí hasta el río, donde estaban nuestros aparejos de pesca. Las aguas dormían. Una flor grande y suave, de alto tallo, me acarició con delicadeza la mejilla, como un niño que quiere comunicar que no duerme. Como no tenía nada que hacer, busqué a tientas una de las cañas y tiré de ella. Se estiró apenas y quedó colgando: no habíamos cogido nada... No se veían ni la otra ribera ni la aldea. En una isba centelleó una luz, pero se extinguió enseguida. Busqué en la orilla un hoyo que había descubierto mientras aún había luz y me instalé en él como si fuera un sillón. Pasé allí un buen rato... Vi cómo las estrellas se cubrían de niebla y perdían su brillo, y cómo una ráfaga fresca, semejante a un leve suspiro, recorría la superficie de la tierra y agitaba las hojas de los sauces, apenas despiertos...

–¡A-ga-fia...! –gritó alguien con voz sorda desde la aldea–. ¡A-ga-fia!

El marido había regresado y, lleno de inquietud, buscaba a su mujer entre las isbas. En ese momento se oyó en el huerto una risa irresistible: su mujer se había desmandado, embriagado, y trataba de compensar con unas horas de felicidad el martirio que le esperaba al día siguiente.

Me quedé dormido.

Cuando me desperté, Savka, sentado junto a mí, me sacudía ligeramente el hombro. Todo estaba inundado de la viva claridad de la mañana: el río, el bosque, las dos orillas, los árboles y los campos, verdes y lavados. El sol acababa de salir y entre los delgados troncos de los árboles se filtraban algunos rayos que incidían sobre mi espalda.

–¿Es así como pesca? –dijo Savka con una sonrisa–. ¡Vamos, levántese!

Me puse en pie, me desperecé con placer y, mientras acababa de despertarme, aspiré con avidez el aire húmedo y perfumado.

–¿Se ha ido Agafia? –pregunté.

–Ahí va –respondió, señalando con la mano el lugar donde se encontraba el vado.

Miré hacia allí y vi a Agafia. Con la falda remangada, los cabellos en desorden y el pañuelo caído sobre la nuca atravesaba el río. Las piernas apenas la sostenían...

–¡La gata que roba sabe lo que le espera! –balbució Savka, mirándola con ojos entornados–. Va con el rabo entre las piernas... Estas mujeres son traviesas como gatas y cobardes como liebres... ¡No se fue ayer, la muy tonta, cuando se lo dijimos! Ahora le va a caer una buena, y a mí también... De nuevo van a azotarme por una mujer...

Agafia alcanzó la otra orilla y a través del campo se dirigió a la aldea. En un principio caminaba con bastante firmeza, pero pronto la preocupación y el pavor se apoderaron de ella: se volvió con temor y se detuvo para tomar aire.

–¡Tiene miedo! –dijo Savka con una triste sonrisa, mirando la estela de color verde vivo que Agafia iba dejando en la hierba empapada de rocío–. ¡No quiere ir! Hace ya una hora que el marido está esperándola... ¿Lo ha visto?

Savka pronunció las últimas palabras con una sonrisa en los labios, pero a mí se me encogió el corazón. En la aldea, junto a la última isba, de pie en medio del camino, estaba Yákov, mirando fijamente a su mujer, que avanzaba hacia él. No movía un pelo, tieso como un poste. ¿En qué pensaba mientras la miraba? ¿Qué palabras preparaba para recibirla? Agafia se detuvo un instante, se giró una vez más, como si esperara ayuda de nosotros, y siguió adelante. Nunca había visto tal forma de caminar, ni en un hombre borracho ni en uno sobrio. Era como si se retorciera bajo la mirada del marido. Ora zigzagueaba, ora se quedaba parada, doblando las rodillas y separando los brazos, ora retrocedía. Al cabo de unos cien pasos, se dio la vuelta otra vez y se sentó.

–Sería mejor que te escondieras detrás de un arbusto... –le dije a Savka–. El marido puede verte...

–No necesita verme para saber de dónde viene Agafia... Cuando las mujeres van al huerto por la noche, no es para coger coles: todo el mundo lo sabe.

Miré el rostro de Savka. Estaba pálido, crispado por esa mezcla de piedad y repugnancia que sienten ciertas personas cuando ven sufrir a los animales.

–Cuando el gato se divierte, el ratón llora... –dijo con un suspiro.

Agafia se levantó bruscamente, sacudió la cabeza y se dirigió hacia su marido con paso firme. Por lo visto, había hecho acopio de todas sus fuerzas y se había decidido.

Pesadilla
(1886)

Al regresar de San Petersburgo a su hacienda de Borísovo, Kunin, joven de unos treinta años, miembro permanente de la comisión de asuntos rurales, tomó como primera providencia enviar un jinete para convocar al cura de Sinkovo, el padre Yákov Smírnovich.

Unas cinco horas más tarde el padre Yákov se presentaba en la casa.

–¡Me alegro mucho de conocerle! –le dijo Kunin, recibiéndole en el vestíbulo–. Hace ya un año que vivo y trabajo aquí, y me parece que ya va siendo hora de que nos conozcamos. ¡Haga el favor de pasar! Pero... ¡qué joven es usted! –se sorprendió Kunin–. ¿Cuántos años tiene?

–Veintiocho –respondió el padre Yákov, apretando apenas la mano que le tendían y ruborizándose sin razón aparente.

Kunin lo condujo a su despacho y lo examinó.

«¡Qué rostro tan grotesco! –pensó– ¡Parece el de una campesina!»

En efecto, el rostro del padre Yákov guardaba muchas semejanzas con el de una campesina: nariz respingona, mejillas de un rojo vivo y grandes ojos de un azul grisáceo bajo unas cejas poco pobladas, apenas apreciables. Los cabellos largos y rojizos, secos y lacios, caían sobre los hombros como varillas. El bigote aún estaba formándose y no había adquirido una apariencia respetable y varonil; en cuanto a la barba, pertenecía a esa clase que apenas cubre las mejillas, denominada «risueña» entre los seminaristas; era rala, irregular, no había manera de alisarla o arreglarla con un peine, apenas podía pellizcarse... Toda esa pobre vegetación se extendía en mechones desiguales, a la manera de arbustos; daba la impresión de que el padre Yákov hubiera querido caracterizarse como sacerdote y lo hubieran sorprendido en el momento en que se pegaba la barba. Su sotana tenía el color de la achicoria y lucía grandes remiendos en ambos codos.

«Extraña criatura... –pensó Kunin, mirando sus faldones, salpicados de barro–. Viene a mi casa por primera vez y no puede vestirse de modo conveniente.»

–Siéntese, padre –comenzó, con más desenvoltura que amabilidad, acercando un sillón a la mesa–. ¡Siéntese, por favor!

El padre Yákov tosió en el puño, se dejó caer torpemente sobre el borde del sillón y colocó las palmas de las manos en las rodillas. Pequeño de talla, estrecho de pecho, con el rostro rubicundo cubierto de sudor, causó desde el primer momento en Kunin una impresión de lo más desagradable. Hasta entonces Kunin nunca había imaginado que en Rusia existieran sacerdotes tan poco presentables y de aspecto tan lamentable; la actitud del padre Yákov, su manera de apoyar las manos en las rodillas y de sentarse en el borde del asiento le parecían carentes de dignidad e incluso serviles.

–Le he mandado llamar, padre, para hablarle de un asunto... –empezó Kunin, recostándose en el respaldo del sillón–. Ha recaído sobre mí la grata obligación de prestarle mi concurso en una de sus útiles iniciativas... Es el caso que, al regresar de San Petersburgo, encontré una carta del presidente de la asamblea. Yegor Dmítrievich me propone tomar bajo mi responsabilidad la escuela parroquial que debe inaugurarse en Sinkovo. Yo, padre, me alegro con toda mi alma... Y le diré más: ¡acepto esa proposición con entusiasmo! –Kunin se levantó y se puso a dar vueltas por la habitación–. No obstante, como el presidente bien sabe, y probablemente usted también, no dispongo de grandes recursos. Mi hacienda está hipotecada y vivo exclusivamente del sueldo de mi cargo permanente. Por tanto, no debe usted esperar una ayuda importante, pero haré todo lo que esté en mi mano, dentro de mis posibilidades... ¿Cuándo piensa inaugurar la escuela, padre?

–Cuando haya dinero... –respondió el padre Yákov.

–¿Con qué cantidad cuenta a día de hoy?

–Casi con nada... Los campesinos decidieron en asamblea pagar anualmente treinta kopeks por varón, pero eso no pasa de ser una promesa. Y para dar los primeros pasos se necesitan al menos unos doscientos rublos...

–Sí... Por desgracia, en estos momentos carezco de esa suma... –dijo Kunin con un suspiro–. He gastado todo mi dinero en el viaje... Hasta he contraído algunas deudas. Pero unamos nuestros esfuerzos y ya se nos ocurrirá algo.

Kunin se puso a pensar en voz alta. Exponía sus ideas y examinaba el semblante del padre Yákov, buscando en él un indicio de aprobación o de conformidad. Pero aquel rostro seguía impasible, inmóvil y solo expresaba desasosiego y una embarazosa timidez. A juzgar por su cara, se diría que Kunin estaba disertando de cosas tan complejas que el padre Yákov no las comprendía, que solo le escuchaba por cortesía y también porque temía que quedara patente su incomprensión.

«Por lo visto, el mozo no es muy inteligente... –pensaba Kunin–. Es demasiado apocado y corto de luces.»

El padre Yákov solo se animó un poco e incluso sonrió cuando en el despacho entró un criado llevando una bandeja con dos vasos de té y una caja de galletas llena de bollos. Cogió su vaso y, sin más preámbulos, se puso a beber.

–¿Y si escribiéramos a monseñor? –continuaba cavilando Kunin en voz alta–. A decir verdad, no somos nosotros los que hemos planteado la cuestión de las escuelas parroquiales, sino las altas autoridades eclesiásticas. En realidad, son ellas las que deben procurarnos los medios. Recuerdo haber leído que se había asignado una suma con ese fin. ¿No sabe usted nada?

El padre Yákov estaba tan ocupado bebiendo su té que tardó en responder a la cuestión. Levantó sus ojos azul grisáceos hasta Kunin, meditó un momento y, como recordando de pronto la pregunta, hizo un gesto negativo con la cabeza. Una expresión de satisfacción, del más vulgar y prosaico apetito, atravesó su feo rostro de oreja a oreja. Bebía y saboreaba cada sorbo. Cuando vació el vaso hasta la última gota, lo depositó sobre la mesa; luego lo cogió de nuevo, examinó el fondo y volvió a dejarlo en el mismo lugar. La expresión de satisfacción se borró de su cara... A continuación Kunin vio cómo su invitado cogía un bollo de la caja de galletas, rompía un pedazo con los dientes, lo giraba entre los dedos y con un movimiento fulgurante se lo metía en el bolsillo.

«¡Bueno, esto ya es intolerable en un sacerdote! –pensó Kunin, encogiéndose de hombros con desagrado–. ¿Se trata de esa glotonería proverbial de los popes o más bien de una chiquillada?»

Tras ofrecerle al invitado otro vaso de té y acompañarlo hasta el vestíbulo, Kunin se tumbó en el sofá y se dejó ganar por la impresión desagradable que le había causado la visita del padre Yákov.

«¡Qué hombre tan extraño e incivilizado! –pensaba–. Sucio, desaliñado, vulgar, tonto y, probablemente, borracho... ¡Dios mío, y es un sacerdote, un director espiritual! ¡Un maestro para el pueblo! Me imagino cuánta ironía habrá en la voz del diácono cuando le pida solemnemente, antes de cada oficio: "¡Bendícenos, monseñor!". ¡Menudo monseñor! No tiene ni una gota de dignidad, ni la menor educación, se guarda las galletas en el bolsillo como los escolares... ¡Uf! Señor, ¿dónde tenía los ojos el obispo cuando ordenó a este individuo? ¿Qué consideración tienen por la gente cuando les dan semejantes educadores? Lo que se necesitan son personas que...»

Y se puso a meditar en la imagen que debían ofrecer los sacerdotes rusos...

«Por ejemplo, si yo fuera pope... Un pope instruido y entregado a su sacerdocio puede hacer muchas cosas... Yo habría abierto la escuela hace mucho tiempo. ¿Y los sermones? ¡Qué sermones tan maravillosos y arrebatados puede pronunciar un pope sincero e inspirado por el amor a su ministerio!»

Kunin cerró los ojos y empezó a componer mentalmente un sermón. Al cabo de un rato estaba sentado ante la mesa y tomaba notas a toda prisa.

«Se lo daré a ese pelirrojo para que lo lea en la iglesia...», pensaba.

El domingo siguiente, por la mañana, Kunin se dirigió a Sinkovo para aclarar la cuestión de la escuela y, de paso, conocer la iglesia de la que era parroquiano. A pesar del barro causado por el deshielo, la mañana era magnífica. El sol brillaba con fuerza y resquebrajaba con sus rayos los blancos montones de nieve que se demoraban aquí y allá, lanzando, a modo de despedida, destellos diamantinos cuyo resplandor hacía daño a la vista, mientras a su alrededor despuntaban ya los verdes brotes de trigo. Los grajos revoloteaban con aire grave por encima de los campos. Uno de ellos descendió y, antes de posarse firmemente sobre sus patas, dio algunos saltitos...

La iglesia de madera a la que se aproximaba Kunin era vetusta y gris; las pequeñas columnas del atrio, antaño pintadas de blanco, estaban completamente desconchadas y se parecían a dos varas de carro deformes. El icono que coronaba la puerta no era más que una mancha oscura. Pero esa pobreza conmovió y enterneció a Kunin. Bajando la vista con humildad, entró en la iglesia y se detuvo en el umbral. El oficio acababa de empezar. Un viejo sacristán, con la espalda curvada, leía las Horas con una voz de tenor sorda e indistinta. El padre Yákov, que oficiaba sin diácono, recorría la iglesia meciendo el incensario. De no haber sido por el sentimiento de humildad que se apoderó de Kunin al entrar en la miserable iglesia, sin duda habría sonreído al ver al padre Yákov. Su pequeño cuerpo estaba revestido de una casulla arrugada y demasiado larga, confeccionada con una tela amarilla y gastada, cuyo borde se arrastraba por el suelo.

La iglesia no estaba llena. Nada más dirigir una ojeada a los asistentes, Kunin se quedó sorprendido de una circunstancia curiosa: solo había viejos y niños... ¿Dónde estaban los trabajadores? ¿Dónde los jóvenes y los adultos? No obstante, al cabo de un rato, tras examinar con más atención los rostros de esos ancianos, Kunin se dio cuenta de que había tomado a los jóvenes por viejos. En cualquier caso, no concedió demasiada importancia a ese pequeño engaño óptico.

El interior era tan vetusto y gris como el exterior. En el iconostasio y en las paredes parduscas no había un solo lugar que no llevara la marca del tiempo, ya fuera en forma de humo o de arañazos. Había muchas ventanas, pero la tonalidad general seguía siendo gris, razón por la cual la iglesia parecía sumida en la oscuridad.

«El que tenga el alma limpia debe rezar a gusto en este lugar... –pensaba Kunin–. De la misma manera que en Roma impresiona la magnificencia de San Pedro, aquí conmueven esta humildad y sencillez.»

Pero esa piadosa disposición de ánimo se esfumó en cuanto el padre Yákov entró en el recinto del altar y empezó a oficiar. Joven aún, ordenado sacerdote apenas salido de los bancos del seminario, el padre Yákov no había tenido tiempo de configurar un estilo definido. Cuando leía, parecía preguntarse qué tono elegir, el de agudo tenor o el de suave bajo; se inclinaba con torpeza, caminaba deprisa, abría y cerraba con brusquedad la puerta del iconostasio... El viejo sacristán, sin duda enfermo y sordo, oía mal las invocaciones, lo que ocasionaba leves contratiempos. Apenas había tenido tiempo el padre Yákov de acabar su lectura, cuando el sacristán ya estaba cantando su parte; o bien la lectura había terminado hacía tiempo y el anciano seguía tendiendo la oreja en dirección al altar, prestando oídos y guardando silencio, hasta que le tiraban del faldón. Tenía una voz sorda, enfermiza, asmática, trémula, ceceante... Para completar esa disonancia, el sacristán estaba acompañado por un niño de corta edad, cuya cabeza apenas se veía a través de la barandilla del coro. El niño cantaba con una voz de tiple chillona y aguda y parecía empeñarse en desentonar. Kunin estuvo escuchando un rato y después salió fuera a fumar un cigarrillo. El hechizo se había roto y ahora miraba la iglesia casi con hostilidad.

–Y luego se quejan de la pérdida del sentimiento religioso entre el pueblo... –suspiró–. ¡Y qué quieren! ¡Con sacerdotes como estos!

Kunin entró en la iglesia dos o tres veces más, pero el irresistible atractivo que ejercía sobre él el aire puro le empujaba hacia el exterior. Una vez terminado el oficio, se dirigió a la casa del padre Yákov, cuyo exterior no se diferenciaba en nada de las isbas de los campesinos; solo la paja del tejado estaba dispuesta con algo más de orden y las ventanas estaban guarnecidas con unas cortinillas blancas. El padre Yákov condujo a Kunin a una habitación pequeña y luminosa, con suelo de arcilla y paredes cubiertas de papel barato; a pesar de algunas tentativas de lujo, como unas fotografías enmarcadas y un reloj con unas tijeras atadas a las pesas, la decoración sorprendía por su pobreza. A juzgar por el mobiliario, podía pensarse que el padre Yákov había ido recorriendo las casas y reuniéndolo pieza a pieza: en una primera le habían dado una mesa redonda de tres patas; en una segunda, un taburete; en una tercera, una silla con el respaldo doblado hacia atrás; en una cuarta, una silla con el respaldo derecho, pero el asiento hundido; en una quinta habían extremado la generosidad y le habían entregado un objeto parecido a un sofá, con respaldo plano y asiento de rejilla. Ese último mueble, teñido de color rojo oscuro, desprendía un fuerte olor a pintura. En un principio Kunin hizo intención de sentarse en una de las sillas, pero luego se lo pensó mejor y se acomodó en el taburete.

–¿Es la primera vez que viene usted a nuestra iglesia? –preguntó el padre Yákov, colgando la gorra de un clavo grande y deforme.

–Así es. A propósito, padre... Antes de que nos ocupemos de nuestro asunto, ofrézcame un poco de té. Me muero de sed.

El padre Yákov parpadeó, carraspeó y desapareció detrás de un tabique. Se oyó un cuchicheo...

«Debe de estar hablando con su mujer... –pensó Kunin–. Me pregunto cómo será la mujer de ese pelirrojo.»

El padre Yákov, encarnado y sudoroso, reapareció al cabo de un rato y, esforzándose por sonreír, se sentó frente a Kunin en el borde del sofá.

–Ahora mismo prepararán el samovar –comentó, sin mirar a su invitado.

«¡Dios mío, ni siquiera han preparado el samovar! –se dijo Kunin con espanto–. ¡No hay más remedio que esperar!»

–Le he traído el borrador de una carta que le he escrito al obispo. Se la leeré después del té... Quizá quiera añadir usted algo...

–Muy bien.

Se hizo el silencio. El padre Yákov, con aire temeroso, dirigió una mirada de soslayo al tabique, se arregló los cabellos y se sonó.

–Hace un tiempo excelente –dijo.

–Sí. A propósito, ayer leí algo muy interesante... La asamblea rural de Volsk ha decidido poner todas sus escuelas bajo la jurisdicción de la Iglesia. Es una medida peculiar.

Kunin se puso en pie, dio unos pasos por el suelo de arcilla y empezó a exponer sus puntos de vista:

–No es una mala solución –decía–, siempre que el clero esté a la altura de su misión y tenga plena conciencia de sus deberes. Por desgracia, conozco sacerdotes que, a juzgar por su desarrollo intelectual y sus cualidades morales, no valdrían ni para escribanos de cuartel, por no hablar del sacerdocio. Convenga usted conmigo en que un mal profesor es menos perjudicial para una escuela que un mal sacerdote.

Kunin miró al padre Yákov que, encorvado en su asiento, estaba sumido en sus propios pensamientos y por lo visto no le escuchaba.

–¡Yasha, ven aquí! –dijo una voz de mujer detrás del tabique.

El padre Yákov se estremeció y fue al otro lado de la pieza. De nuevo empezó el cuchicheo.

Kunin se moría de ganas de beber una taza de té.

«¡No, no voy a esperar a que me lo sirvan aquí! –pensó, mirando el reloj–. Parece que mi visita no ha sido bien recibida. El dueño de la casa no se ha dignado dirigirme la palabra, se ha pasado todo el tiempo sentado, pestañeando.»

Kunin cogió su sombrero, esperó la vuelta del padre Yákov y se despidió de él.

«¡He perdido toda la mañana en vano! –pensaba con enfado durante el camino–. ¡Tarugo! ¡Zoquete! Le interesa tan poco la escuela como a mí la nieve del año pasado. ¡No, no se puede hacer nada con él! ¡Lo echará todo a perder! Si el presidente de la asamblea supiera qué pope tenemos, no se daría tanta prisa en poner en marcha la escuela. ¡Primero hay que encontrar un pope como Dios manda y ya se pensará luego en la escuela!»

Ahora Kunin casi odiaba al padre Yákov. Aquel hombre, con su figura lamentable y caricaturesca, su sotana larga y arrugada, su rostro afeminado, su manera de oficiar, su forma de vivir y su deferencia embarazosa de pequeño funcionario, ofendía el rescoldo de religiosidad que, junto con otros sentimientos inculcados por su aya, aún ardían con débil llama en su pecho. A su amor propio le costaba trabajo soportar la frialdad y la desatención con las que el padre Yákov había acogido el interés sincero y ardiente de Kunin por un proyecto que afectaba sobre todo al sacerdote.

Kunin pasó la tarde de ese mismo día dando vueltas por las habitaciones y cavilando; luego se sentó con decisión a la mesa y escribió una carta al obispo. Después de solicitar su bendición y dinero para la escuela, le expuso con sinceridad y respeto filial la opinión que le merecía el sacerdote de Sinkovo. «Es joven –escribió–, carece de formación, no lleva una vida muy sobria y, en general, no responde a la imagen del pastor que el pueblo ruso se ha forjado a lo largo de los siglos.» Una vez terminada la carta, Kunin exhaló un leve suspiro y fue a acostarse con la conciencia de que había realizado una buena acción.

El lunes por la mañana, estando aún en la cama, le anunciaron la visita del padre Yákov. No tenía ganas de levantarse, así que mandó decir que no estaba en casa. El martes se marchó a la asamblea y el sábado, cuando regresó, los criados le informaron de que durante su ausencia el padre Yákov se había presentado todos los días.

«¡Se ve que le gustaron los dulces!», pensó Kunin.

El domingo por la tarde apareció el padre Yákov. Esta vez no solo los faldones de la sotana estaban manchados de barro, sino también el gorro. Tal como sucedió durante la primera entrevista, se sentó en el borde del asiento, igual de rojo y sudoroso que entonces. Kunin se abstuvo de iniciar una conversación sobre la escuela, pues no estaba dispuesto a echar margaritas a los cerdos.

–Le he traído una lista del material escolar, Pável Mijaílovich... –empezó el padre Yákov.

–Gracias.

Pero era evidente que aquella nota no era el verdadero motivo de la visita. Toda su figura dejaba traslucir una profunda turbación, aunque al mismo tiempo se percibía en ella la determinación del hombre iluminado por una idea repentina. Ardía en deseos de decir algo importante, absolutamente indispensable, y trataba con todas sus fuerzas de vencer su timidez.

«¿Por qué calla? –pensaba Kunin con irritación–. ¡Sigue ahí sentado! ¡Y yo no tengo tiempo de ocuparme de él!»

Para atenuar un tanto su embarazoso silencio y ocultar el combate que se libraba en su interior, el sacerdote esbozó una sonrisa forzada. Esa sonrisa larga y tortuosa, que se abría pasó a través del sudor y el rubor de su rostro y tan poco se correspondía con la mirada inmóvil de sus ojos azul grisáceo, obligó a Kunin a darse la vuelta. Sentía repugnancia.

–Perdóneme, padre, pero tengo que salir... –dijo.

El padre Yákov se estremeció como un hombre dormido que acaba de recibir un golpe y, sin dejar de sonreír, se cruzó los faldones de la sotana con aire cohibido. A pesar del desdén que le inspiraba ese hombre, Kunin de pronto sintió pena de él y quiso mitigar su crueldad.

–Le suplico, padre, que vuelva otro día... –dijo–. Antes de despedirme de usted, tengo una petición que hacerle... Tuve una especie de inspiración, ¿sabe?, y escribí dos sermones... Los someto a su examen... Si tienen algún valor, puede leerlos.

–Muy bien... –dijo el padre Yákov, cubriendo con la mano los sermones que Kunin había dejado sobre la mesa–. Me los llevaré...

Al cabo de un rato de vacilaciones, y sin dejar de cruzar los faldones de la sotana, abandonó esa sonrisa forzada y levantó la cabeza con decisión.

–Pável Mijaílovich –dijo, esforzándose por hablar con voz fuerte y clara.

–¿Qué desea?

–He oído que ha despedido usted... a su secretario y... que está buscando uno nuevo...

–Sí... ¿puede usted recomendarme a alguien?

–Pues verá... yo... ¿No podría confiarme esa tarea a mí?

–¿Es que va a dejar usted el sacerdocio? –se sorprendió Kunin.

–No, no –se apresuró a responder el padre Yákov, palideciendo y temblando con todo el cuerpo–. ¡Dios me libre! Pero si tiene usted dudas, déjelo, no merece la pena. Lo haría en los ratos libres... para aumentar mis ingresos... Pero ¡no es necesario, no se moleste!

–Hum... Sus ingresos... Pero ¡yo solo le pago a mi secretario veinte rublos al mes!

–¡Dios mío, yo me conformaría con diez! –susurró el padre Yákov, mirando a su alrededor–. ¡Diez es suficiente! Usted... se sorprende, todo el mundo se sorprende. Un pope avaro, codicioso. ¿Qué puede hacer con el dinero? Yo mismo me doy cuenta de que soy avaro... me cubro de reproches y denuestos... Me da vergüenza mirar a la gente a la cara... Le digo a usted en conciencia, Pável Mijaílovich... poniendo a Dios por testigo... –El padre Yákov tomó aliento y continuó–: Había preparado toda una confesión por el camino, pero... la he olvidado por completo, ya no encuentro las palabras. Recibo cada año de la parroquia ciento cincuenta rublos y todo el mundo... se pregunta qué hago con ese dinero... Voy a explicárselo en conciencia... Destino cuarenta rublos a mi hermano Piotr, que está estudiando en el seminario. Tiene todos los gastos cubiertos, pero el papel y las plumas corren de mi cuenta...

–¡Le creo, le creo! Pero ¿para qué me cuenta todo esto? –respondió Kunin con un gesto de la mano, sintiendo sobre sí el peso terrible de esa franqueza y sin saber dónde meterse para no ver el brillo de las lágrimas en los ojos de su huésped.

–Además, aún no he terminado de pagar al Consistorio todo lo que debo por la plaza que ocupo. Mi deuda se ha contabilizado en doscientos rublos, de los que pago diez al mes. Juzgue usted mismo lo que me queda. Y a eso hay que añadir los tres rublos al mes que, como mínimo, entrego al padre Avraam.

–¿A qué padre Avraam?

–El padre Avraam es el cura que había en Sinkovo antes de que yo viniera. Lo echaron porque tenía... una debilidad, pero sigue viviendo en Sinkovo. ¿Adónde va a ir? ¿Quién iba a darle de comer? Aunque sea viejo, necesita un techo, pan y ropa. No puedo permitir que un hombre revestido de la dignidad eclesiástica pida limosna. ¡Si eso sucediera, el pecado sería mío! ¡Mío! Debe dinero a todo el mundo y, si no salda sus deudas, el pecado recaería sobre mí. –El padre Yákov se levantó de su asiento y, mirando el suelo con aire demente, se puso a dar vueltas por la habitación–. ¡Dios mío, Dios mío! –balbucía, ora alzando los brazos, ora dejándolos caer–. Ayúdame, Señor, y perdóname. ¿Por qué habré aceptado el sacerdocio si no tengo fuerzas ni fe? ¡Mi desesperación no conoce límites! Sálvame, Reina de los Cielos.

–¡Tranquilícese, padre! –dijo Kunin.

–¡El hambre me atormenta, Pável Mijaílovich! –continuó el

padre Yákov–. Haga el favor de excusarme, pero ya no puedo más... Ya sé que si hiciera algunas reverencias, que si pidiera, todo el mundo me ayudaría, pero... no puedo. ¡Me da vergüenza! ¿Cómo iba a solicitar ayuda a los campesinos? Usted trabaja en la Comisión rural y conoce su situación... ¿Quién se atrevería a pedir limosna a un mendigo? ¡Y tampoco puedo pedir a los más ricos, a los propietarios! ¡Soy orgulloso! ¡Me da vergüenza! –El padre Yákov hizo un gesto de desesperación y se rascó nerviosamente la cabeza con ambas manos–. ¡Me da vergüenza! ¡Dios mío, cuánta vergüenza! ¡No puedo soportar, por orgullo, que la gente vea mi pobreza! ¡Cuando me visitó usted el otro día, Pável Mijaílovich, no tenía té para ofrecerle! No quedaba ni una brizna, pero el orgullo me impidió confesárselo. Me avergüenzo de mi ropa, de todos estos remiendos... Me avergüenzo de mis sotanas, de mi hambre... ¿Acaso el orgullo es propio de un sacerdote? –El padre Yákov se detuvo en medio del despacho y, como si no fuera consciente de la presencia de Kunin, se puso a deliberar consigo mismo–: Bueno, supongamos que pudiera soportar el hambre y la vergüenza, pero, ¡Dios mío!, ¿qué pasa con mi mujer? ¡Es de buena familia! Tiene las manos blancas, es delicada, está acostumbrada a beber té, a comer pan blanco, a dormir entre sábanas... En casa de sus padres tocaba el piano... Es joven, aún no ha cumplido veinte años... Le gusta arreglarse, divertirse, hacer visitas... Y en mi isba vive... peor que cualquier cocinera; le da vergüenza salir a la calle. ¡Dios mío, Dios mío! Su único consuelo es que le traiga de alguna casa una manzana o un dulce... –El padre Yákov volvió a rascarse la cabeza con ambas manos–. Más que amor lo que siento por ella es lástima... ¡No puedo verla sin compadecerme! ¡Qué cosas pasan en este mundo, Señor! Si los periódicos escribieran sobre ellas, la gente no las creería... ¿Cuándo acabará todo esto?

–¡Basta, padre! –casi gritó Kunin, asustando de aquel tono–. ¿Por qué tiene una visión tan sombría de la vida?

–Le ruego que me excuse, Pável Mijaílovich... –balbució el padre Yákov, como borracho–. Perdone, todo esto... no tiene importancia, no le preste atención... La culpa es mía y seguirá siendo mía... ¡Solo mía! –Y, mirando a su alrededor, murmuró–: Una mañana temprano me dirigía de Sinkovo a Luchkovo; de pronto, en la orilla del río, vi a una mujer ocupada en alguna actividad... Me acerqué y no di crédito a mis propios ojos... ¡Qué horror! Era la mujer del médico Iván Sergueich, aclarando ropa... ¡La mujer del médico, que cursó estudios en un internado! Para que la gente no la viera, se levantaba lo más temprano posible y se alejaba una versta de la aldea... ¡Qué orgullo indomable! Cuando vio que estaba a su lado y advirtió que había descubierto su pobreza, se puso roja como la grana... Atónito, espantado, me acerqué corriendo con intención de ayudarla, pero ella ocultó la ropa de mi vista, temiendo que viera sus camisas deshilachadas...

–Todo eso parece cuando menos inverosímil... –dijo Kunin, sentándose y mirando casi con pavor el rostro pálido del padre Yákov.

–¡En efecto, inverosímil! Cuándo ha sucedido, Pável Mijáilovich, que la mujer de un médico tenga que aclarar la ropa en el río. ¡En ningún país pasa algo así! Yo, como pastor y padre espiritual, no debería permitirlo, pero ¿qué puedo hacer? ¡Yo mismo me las arreglo para que su marido me cure gratis! ¡Ha acertado usted cuando ha calificado esa situación de inverosímil! ¡Uno no da crédito a los ojos! Cuando digo misa, fíjese, y contemplo desde el altar a los fieles, al hambriento padre Avraam y a mi mujer, pienso en la esposa del médico, en sus manos azules por el agua fría; en esos momentos, créame, me aturdo y me quedo allí parado como un idiota, olvidado de todo, hasta que la voz del sacristán me devuelve a la realidad... ¡Qué horror! –El padre Yákov volvió a pasearse de un rincón al otro–. ¡Señor Jesucristo! –añadió, alzando las manos–. ¡Santos del Cielo! Ni siquiera puedo oficiar... Me habla usted de la escuela y yo me quedo como un pasmarote, sin entender palabra, pensando solo en la comida... Incluso delante del altar... Pero... ¿qué estoy haciendo? –dijo, recobrando el sentido–. Iba usted a salir. Perdone, solo lo decía... excúseme.

Kunin le estrechó la mano en silencio, lo acompañó hasta el vestíbulo y, al regresar a su despacho, se detuvo ante la ventana. Vio salir al padre Yákov, calarse su raído sombrero de ala ancha y alejarse por el camino a paso lento y con la cabeza gacha, como avergonzado de su franqueza.

«No veo su caballo», pensó Kunin.

Kunin no se atrevía a pensar que el sacerdote hubiera ido andando a su casa todos esos días: hasta Sinkovo había siete u ocho verstas y la carretera era un auténtico barrizal. Al poco rato vio cómo el cochero Andréi y el pequeño Paramón, saltando entre los charcos y salpicándole de barro, corrían hacia él para solicitar su bendición. El padre Yákov se quitó la gorra, bendijo con parsimonia a Andréi y luego al muchacho, acariciándole la cabeza.

Kunin se pasó la mano por los ojos y tuvo la sensación de que se le humedecía. Se apartó de la ventana y con los ojos turbios se paseó por la habitación, en la que aún resonaba aquella voz tímida y sofocada... Miró la mesa... Por fortuna, en su apresuramiento, el padre Yákov había olvidado coger los sermones... Kunin se lanzó sobre ellos, los rompió en mil pedazos y los arrojó al suelo con desprecio.

–¡Y yo no lo sabía! –gimió, dejándose caer en el sofá–. ¡Yo, que hace más de un año fui nombrado miembro permanente, juez de paz honorífico, miembro del consejo escolar! ¡Soy un muñeco ciego, un fatuo! ¡Tengo que ayudarles enseguida! ¡Enseguida! –Iba de un lado a otro con aspecto angustiado, se apretaba las sienes, se estrujaba el cerebro–. El veinte de este mes recibiré mis doscientos rublos de sueldo... Con algún pretexto plausible les entregaré algo de dinero tanto a él como a la mujer del médico... A él le encargaré un tedeum y ante el médico me fingiré enfermo... De ese modo, no ofenderé su orgullo. Y también ayudaré a Avraam.

Contaba con los dedos su dinero y temía confesarse que esos doscientos rublos apenas le alcanzarían para pagar al administrador, a la servidumbre y al campesino que le traía la carne... A su pesar hubo de acordarse de un pasado no lejano en el que había dilapidado con la mayor despreocupación la herencia paterna; siendo aún un mocoso de veinte años regalaba a las prostitutas abanicos caros, daba diez rublos diarios a su cochero Kuzmá y enviaba presentes a las actrices por simple vanidad. ¡Ah, qué útiles le serían ahora todos esos billetes de tres y diez rublos, diseminados a los cuatro vientos!

«El padre Avraam solo gasta en comer tres rublos al mes –pensaba Kunin–. Con un rublo la popesa puede hacerse una camisa y la mujer del médico contratar a una lavandera. ¡Sea como fuere, les ayudaré! ¡Les ayudaré sin falta!»

En ese momento Kunin se acordó de la denuncia que había dirigido al obispo y todo su cuerpo se contrajo como bajo el efecto de una ducha fría. Ese recuerdo anegó su alma de un sentimiento angustioso de vergüenza ante sí mismo y ante la invisible verdad...

Así empezó y acabó el esfuerzo sincero que hacía por mostrarse útil uno de esos muchos hombres bienintencionados, pero demasiado satisfechos e irreflexivos.

La noche de Pascua
(1886)

Me encontraba en la ribera del Goltva y esperaba la llegada del transbordador. Por lo común el Goltva es un río sin pretensiones, silencioso y soñador, que brilla timorato entre espesos juncos, pero en ese momento sus dimensiones alcanzaban las de un lago. Las aguas primaverales se habían desbordado, superando ambas orillas, inundando una buena extensión de las tierras ribereñas y anegando huertos, prados y marismas, de modo que en medio de la corriente despuntaban algunos álamos y arbustos solitarios, semejantes en las tinieblas a austeros peñascos.

El tiempo me parecía espléndido. Reinaba la oscuridad, pero de todos modos podían discernirse los árboles, el agua, las personas... El mundo estaba iluminado por las estrellas, que abarrotaban el cielo. Literalmente no había lugar donde poner el dedo. Las había gruesas como huevos de ganso y minúsculas como granos de cáñamo... Para esa parada festiva habían salido al cielo todas a una, desde las más pequeñas a las más grandes, limpias, renovadas, risueñas, todas titilando en silencio con sus rayos. El cielo se reflejaba en las aguas, las estrellas se bañaban en las profundidades oscuras y temblaban al compás del menudo oleaje. El aire era tibio, sereno... A lo lejos, en la otra orilla, algunos fuegos diseminaban al azar, en medio de la tiniebla impenetrable, sus llamas de un rojo vivo...

A dos pasos de mí se recortaba la oscura silueta de un campesino tocado con un alto sombrero y provisto de un nudoso y grueso bastón.

–¡Cuánto tarda el transbordador! –comenté yo.

–Ya tendría que haber llegado –me respondió el campesino.

–¿Tú también estás aguardándolo?

–No, estoy esperando las iluminaciones... –dijo el campesino en medio de un bostezo–. Pasaría con gusto, pero le confieso que no tengo los cinco kopeks que cuesta el viaje.

–Yo te los daré.

–No, muchas gracias... Prefiero quedarme aquí y que con ese dinero encienda una vela por mí en el monasterio... Pero ¡el transbordador sigue sin venir! ¡Parece como si se lo hubiera tragado la tierra! –El campesino se acercó al borde mismo del agua, cogió el cable con la mano y gritó–: ¡Ieronim! ¡Ieronim!

Como en respuesta a su llamada, desde la otra orilla se oyó el prolongado tañido de una gran campana. El sonido era denso, grave, semejante al de la cuerda más gruesa de un contrabajo; parecía la ronca voz de las mismas tinieblas. A continuación se oyó un cañonazo. Rodó por la oscuridad y se apagó en algún lugar lejano, detrás de mí. El campesino se quitó el sombrero y se santiguó.

–¡Cristo ha resucitado! –dijo.

Las ondas de ese primer tañido no habían tenido tiempo de aquietarse en el aire cuando se oyó otro, después un tercero, y las tinieblas se llenaron de un rumor vibrante y continuo. Junto a las rojas hogueras se encendieron numerosos fuegos, que juntos empezaron a moverse, despidiendo inquietos resplandores.

–¡Ieronim! –gritó una voz cansina y sorda.

–Están llamando desde la otra orilla –dijo el campesino–. Eso significa que el trasbordador tampoco está allí. Nuestro Ieronim se ha quedado dormido.

Los fuegos y el tintineo aterciopelado de las campanas nos atraían... Ya empezaba a perder la paciencia y a ponerme nervioso cuando por fin columbré en la oscura lejanía una silueta muy semejante a una horca. Era el tan esperado transbordador. Se desplazaba con tal lentitud que, de no haber sido por la delineación gradual de sus contornos, habría podido pensarse que no se movía de su sitio o que se dirigía a la otra orilla.

–¡Deprisa! ¡Ieronim! –gritó el campesino–. ¡Un señor está esperando!

El transbordador se deslizó hasta la orilla, osciló y se detuvo con un chirrido. A bordo, aferrándose al cable, había un hombre alto, vestido con un hábito de monje y un gorro cónico.

–¿Por qué has tardado tanto? –le pregunté, saltando al interior del transbordador.

–Perdóneme, por el amor de Dios –respondió en voz queda Ieronim–. ¿No hay nadie más?

–No...

Ieronim agarró el cable con ambas manos, se dobló hasta el punto de parecer un signo de interrogación y jadeó. El transbordador chirrió y osciló. La silueta del campesino del sombrero alto poco a poco empezó a alejarse, señal de que la embarcación se movía. Pronto Ieronim se enderezó y empezó a maniobrar con una sola mano. Guardábamos silencio y contemplábamos la orilla hacia la que nos dirigíamos. Allí ya habían empezado las «iluminaciones» esperadas por el campesino. Junto al borde mismo del agua numerosos toneles de resina ardían en enormes hogueras. Sus reflejos, purpúreos como la ascendente luna, se deslizaban a nuestro encuentro en forma de largas y anchas bandas. Los llameantes toneles iluminaban su propio humo y las largas sombras humanas, que destacaban un instante junto a ellos; pero más lejos, a los lados y detrás, en el lugar de donde partía el tintineo aterciopelado, todo estaba envuelto en la misma bruma profunda y negra. De pronto, una cinta de oro hendió las tinieblas y un cohete se elevó hasta el cielo; describió un arco y se esparció en chispas crepitantes, como si hubiera chocado con la bóveda celeste. En la orilla se oyó un rumor semejante a un lejano «hurra».

–¡Qué hermoso! –exclamé yo.

–¡Tanto que se queda uno sin habla! –suspiró Ieronim–. ¡Vaya noche, señor! Antaño no se prestaba atención a los cohetes, pero hoy día cualquier menudencia nos regocija. ¿De dónde viene usted?

Se lo dije.

–Ya... hoy es un día de alborozo... –continuó Ieronim con vocecilla de tenor, débil y suspirante como la de un convaleciente–. El cielo, la tierra y el infierno se congratulan. Toda la creación está de fiesta. Pero, dígame, buen señor, ¿por qué el hombre no puede olvidar sus penas ni siquiera en medio de las mayores alegrías?

Me pareció que esa pregunta inesperada me invitaba a una de esas conversaciones interminables y edificantes de la que tanto gustan los monjes ociosos y aburridos. No tenía muchas ganas de hablar, de modo que me limité a responder:

–¿Qué penas le afligen a usted, padre?

–Por lo común, las mismas que a todo el mundo, distinguido y amable señor, pero hoy ha acaecido una desgracia particular en el monasterio: durante la misa, en el momento de la paremia, murió el diácono Nikolái...

–¡Qué le vamos a hacer, es la voluntad de Dios! –dije, adoptando un tono monástico–. Todos tenemos que morir. En mi opinión, debería usted alegrarse... Se dice que quien muere la víspera o el día de Pascua gana sin falta el reino de los Cielos.

–Es verdad.

Callamos. La silueta del campesino del sombrero alto se confundió con los contornos de la orilla. Las llamas de los toneles de resina no paraban de crecer.

–Y tanto las Escrituras como la meditación demuestran con creces la vanidad del dolor –dijo Ieronim, rompiendo el silencio–, pero ¿por qué el alma se lamenta y no quiere escuchar a la razón? ¿Por qué se sienten ganas de llorar amargamente? –Ieronim se encogió de hombros, se volvió hacia mí y dijo con premura–: Que muera yo o algún otro no tiene la menor importancia, pero ¡es Nikolái quien nos ha dejado! ¡Nada menos que Nikolái! ¡Hasta cuesta creer que ya no se cuente entre los vivos! Estoy aquí, en este transbordador, y tengo la impresión de que voy a oír su voz llamándome desde la orilla. Para que no tuviera miedo al atravesar el río, siempre se acercaba a la ribera y me daba una voz. Se levantaba expresamente para eso en medio de la noche. ¡Qué alma tan bondadosa! ¡Dios mío, qué hombre más bueno y compasivo! ¡Tenía más atenciones conmigo que una madre! ¡Que Dios se apiade de su alma! –Ieronim agarró el cable, pero al poco rato se volvió de nuevo hacia mí–. ¡Y qué espíritu tan luminoso tenía, excelencia! –continuó con voz cantarina–. ¡Qué lengua tan dulce y melodiosa! Precisamente ahora van a cantar en los maitines: «¡Oh, voz armoniosa y tierna!». Además de todas las cualidades humanas, poseía un don extraordinario.

–¿Qué don? –pregunté yo.

El monje me examinó de pies a cabeza; luego, como si se hubiera convencido de que podía confiarme un secreto, estalló en una alegre risa.

–Tenía el don de escribir acatistas...* –dijo–. ¡Un milagro, señor, nada más y nada menos! ¡Se sorprenderá si se lo explico!

* Cantos y oraciones en honor de Jesucristo, la Virgen o los santos.

Nuestro archimandrita es de Moscú, su vicario se ha formado en la academia de Kazán, entre nosotros hay monjes muy inteligentes y padres venerables, pero, fíjese, ni uno solo sabe escribir acatistas, mientras Nikolái, un simple diácono que no había cursado estudios y carecía de toda prestancia, los escribía. ¡Un milagro! ¡Un auténtico milagro! –Ieronim sacudió las manos y, desentendiéndose por completo del cable, continuó con arrebato–: Nuestro vicario se las ve y se las desea para componer sus sermones; cuando escribió la historia del monasterio, estuvo dando la lata a toda la hermandad y viajó unas diez veces a la ciudad, mientras Nikolái escribía acatistas. ¡Acatistas! ¡Nada de sermones ni de historias!

–¿Tan difícil resulta escribir acatistas? –pregunté yo.

–Ya lo creo... –respondió Ieronim, sacudiendo la cabeza–. La sabiduría y la santidad no valen de nada si Dios no te ha concedido el don. Los monjes ignorantes se figuran que basta conocer la vida del santo sobre el que se escribe e inspirarse en otros acatistas. Pero no es así, señor. Claro que se necesita conocer esa vida en profundidad, hasta en los menores detalles. También es indispensable remitirse a otros acatistas para saber dónde empezar y qué escribir. Como ejemplo le diré que el primer versículo empieza siempre con las palabras «elegido» o «escogido». El primer canon empieza siempre con la palabra «ángel». El acatista del Dulce Jesús, por si le interesa, comienza siempre así: «De los ángeles Creador y Señor de las fuerzas celestes»; el de la santísima madre de Dios: «El ángel mensajero fue enviado desde el cielo»; y el de Nicolás Taumaturgo: «Ángel por la figura, pero criatura terrenal», y así sucesivamente. Siempre se empieza con la palabra «ángel». No cabe duda de que hay que buscar la inspiración en otros acatistas, pero lo esencial no consiste en la vida del santo ni en la conformidad con los modelos, sino en la belleza y en la dulzura. Es necesario que el conjunto sea armonioso, breve y detallado. Cada verso debe estar repleto de dulzura, afecto y ternura, no tiene que haber ni una sola palabra grosera, ruda o inadecuada. Hay que escribir de tal manera que el corazón del orante se regocije y llore, mientras su espíritu se estremece y palpita. En el acatista de la Virgen se incluyen estas palabras: «¡Regocíjate, oh grandeza, de que el pensamiento humano no pueda alcanzarte!; ¡regocíjate, oh profundidad, de que ni siquiera los ojos de los ángeles puedan contemplarte!». En otro pasaje del mismo acatista se dice: «¡Regocíjate, árbol de frutos de luz del que se alimentan los justos! ¡Regocíjate, árbol de sombra bienhechora cuyo follaje abriga a la multitud!» –Ieronim se cubrió el rostro con las manos, como si se hubiera asustado o estuviera avergonzado, y sacudió la cabeza–. Árbol de frutos de luz... árbol de sombra bienhechora... –balbució–. ¡No es fácil encontrar esas palabras! ¡Dios debe concederte ese don! En aras de la brevedad Nikolái reunía muchas palabras y pensamientos en una sola expresión, y siempre obtenía un conjunto armonioso y acabado. «Candil dispensador de luz a los vivos...», se dice en el acatista del Dulce Jesús. ¡Dispensador de luz! Tal expresión no se oye en las conversaciones ni se lee en los libros; ¡él la inventó, la encontró en su espíritu! Además de la armonía y de la elocuencia, señor, se necesita también embellecer cada línea con múltiples adornos, que haya flores, relámpagos, ráfagas de viento, sol, que estén presentes todos los objetos del mundo visible. Cada invocación debe componerse de modo que sea melodiosa y grata al oído. «Regocíjate, lirio de los jardines celestes», se lee en el acatista de Nicolás Taumaturgo. No se dice simplemente «lirio del paraíso», sino «lirio de los jardines celestes». Es una expresión más suave y más dulce al oído. ¡Así escribía Nikolái! ¡Precisamente así! ¡No hay palabras para expresarle cómo escribía!

–Sí, en ese caso es una pena que haya muerto –dije yo–. Pero haga avanzar el transbordador, padre, o llegaremos tarde...

Ieronim pareció volver en sí y se acercó corriendo al cable. En la orilla empezaron a repicar todas las campanas. Probablemente en los aledaños del monasterio tenía ya lugar la procesión de la cruz, pues todo el espacio oscuro que se extendía más allá de los toneles de resina estaba ahora sembrado de fuegos móviles.

–¿Nikolái imprimió sus acatistas? –le pregunté a Ieronim.

–¿Dónde iba a imprimirlos? –respondió él con un suspiro–. Además, habría parecido extraño. ¿Con qué objeto? En nuestro monasterio nadie se interesa por esas cosas. A nadie le gustan. Sabían que Nikolái escribía, pero no le prestaban atención. ¡En nuestro tiempo, señor, nadie respeta los escritos nuevos!

–¿Lo trataban con desconfianza?

–Así es. Si hubiera sido un superior, quizá la hermandad habría mostrado cierta curiosidad, pero ni siquiera había cumplido cuarenta años. Algunos hasta se reían y consideraban que sus escritos eran un pecado.

–¿Para qué escribía?

–Sobre todo para su propia consolación. De todos los hermanos yo era el único que leía sus acatistas. Lo visitaba a escondidas, para que los otros no me vieran, y él se congratulaba de mi interés. Me abrazaba, me acariciaba la cabeza, me dirigía palabras cariñosas, como si fuera un niño pequeño. Cerraba la puerta de su celda, me hacía sentarme a su lado y se ponía a leer... –Ieronim dejó el cable y se acercó a mí–. Éramos algo así como dos amigos –añadió en un susurro, mirándome con ojos brillantes–. Adonde iba él, iba yo. Sin mí se sentía triste. Me tenía más aprecio que a los demás, y todo porque sus acatistas me hacían llorar. ¡Solo recordarlo me conmueve! Ahora me he quedado como un huérfano o una viuda. Sabe, en nuestro monasterio todos los monjes son bondadosos, caritativos, piadosos, pero... carecen de tacto y de delicadeza, como las personas de baja condición. Todos hablan a gritos, hacen ruido al caminar, alborotan, tosen; Nikolái, en cambio, hablaba siempre con voz queda y suave, y si advertía que alguien estaba durmiendo o rezando, pasaba de largo con sigilo, como una mosca o un mosquito. Tenía un rostro candoroso, lleno de piedad...

Ieronim exhaló un profundo suspiro y aferró el cable. Ya nos estábamos acercando a la orilla. Salíamos directamente de las tinieblas y del silencio de las aguas, y nos adentrábamos poco a poco en un reino encantado, lleno de humo sofocante, luces crepitantes y bullicio. Ya se distinguía con total nitidez cómo los hombres se movían junto a los toneles de resina. El centelleo de las llamas confería a sus caras rojas y a sus figuras una expresión extraña, casi fantástica. De vez en cuando entre los rostros y las cabezas aparecían hocicos de caballo, inmóviles, como fundidos en cobre rojo.

–Pronto empezarán a cantar el canon pascual... –dijo Ieronim–, pero Nikolái está muerto y ya no hay nadie que pueda penetrar su belleza... Para él no había nada más hermoso en las Escrituras que ese canon. Comprendía cada palabra. Cuando llegue allí, señor, trate de captar el sentido de lo que se canta: ¡se le corta a uno la respiración!

–¿Es que no va a ir usted a la iglesia?

–No puedo... Tengo que ocuparme del transbordador...

–¿No van a relevarle?

–No lo sé... Tendrían que haberlo hecho a eso de las ocho, pero, como ve, aquí sigo... En cualquier caso, le confieso que me gustaría ir a la iglesia...

–¿Es usted monje?

–Sí... es decir, novicio.

El transbordador varó en la orilla y se detuvo. Le entregué a Ieronim una moneda de cinco kopeks por la travesía y salté a tierra. En ese momento una telega con un muchacho y una mujer dormida penetró en el transbordador entre chirridos. Ieronim, levemente coloreado por las llamas, tiró del cable, se encorvó y puso la embarcación en movimiento...

Avancé unos pasos por el barro y a continuación me interné en un sendero blando, de reciente construcción. Ese sendero conducía, en medio de una nube de humo y una multitud desordenada de hombres, caballos desenganchados, telegas y carretelas, a las oscuras puertas del monasterio, semejantes a la entrada de una sima. Todo eran chirridos, relinchos, risas, y por todas partes danzaban la luz purpúrea y las sombras ondulantes del humo... ¡Un auténtico caos! Y en medio de ese barullo aún había quien encontraba un lugar para cargar un pequeño cañón o vender dulces.

Al otro lado de la tapia, en el recinto, el trajín no era menor, aunque se observaba más compostura y orden. El lugar olía a enebro y a benjuí. La gente hablaba a voces, pero no se oían risas ni relinchos. En torno de los monumentos funerarios y de las cruces, se apretujaban gentes con roscas de Pascua y hatillos. Por lo visto muchos de ellos habían venido desde muy lejos para que bendijeran sus dulces y estaban extenuados. Por las planchas de hierro fundido que se extendían desde la entrada del monasterio hasta la puerta de la iglesia corrían jóvenes novicios atareados, en medio de un ruido de botas. En el campanario reinaban idéntico alboroto y griterío.

«¡Vaya noche más animada! –pensé yo–. ¡Qué bien!»

Daba gusto contemplar esa agitación y esa vigilia, compartidas por toda la naturaleza, empezando por la tiniebla nocturna y terminando por las planchas de hierro, las cruces funerarias y los árboles junto a los cuales se afanaba la gente. Pero en ninguna parte la excitación y el revuelo eran mayores que en la iglesia. Junto a la puerta se libraba una batalla sin cuartel entre el flujo y el reflujo. Unos entraban, otros salían y al poco rato regresaban, se detenían un instante y de nuevo se ponían en movimiento. La gente iba de un lugar a otro, deambulando como a la busca de algo. En la entrada se formaba una ola que recorría toda la iglesia y alcanzaba las primeras filas, donde se encontraban las personas importantes y graves. No había manera de concentrarse en la oración. La gente, en lugar de rezar, se entregaba en cuerpo y alma a una suerte de alegría infantil e irreflexiva, que buscaba el menor pretexto para estallar y manifestarse en algún tipo de movimiento, aunque fuera un vaivén y una oscilación desordenada.

La misma movilidad extraordinaria se percibía en la celebración de la misa de Pascua. Las puertas del iconostasio de todos los altares laterales estaban abiertas de par en par; por el aire flotaban, junto a los candelabros, densas nubes de humo de incienso; se vislumbraban luces, resplandores y cirios chisporroteantes por doquier... El ritual no incluía ninguna lectura; un canto turbulento y alegre ocupó el oficio hasta el final; después de cada cántico, en el momento del canon, los sacerdotes se cambiaban de casulla y se introducían entre los fieles con el incensario, operación que se repetía casi cada diez minutos.

Apenas había tenido tiempo de hacerme un hueco, cuando una ola procedente de la parte delantera me alcanzó y me arrojó hacia atrás. Ante mí pasó un diácono alto y corpulento con un gran cirio rojo; tras él se apresuraba un archimandrita con el pelo canoso y una mitra dorada, el incensario en la mano. Cuando desaparecieron de la vista, la multitud me empujó a mi antiguo lugar. Pero no habían pasado ni diez minutos cuando se formó una nueva ola y apareció otra vez el diácono, en esta ocasión seguido por el vicario, el mismo que según Ieronim había escrito la historia del monasterio.

Sumergido en la muchedumbre y contagiado de la alegre agitación general, sentía una pena intolerable por Ieronim. ¿Por qué no lo relevaban? ¿Por qué no encomendaban el transbordador a una persona menos sensible e impresionable?

«Levanta los ojos a tu alrededor, oh Sión, y mira... –cantaba el coro–, pues tus hijos han venido a ti, como antorchas de luz divina, desde el oeste y desde el norte, desde el mar y desde el oriente...»

Contemplé los rostros de los fieles. Todos mostraban la misma vivacidad, la misma expresión de júbilo; pero ninguno de ellos escuchaba ni trataba de penetrar el sentido de los cánticos, a nadie se le «cortaba la respiración». ¿Por qué no relevaban a Ieronim? Podía imaginármelo allí de pie, junto a una de las paredes, inclinándose y paladeando con avidez la belleza de la frase sagrada. Aquellas palabras a las que no prestaban atención las personas que se encontraban a mi alrededor habrían inundado su alma sensible, la habría embriagado hasta el éxtasis, dejándolo sin aliento, y no habría habido en el templo persona más feliz que él. Ahora empujaba el transbordador de una orilla a otra, por el oscuro río, doliéndose de la muerte de su compañero y amigo.

A mis espaldas se formó una ola. Un monje gordo y sonriente, jugando con su rosario y volviendo la vista, se deslizó junto a mí, abriendo paso a una dama vestida con sombrero y abrigo de terciopelo. Uno de los criados del monasterio se apresuraba tras ella, llevando una silla por encima de las cabezas de los fieles.

Salí de la iglesia. Sentía curiosidad por ver el cadáver de Nikolái, el desconocido compositor de acatistas. Pasé junto a la tapia, a lo largo de la cual se sucedía una hilera de celdas, eché una ojeada a algunas de las ventanas y, al no encontrar nada, me di media vuelta. Ahora no lamento no haber contemplado el rostro de Nikolái: quién sabe, tal vez esa visión habría borrado la imagen que mi imaginación se ha forjado de él. Ese hombre amable, poético, que salía por la noche para intercambiar llamadas con Ieronim, que sembraba de flores, estrellas y rayos de sol sus acatistas, incomprendido y solitario, se me aparece como un ser tímido, pálido, de facciones suaves, delicadas y tristes. En sus ojos, además de la inteligencia, debía de brillar esa ternura, esa exaltación infantil mal contenida que había percibido en la voz de Ieronim cuando me citaba pasajes de los acatistas.

Después del oficio, cuando salí de la iglesia, las tinieblas se habían desvanecido. Empezaba a amanecer. Las estrellas se habían apagado y el cielo tenía una tonalidad gris azulada y sombría. Las planchas de hierro, los monumentos y los brotes de los árboles estaban cubiertos de rocío. Se percibía en el aire un intenso frescor. La animación que había advertido por la noche al otro lado de la tapia había desaparecido. Los caballos y los hombres parecían fatigados, soñolientos, apenas se movían, y de los toneles de resina solo quedaban montones de ceniza negra. Cuando el hombre está cansado y quiere dormir se figura que en la naturaleza reina la misma disposición. Tenía la impresión de que los árboles y la joven hierba dormían. Me parecía que hasta las campanas repicaban con menos vehemencia y júbilo que durante la noche. La agitación había cesado y de toda esa excitación solo quedaba una agradable fatiga, un ansia de sueño y de calor.

Ahora podía admirar las dos orillas del río. Sobre las aguas, aquí y allá, vagaban ligeras columnas de niebla. Una brisa helada y cortante se alzaba del lugar. Cuando salté al transbordador, ya había en él una carretela y una veintena de hombres y mujeres. El cable, húmedo y soñoliento, según me pareció, se extendía en la lejanía a través del anchuroso río y en algunos lugares desaparecía entre la blanca bruma.

–¡Cristo ha resucitado! ¿No hay nadie más? –preguntó una voz serena.

Reconocí a Ieronim. Las tinieblas nocturnas ya no me impedían examinar al monje. Era un hombre alto, estrecho de hombros, de unos treinta y cinco años, con rasgos marcados y redondeados, ojos entornados que miraban con indolencia y una perilla descuidada y cuneiforme.

–¿Aún no le han relevado? –pregunté con sorpresa.

–¡Qué va! –respondió, volviendo el rostro sonriente, entumecido por el frío y cubierto de rocío–. Ahora nadie me reemplazará hasta la mañana. Todos van a romper el ayuno a los aposentos del padre archimandrita.

Ayudado por un campesino tocado con un gorro de piel rojiza, semejante a esos barriletes de madera de tilo en los que se vende la miel, tiró con fuerza del cable y el transbordador se puso en marcha, acompañado del jadeo de los dos hombres.

Nos deslizábamos por el río, deshilachando a nuestro paso los perezosos jirones de niebla. Todo el mundo callaba. Ieronim, con el pensamiento en otro sitio, maniobraba con una sola mano. Nos contempló largo rato con sus ojos dulces y turbios, luego se detuvo en una joven vendedora de rostro sonrosado y cejas negras, que estaba de pie a mi lado y se arrebujaba en silencio, en medio de la niebla que la envolvía. No la perdió de vista en todo el trayecto.

En esa mirada prolongada apenas había nada masculino. En el rostro de esa mujer, me pareció, Ieronim buscaba los rasgos suaves y delicados de su difunto amigo.

La corista (1886)

Una vez, cuando era más joven, más hermosa y tenía más voz, Pasha se hallaba en la planta baja de su dacha, en compañía de su admirador, Nikolái Petróvich Kolpakov. El calor y el bochorno eran insoportables. El hombre, que acababa de comer y se había bebido una botella entera de un pésimo oporto, se sentía malhumorado e indispuesto. Ambos se aburrían y esperaban a que remitiera el calor para salir a dar un paseo.

De pronto, en el vestíbulo, sonó un timbrazo inesperado. Kolpakov, que estaba en mangas de camisa y zapatillas, se puso en pie de un salto y se quedó mirando a Pasha con aire desconcertado.

–Debe de ser el cartero o quizá una amiga –dijo la cantante.

Kolpakov no se turbaba ante las amigas de Pasha ni ante el cartero, pero, por si acaso, cogió su chaqueta y pasó a la habitación contigua, mientras Pasha iba corriendo a abrir la puerta. Cuál no sería su sorpresa cuando, en lugar del cartero o una amiga, se encontró en el umbral con una mujer desconocida, joven, bonita, bien vestida y, a juzgar por todas las apariencias, respetable.

La desconocida estaba pálida y respiraba con dificultad, como si hubiera subido por una empinada escalera.

–¿Qué se le ofrece? –preguntó Pasha.

La señora no contestó al momento. Dio un paso al frente, recorrió lentamente la habitación con la mirada y se sentó como si estuviera tan fatigada o enferma que no pudiera tenerse de pie; luego movió largo rato los pálidos labios, tratando de decir algo.

–¿Está mi marido en su casa? –preguntó por fin, levantando hasta Pasha sus grandes ojos, con los párpados enrojecidos por el llanto.

–¿Qué marido? –murmuró Pasha, y de pronto se asustó tanto que sus manos y sus pies se quedaron helados–. ¿Qué marido? –repitió, echándose a temblar.

–Mi marido... Nikolái Petróvich Kolpakov.

–No... no, señora... Yo... no conozco a ningún marido.

Transcurrió un minuto en silencio. La desconocida pasó varias veces el pañuelo por sus pálidos labios y, tratando de controlar un escalofrío interior, contuvo la respiración; entretanto, Pasha seguía de pie ante ella, inmóvil, como petrificada, mirándola con perplejidad y pavor.

–Entonces ¿dice que no está aquí? –preguntó la señora con la voz ya firme y una extraña sonrisa.

–No... no sé de qué me habla.

–Es usted una criatura vil, ruin y repugnante... –farfulló la desconocida, mirando a Pasha con odio y desprecio–. Sí, sí... repugnante. ¡Me alegro mucho, muchísimo, de haberle dicho por fin esas palabras!

Pasha se dio cuenta de que aquella dama vestida de negro, con ojos furibundos y dedos blancos y finos, la consideraba un ser repulsivo y odioso, y sintió vergüenza de sus mejillas sonrosadas y regordetas, de las pequeñas manchas de su nariz, del mechón que caía sobre su frente y que no había manera de dominar. Y se figuró que, si hubiera sido más delgada y no hubiera llevado maquillaje ni lucido ese mechón en la frente, habría podido ocultar su deplorable condición y no habría sentido tanto temor y vergüenza al encontrarse ante esa dama desconocida y misteriosa.

–¿Dónde está mi marido? –continuó esta–. Por lo demás, poco importa que esté aquí o no, pero debo decirle que le buscan por una malversación de fondos... Van a detenerlo. ¡Eso es lo que ha conseguido usted! –La señora se levantó y se puso a dar vueltas por la habitación, presa de una intensa agitación. Pasha la miraba, pero estaba tan aterrorizada que no entendía nada–. Hoy mismo lo encontrarán y lo arrestarán –añadió la señora, estallando en sollozos, en los que vibraban a un tiempo la humillación y la cólera–. ¡Sé quién le ha llevado a esta horrible situación! ¡Infame, miserable! ¡Criatura repugnante y venal! –La señora torció los labios y frunció el ceño con asco–. No puedo hacer nada... escúcheme, despreciable mujer... No puedo hacer nada, es usted más fuerte que yo, pero alguien nos defenderá a mis hijos y a mí. ¡Dios lo ve todo! Él es justo. ¡Él le hará pagar cada una de mis lágrimas, todas mis noches de insomnio! ¡Llegará un día en que se acordará usted de mí!

De nuevo se hizo el silencio. La señora paseaba por la habitación, retorciéndose las manos, mientras Pasha seguía mirándola con expresión embotada, desorientada, sin comprender, esperando que sucediera algo terrible.

–Yo, señora, no sé nada –dijo de pronto, y se echó a llorar.

–¡Miente! –gritó la dama, mirándola con odio–. ¡Lo sé todo! ¡Hace tiempo que la conozco! ¡Sé que durante el último mes mi marido la ha visitado todos los días!

–Sí. ¿Y qué? ¿Qué prueba eso? Recibo muchos invitados, pero no obligo a nadie a venir. Cada uno es libre de hacer lo que quiera.

–¡Le digo que se ha descubierto una malversación de fondos! ¡Ha derrochado un dinero que no le pertenecía! Se ha decidido a cometer ese crimen por... una mujer como usted. Escuche –dijo con tono decidido, deteniéndose delante de Pasha–. Usted no puede tener principios, solo vive para hacer el mal, ese es su fin, pero me cuesta creer que haya caído tan bajo que no conserve una gota de humanidad. Mi marido tiene mujer e hijos... Si lo condenan y lo mandan al exilio, mis hijos y yo nos moriremos de hambre... ¡Entiéndalo! Sin embargo, existe un medio para que tanto él como nosotros nos salvemos de la pobreza y del deshonor. Si hoy mismo entrego novecientos rublos, lo dejarán tranquilo. ¡Solo novecientos rublos!

–¿Qué novecientos rublos? –preguntó en voz queda Pasha–. Yo... no sé nada... No los he cogido.

–No le estoy pidiendo novecientos rublos... No tiene usted dinero y además no quiero nada suyo. Le estoy pidiendo otra cosa... Por lo general, los hombres regalan joyas a las mujeres como usted. ¡Devuélvame las que le ha regalado mi marido!

–¡Señora, él nunca me ha regalado nada! –chilló Pasha, que empezaba a comprender.

–Entonces, ¿dónde está el dinero? Ha dilapidado lo suyo, lo mío y lo ajeno... ¿Adónde ha ido a parar todo eso? ¡Escúcheme, se lo ruego! Estaba alterada y le he dedicado palabras muy desagradables, de modo que le pido disculpas. Usted me odia, lo sé, pero si es usted capaz de sentir compasión, póngase en mi lugar. ¡Se lo ruego, deme esos objetos!

–¡Hum...! –exclamó Pasha, encogiéndose de hombros–. Lo haría con gusto, pero le juro por Dios que el señor no me ha regalado nada. Créame, le estoy diciendo la verdad. Pero espere, tiene usted razón –añadió la cantante, turbándose–. Una vez me trajo un par de cosillas. Se las devolveré, si lo desea...

Pasha abrió uno de los cajones de su tocador y sacó un brazalete hueco de oro y una pequeña sortija con un rubí.

–¡Tenga! –dijo, tendiendo ambas alhajas a la dama.

La señora se puso roja de ira y su rostro se estremeció. Se consideraba ultrajada.

–Pero ¿qué me da usted? –dijo–. No le estoy pidiendo limosna, solo quiero que me entregue los objetos que no le pertenecen... las cosas que, aprovechándose de su situación, le ha sacado a mi marido... a ese hombre débil y desdichado... El jueves, cuando le vi con él en el muelle, lucía usted broches y brazaletes de valor. ¡Por tanto, es inútil que represente ante mí el papel de cordero inocente! Se lo pido por última vez: ¿va a darme las joyas o no?

–Esto sí que tiene gracia, la verdad... –dijo Pasha, que empezaba a enfadarse–. ¡Le aseguro a usted que de su Nikolái Petróvich no he recibido nada más que este brazalete y esta sortija! Solo me traía pasteles.

–Pasteles... –dijo la desconocida con una amarga sonrisa–. Mis hijos no tienen nada que llevarse a la boca y aquí toman pasteles. Entonces ¿se niega en redondo a devolverme las joyas?

Al no obtener respuesta, la señora se sentó y se quedó meditabunda, con la mirada fija en un punto.

–¿Qué voy a hacer ahora? –musitó–. Si no consigo novecientos rublos, mi marido está perdido, y mis hijos y yo también. ¿Qué hacer? ¿Matar a esta miserable o ponerme de rodillas ante ella? –La señora hundió el rostro en el pañuelo y estalló en sollozos–. ¡Se lo ruego! –se oía a través del llanto–. Usted, que ha arruinado y perdido a mi marido, sálvelo... No tiene usted compasión de él, pero los niños... los niños... ¿qué culpa tienen?

Pasha se imaginó a los pequeños en la calle, llorando de hambre, y ella misma rompió a llorar.

–¿Y qué puedo hacer yo, señora? –preguntó–. Dice que soy una miserable y que he arruinado a Nikolái Petróvich, pero le juro por Dios... que no he obtenido el menor provecho de él... En nuestro coro solo Motia tiene un protector rico, todas las demás vivimos de pan y cebolla. Nikolái Petróvich es un señor educado y cortés, por eso lo recibía. No estamos en condiciones de rechazar a nadie.

–¡Le pido las joyas! ¡Démelas! Aquí me tiene, llorando... humillándome... ¿Quiere que me ponga de rodillas? ¿Lo quiere?

Pasha lanzó un grito de espanto y la detuvo con un gesto de las manos. Se daba cuenta de que esa señora pálida y hermosa, que se expresaba con tanta elegancia, como en el teatro, era capaz de arrodillarse delante de ella, solo para satisfacer un sentimiento de orgullo y dignidad, para enaltecerse a sí misma y rebajarla a ella.

–¡Está bien, le daré las joyas! –dijo Pasha con gran agitación, enjugándose los ojos–. Cójalas. Pero que conste que no me las ha dado Nikolái Petróvich... Las he recibido de otros señores. Haga lo que le parezca...

Pasha abrió el cajón superior de la cómoda, sacó un broche de diamantes, un collar de coral, varias sortijas, un brazalete, y se lo entregó todo a la dama.

–Cójalo si quiere, pero de su marido no he obtenido nada. ¡Lléveselas y que le aprovechen! –continuó Pasha, ofendida por la amenaza de la dama de ponerse de rodillas–. Pero ya que es usted tan noble... y su mujer legítima, debería retenerlo en casa. ¡Así es! Yo no lo he invitado, ha venido por su propio pie...

La señora, a través de las lágrimas, echó una ojeada a las joyas que le ofrecían y dijo:

–Esto no es todo... Aquí no hay ni quinientos rublos.

Con gesto destemplado, Pasha sacó también de la cómoda un reloj de oro, una pitillera y unos gemelos, y dijo, separando los brazos:

–No tengo nada más... ¡Puede usted registrar la casa!

La visitante suspiró, envolvió las joyas en un pañuelo con manos trémulas y, sin pronunciar palabra ni hacer siquiera una inclinación de cabeza, se marchó.

La puerta de la habitación contigua se abrió y apareció Kolpakov. Estaba pálido y sacudía nervioso la cabeza, como si acabara de tragar un líquido muy amargo; en sus ojos brillaban las lágrimas.

–¿Qué joyas me ha regalado usted? –le increpó Pasha–. ¿Cuándo me las trajo, si puede saberse?

–Joyas... ¡Qué menudencia! ¡Joyas! –exclamó Kolpakov, sacudiendo la cabeza–. ¡Dios mío! Ha llorado delante de ti, se ha humillado...

–Le estoy preguntando qué joyas me ha traído usted –gritó Pasha.

–Dios mío, ella, una dama decente, orgullosa, honorable... y hasta quería ponerse de rodillas ante... ¡ante esta mujerzuela! ¡Y soy yo quien la ha empujado a ello! ¡Yo lo he permitido! –Se cogió la cabeza con las manos y lanzó un gemido–: ¡No, nunca me lo perdonaré! ¡Nunca! Quítate de mi vista... ¡despojo! –gritó con repugnancia, retrocediendo ante Pasha y rechazándola con manos temblorosas–. Quería ponerse de rodillas y... ¿ante quién? ¡Ante ti! ¡Ah, Dios mío!

Se vistió a toda prisa y, evitando a Pasha con un gesto de asco, se dirigió a la puerta y se marchó.

Pasha se tumbó y estalló en fuertes sollozos. Echaba de menos las joyas que había entregado en un momento de arrebato y se sentía ultrajada. Recordó que tres años antes un comerciante la había golpeado sin motivo alguno y lloró con más fuerza aún.

Por casualidad
(1886)

Una soleada jornada de agosto, al mediodía, llegué en compañía de un príncipe ruso arruinado al inmenso bosque llamado de Shabelski, donde nos proponíamos cazar ortegas. En virtud del papel que desempeña en este relato, mi príncipe merece una descripción detallada. Alto, moreno, bien plantado, aún no había entrado en la vejez, aunque ya estaba bastante marchitado por la vida; tenía largos bigotes de comisario de policía, ojos negros y saltones y aires de militar retirado. Era un hombre escaso de luces, de tipo oriental, pero recto y honrado, poco amigo de pendencias, jaranas y vanidades, cualidades que constituyen una marca de insignificancia y mediocridad a ojos de la gente. No era muy popular (en el distrito no se le llamaba de otro modo que «el ilustrísimo mastuerzo»), pero yo lo encontraba extremadamente simpático, debido a las desdichas y desventuras que entretejían la trama de su vida. Ante todo, era pobre. No jugaba a las cartas, no participaba en francachelas, no se ocupaba de ninguna actividad, no metía su nariz en ninguna parte y siempre guardaba silencio, pero de algún modo se las había arreglado para dilapidar los treinta o cuarenta mil rublos que le había dejado su padre. Solo Dios sabe adónde había ido a parar ese dinero; mis únicas noticias eran que una gran parte se la habían robado los administradores, los intendentes y hasta los criados, favorecidos por la falta de control, mientras otro buen mordisco se había ido en préstamos, donativos y fianzas. En el distrito eran raros los hacendados que no le debían dinero. Satisfacía a todos los demandantes, menos por bondad y confianza en sus semejantes que por darse aires de gran señor. Parecía decir: «Como veis, soy un auténtico caballero». Cuando le conocí, ya estaba completamente entrampado, conocía el sabor de las segundas hipotecas y sus asuntos se habían embrollado de tal modo que no había manera de desenredarlos. Pasaba días enteros sin comer y con la pitillera vacía, pero siempre se le veía aseado, vestido a la moda, y de su figura se desprendía invariablemente un intenso perfume a ylang-ylang.

La segunda desdicha del príncipe era su absoluta soledad. No estaba casado, carecía de parientes y amigos. Su carácter taciturno y reservado y sus aires de gran señor, que se hacían más evidentes cuanto más se afanaba en ocultar su pobreza, le impedían intimar con la gente. Era demasiado torpe, indolente y frío para las aventuras galantes, de modo que rara vez trataba con mujeres...

Al llegar al lindero del bosque, el príncipe y yo nos apeamos del coche y nos adentramos en un estrecho sendero cubierto de sombra por las inmensas hojas de los helechos. Pero no habíamos dado cien pasos cuando, desde un bosquecillo de jóvenes abetos de un *arshin** de alto, surgió, como salido de las entrañas de la tierra, un individuo alto y delgado, con largo rostro oval, una levita raída, sombrero de paja y botas charoladas. El desconocido llevaba una cesta de setas en una mano, mientras con la otra jugueteaba con la cadena de un reloj barato enganchada al chaleco. Al vernos, se turbó, se arregló el chaleco, tosió con gran compostura y esbozó una afable sonrisa, como si se alegrara de ver a unas

* Antigua medida rusa equivalente a 0,71 metros.

personas de tan buen tono. Luego, de manera totalmente inesperada para nosotros, arrastró los largos pies por la hierba, hizo una profunda reverencia y, sin abandonar esa afable sonrisa, se acercó, se quitó el sombrero y pronunció con una voz empalagosa, que recordaba el aullido de un perro:

–Eh, eh, eh... señores, aunque me resulte muy desagradable, debo prevenirles de que está prohibido cazar en este bosque. Perdonen que me tome la libertad de importunarles sin conocerles, pero... permítanme que me presente: soy Grontovski, contable principal de la hacienda de la señora Kandúrina.

–Encantado, pero ¿por qué no se puede cazar?

–¡Tal es la voluntad de la propietaria de este bosque!

El príncipe y yo intercambiamos una mirada. Transcurrió un minuto en silencio. El príncipe, inmóvil, contemplaba con aire meditabundo una matamoscas que había junto a su pie, arrancada de un bastonazo. Grontovski seguía sonriendo amablemente. Todos los rasgos de su rostro se estremecían, se dulcificaban; hasta la leontina parecía sonreír sobre el chaleco y tratar de deslumbrarnos con su delicadeza. La turbación, como un ángel silencioso, atravesó el aire; los tres nos sentíamos incómodos.

–¡No puede ser! –dije yo–. No hará ni una semana que estuve cazando aquí.

–¡Es muy posible! –dijo entre dientes Grontovski, con una sonrisa–. De hecho, pocos respetan la prohibición, pero al encontrarme con ustedes, he sentido la obligación... el deber sagrado de advertirles. Son órdenes de la señora. Si el bosque fuera mío, le doy mi palabra de Grontovski de que no me opondría a que pasaran unos momentos de agradable solaz. Pero ¿quién tiene la culpa de que yo no sea el dueño?

El larguirucho personaje suspiró y se encogió de hombros. Yo empecé a discutir, me acaloré y ofrecí distintos argumentos, pero cuanto más elevaba la voz y más convincentes se hacían mis palabras, más meloso y almibarado se volvía el rostro de Grontovski. Al parecer, la conciencia de detentar cierto poder sobre nosotros le procuraba un inmenso placer. Disfrutaba de su tono condescendiente, de su afabilidad, de sus modales, y pronunciaba con un sentimiento particular su sonoro apellido, que, por lo visto, le gustaba mucho. Allí de pie, delante de nosotros, se sentía totalmente a sus anchas. Solo las confusas miradas de soslayo que de vez en cuando dirigía a la cesta dejaban entrever que había una cosa que agriaba su humor: esas prosaicas setas, en cuya búsqueda se afanan mujeres y campesinos, de algún modo ofendían su grandeza.

–¡No vamos a volvernos ahora! –dije yo–. ¡Hemos recorrido quince verstas para llegar hasta aquí!

–¡Qué le vamos a hacer! –suspiró Grontovski–. Aunque hubieran recorrido no quince, sino cien mil; aunque se tratara de un rey llegado de América o de algún otro país lejano, consideraría un deber... sagrado, una obligación, por así decir...

–¿Este bosque pertenece a Nadezhda Lvovna? –preguntó el príncipe.

–Así es...

–¿Se halla en casa en estos momentos?

–Sí... Pueden pasar a verla; la casa se encuentra, como mucho, a media versta de aquí; si ella les da permiso, yo... naturalmente... Ja, ja... ji, ji...

–Bien –convine yo–. Nos llevará menos tiempo ir a su casa que regresar... Pasemos a verla, Serguéi Ivánich –añadí, dirigiéndome al príncipe–. Usted la conoce.

El príncipe, sin dejar de mirar la matamoscas arrancada, levantó la vista hasta mí, se quedó pensativo y dijo:

–La traté en el pasado, pero... me resulta bastante embarazoso visitarla. Además, no llevo la ropa adecuada... Vaya usted; a usted no le conoce... Le será más fácil.

Asentí. Subimos al coche y, escoltados por las sonrisas de Grontovski, nos dirigimos por el lindero del bosque a la casa señorial. Yo no conocía a Nadezhda Lvovna Kandúrina, Shabélskaia de soltera, nunca la había visto de cerca y solo había oído hablar de ella. Sabía que era prodigiosamente rica, como ninguna otra persona en el distrito... Después de la muerte de su padre, el hacendado Shabelski, de quien era hija única, había heredado varias propiedades, un acaballadero y mucho dinero. Me habían dicho que, a pesar de que solo tenía veinticinco o veintiséis años, era fea, insulsa, insignificante, y que solo se diferenciaba del común de las damas provincianas por su enorme fortuna.

Siempre he pensado que la riqueza es una marca de distinción, que los ricos tienen un sentido especial, desconocido a los pobres. A menudo, al pasar en coche junto al gran huerto de árboles frutales de Nadezhda Lvovna, en medio del cual se alzaba la casa enorme y maciza, con las cortinas siempre corridas, me preguntaba: «¿Qué sentirá en este momento? ¿Reinará la felicidad detrás de esas cortinas?», etcétera. Un día había visto de lejos cómo regresaba en un bello y ligero cabriolé, conduciendo ella misma un hermoso caballo blanco; confieso –pecador de mí– que no solo sentí envidia de ella, sino que hasta me pareció que en su figura y en sus ademanes había algo especial que no se aprecia en las personas sin fortuna, de la misma manera que a las gentes de naturaleza servil les basta un simple vistazo para adivinar el linaje en la apariencia de las personas más nobles que ellas. De la vida íntima de Nadezhda Lvovna solo conocía lo que contaban las habladurías. En el distrito se decía que, hacía cinco o seis años –antes de su matrimonio y aún en vida su padre–, se había enamorado apasionadamente del mismo príncipe Serguéi Ivánovich que en ese momento viajaba conmigo en el coche. Al príncipe le gustaba visitar al viejo Shabelski y a veces pasaba días enteros en la sala de billar, donde jugaba infatigablemente a la pirámide, hasta que le dolían los brazos y las piernas; seis meses antes de la muerte del anciano, dejó de frecuentar la casa de manera repentina. A falta de datos positivos, los rumores que surgieron en el distrito encontraron toda suerte de explicaciones para un cambio de actitud tan brusco. Unos decían que el príncipe, al advertir la inclinación que sentía por él la fea Nadezhda, y no deseando corresponderla, había considerado su deber de hombre honrado interrumpir sus visitas; otros aseguraban que el viejo Shabelski, al enterarse de la razón por la que languidecía su hija, había propuesto al príncipe sin fortuna que se casara con ella, y que este, tan corto de luces, al imaginarse que querían comprar su título, se había indignado, había dicho un montón de necedades y se había enemistado con el padre. No era fácil saber qué había de cierto en esos chismorreos, pero alguna verdad encerraban, como lo demostraba el hecho de que el príncipe siempre evitara hablar de Nadezhda Lvovna.

Yo sabía que, poco después de la muerte de su padre, Nadezhda Lvovna se había casado con un tal Kandurin, un abogado que había acertado a pasar por allí, hombre de pocos medios, pero hábil. La joven no se había casado por amor, sino conmovida por el afecto que le profesaba el abogado, quien, según la gente, había desempeñado a la perfección el papel de enamorado. En la época de la que hablo, su marido vivía, no sé por qué razón, en El Cairo, desde donde enviaba a su amigo, el mariscal de la nobleza del distrito, sus «notas de viaje», mientras ella, rodeada de parásitos y gorrones, languidecía detrás de las cortinas corridas y recurría a pequeños actos de filantropía para mitigar el tedio de su vida.

Durante el camino, el príncipe se puso a hablar.

–Hace tres días que no entro en mi casa –dijo en una especie de susurro, mirando al cochero de soslayo–. No soy ningún muchacho ni una mujeruca, y creo no tener prejuicios, pero no puedo soportar a los ujieres. Cuando veo a uno en mi casa, me pongo pálido, me entran temblores y hasta siento calambres en las pantorrillas. ¿Sabe usted que Rogozhin ha protestado mi letra de cambio?

Por lo común, al príncipe no le gustaba quejarse de su mala situación; en todo lo que concernía a su pobreza era muy reservado, de un amor propio y una susceptibilidad extremas; por eso me sorprendió esa declaración. Pasó largo rato contemplando un calvero amarillento, calentado por el sol, siguió con la vista una larga hilera de grullas que volaban por el cielo azul y se volvió hacia mí.

–Y el seis de septiembre tengo que ingresar el dinero en el banco... ¡los intereses de la hipoteca sobre mi propiedad! –dijo en voz alta, sin preocuparse ya de la presencia del cochero–. ¿De dónde lo voy a sacar? ¡Puede decirse, amigo, que estoy con la soga al cuello! ¡Y de qué manera!

El príncipe examinó los gatillos de su escopeta, sopló sobre ellos por alguna razón y buscó con los ojos las grullas, que se habían perdido de vista.

–Serguéi Ivánich –le pregunté después de unos instantes de silencio–, si se diera el caso de que tuviera que vender su hacienda de Shatílovka, ¿qué haría usted?

–No lo sé. Shatílovka no se salvará; es algo tan evidente como que dos y dos son cuatro, pero no puedo imaginarme semejante desgracia. No me veo sin un pedazo de pan que llevarme a la boca. ¿Qué voy a hacer? Casi no tengo instrucción, jamás he intentado trabajar y para entrar en la administración es demasiado tarde... Además, ¿en qué departamento iba a ingresar? ¿Dónde podría encontrar acomodo? Admito que no se necesita una gran astucia para ser funcionario, al menos en nuestro distrito, por ejemplo en la asamblea provincial, pero... el diablo sabe por qué... me falta arrojo, no tengo ni pizca de audacia. Si entrara en la administración, tendría siempre la impresión de estarme inmiscuyendo en asuntos ajenos. No soy un idealista ni un utopista ni un hombre de principios demasiado rígidos; quizá solo sea un necio lleno de rarezas, un hombre desequilibrado y cobarde. En general, no me parezco a los demás. La gente es como es, solo yo represento una especie de... de... El miércoles me encontré con Nariaguin. Usted lo conoce, es un borracho, va siempre desaseado... no paga sus deudas, es tonto... –El príncipe frunció el ceño y sacudió la cabeza–. ¡Un tipo horrible! Se acercó a mí tambaleándose y me dijo: «Me presento al puesto de juez de paz». Naturalmente, no resultará elegido, pero él está convencido de que el cargo está a su altura, de que le va como anillo al dedo. Tiene aplomo y confianza en sí mismo. También pasé por casa del juez de instrucción. Ese hombre recibe doscientos cincuenta rublos al mes, pero apenas tiene trabajo; se pasa el día entero dando vueltas por su apartamento, en paños menores; pero, si le pregunta usted al respecto, se mostrará convencido de que trabaja y de que cumple escrupulosamente con su deber. ¡Yo no podría actuar de ese modo! Me daría vergüenza mirar al tesorero a la cara.

En ese momento Grontovski, montado muy ufano en un caballo alazán, nos adelantó. En el codo izquierdo se balanceaba la cesta, en la que saltaban las blancas setas. Al llegar a nuestra altura, descubrió todos los dientes y nos saludó con la mano como si fuéramos viejos conocidos.

–¡Imbécil! –farfulló el príncipe, siguiéndolo con los ojos–. ¡Es increíble lo desagradable que puede llegar a ser una cara satisfecha! La complacencia es un sentimiento estúpido, animal, quizá inspirado por el hambre... ¿Dónde me había quedado? Ah, sí, en los funcionarios... Me daría vergüenza cobrar mi sueldo, por estúpido que parezca. Si se examinan las cosas con mayor detenimiento y una perspectiva más amplia, en estos momentos estoy gastando un dinero que no me pertenece... ¿No es así? Pero por alguna razón eso no me da vergüenza... Tal vez se deba a la costumbre... o a cierta incapacidad para comprender mi verdadera situación... ¡Una situación probablemente terrible!

Miré al príncipe preguntándome si no sería una postura estudiada. Pero su rostro lucía una expresión de dulzura y sus ojos seguían con tristeza los movimientos del alazán, cada vez más lejano, como si con él se marchara también su felicidad.

Por lo visto, se hallaba sumido en ese estado de irritación y de tristeza que lleva a las mujeres a llorar en silencio, sin razón alguna, y a los hombres a sentir la necesidad de quejarse de la vida, de sí mismos y de Dios...

Cuando llegamos a la cancela de la propiedad y me disponía a apearme del coche, el príncipe me dijo:

–En una ocasión, un hombre que trataba de ofenderme me dijo que tenía una fisonomía de fullero. Yo mismo he reparado en que estos suelen ser morenos. Tengo la impresión, fíjese usted, de que, si en realidad hubiera nacido fullero, seguiría siendo un hombre honrado hasta la muerte, porque no tendría la audacia necesaria para cometer malas acciones. Se lo digo con toda franqueza, una vez tuve la oportunidad de hacerme rico. Me habría bastado con mentir una sola vez en mi vida, con mentirme a mí mismo y a una segunda... persona que, lo sé, me habría perdonado esa mentira, para embolsarme un millón en dinero contante y sonante. Pero ¡no pude! ¡Me faltaron los ánimos!

Para llegar a la puerta de la casa había que atravesar un bosquecillo por un camino largo y recto como una línea, circundado a ambos lados de espesos arbustos de lilas podados. La casa era una construcción pesada, sin gusto, semejante a la fachada de un teatro. Se alzaba sin gracia en medio de la verdura y hería la vista como un gran canto rodado arrojado sobre la aterciopelada hierba. En la entrada principal fui recibido por un lacayo obeso y de avanzada edad, con una librea verde y unas grandes gafas con montura de plata; me hizo entrar sin preguntarme nada, limitándose a mirar con aprensión mi figura llena de polvo. Cuando subía por la escalera, cubierta de una mullida alfombra, percibí un intenso olor a caucho, pero arriba, en el vestíbulo, me vi envuelto en esa atmósfera propia de los archivos, de las casas señoriales y de las viejas moradas de comerciantes, ambientes en los que el olor de un pasado lejano, antaño vivo y ahora muerto, parece haber dejado su huella. Para llegar al salón tuve que atravesar tres o cuatro habitaciones. Recuerdo unos pisos resplandecientes, de un amarillo vivo, arañas envueltas en muselina, estrechas alfombras a rayas que, en lugar de comunicar directamente una puerta con otra, como es costumbre, discurrían a lo largo de las paredes, de manera que, no atreviéndome a rozar el brillante suelo con mis bastas botas de cazador de las marismas, me vi obligado a describir un cuadrado en cada pieza. En el salón donde me dejó el criado, había, sumidos en la penumbra, antiguos muebles ancestrales, recubiertos de fundas blancas. Tenían un aspecto severo y vetusto; a su alrededor, como respetando su reposo, todo estaba en silencio.

Hasta el cuadro de la pared callaba... La princesa Tarakánova* parecía dormir en su marco dorado, el agua y las ratas haberse detenido por arte de magia. La luz del día, temiendo quebrar esa

* La princesa Tarakánova se hacía pasar por hija de la emperatriz Isabel Petrovna y tenía ambiciones al trono; en 1775, Catalina II ordenó que la encerraran en la Fortaleza Pedro y Pablo, en San Petersburgo, donde murió ese mismo año. El cuadro del que se habla es obra del pintor K. D. Flavitski (1830-1866). En él se representa a la princesa Tarakánova en una celda durante una inundación, que llevó a las ratas de la cárcel a buscar refugio junto a ella.

calma general, apenas se filtraba a través de los estores bajados y se posaba en forma de bandas pálidas y soñolientas sobre las blandas alfombras.

Al cabo de unos tres minutos una anciana de alta estatura, vestida de negro y con una compresa en la mejilla, entró sin hacer ruido. Me saludó y levantó los estores. En ese momento, inundados de una intensa luz, se animaron las ratas y el agua del cuadro, la princesa Tarakánova se despertó, los viejos sillones tenebrosos entornaron los ojos.

–En un instante vendrá la señora... –dijo la anciana con un suspiro, entrecerrando también los ojos.

Un par de minutos después vi a Nadezhda Lvovna. Lo primero que me llamó la atención fue la indiscutible fealdad de esa mujer menuda, delgada y encorvada. Sus cabellos, espesos y castaños, eran espléndidos; su rostro, despejado e inteligente, respiraba juventud; tenía unos ojos límpidos y vivos; pero los grandes labios espesos y el perfil demasiado anguloso la privaban de todo encanto.

Me presenté y la informé del motivo de mi visita.

–La verdad es que no sé qué hacer –dijo pensativa, bajando la vista y sonriendo–. No quisiera ofrecerle una negativa y al mismo tiempo...

–¡Por favor! –insistí yo.

Nadezhda Lvovna me miró y se echó a reír. Yo también me reí. Probablemente le divertía lo mismo que entusiasmaba a Grontovski, es decir, el derecho de autorizar o prohibir; en cuanto a mí, esa visita se me antojó de pronto extraña y ridícula.

–No me gustaría quebrar una antigua disposición –dijo Kandúrina–. Hace seis años que se prohibió la caza en nuestras tierras. ¡No! –añadió, sacudiendo con resolución la cabeza–. Perdone, pero me veo obligada a negarme. Si le doy permiso a usted, tendré que hacer lo mismo con otros. No me gusta la injusticia. O todos o ninguno.

–¡Es una pena! –dije yo con un suspiro–. Lo más triste es que hemos recorrido quince verstas para llegar hasta aquí. No he venido solo –añadí–. Me acompaña el príncipe Serguéi Ivánich.

Pronuncié el nombre del príncipe sin segundas intenciones, sin ninguna idea o fin preconcebidos, dejándolo caer sin darme cuenta, con absoluto candor. Al escuchar ese nombre conocido, Kandúrina se estremeció y me obsequió con una larga mirada. Advertí que su nariz había palidecido.

–Eso no cambia nada... –dijo, bajando la vista.

Durante nuestra conversación yo me encontraba junto a una ventana que daba al bosquecillo. Desde allí lo veía en toda su extensión, con sus avenidas, sus estanques y el camino que acababa de atravesar, en un extremo del cual, más allá de la cancela, se divisaba la parte trasera de nuestro carruaje como una mancha negra. En ese mismo lugar, de espaldas a la casa y con las piernas separadas, el príncipe, de pie, conversaba con el larguirucho Grontovski.

Kandúrina, que había estado todo el tiempo cerca de otra ventana, dirigiendo alguna ojeada al bosquecillo, no había apartado de allí la mirada desde que pronuncié el nombre del príncipe.

–Perdóneme –dijo, contemplando con ojos entornados el camino, la cancela–, pero sería injusto concederles permiso para cazar solo a ustedes... Además, ¿qué placer puede procurarles matar aves? ¿Por qué las matan? ¿Es que acaso les molestan?

Esa vida solitaria, encerrada entre cuatro paredes, rodeada de la penumbra de las habitaciones y del intenso olor de unos muebles carcomidos, predisponía al sentimentalismo. La idea expresada por Kandúrina era respetable, pero no pude dejar de comentar:

–Esa manera de pensar, llevada a sus últimas consecuencias,

nos obligaría a ir con los pies descalzos. Las botas se fabrican con piel de animales muertos.

–Hay que distinguir entre la necesidad y el placer –respondió con voz sorda Kandúrina.

Había reconocido al príncipe y no apartaba los ojos de su figura. ¡Es difícil describir el éxtasis y el sufrimiento que se reflejaban en su poco agraciado rostro! Sus ojos sonrieron y centellearon, sus labios temblaron y se tensaron, su rostro se pegó a los cristales. Apoyada con ambas manos en un florero, ligeramente levantada sobre un pie y conteniendo la respiración, recordaba a un perro en posición de muestra, esperando con impaciencia febril la orden: «¡Adelante!».

Tras contemplarla durante unos instantes, me quedé mirando a ese príncipe que no había sabido mentir una sola vez en su vida, y sentí despecho y amargura al pensar en la verdad y la mentira, que desempeñan un papel tan primordial en la felicidad personal de la gente.

De pronto el príncipe se sobresaltó, echó mano de su escopeta y disparó. Un azor que planeaba sobre su cabeza batió las alas y salió disparado como una flecha.

–¡Demasiado alto! –dije yo–. De modo, Nadezhda Lvovna –añadí con un suspiro, apartándome de la ventana–, que nos niega la autorización...

Kandúrina no respondió.

–Ha sido un placer saludarla –dije–, y le pido disculpas por haberla molestado...

Kandúrina hizo intención de volverse, y ya se había girado de tres cuartos cuando de pronto escondió el rostro en los cortinajes, tratando de ocultar las lágrimas que se agolpaban en sus ojos...

–Adiós... Excúseme... –dijo con voz queda.

La saludé de espaldas y, sin seguir ya las alfombras, caminé por el brillante suelo amarillo. Tenía ganas de abandonar ese pequeño reino del tedio y del dolor dorados y avanzaba deprisa, como deseando liberarme de un sueño pesado y fantástico, con su penumbra, su princesa Tarakánova y sus grandes lámparas.

Una doncella me alcanzó en la puerta y me entregó una nota. La leí: «Los portadores de la presente tienen autorización para cazar. N. K.».

Pequeñeces de la vida
(1886)

Nikolái Ilich Beliáiev, propietario de inmuebles de Petersburgo y asiduo a las carreras de caballos, hombre joven, de unos treinta y dos años, bien nutrido y sonrosado, entró una tarde en casa de la señora Olga Ivánovna Írnina, con la que mantenía relaciones, o, según decía él, con la que protagonizaba una larga y aburrida novela de amor. En realidad, las primeras páginas de esa novela, interesantes e inspiradas, habían sido leídas hace tiempo, y las que ahora se sucedían no ofrecían nada nuevo ni interesante.

Al no encontrar a Olga Ivánovna en casa, mi héroe se tumbó en una otomana del salón, dispuesto a esperar.

–¡Buenas tardes, Nikolái Ilich! –dijo una voz infantil–. Mamá vendrá enseguida. Ha ido a casa de la costurera con Sonia.

En el mismo salón, recostado en un sofá, estaba Aliosha, el hijo de Olga Ivánovna, chiquillo de unos ocho años, esbelto, acicalado, vestido a la última moda, con una chaqueta de terciopelo y largas medias negras. Estaba echado sobre un cojín de raso y tan pronto levantaba una pierna como la otra, imitando, al parecer, a un acróbata que había visto hacía unos días en el circo. Cuando sus elegantes piernas se cansaban, movía los brazos o bien, con un brusco salto, se ponía a cuatro patas, tratando de hacer el pino. Ejecutaba todos esos ejercicios con una expresión de gran seriedad, jadeando como un mártir, como si estuviera descontento de que Dios le hubiera dado un cuerpo tan inquieto.

–¡Hola, amigo! –dijo Beliáiev–. ¿Eres tú? No te había visto. ¿Está bien tu madre?

Aliosha, que se había cogido la punta del pie izquierdo con la mano derecha, adoptando una postura de lo más antinatural, se volvió, dio un salto y se quedó mirando a Beliáiev por debajo de una gran pantalla de felpa.

–¡Qué quiere que le diga! –exclamó, encogiéndose de hombros–. En realidad, mamá nunca se encuentra bien. Es una mujer y a las mujeres, Nikolái Ilich, siempre les duele algo.

Beliáiev, que no tenía nada mejor que hacer, se puso a examinar el rostro de Aliosha. Desde que trataba a Olga Ivánovna, ni una sola vez había prestado atención al muchacho; ni siquiera había reparado en su existencia. Sí, estaba a la vista, pero qué hacía allí y qué papel desempeñaba era algo en lo que no quería pensar...

En la penumbra de la tarde la cara de Aliosha, con su frente pálida y sus ojos negros de pestañas inmóviles, le recordó de pronto a Olga Ivánovna, tal como era en las primeras páginas de la novela. Y sintió ganas de acariciar al muchacho.

–¡Ven aquí, mosquito! –exclamó–. Deja que te vea más de cerca.

El muchacho bajó del sofá de un salto y se acercó a Beliáiev.

–Bueno –empezó diciendo Nikolái Ilich, poniendo la mano en el delgado hombro del chiquillo–. ¿Qué? ¿Cómo te va?

–¡Qué quiere que le diga! Antes vivía bastante mejor.

–¿Por qué?

–¡Pues muy sencillo! Antes Sonia y yo solo teníamos que ocuparnos de la música y de la lectura, mientras que ahora nos hacen aprender versos en francés. ¡Usted ha ido a la peluquería hace poco!

–Así es.

–Ya lo veo. Tiene la barba más corta. Permítame que se la toque... ¿No le hago daño?

–No.

–¿Por qué será que cuando tiras de un pelo duele y cuando coges varios a la vez no se siente nada? ¡Ja, ja! Sabe usted, es una lástima que no lleve patillas. Aquí tendría que afeitarse, pero en los lados... debería dejarse algo más de pelo... –El muchacho se apretó contra Beliáiev y empezó a jugar con su leontina–. Cuando vaya al instituto –añadió– mi mamá me comprará un reloj. Le pediré que me compre también una cadena como esta... ¡Qué medallón! Papá tiene uno igual que este, solo que el de usted tiene rayas y el suyo letras... Y en el medio hay un retrato de mamá. Papá tiene ahora otra cadena, no con eslabones, sino en forma de cinta...

–¿Cómo lo sabes? ¿Es que has visto a tu padre?

–¿Yo? Hum... ¡No! Yo...

Aliosha se ruborizó y, presa de una intensa turbación por haber sido cogido en un renuncio, se afanó en rascar el medallón con una uña. Beliáiev le miró a los ojos y le preguntó:

–¿Ves a tu papá?

–¡No!

–Respóndeme con franqueza, con sinceridad... Veo en tu cara que no me estás diciendo la verdad. Ya que te has ido de la lengua, no tiene sentido que te andes con rodeos. Dime, ¿lo ves? ¡Vamos, hablemos como amigos!

Aliosha se quedó pensativo.

–¿Y no se lo dirá usted a mamá? –preguntó.

–¡Por nada del mundo!

–¿Palabra de honor?

–Palabra de honor.

–¡Júrelo!

–¡Ah, eres insoportable! ¡Por quién me tomas?

Aliosha miró a su alrededor, abrió mucho los ojos y susurró:

–Por amor de Dios, no se lo diga a mamá... Por lo demás, no se lo diga a nadie porque es un secreto. Si mi madre se entera, no lo quiera Dios, nos iba a caer una buena a Pelagueia, a Sonia y a mí... Bueno, escuche. Sonia y yo nos vemos con papá todos los martes y viernes. Cuando Pelagueia nos saca de paseo antes de comer, entramos en la confitería Apfel, donde nos espera papá... Siempre está en un reservado, donde, sabe usted, hay una mesa de mármol y un cenicero en forma de ganso sin rabadilla...

–¿Y qué hacéis allí?

–¡Nada! Primero nos saludamos, luego nos sentamos todos a la mesa y papá manda traer café y empanadillas. Sonia, sabe, come empanadillas de carne, pero ¡yo no puedo soportarlas! Las que me gustan son las de col con huevo. Comemos tanto que luego, durante el almuerzo, no tenemos hambre, aunque comemos cuanto podemos para que mamá no sospeche nada.

–¿Y de qué habláis?

–¿Con papá? De todo. Nos besa, nos abraza, nos cuenta muchas historias divertidas. Sabe, dice que cuando seamos mayores nos llevará a vivir con él. Sonia no quiere, pero yo sí. Echaré mucho de menos a mamá, naturalmente, pero le escribiré cartas. Además, podemos visitarla los días de fiesta, ¿no es verdad? También dice papá que me comprará un caballo. ¡Es muy bueno! No entiendo por qué mamá no le deja vivir con nosotros y nos prohíbe verlo. Quiere mucho a mamá. Siempre nos pregunta qué tal está y qué hace. Cuando ella estuvo enferma, él se cogía la cabeza con las manos así y... recorría la habitación a grandes zancadas. Siempre nos pide que la obedezcamos y la respetemos. Dígame, ¿no es verdad que somos desdichados?

–Hum... ¿por qué?

–Así lo dice papá. «Sois unos niños desdichados», dice. Hasta resulta extraño escucharlo. «Vosotros sois desdichados –dice–, yo soy desdichado y mamá es desdichada. Rezad a Dios por ella y por mí.»

Aliosha detuvo la mirada en un pájaro disecado y se quedó pensativo.

–Ya... –masculló Beliáiev–. Así que eso es lo que hacéis. Os reunís en pastelerías. ¿Y mamá no lo sabe?

–No... ¿Cómo iba a saberlo? Pelagueia no se lo diría por nada del mundo. Anteayer papá nos invitó a peras. ¡Eran tan dulces como la mermelada! Yo me comí dos.

–Hum... Ya veo... Y, escucha, ¿tu papá no comenta nada de mí?

–¿De usted? ¿Cómo decirle? –Aliosha examinó con atención el rostro de Beliáiev y se encogió de hombros–. No dice nada de particular.

–¿Qué, por ejemplo?

–¿No se ofenderá usted?

–¡Por nada del mundo! ¿Es que me insulta?

–No le insulta, pero, sabe..., se enfada con usted. Dice que tiene la culpa de que mamá sea desdichada y que es usted... quien la ha perdido. ¡Resulta un poco raro! Yo le explico que es usted bueno, que nunca le grita a mamá, pero él no hace más que sacudir la cabeza.

–¿Dice eso, que yo la perdí?

–Sí. ¡No se ofenda usted, Nikolái Ilich!

Beliáiev se levantó, se quedó inmóvil un momento y a continuación se puso a dar vueltas por el salón.

–¡Es extraño y... ridículo! –farfullaba, encogiéndose de hombros y esbozando una sonrisa irónica–. Es él quien tiene toda la culpa y ahora me acusa de haberla perdido. ¡Vaya con el cordero inocente! ¿Así que te dijo que yo he perdido a tu madre?

–Sí, pero... ¡me había prometido usted que no se ofendería!

–No me ofendo y... además, ¡eso no es asunto tuyo! ¡Hasta resulta ridículo! Yo mismo estoy con el agua al cuello y ahora resulta que soy culpable.

Sonó el timbre. El muchacho se abalanzó sobre la puerta y salió corriendo de la habitación. Al cabo de un minuto entró en el salón una dama con una niña pequeña. Era Olga Ivánovna, la madre de Aliosha. Este la seguía pegando saltos, cantando en voz alta y agitando los brazos. Beliáiev la saludó con una inclinación de cabeza y siguió caminando.

–Claro, ¿a quién iba a echarle la culpa sino a mí? –masculló, resoplando–. ¡Tiene razón! ¡Es el marido ofendido!

–¿De qué estás hablando? –preguntó Olga Ivánovna.

–¿De qué...? Escucha qué cosas dice tu legítimo esposo. Resulta que yo soy un canalla y un malvado, que te he perdido a ti y a los niños. ¡Todos vosotros sois desdichados, solo yo soy feliz! ¡Terriblemente feliz!

–¡No te comprendo, Nikolái! ¿Qué ha pasado?

–¡Pues escucha a ese jovencito! –dijo Beliáiev, señalando a Aliosha.

Aliosha se ruborizó, luego palideció y todo su rostro se crispó en una expresión de espanto.

–¡Nikolái Ilich! –susurró–. ¡Tsss!

Olga Ivánovna miró con perplejidad a Aliosha, luego a Beliáiev y de nuevo a Aliosha.

–¡Pregúntale! –continuó Beliáiev–. Tu Pelagueia, esa tonta de capirote, los lleva a las confiterías y concierta allí entrevistas con su papaíto. Pero no se trata de eso; la cuestión es que el papaíto es un mártir y yo un canalla, un miserable, que he destrozado la vida de los dos...

–¡Nikolái Ilich! –gimió Aliosha–. ¡Me había dado usted su palabra de honor!

–¡Ah, déjame en paz! –exclamó Beliáiev con un gesto despectivo–. Estamos hablando de cosas más importantes que la palabra de honor. ¡La hipocresía y la mentira me repugnan!

–¡No entiendo nada! –declaró Olga Ivánovna, y algunas lágrimas brillaron en sus ojos–. Escucha, Liolka –prosiguió, dirigiéndose a su hijo–, ¿ves a tu padre?

Aliosha, sin oírla, miraba horrorizado a Beliáiev.

–¡No puede ser! –dijo la madre–. Voy a preguntárselo a Pelagueia.

Y Olga Ivánovna salió de la habitación.

–¡Escuche, me había dado su palabra de honor! –exclamó Aliosha, temblando de pies a cabeza.

Beliáiev hizo un ademán destemplado con la mano y siguió caminando. Sumido en la consideración de la ofensa, no reparaba en la presencia del muchacho, lo mismo que antes. Era una persona adulta y seria, y no tenía tiempo para ocuparse de chiquilladas. Aliosa se sentó en un rincón y, lleno de miedo, le contó a Sonia cómo lo habían engañado. Temblaba, tartamudeaba, lloraba; era la primera vez en su vida que se enfrentaba cara a cara, de forma tan brutal, con la mentira; antes no sabía que en este mundo, además de peras dulces, empanadillas y relojes caros, existen otras muchas cosas para las que no hay nombre en el lenguaje de los niños.

Vanka
(1886)

Vanka Zhúkov, un muchacho de nueve años que tres meses antes había entrado como aprendiz en el taller del zapatero Aliajin, no se fue a la cama en Nochebuena. Esperó a que el patrón y sus ayudantes acudieran a los maitines, y una vez solo cogió del armario del patrón un frasquito con tinta, una pluma con la punta cubierta de herrumbre y, tras desplegar ante sí una arrugada hoja de papel, se puso a escribir. Antes de trazar la primera letra, dirigió varias miradas temerosas a la puerta y las ventanas, contempló de reojo el oscuro icono a cuyos lados se extendían estantes con hormas y se le escapó un suspiro entrecortado. Se había arrodillado delante de un banco sobre el que previamente había dispuesto el papel.

«¡Querido abuelo Konstantín Makárich! –escribió–. Voy a escribirte una carta. Te felicito la Navidad y te deseo todos los bienes de Dios. No tengo padre ni madre, solo me quedas tú.»

Vanka dirigió la mirada a la oscura ventana, en la que parpadeaba el reflejo de la vela, y se imaginó vivamente la figura de su abuelo Konstantín Makárich, que trabajaba como vigilante nocturno para los señores Zhivárev. Era un viejo de sesenta y cinco años, pequeño y enjuto, pero extraordinariamente ágil y vivaracho, con cara siempre sonriente y mirada de borracho. De día dormía en la cocina de servicio o bromeaba con las cocineras y de noche, envuelto en una amplia zamarra, recorría la propiedad y daba golpes con su chuzo. Tras él, con la cabeza gacha, iban la vieja perra Kashtanka y el perro Anguila, que debía ese nombre a su color negro y a su cuerpo largo como el de una comadreja. Ese Anguila era sumamente respetuoso y zalamero, y miraba con idéntica ternura tanto a propios como a extraños, aunque no inspiraba demasiada confianza. Bajo su actitud respetuosa y su humildad se escondía la mayor de las perfidias. Nadie mejor que él sabía acercarse con cautela y morder la pierna a alguien, entrar en la despensa o robarle una gallina a un mujik. Le habían golpeado varias veces en las patas traseras, en un par de ocasiones estuvo a punto de ser ahorcado y todas las semanas recibía una paliza de muerte, pero siempre se recuperaba.

Ahora, seguramente, el abuelo está junto al portón, mirando con los ojos entornados las ventanas de la iglesia de la aldea, de un rojo brillante, y taconea con sus botas de fieltro, mientras bromea con la servidumbre. Lleva el chuzo colgado del cinturón. A causa del frío, encoge los hombros y agita las manos, y, con una risita de viejo, pellizca unas veces a la doncella y otras a la cocinera.

–¿Un poco de rapé? –dice, alargando a las criadas su tabaquera.

Ellas aspiran y estornudan. Del abuelo se apodera un júbilo indescriptible, estalla en una sonora carcajada y grita:

–¡Arráncalo que está pegado!

Luego les da a oler a los perros. Kashtanka estornuda, mueve el hocico y, ofendida, se aparta a un lado. Anguila, como es tan respetuoso, no estornuda y se limita a mover la cola. El tiempo es excelente. Corre un aire suave, transparente y fresco. La noche es oscura, pero se ve toda la aldea con sus tejados blancos y los regueros de humo que se escapan de las chimeneas, los árboles plateados por la escarcha, las montoneras de nieve. Todo el cielo está sembrado de estrellas que parpadean alegremente y la Vía Láctea se dibuja con tanta claridad como si la hubieran limpiado con motivo de las fiestas y la hubieran frotado con nieve...

Vanka suspiró, mojó la pluma y siguió escribiendo:

«Ayer recibí una paliza. El dueño me arrastró por los pelos hasta el patio y me azotó con el tirapiés porque me quedé dormido sin querer mientras acunaba a su hijo. Hace una semana la dueña me ordenó limpiar un arenque, yo empecé por la cola y ella cogió el arenque y me dio con él en los morros. Los ayudantes se ríen de mí, me mandan a la taberna por vodka y me obligan a robar los pepinos del patrón, y este luego me golpea con lo primero que encuentra. Y casi no me dan de comer. Por la mañana recibo un trozo de pan, a mediodía papilla de avena y por la noche otra vez pan, mientras los patrones toman té y sopa de col. Me obligan a dormir en el zaguán y cuando su hijo llora no puedo pegar ojo, porque tengo que acunarlo. Querido abuelo, por el amor de Dios, llévame contigo a casa, a la aldea, ya no puedo más... Me inclino a tus pies y rogaré por ti eternamente, llévame de aquí o me moriré»...

Vanka torció la boca, se secó los ojos con su puño negro y sollozó.

«Te picaré el tabaco –continuó–, rezaré a Dios por ti y, si hago algo mal, azótame todo lo que quieras. Si piensas que no puedo ocuparme de ninguna tarea, le pediré al mayordomo que me tome como limpiabotas o iré de zagal en lugar de Fedka. Abuelo querido, ya no puedo más, esto es sencillamente la muerte. Quisiera irme andando a la aldea, pero no tengo botas y me da miedo el frío. Cuando me haga mayor te alimentaré y no permitiré que nadie te ofenda, y cuando mueras rezaré por la paz de tu alma, igual que rezo ahora por mi madre Pelagueia.

»Moscú es una ciudad muy grande. Todas las casas son de señores y hay muchos caballos, pero no hay ovejas y los perros no son malos. Los niños no llevan estrellas y en el coro no dejan entrar a nadie. Una vez vi una tienda en la que vendían anzuelos y sedales para toda clase de peces, todo de muy buena calidad; hasta había un anzuelo que podría incluso con un siluro de quince kilos. También he visto tiendas en las que hay escopetas de todas clases, parecidas a las del señor; deben de costar unos cien rublos cada una... Y en las carnicerías hay urogallos, ortegas y liebres, pero los vendedores no te dicen dónde los cazan.

»Querido abuelo, cuando los señores pongan el abeto con las golosinas, coge una nuez dorada para mí y guárdala en el cofre verde. Pídesela a la señorita Olga Ignátievna, dile que es para Vanka.»

Vanka suspiró convulsivamente y de nuevo fijó la vista en la ventana. Recordó que era el abuelo quien se encargaba de ir al bosque por el abeto de los señores, y que siempre le llevaba con él. ¡Qué época más feliz! El abuelo se aclara la garganta, el hielo cruje y Vanka, imitando esos ruidos, carraspea. Antes de cortar el abeto, el abuelo enciende su pipa, pasa un buen rato oliendo tabaco, se ríe del aterido Vania... Los jóvenes abetos, cubiertos de escarcha, se alzan expectantes, sin saber cuál de ellos va a morir. De pronto, una veloz liebre pasa volando por los montículos de nieve... El abuelo no puede dejar de gritar:

—¡Cógela, cógela... cógela! ¡Demonio de bicho!

El abuelo llevaba el abeto talado a la casa señorial y allí empezaban a adornarlo... La que más se ocupaba de esa tarea era la señorita Olga Ignátievna, la favorita de Vanka. Cuando aún vivía su madre Pelagueia, que trabajaba como doncella en casa del señor, Olga Ignátievna le daba dulces a Vanka y, como no tenía nada que hacer, le había enseñado a leer, a escribir, a contar hasta cien e incluso a bailar la cuadrilla. Cuando Pelagueia murió, llevaron al huérfano Vanka a la cocina de servicio, junto a su abuelo, y de allí pasó a Moscú, a casa del zapatero Aliajin...

«Ven, querido abuelo –continuó Vanka–, te lo pido por el amor de Dios, llévame de aquí. Ten piedad de mí, un pobre huérfano. Todos me pegan, tengo un hambre horrible, mi tristeza es tan grande que no se puede contar y me paso todo el tiempo llorando. Hace unos días el patrón me golpeó la cabeza con una horma, me dio tan fuerte que me caí al suelo y me costó mucho levantarme. Mi vida es muy triste, peor que la de un perro... Saluda también a Alena, al tuerto Yegorka y al cochero, y no le des a nadie mi acordeón. Un saludo de tu nieto Ivan Zhúkov. Querido abuelo, no dejes de venir.»

Vanka dobló en cuatro partes la hoja escrita y la metió en un sobre que había comprado la víspera por un kopek. Tras reflexionar un rato, mojó la pluma y escribió la siguiente dirección:

Para el abuelo, que está en la aldea.

Luego se rascó la cabeza, se quedó unos instantes pensativo y finalmente añadió: «Para Konstantín Makárich». Satisfecho de que no le hubieran molestado mientras escribía, se caló la gorra y, sin ponerse la zamarra, en mangas de camisa, salió corriendo a la calle...

Los dependientes de la carnicería, a los que había preguntado la víspera, le habían dicho que las cartas había que depositarlas en los buzones de correos, desde donde cocheros borrachos las distribuían por toda la tierra en coches de postas con tintineantes campanillas. Vanka corrió hasta el primer buzón e introdujo la valiosa carta por la ranura...

Al cabo de una hora, mecido por dulces esperanzas, dormía profundamente... Soñó con una estufa. Sobre ella estaba sentado el abuelo, descalzo, con las piernas colgando, leyendo la carta a las cocineras... Anguila daba vueltas junto a la estufa, moviendo el rabo...

La helada
(1887)

El día de Reyes se había organizado en N., capital de provincia, una fiesta «popular» con fines benéficos. Se había elegido la parte ancha del río, entre el mercado y la sede episcopal, se había cercado con una cuerda, abetos y banderas, y se había dispuesto todo lo necesario para patinar, montar en trineo y practicar el descenso. Todo se había hecho a la mayor escala posible. Los carteles eran enormes y prometían no pocas diversiones: patinaje, una banda militar, lotería sin perdedores, iluminación eléctrica, etcétera. Pero una fuerte helada estaba a punto de echar abajo todos los preparativos. Desde la víspera la temperatura había caído a veintiocho grados bajo cero y además soplaba viento; se pensó en posponer la fiesta, pero se renunció a ello porque el público la esperaba con impaciencia desde hacía mucho tiempo y no quería oír hablar de aplazamientos.

–¡Vamos, si estamos en invierno, es normal que nieve! –le aseguraban las damas al gobernador, partidario del aplazamiento–. ¡Si alguien tiene frío, puede calentarse en cualquier parte!

Los árboles, los caballos y las barbas estaban blancos de escarcha; hasta el aire parecía crujir, incapaz de soportar el frío, pero a pesar de todo, poco después de la bendición del agua, algunos policías ateridos estaban ya en la pista de patinaje y a la una en punto empezó a tocar la banda militar.

A las cuatro de la tarde, cuando la fiesta estaba en su máximo apogeo, la buena sociedad del lugar se reunió para calentarse en el pabellón del gobernador, levantado a la orilla del río. Se encontraban allí el viejo gobernador con su esposa, el obispo, el presidente del tribunal, el director del instituto y muchas otras autoridades. Las damas estaban sentadas en sillones, mientras los caballeros se habían agrupado en torno a la ancha puerta de vidrio y veían cómo la gente patinaba.

–Ah, Dios santo –dijo el obispo, perplejo–. ¡Qué notas sacan con los pies! ¡Je, je, je! Un cantante no haría con su voz lo que estos granujas con los pies... ¡Ah, va a matarse!

–Es Smírnov... Es Grúzdiev –decía el director del instituto, nombrando a los alumnos que pasaban a toda velocidad junto al pabellón.

–¡No se da por vencido! –dijo el gobernador, echándose a reír–. Miren, señores, ahí está nuestro alcalde... Viene hacia aquí. Qué desgracia: ¡nos va a marear con su charla!

Desde la otra orilla se acercaba al pabellón, sorteando a los patinadores, un anciano pequeño y delgado con una pelliza de piel de zorro desabotonada y un gorro de gran tamaño. Era el alcalde, el comerciante Yereméiev, un millonario natural de N. Con los brazos separados y encogido de frío, brincaba y golpeaba un chanclo con otro; era evidente que se dirigía a toda prisa a algún lugar donde protegerse del viento. A medio camino se dobló de pronto, se deslizó detrás de una dama y le tiró de la manga. Cuando esta se dio la vuelta, el alcalde se echó a un lado y, visiblemente satisfecho de haber conseguido asustarla, estalló en ruidosas y seniles carcajadas.

–¡Es muy vivo, el viejecito! –dijo el gobernador–. Lo que me sorprende es que aún no se haya puesto los patines.

Al acercarse al pabellón, el alcalde ensayó un ligero trotecillo, empezó a agitar los brazos y, tomando impulso, se deslizó con sus enormes chanclos hasta la entrada.

–¡Yegor Ivánich, debería comprarse unos patines! –le dijo el gobernador, saliendo a su encuentro.

–¡Ya lo estoy pensando! –respondió él con una voz chillona y algo gangosa, quitándose el gorro–. ¡Mis respetos, excelencia! ¡Saludos, monseñor! ¡Y a todos ustedes, señores, larga vida! ¡Menuda helada! ¡Esto sí que es frío, Dios bendito! ¡Nos vamos a morir! –Haciendo guiños con sus parpados rojos de frío, Yegor Ivánich golpeó el suelo con los chanclos y empezó a darse manotazos por todo el cuerpo, como un cochero aterido–. ¡Maldita helada! ¡Hace un tiempo de perros! –siguió diciendo, con una amplia sonrisa–. ¡Un verdadero suplicio!

–Es bueno para la salud –comentó el gobernador–. El frío fortalece al hombre, lo revigoriza.

–Es posible que sea sano, pero estaríamos mejor sin él –dijo el alcalde, secándose la perilla con un pañuelo rojo–. ¡Que se quede con Dios! Soy de la opinión, excelencia, de que el Señor nos lo envía como castigo. En verano pecamos y en invierno expiamos la culpa... ¡Sí! –Yegor Ivánich dirigió una rápida mirada a su alrededor y juntó las manos–. Pero ¿dónde puede uno calentarse? –preguntó, dirigiendo una mirada asustada primero al gobernador y luego al obispo–. ¡Excelencia! ¡Monseñor! ¡Apuesto a que las señoras están tan ateridas como nosotros! ¡Se necesitaría algo! ¡No podemos seguir así!

Todos empezaron a agitar los brazos, diciendo que no habían ido a patinar para calentarse, pero el alcalde, sin prestar atención, abrió la puerta y llamó a alguien con el dedo. Acudieron un obrero y un bombero.

–Id corriendo a casa de Sabatin –farfulló– y decidle que nos envíe lo antes posible... ¿Cómo se llama? ¿Cómo es? En fin, decidle que envíe diez vasos de vino caliente... el más caliente que tenga o ponche...

En el pabellón se oyeron algunas risas.

–¡Ya ha encontrado con qué agasajarnos!

–No será más que un trago... –balbució el alcalde–. Entonces, diez vasos... Bueno, y también benedictino... y que ponga a calentar dos botellas de vino tinto... ¿Y para las mujeres? Bueno, dile que nos mande unos bollos, nueces... y algunos caramelos... ¡En marcha! ¡Daos prisa!

El alcalde guardó silencio durante un minuto y a continuación siguió echando pestes del frío, al tiempo que daba palmadas y golpeaba el suelo con los pies.

–No, Yegor Ivánich –trataba de persuadirle el gobernador–, no blasfeme: el frío de Rusia tiene su encanto. Hace poco leí que muchas buenas cualidades del pueblo ruso se deben a la inmensidad de los espacios y al clima, a la dura batalla por la existencia... ¡Es absolutamente cierto!

–Tal vez lo sea, excelencia, pero sin él estaríamos mejor. No hay duda de que el frío expulsó a los franceses, favorece la congelación de toda clase de alimentos y permite a los niños patinar... ¡Todo eso es verdad! Para la persona bien alimentada y con buenas ropas, el frío no es más que un placer, pero para el obrero, el mendigo, el peregrino o el inocente es el colmo de los males y de las calamidades. ¡Una desgracia, una desgracia, monseñor! Este frío hace la pobreza dos veces más dura, vuelve al ladrón más astuto y al malvado más cruel. ¡Para qué hablar! Yo ya he llegado a los setenta y tengo un abrigo de piel, una estufa, ron y toda clase de ponches. Poco me importa ahora el frío, no le presto la menor atención, no quiero saber nada de él. Pero antes, ¡Virgen Santa! ¡Tiemblo solo de pensarlo! Con los años mi memoria se ha debilitado y lo he olvidado todo: los enemigos, los pecados, los infortunios de toda índole; lo he olvidado todo, pero del frío bien que me acuerdo. Después de la muerte de mi madre me quedé como un diablillo abandonado, como un huérfano sin hogar... No tenía familiares ni allegados, vestía unos pobres harapos, pasaba hambre, carecía de techo; en una palabra, no tenemos aquí morada permanente, pero andamos en busca de la venidera*. Entonces se me presentó la oportunidad de servir de guía a una anciana ciega por cinco kopeks al día... Las heladas eran crueles, rabiosas. En cuanto salía de casa con la vieja empezaba el martirio. ¡Dios mío! Al principio temblaba como si tuviera fiebre, me encogía, saltaba; luego me empezaban a doler los oídos, los dedos y los pies. Era como si me los estuvieran apretando con unas tenazas. Pero todo eso tenía poca importancia; era una nadería, una bagatela. Lo malo era cuando todo el cuerpo se helaba. Después de tres horas caminando en medio del frío, Señor, se pierde toda apariencia humana. Las piernas se endurecen, el pecho se agarrota, el vientre se entumece y sobre todo se siente un dolor en el corazón como no hay otro. Ese malestar se vuelve insoportable y todo el cuerpo se arrastra tristemente, como si en lugar de una anciana llevaras de la mano a la misma muerte. Te quedas entorpecido y rígido como una estatua, avanzas y tienes la impresión de que no eres tú quien camina, sino que otra persona mueve tus pies. Una vez que el alma se hiela, uno es capaz de cualquier cosa: de dejar a la vieja sin guía, de sustraer un bollo de una cesta, de pelearse con alguien. ¡Y la situación apenas mejora cuando, después de tantas horas a la intemperie, pasas la noche bajo techo! En lugar de dormir, lloras hasta la media noche, sin saber siquiera la razón de tu llanto...

---

* Cita de un salmo.

–Vamos a patinar un poco antes de que anochezca –dijo la esposa del gobernador, a la que había aburrido aquel relato–. ¿Quién viene conmigo?

La mujer salió acompañada de casi todos los presentes. Solo quedaron en el pabellón el gobernador, el obispo y el alcalde.

–¡Reina de los Cielos! ¡Y el día que me colocaron como dependiente en una pescadería! –continuó Yegor Ivánich, levantando tanto las manos que la pelliza de piel de zorro se abrió–. Entré en la tienda al amanecer... a las nueve estaba ya completamente helado, tenía el morro azul y los dedos tan agarrotados que no podía desabrochar un botón o contar el dinero. Mientras estaba allí de pie, entumecido de frío, pensaba: «Señor, ¿voy a tener que seguir así hasta la tarde?». A la hora de la comida tenía el vientre rígido y me dolía el corazón... ¡Sí! Cuando más tarde adquirí mi propio negocio, la vida tampoco mejoró. Unas heladas impresionantes, una tienda parecida a una ratonera, corrientes de aire en cualquier rincón; tenía una pelliza desarrapada y toda sarnosa, perdónenme la palabra, que abrigaba menos que una piel de pez y dejaba pasar el viento... Cuando tienes el cuerpo aterido, te aturdes y te vuelves más duro que el hielo: a uno le tiras de la oreja hasta casi arrancársela, a otro le das un capón, miras al cliente como si fueras un malhechor o una bestia salvaje, y tratas de desollarlo; y cuando vuelves a casa por la tarde, en lugar de irte a dormir, descargas tu mal humor en la familia, reprochándole el pan que come, dando voces y perdiendo hasta tal punto los estribos que ni siquiera cinco agentes bastarían para reducirte. El frío te hace malo y te lleva a beber vodka más allá de toda medida. –Yegor Ivánich juntó las manos y continuó–: ¡Y qué decir de la época en que transportábamos pescado a Moscú! ¡Virgen Santa!

Y empezó a describir, con voz entrecortada, las privaciones que padeció con sus dependientes cuando transportaba pescado a Moscú...

–¡Sí –dijo el gobernador con un suspiro–, es increíble lo que puede soportar el ser humano! Usted, Yegor Ivánich, llevaba pescado a Moscú y yo en mis tiempos fui a la guerra. Recuerdo un caso extraordinario...

Y el gobernador contó cómo, en el transcurso de la última guerra ruso-turca, en una noche glacial, el destacamento al que pertenecía pasó trece horas inmóvil en medio de la nieve, bajo un viento cortante; los soldados, temiendo que los descubrieran, no habían encendido fuego, guardaban silencio y no se movían; estaba prohibido fumar...

Empezaron a evocar distintos recuerdos. El gobernador y el alcalde daban muestras de vivacidad y animación e, interrumpiéndose uno a otro, se pusieron a rememorar sus vivencias. El obispo contó que, cuando era sacerdote en Siberia, se desplazaba en un trineo tirado por perros; un día de intenso frío se quedó dormido, se cayó del trineo y estuvo a punto de morir helado; cuando los tungusos dieron la vuelta y lo encontraron estaba más muerto que vivo. Luego, como si se hubieran puesto los tres de acuerdo, los ancianos callaron, se sentaron muy cerca unos de otros y se quedaron pensativos.

–¡Ah! –murmuró el alcalde–. Se diría que ha llegado el momento del olvido, pero cuando ves a los aguadores, a los escolares y a los presos con sus pobres uniformes, todo vuelve a la memoria. Fíjense en esos músicos que están tocando ahí fuera. Seguro que les duele el corazón, tienen el vientre rígido y los instrumentos pegados a los labios por el hielo... Tocan y piensan: «Virgen santísima, ¡aún tenemos que pasar tres horas más a la intemperie!».

Los ancianos se sumieron en sus propias reflexiones. Pensaban en que, más allá del nacimiento, el rango, la riqueza y el conocimiento, había algo que acercaba el último mendigo a Dios: la debilidad, el dolor, la paciencia...

Entretanto el aire adquirió una tonalidad azulada... La puerta se abrió y en el pabellón entraron dos criados de Sabatin llevando platos y una tetera de gran tamaño envuelta en un paño. Cuando los vasos estuvieron llenos y por la estancia se expandió el intenso olor de la canela y del clavo, la puerta volvió a abrirse, dejando pasar a un joven inspector de policía sin bigote, con la nariz purpúrea, todo cubierto de escarcha. Se acercó al gobernador y, llevándose la mano a la visera, dijo:

–Su excelencia la gobernadora me ha pedido que les informe de que ha vuelto a casa.

Viendo los dedos del inspector, ateridos y separados en la visera, así como su nariz, sus ojos empañados y su capuchón, cubierto de blanca escarcha a la altura de la boca, todos sintieron, por alguna razón, que debía de dolerle el corazón, que tenía el vientre rígido y el alma embotada...

–Escuche –dijo el gobernador con voz vacilante–, ¡bébase un vaso de vino caliente!

–Vamos, vamos... ¡tómatelo! –dijo el alcalde con un gesto de la mano–. ¡No te dé vergüenza!

El inspector cogió el vaso con ambas manos, se alejó unos pasos y, tratando de no hacer ruido, se puso a beber ceremoniosamente, a pequeños sorbos. Mientras tragaba con aire turbado, los ancianos lo miraban en silencio, figurándose que el dolor desaparecía del corazón del inspector y su alma se volvía más ligera. El gobernador lanzó un suspiro:

–¡Es hora de volver a casa! –dijo, poniéndose en pie–. ¡Adiós! Escuche –añadió, dirigiéndose al inspector–, dígale a los músicos que... dejen de tocar y pídale de mi parte a Pável Semiónovich que les envíe... cerveza o vodka.

El gobernador y el obispo se despidieron del alcalde y salieron del pabellón.

Yegor Ivánich se sirvió vino caliente y, mientras el inspector apuraba su vaso, tuvo tiempo de contarle muchas cosas interesantes. No sabía estar callado.

Enemigos
(1887)

Poco después de las nueve de la noche, una oscura jornada de septiembre, moría de difteria el pequeño Andréi, hijo único del médico rural Kirílov. La madre acababa de arrodillarse ante el lecho del niño muerto, presa de un primer acceso de desesperación, cuando en el recibidor se oyó un fuerte timbrazo.

Por miedo al contagio todos los criados habían abandonado la casa desde la mañana. Kirílov, tal como estaba, sin chaqueta, con el chaleco desabotonado, el rostro cubierto de sudor y las manos quemadas por el ácido fénico, fue a abrir la puerta. El recibidor estaba a oscuras, de modo que del recién llegado solo se distinguían su talla mediana, su bufanda blanca y su rostro grande y sumamente pálido, hasta el punto de que su aparición pareció aclarar el recibidor...

–¿Está el doctor en casa? –se apresuró a decir.

–Soy yo –respondió Kirílov–. ¿Qué se le ofrece?

–¿Es usted? ¡Me alegro mucho! –dijo el hombre, todo contento, y empezó a buscar en la penumbra la mano del médico; la cogió y la apretó con fuerza entre las suyas–. ¡Me alegro mucho, mucho! Nos conocemos. Soy Aboguin... Tuve el gusto de coincidir con usted el verano pasado en casa de Gnúchev. Me alegro mucho de encontrarlo en casa... Por el amor de Dios, no se niegue a venir conmigo ahora mismo... Mi mujer está gravemente enferma... Tengo el coche a la puerta...

Su voz y sus movimientos dejaban traslucir una gran agitación. Lo mismo que un hombre asustado por un incendio o un perro rabioso, apenas podía contener la respiración acelerada y hablaba muy deprisa, con voz temblorosa; en sus palabras se percibía un matiz de genuina sinceridad, de temor infantil. Como todas las personas asustadas y aturdidas, se expresaba mediante frases breves y entrecortadas y pronunciaba muchos vocablos innecesarios, que no guardaban relación con el asunto.

–Tenía miedo de no encontrarlo –continuó–. Mientras venía hacia aquí, he pasado un auténtico suplicio... Vístase y partamos, por el amor de Dios... Todo ha sucedido de la siguiente manera. Aleksandr Semiónovich Papchinski, al que conoce usted, vino a verme... Charlamos un rato... Luego tomamos el té; de pronto mi mujer lanzó un grito, se llevó la mano al corazón y se desplomó sobre el respaldo de la silla. La llevé a la cama... le froté las sienes con amoniaco, le rocié la cara con agua... estaba como muerta... Temo que se trate de un aneurisma... Vamos... Su padre murió de un aneurisma...

Kirílov escuchaba en silencio, como si no comprendiera el idioma en el que hablaba aquel hombre.

Cuando Aboguin volvió a mencionar a Papchinski, al padre de su mujer y se puso a buscar de nuevo en las tinieblas la mano del médico, este sacudió la cabeza y dijo, arrastrando con apatía cada palabra:

–Perdone, pero no puedo ir... Hace unos cinco minutos que... se ha muerto mi hijo...

–¿Es posible? –murmuró Aboguin, retrocediendo un paso–. ¡Dios mío, en qué momento más inoportuno he llegado! ¡Qué día tan desdichado...! ¡Qué día! ¡Vaya coincidencia! ¡Parece hecho a propósito!

Aboguin cogió el picaporte de la puerta y agachó la cabeza con aire meditabundo. Era evidente que vacilaba y no sabía qué hacer, si marcharse o seguir insistiendo.

–Escuche –dijo con determinación, cogiendo a Kirílov por la manga–. ¡Entiendo perfectamente su situación! Dios sabe la vergüenza que me da tratar de ganarme su atención en un momento semejante, pero ¿qué puedo hacer? Juzgue usted mismo, ¿a quién puedo recurrir? Es usted el único médico del lugar. ¡Venga conmigo, por el amor de Dios! No se lo pido por mí... ¡No soy yo quien está enfermo!

Se produjo un silencio. Kirílov dio la espalda a Aboguin, esperó un instante y luego, con pasos lentos, se dirigió a la sala. A juzgar por sus andares inciertos y maquinales y por la atención con que arregló la pantalla de terciopelo de una lámpara apagada y echó una ojeada a un grueso libro que había sobre la mesa, en aquellos momentos no tenía intenciones ni deseos, no pensaba en nada; probablemente, ni siquiera se acordaba de que había un extraño en el vestíbulo. Por lo visto, las tinieblas y el silencio de la sala aumentaban su estupor. Al pasar de esa pieza a su despacho, levantó más de lo necesario el pie derecho y buscó con las manos la jamba de la puerta; en ese momento en toda su figura se percibió una suerte de incertidumbre, como si hubiera ido a parar a una casa ajena o se hubiera emborrachado por primera vez en su vida y la estupefacción de esa nueva sensación le dominara. En una pared del despacho, iluminando una estantería repleta de libros, se extendía una ancha franja de luz; llegaba desde la puerta entreabierta del dormitorio, junto con el olor intenso y penetrante del ácido fénico y el éter... El médico se dejó caer en un sillón, delante de la mesa; durante un minuto dirigió una mirada soñolienta a los libros bañados por aquella luz, luego se levantó y pasó al dormitorio.

Allí reinaba una calma de muerte. Todo, hasta el menor detalle, hablaba con elocuencia de la tormenta reciente y del agotamiento de los moradores, pero ahora la pieza parecía sumida en el reposo. Una vela sobre un taburete, en medio de una plétora de frascos, cajas y tarros, y una lámpara de gran tamaño sobre la cómoda derramaban una intensa luz. En la cama, junto a la ventana, yacía un niño con los ojos abiertos y una expresión de sorpresa en el rostro. No se movía, pero sus ojos abiertos parecían adquirir a cada momento un matiz más sombrío y hundirse más en el interior de las órbitas. La madre, de rodillas ante la cama, con las manos sobre el cadáver y el rostro oculto entre los pliegues de las sábanas, estaba tan inmóvil como el niño, pero ¡cuánta vida se advertía en la curva de su espalda y en sus manos! Se había desplomado junto al lecho y perseveraba con vehemencia, ansia y convicción en esa postura serena y cómoda que por fin había encontrado para su cuerpo extenuado, como si temiera perderla. La manta, los trapos, las palanganas, los charcos en el suelo, los pinceles y las cucharas esparcidas por todas partes, la botella blanca de agua de cal y el mismo aire, cargado y sofocante: todo parecía detenido y sumido en el reposo.

El médico se detuvo junto a su mujer, metió las manos en los bolsillos del pantalón, ladeó la cabeza y fijó la vista en el hijo. Su rostro expresaba indiferencia; solo las gotas que brillaban en su barba testimoniaban su reciente llanto.

No se percibían ese espanto y esa repugnancia que suelen rodear la idea de la muerte. En el estupor general, en la postura de la madre y en la indiferencia del rostro del médico había algo conmovedor, que llegaba al alma: la belleza sutil, apenas perceptible, del dolor humano, que aún tardará tiempo en comprenderse y describirse y que solo la música parece capaz de transmitir. Esa belleza se percibía incluso en el siniestro silencio; Kirílov y su mujer callaban, no lloraban, como si fueran conscientes no solo de la terrible pérdida, sino también de todo el lirismo de su situación: del mismo modo que antaño, en su momento, había pasado su juventud, ahora, con ese niño, desaparecía para siempre su derecho a tener hijos. El médico tenía cuarenta y cuatro años, peinaba canas y parecía un anciano; su esposa, marchita y enferma, contaba treinta y cinco. Andréi no solo era su único hijo, sino también el último.

A diferencia de su mujer, el médico pertenecía a esa categoría de personas que, en los momentos de dolor moral, sienten la necesidad de moverse. Tras quedarse unos cinco minutos junto a su esposa, se dirigió, levantando mucho el pie derecho, a una habitación pequeña, ocupada en su mitad por un enorme y amplio sofá; de allí pasó a la cocina. Después de deambular un rato junto a la estufa y la cama de la cocinera, agachó la cabeza para atravesar la pequeña puerta que conducía al recibidor.

Allí volvió a ver la bufanda blanca y el rostro pálido.

–¡Por fin! –dijo Aboguin con un suspiro, poniendo la mano en el picaporte de la puerta–. ¡Vamos, por favor!

El médico se estremeció, le miró y se acordó...

–¡Escuche, ya le he dicho que no puedo ir! –exclamó, reanimándose–. ¡Menuda ocurrencia!

–Doctor, no soy de piedra, comprendo perfectamente su situación... ¡Le compadezco! –dijo Aboguin con voz suplicante, llevándose la mano a la bufanda–. Pero no se lo pido por mí... ¡Mi mujer se está muriendo! ¡Si hubiera escuchado su grito y visto su rostro, entendería mi insistencia! ¡Dios mío, pensaba que había ido usted a vestirse! ¡Doctor, cada minuto es precioso! ¡Partamos, por favor!

–¡No puedo ir! –dijo Kirílov, separando mucho las palabras, y pasó a la sala.

Aboguin lo siguió y le cogió por la manga.

–Entiendo su dolor, pero no he venido a buscarle para curar un mal de muelas o establecer un diagnóstico, sino para salvar la vida de una persona –continuó, suplicando como un mendigo–. ¡Esa vida está por encima de cualquier dolor personal! ¡Le estoy pidiendo un acto de valor, de heroísmo! ¡En nombre de la humanidad!

–¡La humanidad es un arma de doble filo! –dijo Kirílov con enfado–. En nombre de esa misma humanidad le pido que no me obligue a ir. ¡Menuda ocurrencia, por el amor de Dios! Apenas me tengo en pie y me viene usted con lo del humanitarismo. En este momento no puedo serle de ninguna utilidad... No iría por nada del mundo, ¿con quién iba a dejar a mi mujer? No, no... –Kirílov agitó las manos y retrocedió–. ¡Y... no me lo pida! –añadió con aire asustado–. Perdóneme... Según el tomo XIII de la legislación estoy obligado a ir y tiene usted derecho a llevarme por el cuello... Arrástreme, si quiere, pero... no le seré de ninguna utilidad... Ni siquiera estoy en condiciones de hablar... Discúlpeme...

–¡No tiene sentido que me hable en ese tono, doctor! –dijo Aboguin, cogiendo de nuevo al médico por la manga–. ¡Al diablo con el tomo XIII! No tengo ningún derecho a forzar su voluntad. Acompáñeme si quiere y, si no quiere, quédese con Dios. Pero no estoy apelando a su voluntad, sino a sus sentimientos. ¡Una mujer joven se está muriendo! Dice usted que su hijo acaba de morir. ¿Quién, sino usted, puede comprender mi espanto?

Su voz temblaba de emoción; ese temblor y ese tono eran mucho más persuasivos que sus palabras. Aboguin era sincero, pero, cosa extraña, todas las frases que pronunciaba sonaban ampulosas, insensibles, floridas, intempestivas, y hasta parecían ofender el ambiente del apartamento y a esa mujer que penaba en alguna parte. Él mismo lo percibía; por eso, temiendo no ser comprendido, ponía todo su empeño en imprimir a su voz un matiz suave y acariciador, con el fin de alcanzar su objetivo, si no con las palabras, al menos con la sinceridad del tono. Por lo demás, una frase, por muy hermosa y profunda que sea, solo surte efecto en personas indiferentes, pero no siempre puede satisfacer al hombre feliz o desdichado; por esa razón, la mayoría de las veces la expresión más sublime de felicidad o desdicha consiste en el silencio; los enamorados se comprenden mejor cuando callan y un discurso arrebatado y apasionado, pronunciado al pie de una tumba, solo conmueve a los extraños, mientras a la viuda y a los hijos del difunto se les antoja frío e intrascendente.

Kirílov seguía inmóvil y mudo. Cuando Aboguin añadió algunas frases más sobre la alta misión del médico, el autosacrificio, etcétera, el médico preguntó con aire sombrío:

–¿Queda lejos?

–A unas trece o catorce verstas. ¡Tengo unos caballos excelentes, doctor! Le doy mi palabra de honor de que estará usted de vuelta en una hora. ¡Solo una hora!

Esas últimas palabras causaron más efecto en el médico que los llamamientos a la humanidad o a la misión del médico. Después de pensarlo durante un momento, dijo con un suspiro:

–¡Está bien, vamos!

Se dirigió a su despacho con resolución y premura, y regresó al cabo de unos instantes, vestido con una larga levita. Aboguin, ya más animado, le seguía a pequeños pasos, arrastrando los pies; le ayudó a ponerse el abrigo y salió con él.

Fuera reinaba la oscuridad, pero había algo más de luz que en el recibidor. En medio de la penumbra se recortaba con nitidez la encorvada silueta del médico, con su barba larga y fina y su nariz buida. En cuanto a Aboguin, además del pálido rostro, se distinguía ahora su gran cabeza y su gorro de estudiante, que apenas alcanzaba cubrir su cráneo. La blanca bufanda solo se veía por delante, pues por detrás desaparecía entre los largos cabellos.

–No le quepa duda de que sé apreciar su grandeza de alma –balbució Aboguin, al tiempo que ayudaba al médico a acomodarse en la calesa–. Llegaremos enseguida. ¡Y tú, Luka, amigo, ve lo más deprisa que puedas! ¡Por favor!

El cochero se puso en marcha sin pérdida de tiempo. Al principio pasaron junto a una hilera de feas construcciones que se sucedían a lo largo del patio del hospital; todo estaba oscuro, salvo el fondo del patio, donde, a través de la valla, se filtraba la intensa luz de un ventanal; también en las tres ventanas de la planta superior del edificio principal se percibía una mayor claridad que el ambiente circundante. Luego la calesa se hundió en una espesa penumbra, donde se respiraba el húmedo olor de las setas y se oía el susurro de las frondas; los cuervos, despertados por el rumor de las ruedas, se agitaron en el follaje y lanzaron graznidos inquietos y lastimeros, como si supieran que el doctor había perdido a su hijo y que la mujer de Aboguin estaba enferma. Más tarde surgieron unos árboles aislados y unos arbustos; un estanque, en cuya superficie dormitaban grandes sombras negras, despidió un sombrío destello y a continuación la calesa se internó en una lisa llanura. El graznido de los cuervos llegaba ya amortiguado y lejano y poco después se apagó del todo.

Kirílov y Aboguin guardaron silencio durante casi todo el camino. Solo una vez el segundo exhaló un profundo suspiro y masculló:

–¡Qué situación más espantosa! Nunca se siente tanto cariño por los seres queridos como cuando hay riesgo de perderlos.

Cuando la calesa atravesaba el río a paso lento, Kirílov se estremeció de pronto, como si le hubiera asustado el chapoteo de las aguas, y se removió en el asiento.

–Escuche, deje que vuelva –dijo con pesar–. Iré más tarde a su casa. Solo quiero llamar a un enfermero para que vaya a ver a mi mujer. ¡Está sola!

Aboguin callaba. La calesa, balanceándose y aplastando los guijarros, atravesó la arenosa orilla y siguió adelante. Kirílov, anegado de dolor, se agitaba y miraba a su alrededor. Detrás, a la pálida luz de las estrellas, se veía el camino, mientras los sauces de la ribera desaparecían en las tinieblas. A la derecha se extendía la llanura, tan lisa e ilimitada como el cielo; en la lejanía, aquí y allá, probablemente en alguna turbera, titilaban tenues lucecitas. A la izquierda, en paralelo al camino, se alzaba una colina, erizada de menudos matorrales, sobre la que pendía inmóvil una enorme media luna roja, apenas velada por la bruma y circundada por unas delicadas nubecillas que parecían espiarla por todas partes y vigilar para que no se marchara.

En el paisaje se percibía un matiz desesperado y enfermizo; la tierra, como una mujer caída que, sola en una habitación oscura, se esfuerza en no pensar en el pasado, evocaba con nostalgia la primavera y el verano, y esperaba con apatía el inevitable invierno. A cualquier lugar al que se dirigiera la vista, la naturaleza parecía una sima oscura, helada, de una profundidad infinita, de la que no podían evadirse ni Kirílov, ni Aboguin, ni la media luna roja...

Cuanto más se acercaba la calesa a su destino, más impaciente se mostraba Aboguin. Se agitaba, se incorporaba de un salto, miraba hacia delante por encima del hombro del cochero. Cuando finalmente el carruaje se detuvo ante el porche, rematado por un bello toldo de lienzo a rayas, y Aboguin contempló las ventanas iluminadas de la primera planta, su respiración temblaba.

–Si ha sucedido algo... no lo soportaré –dijo, entrando con el médico en el recibidor y frotándose las manos con inquietud–. No parece que haya ningún alboroto, lo que significa que todo va bien por el momento –añadió, prestando oídos al silencio.

En el recibidor no se oían voces ni pasos y toda la casa parecía dormir, a pesar de la viva iluminación. En ese momento, el médico y Aboguin, que hasta entonces habían estado envueltos en la oscuridad, pudieron examinarse. El médico era alto, algo giboso, vestía con desaliño y era feo de cara. En sus gruesos labios de negro, su nariz aguileña y su mirada vaga e indiferente se percibía un desagradable matiz de rudeza, esquivez y severidad. Sus alborotados cabellos, sus sienes hundidas, las prematuras canas en su barba larga y estrecha, que dejaba adivinar el mentón, la tonalidad gris pálido de su piel y sus maneras desmañadas y bruscas; en fin, toda esa dureza evocaba las privaciones sufridas, la mala fortuna, el cansancio de la vida y de los hombres. Al ver su seca figura costaba creer que tuviera mujer y pudiera llorar a un hijo. Aboguin presentaba un aspecto muy diferente. Era rubio, corpulento y robusto, con una gran cabeza y rasgos faciales muy marcados, aunque delicados, y vestía con elegancia, a la última moda. En su porte, su levita abotonada hasta el cuello, su cabellera y su rostro se percibía algo noble y leonino; caminaba con la cabeza muy erguida y el pecho abombado, hablaba con agradable voz de barítono; su modo de quitarse la bufanda o arreglarse los cabellos denotaba una elegancia refinada, casi femenina. Ni la palidez ni el temor infantil con que miraba la parte superior de la escalera, mientras se quitaba el abrigo, menoscababan su prestancia ni disminuían la impresión de prosperidad, salud y seguridad que se desprendía de toda su figura.

–No hay nadie ni se oye nada –dijo, subiendo por la escalera–. Ningún alboroto. Dios quiera que no...

Condujo al doctor a través del recibidor a un espacioso salón, donde destacaba un negro piano de cola y colgaba una araña envuelta en una funda blanca; de allí pasaron a una pequeña sala, muy bonita y acogedora, bañada por una agradable semipenumbra rosada.

–Siéntese aquí, doctor –dijo Aboguin–. Yo... vuelvo enseguida. Voy a ver lo que ocurre y a anunciar su llegada.

Kirílov se quedó solo. El lujo de la sala, la grata semipenumbra y su misma presencia en esa casa extraña y desconocida, que tenía cierto aire de aventura, no parecían afectarle. Siguió sentado en su sillón, examinándose las manos quemadas por el ácido fénico. Solo dirigió una mirada de soslayo a una pantalla de un rojo brillante y a la funda de un violonchelo, y al volver la vista hacia el lugar donde resonaba el tictac de un reloj distinguió un lobo disecado tan robusto y satisfecho como el propio Aboguin.

Reinaba el silencio... En algún lugar lejano, en una pieza vecina, se oyó una sonora exclamación; luego tintineó una puerta de cristal, probablemente de un armario, y de nuevo todo se aquietó. Al cabo de cinco minutos de espera, Kirílov dejó de examinarse las manos y levantó los ojos hasta la puerta por la que había desaparecido el dueño de la casa.

En el umbral estaba Aboguin, pero no parecía el mismo hombre. Su aire de prosperidad y su refinada elegancia habían desaparecido; su rostro, sus manos y su porte se veían alterados por una horrible expresión que podía denotar tanto miedo como un horrible sufrimiento físico. La nariz, los labios, el bigote y todas sus facciones se agitaban, como si quisieran separarse de la cara, mientras sus ojos parecían reír de dolor...

Aboguin avanzó con grandes y dificultosos pasos hasta situarse en el centro de la pieza, se inclinó, exhaló un gemido y sacudió los puños.

–¡Me ha engañado! –gritó, recalcando con fuerza la sílaba ña–. ¡Me ha engañado! ¡Se ha ido! ¡Se puso enferma y me envió a por un médico solo para escaparse con ese bufón de Papchinski! ¡Dios mío!

Como si le costara trabajo andar, Aboguin se acercó con dificultad al médico, extendió hacia él los blancos y delicados puños y, al tiempo que los sacudía, siguió vociferando:

–¡Se ha marchado! ¡Me ha engañado! Ah, ¿por qué esta mentira? ¡Dios mío! ¡Dios mío! ¿A qué viene esta estratagema vil y miserable, este juego diabólico y rastrero? ¿Qué le he hecho yo? ¡Se ha marchado!

Sus ojos se llenaron de lágrimas. Giró sobre los talones y se puso a dar vueltas por la habitación. En ese momento, con su levita corta y sus pantalones ajustados a la última moda, que hacían que las piernas parecieran demasiado delgadas con respecto al resto del cuerpo, con su gruesa cabeza y su melena, guardaba una enorme semejanza con un león. En el rostro indiferente del médico centelleó una expresión de curiosidad. Se puso en pie y se quedó mirando a Aboguin.

–Permítame, ¿dónde está la enferma? –preguntó.

–¡La enferma! ¡La enferma! –gritó Aboguin, riendo y llorando, mientras sacudía los puños–. ¡No es una enferma, sino una miserable! ¡Qué bajeza! ¡Una canallada así no la habría ideado ni el mismo Satanás! ¡Me envió a buscarle para fugarse con ese bufón, con ese estúpido payaso, con ese rufián! ¡Ah, Dios mío, más habría valido que hubiese muerto! ¡No podré soportarlo! ¡No podré!

El médico se irguió. Sus ojos parpadearon y se anegaron de lágrimas, su fina barba empezó a moverse a derecha e izquierda, al ritmo del mentón.

–Perdone, ¿qué significa esto? –preguntó, mirándole con curiosidad–. Mi hijo ha muerto; mi mujer, transida de dolor, está sola en casa... yo apenas me tengo en pie, llevo tres noches sin dormir... ¿qué es esto? ¡Me obliga usted a participar en una comedia trivial, interpretando un papel de comparsa! ¡No... no lo comprendo!

Aboguin abrió uno de los puños, arrojó al suelo un trozo de papel arrugado y lo pisoteó como si fuera un insecto que quisiera aplastar.

–¡Y yo sin darme cuenta... sin enterarme! –decía, con los dientes apretados, agitando el puño a la altura del rostro, con la expresión de alguien a quien acaban de pisar un callo–. ¡No advertí que venía todos lo días, no reparé en que hoy había venido en coche! ¿Para qué lo quería? ¡Y yo sin darme cuenta! ¡Seré pazguato!

–¡No... no lo comprendo! –balbució el médico–. ¿Qué es todo esto? ¡Se está burlando del prójimo, mofándose del dolor humano! ¡Apenas puedo creerlo...! ¡Jamás en mi vida había visto algo semejante!

Con la expresión de embotado asombro de quien acaba de comprender que le han infligido una grave ofensa, el médico se encogió de hombros, abrió los brazos y, sin saber qué decir ni qué hacer, se desplomó exhausto en un sillón.

–Bueno, había dejado de quererme, se había enamorado de otro, de acuerdo, pero ¿por qué este engaño, esta estratagema cobarde y pérfida? –decía Aboguin con voz llorosa–. ¿Por qué? Y ¿para qué? ¿Qué le he hecho? Escuche, doctor –dijo con vehemencia, acercándose a Kirílov–. Ha sido usted testigo involuntario de mi desgracia y no voy a ocultarle la verdad. Le juro que amaba a esa mujer, la adoraba como un esclavo. Por ella lo he sacrificado todo: he discutido con mi familia, he abandonado mi empleo y la música, le he perdonado lo que no le hubiera perdonado a una madre o a una hermana... Ni una sola vez la he mirado con mala cara... ¡No le he dado ningún pretexto! ¿A qué viene esta mentira? No le exijo que me ame, pero ¿por qué este engaño abominable? Si no me amabas, habérmelo dicho a la cara, honradamente, sobre todo cuando conocías mi punto de vista al respecto...

Con lágrimas en los ojos y temblando de pies a cabeza, Aboguin se sinceró con el médico. Hablaba con vehemencia, llevándose ambas manos al corazón, desvelando sin la menor vacilación sus intimidades familiares, como si se alegrara de arrancarse por fin esos secretos del pecho. Si hubiera estado hablando así una hora o dos, habría aligerado su alma y, sin duda, se habría sentido aliviado. Quién sabe, si el médico le hubiera escuchado y le hubiera compadecido como un amigo, quizá, como suele suceder en tales casos, se habría resignado a su desgracia sin protestar, sin hacer tonterías innecesarias... Pero no fue eso lo que pasó. Mientras Aboguin hablaba, el ofendido médico cambiaba a ojos vistas. La indiferencia y la sorpresa dieron paso poco a poco a una expresión de amarga ofensa, de indignación y de rabia. Los rasgos de su cara se volvieron más ásperos, duros y desagradables. Cuando Aboguin le acercó a los ojos un retrato de su joven esposa, que mostraba a una muchacha de rostro bello, pero seco e inexpresivo como el de una monja, y le preguntó si una mujer con tal semblante le parecía capaz de mentir, el médico se levantó de un salto, con los ojos llameantes, y le dijo, recalcando con rudeza cada palabra:

–¿Por qué me cuenta todo esto? ¡No tengo ninguna gana de escucharle! ¡Ninguna gana! –gritó, dando un puñetazo en la mesa–. No me importan para nada sus triviales secretos, ¡que se vayan al diablo! ¡Cómo se atreve a soltarme estas vulgaridades! ¿O es que piensa usted que aún no me ha ofendido bastante? ¿Cree que soy un lacayo al que puede agraviar cuanto le plazca? ¿Eh? –Aboguin se apartó de Kirílov y le miró sorprendido–.

¿Por qué me ha traído aquí? –continuó el médico, moviendo la barba al hablar–. Si se casa usted por capricho, se enfurece porque se aburre y monta un melodrama, ¿qué me importa a mí todo eso? ¿Qué tengo yo que ver con sus novelas? ¡Déjeme en paz! ¡Dedíquese a sus nobles negocios, presuma de ideas humanitarias, toque el contrabajo y el trombón –el médico dirigió una mirada de soslayo a la funda del violonchelo–, engorde como un capón, pero no se atreva a burlarse de sus semejantes! ¡Si no sabe respetar a la gente, al menos ahórrele su atención!

–Perdone, ¿qué me está diciendo? –preguntó Aboguin, enrojeciendo.

–¡Le estoy diciendo que es una ruindad y una bajeza jugar así con la gente! Soy médico y usted considera lacayos y personas de mal tono a los médicos y, en general, a los trabajadores que no huelen a perfume ni a prostitución; haga lo que le parezca, pero ¡nada le da derecho a convertir a un hombre que sufre en un comparsa de su melodrama!

–¿Cómo se atreve a hablarme así? –preguntó en voz queda Aboguin, y su rostro volvió a temblar, esta vez sin duda de ira.

–No, ¿cómo se ha atrevido usted, conociendo mi aflicción, a traerme aquí para escuchar sus vulgaridades? –gritó el médico, dando un nuevo puñetazo en la mesa–. ¿Quién le da derecho a burlarse del dolor ajeno?

–¡Ha perdido usted el juicio! –vociferó Aboguin–. ¡Qué falta de humanidad! Yo también soy profundamente desdichado y... y...

–Desdichado... –dijo el médico con una sonrisa llena de desprecio–. No utilice usted esa palabra, no le concierne. Los bribones que no encuentran el dinero necesario para satisfacer una letra también se consideran desdichados. El capón al que ahoga el exceso de grasa también se juzga desdichado. ¡Qué nulidades!

–¡Señor mío, se está propasando usted! –chilló Aboguin–. ¡Esas palabras pueden valerle una bofetada! ¿Lo entiende? –Aboguin se metió precipitadamente la mano en el bolsillo, sacó la cartera y, tomando dos billetes, los arrojó sobre la mesa–. ¡Tenga, por la visita! –dijo, y las ventanas de la nariz le temblaron–. ¡Ya está usted pagado!

–¡No se atreva a ofrecerme dinero! –gritó el médico, lanzando de un manotazo los billetes al suelo–. ¡Los insultos no se borran con dinero!

Aboguin y el médico estaban frente a frente y, llenos de cólera, seguían dirigiéndose ofensas inmerecidas. Probablemente nunca en su vida, ni siquiera en momentos de delirio, habían dicho tantas palabras injustas, crueles y absurdas. En ambos se manifestaba con acritud el egoísmo de los desdichados; suelen ser estos egoístas, malvados, injustos, crueles y menos capaces que los imbéciles de comprenderse mutuamente. La desdicha, lejos de unir a los hombres, los separa; incluso en aquellos casos en que las personas debieran sentirse vinculadas por la similitud de su dolor, se cometen muchas más injusticias y crueldades que en ambientes relativamente felices.

–¡Haga el favor de llevarme a casa! –gritó el médico, jadeante.

Aboguin llamó con gesto brusco. Al no aparecer nadie, volvió a llamar y, ebrio de ira, arrojó la campana al suelo, que cayó con ruido sordo sobre la alfombra y emitió un gemido lastimero, semejante al de un moribundo. Apareció un criado.

–¿Dónde os habíais metido, malditos? –dijo el amo, abalanzándose sobre él y apretando los puños–. ¿Dónde estabas ahora? Ve a decir que traigan la calesa para este señor y ordena que preparen la berlina para mí. ¡Espera! –gritó, cuando el criado se dio la vuelta para irse–. ¡Que mañana no quede ni un traidor en mi casa! ¡Os echo a todos! ¡Contrataré criados nuevos! ¡Canallas!

Aboguin y el médico aguardaron en silencio a que prepararan los coches. El primero había recobrado ya ese aire de prosperidad y de refinada elegancia. Caminaba por el salón, sacudiendo la cabeza con gesto distinguido y parecía meditar en alguna cuestión. Su ira no se había calmado, pero trataba de aparentar que no reparaba en su enemigo... El médico estaba de pie, con una mano apoyada en el borde de la mesa, y miraba a Aboguin con ese desprecio profundo, desdeñoso y algo cínico con que miran las personas atribuladas y desdichadas cuando tienen delante a un hombre próspero y elegante.

Al cabo de un rato, cuando el médico tomó asiento en la calesa y partió, sus ojos seguían conservando esa mirada de desdén. Todo estaba oscuro, mucho más que una hora antes. La media luna roja había desaparecido ya detrás de la colina y las nubes que la vigilaban flotaban junto a las estrellas como manchas negras. Una berlina con faroles rojos pasó con estrépito por el camino y adelantó al médico. Era Aboguin que se dirigía a algún sitio para quejarse y cometer alguna tontería...

Durante todo el trayecto el médico no pensó en su mujer, ni en Andréi, sino en Aboguin y en la gente que habitaba en la casa que acababa de abandonar. Condenaba a Aboguin, a su mujer, a Papchinski y a todos los que vivían en esa semipenumbra rosada y olían a perfume; a lo largo del camino su odio y su desprecio alcanzaron tal extremo que hasta llegó a dolerle el corazón. Y su entendimiento se creó un juicio inconmovible de esas personas.

Pasará el tiempo, pasará también el dolor de Kirílov, pero ese convencimiento injusto, indigno de un corazón humano, no desaparecerá y perdurará en el alma del médico hasta el momento de su muerte.

Vérochka
(1887)

Iván Alekséievich Ogniov recuerda que esa tarde de agosto abrió ruidosamente la puerta acristalada de la terraza. Llevaba a la sazón una capa ligera y un sombrero de paja de ala ancha, el mismo que ahora, lleno de polvo, descansa debajo de la cama junto a las botas de montar. Tenía en una mano un grueso paquete de libros y cuadernos y en la otra un nudoso bastón.

Detrás de la puerta, alumbrándole el camino con una lámpara, estaba el dueño de la casa, Kuznetsov, un anciano calvo con una larga barba canosa y una chaqueta de piqué blanca como la nieve. El anciano esbozaba una bondadosa sonrisa y sacudía la cabeza.

–¡Adiós, viejecito! –le gritó Ogniov.

Kuznetsov dejó la lámpara en una mesita y salió a la terraza. Dos sombras largas y estrechas se deslizaron por los peldaños en dirección a los parterres de flores, oscilaron y apoyaron la cabeza en los troncos de los tilos.

–¡Adiós, viejo amigo, y gracias una vez más! –dijo Iván Alekséievich–. Le agradezco su afabilidad, sus atenciones, su cariño... No olvidaré su hospitalidad en toda mi vida. Tanto usted como su hija son muy bondadosos y los lugareños me han parecido gente amable, alegre, acogedora... ¡No encuentro palabras para definir lo maravillosos que son!

El exceso de sensibilidad y el efecto del licor que acababa de beber hacían que Ogniov hablara con la voz cantarina de un seminarista; estaba tan conmovido que expresaba sus sentimientos no tanto con palabras como con visajes y movimiento de hombros. Kuznetsov, también achispado y conmovido, se inclinó hacia el joven y lo besó.

–¡Me he acostumbrado a ustedes como un sabueso! –continuó Ogniov–. He venido a verles casi todos los días, he pasado aquí la noche unas diez veces y he bebido tanto licor que hasta me asusta recordarlo. Le agradezco en especial su colaboración y su ayuda, Gavril Petróvich. De no haber sido por usted, habría tenido que quedarme aquí, ocupado con mis estadísticas, al menos hasta octubre. Así lo aclararé en el prefacio: «Considero mi deber expresar mi agradecimiento al presidente de la comisión rural del distrito de N., señor Kuznetsov, por su amable colaboración». ¡La estadística tiene un brillante futuro! Transmita mis más respetuosos saludos a Vera Gavrílovna y dígales a los doctores y a los dos jueces de instrucción que jamás olvidaré su ayuda. Y ahora, viejo amigo, abracémonos y besémonos por última vez.

Todo emocionado, Ogniov besó una vez más al anciano y empezó a bajar por las escaleras. En el último peldaño se volvió y preguntó:

–¿Volveremos a vernos algún día?

–¡Quién sabe! –respondió el anciano–. ¡Probablemente no!

–¡Sí, es verdad! Usted no pone el pie en Petersburgo por nada del mundo y en cuanto a mí es difícil que vuelva a caer otra vez por este distrito. ¡Bueno, adiós!

–¡Debería dejar usted los libros! –le gritó Kuznetsov–. ¡Ya tiene ganas de cargar con semejante peso! Mañana se los haré llevar por un criado.

Pero Ogniov ya no le escuchaba y se alejaba a buen paso de la casa. En su corazón, caldeado por el vino, se mezclaban la alegría, la satisfacción y la tristeza... Mientras caminaba, iba pensando que la vida depara frecuentes encuentros con personas de buen corazón y que era una pena que estos no dejaran más huella que el recuerdo. A veces en el horizonte surgen algunas grullas, un viento suave transporta su grito quejumbroso y exaltado, pero al cabo de un instante, por más que uno escrute la lejanía celeste, no verá ningún punto ni oirá ningún sonido; de la misma manera, las personas, con sus rostros y sus palabras, pasan fugaces por nuestra vida y se hunden en el pasado, dejando apenas una huella insignificante en la memoria. Al encontrarse desde la primavera en el distrito de N. y visitar casi a diario a los gentiles Kuznetsov, Iván Alekséievich se había acostumbrado al anciano, a su hija y a los criados como a miembros de su propia familia; conocía en sus menores detalles la casa, la acogedora terraza, las curvas de las alamedas, la silueta de los árboles junto a la cocina y la sala de baños; sin embargo, en cuanto atravesara la cancela, todo eso se convertiría en recuerdo, perdería para siempre su significado real y al cabo de uno o dos años esas gratas imágenes palidecerían en la conciencia, del mismo modo que las quimeras y los frutos de la fantasía.

«¡En la vida no hay nada más preciado que la gente! –pensaba Ogniov, profundamente conmovido, mientras avanzaba por la alameda en dirección a la cancela–. ¡Nada!»

En el jardín, sumido en el silencio, el ambiente era tibio. Olía a reseda, a tabaco y a heliotropo, que aún florecía en los parterres. Los espacios entre los arbustos y los troncos de los árboles estaban llenos de una niebla liviana, acariciadora, empapada de luz lunar; algunos flecos de niebla semejantes a fantasmas –Ogniov tardaría en olvidarlos– se perseguían unos a otros a través de la alameda, de forma lenta pero perceptible. La luna flotaba a gran altura sobre el jardín; más abajo algunas manchas nebulosas y transparentes se desplazaban hacia oriente. Parecía como si todo el universo se compusiera solo de siluetas negras y de blancas sombras errantes; Ogniov, que acaso por primera vez en su vida contemplaba la niebla en una noche de agosto con luna, pensaba que no estaba viendo un espectáculo natural, sino un decorado, donde desmañados pirotécnicos, queriendo iluminar el jardín con blancas bengalas, se habían apostado detrás de los arbustos y habían llenado el aire no solo de luz, sino también de humo blanquecino.

Cuando Ogniov se acercaba a la cancela del jardín, una oscura sombra se separó de la baja cerca y salió a su encuentro.

–¡Vera Gavrílovna! –exclamó él con alegría–. ¿Está usted ahí? La he buscado por todas partes, quería despedirme... ¡Adiós, me marcho!

–¿Tan pronto? ¡Si aún no son las once!

–¡Sí, ya es hora! Tengo cinco verstas por delante y todavía no he hecho el equipaje. Mañana hay que levantarse temprano...

Ante Ogniov se encontraba la hija de Kuznetsov, Vera, una muchacha de veintiún años, de apariencia triste, ataviada con desaliño y muy atractiva. Las muchachas que sueñan mucho y se pasan el día entero tumbadas con indolencia, leyendo todo lo que cae en sus manos, que se dejan ganar por el aburrimiento y la melancolía, suelen vestir con descuido. A las que la naturaleza ha dotado de gusto y del instinto de la belleza esa ligera negligencia en el atuendo les infunde un encanto singular. Al menos, cuando Ogniov evocó más tarde el recuerdo de la hermosa Vérochka, no pudo representársela sin su amplia blusa, con profundos pliegues en el talle, pero que no llegaban a rozar el busto, sin su rizo escapándose del alto peinado y cayendo sobre la frente, sin ese pañuelo rojo de punto con borlas afelpadas en los bordes que, por la noche, colgaba tristemente de su hombro como una bandera con tiempo apacible y, durante el día, estaba hecho un ovillo en el recibidor, entre gorros de hombre, e incluso en el comedor, sobre el cofre en el que la vieja gata dormía sin ceremonias. Ese pañuelo y los pliegues de la blusa denotaban una pereza plena de libertad, una vida sedentaria y un alma bondadosa. Quizá porque Vera le gustaba, Ogniov veía en cada uno de sus botones y volantes una marca de cordialidad, intimidad e ingenuidad, esa aura de hermosura y poesía del que carecen las mujeres insinceras, frías y desprovistas del sentido de la belleza.

Vérochka tenía una bonita figura, un perfil regular y hermosos cabellos rizados. Ogniov, que no había visto muchas mujeres en su vida, la consideraba una belleza.

–¡Me marcho! –dijo, despidiéndose de ella cerca de la cancela–. ¡No guarde mal recuerdo de mí! ¡Gracias por todo!

Con la misma voz cantarina de seminarista que había adoptado para hablar con el padre, con los mismos visajes y movimientos de hombro, empezó a agradecer a Vera su hospitalidad, sus atenciones y su afabilidad.

–Le he hablado de usted a mi madre en cada una de mis cartas –dijo–. Si todo el mundo fuera como su padre y usted, la vida sería una delicia. ¡Aquí toda la gente es extraordinaria! Unas personas sencillas, afectuosas, sinceras.

–¿Adónde se dirige ahora? –preguntó Vera.

–A casa de mi madre, en Oriol, donde pasaré un par de semanas; desde allí volveré a San Petersburgo para reincorporarme a mi trabajo.

–¿Y luego?

–¿Luego? Pasaré el invierno trabajando y en primavera viajaré de nuevo a algún distrito para recopilar datos. Bueno, le deseo mucha felicidad y que viva cien años... No guarde un mal recuerdo de mí. No volveremos a vernos.

Ogniov se inclinó y besó a Vérochka en la mano. Luego, dominado por una callada emoción, se arregló la capa, se acomodó mejor el paquete de libros y, al cabo de unos instantes de silencio, dijo:

–¡Vaya niebla ha caído!

–Sí. ¿No ha olvidado usted nada en nuestra casa?

–¿Qué? Creo que no...

Ogniov se quedó callado durante un momento, luego se volvió torpemente hacia la cancela y salió del jardín.

–Espere, le acompañaré hasta nuestro bosque –dijo Vera, siguiéndole.

Emprendieron el camino. Los árboles ya no tapaban el espacio y alcanzaban a verse el cielo y la lejanía. Como cubierta por un velo, toda la naturaleza se ocultaba detrás de un vapor mate y transparente, a través del cual se asomaba su jovial belleza; la niebla, más densa y más blanca, se extendía en jirones irregulares en torno a los almiares y los arbustos o vagaba en forma de flecos a lo largo del camino y se pegaba a la tierra, como esforzándose por no enmascarar el espacio. A través del vapor se columbraba todo el camino hasta el bosque, circundado de dos zanjas oscuras con pequeños arbustos que entorpecían la marcha de las hilachas de niebla. A media versta de la cancela destacaba la banda oscura del bosque de los Kuznetsov.

«¿Por qué habrá venido conmigo? ¡Ahora tendré que acompañarla cuando vuelva!», pensaba Ogniov; no obstante, al contemplar el perfil de Vera, sonrió con ternura y dijo:

–¡Con un tiempo tan agradable no se tienen ganas de partir! Es una noche de lo más romántica, con la luna, el silencio y todo lo demás. ¿Sabe una cosa, Vera Gavrílovna? Tengo ya veintinueve años, pero en mi vida no ha habido ninguna historia de amor, de modo que los *rendez-vous*, las alamedas llenas de suspiros y de besos solo las conozco de oídas. ¡No es normal! En la ciudad, cuando uno está encerrado en su cuarto, no advierte esa laguna; pero aquí, al aire libre, se percibe con fuerza... ¡Se siente cierta frustración!

–¿Y a qué se debe todo eso?

–No lo sé. Probablemente a que siempre me ha faltado tiempo o quizá, sencillamente, a que no he tenido ocasión de conocer a mujeres que... En general tengo pocas amistades y no voy a ninguna parte.

Los jóvenes dieron unos trescientos pasos en silencio. Ogniov contemplaba la cabeza descubierta y el pañuelo de Vérochka, y en su recuerdo revivieron, uno tras otro, los días de primavera y de verano; era la época en que, lejos de su gris habitación petersburguesa, disfrutaba de las atenciones de gentes bondadosas, de la naturaleza y de su querido trabajo; en esos días no tenía tiempo de reparar en la sucesión de crepúsculos y amaneceres ni tampoco en la desaparición del canto del ruiseñor, que presagiaba el final del verano; luego dejaron de oírse las codornices y más tarde los rascones... El tiempo pasaba inadvertido, señal inequívoca de dicha y despreocupación... Se puso a evocar en voz alta el poco entusiasmo con que, escaso de dinero y poco habituado a los desplazamientos y a la gente, había emprendido a finales de abril el viaje al distrito de N., donde solo esperaba encontrar aburrimiento, soledad e indiferencia por la estadística, a la que concedía un lugar preeminente entre las ciencias. Tras llegar una mañana de abril a la pequeña ciudad del distrito de N., se había alojado en la posada del viejo creyente Riabujin, donde, por veinte kopeks al día, le había dado una habitación limpia y luminosa, a condición de que no fumara en ella. Después de reposar y averiguar quién era el presidente de la comisión rural del distrito, se dirigió a pie, sin pérdida de tiempo, a casa de Gavril Petróvich.

Tuvo que caminar cuatro verstas a través de exuberantes praderas y jóvenes bosques. Bajo las nubes temblaban las alondras, llenando el aire con sus cantos argentinos y, sobre las verdes tierras de labor, pasaban los cuervos, agitando las alas con aire grave y solemne.

–Señor –se sorprendió entonces Ogniov–, ¿es posible que siempre se respire aquí este aire o será solo hoy, en honor de mi llegada, que huele especialmente bien?

Esperando un recibimiento seco y oficial, entró en casa de Kuznetsov con paso vacilante, mirando de soslayo y tirándose de la barba con aire tímido. En un principio el anciano frunció el ceño, sin entender qué necesidad tenía ese joven investigador del consejo rural, pero cuando aquel le explicó en detalle en qué consistían los datos estadísticos y dónde se recopilaban, Gavril Petróvich se animó, sonrió y hojeó los cuadernos de Ogniov con curiosidad infantil. Esa misma noche Iván Alekséievich ya cenó en casa de Kuznetsov y tomó fuertes licores que no tardaron en achisparle; al contemplar los rostros serenos y los gestos indolentes de sus nuevos conocidos, sentía en todo su cuerpo esa dulce y perezosa languidez que precede al sueño y que lleva a desperezarse y a sonreír. Sus nuevos conocidos lo examinaban con benevolencia y le preguntaban si vivían su padre y su madre, cuánto ganaba al mes, si iba con frecuencia al teatro...

Recordó sus viajes por las diversas comarcas de la región, las meriendas campestres, las jornadas de pesca, una excursión en grupo al convento de la madre superiora Marfa, que había regalado a cada visitante un monedero de abalorios; rememoró las discusiones acaloradas e interminables, específicamente rusas, en las que los interlocutores, con espuma en los labios y puñetazos en la mesa, se malinterpretaban y se interrumpían sin darse cuenta, contradiciéndose ellos mismos a cada frase y cambiando constantemente de tema, hasta que al cabo de dos o tres horas decían entre risas:

–¡El diablo sabrá por qué nos hemos puesto a discutir! ¡Empezamos hablando de manera amistosa y hemos acabado tirándonos los trastos a la cabeza!

–¿Y se acuerda cuando el médico, usted y yo fuimos a caballo hasta Shestovo? –dijo Iván Alekséievich a Vera, acercándose con ella al bosque–. En aquella ocasión nos encontramos con un pobre chiflado. Le di una moneda de cinco kopeks y él se santiguó tres veces y la arrojó a un sembrado. ¡Señor, me llevo tantas impresiones que, si fuera posible reunirlas en una masa compacta, resultaría un hermoso lingote de oro! No entiendo por qué las personas inteligentes y sensibles se apiñan en las ciudades en lugar de venir a este lugar. ¿Acaso en la avenida Nevski y en las grandes casas llenas de humedad se goza de más espacio y de una vida más auténtica? En realidad, los departamentos amueblados en los que vivo, atestados de arriba abajo de pintores, sabios y periodistas, siempre me han parecido llenos de prejuicios.

A veinte pasos del bosque el camino pasaba por un estrecho puentecillo, con pequeños postes en las esquinas, que durante los paseos nocturnos servía a los Kuznetsov y a sus invitados para hacer una breve parada. Desde allí el que quería podía burlarse del eco del bosque o contemplar cómo en lontananza el camino se convertía en una oscura senda.

–¡Ahí está el puentecillo! –dijo Ogniov–. En ese punto debe usted darse la vuelta...

Vera se detuvo y tomó aliento.

–Sentémonos un rato –comentó, encaramándose en uno de los postes–. En el momento de la partida, antes de despedirse, es costumbre que todo el mundo se siente.

Ogniov se acomodó a su lado, sobre el paquete de libros, y siguió hablando. Ella, fatigada por la caminata, respiraba con dificultad; en lugar de mirar a Ogniov, se había girado del otro lado, de modo que él no veía su cara.

–Imagine que nos encontramos de pronto al cabo de diez años –dijo él–. ¿En qué nos habremos convertido? Usted será ya una respetable madre de familia y yo autor de una meritoria e inútil compilación estadística, tan gruesa como cuarenta mil estudios. Nos encontraremos y evocaremos el pasado. Lo que ahora sentimos es el presente, que nos anega y nos emociona, pero, cuando volvamos a encontrarnos, ya no recordaremos ni la fecha, ni el mes, ni siquiera el año en que nos vimos por última vez en este puentecillo. Usted probablemente habrá cambiado... Dígame, ¿cambiará usted?

Vera se estremeció y volvió el rostro hacia él.

–¿Qué? –dijo.

–Acabo de preguntarle...

–Perdone, no le estaba escuchando.

Solo en ese momento advirtió Ogniov el cambio que se había operado en ella. Estaba pálida, respiraba con dificultad, le temblaban las manos, los labios y la cabeza; de su peinado se escapaba no un mechón, como de costumbre, sino dos... Era evidente que evitaba mirarle directamente a los ojos y, tratando de ocultar su agitación, tan pronto se arreglaba el cuello del vestido, como si este la estuviera ahogando, como se pasaba el pañuelo rojo de un hombro a otro...

–Parece que tiene usted frío –dijo Ogniov–. No es bueno para la salud estar a la intemperie cuando hay niebla. Vamos, la acompañaré *nach Hause.** –Vera guardaba silencio–. ¿Qué le pasa? –pre-

---

* A casa.

guntó él con una sonrisa–. No dice usted nada y no responde a mis preguntas. ¿Se encuentra mal o está enfadada? ¿Eh?

Vera apretó con fuerza la palma de la mano contra la mejilla que estaba vuelta hacia Ogniov y al punto la retiró con brusco ademán.

–Es una situación espantosa... –murmuró con una expresión de intenso dolor en el rostro–. ¡Espantosa!

–¿Qué es lo que tiene de espantosa? –preguntó Ogniov, encogiéndose de hombros y sin ocultar su asombro–. ¿De qué se trata?

Aún jadeante y temblorosa, Vera le dio la espalda, contempló el cielo unos instantes y comentó:

–Tengo que hablar con usted, Iván Alekseich...

–La escucho.

–Tal vez le parezca extraño... y se sorprenda, pero me da igual...

Ogniov volvió a encogerse de hombros y se dispuso a escuchar.

–El caso es que... –empezó Vérochka, inclinando la cabeza y manoseando una borla del pañuelo–. Verá usted, lo que quería decirle... Le parecerá extraño y... estúpido, pero... no puedo más.

Las palabras de Vera se convirtieron en un confuso balbuceo y de pronto la muchacha estalló en sollozos. Se cubrió el rostro con el pañuelo, se inclinó aún más y lloró con amargura. Iván Alekseich carraspeó con aire turbado y, todo confundido, sin saber qué decir ni qué hacer, dirigió una mirada desesperada a su alrededor. Poco habituado al llanto y a las lágrimas, sentía que sus propios ojos le picaban.

–¡Vaya! –balbució, desconcertado–. Vera Gavrílovna, ¿a qué viene esto, dígame? Querida, ¿está usted enferma? ¿O la ha ofendido alguien? Dígamelo, tal vez yo... pueda ayudarla...

Cuando, tratando de consolarla, se permitió apartar con cuidado las manos de su rostro, ella le sonrió a través de las lágrimas y exclamó:

–¡Yo... le amo!

Esas palabras, simples y corrientes, fueron pronunciadas con sencillez y sentimiento, pero Ogniov, presa de una gran turbación, se apartó de Vera y se levantó; poco a poco su confusión fue transformándose en miedo.

La tristeza, la tibieza y la emoción motivadas por la despedida y el licor desaparecieron de pronto, cediendo su lugar a una aguda y desagradable sensación de malestar. Como si su alma se hubiera transformado, miró de soslayo a Vera, que en ese momento, tras confesarle su amor y haberse despojado de esa inaccesibilidad que tanto embellece a las mujeres, le pareció más baja de estatura, más ordinaria, más oscura.

«¿Qué es esto? –se preguntó con espanto–. Y yo... ¿la amo o no? ¡Menudo dilema!»

En cuanto a ella, una vez dicho lo más importante y difícil, respiraba libremente, sin trabas. También se puso en pie y, mirando a Iván Alekseich a la cara, estalló en un torrente de palabras apresuradas, irresistibles, apasionadas.

De la misma manera que un hombre atenazado por un miedo repentino no puede recordar después el orden en el que se sucedieron los sonidos de la catástrofe que le aturdió, Ogniov no recordaba las palabras y las frases de Vera, solo el sentido de lo que había dicho, la propia figura de la joven y la impresión producida por su discurso. Recordaba una voz sorda, algo ronca por la emoción, la música extraordinaria y la vehemencia de la entonación. En medio de llantos, risas y lágrimas que centelleaban en sus pestañas, le dijo que desde los primeros días de su encuentro le habían impresionado su originalidad, su inteligencia, su mirada bondadosa y despierta, las ocupaciones y objetivos de su vida;

que sentía por él un amor apasionado, loco, desaforado; que ese verano, cuando pasaba del jardín a la casa y veía su abrigo en el recibidor u oía su voz en la lejanía, de su corazón, estremecido por un escalofrío, se apoderaba un presentimiento de felicidad; que hasta sus bromas más triviales la hacían reír a carcajadas y en cada cifra de sus cuadernos veía un componente extremadamente lúcido y grandioso; que su nudoso bastón se le antojaba más hermoso que los árboles.

El bosque, los jirones de niebla y las zanjas negras a lo largo del camino parecían guardar silencio y escucharla, pero en el alma de Ogniov había sucedido algo desagradable y extraño... Al confesarle su amor, Vera resplandecía de belleza, hablaba con distinción y pasión, pero él no experimentaba ningún regocijo ni satisfacción, como hubiera sido su deseo, sino un sentimiento de compasión por Vera, el dolor y la pena de que una persona bondadosa sufriera por su culpa. Ya fuera que hablara en él la razón libresca o se manifestara el irresistible hábito de la objetividad que tan a menudo impide a los hombres vivir –¡quién sabe!–, el caso es que el entusiasmo y el sufrimiento de la joven le parecieron insulsos e insignificantes, al tiempo que sus sentimientos se rebelaban y le susurraban que, desde el punto de vista de la naturaleza y la felicidad personal, cuanto veía y escuchaba en ese momento era algo mucho más importante que todas las estadísticas, los libros y las verdades... Estaba furioso consigo mismo y se acusaba, aunque no comprendía en qué consistía su falta.

Para colmo de su turbación, no sabía qué decir; sin embargo, era imprescindible que hiciera algún comentario. Declarar abiertamente que no la amaba estaba por encima de sus fuerzas y no podía decir «sí» porque, por más que rebuscaba en su alma, no encontraba una chispa de pasión...

Ogniov guardaba silencio y entretanto Vera le decía que no

concebía felicidad mayor que verlo, seguirlo a donde él quisiera desde ese mismo instante, ser su mujer y su apoyo, y que se moriría de pena si la abandonaba...

–¡No puedo quedarme aquí! –dijo retorciéndose las manos–. La casa, el bosque y el aire se me han vuelto intolerables. No soporto esta calma constante y esta vida sin sentido; no aguanto a nuestras gentes pálidas y descoloridas, tan idénticas entre sí como dos gotas de agua. Son todos afables y bondadosos porque tienen el estómago lleno, no sufren, no luchan... Y yo ansío vivir en casas grandes y húmedas, donde las personas sufren, atormentadas por el trabajo y la necesidad...

Ese comentario también le pareció a Ogniov insulso e insignificante. Cuando Vera terminó, aún no sabía qué decir, pero como no podía seguir guardando silencio, farfulló:

–Le estoy muy agradecido Vera Gavrílovna, aunque sospecho que no merezco en absoluto... el sentimiento... que me profesa. En segundo lugar, mi condición de hombre honrado me obliga a decirle que... la felicidad se basa en el equilibrio, es decir, cuando las dos partes... se aman por igual...

En ese momento Ogniov se avergonzó de su balbuceo y se calló. Se daba cuenta de lo estúpida, culpable y vulgar que era la expresión de su rostro, de la tensión y crispación de sus rasgos... Probablemente Vera había leído la verdad en su cara, pues de pronto se puso seria, palideció y bajó la cabeza.

–Perdóneme –farfulló Ogniov, incapaz de soportar ese silencio–. ¡La aprecio tanto que... siento un inmenso dolor!

Vera se volvió bruscamente y con paso rápido se dispuso a desandar el camino. Ogniov la siguió.

–¡No es necesario! –dijo Vera, haciendo un gesto con la mano–. No hace falta que venga, puedo ir yo sola...

–No, de ninguna manera... Tengo que acompañarla.

Todo lo que decía, hasta la última palabra, le parecía repugnante y trivial. El sentimiento de culpa crecía en él a cada paso que daba. Estaba furioso, apretaba los puños y maldecía su frialdad y su poca maña con las mujeres. Tratando de estimular su sensualidad, miraba el hermoso talle de Vérochka, su trenza y las huellas que sus menudos pies dejaban en el polvoriento camino; recordaba sus palabras y sus lágrimas, pero ninguna de esas cosas encendía su alma, solo le enternecían.

«¡Ah, no se puede amar a la fuerza! –se decía para convencerse, al tiempo que pensaba–: ¿Cuándo amaré por propia iniciativa? ¡Tengo ya casi treinta años! Nunca he conocido ni conoceré a una mujer mejor que Vera... ¡Ah, maldita vejez! ¡Vejez a los treinta años!»

Vera iba delante, cada vez más deprisa, sin darse la vuelta y con la cabeza gacha. Y él tenía la impresión de que se había encogido de pena y de que sus hombros se habían vuelto más estrechos...

«¡Me imagino lo que estará pasando ahora en su alma! –pensaba, mirando su espalda–. ¡Probablemente la vergüenza y el dolor le hagan desear la muerte! Señor, hay tanta vida, poesía y sentido en todo esto que hasta una piedra se ablandaría, pero yo... soy un estúpido y un necio»

Al llegar a la cancela, Vera le dirigió una mirada fugaz y, encorvándose y arrebujándose en su pañuelo, se alejó deprisa por la alameda.

Iván Alekseich se quedó solo. Se dio la vuelta y con pasos lentos se encaminó de nuevo al bosque, deteniéndose a cada momento y volviéndose para mirar la cancela con una expresión de incredulidad. Buscaba con los ojos las huellas que Vérochka había dejado en el camino y no podía creer que una muchacha que tanto le gustaba acabara de declararle su amor y que él la hubiera «rechazado» con tanta torpeza y brusquedad. Por primera vez en su vida conocía por experiencia del escaso poder que la buena voluntad ejerce sobre los hombres y experimentaba en carne propia la situación del hombre honrado y sincero que, sin pretenderlo, causa sufrimientos crueles e inmerecidos al prójimo.

La conciencia no le concedía tregua; además, una vez que Vera desapareció, tuvo la impresión de que había perdido algo muy querido y cercano que nunca volvería a encontrar. Sintió que con ella se había esfumado una parte de su juventud y que los instantes que acababa de vivir de forma tan estéril no se repetirían.

Al llegar al puentecillo se detuvo y se quedó pensativo. Quería encontrar la razón de su extraña frialdad. Le parecía evidente que esta no se hallaba fuera, sino dentro de él. Con total sinceridad se confesó que no se trataba de la frialdad juiciosa de la que tanto suelen jactarse los hombres inteligentes ni de la frialdad de un imbécil pagado de sí mismo, sino simplemente de una deficiencia de su alma, de una incapacidad para captar la belleza en toda su profundidad, de un caso de vejez prematura, fruto de su educación, de la lucha desordenada que había librado por ganarse el pan y de la vida desarraigada que había llevado en habitaciones de hotel.

Desde el puentecillo se internó lentamente, y como a desgana, en el bosque. Allí, entre la negra y espesa penumbra, donde el resplandor de la luna dibujaba aquí y allá intensas manchas de luz y no se percibía otra cosa que los propios pensamientos, sintió enormes deseos de recuperar lo que había perdido.

Iván Alekseich recordaba haber vuelto de nuevo sobre sus pasos. Aguijoneándose con recuerdos, forzándose a trazar en su imaginación los rasgos de Vera, se dirigió a buen paso hacia el jardín. La niebla había levantado, tanto allí como en el camino, y una luna brillante, como recién lavada, miraba desde lo alto; solo a oriente el cielo estaba algo brumoso y cubierto... Ogniov recordaba sus pasos sigilosos, las ventanas oscuras, el olor embriagador de los heliotropos y de la reseda. El perro Caro se acercó a él y le olisqueó la mano, moviendo amistosamente el rabo... Fue la única criatura viva que le vio dar dos vueltas alrededor de la casa, detenerse bajo la ventana oscura de Vera y, con un gesto de desaliento y un profundo suspiro, abandonar el jardín.

Al cabo de una hora estaba ya en el pueblo, donde, fatigado, destrozado, con el torso y el sofocado rostro apoyados en el portal de la fonda, sacudía la aldaba. En algún lugar del pueblo un perro desvelado se puso a ladrar y, como en respuesta a su llamada, un sereno hizo sonar su barra de hierro cerca de la iglesia...

–Te pasas las noches vagabundeando... –rezongó el viejo creyente, vestido con un largo camisón que parecía de mujer, al tiempo que le abría la puerta–. En lugar de vagar por ahí, más valdría que rezaras a Dios.

Una vez en su habitación, Iván Alekseich se dejó caer en la cama y pasó largo rato contemplando la llama de la lámpara; luego sacudió la cabeza y empezó a hacer el equipaje...

Tifus
(1887)

El joven teniente Klímov viajaba en el compartimento de fumadores del expreso que cubría la ruta San Petersburgo-Moscú. Frente a él estaba sentado un hombre maduro, con rostro afeitado de capitán de navío, según todas las apariencias un finés o un sueco acomodado, que se pasó todo el trayecto chupando su pipa y hablando de un mismo tema:

–¡De modo que es usted oficial! Mi hermano también lo es, pero de marina... Sí, oficial de marina y sirve en Kronstadt... ¿Por qué va usted a Moscú?

–He sido destinado a esa ciudad.

–¡Ah! ¿Está casado?

–No, vivo con una tía y una hermana.

–Mi hermano también es oficial, oficial de marina, pero está casado, tiene mujer y tres hijos. ¡Ah!

El finés parecía sorprenderse de todo, sonreía de oreja a oreja con aire estúpido cada vez que dejaba escapar la exclamación «¡Ah!» y no paraba de lanzar bocanadas de humo sobre su apestosa pipa. Klímov, que no se encontraba bien y apenas tenía fuerzas para responder a sus preguntas, lo aborrecía con toda su alma. Soñaba con arrancarle la sibilante pipa de las manos, arrojarla debajo del asiento y mandar al finés a otro vagón.

«Qué gente más repugnante son los fineses y... los griegos –pensaba–. Una gente inútil, odiosa, que no vale para nada. No hacen más que ocupar sitio en la tierra. ¿Para qué sirven?»

Esas cavilaciones sobre los fineses y los griegos le causaron una especie de náusea que recorrió todo su cuerpo. Con el fin de establecer comparaciones, trató de pensar en los franceses y los italianos, pero la evocación de esos pueblos solo le aportó imágenes de organilleros, mujeres desnudas y oleografías extranjeras como las que colgaban en casa de su tía, sobre la cómoda.

En definitiva, el oficial no se sentía bien. No acababa de acomodar las piernas y los brazos en el asiento, a pesar de que estaba a su entera disposición; tenía la boca seca y pastosa, y la cabeza llena de pesada niebla; sus pensamientos parecían vagar no solo por su cabeza, sino también fuera de su cráneo, entre los asientos y las personas, envueltas en la oscuridad de la noche. A través de la bruma de su cerebro, como a través de un sueño, oía el murmullo de las voces, el rumor de las ruedas, el golpeteo de las puertas. El sonido de los timbres, el silbato de los jefes de estación y las carreras de los pasajeros en los andenes eran más frecuentes de lo habitual. El tiempo pasaba deprisa, casi imperceptible, dándole la impresión de que el tren se detenía a cada momento y que del exterior llegaban sin tregua voces metálicas:

–¿Está preparado el correo?

–Sí.

Le parecía que el encargado de la calefacción entraba demasiado a menudo en el vagón para examinar el termómetro, que el ruido de los trenes con los que se cruzaban y el estruendo de las ruedas en los puentes no se apagaban nunca. El ruido, los silbidos, el finés, el humo del tabaco, todo eso, mezclado con las amenazas y guiños de visiones brumosas, cuya forma y carácter escapan a la comprensión de un hombre sano, oprimían a Klímov como una pesadilla insoportable. Presa de un terrible abatimiento, levantaba la pesada cabeza y contemplaba el farol, en cuyos rayos giraban sombras y manchas nebulosas; quería pedir agua, pero su lengua seca apenas se movía y las fuerzas a duras penas le alcanzaban para responder a las preguntas del finés. Trataba de encontrar una postura más cómoda y hundirse en el sueño, pero no lo conseguía; el finés se quedó traspuesto más de una vez; cuando se despertaba, encendía la pipa, le dirigía un «¡ah!» y de nuevo se quedaba adormilado; entretanto, el teniente no conseguía acomodar las piernas en el asiento ni desembarazarse de las amenazadoras imágenes que asediaban sus ojos.

En la estación de Spírovo se apeó para beber un vaso de agua y en la cantina vio a varias personas sentadas a la mesa, comiendo de manera apresurada.

«¡Cómo pueden comer!», pensaba, tratando de no respirar el aire, que olía a carne asada, y de no ver cómo masticaban las mandíbulas, pues una y otra cosa le repugnaban hasta el punto de darle náuseas.

Una hermosa dama hablaba en voz muy alta con un militar tocado de una gorra roja y al sonreír mostraba unos magníficos dientes blancos; esa sonrisa, esos dientes y la misma dama causaron en Klímov la misma repulsión que el jamón y las croquetas fritas. No podía entender cómo a ese militar de gorra roja no le angustiaba estar sentado al lado de esa mujer, mirando su rostro sonriente y rebosante de salud.

Una vez que bebió el agua, volvió a su vagón, donde el finés seguía fumando. Su pipa silbaba y borboteaba, como un chanclo agujereado en un día de lluvia.

–¡Ah! –se sorprendió–. ¿Qué estación es esta?

–No lo sé –respondió Klímov, tumbándose y tapándose la boca para no respirar el humo acre del tabaco.

–¿Y cuándo llegaremos a Tver?

–No lo sé. Perdone... no puedo contestarle. Estoy enfermo, me he resfriado.

El finés golpeó el marco de la ventana con la pipa y empezó a hablar de su hermano el marino. Klímov, sin escucharle ya, pensaba con pesar en su cómoda y mullida cama, en una garrafa de agua fría y en su hermana Katia, que tanta maña se daba para arroparle a uno, tranquilizarle y darle de beber. Hasta llegó a sonreír cuando pasó fugazmente por su imaginación el recuerdo de su ordenanza Pável quitándole las gruesas y recalentadas botas y dejando un vaso de agua sobre la mesilla de noche. Tenía la impresión de que bastaría con acostarse en su cama y beber un poco de agua para que la pesadilla cediera su lugar a un sueño profundo y reparador.

–¿Está listo el correo? –dijo a lo lejos una voz sorda.

–¡Sí! –respondió una voz de bajo al pie mismo de la ventanilla.

Era ya la segunda o tercera estación desde Spírovo.

El tiempo pasaba deprisa, como a saltos, y parecía que los timbrazos, los silbidos y las paradas no fueran a tener fin. Presa de la desesperación, Klímov hundió el rostro en un rincón del asiento, se cogió la cabeza con las manos y de nuevo empezó a pensar en su hermana Katia y en su ordenanza Pável, pero esas dos imágenes se entreveraron con las visiones nebulosas, giraron y desaparecieron. Su febril aliento, devuelto por el respaldo del asiento, le quemaba el rostro, mientras las piernas no encontraban acomodo y una corriente de aire, procedente de la ventana, soplaba sobre su espalda; no obstante, por grandes que fueran sus padecimientos, no tenía ganas de cambiar de postura... Un agarrotamiento angustioso, como el de las pesadillas, fue apoderándose poco a poco de él, paralizando sus miembros.

Cuando se decidió a levantar la cabeza, en el vagón ya había luz. Los pasajeros se ponían las pellizas y echaban a andar. El tren se había detenido. Los mozos, ataviados con delantales blancos y una placa en el pecho, se arremolinaban entre los pasajeros, cogiendo sus maletas. Klímov se puso el capote y salió maquinalmente del vagón, detrás de los demás; le parecía que no era él quien andaba, sino alguna otra persona, un extraño, y tuvo la impresión de que con él salían del compartimento su fiebre, su sed y aquellas imágenes amenazadoras que no le habían dejado dormir en toda la noche. Recogió el equipaje como un autómata y tomó un coche. El cochero le pidió un rublo y veinticinco kopeks por llevarle a la calle Póvarskaia, pero él no regateó y tomó asiento en el trineo con aire sumiso, sin hacer la menor objeción. Aún entendía la diferencia que había entre una cifra y otra, pero el dinero ya no tenía ningún valor para él.

Una vez en casa salieron a recibirle su tía y su hermana Katia, una muchacha de dieciocho años. Cuando le dio la bienvenida, Katia tenía entre las manos un cuaderno y un lápiz; ese detalle le recordó que la joven estaba preparando el examen de maestra. Sin responder a sus peguntas y saludos, y con la única intención de atemperar el calor de la fiebre, Klímov se paseó por todas las habitaciones y, cuando llegó a su cama, se desplomó sobre la almohada. El finés, la gorra roja, la dama de los dientes blancos, el olor a carne asada y las manchas centelleantes ocupaban su conciencia y le impedían saber dónde se encontraba y oír las voces inquietas que se alzaban a su alrededor.

Al volver en sí, se vio en la cama, desvestido; a su lado distinguió a Pável y una jarra de agua, pero ese descubrimiento no le proporcionó la menor sensación de frescor, de blandura, de comodidad. Lo mismo que antes, no encontraba postura para las piernas y los brazos, la lengua se le pegaba al paladar y oía el borboteo de la pipa del finés... Junto a la cama, empujando a Pável con su ancha espalda, se afanaba un médico grueso de barba negra.

–No es nada, no es nada, joven –farfullaba–. Todo va perfectamente, perfectamente... «Asé, asé...»

El médico llamaba joven a Klímov, decía «asé» en vez de «así» y «se» en lugar de «sí».

–Se, se, se –comentaba–. Asé, asé... Todo va perfectamente, joven... ¡No hay que desanimarse!

El discurso apresurado y deslavazado del médico, su cara rolliza y aquel condescendiente «joven» irritaron a Klímov.

–¿Por qué me llama joven? –gimió–. ¿Qué familiaridades son esas? ¡Váyase al diablo!

Su propia voz le asustó. Era tan sorda, débil y cantarina que no había manera de reconocerla.

–Todo va perfectamente, perfectamente –balbució el médico, sin ofenderse lo más mínimo–. No debe enfadarse... Se, se, se...

En casa el tiempo pasaba a una velocidad tan sorprendente como en el vagón... En el dormitorio la luz del día cedía su lugar a cada momento al crepúsculo vespertino. Parecía como si el médico no se apartara de la cabecera, pues continuamente se le oía decir: «Se, se, se». En la habitación se sucedía un desfile ininterrumpido de rostros. Estaban allí Pável, el finés, el capitán ayudante Yaroshévich, el sargento Maksimenko, la gorra roja, la dama de los dientes blancos, el médico. Todos hablaban, movían las manos, fumaban, comían. Una vez, a plena luz del día, Klímov llegó a ver al capellán de su regimiento, el padre Aleksandr, con una estola y el libro de oraciones en la mano; estaba junto a la cama y murmuraba alguna cosa con una cara tan seria como Klímov no le había visto nunca antes. El teniente recordó que el padre Aleksandr llamaba amistosamente «polacos» a todos los oficiales católicos y, deseando hacerle reír, gritó:

–¡Padre, el polaco Yaroshévich se ha marchado al campo!

Pero el padre Aleksandr, hombre jovial y bromista, en lugar de reírse, se puso aún más serio e hizo la señal de la cruz sobre Klímov. Durante la noche, una tras otra, entraban y salían en silencio dos sombras. Eran su tía y su hermana. La sombra de la hermana se ponía de rodillas y rezaba; al inclinarse ante el icono, su sombra gris se doblaba también sobre la pared: el resultado eran dos sombras implorando a Dios. El olor de la carne asada y de la pipa del finés no se borraba, pero en una ocasión Klímov percibió el acre aroma del incienso. Atormentado por la náusea, se removió en el lecho y empezó a gritar:

–¡El incienso! ¡Llevaos el incienso!

No obtuvo respuesta. Solo se oyó el débil canto de unos sacerdotes en alguna parte y ruido de carreras en la escalera.

Cuando Klímov recobró el sentido, en el dormitorio no había nadie. El sol matinal atravesaba las cortinas corridas de la ventana y un rayo tembloroso, delgado y gracioso como un filo de cuchillo, jugueteaba sobre la garrafa. Se oía un rumor de ruedas, indicio de que ya no había nieve en las calles. El teniente contempló ese rayo, los muebles conocidos, la puerta, y lo primero que hizo fue echarse a reír. Una risa dulce, feliz y cosquilleante sacudió su pecho y su vientre. De todo su ser, de la cabeza a los pies, se apoderó una sensación de felicidad infinita y esa alegría de vivir que probablemente sintió el primer hombre cuando fue creado y vio por primera vez el mundo. Klímov tenía unas ganas enormes de moverse, de ver gente, de hablar. Su cuerpo yacía inmóvil como un tronco; solo sus manos se agitaban, aunque él apenas se daba cuenta, pues toda su atención se concentraba en naderías. Se regocijaba de su propia respiración, de su risa, de la existencia de esa garrafa, de ese techo, de ese rayo de sol, de la cinta de la cortina. Aquel mundo de Dios, incluso en un lugar tan exiguo como su dormitorio, le parecía espléndido, diverso, grandioso. Cuando apareció el facultativo, al teniente se le antojó cortés y simpático, y pensó que la medicina era una gran cosa y, en general, que los hombres eran buenos e interesantes.

–Se, se, se... –dijo el médico–. Todo va perfectamente, perfectamente... Ya estamos curados... Asé, asé.

El teniente le escuchaba y reía con despreocupación. Se acordó del finés, de la dama de los dientes blancos, del jamón, y sintió ganas de fumar, de comer.

–Doctor –dijo–, mande que me traigan un currusco de pan negro con sal y... unas sardinas.

El médico no le obedeció; tampoco Pável. El teniente no pudo soportarlo y se echó a llorar como un niño caprichoso.

–¡Pequeñín! –dijo el médico riéndose–. ¡Mamá! ¡A dormir!

Klímov también rompió a reír y, una vez que el médico se fue, se quedó profundamente dormido. Se despertó con el mismo regocijo y la misma sensación de felicidad. Su tía estaba sentada a un lado de la cama.

–¡Ah, tía! –dijo con alegría–. ¿Qué he tenido?

–Tifus.

–¡Vaya! ¡Pues ahora me encuentro bien, muy bien! ¿Dónde está Katia?

–Ha salido. Probablemente ha ido a algún sitio para el examen.

Al pronunciar esas palabras, la anciana hundió la cabeza en la media que estaba tejiendo; con los labios temblorosos, se dio la vuelta y de pronto estalló en sollozos. Presa de la desesperación y olvidando la prohibición del médico, exclamó:

–¡Ah, Katia, Katia! ¡Nuestro ángel ya no está con nosotros! ¡No está!

Se le cayó la media y se inclinó para recogerla; en ese momento la cofia resbaló de su cabeza. Al ver su cabello lleno de canas y sin entender nada, Klímov sintió miedo de Katia y preguntó:

–¿Dónde está? ¡Tía!

La anciana, que ya se había olvidado de Klímov y solo pensaba en su dolor, dijo:

–Le contagiaste el tifus y... murió. La enterramos anteayer.

Esa terrible e inesperada novedad se apoderó por entero de la conciencia de Klímov, pero, por horrible y violenta que fuera, no logró vencer la alegría animal que anegaba al oficial convaleciente. Lloró, rió y no tardó en enfadarse porque no le daban de comer.

Solo al cabo de una semana, cuando, vestido con una bata y sostenido por Pável, contempló el cielo encapotado de ese día de primavera y escuchó el ruido desagradable de unos viejos raíles que alguien transportaba por la calle, sintió que el corazón se le encogía de dolor, se echó a llorar y apoyó la frente en el marco de la ventana...

–¡Qué desdichado soy! –balbució–. ¡Dios mío, qué desdichado!

Y la alegría cedió su lugar al tedio de la vida cotidiana y a un sentimiento de pérdida irreparable.

El juez de instrucción (1887)

Un hermoso día de primavera, a mediodía, el médico del distrito y el juez de instrucción se dirigían en coche a hacer una autopsia. El juez, hombre de unos treinta y cinco años, contemplaba los caballos con aire meditabundo y decía:

–En la naturaleza hay muchas cosas enigmáticas y oscuras, pero también en la vida cotidiana, doctor, es frecuente enfrentarse con fenómenos completamente inexplicables. En lo que a mí respecta, conozco algunas muertes extrañas y misteriosas cuya causa solo podrían explicar los espiritistas y los místicos, y ante las cuales un hombre de cabeza fría no podría hacer otra cosa que levantar los brazos al cielo, lleno de perplejidad. Por ejemplo, conozco a una dama muy cultivada que predijo su propia muerte y murió sin causa aparente el día preciso que había fijado. Dijo que se moriría esa fecha y así fue.

–No hay efecto sin causa –comentó el médico–. Si se produce una muerte, es porque ha habido una causa. Y en lo que respecta a las predicciones, no veo en ellas nada sorprendente. Todas nuestras damas y campesinas tienen el don de la profecía y del presentimiento.

–Puede ser, pero la mujer de la que le hablo, doctor, era muy especial. En su predicción y su muerte no había nada que se pareciera a las profecías de las damas o las campesinas. Era una joven sana, de mente despejada, sin prejuicios. En su mirada límpida e inteligente se percibía siempre el brillo de la honradez. Tenía un rostro sincero, reflexivo, con un punto de ironía totalmente rusa en los labios y los ojos. Solo podía adscribírsele un rasgo propio de una dama o una campesina: la belleza. ¡Era grácil, armoniosa como ese abedul, con unos cabellos maravillosos! Para que se haga usted una idea más completa, le diré que era una persona despreocupada, llena de la alegría más contagiosa y con ese ingenio, esa ligereza y esa bonhomía que es patrimonio de las almas reflexivas, sencillas y joviales. ¿Cómo puede hablarse en su caso de misticismo, de espiritismo, del don de la premonición o de algo parecido? Ella se reía de todas esas cosas.

La carretela del médico se detuvo junto a un pozo. El juez y su compañero calmaron la sed, se desperezaron y esperaron a que el cochero terminara de abrevar a los caballos.

–Bueno, ¿y de qué murió esa dama? –preguntó el médico cuando la carretela se puso de nuevo en marcha.

–De un modo muy extraño. Un día el marido entró en su habitación y le comentó que sería una buena idea vender la vieja calesa en primavera y comprar un coche más nuevo y ligero, añadiendo que tampoco estaría mal cambiar el encuarte de la izquierda y colocar en el centro a Bobchinski* (así se llamaba uno de sus caballos).

»La mujer le escuchó y dijo:

»–Haz lo que te parezca. A mí ya me da todo igual. En verano estaré en el cementerio.

»Naturalmente el marido se encogió de hombros y sonrió.

* Nombre de un personaje de *El revisor* de Gógol.

»–No bromeo –apuntó la mujer–. Te anuncio con toda seriedad que voy a morirme.

»–¿Y será pronto?

»–Después del parto. Daré a luz y me moriré.

»El marido no concedió la menor importancia a esas palabras. No creía en los presentimientos: además, sabía perfectamente que las mujeres en estado se comportan de manera muy caprichosa y, en general, se entregan a pensamientos sombríos. Al día siguiente la mujer volvió a decirle que iba a morirse después del parto, y así un día tras otro; él se reía y la tildaba de simplona, de vidente y de histérica. La cercanía de la muerte se convirtió en una *idée fixe* de la mujer. Cuando el marido no la oía, iba a la cocina y hablaba allí de su muerte con el aya y la cocinera.

»–No me queda mucho tiempo de vida, aya mía. En cuanto dé a luz, moriré. No querría morir tan joven, pero no se puede hacer nada.

»Naturalmente el aya y la cocinera lloraban a lágrima viva. Cuando la mujer del pope o de algún hacendado venía a verla, ella se la llevaba a un rincón y se desahogaba contándole la inminencia de su muerte. Hablaba con total seriedad y acompañaba sus palabras de una sonrisa desagradable y hasta de una expresión maligna, sin permitir que nadie la contradijera. Seguía la moda y vestía con elegancia, pero, ante la perspectiva de la muerte cercana, renunció a todo y se volvió desaliñada; ya no leía, ni se reía, ni soñaba en voz alta... Por si eso fuera poco, se dirigió al cementerio con su tía, eligió un emplazamiento para su tumba y unos cinco días antes del alumbramiento hizo testamento. No pierda de vista que, en aquella época, ella gozaba de excelente salud y no había el menor síntoma de enfermedad o de cualquier otro peligro. Un parto es una experiencia difícil, a veces mortal, pero en el caso de la mujer que nos ocupa no se preveían complicaciones y no había nada que temer. Al final, el marido acabó aburriéndose de toda aquella historia. Una vez, durante el almuerzo, se enfadó y le preguntó:

»–Escucha, Natasha, ¿cuándo vas a terminar con esas tonterías?

»–No son tonterías. Hablo en serio.

»–¡Bobadas! Te aconsejo que dejes de hacer el tonto para que luego no tengas que avergonzarte.

»Pero llegó el momento del parto. El marido trajo de la ciudad a la mejor comadrona. Era la primera vez que la mujer daba a luz, pero todo salió a la perfección. Una vez terminado el alumbramiento, la parturienta expresó su deseo de ver al recién nacido. Nada más contemplarlo, dijo:

»–Bueno, ahora ya puedo morirme.

»Se despidió, cerró los ojos y al cabo de media hora entregó su alma a Dios. Hasta el último momento conservó la lucidez. Al menos, cuando le ofrecieron leche en vez de agua, murmuró en voz baja:

»–¿Por qué me dais leche en lugar de agua?

»Esa es la historia. Murió como había predicho.

El juez de instrucción guardó silencio, suspiró y añadió:

–¿Puede explicarme de qué murió? Le doy mi palabra de que no se trata de una invención, sino de un hecho real.

Sin dejar de reflexionar, el médico levantó la mirada al cielo.

–Habría que haber hecho la autopsia –dijo.

–¿Para qué?

–Para saber la causa de la muerte. La predicción no fue la causa de su fallecimiento. Lo más probable es que se envenenara.

El juez se volvió hacia el médico con gesto brusco y, entornando los ojos, preguntó:

–¿En qué se basa usted para decir eso?

–No es más que una suposición. ¿Se llevaba bien con el marido?

–Hum... No del todo. Los malentendidos comenzaron poco después de la boda. Se dio un cúmulo de circunstancias desdichadas. Un día la difunta sorprendió a su marido con otra mujer... Por lo demás, no tardó en perdonarlo.

–¿Y qué sucedió antes, la traición del marido o la aparición de la idea de la muerte?

El juez se quedó mirando fijamente al médico, como deseando adivinar por qué le había formulado tal pregunta.

–Permítame –respondió al cabo de un rato–. Permítame, déjeme recordar. –El juez se quitó el sombrero y se secó la frente–. Sí, sí... empezó a hablar de la muerte poco después de ese incidente. Sí, sí.

–Bueno, ya lo ve... Lo más probable es que en ese momento tomara la decisión de envenenarse, pero seguramente no quería acabar también con la criatura, de modo que decidió aplazar el suicidio hasta después del parto.

–No sé, no sé... Es imposible. Ella le perdonó enseguida.

–Si no tardó en perdonarle es que estaba tramando algo. Las esposas jóvenes no perdonan tan deprisa.

El juez esbozó una sonrisa forzada y, tratando de ocultar su turbación, por lo demás evidente, se puso a encender un cigarrillo.

–No sé, no sé... –continuó–. Nunca se me había pasado por la cabeza esa posibilidad... Además... el hombre no era tan culpable como parece... La había engañado de una forma extraña, contra su voluntad: una noche volvió a casa algo achispado, tenía ganas de acariciar a alguien y su mujer estaba en estado... Entonces salió a su encuentro una dama que había llegado para pasar tres días con ellos, el diablo se la lleve; era una mujer insignificante, estúpida, fea. Ni siquiera se le puede dar a eso el nombre de infidelidad.

La esposa lo entendió así y... no tardó en perdonarle; luego, ni siquiera hablaron del tema...

–La gente no se muere sin causa –dijo el médico.

–Así es, en efecto, pero de todos modos... no puedo admitir que se envenenara. Sin embargo, ¡es extraño que no se me haya pasado por la cabeza esa posibilidad...! ¡Y nadie pensó en ello! Todos estaban sorprendidos de que su predicción se hubiera cumplido... y no se tuvo en cuenta ninguna otra causa... Pero ¡es imposible que se envenenara! ¡No!

El juez se quedó pensativo. La idea de la extraña muerte de esa mujer no le abandonó ni siquiera durante la autopsia. Mientras escribía lo que le dictaba el médico, movía las cejas con aire sombrío y se secaba la frente.

–¿Acaso existen venenos que maten en un cuarto de hora, poco a poco y sin causar dolor? –preguntó al médico, mientras este abría el cráneo.

–Sí. La morfina, por ejemplo.

–Hum... Es extraño... Recuerdo que tenía algún producto de ese tipo... Pero ¡no puede ser!

Durante el camino de regreso el juez de instrucción parecía fatigado, se mordisqueaba con aire nervioso el bigote y hablaba a desgana.

–Vamos un rato a pie –le pidió al médico–. Estoy harto de ir sentado.

Al cabo de unos cien pasos al médico le pareció que su compañero tenía un aspecto tan cansado como si acabara de escalar una elevada cumbre. El juez se detuvo y, mirando al médico con ojos extraños, como de borracho, dijo:

–Dios mío, si su suposición fuese cierta, pero eso... ¡es algo cruel, inhumano! ¡Envenenarse para castigar a otra persona! ¿Tan grande era la falta? ¡Ah, Dios mío! ¿Y por qué me ha regalado usted esa maldita idea, doctor? –Presa de la desesperación, el juez se cogió la cabeza con las manos y continuó–. Lo que le he contado se refería a mi propia esposa y a mí mismo. ¡Ah, Dios mío! Bueno, era culpable, la había ofendido, pero ¿acaso es más fácil morir que perdonar? Es una lógica típicamente femenina, una lógica cruel, implacable. ¡Sí, ya era cruel en vida! ¡Ahora lo recuerdo! ¡Ahora lo entiendo todo!

Mientras hablaba, el juez tan pronto se encogía de hombros como se llevaba las manos a la cabeza; ora se sentaba en el coche, ora echaba a andar. La nueva idea que le había comunicado el médico parecía haberle aturdido, envenenado; estaba desconcertado, anulado física y moralmente; cuando llegaron a la ciudad, se despidió del médico y no quiso almorzar con él, aunque la víspera se lo había prometido.

Volodia
(1887)

Un domingo de verano, a eso de las cinco de la tarde, Volodia, un joven de diecisiete años, poco agraciado, enfermizo y tímido, estaba sentado en un cenador de la dacha de los Shumijin, atenazado por el aburrimiento. Sus tristes pensamientos seguían tres direcciones. En primer lugar, al día siguiente, lunes, tenía que examinarse de matemáticas; sabía que si no era capaz de resolver el problema escrito le expulsarían, pues era ya repetidor de sexto curso y tenía una media de 2 ¾ en álgebra. En segundo lugar, su estancia en casa de los Shumijin, personas adineradas y con pretensiones aristocráticas, hería constantemente su amor propio. Le parecía que la señora Shumijin y sus sobrinas les miraban a su madre y a él como a parientes pobres y gorrones; que no respetaban a su madre y se burlaban de ella. Un día oyó por casualidad cómo la señora Shumijin le decía en la terraza a su prima Anna Fiódorovna que su madre seguía dándoselas de mujer joven y se maquillaba, que nunca pagaba sus deudas de juego y sentía una especial atracción por los zapatos y el tabaco ajenos. Todos los días Volodia suplicaba a su madre que no fueran a casa de los Shumijin; le describía el humillante papel que hacía ante tales anfitriones, trataba de convencerla, le decía impertinencias, pero ella era una mujer frívola, mimada, que a lo largo de su vida había consumido dos fortunas –la suya y la de su marido– y que siempre se había sentido atraída por la alta sociedad, de modo que no le comprendía y dos veces por semana le obligaba a acompañarla a la odiosa dacha.

En tercer lugar, el joven no podía desembarazarse ni un solo instante de un sentimiento extraño y desagradable, completamente nuevo para él... Tenía la impresión de haberse enamorado de Anna Fiódorovna, prima y huésped de la señora Shumijin. Era una señorita vivaracha, ruidosa y bromista, de unos treinta años, fresca, robusta, rubicunda, con hombros torneados, mentón redondo y grueso y una sonrisa indeleble en los finos labios. No era hermosa ni joven. Volodia se daba perfecta cuenta, pero, por alguna razón, no podía dejar de pensar en ella ni apartar los ojos de su figura cuando, jugando al cróquet, encogía sus redondeados hombros y arqueaba su lisa espalda o, después de una prolongada carcajada y una carrera por las escaleras, se dejaba caer en un sillón y, con los ojos entornados y la respiración jadeante, fingía que le faltaba el aire y se ahogaba. Estaba casada. Su marido, un respetable arquitecto, iba a la dacha una vez por semana, se pasaba el día durmiendo y luego regresaba a la ciudad. Los primeros síntomas de esa extraña inclinación habían consistido en un odio inmotivado por ese arquitecto y un sentimiento de alegría cada vez que se marchaba.

Mientras estaba sentado en el cenador, pensando en el examen del día siguiente y en las burlas de que era objeto su madre, sintió un arrebatador deseo de ver a Niuta (así llamaban los Shumijin a Anna Fiódorovna), de escuchar su risa, el rumor de su vestido... Ese deseo guardaba pocas semejanzas con ese amor puro y poético del que tenía conocimiento por las novelas y con el que soñaba todas las noches cuando se iba a dormir; era extraño, incomprensible, le daba miedo y le avergonzaba, como si fuera algo muy feo y turbio, y apenas se atrevía a confesárselo a sí mismo...

–Eso no es amor –se decía–. Uno no se enamora de una mujer casada de treinta años... Solo es una pequeña aventura... Sí, una aventura...

Mientras pensaba en esas cosas, recordó su invencible timidez, su ausencia de bigote, sus pecas, sus ojos oblicuos; luego se imaginó al lado de Niuta y la pareja se le antojó imposible; entonces trató de figurarse que era atractivo, apuesto, ingenioso, que vestía a la última moda...

En el momento culminante de esa ensoñación, mientras, sentado en un rincón oscuro del cenador, se inclinaba y miraba fijamente el suelo, oyó unos pasos ligeros. Alguien caminaba sin prisas por la alameda. Pronto el ruido de los pasos se aquietó y en la entrada del cenador centelleó una mancha blanca.

–¿Hay alguien aquí? –preguntó una voz de mujer.

Volodia reconoció esa voz y levantó la cabeza con temor.

–¿Quién está ahí? –preguntó Niuta, entrando–. ¡Ah, es usted, Volodia! ¿Qué hace aquí? ¿Está pensando? Se pasa todo el santo día pensando... ¡Va a volverse loco!

Volodia se puso en pie y la miró con aire turbado. Niuta acababa de salir del baño y llevaba al hombro una sábana y una toalla afelpada, mientras de un pañuelo blanco de seda que llevaba anudado en la cabeza se escapaban unos cabellos mojados que se pegaban a la frente. Su cuerpo exhalaba un olor fresco y húmedo a agua de baño y a jabón de almendras. La rápida marcha la había sofocado. El botón superior de su blusa estaba desabrochado, de modo que el joven podía ver su cuello y su pecho.

–¿Por qué no dice nada? –preguntó Niuta, envolviéndolo con la mirada–. Es de mala educación no contestar cuando una dama le dirige la palabra. ¡Hay que ver qué torpe es usted, Volodia! Se pasa el tiempo sentado, callado, meditando como un filósofo. ¡No tiene la menor chispa de fuego o de vida! Qué desagradable es usted, la verdad... A su edad hay que vivir, saltar, charlar, cortejar a las mujeres, enamorarse...

Volodia miraba la sábana que ella sostenía con una mano blanca y regordeta y pensaba...

–¡No dice nada! –exclamó Niuta, llena de perplejidad–. Hasta resulta extraño... ¡Escuche, compórtese como un hombre! ¡Vamos, al menos sonría! ¡Uf, qué filósofo tan repugnante! –añadió, echándose a reír–. ¿Sabe usted por qué es tan torpe, Volodia? Porque no corteja a las mujeres. ¿Por qué no lo hace? Cierto que aquí no hay señoritas, pero nadie le impide cortejar a las damas. ¿Por qué, por ejemplo, no me hace la corte a mí?

Volodia escuchaba y se rascaba la sien, sumido en angustiosos y penosos pensamientos.

–Solo las personas muy orgullosas guardan silencio y aman la soledad –continuó Niuta, apartándole la mano de la sien–. Es usted orgulloso, Volodia. ¿Por qué me mira de soslayo? ¡Haga el favor de mirarme directamente a la cara! ¡Vamos, no sea torpe!

Volodia se decidió a hablar. Tratando de sonreír, extendió el labio inferior, hizo un guiño con los ojos y volvió a llevarse la mano a la sien.

–¡Yo... la amo! –exclamó.

Niuta, sorprendida, levantó las cejas y se echó a reír.

–¿Qué oigo? –entonó, a la manera de los cantantes de ópera cuando escuchan una noticia terrible–. ¿Cómo? ¿Qué ha dicho usted? Repítalo, repítalo...

–¡Yo... la amo! –repitió Volodia.

Y, sin darse cuenta de lo que hacía, sin comprender nada ni reflexionar, dio un paso hacia Niuta y le cogió la muñeca. Sus ojos se enturbiaron y se anegaron de lágrimas, y el mundo entero se transformó en una gran toalla afelpada que olía a agua de baño.

–¡Bravo, bravo! –dijo ella con una alegre risa–. ¿Por qué calla? Quiero que hable. ¿Y bien?

Viendo que la mujer no retiraba la muñeca, Volodia contempló el rostro risueño de Niuta y con gesto desmañado y torpe le rodeó el talle, uniendo sus dos manos en la espalda de la joven. Mientras la abrazaba, ella, llevándose las manos a la nuca y mostrando los hoyuelos de los codos, se arreglaba el cabello bajo el pañuelo y decía con total serenidad:

–Hay que ser cortés, amable y gentil, Volodia, y eso solo se logra tratando a las mujeres. Pero ¿por qué adopta una expresión tan fea y desagradable? Tiene que hablar, reír... Sí, Volodia, no debe mostrarse arisco, es usted joven, ya tendrá tiempo de filosofar. Bueno, suélteme, me voy. ¡Suélteme le digo!

La mujer se liberó sin esfuerzo y, canturreando una tonada, salió del lugar. Volodia se quedó solo. Alisó sus cabellos, sonrió y se paseó unas tres veces de un extremo al otro del cenador; luego se sentó en el banco y volvió a sonreír. Tanto le agobiaba la vergüenza que él mismo se sorprendió de que ese sentimiento pudiera alcanzar tal intensidad y agudeza. Su embarazo le hacía sonreír, murmurar palabras inconexas, gesticular.

Le abochornaba que acabaran de tratarle como a un niño, le torturaba su propia timidez y, sobre todo, le sorprendía la audacia de haber cogido por el talle a una mujer casada y respetable, cuando, en su opinión, ni su edad, ni su aspecto exterior ni su posición social le daban derecho a hacerlo.

Se puso en pie de un salto, salió del cenador y, sin volver la vista, se internó en lo más profundo del jardín, alejándose de la casa.

«¡Ah, si pudiera marcharme cuanto antes de aquí! –pensaba, cogiéndose la cabeza con las manos–. ¡Cuanto antes, Dios mío!»

El tren que debían tomar Volodia y su madre partía a las ocho cuarenta. Hasta entonces quedaban casi tres horas, pero él se habría marchado de buena gana a la estación en ese mismo momento, sin esperar a su madre.

A las ocho se acercó a la casa. Toda su figura expresaba determinación: ¡que fuera lo que fuese! Había decidido entrar con resolución, mirar a la gente a la cara y hablar en voz alta, sin preocuparse de nada.

Atravesó la terraza, el gran salón y la sala, deteniéndose en esa última pieza para recobrar el aliento. Desde allí pudo oír que en el comedor contiguo estaban tomando el té. La señora Shumijin, su madre y Niuta charlaban y reían.

Volodia aguzó el oído.

–¡Se lo aseguro! –decía Niuta–. ¡No daba crédito a mis propios ojos! Cuando empezó a declararme su amor, apenas lo reconocía. Hasta llegó a cogerme por el talle, figúrense. Y ¿saben ustedes? ¡Tiene maneras! Cuando me dijo que me amaba, su figura adoptó un aire salvaje, como de cherqués.

–¡No es posible! –exclamó la madre, estallando en una risa prolongada–. ¡No es posible! ¡Cómo me recuerda a su padre!

Volodia se dio la vuelta y salió corriendo al exterior.

«¡Cómo pueden hablar en voz alta de todo eso! –se decía atormentado, al tiempo que juntaba las manos y miraba al cielo con horror–. Hablan en voz alta, con absoluta sangre fría... Y mi madre se ríe... ¡Mi madre! Dios mío, ¿por qué me has dado una madre semejante? ¿Por qué?»

Pero tenía que regresar a la casa, costara lo que costase. Recorrió la alameda unas tres veces y, ya algo más tranquilo, decidió entrar.

–¿Por qué no ha venido a tiempo para tomar el té? –le preguntó la señora Shumijin con severidad.

–Perdóneme, es... hora de partir –balbució, sin levantar la vista–. ¡Mamá, ya son las ocho!

–Vete tú solo, querido –dijo la madre con cierta languidez–, yo me quedo a pasar la noche en casa de Lili. Adiós, hijo... Ven que te bendiga... –Hizo la señal de la cruz sobre su hijo y dijo en francés, dirigiéndose a Niuta–: Se parece un poco a Lérmontov... ¿no es verdad?

Volodia ensayó una apresurada despedida y, sin mirar a nadie, salió del comedor. Al cabo de diez minutos, lleno de contento, avanzaba por el camino de la estación. Ya no sentía miedo ni vergüenza y respiraba sin dificultad, libremente.

A media versta de la estación se sentó en una piedra y se puso a contemplar el sol, cuyo círculo había desaparecido, en más de la mitad, detrás del terraplén. En algunos puntos de la estación se habían encendido ya las luces y un indeciso resplandor verde centelleó durante un momento, aunque todavía no se avistaba el tren. Volodia se encontraba a gusto en ese lugar, no movía un músculo y prestaba oídos a los ruidos de la tarde, que iba cayendo poco a poco. Su imaginación se representaba con sorprendente nitidez la penumbra del cenador, los pasos, el olor a agua de baño, las risas, el talle, y nada de eso le parecía tan terrible e importante como antes...

«Bobadas... Ella no retiró la mano y se reía mientras la tenía cogida por el talle –pensaba–, de modo que le gustó. Si le hubiera resultado desagradable, se habría enfadado...»

En ese momento Volodia se arrepintió de no haberse mostrado más audaz en el cenador. Le apenaba tener que marcharse de allí de una forma tan estúpida y estaba convencido de que, si la ocasión volvía a presentarse, sería más osado y vería las cosas de manera más sencilla.

Y no era difícil que esa situación se repitiera. En casa de los

Shumijin se daban largos paseos después de la cena. Si Volodia iba a pasear con Niuta por el jardín oscuro, tendría una oportunidad.

«Voy a volver –pensaba– y partiré mañana en el primer tren... Les diré que he perdido este.»

De modo que regresó... La señora Shumijin, su madre, Niuta y una de las sobrinas estaban jugando al *vint* en la terraza. Cuando les dijo que había perdido el tren, las mujeres expresaron el temor de que al día siguiente llegara tarde al examen y le aconsejaron que se levantara temprano. Durante toda la partida estuvo sentado aparte, comiéndose a Niuta con los ojos y esperando... Ya tenía preparado un plan: en medio de la oscuridad se acercaría a Niuta, le cogería la mano y después la abrazaría; no tendría que decir nada, pues ambos lo comprenderían todo sin necesidad de palabras.

Pero después de la cena las damas no fueron a pasear por el jardín, sino que continuaron la partida. Estuvieron jugando a las cartas hasta la una de la madrugada y luego se fueron a dormir.

«¡Qué estúpido es todo esto! –se decía Volodia con enfado, mientras se metía en la cama–. Pero no importa, esperaré a mañana... Iré de nuevo al cenador. No importa...»

No tenía intención de dormir, de modo que se sentó en la cama, se rodeó las rodillas con las manos y se quedó pensativo. La idea del examen le resultaba odiosa. Aunque estaba convencido de que iban a expulsarle, consideraba que esa decisión no tenía nada de terrible. Al contrario, sería una solución buena, puede que hasta excelente. Al día siguiente sería libre como un pájaro, podría abandonar el uniforme, fumaría a la vista de todos, volvería allí y cortejaría a Niuta cuando se le antojara; ya no sería un estudiante de segundo grado, sino un «joven». En cuanto a lo demás, es decir, a su carrera y porvenir, también estaba claro: se enrolaría como voluntario, se haría telegrafista o entraría en una botica, donde se convertiría en practicante... ¿Es que había pocas ocupaciones? Pasó una hora, luego otra y él seguía sentado y pensando...

Poco antes de las tres, cuando ya empezaba a clarear, la puerta se abrió con un leve chirrido y su madre apareció en el umbral.

–¿Qué haces despierto? –preguntó en medio de un bostezo–. Duerme, yo me voy ya... Solo he venido a coger unas gotas...

–¿Para qué?

–La pobre Lili tiene otra vez espasmos. Duerme, hijo mío, mañana tienes un examen.

Cogió un frasco del armarito, se acercó a la ventana, leyó la etiqueta y salió.

–¡María Leóntievna, no son esas gotas! –dijo una voz femenina al cabo de medio minuto–. Esto es muguete y lo que Lili pide es morfina. ¿Está dormido su hijo? Pídale que la busque él...

Era la voz de Niuta. Volodia sintió escalofríos. Se puso a toda prisa los pantalones, se echó sobre los hombros el capote y se acercó a la puerta.

–¿Lo entiende? ¡Morfina! –explicaba en un susurro Niuta–. Debe de estar escrito en latín. Despierte a Volodia, él la encontrará...

La madre abrió la puerta y Volodia vio a Niuta. Llevaba la misma blusa que por la mañana, cuando volvía del baño. Los cabellos despeinados caían sobre los hombros, tenía la cara soñolienta y la tez oscurecida por la penumbra...

–Volodia no duerme... –dijo la madre–. ¡Volodia, querido, busca la morfina en el armario! Esta Lili es un castigo... Siempre le pasa algo.

La madre farfulló algunas palabras más, bostezó y se fue.

–Vamos, busque –dijo Niuta–. ¿Qué hace ahí parado?

Volodia se acercó al armario, se puso de rodillas y empezó a examinar frascos y cajas de medicamentos. Las manos le temblaban y tenía la sensación de que unas olas heladas recorrían su vientre y su pecho, anegando todas sus entrañas. El olor del éter, del ácido fénico y de las distintas hierbas que cogía con manos temblorosas sin necesidad alguna y desparramaba por el suelo le sofocaba y hacía que la cabeza le diera vueltas.

«Parece que mi madre se ha ido –pensaba–. Eso está bien... muy bien...»

–¿La encuentra? –preguntó Niuta con voz cansina.

–Enseguida... Me parece que esto es morfina... –dijo Volodia, leyendo en una etiqueta la palabra *morph...*–. ¡Tenga!

Niuta estaba en el umbral, con un pie en el pasillo y otro en el cuarto. Se arregló los cabellos, tarea poco sencilla –¡tan largos y espesos eran!–, y miró a Volodia con aire distraído. A la incierta luz que proyectaba en la habitación el blanquecino cielo, aún no iluminado por el sol, a Volodia le pareció maravillosa y espléndida, con su amplia blusa, su aspecto adormilado y el pelo revuelto... Fascinado, temblando de pies a cabeza y recordando con deleite cómo había abrazado ese cuerpo maravilloso en el cenador, le entregó las gotas y le dijo:

–Es usted...

–¿Qué?

Niuta entró en la habitación.

–¿Qué? –preguntó, sonriendo.

Él guardó silencio y la contempló; luego, como en el cenador, le cogió la mano... Ella le miraba, sonreía y esperaba: ¿qué iba a suceder ahora?

–La amo... –susurró él.

Ella dejó de sonreír, se quedó pensativa durante unos instantes y dijo:

–Espere, me parece que viene alguien. ¡Ah, estos estudiantes!

–dijo en voz queda, aproximándose a la puerta y echando un vistazo al pasillo–. No, no hay nadie...

Volvió a acercarse a él.

Luego Volodia tuvo la impresión de que la habitación, Niuta, el amanecer y su propia persona se fundían en una misma sensación de felicidad intensa, extraordinaria, desconocida, por la que valía la pena sacrificar toda la vida y soportar tormentos eternos, pero al cabo de medio minuto todo eso se desvaneció de pronto. Volodia solo veía un rostro grueso y desagradable, desfigurado por una expresión de repugnancia, y él mismo sintió una repentina repulsión por lo que acababa de pasar.

–Bueno, tengo que irme –dijo Niuta, mirando a Volodia con asco–. ¡Qué feo y lamentable es usted...! ¡Uf, un patito feo!

¡Qué horribles le parecían ahora a Volodia los largos cabellos de la mujer, su amplia blusa, sus pasos, su voz...!

«Un patito feo... –se dijo, cuando se quedó solo–. Es verdad que soy repugnante... Todo es repugnante.»

Fuera ya había salido el sol, los pájaros cantaban a pleno pulmón; desde el jardín llegaba el rumor de los pasos del jardinero y el chirrido de su carretilla... Poco después se oyó el mugido de las vacas y el sonido del caramillo de un pastor. La luz del sol y todos esos ruidos parecían anunciar que en el mundo, en alguna parte, existía una vida pura, delicada, poética. Pero ¿dónde? Ni su madre ni todas las personas que le rodeaban le habían hablado nunca de ella.

Cuando un criado vino a despertarle para que no perdiera el tren de la mañana, él se hizo el dormido...

«¡Que se vaya todo al diablo!», pensaba.

Se levantó ya pasadas las diez. Mientras se peinaba ante el espejo y contemplaba su rostro poco agraciado y pálido después de esa noche de insomnio, pensaba:

«Es verdad... Soy un patito feo.»

Cuando su madre lo vio y, horrorizada, comprendió que no había acudido al examen, Volodia le dijo:

–Me he quedado dormido, mamá... Pero no se preocupe, presentaré un certificado médico.

La señora Shumijin y Niuta se despertaron después de las doce. Volodia oyó el ruido que la señora Shumijin hacía al abrir la ventana y la risa estruendosa con que Niuta respondía a su ruda voz. Luego vio cómo toda una fila de sobrinas y de comensales (entre los cuales se encontraba su madre) atravesaba la puerta de la sala y pasaba al comedor para tomar el desayuno, y distinguió fugazmente el rostro recién lavado y sonriente de Niuta, así como las cejas negras y la barba del arquitecto, que acababa de llegar.

Niuta llevaba un traje ucraniano que no le quedaba nada bien y le impedía moverse con libertad; el arquitecto gastaba bromas triviales y sin gracia; las croquetas que sirvieron en el desayuno tenían demasiada cebolla, o al menos así se lo pareció a Volodia. También tenía la impresión de que Niuta se reía a carcajadas y le miraba a propósito, dándole a entender que el recuerdo de aquella noche no le preocupaba en absoluto y que apenas prestaba atención a la presencia en la mesa del patito feo.

A eso de las cuatro Volodia y su madre se dirigieron a la estación. Los sucios recuerdos, la noche en vela, la inminente expulsión del instituto, los remordimientos de conciencia, todo eso despertaba en su interior una rabia penosa y sombría. Contempló el rostro enjuto de su madre, su pequeña nariz, el impermeable que le había regalado Niuta, y balbució:

–¿Por qué se pone polvos en la cara? ¡No está bien a su edad! Se maquilla usted, no paga las deudas de juego, se fuma el tabaco ajeno... ¡Es repugnante! ¡La detesto... la detesto!

Mientras la insultaba, ella entornaba los ojos asustada, juntaba las manos y susurraba con temor:

–¿Qué dices, cariño? ¡Dios mío, va a oírte el cochero! ¡Cállate o te va a oír! ¡Lo oye todo!

–¡La detesto... la detesto! –continuó Volodia, todo sofocado–. No tiene usted vergüenza ni corazón... ¡No se atreva a ponerse otra vez ese impermeable! ¿Me oye? Si se lo vuelvo a ver, lo rompo en jirones...

–¡Contrólate, hijo mío! –dijo la madre, echándose a llorar–. ¡El cochero te va a oír!

–¿Y dónde está la fortuna de mi padre? ¿Dónde está su propio dinero? ¡Lo ha derrochado usted todo! No me avergüenza mi pobreza, sino tener una madre semejante... Cuando mis compañeros me preguntan por usted, siempre me ruborizo.

Antes de llegar a la ciudad el tren solo tenía que parar en dos estaciones. Volodia se pasó todo el tiempo en la plataforma, temblando de pies a cabeza. No quería entrar en el vagón, pues allí se encontraba su madre, a la que odiaba. También sentía odio por su propia persona, por los revisores, por el humo de la locomotora, por el frío, al que atribuía sus estremecimientos... Y a medida que aumentaba el peso que sentía en el corazón, mayor era el convencimiento de que en el mundo, en alguna parte, la gente disfrutaba de una vida pura, noble, delicada, elegante, llena de amor, de ternura, de alegría, de libertad... Eso era lo que sentía, amén de una pena tan grande que un pasajero le había mirado con insistencia y le había preguntado:

–¿Le duelen las muelas?

En la ciudad Volodia y su madre vivían en casa de María Petrovna, una dama de la nobleza que había tomado en alquiler un gran apartamento y a su vez tenía varios inquilinos. La madre de Volodia había arrendado dos habitaciones: en la primera, una pieza con ventanas, una cama y dos cuadros con marcos dorados colgados de las paredes, vivía ella; la segunda, contigua, pequeña y oscura, era la de Volodia. Había en ella un sofá, el único mueble de todo el cuarto, que hacía las veces de lecho; todo el espacio estaba ocupado por cestas de mimbre llenas de vestidos, cajas de sombreros y toda suerte de cachivaches que la madre guardaba sin razón aparente. Volodia preparaba las lecciones en la habitación de la madre o en la «sala común», nombre que recibía una estancia espaciosa en la que los inquilinos se reunían durante el almuerzo o para pasar la velada.

Una vez en casa, Volodia se tumbó en el sofá y se cubrió con una manta para calmar los temblores. Las cajas de sombreros, las cestas y los cachivaches le recordaron que no tenía una habitación propia, un refugio donde poder escapar de su madre, de los invitados de esta y de las voces que llegaban ahora de la «sala común»; la mochila y los libros, desperdigados por todas partes, no le permitían olvidar el examen al que no se había presentado... Sin saber por qué, le vino a la memoria Menton, donde había vivido con su difunto padre cuando tenía siete años; también rememoró Biarritz y dos niñas inglesas con las que corría por la arena... Quiso rescatar del olvido el color del cielo y del océano, la altura de las olas y su disposición de entonces, pero no lo consiguió; las niñas inglesas centellearon un momento en la imaginación como si estuvieran vivas, pero todo lo demás acabó confundiéndose y esfumándose en desorden...

«No, aquí hace demasiado frío», pensaba Volodia, levantándose, poniéndose el capote y dirigiéndose a la «sala común».

Allí estaban tomando el té. En torno al samovar había tres personas: su madre, una vieja profesora de música con *pince-nez* de carey y Avgustín Mijaílich, un francés ya maduro y muy gordo que trabajaba en una fábrica de perfumes.

–Hoy no he comido –decía su madre–. Tendría que mandar a la criada a por pan.

–¡Duniasha! –gritó el francés

Pero resultó que la dueña de la casa había enviado a la criada a hacer un recado.

–Bueno, da igual –dijo el francés con una amplia sonrisa–. Yo mismo iré a por pan ahora mismo. No importa.

Dejó en un lugar visible su cigarrillo, que exhalaba un humo acre y apestoso, se puso el sombrero y salió. Cuando desapareció, su madre empezó a contarle a la profesora de música que había ido invitada a casa de los Shumijin y que la habían recibido muy bien.

–Lili Shumijin es pariente mía... –decía–. Su difunto marido, el general Shumijin, era primo de mi marido. Ella de soltera era la baronesa Kolb...

–¡Mamá, eso no es verdad! –dijo Volodia irritado–. ¿Por qué miente?

Sabía muy bien que su madre decía la verdad; en su relato sobre el general Shumijin y la baronesa Kolb no había una sola palabra inexacta, pero de todos modos él sentía que mentía. Esa falsedad la percibía en su modo de hablar, en la expresión de su rostro, en su mirada, en todo.

La profesora de música se turbó y empezó a toser en su pañuelo, como si se hubiese atragantado; entretanto, la madre rompió a llorar.

«¿Adónde ir?», pensó Volodia.

Ya había estado en la calle y visitar a algún compañero le daba vergüenza. De nuevo, sin venir a cuento, recordó a las dos niñas inglesas... Se paseó de un rincón a otro de la «sala común» y entró en la habitación de Avgustín Mijaílich. Allí reinaba un penetrante olor a aceites esenciales y a jabón de glicerina. En la mesa, en el antepecho de las ventanas e incluso en las sillas se acumulaban multitud de frascos, vasos y recipientes llenos de líquidos multicolores. Volodia cogió un periódico de la mesa, lo abrió y leyó la cabecera: *Le Figaro...* El periódico desprendía un olor fuerte y agradable. Luego tomó un revólver...

–¡Déjelo, no le haga caso! –le decía en la habitación contigua la profesora de música a su madre, tratando de consolarla–. ¡Es aún tan joven! Las personas de su edad piensan que todo les está permitido. No hay más remedio que resignarse.

–¡No, Yevguenia Andréievna, está demasiado mimado! –decía su madre como canturreando–. No hay ninguna persona mayor que lo meta en cintura y yo, pobre de mí, no puedo hacer nada. ¡Qué desdichada soy!

Volodia se introdujo el cañón del revólver en la boca; tanteando con los dedos encontró algo parecido a un gatillo o un gancho y presionó... Luego, siempre a tientas, halló otra protuberancia y volvió a apretar. Retiró el cañón de la boca, lo secó con el faldón del capote y examinó el cierre; nunca antes había tenido un arma en las manos...

–Parece que hay que levantar esto... –dijo–. Sí, debe de ser así...

Avgustín Mijaílich entró en la «sala común» y se puso a contar a carcajadas alguna anécdota. Volodia volvió a meterse el cañón en la boca, lo apretó con los dientes y presionó el gatillo con el dedo. Se oyó una detonación... Algo impactó con una fuerza terrible en la nuca de Volodia, que cayó sobre la mesa, con la cara entre los recipientes y los frascos. En ese momento vio cómo su difunto padre, tocado de un sombrero de copa con una ancha cinta negra, el mismo que había llevado en Menton cuando guardaba luto por cierta dama, le cogía de pronto en brazos y se hundía con él en un abismo profundo y negrísimo.

Luego todo se volvió confuso y desapareció...

Un trotamundos (Bosquejo de un viaje) (1887)

Volvía del servicio de vísperas. En el reloj del campanario de Sviatogorsk sonó, a modo de preludio, un tintineo suave y melodioso, y a continuación dieron las doce. El gran patio del monasterio, que se extendía por la ribera del Donets, al pie de la Montaña Sagrada, y al que rodeaban, como una muralla, los altos edificios de la hospedería, ofrecía en medio de la noche, iluminado solo por los faroles empañados, algunas lucecillas en las ventanas y un puñado de estrellas, un cuadro vivaz y embarullado, lleno de movimientos, de ruidos y de un desorden de lo más pintoresco. De un extremo al otro, hasta donde alcanzaba la vista, estaba abarrotado de carros, carretas, furgones, *arbas** y carricoches; alrededor de ellos se apiñaban caballos negros y blancos, bueyes de largos cuernos, una afanosa muchedumbre y novicios de largos hábitos negros que se movían en todas direcciones; sobre los vehículos y sobre las cabezas de los hombres y de los caballos pasaban sombras y franjas de luz procedentes de las ventanas, y todo eso, en medio de las espesas tinieblas, adquiría las formas más extravagantes y caprichosas: las pértigas levantadas se alzaban hasta el cielo, en los

* Carro de origen tártaro.

hocicos de los caballos aparecían ojos de fuego, en la espalda de un novicio surgían unas alas negras... Por todas partes se oían conversaciones, las caballerías resoplaban y rumiaban, los niños gritaban, las puertas chirriaban. Por el portón entraban nuevas multitudes y coches retrasados.

Los pinos, que se disponían escalonados en la abrupta ladera y se inclinaban sobre el tejado de la hospedería, contemplaban el patio como si fuera una profunda sima y prestaban oídos con asombro; en sus frondas oscuras gorjeaban sin tregua los cucos y los ruiseñores... Al contemplar aquella confusión y escuchar ese barullo, se tenía la impresión de que en ese vivaz remolino nadie conocía a nadie, de que todo el mundo buscaba algo sin encontrarlo y de que a duras penas podría deshacerse esa aglomeración de carros, carretas y personas.

Para las fiestas de Juan Evangelista y Nicolás Taumaturgo se habían reunido en Sviatogorsk más de diez mil personas. No solo la hospedería estaba repleta, sino también la panadería, el cuarto ropero, la carpintería, el cobertizo de los carruajes... Los que habían llegado a la caída de la tarde, mientras esperaban a que les indicaran un lugar para pasar la noche, se pegaban como moscas de otoño a las paredes, a los pozos e incluso a los muros de los estrechos pasillos de la hospedería. Los novicios, jóvenes y viejos, estaban en constante movimiento, sin un instante de reposo y sin esperanza de que les relevaran. Tanto de día como de noche daban siempre la impresión de dirigirse a toda prisa a algún lugar, inquietos por alguna razón; a pesar de que estaban al límite de sus fuerzas, nunca perdían su apariencia animosa y afable, sus voces delicadas y sus movimientos veloces... A cada recién llegado debían encontrar e indicar un lugar para pasar la noche, darle de comer y de beber; a las personas sordas, duras de mollera o amantes de las preguntas, había que ofrecerles largas y penosas explicaciones, aclararles por qué no había habitaciones libres, a qué horas se celebraban los oficios, dónde se vendían los panes consagrados, etcétera. Había que correr, llevar cosas, hablar sin parar y, además, hacer gala de amabilidad y diplomacia, cuidar de que los griegos de Mariúpol, que estaban acostumbrados a mayores comodidades que los ucranianos, no fuesen alojados más que con griegos, que una burguesa de Bajmutov o Lisichan, vestida «como una noble», no fuera hospedada con campesinos y pudiera ofenderse por ello. Se oían gritos a cada momento: «¡Hermano, dame *kvas*, por favor! ¡Heno, por favor!». O: «Hermano, ¿puedo beber agua después de haberme confesado?». Y los novicios tenían que distribuir *kvas* y heno o responder: «Diríjase al confesor, madrecita. Nosotros no tenemos poder de decisión». Eso daba pie a una nueva cuestión: «¿Dónde está el confesor?». Y entonces había que dar las indicaciones pertinentes para llegar a su celda... En medio de esa desbordante actividad, aún encontraban tiempo de ir a la iglesia para los oficios, atendían el servicio del ala reservada a los nobles y ofrecían prolijas respuestas a la multitud de preguntas importantes u ociosas que tuvieran a bien plantear los peregrinos instruidos. Al contemplar su actividad en el transcurso de una jornada, uno no lograba imaginarse cuándo se sentaban o dormían esas siluetas negras en perpetuo movimiento.

Cuando, de vuelta de las vísperas, me acercaba al edificio en el que estaba alojado, me encontré en el umbral con un monje aposentador, alrededor del cual se apretujaban en los peldaños de la escalera varios hombres y mujeres vestidos con ropas de ciudad.

–Señor –me dijo el aposentador, deteniéndome–, tenga la amabilidad de permitir que este joven pase la noche en su habitación. ¡Se lo ruego! Ha venido mucha gente y no hay sitio. ¡Es una verdadera desgracia!

Y señaló a un individuo de baja estatura, con un abrigo ligero y un sombrero de paja. Di mi consentimiento y mi azaroso compañero siguió mis pasos.

Cada vez que abría el candado de mi puerta, lo quisiera o no, me veía obligado a contemplar un cuadro colgado del dintel, a la altura de mi rostro. Ese cuadro, titulado *Meditación sobre la muerte*, representaba a un monje arrodillado contemplando una tumba en la que yacía un esqueleto; detrás de él había otro esqueleto, algo más grande y con una hoz.

–No hay huesos así –comentó mi compañero, señalando el lugar donde debería encontrarse la pelvis–. En general, sabe usted, el alimento espiritual que se da al pueblo no es de primera calidad –añadió, emitiendo por la nariz un suspiro prologado y muy triste, con el que probablemente trataba de revelarme que estaba tratando con un experto en la materia.

Mientras buscaba las cerillas y encendía una vela, volvió a suspirar y dijo:

–En Járkov he visitado varias veces el anfiteatro de anatomía y he visto huesos. También he estado en el depósito de cadáveres. ¿No le estaré importunando?

Mi habitación era exigua y sofocante, no tenía mesa ni sillas y todo el espacio estaba ocupado por una cómoda que había junto a la ventana, una estufa y dos pequeños sofás con armazón de madera, situados uno frente a otro, junto a la pared, y separados por un estrecho pasillo. Sobre los sofás descansaban dos finos colchones rojizos y mis enseres. Había dos sofás, prueba de que la habitación estaba destinada para dos personas, como hice observar a mi compañero.

–En cualquier caso, pronto nos llamarán a misa –dijo–, así que no le molestaré mucho.

Sin dejar de sentirse cohibido e incómodo, se dirigió a su sofá, suspiró con aire culpable y se sentó. Cuando la llama perezosa y pálida de la vela de sebo adquirió el suficiente vigor para iluminarnos a ambos, pude examinar su figura. Era un hombre joven, de unos veintidós años, con rostro redondo, aspecto afable y ojos oscuros e infantiles, vestido con ropas de ciudad grises y baratas; a juzgar por la tez de su rostro y sus hombros estrechos, no estaba habituado al trabajo físico. Tenía una fisonomía muy imprecisa. No podía tomárselo por un estudiante, ni por un comerciante, ni mucho menos por un obrero; al contemplar su aspecto afable y sus ojos acariciadores e infantiles, la imaginación se negaba a pensar que era uno de esos granujas ociosos que frecuentan las comunidades religiosas, donde reciben comida y techo, y que se hacen pasar por seminaristas expulsados por haber defendido la verdad o antiguos chantres que han perdido la voz... Había en su rostro algo peculiar, típico, muy familiar, pero no llegaba a esclarecer ni a discernir qué era exactamente.

Pasó largo rato en silencio, con aire meditabundo. Probablemente, como yo no había apreciado su observación sobre los huesos y el depósito de cadáveres, tenía la impresión de que estaba enfadado y descontento de su presencia. Tras sacar del bolsillo un pedazo de salchichón, lo hizo girar delante de los ojos y dijo con indecisión:

–Perdone que le moleste... ¿No tendrá usted un cuchillo?

Le di uno.

–Es un salchichón repugnante –dijo, con una mueca de disgusto, partiéndose una rodaja–. En la tienda local solo venden porquerías, pero las cobran a precio de oro... De buena gana le ofrecería una rodaja, pero dudo que quiera probarlo. ¿Le apetece?

En su forma de pronunciar las palabras «ofrecería» y «probarlo» también se percibía algo típico, que estaba en consonancia con las facciones de su rostro, aunque seguía sin determinar de qué se trataba. Intentando darle ánimos y demostrarle que no estaba enfadado, acepté la rodaja que me ofrecía. Era un salchichón absolutamente abominable; para vérselas con él, había que tener los dientes de un buen perro de presa. Mientras hacíamos trabajar nuestras mandíbulas, conversábamos. Empezamos quejándonos de la duración de los oficios.

–La regla local se asemeja a la del monte Athos –dije yo–, pero en el monte Athos las vísperas ordinarias duran diez horas y las de las grandes fiestas, catorce. ¡Allí debería ir a rezar!

–¡Sí! –exclamó mi compañero, moviendo la cabeza–. Llevo aquí tres semanas. Y, sabe usted, no me he perdido un solo oficio... Los días laborables llaman a maitines a medianoche, a las cinco es la primera misa y a las nueve la última. No hay manera de dormir. Durante el día las letanías, la regla, las vísperas... Y cuando ayunaba, apenas me tenía en pie. –Suspiró y continuó–: Se hace difícil no acudir a la iglesia... Los monjes te dan techo, comida, de modo que si no vas sientes remordimientos. Ese régimen de vida se puede aguantar un día o dos, pero a las tres semanas se hace duro. ¡Muy duro! ¿Va a quedarse aquí mucho tiempo?

–Mañana por la tarde me marcho.

–Yo voy a quedarme dos semanas más.

–Creía que uno no podía alojarse aquí tanto tiempo –comenté yo.

–Sí, así es; a quien prolonga demasiado su estancia y se come los alimentos de los monjes lo invitan a marcharse. Juzgue usted mismo, si se permitiera a los proletarios vivir aquí cuanto se les antojara, no quedaría ni una habitación libre y devorarían todo el monasterio. Así es. Pero conmigo los monjes hacen una excepción y espero que aún tarden mucho en expulsarme. Yo, sabe usted, soy un neófito.

–¿Cómo?

–Soy judío, bautizado... Hace poco que he abrazado la religión ortodoxa.

Ahora comprendía lo que antes no había sabido discernir en su rostro: sus gruesos labios, su forma de levantar la comisura derecha de la boca y la ceja de ese mismo lado cuando hablaba, y ese brillo oleoso y peculiar de los ojos, tan propio de los semitas; también entendí por qué pronunciaba de ese modo las palabras «ofrecería» y «probarlo».

En el curso de la conversación me dijo que se hacía llamar Aleksandr Ivánich, aunque antes era conocido como Isaac, que era oriundo del distrito de Moguiliov y que había venido a Sviatogorsk desde Novocherkask, donde se había convertido a la ortodoxia.

Tras dar buena cuenta del salchichón, Aleksandr Ivánich se incorporó y, levantando la ceja derecha, se puso a rezar ante el icono. Cuando más tarde se sentó de nuevo en el sofá y empezó a contarme de manera sucinta su larga biografía, la ceja seguía levantada.

–Desde mi más tierna infancia mostré afición por los estudios –empezó, y por el tono de su voz parecía que en lugar de hablar de sí mismo se estuviera refiriendo a un gran hombre ya fallecido–. Mis padres eran unos judíos pobres que se ocupaban del comercio al por menor y vivían, sabe usted, sumidos en la indigencia y la suciedad. En general, allí toda la gente es pobre y fanática, poco amante de los estudios, porque la instrucción, sin duda, aleja al hombre de la religión... Son terriblemente fanáticos... Mis padres por nada del mundo querían que recibiera instrucción y pretendían que yo también me ocupara del comercio y no conociera otra cosa que el Talmud... Pero, convendrá usted conmigo, pasarse toda la vida luchando por un pedazo de pan, arrastrándose por el barro y repitiendo el Talmud no es para todo el mundo.

A veces venían a la tienda de mi padre oficiales y propietarios que hablaban largo y tendido de cosas que yo no había visto ni en sueños, y, claro está, esos relatos me seducían y me daban envidia. Lloraba y pedía que me llevaran a la escuela, pero solo me enseñaban hebreo. Un día encontré un periódico ruso y lo llevé a casa para hacer una cometa, pero allí me dieron una paliza, aunque no entendiese ese idioma. No cabe duda de que el fanatismo es inevitable, pues cada pueblo protege por instinto sus rasgos nacionales, pero yo entonces no sabía nada de eso y me indigné mucho...

Tras pronunciar una frase tan enjundiosa, el antiguo Isaac, muy satisfecho, levantó la ceja derecha aún más y me miró de soslayo, igual que un gallo un grano de trigo, como queriendo decir: «Supongo que ya se habrá convencido usted de que soy un hombre inteligente». Después de añadir algunas razones más sobre el fanatismo y su inclinación irresistible por la instrucción, continuó:

–¿Qué podía hacer? Me marché a Smolensk. Allí vivía un primo mío, estañador y hojalatero. Como es lógico, empecé a trabajar con él como aprendiz, pues carecía de todo, iba descalzo y cubierto de harapos... Pensaba que podía trabajar de día y estudiar de noche y los sábados. Así lo hice, pero al enterarse la policía de que no tenía pasaporte, me devolvieron, por etapas, a casa de mi padre... –Aleksandr Ivánich encogió un hombro y suspiró–. ¿Qué hacer? –continuó, y cuanto más nítida se volvía en su recuerdo la imagen del pasado, más marcado se hacía su acento judío–. Mis padres me castigaron y me confiaron a un tío mío, un judío viejo y fanático, para que me enderezara. Pero una noche me escapé a Shklov. Y cuando mi tío fue allí en mi busca, me marché a Moguiliov, donde pasé dos días, antes de partir con un compañero para Starodub.

Más tarde, en el curso de sus recuerdos, mi interlocutor mencionó las ciudades de Gomel, Kiev, Biélaia Tserkov, Uman, Balta, Bender y, por último, Odesa.

–En Odesa pasé una semana entera desocupado y sin nada que llevarme a la boca, hasta que me recogieron unos judíos que iban por la ciudad comprando ropa vieja. Para entonces ya sabía leer y escribir, conocía la aritmética hasta las fracciones y quería ingresar en algún establecimiento de enseñanza, pero no tenía medios. ¡Qué hacer! Durante seis meses recorrí las calles de Odesa como ropavejero, pero los judíos, que eran unos pillos, no me daban pago alguno por mi trabajo, de modo que me enfadé y me fui. Luego tomé un vapor y me trasladé a Perekop.

–¿Por qué?

–Porque sí. Un griego había prometido darme alojamiento. En definitiva, hasta los dieciséis años estuve dando tumbos de ese modo, sin ocupación definida y sin echar raíces en ningún sitio, hasta que llegué a Poltava. Allí un estudiante judío, tras conocer mi anhelo de instrucción, me entregó una carta para unos estudiantes de Járkov. Naturalmente, partí para esa ciudad. Los estudiantes deliberaron y me ayudaron a preparar mi ingreso en la escuela técnica. Debo decirle que no olvidaré a esos estudiantes mientras viva, tan bien se portaron conmigo. Por no hablar de que me dieron techo y comida, me indicaron el verdadero camino, me obligaron a pensar y me mostraron la finalidad de la existencia. Entre ellos había personas inteligentes y notables que hoy día se han vuelto célebres. Por ejemplo, ¿no ha oído usted hablar de Grumajer?

–No.

–No le suena... Escribía artículos muy sesudos en los periódicos de Járkov y preparaba el examen al cuerpo de profesores. Yo leía mucho y frecuentaba los círculos de estudiantes, donde las trivialidades no tenían cabida. Me preparé durante medio año, pero, como para ingresar en la escuela técnica se exigía el programa completo de matemáticas del instituto, Grumajer me aconsejó que optara por la escuela de veterinaria, donde se admite a estudiantes de sexto curso del instituto. De modo que empecé a prepararme. No quería convertirme en veterinario, pero me dijeron que el diploma de la escuela daba derecho a entrar, sin necesidad de examen, en el tercer curso de la facultad de medicina. Me sabía todo el tratado de Kühner, leía a Cornelio Nepote *à livre ouvert* y había estudiado casi toda la gramática griega de Curtius, pues una cosa lleva a la otra, sabe usted... No obstante, los estudiantes se dispersaron, mi situación empezó a parecerme incierta y además me llegaron rumores de que mi madre había llegado a Járkov y me buscaba por todas partes. En definitiva, tomé la decisión de marcharme. ¿Qué hacer? Por fortuna, me enteré de que había una escuela de minas en el camino de Donets. ¿Por qué no ingresar en ella? Como usted sabe, en ese escuela se forman los capataces de minas, empleo magnífico; conozco pozos donde los capataces ganan mil quinientos rublos al año. Perfecto... Así pues, me dirigí allí...

Aleksandr Ivánich, con una expresión de respetuoso temor en el rostro, enumeró las dos docenas de complicadas ciencias que se enseñaban en la escuela de minas y describió la propia escuela, la organización de las minas, la situación de los trabajadores... Luego contó una historia terrible, que parecía inventada, pero en cuya veracidad no podía dejar de creer, pues había demasiada sinceridad en el tono del narrador y demasiada franqueza en la expresión empavorecida de su rostro semítico.

–Un día, durante los trabajos prácticos, me sucedió lo siguiente –dijo, levantando las dos cejas–. Me encontraba en una mina de los alrededores de Donets. Seguramente ha visto usted cómo se baja a los pozos. Recuerde que, cuando se hace avanzar el caballo y el torno se pone en movimiento, la polea hace que un volquete suba y el otro baje; cuando el primero empieza a subir, el segundo baja, lo mismo que en un pozo con dos cubos. Un día estaba sentado en un volquete, empecé a descender y, de pronto, imagínese, oigo: ¡trrrr! La cadena se rompió y yo salí volando junto con el volquete y un pedazo de la cadena... Me precipité desde una altura de tres *sazhens* y caí directamente sobre el vientre y el pecho; el volquete, más pesado, llegó antes que yo, de modo que al alcanzar el suelo me golpeé el hombro con uno de sus bordes. Yacía en el suelo, aturdido, pensando que estaba herido de muerte, pero de pronto me di cuenta de una nueva catástrofe: el otro volquete, el que subía, había perdido su contrapeso y se me venía encima en medio de un gran estruendo... ¿Qué hacer? Viendo mi situación, me apreté contra el muro y me acurruqué, en espera de que en cualquier momento el volquete cayera sobre mi cabeza a toda velocidad; me acordé de mi padre, de mi madre, de Moguiliov, de Grumajer... recé a Dios, pero, por fortuna... Hasta recordarlo me da miedo. –Aleksanr Ivánich esbozo una sonrisa forzada y se secó la frente con la palma de la mano–. Pero, por fortuna, cayó a un lado y solo me rozó ligeramente un costado... Me arrancó la chaqueta, la camisa y la piel... Tenía una fuerza impresionante. Luego perdí el conocimiento. Me sacaron y me llevaron al hospital. Pasé allí cuatro meses y los médicos me dijeron que acabaría contrayendo la tuberculosis. Ahora no paro de toser, me duele el pecho y padezco un terrible desarreglo psicológico... Cuando me quedo solo en una habitación, siento un miedo espantoso. Ni que decir tiene que en tal estado no se puede trabajar como capataz de minas. Tuve que dejar la escuela...

–¿Y ahora de qué se ocupa? –le pregunté.

–He superado el examen de instructor rural. Al haber abrazado la ortodoxia, tengo derecho a ser instructor. En Novocherkassk, donde recibí el bautismo, se interesaron mucho por mí y me prometieron una plaza en una escuela parroquial. Dentro de dos semanas regresaré y volveré a solicitarla.

Aleksandr Ivánich se quitó el abrigo, bajo el que solo llevaba una camisa, con un cuello bordado al estilo ruso, y un cinturón de lana.

–Es hora de dormir –dijo, colocando el abrigo en la cabecera y bostezando–. Sabe, hasta hace muy poco no conocía a Dios. Era ateo. Durante mi estancia en el hospital me acordé de la religión y empecé a meditar sobre esa cuestión. En mi opinión, para un hombre reflexivo solo hay una religión posible, la cristiana. Si no se cree en Cristo, no se puede creer en nada... ¿No es verdad? La época del judaísmo ha pasado y este solo se mantiene gracias a ciertas peculiaridades de la raza judía. Cuando la civilización alcance a los hebreos, de su judaísmo no quedará ni huella. Advierta que todos los judíos jóvenes ya son ateos. El Nuevo Testamento es la continuación natural del Antiguo. ¿No es así?

Quise informarme de las razones que le habían llevado a dar un paso tan importante y audaz como un cambio de religión, pero él se limitó a repetir que «el Nuevo Testamento era la continuación natural del Antiguo», frase seguramente ajena y aprendida y que en absoluto aclaraba la cuestión. Por más que me esforcé y me devané los sesos, sus razones siguieron pareciéndome oscuras. Aunque era factible que, como afirmaba, hubiera abrazado la fe ortodoxa por convicción, sus palabras no revelaban en qué consistía y en qué se basaba esa convicción; tampoco era posible suponer que hubiera cambiado de religión por interés: sus ropas baratas y gastadas, la necesidad de buscar alimento y cobijo en los monasterios y la incertidumbre de su futuro no podían calificarse precisamente de ventajas. Solo cabía pensar que esa mudanza obedecía al mismo espíritu inquieto que le había llevado de ciudad en ciudad como una peonza y que él, con una expresión hecha, calificaba de aspiración a la sabiduría.

Antes de acostarme, salí al pasillo para beber un vaso de agua. Cuando regresé, mi compañero estaba en medio de la habitación y me miraba asustado. Tenía el rostro grisáceo y la frente cubierta de sudor.

–Tengo los nervios de punta –farfulló con una sonrisa enfermiza–, ¡de punta! Sufro un grave desarreglo psicológico. En cualquier caso, nada de eso importa.

Y de nuevo comentó que el Nuevo Testamento era la continuación natural del Antiguo, que la época del judaísmo había pasado. Cuando perfilaba sus frases, daba la impresión de estar reuniendo todas las fuerzas de su convicción, como si quisiera ahogar la inquietud de su alma y demostrarse que, al abandonar la fe de sus padres, no había hecho nada terrible ni especial, sino que había actuado como un hombre reflexivo y libre de prejuicios, de modo que podía quedarse a solas con su conciencia sin ninguna dificultad. Trataba de convencerse de todo eso y me pedía ayuda con la mirada...

Entretanto en la vela de sebo se había formado un largo y desgarbado pabilo. Estaba amaneciendo. En la pequeña y sombría ventana que se teñía de azul se divisaban ya con claridad las dos orillas del Donets y un robledal más allá del río. Era hora de dormir.

–La jornada de mañana será muy interesante –dijo mi compañero cuando apagué la vela y me acosté–. Después de la primera misa, habrá una procesión en barca desde el monasterio a la ermita. –Con la ceja derecha levantada y la cabeza ladeada, oró delante del icono y, sin desvestirse, se tumbó en su sofá–. Sí –dijo, volviéndose del otro lado.

–¿Qué? –pregunté yo.

–Mientras yo me convertía a la religión ortodoxa en Novocherkassk, mi madre me buscaba en Rostov. Presentía que quería cambiar de fe. –Suspiró y continuó–. Hace ya seis años que no voy allí, a la provincia de Moguiliov. Es probable que mi hermana ya se haya casado.

Guardó silencio durante unos instantes y, viendo que aún no me había dormido, se puso a contarme en voz baja que pronto, gracias a Dios, encontraría un lugar y por fin tendría su propio rincón, una situación estable y la comida asegurada todos los días... Yo, antes de quedarme dormido, pensé que ese hombre jamás tendría un rincón propio, ni una situación estable, ni la comida asegurada. Soñaba en voz alta con su plaza de maestro, como si se tratara de la tierra prometida; como la mayoría de la gente, recelaba de la vida errante y la consideraba una cosa insólita, ajena al hombre y accidental, como una enfermedad, y buscaba la salvación en los quehaceres de la vida cotidiana. En el tono de su voz se percibía que era consciente de su anormalidad y que la lamentaba. Era como si se justificara y se disculpara.

A menos de dos *sazhens* de mí yacía un vagabundo; más allá de las paredes de las habitaciones y fuera, junto a los coches, entre los peregrinos, varios centenares de vagabundos como él esperaban la mañana; y, si hubiese sido capaz de representarme toda la tierra rusa, qué multitud de trotamundos, en busca de un sitio mejor donde vivir, habría visto recorrer las grandes vías y los caminos vecinales o dormitar, en espera del alba, en hospederías, fondas, albergues o al raso... Mientras me quedaba dormido, me imaginaba el asombro y quizá la alegría de todas esas personas si se encontrara un razonamiento y unas palabras que les demostraran que su modo de vida tenía tan poca necesidad de justificación como cualquier otro.

En sueños oí el tintineo quejumbroso de una campanilla, que

parecía esparcir ardientes gemidos, y a un novicio que gritaba varias veces:

—¡Señor Jesucristo, hijo de Dios, ten piedad de nosotros! ¡Acudan a la misa, por favor!

Cuando me desperté, mi compañero ya no estaba en la habitación. Lucía el sol y bajo la ventana se agitaba la muchedumbre. Al salir me enteré de que la misa ya había terminado y de que la procesión había partido hacía rato para la ermita. La gente vagaba en ociosos grupos por la ribera, sin saber qué hacer; no se podía comer ni beber, pues aún no había terminado la última misa en la ermita; las tiendas del monasterio, donde a los peregrinos tanto les gusta apretujarse y preguntar los precios, aún estaban cerradas. Muchos de ellos, a pesar de su fatiga, se arrastraban hasta la ermita para matar el aburrimiento. También yo me dirigí allí por un sendero que subía sinuosamente por la elevada y escarpada orilla del Donets, tan pronto subiendo como bajando, bordeando robles y pinos. Abajo centelleaba el río, y en su superficie reverberaba el sol, mientras en lo alto se sucedían las rocas de la ribera, blancas como la tiza, en las que destacaba la brillante mancha verde de las jóvenes frondas de los robles y de los pinos que, colgando unos sobre otros, parecían ingeniárselas para crecer casi en el borde mismo de la roca cortada a pico, sin caer al abismo. Los peregrinos avanzaban por el sendero en fila india. La mayoría eran ucranianos de los distritos vecinos, pero había muchos venidos a pie desde localidades lejanas de las provincias de Kursk y de Oriol; en la abigarrada hilera también había granjeros griegos de la región de Mariúpol, gentes robustas, serias y afables, muy distintas de sus compatriotas escuchimizados y desmedrados que abarrotan nuestras ciudades de la costa meridional; asimismo, había moradores del Don con pantalones de listas rojas y habitantes de la Táuride emigrados a otras regiones. Muchos peregrinos tenían un tipo indeterminado, como mi Aleksandr Ivánich: no había manera de dilucidar, ni por sus rostros, ni por sus ropas, ni por su habla, qué clase de hombres eran ni de dónde venían.

El sendero terminaba junto a un pequeño pontón, de donde partía, hacia la izquierda, un estrecho camino que atravesaba la montaña y llegaba hasta la ermita. Junto al pontón había dos grandes y pesadas barcazas, de aspecto sombrío, como esas piraguas neozelandesas que aparecen en las novelas de Jules Verne. Una de ellas, con una alfombra sobre los bancos, estaba destinada a los clérigos y a los chantres; la otra, sin alfombra, al público general. Cuando la procesión regresó al monasterio, fui uno de los elegidos que logró colarse en la segunda. Éramos tantos que la barca apenas avanzaba y durante todo el trayecto nos vimos obligados a ir de pie, sin movernos y tratando de conservar intacto el sombrero. El panorama era magnífico. Las dos orillas –una alta, escarpada, blanca, con pinos y robles inclinados y personas que regresaban apresuradas por el sendero; otra, en dulce pendiente, con praderas verdes y robledales–, inundadas de luz, tenían un aspecto tan dichoso y triunfante como si la mañana de mayo les debiera su encanto solo a ellas. Los reflejos del sol cabrilleaban en el rápido curso del Donets, se extendían por todas partes y sus largos rayos jugaban en las casullas, los estandartes y la espuma levantada por los remos. El canto del canon pascual, el tintineo de las campanas, el chapoteo de los remos en el agua, el gorjeo de las aves, todo se fundía en el aire en una especie de melodía armoniosa y suave. La barca con los clérigos y los estandartes iba delante. En la popa, inmóvil como una estatua, había un novicio vestido de negro.

Cuando la procesión se acercaba al monasterio, advertí entre los elegidos a Aleksandr Ivánich. Estaba delante de todos y, con la boca abierta de satisfacción, la ceja derecha levantada, contemplaba la procesión. Su rostro resplandecía; probablemente, en esos momentos, rodeado de tanta gente y de tanta luz, se sentía satisfecho consigo mismo, con su nueva fe y con su propia conciencia.

Poco después, sentados en nuestra habitación, ante una taza de té, seguía resplandeciendo de satisfacción; su rostro revelaba que estaba contento del té y de mi compañía, que tenía en alta estima mi cultura, pero que también él sabría mantener el tipo si la conversación llegaba a ocuparse de un tema elevado...

–Dígame, ¿qué libro de psicología me aconseja usted? –dijo, tratando de entablar una conversación inteligente y frunciendo con fuerza la nariz.

–¿Por qué me pregunta usted eso?

–Sin conocimientos de psicología no se puede ser maestro. Antes de instruir a un niño, debo conocer su alma.

Le dije que un libro de psicología no bastaba para conocer el alma de un niño y que, además, para un pedagogo que aún no había asimilado las técnicas de enseñanza de la ortografía y de la aritmética, un libro de psicología me parecía un lujo tan desorbitado como un tratado de matemática avanzada. Lejos de ofenderse, respaldó mi opinión y empezó a describir la importancia de la tarea del maestro, así como las responsabilidades que comportaba; luego pasó a analizar lo difícil que resulta extirpar del niño la inclinación por el mal y la superstición, enseñarle a pensar de manera independiente y honrada e inculcarle la verdadera religión, las ideas de personalidad, libertad, etcétera. Expuse algunos argumentos a modo de respuesta. Él volvió a coincidir conmigo. En general, le gustaba mostrarse de acuerdo. Era evidente que todo lo relacionado con la «inteligencia» no tenía firme asiento en su cabeza.

Hasta el momento de mi partida deambulamos juntos por los alrededores del monasterio, consumiendo las largas horas de esa tórrida jornada. No se apartaba de mí ni un paso. ¿Se trataba de apego o de simple miedo a la soledad? ¡Quién sabe! Recuerdo que nos sentamos juntos bajo unos arbustos de acacias amarillas, en uno de los jardincillos diseminados por la ladera de la montaña.

–Dentro de dos semanas me marcharé de aquí –dijo–. ¡Ya es hora!

–¿Partirá usted a pie?

–Iré andando hasta Slaviansk y luego en tren hasta Nikítovka. Allí comienza un ramal de la carretera de Donets. Lo seguiré a pie hasta Jatsepetovka, donde un revisor conocido me dejará subir.

Recordé la estepa desnuda y desierta que se extiende entre Nikítovka y Jatsepetovka y me imaginé a Aleksandr Ivánich caminando por ella con sus dudas, su nostalgia y su miedo a la soledad... Vio el tedio reflejado en mi rostro y suspiró.

–¡Seguramente mi hermana se habrá casado! –pensó en voz alta, y, a continuación, queriendo desembarazarse de esas tristes reflexiones, señaló la cumbre del monte y comentó–: Desde allí arriba se ve Izium.

Durante nuestro paseo por la montaña, le ocurrió una pequeña desgracia: probablemente, como consecuencia de un tropezón, se rasgó los pantalones de percal y perdió la suela de un zapato.

–Tss... –exclamó, frunciendo el ceño, al tiempo que se quitaba el zapato y mostraba el pie desnudo, sin calcetín–. Vaya fastidio... Menuda complicación, fíjese... ¡Pues sí!

Pasó largo rato con el ceño fruncido, dando vueltas al zapato delante de los ojos, como si no pudiera creer que se hubiera echado a perder para siempre; luego suspiró y chasqueó la lengua. Tenía en mi maleta unos botines gastados, pero aún no pasados de moda, acabados en punta y con cordones; los llevaba conmigo por si se producía algún contratiempo y solo me los ponía los días de lluvia. De vuelta en la habitación, pronuncié la frase más diplomática que se me ocurrió y se los ofrecí. Él los aceptó y dijo con aire de importancia:

–De buena gana le daría las gracias, pero sé que considera las muestras de agradecimiento un prejuicio.

Las agudas punteras y los cordones le conmovieron como a un niño y hasta le hicieron cambiar de planes.

–Ahora partiré para Novocherkassk dentro de una semana, no de dos –reflexionó en voz alta–. Con este calzado no me da vergüenza presentarme en la parroquia. La verdad es que no me marchaba de aquí porque carecía de ropa adecuada...

Cuando el cochero sacó mi maleta, un novicio de rostro agradable y risueño entró para arreglar la habitación. De Aleksandr Ivánich pareció adueñarse una extraña premura, se turbó y preguntó con timidez:

–¿Puedo quedarme aquí o tengo que irme a otro sitio?

No se decidía a ocupar él solo una habitación y, por lo visto, se avergonzaba de vivir a expensas del monasterio. No tenía la menor gana de separarse de mí; para retrasar lo más posible el momento en que se quedaría solo, me pidió permiso para acompañarme.

El camino, abierto en la montaña de tiza a costa de grandes esfuerzos, ascendía bordeando la ladera, casi en espiral, entre las raíces y bajo los sombríos pinos inclinados... Primero perdí de vista el Donets, luego el monasterio con sus miles de hombres y a continuación los tejados verdes... A medida que ascendía, todo parecía hundirse en una sima. La cruz de la iglesia, arrebolada por los rayos del sol poniente, centelleó con fuerza en el fondo del abismo y desapareció. Solo se divisaban los pinos, los robles y el blanco camino. Pero de pronto el coche llegó a la meseta y todo eso quedó abajo, detrás de mí; Aleksandr Ivánich saltó a tierra y, con una triste sonrisa, me miró por última vez con sus ojos infantiles, inició el descenso y desapareció de mi vista para siempre...

Mis impresiones de Sviatogorsk se habían convertido ya en recuerdos; ante mí se abría ahora un cuadro distinto: la meseta, la lejanía blanquecino pardusca, un bosque al borde del camino y tras él un molino de viento que no se movía y parecía aburrido, pues, debido a la jornada festiva, le habían trabado las aspas.

El caramillo (1887)

Sofocado por el intenso aroma de los frondosos abetos, cubierto de telas de araña y acículas, el administrador de la granja de Deméntievo, Melitón Shishkin, con el fusil al hombro, se dirigía al lindero del bosque. Su perra Damka, un cruce de *setter* y un ejemplar callejero, preñada y flaca a más no poder, se arrastraba tras su amo con el rabo entre las patas, tratando de no pincharse el hocico. El tiempo no era bueno esa mañana; el cielo estaba encapotado. De los árboles y de los helechos, envueltos en una ligera neblina, caían gruesas gotas; la humedad del bosque exhalaba un penetrante olor a podrido.

Ante él, en el lindero del bosque, se alzaban unos abedules, a través de cuyos troncos y ramas se divisaba una brumosa lejanía. Detrás de los abedules alguien tocaba un caramillo de confección rústica. El tañedor no se valía más que de cinco o seis notas, que alargaba perezosamente, sin tratar de formar con ellas una melodía; sin embargo, en ese silbido se percibía un acento sombrío y harto melancólico.

Cuando la espesura se aclaró y los abetos se mezclaron con algunos abedules, Melitón divisó un rebaño. Algunos caballos trabados, vacas y ovejas vagaban entre los arbustos y, haciendo crujir las ramas, olisqueaban la hierba del bosque. En el lindero, apoyado contra un abedul húmedo, había un viejo pastor, enjuto, vestido con un caftán desgarrado y la cabeza desnuda. Miraba el suelo con aire meditabundo, al tiempo que tañía el caramillo, al parecer sin prestar atención.

–¡Hola, abuelo! ¡Que Dios te guarde! –le dijo Melitón a modo de saludo con su voz aguda y ronca, que no cuadraba en absoluto con su enorme talla y su rostro grueso y carnoso–. ¡Te das maña para tocar el caramillo! ¿De quién es el rebaño?

–De Artamónov –respondió con desgana el pastor, guardando en su seno el caramillo.

–Entonces, ¿este bosque también es el suyo? –preguntó Melitón, mirando a su alrededor–. Claro, es el de Artamónov, no cabe duda... He perdido totalmente el rumbo. Me he arañado toda la jeta con la maleza.

Se sentó en la tierra húmeda y empezó a liar un cigarrillo con papel de periódico.

Nada en ese hombre, ni su hilo de voz, ni su sonrisa, ni sus ojos, ni sus botones, ni su gorrita, que apenas se sostenía sobre su cabeza gruesa y rasurada, se correspondía con su estatura, su corpulencia y su carnoso rostro. Cuando hablaba y sonreía, su cara afeitada e hinchada y toda su figura tenían cierto aire femenino, apocado y sumiso.

–¡Vaya tiempo, Dios nos proteja! –dijo, moviendo la cabeza–. La gente aún no ha recogido la avena y no para de llover, ¡Dios nos ampare!

El pastor miró el cielo, del que caía una fina llovizna, el bosque, la ropa húmeda del administrador, y se quedó pensativo, sin decir nada.

–Llevamos así todo el verano... –añadió Melitón con un suspiro–. Es malo para los campesinos y poco agradable para los señores.

El pastor volvió a mirar el cielo con aspecto meditabundo y comentó, arrastrando cada una de las palabras, como si las estuviera masticando:

–Todo sigue la misma pendiente... No nos espera nada bueno.

–¿Y cómo van por aquí las cosas? –preguntó Melitón, encendiendo el cigarrillo–. ¿Has visto polluelos de urogallo en los claros del bosque?

El pastor tardó algún rato en contestar. Volvió a mirar el cielo, dirigió la vista a un lado y a otro con aire concentrado, parpadeó... Por lo visto, concedía no poca importancia a sus palabras y, para acrecentar su valor, trataba de pronunciarlas arrastrándolas con cierta solemnidad. Tenía esa expresión sutil y grave de los ancianos, y su nariz, atravesada por una cavidad en forma de silla de montar, con los orificios apuntando hacia arriba, le daba un aspecto astuto y burlón.

–No, creo que no los he visto –respondió–. Nuestro cazador, Yeriomka, dice que levantó una nidada cerca de Pustoshie el día de san Elías, pero seguramente miente. Por aquí hay pocas aves.

–Así es, amigo... ¡Hay pocas en todas partes! Si se para uno a pensarlo, la caza es insignificante y no produce nada. Apenas hay animales salvajes y con los pocos que quedan no merece la pena ni mancharse las manos: ¡no han tenido tiempo de crecer! Son tan pequeños que hasta da vergüenza mirarlos. –Melitón sonrió e hizo un gesto de desaliento con la mano–. ¡Lo que pasa en este mundo es motivo de risa, nada más! Las aves de ahora se comportan de un modo incomprensible; empiezan a empollar demasiado tarde, de modo que algunas aún están sobre los huevos el día de san Pedro. ¡Se lo aseguro!

–Todo sigue la misma pendiente –dijo el pastor, levantando la cabeza–. El año pasado había poca caza, pero este aún hay menos y dentro de cuatro o cinco años supongo que no quedará nada. Pronto no habrá caza ni aves de ningún tipo.

–Sí –convino Melitón, tras unos instantes de reflexión–. Así es.

El pastor esbozó una amarga sonrisa y sacudió la cabeza.

–¡Es sorprendente! –añadió–. ¿Y adónde ha ido a parar todo eso? Hace unos veinte años, lo recuerdo muy bien, este lugar estaba lleno de gansos, de grullas, de patos, de urogallos. Cuando los señores iban de caza, no se oía más que: ¡pan-pan-pan! ¡Pan-pan-pan! Las becadas, las chochas y los chorlitos eran incontables, y en cuanto a las cercetas y las agachadizas había tantas como estorninos o, pongamos, gorriones. ¡Cantidades enormes! ¿Adónde ha ido a parar todo eso? Ya ni siquiera se ven aves rapaces. Las águilas, los halcones y los mochuelos han desaparecido... Y en cuanto a los animales salvajes, hay todavía menos. En la actualidad, amigo, es raro encontrarse con un lobo o con un zorro, por no hablar de los osos y de los visones. ¡Y antes había hasta alces! Hace cuarenta años que observo la obra de Dios y me doy cuenta de que todo sigue la misma pendiente.

–¿Hacia dónde?

–Hacia el desastre, amigo. A lo que parece, todo se encamina hacia la perdición... Ha llegado el momento de que el mundo de Dios perezca. –El anciano se puso la gorra y se quedó mirando el cielo–. ¡Es una pena! –añadió con un suspiro, después de unos instantes de silencio–. ¡Ah, Señor, qué lástima! No cabe duda de que tal es la voluntad divina; el mundo no ha sido creado para nosotros, pero de todos modos, amigo, es una pena. Si nos entristece que un árbol se seque o, pongamos, que una vaca se muera, ¿con qué ojos vamos a contemplar que el mundo de Dios se convierta en polvo, buen hombre? ¡Cuántos bienes, señor Jesucristo! El sol, el cielo, los bosques, los ríos, los seres vivientes... y todo creado, adaptado, ajustado pieza a pieza.

Cada cosa cumple su función y conoce su lugar. ¡Y todo eso debe perecer!

Una triste sonrisa iluminó el rostro del pastor y sus ojos parpadearon.

–Dices que el mundo va a desaparecer... –dijo Melitón, meditabundo–. Es posible que el fin del mundo esté cercano, pero no es algo que pueda predecirse solo por las aves. No creo que las aves sean una señal.

–No son solo las aves –comentó el pastor–. También los animales salvajes, el ganado, las abejas, los peces... Si no me crees, pregúntale a los ancianos; todos te dirán que los peces ya no son lo que eran. En los mares, en los lagos y en los ríos hay menos peces cada año. Recuerdo que en nuestro Peschanka se pescaban lucios de un *arshin*, había lotas, gobios y bremas, y todos de buena talla, mientras que ahora, si coges un lucio pequeño o una perca de un cuarto de *arshin*, ya puedes dar gracias a Dios. Ya ni siquiera hay tencas dignas de ese nombre. Cada año las cosas empeoran; espera un poco y verás cómo pronto ya no quedarán peces. Hablemos ahora de los ríos... ¡Los ríos, a lo que parece, se secan!

–Es verdad que se secan.

–Sin duda. Cada año llevan menos agua y ya no hay remolinos como antes, amigo. ¿Ves esos arbustos? –preguntó el anciano, señalando hacia un lado–. Detrás está el viejo cauce, el brazo muerto, como se llama; en tiempos de mi padre el Peschanka fluía por allí, mientras que ahora, ¡mira a dónde lo han llevado los demonios! Ha cambiado de cauce y seguirá cambiando hasta que se seque del todo. Más allá de Kurgásovo había pantanos y estanques. ¿Adónde han ido a parar? ¿Y qué ha pasado con los riachuelos? Por este mismo bosque fluía un riachuelo tan ancho que los campesinos colocaban nasas y cogían lucios, los patos salvajes invernaban en sus riberas, mientras que ahora, ni siquiera en plena crecida arrastra poco más que un hilo de agua. Sí, hermano, mires donde mires, todo va a peor. ¡Todo!

Se produjo un silencio. Melitón se quedó pensativo, con la mirada fija en un mismo punto. Trataba de recordar un solo lugar de la naturaleza al que no hubiera rozado ese desastre general. A través de la niebla y las bandas oblicuas de lluvia, como a través de un cristal esmerilado, se filtraban manchas de luz que se apagaban enseguida: era el sol naciente, que se esforzaba por atravesar las nubes y contemplar la tierra.

–Y lo mismo pasa con los bosques... –mascullό Melitón.

–Lo mismo pasa con los bosques... –repitió el pastor–. Sufren el acoso del hacha, arden, se secan y no crecen ejemplares nuevos. Basta que algo despunte para que lo talen; en cuanto brota un ejemplar, lo cortan, y así hasta que no quede nada. Yo, buen hombre, me ocupo del rebaño comunal desde la abolición de la servidumbre; antes de eso ya trabajaba de pastor para los señores, llevando el ganado a este mismo lugar; puedo decir que, desde que estoy en este mundo, no recuerdo un solo día de verano que no haya estado aquí. Y he pasado todo el tiempo observando la obra del Señor. No he hecho otra cosa en toda mi vida, amigo, y ahora comprendo que todas las plantas se encaminan a su desaparición. Mira el centeno o cualquier verdura o florecilla, todo sigue la misma pendiente.

–En cambio, la gente se ha vuelto mejor –apuntó el administrador.

–¿En qué es mejor?

–Es más inteligente.

–Puede que sí, muchacho, pero ¿de qué le vale? ¿Qué falta le hace la inteligencia si todo se encamina a su fin? De poco vale la inteligencia si hay que perecer. ¿De qué le sirve a un cazador la inteligencia si no hay animales? A mí me parece que Dios le ha dado la inteligencia al hombre y le ha quitado la fuerza. La gente se ha vuelto débil, sumamente débil. Mírame a mí, por ejemplo... No valgo ni un céntimo, soy el último mujik de la aldea, pero tengo fuerza, muchacho. Fíjate, voy a cumplir los setenta y me paso todo el día guardando el rebaño; además, trabajo de vigilante nocturno por veinte kopeks, y no me quedo dormido ni paso frío; mi hijo es más inteligente que yo, pero ponlo en mi lugar y al día siguiente pedirá un aumento o irá al médico. Así es. Yo no como nada más que pan; no en vano se dice: «El pan nuestro de cada día dánosle hoy»; mi padre tampoco comía otra cosa, ni mi abuelo; en cambio, el campesino de hoy toma té, vodka, dulces, duerme desde que se pone el sol hasta que sale, va al médico y se ha acostumbrado a toda clase de mimos. ¿Y por qué? Porque se ha vuelto débil y le faltan las fuerzas. Le gustaría no dormir, pero se le cierran los párpados. No se puede hacer nada.

–Es verdad –convino Meliton–. El mujik de ahora no vale gran cosa.

–Para qué ocultarlo, cada año estamos peor. Y si nos fijamos en los señores, se han vuelto más débiles aún que los mujiks. El señor de ahora lo ha aprendido todo, hasta sabe cosas que no debería saber, ¿y de qué le vale? Hasta da pena mirarlo... Delgaducho, enclenque como un húngaro o un francés, sin rastro de majestad ni porte: de señor no tiene más que el nombre. El desdichado no sabe dónde meterse ni qué hacer, y no hay manera de saber lo que le conviene. Tan pronto se sienta a pescar con una caña en la mano, como se tumba panza arriba y se pone a leer un libro o pasa el tiempo con los campesinos, hablando de toda suerte de cosas, y cuando tiene hambre, se hace escribiente. Así vive, ocupado en naderías, incapaz de desempeñar una actividad seria. Antes la mitad de los señores eran generales, ahora son unos mocosos.

–Se han empobrecido mucho –dijo Melitón.

–Se han empobrecido porque Dios les ha quitado las energías. No se puede ir contra la voluntad de Dios.

Melitón volvió a fijar la mirada en un punto. Tras meditar unos instantes, suspiró a la manera de las personas ponderadas y reflexivas, sacudió la cabeza y dijo:

–Y ¿por qué sucede todo esto? Hemos pecado mucho, nos hemos olvidado de Dios... y ha llegado el momento de que todo perezca. No debemos olvidar que el mundo no es eterno. Algún día tiene que terminar.

El pastor suspiró y, como si quisiera acabar con esa desagradable conversación, se apartó del abedul y se puso a contar las vacas con la mirada.

–¡Gue-gue-guei! –gritó–. ¡Gue-gue-guei! ¡Con vosotras no hay quien pueda! ¡El diablo os ha llevado a la maleza! ¡Tiu-liu-liu!

Con rostro enojado se acercó a los arbustos para reunir el ganado. Melitón se levantó y avanzó con pasos lentos por el lindero. Iba pensativo, con la mirada baja; seguía intentando recordar alguna cosa que la muerte no hubiera rozado todavía. Por las bandas oblicuas de lluvia volvieron a resbalar unas manchas de luz, que saltaban en las copas de los árboles y se apagaban en el húmedo follaje. Damka encontró un erizo debajo de un arbusto y, deseando atraer la atención de su amo, estalló en estruendosos ladridos.

–¿Visteis también vosotros el eclipse? –gritó el pastor desde detrás de los arbustos.

–¡Sí! –respondió Melitón.

–Ya. Todo el mundo se queja de él. ¡No hay duda, amigo, de que también en el cielo hay desórdenes! Un eclipse no se produce porque sí... ¡Gue-gue-guei! ¡Guei!

Tras reunir el ganado en el lindero, el pastor se apoyó en un abedul, miró el cielo, sacó sin prisas el caramillo y se puso a tocar.

Lo mismo que antes, lo tañía maquinalmente, entonando no más de cinco o seis notas, como si fuera la primera vez que lo tuviera en las manos; los sonidos salían indecisos, en desorden, sin conformar una melodía, pero Melitón, que seguía pensando en el fin del mundo, percibía en esos acordes un eco angustioso y desolado, que habría preferido no oír. Las notas más altas y agudas temblaban y se quebraban en una suerte de llanto desconsolado, como si el caramillo estuviera enfermo y asustado, mientras las más bajas, sin razón aparente, recordaban la niebla, los melancólicos árboles y el cielo gris. Esa música estaba en consonancia con el tiempo, con el anciano y con sus palabras.

Melitón sintió ganas de lamentarse. Se acercó al anciano y, contemplando primero su rostro apesadumbrado y burlón y luego su caramillo, farfulló:

–Y la vida cada vez es más dura, abuelo. No hay manera de salir adelante. Malas cosechas, pobreza... las epidemias se ceban en el ganado, las enfermedades en los hombres... La miseria ha vencido.

El rostro abotargado del administrador se cubrió de púrpura y adoptó una expresión quejumbrosa y femenina. Movió los dedos, como si estuviera buscando los vocablos adecuados para transmitir un sentimiento indefinido, y continuó:

–Tengo mujer y ocho hijos... mi madre todavía vive, y como sueldo recibo diez rublos al mes, sin manutención. La pobreza ha convertido a mi mujer en una auténtica fiera... yo me he dado a la bebida. Soy un hombre juicioso, sensato, he recibido instrucción. Debería quedarme en casa tranquilamente, pero me paso todo el día de aquí para allá, como un perro, con la escopeta al hombro, porque ya no puedo más: ¡mi casa se me ha vuelto odiosa!

Sintiendo que su lengua balbucía unas razones distintas de las que habría querido expresar, el administrador hizo un gesto de desaliento con la mano y dijo con amargura:

–¡Si el mundo debe perecer, que sea lo antes posible! ¿Para qué alargar las cosas y hacer sufrir a la gente por nada...?

El anciano apartó el caramillo de los labios y, guiñando un ojo, se quedó mirando su pequeña abertura. Su rostro tenía una expresión triste y estaba cubierto de gruesas gotas de lluvia semejantes a lágrimas. Sonrió y dijo:

–¡Qué pena, hermanito! ¡Qué pena, Dios mío! La tierra, el bosque, el cielo... cada una de las criaturas: todo ha sido creado, adaptado; en todo hay inteligencia. Y todo debe perecer por nada. Y lo que más pena da es el hombre.

En el bosque se oyó el ruido de un fuerte aguacero, que poco a poco se aproximaba al lindero. Melitón dirigió la mirada hacia el lugar de donde procedía ese rumor, se abrochó todos los botones y dijo:

–Me voy a la aldea. Adiós, abuelo. ¿Cómo te llamas?

–Luka *el Pobre.*

–¡Pues adiós, Luka! Gracias por tus sabias palabras. ¡Damka, *ici!*

Tras despedirse del pastor, Melitón echó a andar con pasos lentos por el lindero, luego bajó por una pradera que poco a poco fue transformándose en una ciénaga. El agua fluía bajo sus pies, y el espargancio, del color de la herrumbre, aún lozano y lleno de savia, se inclinaba sobre la tierra, como temiendo que lo aplastara. Más allá de la ciénaga, en la orilla del Peschanka, del que había hablado el anciano, se alzaban los sauces y, tras estos, en medio de la neblina, se vislumbraba la mancha azulada de un granero señorial. Se percibía la cercanía de ese momento desdichado e inevitable en que los campos se vuelven oscuros, la tierra se enfría y se cubre de barro, los sauces llorones adquieren una apariencia aún más triste, con el tronco recorrido por lágrimas, y solo las grullas escapan de la desgracia general, aunque también ellas, como temiendo ofender a la afligida naturaleza con la expresión de su felicidad, inundan la bóveda celeste con sus graznidos tristes y melancólicos.

Melitón se arrastró hasta el río y se quedó escuchando cómo detrás de él se apagaban poco a poco los sonidos del caramillo. Seguía teniendo ganas de lamentarse. Miraba con pesar a su alrededor, embargado de una pena insoportable por el cielo, por la tierra, por el sol, por el bosque, por Damka; cuando la nota más alta del caramillo resonó largo rato en el aire y se puso a temblar como la voz de un hombre que llora, empezó a pensar en el desorden que se observaba en la naturaleza y sintió una amargura y una desolación indecibles.

La nota aguda tembló, se quebró y el caramillo quedó en silencio.

El beso
(1887)

El 20 de mayo, a las ocho de la tarde, las seis baterías de la reserva de la brigada de artillería de N., que se dirigían a su campamento, se detuvieron a pasar la noche en la aldea de Mestechki. En medio del alboroto, mientras unos oficiales se afanaban junto a los cañones y otros, que habían entrado en la plaza aledaña a la cerca de la iglesia, escuchaban a los aposentadores, apareció detrás de la iglesia un jinete vestido de paisano, montado sobre un extraño caballo. Era un caballo bayo y pequeño, con un hermoso cuello y una pequeña cola; no seguía un camino recto, sino que parecía avanzar de costado, haciendo con las patas pequeños pasos de baile, como si se las estuvieran golpeando con un látigo. Tras acercarse a los oficiales, el jinete levantó el sombrero y exclamó:

–Su excelencia el teniente general von Rabbek, hacendado local, invita a los señores oficiales a que, sin mayores demoras, vayan a tomar el té a su casa.

El caballo se inclinó, ejecutó unos movimientos de baile y retrocedió de costado; el jinete volvió a levantar el sombrero y al poco rato desapareció detrás de la iglesia junto a su extraña montura.

–¡Que se vaya al diablo! –murmuraron algunos oficiales, dispersándose por los distintos alojamientos–. ¡Con el sueño que tenemos, y nos viene ese von Rabbek con su té! ¡Ya sabemos qué té sirven allí!

Todos los oficiales de las seis baterías recordaron que el año anterior, durante unas maniobras, un hacendado local, un conde que había sido militar, les había invitado a tomar el té, junto con los oficiales de un regimiento de cosacos; el hospitalario y cordial anfitrión les había recibido muy bien, les había dado de comer y de beber y no les había dejado regresar a sus alojamientos en la aldea, ofreciéndoles pasar la noche en su casa. Todo eso, por supuesto, estaba muy bien; no se podía pensar en algo mejor; lo malo era que el militar retirado se había entusiasmado tanto con la aparición de esos jóvenes que hasta el amanecer había estado contando a los oficiales episodios de su glorioso pasado, les había conducido por las distintas habitaciones, les había mostrado cuadros valiosos, grabados antiguos, armas raras, les había leído cartas auténticas de personajes encumbrados, mientras los extenuados y fatigados oficiales escuchaban y miraban, anhelando la compañía del lecho y tapándose la boca con la manga para ocultar los bostezos; cuando finalmente el anfitrión los dejó marchar ya era demasiado tarde para dormir.

¿No sería también von Rabbek uno de esos? Lo fuera o no, no se podía hacer nada. Los oficiales se cambiaron de uniforme, se acicalaron y todos juntos se pusieron a buscar la casa del hacendado. En la plaza contigua a la iglesia les dijeron que para llegar a la residencia de los señores podían ir por el camino de abajo –descendiendo hasta el río por detrás de la iglesia y caminando por la orilla hasta el mismo jardín, donde una avenida les llevaría hasta la casa– o bien por el camino de arriba –directamente desde la iglesia, por un camino que a medio kilómetro de la aldea llegaba hasta los graneros de la hacienda–. Los oficiales decidieron ir por el camino de arriba.

–¿Quién será ese von Rabbek? –cavilaban por el camino–. ¿No será el que comandaba la división de caballería de N. en Plevna?

–No, ese no se llamaba von Rabbek, sino simplemente Rabbe.

–¡Qué buen tiempo hace!

Junto al primer granero de la hacienda el camino se dividía en dos; uno seguía recto y se perdía en la oscuridad de la noche, mientras el otro giraba a la derecha y llevaba a la casa señorial. Los oficiales tomaron por el de la derecha y empezaron a hablar más bajo... A ambos lados del camino se sucedían graneros de piedra con tejados rojos, macizos y severos, muy parecidos a los cuarteles de cualquier ciudad de provincias. Ante ellos relucían las ventanas de la casa señorial.

–¡Señores, buena señal! –dijo uno de los oficiales–. Nuestro *setter* va a la cabeza; eso significa que huele alguna presa...

El teniente Lobitko, que iba delante, hombre alto, grueso y sin rastro de bigote (tenía más de veinticinco años, pero en su rostro redondo y lleno, por alguna razón, aún no despuntaba la barba), conocido en la brigada por su capacidad para husmear en los alrededores la presencia de mujeres, se volvió y comentó:

–Sí, aquí debe de haber mujeres. Me lo dice el instinto.

En el umbral de la casa los oficiales fueron recibidos por el propio von Rabbek, un anciano de aspecto respetable, de unos sesenta años, vestido de paisano. Tras estrechar la mano de los huéspedes, dijo que se sentía muy contento y feliz, pero rogaba encarecidamente a los señores oficiales que le disculparan por no poder alojarlos en su casa; habían venido a verle dos hermanas suyas con sus hijos, varios hermanos y algunos vecinos, de modo que no quedaba ni una sola habitación libre.

El general estrechó la mano a todos los oficiales, les pidió disculpas y sonrió, pero en su rostro se adivinaba que se alegraba mucho menos de su visita que el conde del año anterior, y que solo les había invitado porque, en su opinión, así lo exigía el decoro. Los mismos oficiales, mientras subían la mullida escalera alfombrada y escuchaban sus palabras, sentían que se les había invitado simplemente porque habría sido inadecuado no hacerlo, y, cuando vieron a los lacayos, que se apresuraban a encender los faroles de la entrada, abajo, y los del recibidor, arriba, tuvieron la impresión de que llevaban la inquietud y el desasosiego a la casa. En un lugar en que, debido probablemente a alguna celebración familiar o a algún otro acontecimiento, se habían reunido dos hermanas con sus hijos, varios hermanos y algunos vecinos, ¿podía agradar la presencia de diecinueve oficiales desconocidos?

Arriba, en la entrada del salón, los huéspedes fueron recibidos por una anciana alta y esbelta, de rostro alargado y cejas negras, muy parecida a la emperatriz Eugenia. Sonriendo de forma afable y majestuosa, dijo que se sentía muy feliz y contenta de tener huéspedes y se disculpó por no poder invitar a los señores oficiales a pasar allí la noche. En su delicada y majestuosa sonrisa, que desaparecía inmediatamente de su rostro cada vez que le daba la espalda a un invitado, se veía que a lo largo de su vida había visto a muchos oficiales, que en ese momento no estaba para esas cosas, y que si los había invitado a su casa y ahora se disculpaba era simplemente porque así lo exigían su educación y su posición en la sociedad.

En el gran comedor al que fueron conducidos los oficiales, tomaban el té, a un extremo de la mesa, una docena de señoras y caballeros, tanto maduros como jóvenes. Un grupo de hombres, oscurecido por el ligero humo de los cigarros, estaba de pie detrás de las sillas de los comensales; en medio de ellos había un joven enjuto con patillas pelirrojas que, tartajeando, expresaba en voz alta algún comentario en inglés. Detrás de ese grupo, a través de la puerta, se veía una luminosa habitación con mobiliario de color azul.

–Señores, son ustedes tantos que no es posible presentarlos –exclamó en voz alta el general, tratando de mostrarse muy alegre–. Preséntense ustedes mismos sin ceremonias.

Los oficiales –unos con caras muy serias e incluso severas, otros sonriendo de manera forzada, y sintiendo todos una gran incomodidad– saludaron de una u otra forma y se sentaron a tomar el té.

El que más incómodo se sentía era el capitán Riabóvich, un oficial pequeño, cargado de espaldas, con gafas y patillas de lince. Mientras algunos de sus compañeros se mostraban serios y otros sonreían con aire forzado, su rostro, sus patillas de lince y sus gafas parecían decir: «¡Soy el oficial más tímido, más apocado y más insulso de toda la brigada!». En los primeros momentos, mientras entraba en el salón y se sentaba a tomar el té, no pudo prestar atención a ningún rostro u objeto concreto. Las caras, los vestidos, las garrafitas talladas llenas de coñac, el vaho que se elevaba de los vasos y las molduras del techo se fundieron en una impresión vasta y general, que llevó la inquietud a su espíritu y el deseo de ocultar la cabeza en alguna parte. Como un recitador que se presenta por primera vez en público, veía todo lo que tenía delante de los ojos, pero no comprendía apenas nada (ese estado, cuando el sujeto ve pero no comprende, ha recibido de los fisiólogos el nombre de «ceguera psíquica»). Unos instantes más tarde, una vez familiarizado con el ambiente, Riabóvich recuperó la capacidad de ver e inició sus observaciones. Al ser una persona tímida y poco sociable, le llamó la atención principalmente todo aquello de lo que él carecía, en particular el singular valor de sus nuevos conocidos. Von Rabbek, su esposa, dos damas maduras, una señorita con un vestido de color lila y el joven con las patillas pelirrojas, que resultó ser el hijo menor de von Rabbek, se mezclaron entre los oficiales con mucha astucia, como si lo hubieran ensayado antes, y enseguida entablaron una animada discusión, en la que los invitados no pudieron dejar de intervenir. La señorita del vestido lila trató de demostrar con gran vehemencia que la vida de los artilleros era mucho más llevadera que la de los soldados de caballería e infantería, mientras von Rabbek y las damas maduras sostenían lo contrario. Se inició así un vivaz intercambio de pareceres. Riabóvich contemplaba a la señorita del vestido lila, que con tanta pasión hablaba de un tema que le era ajeno y tan poco podía interesarle, y advertía cómo en su rostro surgían y desaparecían sonrisas insinceras.

Von Rabbek y su familia, tras implicar con gran habilidad a los oficiales en la conversación, vigilaban sus vasos y sus bocas, cerciorándose de que todos bebían y disponían de azúcar y preguntando en su caso por qué ese no comía bizcocho o aquel no bebía coñac. Cuanto más miraba y escuchaba Riabóvich, tanto más le gustaba esa insincera pero muy bien disciplinada familia.

Después del té los oficiales pasaron a la sala. El olfato no había engañado al teniente Lobitko: en la sala había muchas señoritas y jóvenes mujeres casadas. El *setter*-teniente ya se había aproximado a una rubia muy joven ataviada con un vestido negro y, encorvándose con cierta fanfarronería, como si se apoyara en un invisible sable, sonreía y movía los hombros con coquetería. Probablemente hacía algún comentario carente del menor interés, ya que la rubia contemplaba con condescendencia su rostro saciado y le preguntaba con indiferencia: «¿Es posible?». En ese desapasionado «es posible», el *setter*, si hubiera sido inteligente, habría podido deducir que difícilmente le gritarían: «¡Adelante!».

Se oyó el sonido de un piano; los tristes acordes de un vals se difundieron por el salón y salieron volando por las ventanas abiertas de par en par; en ese momento todos parecieron recordar que estaban ya en primavera, que más allá de las ventanas reinaba una noche de mayo. Todos percibieron que en el aire flotaba el olor de las tiernas hojas de los álamos, de las rosas y de las lilas. Riabóvich que, bajo la influencia de la música, empezaba a notar los efectos del coñac que había bebido, dirigió una mirada de reojo a la ventana, sonrió y se puso a seguir los movimientos de las mujeres; tenía la impresión de que el olor de las rosas, de los álamos y de las lilas no procedía del jardín, sino de los rostros y los vestidos femeninos.

El hijo de von Rabbek invitó a bailar a una joven enjuta y dio dos vueltas de vals con ella. Lobitko se deslizó por el parqué hasta la señorita del vestido lila, la tomó entre sus brazos y se puso a trazar vertiginosos giros con ella por la sala. Había comenzado el baile... Riabóvich estaba cerca de la puerta, en el grupo de los que no bailaban, y seguía observando. No había bailado ni una sola vez en toda su vida; ni una sola vez había estrechado el talle de una mujer decente. Le agradaba ver cómo un hombre, ante los ojos de todos, cogía a una mujer desconocida por el talle y le ofrecía su hombro para que pusiera en él su mano, pero nunca pudo imaginarse en esa situación. Hubo un tiempo en que sentía envidia del valor y el desparpajo de sus compañeros y sufría; la conciencia de que era tímido, cargado de espaldas e insulso, de que tenía un talle largo y patillas de lince, le mortificaba; pero con los años ese sentimiento se había convertido en costumbre, de modo que en esos momentos, al contemplar a las parejas que bailaban o a las personas que hablaban con voz recia, ya no las envidiaba, solo se sentía triste y conmovido.

Cuando comenzó la cuadrilla, el joven von Rabbek se acercó al grupo de los que no bailaban y propuso a dos oficiales una partida de billar. Los oficiales aceptaron y salieron con él de la sala. Riabóvich, que no tenía nada que hacer y deseaba tomar parte de algún modo en el movimiento general, decidió seguirles. Tras abandonar la sala, atravesaron el comedor y a continuación un estrecho pasillo acristalado, desde donde pasaron a una habitación en la que tres soñolientos lacayos, nada más verlos, saltaron del sofá en que estaban sentados. Finalmente, atravesando toda una hilera de habitaciones, el joven von Rabbek y los oficiales entraron en una pequeña estancia en la que había un billar. Comenzó la partida.

Riabóvich, que solo participaba en los juegos de naipes, se quedó de pie junto al billar, mirando con indiferencia a los jugadores, mientras estos, con las guerreras desabotonadas y los tacos en la mano, iban de un lado para otro, bromeaban y gritaban palabras incomprensibles. Los jugadores no reparaban en su presencia y solo de vez en cuando alguno de ellos, apartándole con el codo o tocándole accidentalmente con el taco, se volvía hacia él y decía: «*Pardon!*». Antes de que la primera partida concluyera, se mostraba ya aburrido y le parecía que molestaba y estaba de más... Sintió deseos de regresar al salón y salió de la estancia.

Durante el camino de regreso se convirtió en protagonista de una pequeña aventura. A la mitad del recorrido se dio cuenta de que iba por un camino equivocado. Recordaba perfectamente que debía encontrarse con los tres soñolientos lacayos, pero había atravesado ya cinco o seis estancias y, como si se los hubiera tragado la tierra, sus figuras no aparecían. Tras advertir su error, retrocedió unos pasos, giró a la derecha y se encontró en un gabinete semioscuro que no había visto cuando se dirigía a la sala de billar; tras permanecer allí inmóvil medio minuto, abrió con escasa decisión la primera puerta que se ofreció a su vista y entró en una habitación sumida en una completa oscuridad. Delante de él se veía la hendidura de una puerta por la que se filtraba una brillante luz; detrás de la puerta se oían los sordos compases de una triste mazurca. También allí, lo mismo que en el salón, las ventanas estaban abiertas de par en par y olía a álamos, a lilas y a rosas...

Riabóvich se detuvo pensativo... En ese momento, de la forma más inesperada, se oyó el rumor de unos pasos apresurados y el susurro de un vestido; poco después una jadeante voz de mujer murmuraba: «¡Por fin!», al tiempo que dos brazos suaves y perfumados, indudablemente femeninos, se enlazaban a su cuello; una cálida mejilla se apretó contra la suya y en ese mismo instante resonó el sonido de un beso. Nada más besarle, la mujer profirió un grito y, según le pareció a Riabóvich, se apartó con repugnancia de su lado. También él estuvo a punto de gritar y se lanzó contra la brillante hendidura de la puerta.

Cuando volvió a la sala, el corazón le latía con fuerza y las manos le temblaban de forma tan apreciable que se apresuró a ocultarlas en la espalda. En un primer momento se sintió dominado por la vergüenza y el miedo; pensando que toda la sala sabía que una mujer acababa de abrazarlo y de besarlo, se encogía y miraba con inquietud a su alrededor, pero tras convencerse de que los presentes bailaban y conversaban igual que antes, se entregó a un sentimiento nuevo, no experimentado hasta entonces en toda su vida. Algo extraño le sucedía... Su cuello, que acababa de ser rodeado por esos suaves y perfumados brazos, le parecía cubierto de un óleo; en su mejilla izquierda, junto al bigote, donde le había besado esa mujer desconocida, sentía un frescor ligero y agradable, semejante al que producen las gotas de menta, y cuanto más se frotaba ese lugar, más fuerte se volvía el frescor; un sentimiento nuevo, extraño, que no paraba de crecer, le colmaba y le cubría de la cabeza a los pies... Sentía deseos de bailar, de hablar, de salir corriendo al jardín, de reírse con todas sus fuerzas... Se había olvidado por completo de que era un hombre cargado de espaldas e insulso, de que tenía patillas de lince y un «aspecto indeterminado» (así había sido definido una vez su continente en una conversación de mujeres que había escuchado de forma casual). Cuando pasó a su lado la mujer de Rabbek, le dirigió una sonrisa tan pronunciada y cortés que esta se detuvo y se quedó mirándole con aire interrogativo.

–¡Me gusta muchísimo su casa!... –exclamó, acomodándose las gafas sobre la nariz.

La mujer del general sonrió y le contó que esa casa había pertenecido a su padre; luego le preguntó si vivían aún sus padres, si hacía tiempo que era militar, por qué estaba tan delgado y otras cosas por el estilo... Tras recibir cumplida respuesta a todas sus preguntas, siguió su camino, mientras él, tras aquella conversación, empezó a sonreír de manera aún más cortés, pensando que estaba rodeado de unas personas excelentes.

Durante la cena Riabóvich comió maquinalmente todo lo que le ofrecieron, bebió y, sin escuchar nada, trató de explicarse su reciente aventura... Ese episodio tenía un carácter misterioso y novelesco, pero su explicación no resultaba difícil. Seguramente, alguna señorita o alguna mujer casada había concertado una cita con algún caballero en la habitación oscura, había pasado largo rato esperando y, presa del nerviosismo y la agitación, había tomado a Riabóvich por su héroe; eso era más que probable, ya que Riabóvich, al pasar por la habitación oscura se había detenido a pensar, adoptando de ese modo el aspecto de una persona que también espera algo... Así se explicaba Riabóvich el beso recibido.

«Pero ¿quién será ella? –pensaba, contemplando los rostros de las mujeres–. Debe de ser joven, ya que las viejas no conciertan entrevistas. Además, seguro que es una mujer cultivada; así lo indican el susurro de su vestido, su olor, su voz...»

Detuvo la mirada en la señorita del vestido lila, que le pareció muy hermosa; tenía bellos hombros y brazos, un rostro inteligente y una voz agradable. Al mirarla, Riabóvich sintió deseos de que la mujer desconocida fuese precisamente esa y no otra... Pero en ese momento la joven sonrió de modo un tanto artificial y frunció su larga nariz, con lo que su rostro adquirió un aspecto avejentado. Entonces sus ojos se volvieron sobre la rubia del vestido negro. Era más joven, más sencilla y más sincera, tenía unas sienes deliciosas y bebía con gran delicadeza de su copa. Riabóvich sintió deseos de que la desconocida fuera ella. Pero pronto advirtió que su rostro era inexpresivo y dirigió la mirada sobre su vecina...

«Es difícil adivinarlo –reflexionaba, meditabundo–. Si a la del vestido lila le tomara solo los hombros y los brazos, le añadiera las sienes de la rubia y los ojos de esa que está a la izquierda de Lobitko, entonces...»

Entrelazó con la imaginación todas esas partes y obtuvo la imagen de la muchacha que le había besado, la imagen anhelada, pero no pudo hallarla entre las mujeres que estaban sentadas a la mesa.

Después de la cena los invitados, satisfechos y algo ebrios, comenzaron a despedirse y a dar las gracias. Los anfitriones volvieron a disculparse por no poder ofrecerles alojamiento.

–¡Estoy muy contento, señores! –decía el general, en esta ocasión con sinceridad (probablemente porque al despedir a los invitados la gente suele ser mucho más sincera y amable que al recibirlos)–. ¡Muy contento! ¡No dejen de visitarnos en su camino de regreso! ¡Sin ceremonias! Pero ¿adónde van? ¿Quieren ir por arriba? No, vayan por el jardín, por el camino de abajo: la distancia es menor.

Los oficiales salieron al jardín. Después de la luz brillante y del ruido, el jardín les pareció muy oscuro y tranquilo. Caminaron en silencio hasta llegar al portón. Estaban medio borrachos, se sentían alegres y satisfechos, pero la oscuridad y el silencio los volvieron por un momento pensativos. Todos ellos, incluido Riabóvich, albergaban probablemente un mismo pensamiento: ¿llegaría un tiempo en que también ellos, como ese von Rabbek, tendrían una gran casa, una familia, un jardín, en que también ellos podrían agasajar a sus huéspedes, aunque fuera de manera insincera, colmarlos de comida, de bebida, de atenciones?

Una vez atravesado el portón, todos se pusieron a hablar a la vez y sin ninguna razón estallaron en sonoras carcajadas. Caminaban ya por el sendero que descendía hasta el río y luego discurría junto a él, rodeando los arbustos ribereños, los surcos y los sauces que se inclinaban sobre las aguas. Tanto la orilla como el sendero resultaban apenas visibles, mientras la otra ribera estaba ya inmersa en una completa oscuridad. En algunos puntos de las negras aguas titilaban las estrellas, que temblaban y desaparecían; esos destellos eran lo único que permitía adivinar la rapidez con que fluían las aguas. Todo estaba en calma. En la otra orilla piaban las becadas, y en esta, oculto en un arbusto, sin prestar la menor atención al grupo de los oficiales, cantaba con fuerza un ruiseñor. Los oficiales se detuvieron junto al arbusto y lo tocaron, pero el ruiseñor siguió cantando.

–¿Cómo es posible? –exclamaron algunos con aprobación–. ¡Estamos a su lado y no nos hace ni caso! ¡Qué granuja!

Al final del camino el sendero iba elevándose y cerca de la valla de la iglesia se unía a la carretera. En ese punto los oficiales, fatigados por la ascensión a la colina, se sentaron a fumar un cigarrillo. En la otra orilla surgió una luz roja y pálida; como no tenían nada mejor que hacer, pasaron un buen rato tratando de dilucidar si era una hoguera, una luz en una ventana o alguna otra cosa... Riabóvich también miraba esa luz y pensaba que esta le sonreía y le hacía guiños, como si estuviera al tanto del beso.

Al llegar a su alojamiento, Riabóvich se desvistió enseguida y se metió en la cama. En la misma isba que él estaban alojados Lobitko y el teniente Merzliakov, un joven callado y tranquilo, considerado en su círculo un oficial instruido; ese hombre llevaba siempre consigo un ejemplar de *El Mensajero de Europa*, que leía en cuanto se presentaba la menor oportunidad. Lobitko se desnudó, estuvo paseando largo rato de un extremo al otro de la estancia, con aire de hombre insatisfecho, y envió al ordenanza a buscar cerveza. Merzliakov estaba tumbado; había colocado una vela junto a la cabecera y se había sumergido en la lectura de *El Mensajero de Europa*.

«¿Quién será ella?», pensaba Riabóvich, mirando el techo cubierto de hollín.

Le parecía que su cuello aún estaba cubierto de aquel óleo y cerca de la boca sentía ese frescor semejante al de las gotas de menta. Por su imaginación pasaron fugazmente los hombros y los brazos de la señorita de lila, las sienes y los sinceros ojos de la rubia ataviada de negro, talles, vestidos, broches. Trató de concentrar su atención en esas imágenes, pero estas saltaban, se esfumaban, titilaban. Cuando en el amplio fondo negro que ve todo hombre al cerrar los ojos desaparecieron del todo esas imágenes, empezó a oír pasos apresurados, el rumor de un vestido, el sonido de un beso y una inmensa alegría inmotivada se apoderó de él... Entregado de lleno a esa alegría, oyó cómo el ordenanza regresaba e informaba de que no había cerveza. Lobitko se indignó de manera terrible y de nuevo se puso a pasear por la estancia.

–¿No es idiota? –exclamaba, deteniéndose ya junto a Riabóvich ya junto a Merzliakov–. ¡Hay que ser imbécil y tonto para no encontrar cerveza! ¿Eh? ¿No es un canalla?

–Es normal que no encuentre aquí cerveza –dijo Merzliakov, sin apartar la vista de *El Mensajero de Europa*.

–¿Sí? ¿Así lo cree? –insistía Lobitko–. ¡Por Dios, enviadme a la luna y enseguida os encontraré mujeres y cerveza! Voy a ir yo en persona y la encontraré... ¡Llámeme cobarde si no la encuentro!

Pasó largo rato vistiéndose y poniéndose las botas altas, luego se fumó en silencio un cigarrillo y salió.

–Rabbek, Grabbek, Labbek –murmuró, deteniéndose en el zaguán–. No me apetece ir solo, diablos. Riabóvich, ¿no le apetece dar un paseo? ¿Eh?

Al no recibir respuesta, regresó, se desvistió lentamente y se metió en la cama. Merzliakov suspiró, dejó a un lado *El Mensajero de Europa* y apagó la vela.

–Sí... –murmuraba Lobitko, que fumaba a oscuras un cigarrillo.

Riabóvich se cubrió la cabeza, se acurrucó y trató de reunir en la imaginación esas fugaces imágenes para formar con ellas una unidad, pero no obtuvo ningún resultado. Pronto se quedó dormido; su último pensamiento fue que alguien le había acariciado y le había llenado de alegría, que en su vida había acontecido un suceso singular y acaso estúpido, pero al mismo tiempo extraordinariamente hermoso y agradable. Ese pensamiento no le abandonó ni siquiera durante el sueño.

Cuando se despertó, la sensación del óleo en su cuello y el frescor de menta junto al labio habían desaparecido, pero la alegría de la víspera seguía agitándose en su pecho como una ola. Miró con arrobo el marco de la ventana, dorado por la luz del sol naciente, y prestó oídos a los movimientos de la calle. Algunas personas conversaban en voz alta junto a la ventana. El comandante de la batería de Riabóvich, Lebedetski, que acababa de alcanzar a la brigada, hablaba con el sargento en voz muy alta, debido a su costumbre de gritar.

–¿Y qué más? –vociferó el comandante.

–Ayer, mientras herraban a Golubchik, excelencia, le hirieron en una pezuña. El veterinario le puso barro con vinagre. Ahora le llevan de la brida, separado de los otros. Además, excelencia, ayer el artesano Artemiov se emborrachó y el teniente ordenó colocarlo sobre el avantrén de la cureña de reserva.

El sargento informó también de que Kárpov había olvidado las nuevas cintas para las trompetas y las estacas para las tiendas de campaña y de que la víspera los señores oficiales habían sido invitados a pasar la velada en casa del general von Rabbek. En medio de la conversación apareció en la ventana la cabeza de Lebedetski, con su barba rojiza. Fijó sus ojos miopes en las soñolientas fisonomías de los oficiales y saludó.

–¿Está todo en orden? –preguntó.

–Uno de los caballos se hizo una herida en la cerviz con la nueva collera –respondió Lobitko, bostezando.

El comandante suspiró, se quedó unos instantes pensativo y finalmente exclamó en voz muy alta:

–Creo que iré a ver a Aleksandra Yevgráfovna. Debo visitarla. Bueno, adiós. Les veré por la noche.

Un cuarto de hora más tarde la brigada se puso en camino. Cuando pasaban por los graneros de la hacienda, Riabóvich miró hacia la derecha, donde se encontraba la casa. Las persianas de las ventanas estaban bajadas. Era evidente que todos aún dormían. También la mujer que por la noche le había besado. Quiso imaginársela dormida. La ventana de la alcoba abierta de par en par; las verdes ramas que se asomaban a ella; el frescor de la mañana; el olor de los álamos, de las lilas y de las rosas; una cama y una silla, y sobre esta el susurrante vestido de la noche anterior; los zapatos y el reloj sobre la mesilla: todas esas cosas se las representó con claridad y nitidez, pero los rasgos del rostro, la dulce sonrisa soñolienta, todo aquello que era importante y capital, escapaba a su imaginación como mercurio entre los dedos. Al cabo de media versta, volvió la mirada: la iglesia amarilla, la casa, el río y el jardín estaban inundados de luz; el río, con sus orillas de un intenso color verde, reflejando el cielo azul y destellando al sol en algunos puntos, estaba muy hermoso. Riabóvich contempló Mestechki por última vez y de él se apoderó una enorme tristeza, como si se estuviera separando de algo muy próximo y querido.

Mientras tanto, en el camino, se sucedían cuadros muchas veces vistos poco interesantes... A la derecha y a la izquierda campos de centeno joven y alforfón con grajos saltarines; si miraba hacia delante, solo veía polvo y las nucas de los soldados; si miraba hacia atrás, el mismo polvo y algunos rostros... A la cabeza de todos marchaban cuatro hombres con sables: era la vanguardia. Tras ellos una multitud de cantores y a continuación los trompeteros montados a caballo. La vanguardia y los cantores, como los portadores de antorchas en una procesión fúnebre, se olvidaban a cada momento de mantener la distancia reglamentaria y se alejaban del resto de la tropa... Riabóvich se hallaba junto al primer cañón de la quinta batería. Podía ver los cuatro batallones que iban delante de él. Para una persona ajena a la milicia la larga y pesada caravana de una brigada en movimiento parece un embrollo complicado y difícilmente comprensible; no entiende por qué hay tantos hombres junto a una pieza de artillería y por qué la llevan tantos caballos con arreos extraños, como si esta en realidad fuera tan terrible y pesada. Para Riabóvich todo aquello resultaba comprensible y por ello mismo carecía de interés. Sabía desde hacía mucho tiempo por qué, a la cabeza de cada batería, junto al oficial, marchaba un fornido artillero y por qué recibía el nombre de adelantado; detrás de ese oficial iban los jinetes de la primera unidad y luego los de la segunda. Riabóvich sabía que los caballos de la izquierda, en los que iban montados los jinetes, se llamaban caballos de silla, mientras los de la derecha recibían el nombre de auxiliares; todo eso también le parecía del todo irrelevante. Detrás de esas unidades iban dos caballos de tiro, uno de ellos montado por un jinete que llevaba aún el polvo del día anterior en la espalda y un tosco y ridículo madero sobre la pierna derecha; Riabóvich conocía también el significado de ese madero y no le parecía ridículo. Todos los jinetes agitaban maquinalmente los látigos y de vez en cuando gritaban. La misma pieza de artillería era poco atractiva. Sobre el avantrén había sacos de avena cubiertos con una lona, mientras del cañón iban colgadas teteras, mochilas de soldado y bolsas, por lo que este tenía el aspecto de un pequeño animal inofensivo, rodeado, sin que se supiera bien por qué, de personas y caballos. A ambos lados del cañón, agitando los brazos, marchaban seis artilleros. Detrás se sucedían nuevos adelantados, jinetes, caballos de tiro, y detrás de ellos otro cañón, igual de feo e inexpresivo que el primero. Tras el segundo venía un tercero, luego un cuarto; junto a esa cuarta pieza iba otro oficial y así sucesivamente. Había seis baterías en la brigada, y cuatro cañones en cada batería. La caravana se extendía durante media versta. La cerraba el convoy de la intendencia, y a un lado caminaba pensativa, inclinando la cabeza de largas orejas, una criatura extremadamente simpática: la mula Magar, traída de Turquía por el comandante de una batería.

Riabóvich miraba con indiferencia tan pronto hacia delante como hacia atrás, contemplando ya las nucas ya los rostros; en otra ocasión se habría quedado adormilado, pero ahora se sumergió en esos nuevos y agradables pensamientos. En un principio, cuando la brigada se puso en camino, trató de convencerse de que la historia del beso solo era interesante como una pequeña y misteriosa aventura; que en realidad resultaba insignificante y pensar en ella como en algo serio era cuando menos una estupidez; pero poco después se desembarazó de la lógica y se entregó a los sueños... De modo que tan pronto se imaginaba en la sala de la mansión de von Rabbek, junto a una muchacha parecida a la señorita del vestido lila y a la rubia de negro, como cerraba los ojos y se veía con otra muchacha, completamente desconocida, de facciones muy imprecisas, a la que hablaba y acariciaba, inclinándose sobre sus hombros; se imaginaba la guerra y la separación, el posterior reencuentro, la cena con su mujer, los niños...

–¡Poned el freno! –se oía cada vez que bajaban una colina.

Él también gritaba aquella orden y sentía miedo de que ese grito quebrara sus sueños y lo llevara de vuelta a la realidad...

Al pasar por delante de una hacienda, Riabóvich contempló el jardín a través de la cerca. Ante sus ojos surgió una larga avenida, recta como una regla, cubierta de arena amarilla y rodeada de jóvenes abedules... Con la avidez de las personas soñadoras se imaginó unos pequeños pies de mujer caminando por esa arena amarilla, y de pronto, de forma completamente inesperada, surgió en su imaginación con total claridad la mujer que le había besado y que él había acertado a componer la víspera durante la cena. Esa imagen se le quedó grabada en el cerebro y ya no le abandonó.

A mediodía resonó un grito detrás de él, junto al convoy de la intendencia:

–¡Firmes! ¡La vista a la izquierda! ¡Señores oficiales!

En un coche, tirado por una pareja de caballos blancos, se acercaba el general de la brigada. Se detuvo cerca de la segunda batería y gritó algo que nadie entendió. Algunos oficiales, entre ellos Riabóvich, cabalgaron hasta llegar a su altura.

–Bueno, ¿cómo va todo? –preguntó el general, parpadeando con sus ojos enrojecidos–. ¿Hay enfermos?

Tras recibir las respuestas oportunas, el general, pequeño y enjuto, chasqueó los labios, se quedó unos momentos pensativo y finalmente exclamó, dirigiéndose a uno de sus oficiales:

–Uno de los conductores del tercer cañón se ha quitado la rodillera y la ha colgado del avantrén, el muy canalla. Castíguelo.

Levantó los ojos hasta Riabóvich y añadió:

–Me parece que sus correas laterales son demasiado largas...

Tras hacer algunas aburridas observaciones más, el general miró a Lobitko y sonrió:

–Tiene usted hoy un aspecto muy triste, teniente Lobitko –exclamó–. ¿Echa de menos a Lopujova? ¿Eh? ¡Señores, echa de menos a Lopujova!

Lopujova era una mujer muy gruesa y alta, que había superado con creces los cuarenta. El general, que sentía debilidad por las mujeres corpulentas de cualquier edad, pensaba que sus oficiales compartían esa pasión. Estos sonrieron respetuosamente. El general, satisfecho de haber dicho algo divertido y mordaz, se rió a carcajadas, tocó la espalda del cochero y saludó. El coche siguió su camino...

«Todas las cosas con las que sueño y que me parecen imposibles e irreales, en realidad son absolutamente comunes –pensaba Riabóvich, mirando la nube de polvo que el coche del general dejaba a su paso–. Son cosas ordinarias y les suceden a todos... Ese general, por ejemplo, antaño estuvo enamorado; ahora está casado y tiene hijos. El capitán Vajter también está casado y es amado por su mujer, a pesar de su nuca roja y fea y de su figura sin talle... Salmánov es grosero y tiene mucho de tártaro, pero también él vivió una aventura que terminó en matrimonio... Yo soy igual que todos, y más tarde o más temprano viviré una experiencia como las de los demás...»

El pensamiento de que era un hombre corriente y de que su vida era normal le alegró y le dio ánimos. Se puso a dibujar a la desconocida y se representó su propia felicidad a su antojo, sin refrenar lo más mínimo su imaginación...

Por la noche, una vez que la brigada llegó a su destino y los oficiales se recluyeron en sus tiendas, Riabóvich, Merzliakov y Lobitko se sentaron en torno a un baúl y se dispusieron a cenar. Merzliakov comía sin prisas y masticaba lentamente, mientras leía *El Mensajero de Europa*, que tenía en las rodillas. Lobitko hablaba sin parar y vertía cerveza en un vaso, mientras Riabóvich, con la cabeza trastornada por las ensoñaciones de todo el día, callaba y bebía. Después de apurar tres vasos, se sintió algo ebrio, se relajó y experimentó unos deseos irreprimibles de compartir con sus compañeros esas nuevas sensaciones.

–Ayer, en casa de ese von Rabbek, me sucedió algo muy extraño... –comenzó, tratando de comunicar a su voz un tono indiferente y burlón–. Como saben, me dirigí a la sala de billar...

Empezó a relatar con gran minuciosidad la historia del beso y al cabo de un minuto se quedó en silencio... Ese minuto había sido suficiente para contarlo todo. Riabóvich se sorprendió mucho de que la narración hubiera requerido tan poco tiempo, pues tenía la impresión de que el asunto del beso daba para hablar durante toda la noche. Tras escuchar sus palabras, Lobitko, que era muy aficionado a mentir, y por tanto no creía a nadie, le miró con incredulidad y se echó a reír. Merzliakov movió las cejas y con mucha calma, sin apartar los ojos de *El Mensajero de Europa*, exclamó:

–¡Qué raro!... Arrojarse al cuello sin avisar... Debe tratarse de una neurótica.

–Sí, probablemente... –convino Riabóvich.

–Algo semejante me sucedió a mí una vez... –exclamó Lobitko, y miró a sus compañeros con ojos asustados–. El año pasado me dirigía a Kovno... Saco un billete de segunda clase... El vagón estaba lleno hasta los topes y no era posible dormir. Le doy al revisor cincuenta kopeks de propina... Este coge mi equipaje y me conduce a otro compartimento... Me tumbo y me cubro con la manta... Reina una oscuridad absoluta. De pronto oigo cómo alguien me toca el hombro y respira en mi cara. Hago un movimiento con la mano y tropiezo con un codo... Abro los ojos y, qué les parece, ¡era una mujer! Los ojos negros, los labios rojos como un buen salmón, las aletas de la nariz hinchadas, los pechos como topes...

–Perdone –le interrumpió con calma Merzliakov–, lo de los pechos lo entiendo, pero ¿cómo pudo ver los labios si todo estaba tan oscuro?

Lobitko empezó a removerse en el asiento, riéndose de la desconfianza de Merzliakov. Riabóvich se sintió ofendido. Se apartó del baúl, se acostó y prometió no sincerarse nunca con nadie.

Comenzó la vida de campamento... Los días pasaban, muy semejantes los unos a los otros. Durante todo ese tiempo Riabóvich sintió, pensó y se comportó como un enamorado. Cada mañana, cuando el ordenanza le traía todo lo necesario para lavarse, él se echaba el agua fría por la cabeza y recordaba que había en su vida un acontecimiento cálido y hermoso.

Por las noches, cuando los compañeros hablaban del amor y de las mujeres, él aguzaba el oído y se aproximaba aún más, con esa expresión que adoptan los soldados cuando escuchan el relato de un combate en el que han tomado parte. Y en aquellas ocasiones en que los oficiales, algo borrachos, encabezados por el *setter* Lobitko, hacían incursiones donjuanescas por los arrabales, Riabóvich, que tomaba parte en ellas, se sentía triste, experimentaba un hondo sentimiento de culpa y le pedía mentalmente perdón a la desconocida... En los momentos de ocio o en las noches de insomnio, cuando se engolfaba en recuerdos de su infancia, su madre, su padre y en general de todo lo que le resultaba familiar o querido, invariablemente rememoraba también Mestechki, el extraño caballo, la figura de von Rabbek y la de su mujer, tan parecida a la emperatriz Eugenia, la habitación oscura, la rendija iluminada por debajo de la puerta...

El 31 de agosto regresaba del campamento, pero ya no con toda la brigada, sino solo con dos baterías. Se pasó todo el camino soñando, emocionado, como si se dirigiera a su lugar de nacimiento. Sentía un enorme deseo de contemplar de nuevo aquel extraño caballo, la iglesia, la insincera familia de von Rabbek, la habitación oscura; esa «voz interior» que con tanta frecuencia engaña a los enamorados le susurraba que seguramente la vería... Y algunas preguntas le atormentaban: ¿cómo se comportaría con ella? ¿De qué le hablaría? ¿Se habría olvidado del beso? En último término, pensaba que, aunque no se encontrara con ella, el solo hecho de pasearse por la habitación oscura y recordar le procuraría un enorme placer...

Al atardecer surgieron en el horizonte la conocida iglesia y los blancos graneros. A Riabóvich empezó a latirle con más fuerza el corazón... Sin escuchar las palabras que le dirigía el oficial que iba a su lado, olvidado de todo, contemplaba con avidez el río, que destellaba a lo lejos, el tejado de la casa y el palomar, sobre el que volaban en círculo algunas palomas, iluminadas por el sol poniente.

De camino a la iglesia y más tarde, mientras escuchaba a los aposentadores, no dejaba de pensar que en cualquier momento surgiría desde detrás de la cerca de la iglesia un jinete que invitaría a los oficiales a tomar el té... Pero las instrucciones de los aposentadores habían concluido, los oficiales habían desmontado y se habían dirigido lentamente a la aldea, y el jinete seguía sin aparecer...

«Pronto sabrá von Rabbek por los mujiks que hemos llegado y enviará a alguien a buscarnos», pensaba Riabóvich al tiempo que entraba en una isba, y no entendía por qué su compañero encendía una vela ni por qué los ordenanzas se apresuraban a preparar el samovar.

Una intensa inquietud se apoderó de él. Se tumbó en la cama, luego se levantó y miró por la ventana para ver si venía el jinete. Pero este no aparecía por ninguna parte. Volvió a tumbarse, al cabo de media hora se levantó e incapaz de soportar esa intranquilidad salió a la calle y se dirigió a la iglesia. La plaza próxima a la cerca estaba oscura y desierta... Junto a la misma ladera había tres soldados que guardaban silencio. Al ver a Riabóvich se cuadraron y saludaron. Él les devolvió el saludo y empezó a bajar por el conocido sendero.

En la otra orilla todo el cielo estaba cubierto de un tinte purpúreo. Empezaba a salir la luna; dos mujeres, hablando en voz alta, caminaban por una huerta y arrancaban hojas de repollo; detrás de las huertas se adivinaban las negras siluetas de algunas isbas... En la orilla por la que él caminaba, todo tenía el mismo aspecto que en el mes de mayo: el sendero, los arbustos, los sauces inclinados sobre las aguas... pero ya no se oía el canto de aquel valeroso ruiseñor ni olía a álamo y a hierba fresca.

Al llegar al jardín, Riabóvich se quedó mirando el portón. En el interior todo era oscuridad y silencio... Solo se veían los blancos troncos de los abedules más próximos y un fragmento de la avenida; todo lo demás se había fundido en una masa negra. Riabóvich aguzó el oído y la vista, pero al cabo de un cuarto de hora, al no escuchar ningún sonido ni vislumbrar ninguna luz, se dio la vuelta...

Se acercó al río. La caseta de baño del general y algunas toallas colgadas del pretil del puentecillo destacaban como manchas blancas... Se inclinó sobre el puente y pasó la mano por una toalla áspera y fría. Miró las aguas... El río fluía deprisa, dejando un leve rumor junto a los pilotes de la caseta de baño. Una luna roja se reflejaba en la orilla izquierda; algunas pequeñas olas atravesaban su reflejo, lo estiraban y lo quebraban en pedazos, como si quisieran llevárselo...

«¡Qué tonto soy! ¡Qué tonto! –pensaba Riabóvich, mirando las aguas fugitivas–. ¡Qué absurdo es todo esto!»

En ese momento en que ya no esperaba nada, la historia del beso, su intranquilidad, sus inciertas esperanzas y su desilusión se le aparecieron a una luz más clara. Ya no le resultaba extraño que no hubiera llegado el mensajero del general, ni juzgaba impensable la posibilidad de no volver a ver nunca a aquella mujer que, casualmente, tomándole por otro, le había besado; al contrario, lo extraño sería que volviera a verla...

El agua seguía fluyendo, sin saber adónde ni para qué. Fluía igual que en el mes de mayo; en aquel entonces, había desembocado en un gran río, de allí había pasado al mar, luego había ascendido al cielo en forma de vapor, más tarde había regresado en forma de lluvia... de modo que tal vez fuera esa misma agua la que corría ahora ante los ojos de Riabóvich... ¿Por qué? ¿Para qué?

Y el mundo entero, la vida entera le parecieron a Riabóvich una broma incomprensible y absurda... Al apartar los ojos de las aguas y dirigirlos al cielo recordó de nuevo cómo el destino, en la persona de una mujer desconocida, le había acariciado casualmente; recordó los sueños y las imágenes del verano, y su vida se le antojó sumamente pobre, triste y anodina...

Cuando regresó a la isba, no encontró en ella a ningún compañero. El ordenanza le informó de que todos se habían ido a «casa del general Font Riabkin», que había enviado a un emisario a caballo para invitarlos... Por un instante, en el pecho de Riabóvich surgió un destello de alegría, pero él se apresuró a apagarlo y, contrariando a su destino, como queriendo fastidiarlo, se negó a ir a casa del general y se metió en la cama.

Relato de la señorita N. N. (1887)

Hace ya unos nueve años, poco antes del atardecer, en la época de la siega, me dirigía a caballo a la estación para recoger el correo; me acompañaba Piotr Sergueich, que ejercía las funciones de juez de instrucción.

Hacía un tiempo espléndido, pero en el camino de vuelta oímos el estampido de un trueno y vimos cómo una nube negra y sombría se aproximaba. La nube se acercaba a nosotros y nosotros a ella.

Sobre ese fondo se destacaba la mancha blanca de nuestra casa y de la iglesia, las altas y plateadas siluetas de los álamos. Olía a lluvia y a heno recién segado. Mi compañero estaba de buen humor. Se reía y decía toda clase de tonterías. Comentaba que no estaría mal que apareciera de pronto en nuestro camino un castillo medieval con torres almenadas, musgo y lechuzas, donde pudiéramos guarecernos de la lluvia antes de morir alcanzados por un rayo...

Pero de repente sobre los campos de centeno y de avena corrió la primera ráfaga, el viento sopló con violencia y en el aire se formaron remolinos de polvo. Piotr Sergueich rompió a reír y espoleó a su caballo.

–¡Bien! –gritó–. ¡Muy bien!

Contagiada de su alegría, la idea de que iba a calarme hasta los huesos y acaso morir alcanzada por un rayo también me hacía reír.

El torbellino y el rápido galope, que nos cortaba la respiración y nos hacía sentirnos como pájaros, nos excitaba y nos hacía cosquillas en el pecho. Cuando entramos en el patio, el viento ya se había calmado y gruesas gotas de agua caían sobre la hierba y los tejados. Por los alrededores de la cuadra no había ni un alma.

Piotr Sergueich desensilló los caballos y los condujo al establo. Mientras esperaba a que terminara, me detuve en el umbral y contemplé las bandas oblicuas de lluvia; el olor empalagoso y penetrante del heno se percibía allí con mayor intensidad que en el campo; las nubes y la lluvia habían oscurecido el cielo.

–¡Vaya estruendo! –dijo Piotr Sergueich, acercándose a mí después de un trueno especialmente violento y retumbante, que parecía haber partido el cielo por la mitad–. ¿Qué dice usted?

Estaba a mi lado en el umbral y, aún sofocado por la carrera, me miraba. Me di cuenta de que le gustaba.

–Natalia Vladímirovna –me dijo–, lo daría todo por quedarme aquí contemplándola. Hoy está usted preciosa.

Tenía una mirada extasiada e implorante, su rostro estaba pálido, en su barba y en su bigote brillaban gotas de lluvia que también parecían contemplarme con amor.

–La amo –dijo–. Solo verla me hace feliz. Sé que no puede ser usted mi mujer, pero no pretendo nada, no necesito nada, solo quiero que sepa que la amo. No diga nada, no me conteste, no me haga caso, me basta con que sea consciente de mi afecto y me permita mirarla.

Me comunicó su entusiasmo. Miraba su rostro enardecido, oía su voz, que se entreveraba con el rumor de la lluvia, y me sentía tan hechizada que no podía moverme.

Me hubiera gustado quedarme allí para siempre, contemplando sus ojos brillantes y escuchando sus palabras.

–¡No dice usted nada y hace muy bien! –exclamó Piotr Sergueich–. Siga callada.

Me sentía feliz. Riendo de satisfacción, corrí hasta la casa bajo el aguacero; él también se rió y, dando saltos, se lanzó en mi busca.

Alborotando como niños, empapados y jadeantes, subimos con estrépito por la escalera y atravesamos a toda prisa las habitaciones. Mi padre y mi hermano, que no estaban acostumbrados a verme tan alegre y risueña, me miraron con sorpresa y también se echaron a reír.

Las nubes de tormenta pasaron y el rumor del trueno se acalló, pero en la barba de Piotr Sergueich seguían brillando gotas de lluvia. Durante toda la velada, hasta la hora de la cena, estuvo cantando, silbando y jugando ruidosamente con el perro, al que persiguió por toda la casa; en una de esas carreras estuvo a punto de tirar al criado que traía el samovar. Durante la cena comió con buen apetito, dijo un montón de tonterías y afirmó que en invierno bastaba con comer pepinillos frescos para tener en la boca un olor a primavera.

Cuando me fui a la cama, encendí una vela y abrí la ventana de par en par, sintiendo que una emoción indefinible se apoderaba de mi alma. Recordé mi libertad, mi buena salud, mi alta condición, mi riqueza y el amor que ese hombre me profesaba, pero sobre todo mi alta condición y mi riqueza. ¡Cuánto me confortaban ambas, Dios mío...! Luego, acurrucándome en la cama para protegerme del ligero frescor que ascendía desde el jardín junto con el rocío, traté de dilucidar si amaba a Piotr Sergueich o no... Pero me dormí sin haber llegado a ninguna conclusión.

Por la mañana, cuando percibí sobre mi lecho unas temblorosas manchas de sol y las sombras proyectadas por las ramas de un tilo, en mi memoria revivieron con fuerza los acontecimientos de la víspera. La vida se me antojaba rica, variopinta, llena de encanto. Canturreando, me vestí a toda prisa y salí corriendo al jardín...

¿Qué sucedió después? Nada. Cuando llegó el invierno y nos trasladamos a la ciudad, Piotr Sergueich vino a visitarnos algunas veces. Los amigos de las vacaciones solo nos seducen en el campo y en verano, mientras en la ciudad y en invierno pierden buena parte de su encanto. Cuando se les sirve el té en la ciudad, se tiene la impresión de que llevan levitas prestadas y de que pasan demasiado tiempo removiendo la cucharilla en la taza. En la ciudad Piotr Sergueich volvió a hablarme alguna vez de amor, pero sus palabras sonaban allí de un modo distinto que en el campo. En ese ambiente ambos sentíamos con mayor fuerza la muralla que se interponía entre ambos: yo era rica y de alta condición; él, pobre, hijo de un diácono, sin más títulos ni distinciones que su cargo de juez de instrucción; los dos –yo por juventud y él Dios sabe por qué– estimábamos que esa muralla era muy alta y espesa; en consecuencia, cuando venía a vernos a la ciudad, sonreía con aire forzado, criticaba la alta sociedad y, si había otros invitados en el salón, callaba con aire sombrío. No hay murallas insalvables, pero los héroes de las novelas actuales, en lo que yo sé, son demasiado tímidos, indolentes, perezosos y asustadizos, y se resignan demasiado pronto a la idea de que son desgraciados y la vida les ha engañado; en lugar de luchar, se limitan a criticar y a condenar la vulgaridad del mundo, olvidando que su propia crítica va cayendo poco a poco en la vulgaridad.

Me sentía querida, la felicidad me rondaba y parecía vivir a mi lado; no conocía cuidados, ni siquiera trataba de comprenderme a mí misma, de saber qué esperaba y pretendía de la vida. El tiempo pasaba... A mi lado desfilaban personas que me querían, se sucedían días serenos y noches tibias, cantaban los ruiseñores, olía a heno, y todas esas impresiones, tan agradables y llenas de recuerdos maravillosos, se esfumaban rápidamente ante mis ojos, como le sucede a todo el mundo, sin dejar apenas huella ni conciencia de su valor, hasta desaparecer del todo como niebla... ¿Adónde fueron a parar?

Mi padre murió, yo envejecí; todo lo que me gustaba, me halagaba y me ofrecía esperanzas –el rumor de la lluvia, el estruendo del trueno, los sueños de felicidad, las conversaciones sobre el amor– acabó convirtiéndose en un recuerdo, y ante mí solo quedó un espacio vasto y desierto: en esa llanura no había un solo ser vivo y a lo lejos el horizonte tenía un aspecto sombrío y terrible...

Alguien llama a la puerta... Es Piotr Sergueich. Cuando veo los árboles en invierno y recuerdo cómo reverdecen para mí en verano, susurro:

–¡Ah, mis queridos amigos!

Y cuando me encuentro con personas que compartieron mi primavera, se apodera de mí una sensación de tristeza y afecto, y murmuro idénticas palabras.

Hace ya tiempo que, gracias al apoyo de mi padre, Piotr Sergueich se trasladó a la ciudad. Ha envejecido un poco y sus facciones se han vuelto más afiladas. Ya no me habla de amor ni dice tonterías; le disgusta su oficio, padece no sé qué enfermedad, le corroe cierta decepción, le ha dado la espalda a la existencia y vive a disgusto. En este momento se sienta junto a la chimenea y mira en silencio las llamas... Sin saber qué decirle, le pregunto:

–¿Y bien?

–Nada... –me contesta.

Y vuelve a guardar silencio. El rojo resplandor del fuego tiembla en su triste rostro.

Al recordar el pasado, mis hombros de pronto se estremecen, mi cabeza se dobla y rompo a llorar con amargura. Me domina una pena insoportable por mí misma y por ese hombre, y deseo apasionadamente que vuelva esa dicha de antaño que ahora la vida nos niega. Ya no pienso en mi alta condición ni en mi riqueza.

Estallo en fuertes sollozos y, apretándome las sienes, balbuceo:

–Dios mío, Dios mío, la vida ha pasado...

Él sigue sentado en silencio y no me dice: «No llores». Entiende que mi llanto es justificado, que ha llegado el momento de llorar. Veo en sus ojos que se compadece de mí; yo también me compadezco de él, pero al mismo tiempo me subleva que ese hombre tímido y desdichado no haya sido capaz de arreglar mi vida ni la suya.

Cuando lo acompaño al recibidor, me parece que se las ingenia para emplear más tiempo del necesario en ponerse la pelliza. Me besa dos veces la mano en silencio y se queda mirando largo rato mi cara arrasada por las lágrimas. Creo que en ese instante se acuerda de la tormenta, de las ráfagas de lluvia, de nuestras risas, de mi rostro de entonces. Querría comunicarme algo, le gustaría poder hablar, pero no dice nada, se limita a sacudir la cabeza y a apretarme con fuerza la mano. ¡Que Dios le ampare!

Después de conducirlo a la puerta, vuelvo al despacho y me siento de nuevo en la alfombra, ante la chimenea. Las rojas brasas se cubren de ceniza y empiezan a apagarse. La nevasca golpea con redoblada fuerza en la ventana y el viento silba en la chimenea.

La doncella entra en la habitación y, pensando que estoy dormida, me llama...

Ganas de dormir
(1888)

Es de noche. La niñera Varka, una muchacha de unos trece años, mece la cuna en la que está acostado el niño y canturrea con voz apenas audible:

Duérmete niño
al son de la nana...

Ante el icono arde una lamparilla verde; una cuerda, de la que cuelgan pañales y unos grandes pantalones negros, se extiende de un extremo al otro de la habitación. La lamparilla dibuja en el techo una gran mancha verde, mientras los pañales y los pantalones proyectan largas sombras sobre la estufa, la cuna y Varka... Cuando la lamparilla empieza a parpadear, la mancha y las sombras se animan y se ponen en movimiento, como azuzadas por el viento. El ambiente es sofocante. Huele a sopa de repollo y a material de zapatería

El niño llora. Hace ya un buen rato que se ha quedado ronco y agotado de tanto llorar, pero sigue chillando y no hay manera de saber cuándo se calmará. Y Varka tiene sueño. Los ojos se le cierran, la cabeza se le dobla, el cuello le duele. No puede mover los párpados ni los labios y tiene la impresión de que su rostro está seco y rígido, de que su cabeza se ha vuelto tan pequeña como la de un alfiler.

–Duérmete niño –canturrea–, y te prepararé la papilla...

En la estufa canta el grillo. En la habitación contigua, al otro lado de la puerta, roncan el dueño y el aprendiz Afanasi... La cuna emite quejumbrosos chirridos, Varka canturrea y todo se funde en esa música nocturna y adormecedora tan grata de escuchar cuando se va uno a la cama. Pero en ese momento esa música solo consigue irritar y enfadar a la muchacha, porque la adormece y ella no se puede dormir; si Varka se quedara dormida, Dios no lo quiera, los dueños la azotarían.

La lamparilla parpadea. La mancha verde y las sombras se ponen en movimiento, se insinúan en los ojos entornados e inmóviles de Varka y se transforman en su cerebro medio dormido en nebulosas ensoñaciones. Ve nubes oscuras que se persiguen en el cielo y gritan como el niño. Pero de pronto se levanta una ráfaga de viento, las nubes desaparecen y Varka ve una ancha carretera, cubierta de barro líquido, por la que avanzan carros, se arrastran hombres con alforjas al hombro y se desplazan sombras arriba y abajo; a ambos lados, a través de la fría y sombría niebla, se divisan bosques. De pronto los hombres de las alforjas y las sombras se desploman en el barro líquido.

–¿Por qué hacéis eso? –les pregunta Varka.

–¡Para dormir! –le responden.

Y un sueño profundo y dulce se apodera de ellos, mientras los grajos y las urracas posados en el hilo del telégrafo gritan como el niño y tratan de despertarlos.

–Duérmete niño, al son de la nana... –canturrea Varka, viéndose ahora en una isba oscura y sofocante.

En el suelo se revuelve su difunto padre Yefim Stepánov. Ella no lo ve, pero oye cómo se retuerce de dolor y gime. Como dice él, «la hernia está haciendo de las suyas». El dolor es tan intenso que no puede pronunciar palabra y solo es capaz de aspirar grandes bocanadas de aire y de rechinar los dientes en una especie de redoble de tambor.

–Bu-bu-bu...

Su madre Pelagueia ha ido corriendo a la hacienda para decir a los señores que Yefim Stepánovich se está muriendo. Hace tiempo que se ha marchado y ya debería haber regresado. Varka está tumbada sobre la estufa, sin dormir, escuchando el «bu-bu-bu» de su padre. De pronto se oye el rumor de un coche que se acerca. Los señores envían a un joven médico de la ciudad que está de visita en su casa. El médico entra en la isba; la oscuridad vela su rostro, pero se le oye toser y abrir la puerta con un chirrido.

–Necesito luz –dice.

–Bu-bu-bu... –responde Yefim.

Pelagueia se precipita sobre la estufa y se pone a buscar el pedazo de barro donde se guardan las cerillas. Pasa un minuto en silencio. El médico, tras rebuscar en los bolsillos, enciende una de las suyas.

–Ahora mismo, padrecito, ahora mismo –dice Pelagueia, saliendo corriendo de la isba y volviendo al poco rato con un cabo de vela.

Yefim tiene las mejillas sonrosadas, los ojos acuosos y una mirada especialmente penetrante, que parece atravesar la casa y al médico.

–¿Y bien? ¡Mira que ponerte enfermo! –dice el médico, inclinándose sobre él–. ¡Ah! ¿Hace tiempo que estás así?

–¿Qué? Ha llegado mi hora, excelencia... No saldré de esta...

–Deja de decir tonterías... ¡Te curarás!

–Como usted diga, excelencia, se lo agradezco humildemente,

pero me parece que... Cuando llega la muerte, no se puede hacer nada.

El médico examina a Yefim durante un cuarto de hora; luego se pone en pie y dice:

–No puedo hacer nada... Hay que llevarte al hospital, allí te operarán. Vete enseguida... ¡Vete sin falta! Es algo tarde y en el hospital todo el mundo duerme, pero no importa, te daré una nota. ¿Me oyes?

–¿Y cómo va a ir, padrecito? –pregunta Pelagueia–. No tenemos ningún caballo.

–No importa, se lo pediré a los señores y ellos os lo darán.

El médico se marcha, la vela se apaga y de nuevo se oye: «Bu-bu-bu...». Al cabo de media hora llega un coche enviado por los señores para llevarlo al hospital. Yefim se prepara y se marcha...

Al poco rato nace una hermosa y despejada mañana de verano. Pelagueia no está en casa: ha ido al hospital para saber qué ha pasado con Yefim. Un niño llora en algún lugar y Varka oye que alguien canta con su propia voz:

–Duérmete niño, al son de la nana...

Pelagueia regresa; se santigua y susurra:

–Esta noche le pusieron todo en su sitio, pero por la mañana ha entregado el alma a Dios... Que el Señor le conceda el reino de los Cielos, descanse en paz... Dicen que era demasiado tarde... Habría que haberlo llevado antes...

Varka va al bosque para llorar, pero de pronto alguien la golpea en la nuca con tanta violencia que su frente choca con un abedul. Levanta la vista y ve delante de ella a su amo, el zapatero.

–¿Qué haces, sarnosa? –dice–. ¡El niño está llorando y tú duermes!

Le tira con fuerza de la oreja; ella sacude la cabeza, mece la cuna y entona su canción. La mancha verde, las sombras del pantalón y los pañales se balancean, le hacen guiños y pronto vuelven a apoderarse de su cerebro. De nuevo vislumbra una carretera cubierta de barro líquido. Los hombres de las alforjas al hombro y las sombras se han tumbado y duermen profundamente. Al verlos, Varka siente unos deseos enormes de dormir; de buena gana se iría a la cama, pero su madre Pelagueia camina a su lado y le mete prisa. Ambas se dirigen a buen paso a la ciudad para buscar allí colocación.

–¡Una limosna, por el amor de Dios! –pide la madre a las personas que le salen al encuentro–. ¡Tengan compasión, buenas gentes!

–¡Dame al niño! –le responde una voz conocida–. ¡Dame al niño! –repite la misma voz, esta vez con enfado e irritación–. ¿Me oyes, miserable?

Varka pega un brinco, mira a su alrededor y comprende lo que sucede: no hay ninguna carretera, Pelagueia no está a su lado, no se cruzan con nadie; en medio de la habitación solo está el ama, que ha venido a amamantar al pequeño. Mientras el ama, gruesa y de anchas espaldas, da el pecho y calma al niño, Varka, de pie, la mira y espera a que termine. Fuera el aire se tiñe ya de azul, las sombras y la mancha verde del techo palidecen a ojos vistas. Pronto llegará la mañana.

–¡Toma! –dice el ama, abotonándose la camisa–. Está llorando. Seguro que le han echado mal de ojo.

Varka coge al niño, lo acuesta en la cuna y vuelve a mecerlo. La mancha verde y las sombras desaparecen poco a poco y ya nadie se desliza en su cabeza ni enturbia su cerebro. No obstante, tiene tantas ganas de dormir como antes, ¡unas ganas enormes! Varka apoya la cabeza en el borde de la cuna y se balancea con todo el cuerpo para vencer el sueño, pero los ojos se le cierran y a cada instante siente un peso mayor en la cabeza.

–¡Varka, enciende la estufa! –le grita el amo desde el otro lado de la puerta.

Eso significa que es hora de levantarse y ponerse a trabajar. Varka deja la cuna y va corriendo al cobertizo a por leña. Se siente contenta. Cuando corre o camina, no tiene tantas ganas de dormir como cuando está sentada. Trae la leña, enciende la estufa y siente que los músculos rígidos de su cara se desentumecen y que sus ideas se aclaran.

–¡Varka, prepara el samovar! –grita el ama.

Varka parte unas astillas, pero apenas ha tenido tiempo de encenderlas y ponerlas en el samovar cuando oye una nueva orden:

–¡Varka, limpia los chanclos del amo!

Se sienta en el suelo, limpia los chanclos y piensa en lo agradable que sería apoyar la cabeza en uno de ellos, grande y profundo, y echar una cabezadita... De pronto el chanclo crece, se hincha y ocupa toda la habitación; Varka suelta el cepillo, pero enseguida sacude la cabeza, abre mucho los ojos y trata de mirar las cosas de manera que no crezcan ni se muevan delante de ella.

–Varka, friega la escalera de la calle; está tan sucia que da vergüenza cuando viene algún cliente.

Varka friega la escalera, limpia las habitaciones, luego enciende la otra estufa y va corriendo a la tienda. Tiene tanto trabajo que no le queda ni un solo minuto libre.

Pero nada le cansa tanto como estar de pie en un mismo sitio, ante la mesa de la cocina, pelando patatas. La cabeza se inclina sobre la mesa, la patata gira ante sus ojos, el cuchillo se le escapa de las manos, mientras a su alrededor la gruesa y colérica ama, arremangada, va de un lado para otro, hablando tan alto que los oídos le zumban. También le causa mucha fatiga servir la mesa, lavar la ropa, coser. Hay momentos en que siente ganas de tumbarse en el suelo y dormir, sin reparar en nada.

El día pasa. Al ver cómo las ventanas se oscurecen, Varka se aprieta las sienes entumecidas y sonríe sin saber por qué. La neblina de la tarde le acaricia los ojos semicerrados, prometiéndole un sueño próximo y reparador. Por la noche llegan invitados.

–¡Varka, prepara el samovar! –grita el ama.

El samovar de los amos es pequeño, de manera que hay que calentarlo cuatro o cinco veces antes de que los invitados se sacien. Después del té, Varka pasa una hora entera en el mismo sitio, mirando a los invitados y esperando órdenes.

–¡Varka, vete a comprar tres botellas de cerveza!

Ella sale a toda prisa y corre con todas sus fuerzas para ahuyentar el sueño.

–¡Varka, vete a por vodka! Varka, ¿dónde está el sacacorchos? ¡Varka, limpia los arenques!

Por fin los invitados se marchan; las luces se apagan y los amos se van a dormir.

–¡Varka, acuna al niño! –se oye una última orden.

El grillo canta en la estufa; la mancha verde del techo y las sombras del pantalón y los pañales vuelven a deslizarse por los ojos entornados de Varka, haciéndole guiños y enturbiando su cabeza.

–Duérmete niño –canturrea Varka–, al son de la nana...

El niño chilla hasta no poder más. Varka vuelve a ver una carretera embarrada, hombres con alforjas; reconoce a Pelagueia y a su padre Yefim. Lo entiende todo, reconoce a todo el mundo; solo una cosa le resulta incomprensible en medio de ese duermevela: la fuerza que le sujeta los brazos y las piernas, la oprime y le impide vivir. Mira a su alrededor, la busca para librarse de ella, pero no la encuentra. Por último, extenuada, haciendo acopio de todas sus energías y aguzando la vista, contempla la mancha verde y parpadeante, y, prestando oídos al grito, descubre al enemigo que le impide vivir.

Su enemigo es el niño.

Se ríe. Se sorprende: ¿cómo es posible que no se haya dado cuenta antes de algo tan evidente? La mancha verde, las sombras y el grillo también parecen reír y sorprenderse.

Varka se deja ganar por una alucinación. Se levanta del taburete y, con una amplia sonrisa, sin parpadear, pasea por la habitación. La idea de que en ese mismo instante va a librarse del niño que le inmoviliza los brazos y las piernas le causa un agradable cosquilleo... Matar al niño y luego dormir, dormir, dormir...

Riendo, haciendo guiños y amenazando a la mancha verde con el dedo, Varka se acerca con sigilo a la cuna y se inclina sobre el niño. Nada más estrangularlo, se tumba en el suelo, riendo de alegría ante la perspectiva del sueño; al cabo de un minuto duerme ya profundamente, como una muerta...

Luces
(1888)

Fuera se oyó el inquieto ladrido de un perro. El ingeniero Anániev, su ayudante, el estudiante von Stenberg, y yo salimos del barracón para ver a quién le ladraba. Dada mi condición de invitado, podía haberme quedado dentro, pero debo reconocer que el vino que había bebido me había mareado un poco y que me apetecía respirar aire fresco.

–No hay nadie... –dijo Anániev, cuando estuvimos fuera–. ¿Por qué nos engañas, Azorka? ¡Idiota!

Alrededor no se veía ni un alma. El idiota de Azorka, un perro guardián de pelo negro, queriendo probablemente disculparse de sus ladridos injustificados, se acercó con indecisión a nosotros moviendo la cola. El ingeniero se agachó y le acarició las orejas.

–¿Por qué has ladrado sin motivo, tontuelo? –le dijo con ese tono que las personas bondadosas emplean con los niños y con los perros–. ¿Acaso has tenido un mal sueño? Le ruego que le preste atención, doctor –añadió, dirigiéndose a mí–, ¡es una criatura extraordinariamente nerviosa! Figúrese, no soporta la soledad, siempre tiene sueños extraños, pesadillas espantosas, y si le gritas entra en un estado próximo a la histeria.

–Sí, es un perro delicado... –confirmó el estudiante.

Azorka probablemente comprendía que estábamos hablando

de él; levantó el hocico y emitió un aullido lastimero, como si quisiera decir: «Sí, a veces mis sufrimientos son insoportables; les ruego que me disculpen».

Era una noche de agosto estrellada pero oscura. Nunca en mi vida me había encontrado en un paraje tan singular como aquel al que el azar me había llevado; quizá por ello esa noche estrellada me parecía sombría, desapacible y más oscura de lo que era en realidad. Estaba en una línea férrea en construcción. El terraplén alto y a medio hacer, los montones de arena, arcilla y grava, los barracones, las zanjas, las carretillas diseminadas aquí y allá, las bajas techumbres que cubrían las cuevas de los obreros: todo ese desorden, al que las tinieblas dotaban de una tonalidad monocorde, daba a la tierra un aspecto en cierto modo extraño y salvaje, que recordaba los tiempos del caos. En todo lo que había ante mis ojos se apreciaba tan poco orden que en medio de esa tierra levantada y deforme se hacía extraño divisar siluetas humanas y esbeltos postes de telégrafo; unas y otros destruían la visión de conjunto y parecían pertenecer a otro mundo. Reinaba el silencio y solo se oía la monótona cantinela del telégrafo, que zumbaba muy por encima de nuestras cabezas.

Subimos al terraplén y contemplamos el panorama. A unos cincuenta *sazhens* de allí, donde los desniveles, las zanjas y los montones se fundían totalmente con la bruma nocturna, parpadeaba una tenue lucecilla. Tras ella brillaba una segunda y más allá una tercera; luego, a unos cien pasos, centelleaban juntos dos ojos rojos, probablemente las ventanas de una barraca, y una larga hilera de tales luces, cada vez más pálidas y próximas, seguía la línea férrea hasta el mismo horizonte, donde, describiendo un semicírculo, giraba a la izquierda y desaparecía en la distante oscuridad. Esas luces inmóviles tenían algo en común con la quietud de la noche y el desconsolado canto del telégrafo. Era como si bajo el terraplén se ocultara un importante secreto que solo conocían ellas, la noche y los hilos del telégrafo...

–¡Qué maravilla, señores! –suspiró Ananiev–. ¡No se puede pedir más amplitud y belleza! ¿Y qué me dicen del terraplén? ¡Más que un terraplén, amigos, parece un Mont Blanc! Cuesta millones...

Maravillado de las luces y del terraplén que costaba millones, achispado por el vino y dominado por un humor sentimental, el ingeniero dio una palmada en el hombro del estudiante von Stenberg y continuó en tono burlón:

–¿Por qué se ha quedado tan pensativo, Mijaílo Mijaílich? ¿Le gusta contemplar su propia obra? El año pasado este lugar era una estepa desierta, en donde no había ni huella de la mano del hombre, y en cambio fíjese ahora: ¡vida, civilización! ¡Qué maravilloso es todo esto, Dios mío! Usted y yo estamos construyendo la línea férrea; después de nosotros, dentro de cien o doscientos años, hombres de bien levantarán aquí fábricas, escuelas, hospitales, ¡y la maquinaria se pondrá en marcha! ¿No es así?

El estudiante estaba inmóvil, con las manos en los bolsillos, y no apartaba los ojos de las luces. Sumido en sus propios pensamientos, no escuchaba al ingeniero y parecía dominado por ese estado de ánimo en que no apetece hablar ni escuchar. Tras un prolongado silencio se volvió hacia mí y dijo en voz baja:

–¿Sabe a qué se parecen esas luces interminables? Me sugieren la imagen de algo que vivió hace mucho tiempo y desapareció hace miles de años, algo así como un campamento de amalecitas o filisteos. Se diría que una tribu del Antiguo Testamento ha acampado en el lugar y espera la mañana para batirse con Saúl o David. Para que la ilusión fuera completa, solo faltaría que se oyera un clamor de trompetas y que los centinelas se llamaran unos a otros en alguna lengua etíope.

–Quizá tenga razón –convino el ingeniero.

Como hecho a propósito, una ráfaga de viento recorrió la línea férrea, trayendo un sonido semejante a un entrechocar de armas. Se produjo un silencio. Desconozco en qué estarían pensando el ingeniero y el estudiante, pero a mí me parecía estar viendo realmente algo desaparecido hace mucho tiempo e incluso escuchar a los centinelas hablando en una lengua desconocida. Mi imaginación no tardó en dibujar tiendas y gentes extrañas, con sus atuendos y sus armas...

–Sí –murmuró el estudiante, pensativo–. En otro tiempo habitaron este mundo los amalecitas y los filisteos, entablaron guerras, desempeñaron un papel, pero ahora han desaparecido sin dejar rastro. Así sucederá con nosotros. Estamos aquí construyendo una línea férrea y filosofando, pero dentro de unos dos mil años no quedará ni polvo de este terraplén ni de todos esos hombres que duermen después de una agotadora jornada de trabajo. ¡Es realmente aterrador!

–No debe pensar esas cosas... –dijo el ingeniero con aire serio y sentencioso.

–¿Por qué?

–Porque... Esas ideas están bien para acabar la vida, no para empezarla. Es usted demasiado joven para pensar así.

–Pero ¿por qué? –repitió el estudiante.

–Todas esas reflexiones sobre la finitud y la insignificancia, sobre el sinsentido de la vida y la inevitabilidad de la muerte, sobre la oscuridad de la tumba y todo lo demás; en definitiva, todos esos pensamientos elevados, amigo mío, resultan aceptables y naturales en la vejez, cuando son fruto de una prolongada labor espiritual y de los sufrimientos, y representan una verdadera riqueza intelectual; pero en el caso de un cerebro joven, que acaba de iniciar una vida independiente, son una auténtica desgracia. ¡Una auténtica desgracia! –repitió Anániev, con un gesto de la mano–. En mi opinión, a su edad más valdría no tener cabeza sobre los hombros que pensar de esa manera. Se lo digo en serio, barón. Hace tiempo que quería hablar de este asunto con usted, pues desde el día en que nos conocimos he observado su inclinación por esos pensamientos perniciosos.

–Pero, Dios mío, ¿por qué son perniciosos? –preguntó el estudiante, sonriendo, y en el tono de su voz y en su rostro se adivinaba que respondía por simple cortesía y que la discusión iniciada por el ingeniero no le interesaba lo más mínimo.

Mis ojos se cerraban. Albergaba la esperanza de que, inmediatamente después del paseo, nos desearíamos buenas noches y nos iríamos a la cama, pero esa aspiración tardó en cumplirse. Cuando regresamos al barracón, el ingeniero puso las botellas vacías debajo de la cama, sacó dos llenas de una cesta de mimbre y, una vez descorchadas, se sentó a su escritorio con la intención evidente de seguir bebiendo, hablando y trabajando. Tomando de vez en cuando un sorbo del vaso, trazaba anotaciones a lápiz sobre unos planos y seguía tratando de convencer al estudiante de que su forma de pensar era equivocada. Este último, sentado a su lado, comprobaba unas cuentas y guardaba silencio. Lo mismo que yo, no tenía ganas de hablar ni de escuchar. Para no interrumpir su trabajo, me senté lejos de la mesa, en la patizamba cama de campaña del ingeniero, esperando con impaciencia y lleno de aburrimiento que me sugirieran irme a la cama. Era más de medianoche.

Como no tenía nada que hacer, me puse a observar a mis nuevos conocidos. No había visto antes ni a Anániev ni al estudiante, pues nuestro primer encuentro se había producido en la noche de la que me ocupo. A última hora de la tarde regresaba a caballo de una feria a la casa del hacendado en la que me hospedaba, pero por culpa de la ocuridad había tomado un camino equivocado y me había extraviado. Tras vagar por las proximidades de la línea férrea, y viendo cómo las tinieblas de la noche cada vez se hacían más espesas, recordé esas historias de «peones descalzos» que acechan a viandantes y jinetes, me entró miedo y llamé a la puerta del primer barracón con el que me topé, donde fui recibido cordialmente por Ananiev y el estudiante. Como suele suceder cuando personas extrañas se reúnen por accidente, enseguida congeniamos y trabamos amistad; empezamos bebiendo té y acabamos tomando vino, sintiéndonos como si nos conociéramos desde hacía años. Al cabo de una hora sabía quiénes eran y cómo el destino los había llevado de la capital a la remota estepa, mientras ellos sabían quién era yo, a qué me dedicaba y cuál era mi forma de pensar.

El ingeniero Nikolái Anastásievich Ananiev era corpulento, ancho de hombros y, a juzgar por su aspecto, había empezado a bajar «el valle de los años», como Otelo, y a engordar más de la cuenta. Se encontraba en esa edad que las casamenteras denominan «la flor de la vida», es decir, no era joven ni viejo, le gustaba comer bien, beber y alabar el pasado, jadeaba ligeramente al caminar, emitía ruidosos ronquidos cuando dormía y en su trato con los demás hacía gala de esa serena e imperturbable benevolencia que adquieren las personas decentes cuando alcanzan los grados más altos del escalafón y empiezan a ganar peso. Aunque en su cabeza y en su barba aún tardarían en despuntar las canas, había empezado a dirigirse a los jóvenes, de manera involuntaria, sin darse cuenta, con un condescendiente «jovencito» y pensaba que tenía derecho a hacerles amistosos reproches sobre su modo de pensar. Sus ademanes y su voz eran serenos, mesurados, seguros, como los del hombre plenamente consciente de que se ha abierto camino, de que tiene un empleo fijo, un pedazo de pan asegurado y una opinión definida de las cosas... Su rostro atezado y narigudo, así como su musculoso cuello, parecían decir: «Estoy bien alimentado, sano y contento de mí mismo, y cuando llegue el momento también vosotros, los jóvenes de ahora, estaréis bien alimentados, sanos y contentos de vosotros mismos...». Llevaba una camisa de percal con cuello de tirilla y pantalones bombachos de lienzo metidos en botas altas. Algunos pequeños detalles, como por ejemplo el llamativo cinturón de estambre, el cuello bordado y las coderas, me permitieron deducir que estaba casado y que, según todas las apariencias, su esposa le profesaba un afecto sincero.

El barón Mijaíl Mijaílovich von Stenberg, estudiante del Instituto de Vías de Comunicación, era un joven de unos veintitrés o veinticuatro años. Solo sus cabellos rubios y su barba rala, así como tal vez cierta rudeza y sequedad de los rasgos faciales, recordaban que descendía de los barones del Báltico; todo lo demás, su nombre de pila, su religión, sus ideas, sus modales y la expresión de su rostro, era totalmente ruso. Vestido como Anániev, con una camisa de percal por fuera del pantalón y botas altas, atezado, algo encorvado y necesitado de un buen corte de pelo, no se asemejaba a un estudiante ni a un barón, sino a un simple aprendiz ruso. Hablaba poco y apenas gesticulaba, bebía el vino como con desgana, comprobaba las cuentas maquinalmente y siempre parecía estar pensando en algo. Su voz y sus ademanes también eran serenos y mesurados, pero su serenidad era de un género muy distinto que la del ingeniero. Su rostro bronceado, meditabundo, algo burlón, sus ojos que miraban un tanto de soslayo y toda su figura revelaban tranquilidad espiritual y pereza mental... Parecía como si le diera completamente igual que la luz estuviera encendida o apagada, que el vino fuera bueno o malo, que las cuentas que comprobaba cuadraran o no... En su rostro sereno e inteligente se leía: «De momento no veo nada positivo en un trabajo fijo, en un pedazo de pan seguro y en una opinión definida de las cosas. Todo eso es una bobada. Antes estaba en Petersburgo, ahora me encuentro en este barracón, en otoño me marcharé de nuevo a Petersburgo y en primavera regresaré otra vez aquí... Ni yo ni nadie sabe qué sentido tiene todo eso... De modo que no hay nada de que hablar...».

Escuchaba al ingeniero sin interés, con esa indiferencia condescendiente con que los cadetes de los cursos superiores escuchan las divagaciones de un cabo entrado en años y bonachón. Por lo visto, nada de lo que decía el ingeniero era nuevo para él y, de no haber tenido tan pocas ganas de hablar, podría haber dicho algo más novedoso e inteligente. Entretanto, Anániev seguía con su discurso. Había abandonado ya ese tono paternal y zumbón y hablaba con una seriedad e incluso con una pasión que no cuadraban en absoluto con su expresión de serenidad. Era evidente que las cuestiones abstractas, lejos de dejarle indiferente, le atraían, pero no estaba acostumbrado a ellas y, en consecuencia, no sabía tratarlas. Esa falta de costumbre lastraba de tal modo su discurso que en un principio no comprendí lo que quería decir.

–¡Odio esas ideas con toda mi alma! –dijo–. Yo mismo estuve infectado en mi juventud e incluso ahora no he logrado librarme totalmente de ellas; y le diré más: quizá porque soy tonto y esas ideas eran un alimento equivocado para mi cerebro, no me han acarreado más que disgustos. ¡Y se comprende! Las ideas de la inutilidad de la existencia, de la futilidad y la finitud del mundo visible, la «vanidad de vanidades» de Salomón, constituían y constituyen hasta la fecha el grado supremo y definitivo del pensamiento humano. Cuando el pensador alcanza ese estadio, la máquina se detiene. No puede ir más lejos. En ese punto la actividad de un cerebro alcanza su culminación, algo muy natural y consecuente. Nuestra desgracia es que empezamos a reflexionar precisamente a partir de ese punto culminante. Nosotros empezamos donde la gente normal termina. De buenas a primeras, apenas ha empezado a funcionar el cerebro con autonomía, subimos al grado supremo y definitivo, sin querer saber nada de los inferiores.

–¿Y qué tiene eso de malo? –preguntó el estudiante.

–¡Dese cuenta de que no es normal! –gritó Ananiev, mirándole casi con ira–. Si hemos encontrado un medio de subir al grado supremo sin necesidad de pasar por los inferiores, quiere decirse que toda la larga escalera, es decir, la vida en su conjunto, con sus colores, sonidos e ideas, pierde todo su sentido para nosotros. Puede juzgar cuán absurda y perniciosa es esa forma de pensar a su edad a partir de cada paso de su vida racional e independiente. Supongamos que en este mismo instante estuviera leyendo a Darwin o a Shakespeare. Apenas habría terminado de leer una página cuando el veneno ya habría empezado a funcionar: su propia vida, Shakespeare y Darwin le parecerían un sinsentido y un absurdo ante el convencimiento de que tiene que morir y de que Shakespeare y Darwin también murieron, sin que sus ideas les salvaran a ellos, ni al mundo ni a usted; en consecuencia, si la vida carece de sentido, todos los conocimientos, la poesía y los pensamientos elevados no son más que entretenimientos ociosos, fútiles juguetes de niños adultos. Por tanto, interrumpe usted la lectura en la segunda página. Supongamos ahora que algunas personas, considerándole un hombre inteligente, solicitan su opinión sobre la guerra, por ejemplo: ¿es deseable y moral o no? En respuesta a esa terrible pregunta usted se limita a encogerse de hombros y se contenta con pronunciar algún lugar común, porque a usted, dada su manera de pensar, le da completamente igual que mueran cientos de miles de personas de muerte natural o violenta, pues en uno y otro caso el resultado será el mismo: cenizas y olvido. Aquí estamos usted y yo construyendo una línea férrea. Podemos preguntarnos: ¿por qué razón rompernos la cabeza, inventar, sobreponernos a la rutina, preocuparnos de los obreros, robar o no robar, si sabemos que al cabo de dos mil años esa línea se habrá convertido en polvo? Y así sucesivamente... Convenga conmigo en que esa lamentable forma de razonar imposibilita todo progreso, toda ciencia, todo arte y hasta todo pensamiento. Nos consideramos más inteligentes que la masa y que Shakespeare, pero en realidad nuestro trabajo intelectual no conduce a ninguna parte, pues no nos apetece bajar a los grados inferiores, y más arriba no hay ningún lugar al que ir; en definitiva, nuestro cerebro queda en punto de congelación, y no avanza ni en un sentido ni en otro... Durante cerca de seis años estuve bajo el yugo de esas ideas y le juro por Dios que en todo ese tiempo no leí ni un solo libro de valor, no aumenté un ápice mi inteligencia, no enriquecí en una sola letra mi propio código moral. ¿No es una desgracia? Además, no contentos con emponzoñarnos a nosotros mismos, inoculamos el veneno en la vida de las personas que nos rodean. No pasaría nada si, presas del pesimismo, renunciáramos a la vida, nos retiráramos a una cueva o nos apresuráramos a morir, pero nos sometemos a la ley general, vivimos, sentimos, nos enamoramos de las mujeres, criamos hijos, construimos ferrocarriles.

–Nuestras ideas no procuran a nadie ni frío ni calor –dijo el estudiante de mala gana.

–¡Ah, no diga eso, por el amor de Dios! Aún no ha paladeado la vida como es debido; cuando tenga usted mis años, amiguito, ya sabrá lo que es bueno. Nuestra forma de pensar no es tan inocua como usted se figura. En la práctica, en nuestro trato con la gente, solo conduce al horror y a la estupidez. A lo largo de la vida he tenido que pasar por situaciones que no le deseo a mi peor enemigo.

–¿Por ejemplo? –pregunté yo.

–¿Por ejemplo? –repitió el ingeniero; se quedó pensativo, sonrió y añadió–: Por ejemplo el siguiente caso. En realidad, más que un caso es toda una novela con argumento y desenlace. ¡Una lección magnífica! ¡Ah, qué lección!

Nos sirvió vino, llenó su propio vaso, bebió un trago, se pasó las palmas de la mano por el ancho pecho y continuó, dirigiéndose más a mí que al estudiante:

–Sucedió durante el verano de 187..., poco después de la guerra*, cuando acababa de concluir mi estudios. Me marché al Cáucaso y de camino me detuve cuatro o cinco días en la ciudad portuaria de N. Debo decirles que nací y crecí en esa ciudad; por tanto no es sorprendente que N. me pareciera extraordinariamente acogedora, agradable y hermosa, aunque cualquier persona de la capital la encuentra tan aburrida e incómoda como Chujoma o Kashira. Pasé lleno de nostalgia junto al instituto en el que había estudiado, caminé con aire melancólico por el parque de la ciudad, que tan bien conocía, hice un triste intento de acercarme a personas a las que no había visto en años, pero a las que recordaba... Todo era deprimente...

»Entre otras cosas, una tarde fui en coche a un lugar llamado Cuarentena, un ralo bosquecillo que antaño, en los remotos tiempos de la peste, había servido de puesto de cuarentena y que ahora albergaba varias dachas. Se encuentra a cuatro verstas de la ciudad y se llega a él por una carretera lisa y en buenas condiciones. El panorama que se divisa por el camino es el siguiente: a la izquierda el mar azul y a la derecha la estepa sombría e infinita; se respira a pleno pulmón y la vista vaga a sus anchas. El bosquecillo se encuentra en la orilla del mar. Despedí al cochero, atravesé la cono-

* Se refiere a la guerra ruso-turca de 1877-1878.

cida cancela y, sin pérdida de tiempo, me dirigí por un sendero a un pequeño cenador de piedra que me gustaba mucho cuando era niño. En mi opinión, aquel cenador circular y macizo, levantado sobre desgarbadas columnas, combinaba el lirismo de un monumento funerario antiguo con la tosquedad de Sobakievich*, y constituía el rincón más romántico de la ciudad. Se levantaba en el borde mismo de la orilla, sobre el acantilado, y ofrecía una magnífica vista sobre el mar.

»Me senté en un banco y, apoyándome en la barandilla, miré hacia abajo. Del cenador partía un sendero que descendía por la escarpada orilla, casi cortada a pico, entre terrones de arcilla y matas de bardana, y terminaba lejos, junto a la arenosa playa, donde las pequeñas olas esparcían perezosas sus espumosas crestas, levantando un suave rumor. El mar era tan majestuoso, vasto y arisco como siete años antes, cuando, una vez concluido el instituto, dejé mi ciudad natal y me trasladé a la capital; en la distancia se columbraba un penacho negro de humo: era un vapor que pasaba; aparte de esa banda inmóvil y apenas visible y de los charranes que revoloteaban sobre las aguas, nada animaba ese monótono cuadro de mar y cielo. A derecha e izquierda del cenador se extendían los irregulares y arcillosos acantilados...

»Ya saben ustedes que, cuando un hombre de disposición melancólica se queda a solas con el mar o contempla un panorama que le parece grandioso, por alguna razón con su tristeza se entrevera el convencimiento de que vivirá y morirá ignorado, y su reacción automática es coger un lápiz y escribir a toda prisa su nombre en cualquier superficie que encuentra a mano. Probablemente esa sea la razón de que todos los parajes solitarios y recoletos, como el cenador del que les hablo, estén siempre cubiertos de inscripciones

* Personaje de *Almas muertas* de Gógol.

hechas a lápiz o a punta de cuchillo. Recuerdo como si hubiera sucedido hoy mismo que al contemplar la barandilla leí: "Iván Korolkov estuvo aquí el 16 de mayo de 1876". Al lado de la inscripción de Korolkov, algún soñador local había puesto su firma y añadido:

> Un hombre ante la inmensa mar vacía
> sublimes pensamientos concebía*.

»El trazo era delicado y suave como seda húmeda. Un tal Kross, probablemente un hombre pequeño y oscuro, sintió con tanta fuerza su insignificancia que dio libre curso a su cortaplumas y grabó su nombre con letras profundas, de casi un *vershok*** de largas. Maquinalmente saqué un lápiz del bolsillo y escribí también mi nombre en una de las columnas. En cualquier caso, todo esto nada tiene que ver con mi historia... Perdonen, no sé ceñirme al relato

»Me sentía triste y algo aburrido. El tedio, el silencio y el rumor de las olas poco a poco me llevaron a albergar esos pensamientos de los que hablábamos hace un momento. En aquella época, a finales de los años setenta, esas ideas empezaron a ponerse de moda entre el público, y algo después, a comienzos de los ochenta, fueron pasando gradualmente del público a la literatura, a la ciencia y a la política. Yo no tenía entonces más que veintiséis años, pero era plenamente consciente de que la vida carece de objeto y de sentido, de que todo es engaño e ilusión, de que, en esencia y a juzgar por sus resultados, la vida de los presidiarios de la isla de Sajalín en nada se distingue de la vida en Niza, de que la diferen-

---

* Primeros dos versos del poema de Pushkin *El jinete de cobre*. El hombre del que se habla es Pedro el Grande.

** Antigua medida rusa que equivale a 4,4 centímetros.

cia entre el cerebro de Kant y el de una mosca carece de significado real, de que nadie en este mundo tiene razón o se equivoca, de que todo es una nadería y un sinsentido, y bien podía irse al diablo. Vivía como si le estuviera haciendo un favor a una fuerza desconocida que me obligaba a vivir. "Mira –parecía decirle a esa fuerza–, me importa un bledo la vida, pero de todos modos sigo viviendo." Todos mis pensamientos seguían una misma dirección, pero sus variaciones eran infinitas; en ese sentido, me parecía a un refinado gastrónomo que con unas patatas sabe preparar centenares de platos suculentos. No cabe duda de que era parcial y, hasta cierto punto, estrecho de miras, pero en aquella época me imaginaba que mi horizonte intelectual no tenía comienzo ni fin y que mi pensamiento era tan vasto como el mar. A juzgar por mi propia experiencia, las ideas que nos ocupan tienen un componente adictivo y narcótico, como el tabaco o la morfina. Se convierten en una costumbre, en una necesidad. Aprovechamos cualquier instante de soledad y cada ocasión propicia para recrearnos pensando en el sinsentido de la vida y en las tinieblas de ultratumba. Mientras estaba sentado en el cenador, por la avenida pasaron ceremoniosamente unos niños griegos de grandes narices. Valiéndome de esa oportunidad favorable, me sumí en las siguientes consideraciones, al tiempo que los miraba: "Me pregunto para qué han nacido y para qué viven esos niños. ¿Acaso su existencia tiene algún sentido? Crecerán sin saber por qué, vivirán en este agujero sin necesidad alguna y morirán...".

»Hasta sentí rabia al verlos andar tan ceremoniosamente y conversar de forma tan digna, como si tuvieran en alta estima sus vidas insignificantes y anodinas y supieran para qué vivían... Recuerdo que a lo lejos, al final de la avenida, surgieron tres figuras femeninas. Las tres señoritas –una vestida de rosa y las otras dos de blanco– iban a la par, cogidas del brazo, conversando y riendo. Mientras las contemplaba, pensaba: "¡No estaría mal distraerme con una mujer durante un par de días para matar el aburrimiento!".

»Entonces recordé que habían pasado tres semanas desde mi última visita a mi dama petersburguesa y pensé que una aventura pasajera me vendría muy bien en ese momento. La señorita que iba en el medio, vestida de blanco, parecía más joven y hermosa que sus amigas y, a juzgar por sus ademanes y su risa, debía de ser una alumna del último curso del instituto. Miraba su busto, no sin intenciones pecaminosas, y al mismo tiempo pensaba: "Estudiará música y modales, se casará, no lo quiera Dios, con algún griego, llevará una vida gris, estúpida e intrascendente, tendrá un montón de hijos, sin saber ella misma para qué, y morirá. ¡Una vida absurda!".

»En honor a la verdad debo decir que era todo un maestro para combinar los pensamientos elevados con la prosa más ordinaria. Las ideas sobre las tinieblas de ultratumba no me impedían rendir tributo a los bustos y a las piernas, como las sublimes reflexiones de nuestro querido barón tampoco le impiden emprender incursiones donjuanescas a Vukolovka todos los sábados. Hablando con franqueza, mi comportamiento con las mujeres era, por lo que recuerdo, de lo más ofensivo. Al acordarme ahora de aquella estudiante, mi actitud de entonces me ha hecho ruborizarme, pero en aquella época no me remordía lo más mínimo la conciencia. Hijo de padres nobles y cristiano, había recibido una educación superior y no era tonto ni malvado por naturaleza; en consecuencia, no sentía ningún escrúpulo cuando pagaba a una mujer lo que los alemanes llaman *Blutgeld** o cuando dirigía miradas ofensivas a las estudiantes... Lo malo es que la juventud tiene sus

* Dinero ensangrentado.

derechos y nuestro modo de pensar, en principio, no tiene nada que oponer a esos derechos, ya sean buenos o reprobables. Quien sabe que la vida carece de sentido y la muerte es inevitable se muestra totalmente indiferente a la batalla con la naturaleza y al concepto de pecado: ya luches o no, acabarás muriéndote y pudriéndote... En segundo lugar, estimados señores, nuestro modo de pensar inculca, incluso en las personas muy jóvenes, el llamado método racional. El predominio de la razón sobre el corazón es apabullante. El sentimiento espontáneo y la inspiración quedan anulados por el análisis detallado. Ahora bien, el método racional va unido a la frialdad, y la gente fría, reconozcámoslo, no se preocupa de la castidad. Esa virtud solo la conocen las personas afectuosas, impulsivas y capaces de amar. En tercer lugar, nuestro modo de pensar, al privar a la vida de significado, despoja de todo valor a la personalidad individual. No cabe duda de que, si niego la personalidad de cualquier Natalia Setepánovna, me da completamente igual si la ofendo o no. Hoy ultrajo su dignidad de ser humano y le pago su *Blutgeld*, y al día siguiente me olvido de ella.

»Así pues, estaba sentado en el cenador, mirando a las muchachas, cuando apareció en la avenida otra figura femenina, con la rubia cabellera descubierta y un chal blanco de punto sobre los hombros. Después de dar un paseo, se internó en el cenador y, apoyándose en la barandilla, miró con indiferencia la orilla y el lejano mar. Al entrar, no me prestó la menor atención, como si no hubiera reparado en mi presencia. Yo la examiné de los pies a la cabeza (no de la cabeza a los pies, como se hace con los hombres) y vi que era joven, como mucho tendría veinticinco años, atractiva, bien plantada; probablemente estaba casada y pertenecía a la categoría de mujeres respetables. Llevaba prendas sencillas, pero elegidas con gusto y a la moda, como es costumbre en N. entre las mujeres casadas de clase media.

»"No estaría mal una aventura con ella... –pensaba, examinando su grácil talle y sus brazos–. Nada mal... Debe de ser la mujer de algún Esculapio local o de algún profesor del instituto..."

»Pero tener una aventura con ella, es decir, convertirla en heroína de uno de esos romances improvisados que tanto gustan a los turistas, no sería fácil, acaso imposible. Eso fue lo que pensé al contemplar su rostro. Su forma de mirar y su expresión daban a entender que el mar, el humo distante y el cielo la hastiaban, que estaba harta de esa visión; al parecer, se sentía cansada, se aburría, se entregaba a pensamientos tristes, y en su rostro ni siquiera se advertía ese aire de preocupación y afectada indiferencia que adoptan casi todas las mujeres cuando perciben cerca de ellas la presencia de un hombre extraño.

»La rubia me dirigió una fugaz mirada de fastidio, se sentó en el banco y se quedó pensativa. Veía en su rostro que no tenía interés en mí y que mi aspecto capitalino no despertaba en ella la menor curiosidad. Pero de todos modos decidí entablar conversación con ella y le pregunté:

»–Señora, ¿tendría la amabilidad de decirme a qué hora sale la diligencia para la ciudad?

»–Creo que a las diez o a las once...

»Le di las gracias. Ella me miró un par de veces y en su rostro impasible centelleó de pronto un atisbo de curiosidad y luego algo semejante a la sorpresa... Me apresuré a adoptar una expresión indiferente y una postura adecuada: ¡había mordido el anzuelo! De pronto se puso en pie como si algo le hubiera picado, esbozó una afable sonrisa y, examinándome con cierta premura, me preguntó con timidez:

»–Oiga, ¿no será usted por casualidad Anániev?

»–Sí, en efecto... –respondí yo.

»–¿Y no sabe quién soy yo? ¿No me reconoce?

»Algo turbado, la miré fijamente y, figúrense, no la reconocí por el rostro ni por la figura, sino por la sonrisa afable y cansada. Era Natalia Stepánovna o, como la llamábamos nosotros, Kisochka, la misma de la que había estado enamorado siete u ocho años antes, cuando aún llevaba el uniforme del instituto.

Pero eso son historias del pasado,
leyendas de la remota Antigüedad...*

»La recuerdo como una colegiala menuda y delgadita de quince o dieciséis años, cuando representaba una especie de ideal del estudiante, creada por la naturaleza especialmente para el amor platónico. ¡Qué muchacha tan encantadora! Paliducha, frágil, aérea; parecía como si el simple aliento pudiera hacerla volar como una pluma hasta el mismo cielo; su rostro era dulce y expresaba perplejidad; tenía manos pequeñas, cabellos suaves que le llegaban hasta la cintura y talle de avispa; en definitiva, una criatura etérea y transparente como la luz de la luna; a ojos de un colegial, una belleza indescriptible... Yo estaba enamorado de ella, ¡y de qué manera! Me pasaba las noches en blanco, escribía versos... A veces, por la tarde, se sentaba en un banco del parque de la ciudad, mientras los estudiantes del instituto la rodeábamos y la contemplábamos con veneración... En respuesta a todos nuestros cumplidos, posturas y suspiros, ella, con gesto nervioso, se encogía de hombros por la humedad del atardecer, entornaba los ojos y esbozaba una sonrisa afable; en tales momentos se parecía muchísimo a una linda gatita. Mientras la admirábamos, sentíamos deseos de acariciarla y pasarle la mano por la espalda como a una gata; de ahí el apodo de Kisochka**.

---

* Versos del Canto I del poema *Ruslán y Liudmila* de Pushkin.

** «Gatita» en ruso.

»En los siete u ocho años en que no nos habíamos visto Kisochka había cambiado mucho. Había madurado, engordado y perdido por completo el parecido con una suave y blanda gatita. No es que sus rasgos hubiesen envejecido o se hubiesen marchitado, sino que en cierto modo se habían deslustrado y vuelto más austeros; sus cabellos parecían más cortos; su estatura, mayor; sus hombros, casi dos veces más anchos, y, por encima de todo, su rostro tenía esa expresión de maternidad y resignación que adoptan las mujeres respetables a su edad y que yo, como se comprende, no había visto antes en ella... En una palabra, de aquel aire de colegiala ideal de antaño solo conservaba la afable sonrisa.

»Entablamos conversación. Al enterarse de que ya era ingeniero, Kisochka se alegró muchísimo.

»–¡Qué maravilla! –dijo, mirándome a los ojos con una sonrisa jubilosa–. ¡Qué muchachos tan estupendos son todos ustedes! De la promoción de usted ni uno solo ha fracasado, todos se han abierto camino. Uno es ingeniero, el otro médico, el tercero profesor, el cuarto dicen que es un famoso cantante en Petersburgo... ¡Todos son estupendos! ¡Ah, qué maravilla!

»En los ojos de Kisochka resplandecía una alegría sincera, llena de buena voluntad. Se enorgullecía de mí como una hermana mayor o una antigua profesora. Yo miraba su bello rostro y pensaba: "¡Qué bien estaría tener hoy mismo una aventura con ella!".

»–¿Recuerda usted, Natalia Stepánovna –le pregunté–, que una vez, en el parque, le entregué un ramo con una nota? Cuando la leyó, se quedó completamente desconcertada...

»–Lo he olvidado –dijo, rompiendo a reír–. Pero recuerdo que quiso desafiar a duelo a Florens por mi causa...

»–Vaya, pues ahora soy yo quien no se acuerda...

»–Sí, eso pertenece ya al pasado... –suspiró Kisochka–. En

aquella época yo era una diosa para ustedes, ahora ha llegado mi turno de mirarlos a todos de abajo arriba...

»En el curso de la conversación me enteré de que, unos dos años después de concluir los estudios en el instituto, se había casado con un hombre del lugar, mitad griego mitad ruso, que trabajaba en un banco o en una compañía de seguros y se dedicaba también al negocio del trigo. Tenía un apellido bastante complicado, Populaki, Skarandopulo o algo así... Al diablo con él, se me ha olvidado... En general, habló poco y de mala gana de sí misma. La conversación giró solo en torno a mí. Me preguntaba por el instituto, por mis compañeros, por Petersburgo, por mis planes, y todo lo que decía despertaba en ella una viva alegría y la siguiente exclamación: "¡Ah, qué maravilla!".

»Bajamos hasta la orilla y paseamos por la arena; luego, cuando la húmeda brisa de la tarde empezó a soplar desde el mar, nos dimos la vuelta. En todo momento la conversación versó sobre mí y sobre el pasado. Seguimos paseando hasta que en las ventanas de las dachas se apagó el reflejo del ocaso.

»–Venga a tomar una taza de té –me propuso Kisochka–. El samovar debe de llevar ya un buen rato sobre la mesa... En casa no hay nadie –añadió, cuando a través del follaje de las acacias apareció su dacha–. Mi marido se pasa todo el día en la ciudad; solo regresa por la noche, y no siempre; debo confesar que me muero de aburrimiento.

»La seguí, admirando su espalda y sus hombros. Me alegraba que estuviera casada, pues para una aventura pasajera las mujeres casadas son una pieza más conveniente que las solteras. También me alegraba que su marido no estuviera en casa... Pero al mismo tiempo presentía que no iba a haber ninguna aventura...

»Entramos en la casa. Las habitaciones eran pequeñas, de techo bajo, con el mobiliario típico de las casas de verano (en las cuales el ruso suele disponer muebles incómodos, pesados y deslustrados, de los que le da pena deshacerse y que no sabe dónde meter), pero algunos pequeños detalles revelaban que Kisochka y su marido vivían sin estrecheces y que probablemente gastaban unos cinco o seis mil rublos al año. Recuerdo que en medio de la habitación que Kisochka denominaba comedor había una mesa redonda de seis patas; sobre ella descansaban un samovar y varias tazas, y en uno de los bordes había un libro abierto, un lápiz y un cuaderno. Eché un vistazo al libro y reconocí el manual de aritmética de Malinin y Burenin. Estaba abierto, aún lo recuerdo, en "Las reglas de la proporción".

»–¿A quién le está dando clases? –le pregunté.

»–A nadie... –me respondió–. Como no tengo nada que hacer y me aburro... recuerdo el pasado y resuelvo problemas.

»–¿Tiene usted hijos?

»–Tuve un hijo, pero solo vivió una semana.

»Empezamos a beber té. Mirándome con admiración, Kisochka volvió a decir que le parecía maravilloso que fuera ingeniero y que se alegraba mucho de mis éxitos. Cuanto más hablaba y más sincera se hacía su sonrisa, más crecía en mí el convencimiento de que me marcharía con las manos vacías. Ya por entonces era un experto en aventuras amorosas y podía sopesar con bastante precisión mis posibilidades de éxito o fracaso. Puede usted contar con el triunfo si persigue a una mujer estúpida o tan aficionada a las aventuras y las sensaciones fuertes como usted mismo, o a una criatura taimada con la que no tiene usted nada en común. Pero si se encuentra con una mujer inteligente y seria, con una expresión de fatiga, resignación y buena voluntad, que se alegra sinceramente de verle y, sobre todo, que le respeta, ya puede darse media vuelta y marcharse. En tales casos, para tener éxito, se requiere un plazo mucho más largo que un solo día.

»A la luz del atardecer Kisochka parecía más interesante que de día. Cada vez me gustaba más y, por lo visto, yo le caía simpático. Además, las circunstancias no podían ser más propicias para una aventura amorosa: el marido no estaba en casa, no se veía ningún criado, a nuestro alrededor todo era silencio... Aunque no albergaba muchas posibilidades de éxito, decidí iniciar el ataque, por si acaso. Ante todo era necesario adoptar un tono familiar y transformar su humor lírico y grave en algo más ligero...

»–Cambiemos de tema, Natalia Stepánovna –empecé–. Hablemos de algo alegre... Ante todo permítame que, en homenaje a los viejos tiempos, la llame Kisochka –ella accedió–. Haga el favor de decirme, Kisochka –continué–, ¿qué mosca le ha picado al bello sexo de la localidad? ¿Qué le ha sucedido? Antes, todas las mujeres eran decentes y virtuosas, mientras que ahora, se lo juro, de cualquiera por la que preguntes te cuentan tales cosas que dan ganas de echarse a temblar... Una señorita se ha fugado con un oficial; otra ha seducido a un estudiante y se ha marchado con él; una tercera, casada, ha abandonado a su marido y se ha ido con un actor; una cuarta se ha separado de su marido y se ha ido a vivir con un oficial, y así sucesivamente... ¡Una verdadera epidemia! ¡Si la cosa sigue así, pronto no quedará en la ciudad ni una muchacha ni una esposa joven!

»Hablaba en un tono chabacano y zumbón. Si en respuesta a mis palabras Kisochka se hubiera echado a reír, habría continuado del siguiente modo: "¡Tenga cuidado de que no la secuestre algún oficial o un actor, Kisochka!". Ella habría bajado la vista y habría dicho: "¿Quién iba a querer secuestrarme a mí? Hay muchachas más jóvenes y bonitas...". Yo habría replicado: "No diga eso, Kisochka, ¡yo sería el primero en raptarla con gusto!". Y habría seguido en ese tono hasta lograr mi objetivo. Pero Kisochka no rompió a reír; al contrario, adoptó una expresión grave y suspiró.

»–Todo lo que le han dicho es cierto... –dijo–. Mi prima Sonia ha abandonado a su marido y se ha marchado con un actor. Ha obrado muy mal, desde luego... Cada cual debe resignarse a lo que el destino le ha deparado, pero no la condeno ni la culpo... ¡A veces las circunstancias son más fuertes que las personas!

»–Así es, Kisochka, pero ¿qué circunstancias han podido producir semejante epidemia?

»–Es muy sencillo y comprensible... –dijo Kisochka, arqueando las cejas–. Nuestras muchachas y mujeres educadas no tienen nada que hacer. No todas pueden cursar estudios o convertirse en maestras; en definitiva, vivir de acuerdo con ciertos fines e ideales, como los hombres. Tienen que casarse... Y ¿con quién? Ustedes, los jóvenes, al concluir el instituto, se marchan a la universidad y nunca regresan a su ciudad natal; se casan en San Petersburgo o Moscú, mientras las muchachas se quedan aquí... ¿Con quién quiere usted que se casen? A falta de hombres decentes y educados, se casan sabe Dios con quién, con toda clase de comisionistas o griegos que solo saben emborracharse y armar escándalo en el club... Se casan con cualquiera, sin pensarlo. ¿Qué vida les espera después? Imagínese usted: una mujer educada e instruida vive con un individuo lerdo y cascarrabias; de pronto conoce a un hombre inteligente, ofical, actor o médico, y se enamora; en ese punto la vida se le hace insoportable y acaba huyendo de su marido. ¡No se la puede culpar!

»–En tal caso, Kisochka, ¿por qué casarse?

»–Cierto –suspiró–, pero todas las muchachas consideran que es mejor cualquier marido que ninguno... En general, Nikolái Anastásievich, la vida aquí es pobre, muy pobre. Casadas o solteras, las mujeres se ahogan... Se ríen de Sonia porque ha huido, y además con un actor, pero, si pudieran ver su alma, no se reirían...

Azorka volvió a ladrar fuera. Le gruñó con rabia a alguien, luego emitió un aullido quejumbroso y se apretó con todo el cuerpo contra la pared del barracón... El rostro de Ananiev se contrajo en una mueca de lástima; interrumpió su relato y salió. Durante un par de minutos se le oyó consolar al animal al otro lado de la puerta: «¡Mi perrito! ¡Mi pobre perro!».

–A nuestro Nikolái Anastásich le gusta hablar –dijo von Stenberg, sonriendo–. ¡Es un buen hombre! –añadió, después de una breve pausa.

De vuelta en el barracón, el ingeniero llenó nuestros vasos y, sonriendo y pasándose la mano por el pecho, continuó:

–De manera que mi ataque resultó fallido. No había nada que hacer, así que dejé mis pensamientos impuros para mejor ocasión, me resigné a mi fracaso y y me olvidé del asunto, como suele decirse. Además, influido por la voz de Kisochka, el aire vespertino y el silencio, yo mismo fui cayendo poco a poco en un estado de ánimo sereno y sentimental. Recuerdo que estaba sentado en un sillón junto a la ventana abierta de par en par y contemplaba los árboles y el cielo, cada vez más oscuro. Las siluetas de las acacias y de los tilos eran las mismas que ocho años antes; igual que en la época de mi infancia, en algún lugar lejano resonaban los acordes de un piano barato, y los paseantes habían conservado la costumbre de deambular de un extremo al otro de las avenidas, aunque las personas habían cambiado. Ya no éramos mis compañeros y yo, ni los objetos de mi pasión, quienes caminábamos por los paseos, sino estudiantes y jovencitas extraños. Me embargó la tristeza. Y cuando, al preguntar por cinco o seis conocidos, Kisochka respondió con las palabras «ha muerto», mi melancolía se transformó en ese sentimiento que se apodera de uno en el funeral de un buen hombre. Sentado junto a la ventana, mirando a los paseantes y escuchando los acordes del piano, comprobé con mis propios ojos, por primera vez en mi vida, con qué avidez una generación se apresura a sustituir a otra, y la fatal significación que tienen en la vida de un hombre nada más que siete u ocho años.

»Kisochka puso sobre la mesa una botella de santorin*. Bebí un trago, me relajé y empecé a contar una larga historia. Kisochka me escuchaba y seguía admirando mi figura y mi inteligencia. El tiempo pasaba. El cielo ya se había vuelto tan oscuro que las siluetas de las acacias y de los tilos se habían fundido, los caminantes habían dejado de pasear por las avenidas, el piano había enmudecido y solo se oía el rumor regular del mar.

»Los hombres jóvenes son todos iguales. Halagad y adulad a un muchacho, ofrecedle vino, dadle a entender que es atractivo, y él se arrellanará en su asiento, se olvidará de que es hora de partir y empezará a hablar sin parar... A los anfitriones se les cierran los ojos y están deseando irse a la cama, pero él sigue allí sentado y charlando. Eso es lo que hice yo. En una ocasión dirigí una mirada casual al reloj de pared: eran las diez y media. Me dispuse a despedirme.

»–Tómese una copita para el camino –dijo Kisochka.

»Me la tomé, me enredé de nuevo en una larga historia, me olvidé de que era hora de marcharme y volví a sentarme. De pronto se oyeron voces masculinas, pasos y un tintineo de espuelas. Unas personas pasaron por debajo de las ventanas y se detuvieron delante de la puerta.

»–Me parece que ha regresado mi marido... –dijo Kisochka, aguzando el oído.

»La puerta chirrió, las voces resonaron ya en el recibidor y al poco rato vi pasar a dos hombres por la puerta que conducía

* Vino de la isla griega del mismo nombre, perteneciente al archipiélago de las Cícladas. También se conoce como Tera.

al comedor; uno de ellos era grueso, fornido, moreno, con una nariz aguileña y un sombrero de paja; el otro, un joven oficial con una guerrera blanca. Al atravesar el umbral nos miraron un instante con indiferencia, y yo tuve la impresión de que estaban borrachos.

»–¡En definitiva que ella te mintió y tú la creíste! –dijo al cabo de un minuto una voz bronca, con marcado acento nasal–. En primer lugar, no fue en el club grande, sino en el pequeño.

»–Te enfadas, por Júpiter; eso quiere decir que estás equivocado... –dijo entre risas y toses el otro, seguramente el oficial–. Escucha, ¿puedo quedarme a pasar la noche? Dímelo con sinceridad: ¿te estorbo?

»–¡Vaya una pregunta! No solo puedes, sino que debes quedarte. ¿Qué te apetece, cerveza o vino?

»Se sentaron dos habitaciones más allá de donde estábamos nosotros y se pusieron a hablar en voz alta; por lo visto, no se interesaban por la dueña de la casa ni por su invitado. En Kisochka se produjo un cambio apreciable cuando regresó su marido. Primero se ruborizó, luego su rostro adoptó una expresión tímida y culpable; la dominaba cierta inquietud, y yo me supuse que le daba vergüenza que viera a su marido y que deseaba que me fuera.

»Empecé a despedirme. Kisochka me acompañó hasta el porche. Recuerdo perfectamente su sonrisa afable y triste y su mirada sumisa y afectuosa cuando me estrechó la mano y dijo:

»–Probablemente no volveremos a vernos... Que Dios le conceda felicidad. Gracias por todo.

»Ni un suspiro, ni una frase de circunstancias. Mientras nos despedíamos, tenía una vela en la mano; algunas manchas de luz danzaban sobre su cara y sobre su cuello, como en persecución de su triste sonrisa. Me representé a la Kisochka de antaño, a la que daban ganas de acariciar como a una gatita, miré fijamente a la mujer en que se había convertido, y sin saber por qué me vinieron a la memoria unas palabras que ella había pronunciado: "Cada cual debe resignarse a lo que el destino le ha deparado"; sentí una profunda tristeza. Mi instinto adivinaba y mi conciencia me susurraba que ante mí, hombre feliz y despreocupado, tenía una criatura bondadosa, afable, cariñosa y atormentada...

»Hice una reverencia y me encaminé a la cancela. Reinaba una gran oscuridad. En el sur, en el mes de julio, se hace de noche temprano y el cielo no tarda en cubrirse de sombras. A eso de las diez las tinieblas son tan espesas que apenas se acierta a ver a un palmo de distancia. Mientras buscaba casi a tientas la cancela, encendí casi dos decenas de cerillas.

»–¡Cochero! –grité, al salir del jardín; ni una voz me respondió, ni siquiera un murmullo–. ¡Cochero! –repetí–. ¡Eh, diligencia!

»Pero no había ningún coche ni diligencia. A mi alrededor reinaba un silencio sepulcral. Solo oía el rumor soñoliento del mar y el latido de mi corazón, acelerado por el santorin. Levanté los ojos al cielo: no había ni una sola estrella. Todo eran sombras y oscuridad. Por lo visto, el cielo estaba cubierto de nubes. Sin saber por qué, me encogí de hombros, esbocé una estúpida sonrisa y volví a llamar a un cochero, aunque ya con menos decisión:

»–¡... chero! –me respondió el eco.

»La perspectiva de caminar cuatro verstas campo a través, y encima en medio de la oscuridad, no me atraía nada. Antes de tomar esa resolución, pasé largo rato reflexionando y llamando a un cochero; luego me encogí de hombros y, sin ningún plan determinado, regresé al bosquecillo. En ese lugar la oscuridad era espantosa. Aquí y allá, entre las ramas, se distinguían los borrosos resplandores de las ventanas rojas de las dachas. Un cuervo, despertado por mis pasos y asustado por las cerillas que encendía para iluminar el camino que conducía al cenador, volaba de un árbol a otro, haciendo susurrar el follaje. Sentía despecho y vergüenza; el cuervo parecía darse cuenta y en su graznido sonaba un dejo de burla: ¡cra, cra! Sentía despecho por tener que ir a pie y vergüenza por haberme comportado en casa de Kisochka como un chiquillo, hablando sin parar.

»Al llegar al cenador, busqué a tientas el banco y me senté. Lejos, allí abajo, en medio de las espesas tinieblas, resonaba el blando e irritado susurro del mar. Recuerdo que me sentí como un ciego, pues no podía ver el mar, ni el cielo, ni siquiera el cenador en el que estaba sentado, y me figuraba que el mundo se componía únicamente de los pensamientos que vagaban por mi cabeza, entorpecida por los vapores del vino, y de esa fuerza invisible que susurraba monótonamente allí abajo. Luego, cuando me quedé adormilado, tuve la sensación de que no era el mar quien levantaba ese rumor, sino mis pensamientos, y que el mundo entero se reducía a mi propia persona. Concentrando de ese modo todo el mundo en mí, me olvidé de los cocheros, de la ciudad y de Kisochka, y me abandoné a esa sensación que tanto me agradaba, una sensación de terrible soledad, que lleva a pensar que en todo el universo oscuro e informe solo existes tú. Es una sensación orgullosa, demoniaca, que solo está al alcance de los rusos, cuyos pensamientos y emociones son tan vastos, ilimitados y austeros como sus llanuras, sus bosques y sus nieves. Si fuera pintor, representaría sin falta el semblante de un ruso sentado inmóvil, con las piernas recogidas bajo el cuerpo y la cabeza entre las manos, entregado a esa sensación... y también a pensamientos sobre el sinsentido de la vida, sobre la muerte y sobre las tinieblas de ultratumba... Esos pensamientos no valen un céntimo, pero la expresión del rostro debe de ser soberbia...

»Mientras dormitaba allí sentado, sin decidirme a levantarme, pues me dominaba un sentimiento de tibieza y serenidad, de pronto se destacaron del rumor del mar unos sonidos, distrayendo mi atención de mí mismo... Alguien andaba con rapidez por la avenida. Al acercarse al cenador, el desconocido se detuvo, sollozó como una muchacha y se preguntó con voz llorosa:

»–Dios mío, ¿cuándo terminará de una vez todo esto? ¡Ah, Señor!

»A juzgar por su voz y por su llanto, era una niña de diez o doce años. Entró en el cenador con paso vacilante, se sentó e inició una especie de rezo o de lamento...

»–¡Señor! –decía entre lágrimas, arrastrando las palabras–. ¡Esto es insoportable! ¡No hay paciencia que lo aguante! Lo sufro en silencio, pero compréndeme, también yo quiero vivir... ¡Ah, Dios mío, Dios mío!

»Y todo por el estilo... Sentí deseos de ver a la chiquilla y de hablar con ella. Para no asustarla, primero emití un profundo suspiro y tosí, luego encendí con precaución una cerilla... La brillante luz centelleó en la oscuridad e iluminó a la persona que lloraba. Era Kisochka.

–¡Oh, sorpresa! –suspiró von Stenberg–. Una noche oscura, el rumor del mar, una mujer que sufre, un hombre que se siente solo en todo el universo... ¡Qué demonios! Solo faltan unos cuantos cherqueses con puñales.

–No le estoy contado una historia inventada, sino un hecho real.

–Pues aunque así sea... Todo eso no lleva a ninguna parte y es tan viejo como el mundo...

–¡Espere un poco antes de poner objeciones, déjeme terminar! –dijo Anániev, haciendo un gesto de enfado con la mano–. ¡No me interrumpa, se lo ruego! No se lo estoy contando a usted, sino al doctor... Bueno –continuó, dirigiéndose a mí y mirando de soslayo al estudiante, que se inclinaba sobre sus cuentas y parecía muy satisfecho de haber irritado al ingeniero–, Kisochka no se sorprendió ni se asustó al verme, como si supiera de antemano que iba a encontrarse conmigo en el cenador. Respiraba de forma entrecortada y temblaba de pies a cabeza, como si tuviera fiebre; su rostro bañado en lágrimas, según pude ver prendiendo una cerilla tras otra, había perdido esa expresión inteligente, sumisa y cansada de antes, y tenía otra que hasta el día de hoy no he conseguido interpretar. No expresaba el dolor ni la alarma ni la angustia que transparentaban sus palabras y sus lágrimas... Confieso que ese semblante, probablemente por mi incapacidad para analizarlo, me pareció incomprensible y ebrio.

»–No puedo más... –balbució Kisochka con voz llorosa de niña–. ¡Es superior a mis fuerzas, Nikolái Anastásich! Perdóneme... No puedo seguir viviendo así... Me marcharé a la ciudad, a casa de mi madre... Lléveme... ¡Lléveme, por el amor de Dios!

»En presencia de esa mujer llorosa, no me sentía capaz de hablar ni de guardar silencio. Me desconcerté y farfullé alguna estupidez con intención de calmarla.

»–¡No, no, me voy a casa de mi madre! –dijo Kisochka con determinación, cogiéndome convulsivamente de la mano (sus manos y las mangas de su vestido estaban humedecidas por las lágrimas)–. Perdóneme, Nikolái Anastásich, me marcho... No puedo más...

»–Pero ¡es que no hay ningún coche, Kisochka! –dije yo–. ¿Cómo va a marcharse?

»–No importa, iré a pie... No queda lejos. No puedo aguantarlo más...

»Estaba desconcertado, pero no conmovido. Las lágrimas, los estremecimientos y la expresión embotada de Kisochka me sugerían un trivial melodrama francés o ucraniano, donde cada gramo de sufrimiento vacío y barato va acompañado de un mar de lágrimas. No la comprendía y me daba cuenta de esa incomprensión; debería haberme callado, pero, no sé por qué razón, probablemente para que mi silencio no se interpretara como estupidez, consideré necesario convencerla de que no se fuera con su madre y de que se quedara en su casa. A la gente que llora no le gusta que nadie vea sus lágrimas, pero yo encendí una cerilla tras otra hasta que la caja quedó vacía. Todavía hoy sigo sin comprender qué necesidad tenía de aquella despiadada iluminación. En general, las personas frías suelen comportarse de forma poco delicada y hasta estúpida.

»Por último Kisochka se cogió de mi brazo y juntos salimos del cenador. Una vez atravesada la cancela, giramos a la derecha y caminamos lentamente por una carretera blanda y polvorienta. Todo estaba sumido en sombras; cuando mis ojos se acostumbraron poco a poco a la oscuridad, empecé a distinguir las siluetas de los viejos y escuálidos robles y tilos que crecían a ambos lados de la carretera. Al poco rato, a la derecha, se recortó borrosamente la banda negra de la orilla, escarpada y abrupta, atravesada aquí y allá por hondonadas y barrancos pequeños y profundos, en cuyas proximidades se apretujaban achaparrados arbustos semejantes a hombres sentados. Daba miedo. Yo miraba el acantilado con desconfianza, y el rumor del mar y el silencio del campo empezaron aterrorizar mi imaginación. Kisochka guardaba silencio. No dejaba de temblar y, antes de que recorriéramos media versta, ya estaba agotada por la marcha y jadeaba. Yo también callaba.

»A una versta de Cuarentena se alza un edificio abandonado de cuatro plantas con una chimenea muy alta, que antaño albergaba un molino de vapor. Se yergue solitario junto a la orilla y de día puede verse desde una gran distancia, tanto desde el mar como desde el campo. El hecho de que esté abandonado y no viva nadie en él, así como la circunstancia de que su eco repita con total nitidez los pasos y las voces de los transeúntes, le dan cierto aire de misterio. Traten de imaginarme en medio de una noche oscura, cogido del brazo por una mujer que huye de su marido, cerca de una vasta y alta mole que repite cada uno de mis pasos y me mira fijamente con sus centenares de ventanas negras. En esa coyuntura, cualquier joven normal se habría dejado llevar por el romanticismo; yo, en cambio, contemplaba las ventanas oscuras y pensaba: "Todo esto es impresionante, pero llegará un tiempo en que no quedará ni rastro de este edificio, ni de Kisochka, ni de su dolor, ni de mí, ni de mis pensamientos... Todo es polvo y vanidad...".

»Cuando llegamos a la altura del molino, Kisochka de pronto se detuvo, se soltó de mi brazo y comentó, ya no con voz de niña, sino con la suya habitual:

»–Nikolái Anastásich, estoy segura de que todo esto le parece extraño. Pero ¡soy tan desdichada! ¡No puede usted imaginarse lo desdichada que soy! No es posible imaginárselo. No se lo cuento porque no hay modo de contarlo... Qué vida, qué vida... –Kisochka se interrumpió, apretó los dientes y lanzó un gemido, como esforzándose por no gritar de dolor–. ¡Qué vida! –repitió horrorizada, con ese acento meridional, algo ucraniano, que, sobre todo en el caso de las mujeres, confiere a un discurso apasionado cierto aire de canción–. ¡Qué vida! ¡Ah, Dios mío, Dios mío!, ¿qué significa todo esto? ¡Ah, Dios mío, Dios mío!

»Como queriendo resolver el enigma de su existencia, se encogía de hombros desconcertada, movía la cabeza y levantaba las manos. Hablaba como si estuviera cantando y se movía con gracia y donaire, recordándome a una conocida actriz ucraniana.

»–¡Señor, es como estar enterrada en vida! –continuó, retorciéndose las manos–. ¡Si al menos disfrutara de un instante de felicidad, como todo el mundo! ¡Ah, Dios mío, Dios mío! ¡He llegado al extremo de abandonar la casa de mi marido en plena noche en compañía de un extraño, como una perdida! ¿Qué bien puedo esperar después de esto?

»Mientras admiraba sus ademanes y su voz, sentí una alegría repentina al pensar que se llevaba mal con su marido. "¡Sería agradable tener una aventura con ella!", me dije; esa idea descarnada se instaló en mi cabeza, no me abandonó en todo el camino y cada vez seducía más mi imaginación...

»Una versta y media más allá del molino, teníamos que girar a la izquierda y pasar junto al cementerio. En una esquina del camposanto se alza un molino de viento, y a su lado una pequeña choza en la que vive el molinero. Dejamos atrás el molino y la choza, torcimos a la izquierda y llegamos a la puerta del cementerio. En ese punto Kisochka se detuvo y dijo:

»–¡Voy a regresar, Nikolái Anastásich! Siga usted y que Dios le bendiga, pero yo me vuelvo. No tengo miedo.

»–Pero ¡es ridículo! –respondí yo, asustado–. Una vez que se ha puesto en camino, debe seguir adelante...

»–No tendría que haberme acalorado... Todo por una bobada. La conversación con usted me recordó el pasado, me hizo pensar en muchas cosas... Me sentía triste y tenía ganas de llorar; mi marido me trató con desconsideración en presencia del oficial y no pude soportarlo... ¿Para qué ir a la ciudad, a casa de mi madre? ¿Acaso va a hacerme eso más feliz? Es mejor que regrese... Aunque por otra parte... ¡sigamos! –dijo Kisochka, echándose a reír–. ¡Me da todo igual!

»Recordé la inscripción que había en la puerta del cementerio: "Llegará la hora en que todos los que yacen en sus tumbas oirán la voz del hijo de Dios". Era plenamente consciente de que más tarde o más temprano Kisochka, su marido, el oficial de la guerrera blanca y yo yaceríamos bajo esos árboles oscuros, al otro lado de la valla; sabía que a mi lado caminaba una criatura desdichada y ofendida. Me daba perfecta cuenta de todo ello, pero al mismo tiempo me desazonaba el desagradable y angustioso temor de que Kisochka regresara y yo no pudiera decirle lo que tenía en mente. Nunca como en esa noche los pensamientos de orden superior se han entreverado tan estrechamente en mi cabeza con la prosa más baja y bestial... ¡Algo horrible!

»No lejos del cementerio encontramos un coche. Al llegar a la calle Mayor, donde vivía la madre de Kisochka, nos apeamos y fuimos caminando por la acera. Kisochka no despegaba los labios; yo la miraba y me irritaba conmigo mismo: "¿Por qué no empiezas? ¡Es el momento!". A veinte pasos del hotel donde me alojaba, Kisochka se detuvo junto a un farol y se echó a llorar.

»–¡Nikolái Anastásich! –dijo, riendo, llorando, mirándome a la cara con sus ojos húmedos y brillantes–. Nunca olvidaré su amabilidad... ¡Es usted una gran persona! ¡Y qué magníficos son todos ustedes! Honrados, generosos, cordiales, inteligentes... ¡Ah, qué maravilla!

»Me consideraba un intelectual, un hombre avanzado en todos los sentidos, y en su rostro húmedo y risueño, junto con la emoción y el entusiasmo que despertaba en ella mi persona, se reflejaba también el pesar que le causaba tener tan poco trato con hombres así y el hecho de que Dios no le hubiera concedido la felicidad de convertirse en la esposa de uno de ellos. Murmuraba: "¡Ah, qué maravilla!". La alegría infantil de su cara, sus lágrimas, su afable sonrisa, sus cabellos suaves, que se escapaban del pañuelo, y el propio pañuelo, echado con descuido sobre la cabeza, me recordaron, a la luz del farol, a la Kisochka de antaño, a la que daban ganas de acariciar como a una gatita...

»Incapaz de contenerme, me puse a acariciar sus cabellos, sus hombros, sus brazos...

»–¿Qué quieres, Kisochka? –balbucí–. ¿Quieres que nos marchemos juntos al fin del mundo? Te sacaré de este agujero y te haré feliz. Te amo... ¿Verdad que nos iremos, cariño? ¿Verdad que sí?

»El rostro de Kisochka expresaba perplejidad. Se apartó del farol y se me quedó mirando estupefacta, con los ojos como platos. La agarré con fuerza del brazo y empecé a cubrir de besos su cara, su cuello y sus hombros, mientras seguía haciéndole promesas y votos. En los asuntos del amor los votos y las promesas constituyen casi una necesidad fisiológica. Es imposible pasarse sin ellos. A veces sabes que estás mintiendo y que las promesas no son necesarias, pero de todos modos juras y prometes. Entretanto, Kisochka, asombrada, seguía retrocediendo y mirándome con ojos desorbitados...

»–¡Déjeme! ¡Déjeme! –farfullaba, rechazándome con las manos.

»La estreché con fuerza entre mis brazos. Ella, de pronto, rompió en un llanto histérico y su rostro adoptó un aire tan embotado e inexpresivo como en el cenador, cuando la contemplaba a la luz de las cerillas... Sin solicitar su consentimiento ni permitir que hablara, la arrastré a la fuerza hasta el hotel... Parecía petrificada y no se movía, pero yo la cogí por el brazo y la llevé casi en volandas... Recuerdo que cuando subíamos por la escalera una figura con una banda roja en el sombrero me miró con sorpresa y saludó a Kisochka con una inclinación.

Ánániev se ruborizó y se calló. Se paseó en silencio alrededor de la mesa, se rascó con irritación la nuca y encogió convulsivamente los hombros y los omóplatos varias veces, sintiendo un escalofrío que recorría su espalda. Estaba avergonzado y apenado por esos recuerdos, y luchaba consigo mismo...

–¡Un feo asunto! –dijo, bebiéndose un vaso de vino y sacudiendo la cabeza–. Se dice que en la lección inaugural de ginecología se aconseja a los estudiantes de medicina que, antes de desvestir y examinar a una enferma, recuerden que todos ellos tienen madres, hermanas y novias... Ese consejo es válido no solo para estudiantes de medicina, sino para cualquiera que, por una u otra razón, tenga que tratar con mujeres. ¡Ah, qué bien lo comprendo ahora que tengo mujer e hija! Pero escuchen el resto de la historia... Después de convertirse en mi amante, Kisochka contemplaba la situación de forma diferente a mí. Ante todo, me manifestó un amor apasionado y profundo. Lo que para mí no era más que una simple conquista, para ella constituía todo un giro en su existencia. Recuerdo haber pensado que se había vuelto loca. Feliz por primera vez en su vida, parecía cinco años más joven y tenía una expresión de arrobamiento y de éxtasis; ebria de felicidad, no sabía qué hacer; tan pronto lloraba como reía, y no paraba de soñar en voz alta con que al día siguiente nos marcharíamos al Cáucaso, y luego, en otoño, a Petersburgo, y con el modo en que organizaríamos nuestra vida...

»–¡No debes preocuparte por mi marido! –me tranquilizaba–. Está obligado a concederme el divorcio. La ciudad entera sabe que vive con la mayor de las Kostóvich. Conseguiré el divorcio y nos casaremos.

»Las mujeres enamoradas se aclimatan y se acostumbran enseguida a la gente, como los gatos. Kisochka apenas había pasado hora y media en mi habitación y ya se sentía como en casa, y disponía de mis cosas como si fueran suyas. Colocó mi ropa en la maleta, me riñó por no colgar de un clavo mi costoso abrigo nuevo en lugar de dejarlo tirado sobre una silla como si fuera un trapo, etcétera.

»Yo la miraba, la escuchaba y sentía cansancio e irritación. Me molestaba pensar que una mujer decente, respetable y desdichada se hubiera entregado tan fácilmente, en tres o cuatro horas, al primer hombre con el que se había topado. Fíjense, esa idea hería mis sentimientos de hombre honrado. También me desagradaba que mujeres como Kisochka, superficiales y poco serias, amasen demasiado la vida y cifraran en algo tan trivial como el amor a un hombre su felicidad, su sufrimiento, la transformación de su vida... Además, ahora que había obtenido lo que quería, estaba enfadado conmigo mismo por haber sido tan estúpido como para enredarme con una mujer a la que, lo quisiera o no, estaba obligado a engañar... Debo señalar que, por muy desordenada que fuera mi vida, no podía soportar la mentira.

»Recuerdo que Kisochka se sentó a mis pies, apoyó la cabeza en mis rodillas y, mirándome con ojos brillantes y llenos de amor, me preguntó:

»–¿Kolia, me amas? ¿Mucho? ¿Mucho?

»Y reía de felicidad... Todo eso me pareció sentimental, empalagoso y poco inteligente; además, me encontraba en esa disposición de ánimo en que se busca "profundidad de pensamiento" en todo y ante todo.

»–Kisochka, deberías irte a casa –le dije–. De otro modo, tus familiares se darán cuenta de tu ausencia y te buscarán por la ciudad. Además, sería violento que llegaras a casa de tu madre al amanecer...

»Ella se mostró de acuerdo conmigo. Al despedirnos quedamos en encontrarnos a las doce del día siguiente en el parque de la ciudad, y al otro marcharnos juntos a Piatigorsk. Salí con ella y me dispuse a acompañarla; recuerdo que por el camino le prodigué caricias tiernas y sinceras. Hubo un momento en que su ciega confianza en mí me hizo sentir de pronto una pena insoportable, hasta el punto de que casi me decidí a llevarla conmigo a Piatigorsk, pero recordé que solo tenía seiscientos rublos en la maleta y consideré que en otoño sería mucho más difícil romper con ella, así que me apresuré a ahogar mi pena.

»Llegamos a la casa en la que vivía su madre. Tiré de la campanilla. Cuando se oyeron pasos detrás de la puerta, Kisochka adoptó de pronto una expresión seria, miró al cielo, se apresuró a hacer varias veces sobre mí la señal de la cruz, como si fuera un niño, y a continuación cogió mi mano y la apretó contra sus labios.

»–¡Hasta mañana! –dijo, y desapareció al otro lado de la puerta.

»Crucé a la acera de enfrente y desde allí contemplé la casa. Primero las ventanas estaban oscuras, luego en una de ellas parpadeó la débil lucecilla azul de una vela recién encendida; la luz creció, emitió rayos y empezó a desplazarse de una habitación a otra en compañía de unas sombras.

»«No la esperaban», pensé.

»De vuelta en mi habitación, me desvestí, bebí un vaso de santorin, tomé un poco de caviar fresco que había comprado ese mismo día en el mercado, me acosté sin prisas y me quedé dormido con el sueño profundo y sereno del turista.

»Por la mañana me desperté con dolor de cabeza y de mal humor. Algo me preocupaba.

»"¿Qué me pasa? –me preguntaba, tratando de explicarme esa inquietud–. ¿Qué es lo que me desasosiega?"

»Atribuí esa intranquilidad al temor de que Kisochka se presentara en cualquier momento, me impidiera marcharme y me obligara a mentir y a fingir ante ella. Me vestí deprisa, hice las maletas y salí del hotel, no sin antes ordenar al portero que enviara mi equipaje a la estación a las siete de la tarde. Pasé todo el día en casa de un amigo médico y ya por la tarde abandoné la ciudad. Como ven, mis profundas meditaciones no me impidieron emprender una fuga ignominiosa y traidora...

»Todo el tiempo que pasé en casa de mi amigo y mientras me dirigía a la estación, me atormentaba la inquietud. Me daba cuenta de que temía encontrarme con Kisochka y que me montara una escena. Una vez en la estación, me quedé deliberadamente en los lavabos hasta la segunda llamada; luego, de camino a mi vagón, tenía la impresión de ir cargado, de pies a cabeza, de artículos robados. ¡Con qué inquietud y temor esperaba la tercera llamada!

»Por fin sonó esa campanada salvadora y el tren se puso en marcha; pasamos junto a la cárcel y los cuarteles, salimos al campo, pero, para gran asombro mío, la inquietud no me abandonaba; seguía sintiéndome como un ladrón obsesionado por la necesidad de la huida. ¡Qué cosa más rara! Para distraerme y tranquilizarme, empecé a mirar por la ventana. El tren bordeaba la orilla. El mar estaba en calma y en él se miraba, sereno y alegre, el cielo azul turquesa, teñido casi en su mitad por los delicados tonos áureos y purpúreos del crepúsculo. En las aguas, aquí y allá, surgía la mancha negra de una barca de pescadores o de una almadía. La ciudad, pulcra y hermosa como un juguete, se alzaba en la alta orilla, cubierta ya de la bruma del atardecer. Las cúpulas doradas de sus iglesias, las ventanas y las frondas reflejaban el sol poniente, ardían y se fundían como oro derretido... El olor de los campos se mezclaba con la delicada humedad que se levantaba del mar.

»El tren avanzaba veloz. Se oía la risa de los pasajeros y de los revisores. Todos estaban alegres y animados, pero mi incomprensible inquietud no dejaba de crecer... Contemplaba la ligera bruma que velaba la ciudad y me imaginaba que en medio de esa bruma, cerca de las iglesias y de las casas, una mujer iba de un lado para otro con una mirada embotada e inexpresiva, me buscaba y gemía con voz de niña o con la entonación cantarina de una actriz ucraniana: "¡Ah, Dios mío, Dios mío!". Recordé su rostro adusto y sus ojos grandes y preocupados cuando la víspera hizo la señal de la cruz sobre mí, como si fuera un deudo, e instintivamente me miré la mano que ella había besado.

»"¿Estaré acaso enamorado?", me pregunté, rascándome la mano.

»Solo cuando cayó la noche, los pasajeros se durmieron y yo me quedé a solas con mi conciencia, se me hizo evidente lo que antes no había sido capaz de comprender. En la oscuridad del vagón la imagen de Kisochka se alzaba ante mí, no me dejaba ni un momento, y entonces fui plenamente consciente de que había cometido un crimen tan horrible como un asesinato. Me atormentaban los remordimientos. Tratando de ahogar ese sentimiento insoportable, me dije que todo era polvo y vanidad, que tanto Kisochka como yo moriríamos y nos pudriríamos, que su dolor no era nada en comparación con la muerte, etcétera, etcétera... Que, a fin de cuentas, no existe el libre albedrío y que por tanto yo no era culpable, pero todas esas consideraciones solo conseguían irritarme y se esfumaban con singular prontitud en medio de otros pensamientos. En la mano que había besado Kisochka percibía una sensación de tristeza... Tan pronto me tumbaba como me levantaba, bebía vodka en las estaciones, me forzaba a comer emparedados y trataba de convencerme otra vez de que la vida carecía de sentido, pero nada de eso me ayudaba. En mi cabeza hervía una actividad extraña o, si lo prefieren ustedes, ridícula. Las ideas más heterogéneas se amontonaban en desorden una tras otra, mezclándose y estorbándose, mientras yo, el gran pensador, con la vista en el suelo, no comprendía nada y no veía el modo de orientarme en medio de ese cúmulo de pensamientos necesarios e innecesarios. Resultaba que yo, el gran pensador, no había asimilado siquiera la técnica del pensamiento y era tan incapaz de utilizar mi cabeza como de reparar un reloj. Por primera vez en mi vida traté de pensar con aplicación y tesón, y la experiencia me pareció tan extraña que llegué a creer que me estaba volviendo loco. Un hombre cuyo cerebro no trabaja siempre, sino solo en momentos de tensión, suele verse acosado por la idea de la locura.

»Ese sufrimiento se prolongó toda la noche, y también el día y la noche siguientes; cuando por fin me convencí de lo poco que me ayudaban mis reflexiones, se me abrieron los ojos y me di cuenta de la clase de pájaro que era. Comprendí que mis ideas no valían un céntimo y que, antes de mi encuentro con Kisochka, no solo no había empezado a pensar, sino que ni siquiera tenía idea de lo que significa pensar con seriedad; ahora, después de tanto sufrimiento, me daba cuenta de que no tenía convicciones ni un código moral definido, ni corazón, ni juicio; toda mi riqueza intelectual y moral consistía en conocimientos especializados, fragmentos, recuerdos inútiles, ideas ajenas; mis procesos mentales eran tan poco sofisticados, elementales y primitivos como los de un yakutio... Si no me gustaba mentir, robar, asesinar y, en general, no cometía faltas demasiado graves, ello no se debía a la fuerza de mis convicciones –de las que carecía–, sino simplemente a que estaba atado de pies y manos por cuentos de niñeras y por una moral convencional que habían llegado a formar parte de mi sangre y de mi carne y que, sin que yo mismo me diera cuenta, habían gobernado mi vida, por mucho que considerara absurdos unos y otra...

»Comprendí que no era un pensador, ni un filósofo, sino un simple diletante. Dios me había concedido un cerebro ruso sano y poderoso, con algún atisbo de talento. Imagínense ahora a ese cerebro a los veintiséis años de vida, sin domesticar, libre de toda traba, exento de cualquier carga, solo ligeramente rozado por unos cuantos conceptos de ingeniería; ese cerebro joven se muestra fisiológicamente ávido de ocupaciones, las busca; de pronto y de forma totalmente fortuita le llega de fuera esa idea atractiva y jugosa del sinsentido de la vida y de las tinieblas de ultratumba. El cerebro la absorbe con avidez, le asigna todo el espacio disponible y empieza a jugar con ella de todos los modos posibles, como el gato con el ratón. El cerebro carece de erudición y de sistema, pero no importa; con sus propios recursos naturales, a la manera de un autodidacta, maneja esa idea de altos vuelos, y antes de un mes el poseedor de ese cerebro es capaz de preparar centenares de platos suculentos compuestos solo de patatas, y se considera un pensador...

»Nuestra generación ha llevado ese diletantismo, ese modo de jugar con ideas serias, a la ciencia, a la literatura, a la política y a cualquier otro campo donde su pereza no le ha impedido entrar, y junto con ese diletantismo ha introducido su frialdad, su aburrimiento y su tendenciosidad; a mi modo de ver, ya ha conseguido inculcar en la masa una nueva actitud, hasta ahora desconocida, respecto a las ideas serias.

»Para comprender y ponderar mi aberración y mi ignorancia absoluta tuve que padecer una desgracia. Hoy considero que no empecé a pensar normalmente hasta que me dediqué a aprender el alfabeto, es decir, hasta que la conciencia me llevó de vuelta a N. y, dejándome de sofismas, le dije a Kisochka cuánto lo sentía, imploré su perdón como un niño y lloré con ella...

Ananiev describió en pocas palabras su última entrevista con Kisochka y guardó silencio.

–Ya... –murmuró entre dientes el estudiante cuando el ingeniero concluyó–. ¡Qué cosas pasan en este mundo!

Su rostro expresaba la misma pereza mental de antes; por lo visto, el relato de Anániev no lo había conmovido lo más mínimo. Solo cuando el ingeniero, después de una pausa, volvió a desarrollar los mismos argumentos y a repetir lo que había dicho al principio, el estudiante frunció el ceño con enfado, se levantó de la mesa, se acercó a la cama, arregló el lecho y empezó a desvestirse.

–¡A juzgar por su aspecto se diría que acaba de convertir a alguien! –dijo con irritación.

–¿Que he convertido a alguien? –preguntó el ingeniero–. ¿Acaso pretendía yo eso, mi querido amigo? ¡Quédese con Dios! ¡A usted es imposible convertirlo! ¡Solamente mediante la experiencia personal y el sufrimiento podrá usted llegar a convertirse...!

–¡Además, su lógica es sorprendente! –gruñó el estudiante, poniéndose la camisa de dormir–. Los pensamientos que tanto le disgustan son funestos para los jóvenes, pero, como usted mismo reconoce, constituyen una norma para los viejos. ¡Como si fuera una cuestión de canas...! ¿Por qué deben disfrutar los ancianos de ese privilegio? ¿En virtud de qué principio? Si esos pensamientos son venenosos, deben serlo para todos en igual medida.

–¡Ah, no, mi querido amigo, no diga esas cosas! –replicó el ingeniero, con un guiño malicioso–. ¡No hable así! En primer lugar, los ancianos no son diletantes. En su caso, el pesimismo no les viene de fuera ni por accidente, sino de las profundidades de su cerebro y solo después de haber estudiado a los Kant y a los Hegel, de haber sufrido mucho y de haber cometido infinidad de errores; en una palabra, solo después de haber subido toda la escalera, desde el primer peldaño al último. Su pesimismo es el resultado de la experiencia personal y de una sólida formación filosófica. En segundo lugar, el pesimismo de esos viejos pensadores no consiste en huera palabrería, como el de usted o el mío, sino que procede del dolor y del sufrimiento universal; tiene una base cristiana, porque surge del amor a la humanidad y de una reflexión sobre el hombre exenta por completo de ese egoísmo que se observa en los diletantes. Usted desprecia la vida porque su fin y su sentido se le ocultan precisamente a usted y solo teme su propia muerte, mientras que el verdadero pensador sufre porque la verdad se oculta a todos y teme por la humanidad en su conjunto. Por ejemplo, no lejos de aquí vive el funcionario de Montes Iván Aleksándrich, un vejete encantador que en otro tiempo fue profesor y escribió algunas cosas; el diablo sabe qué paso con él, el caso es que es un hombre de una inteligencia extraordinaria y conoce la filosofía al dedillo. Leía mucho y ahora está siempre con un libro en la mano. Me encontré con él hace unos días en el sector de Gruzovo... precisamente cuando estaban poniendo las traviesas y los raíles. Es un trabajo sencillo, pero a Iván Ivánich, al no ser especialista en la materia, le pareció poco más o menos arte de magia. Para colocar una traviesa y fijar a ella un raíl un obrero experimentado necesita menos de un minuto. Los obreros estaban animados y trabajaban en verdad con gran destreza y rapidez, especialmente un granuja que tenía la virtud de acertar con el martillo en la cabeza del clavo y lo hundía de un solo golpe; no olvide usted que el mango de ese martillo mide casi un *sazhen* y cada clavo tiene un pie de largo. Iván Aleksándrich contempló largo rato a los trabajadores, se emocionó y dijo con lágrimas en los ojos: «¡Qué pena que estos magníficos hombres tengan que morir». Puedo comprender ese pesimismo...

–Todo eso no demuestra ni explica nada –dijo el estudiante, cubriéndose con la sábana–. Es lo mismo que llevar agua en un cesto. Nadie sabe nada y no se puede demostrar nada con palabras. –Retiró un poco el embozo, levantó la cabeza, frunció el ceño con enfado y dijo atropelladamente–: Hay que ser muy ingenuo para conceder crédito e importancia capital a la lógica y al discurso humanos. Mediante la palabra se puede demostrar y refutar cualquier argumento que uno quiera; pronto los hombres perfeccionarán la técnica del lenguaje hasta el punto de demostrar de forma matemáticamente convincente que dos por dos son siete. Me gusta escuchar y leer, pero, con el debido respeto, ni sé ni quiero creer. Solo creo en Dios; en cuanto a usted, aunque estuviera hablándome hasta el día del Juicio Final y sedujera a otras quinientas Kisochkas, no le creería, a menos que hubiera perdido la razón... ¡Buenas noches!

El estudiante se cubrió la cabeza con la sábana y se volvió de cara a la pared; con ese gesto daba a entender que no deseaba seguir hablando ni escuchando. Así terminó la discusión.

Antes de irnos a la cama, el ingeniero y yo salimos del barracón; de nuevo vi las luces.

–¡Le hemos fatigado con nuestra charla! –dijo Anániev, bostezando y mirando el cielo–. Pero ¿qué quiere usted, amigo? La única satisfacción que nos queda en medio de este aburrimiento insoportable es beber vino y filosofar... ¡Qué terraplén, Señor! –dijo conmovido cuando nos acercamos a él–. Más que un terraplén, parece el monte Ararat. –Guardó silencio durante un rato y al cabo añadió–: Al barón estas luces le recuerdan a los amalecitas, pero a mí me parece que se asemejan a los pensamientos humanos... Fíjese, los pensamientos de cada individuo tienen también una forma caótica y desordenada, se arrastran en fila hacia algún objetivo, en medio de las tinieblas, y, sin iluminar nada, ni aclarar la noche, se desvanecen en algún lugar lejano, más allá de los límites de la vejez... No obstante, ¡basta de filosofar! Es hora de acostarse...

Cuando regresamos al barracón, el ingeniero insistió en ofrecerme su propia cama para que durmiera en ella.

–¡Tenga la bondad! –dijo con voz suplicante, llevándose ambas manos al corazón–. ¡Se lo ruego! No se preocupe por mí. Puedo dormir en cualquier sitio; además, aún tardaré en acostarme... ¡Hágame el favor!

Acepté, me desvestí y me tumbé, mientras él se sentaba a la mesa y volvía a ocuparse de sus planos.

–Los hombres como nosotros no tienen tiempo de dormir, amigo –dijo con voz queda, una vez que me hube acostado y cerrado los ojos–. Quien tiene mujer y un par de hijos no puede gozar de un instante de sueño. Hay que alimentarlos y vestirlos, y además ahorrar algo para el futuro. Yo tengo dos, un niño y una niña... El chico, el muy granuja, es bastante guapo de cara... Aún no ha cumplido los seis años, pero ya da muestras de unas aptitudes extraordinarias, se lo aseguro... En algún lugar tenía unas fotografías suyas... ¡Ah, hijitos, hijitos míos!

Revolvió los papeles, encontró las fotografías y se puso a mirarlas. Yo me quedé dormido.

Me despertaron los ladridos de Azorka y unas voces muy fuertes. Von Stenberg, en paños menores, descalzo y con el pelo alborotado, estaba en el umbral de la puerta y discutía a gritos con alguien. Amanecía... La sombría y azulada claridad del alba se filtraba a través de la puerta, de las ventanas y de las rendijas del barracón, iluminando tenuemente mi cama y la mesa con los papeles de Ananiev. Tendido en el suelo sobre un capote de fieltro, hinchando su pecho fornido y peludo, un cojín de cuero bajo la cabeza, el ingeniero dormía y emitía tales ronquidos que me compadecí con toda mi alma del estudiante, obligado a compartir la habitación con él todas las noches.

–¿A santo de qué vamos a quedarnos con ellos? –gritaba von Stenberg–. ¡No es asunto nuestro! ¡Vete a ver al ingeniero Chálisov! ¿Quién envía esos calderos?

–Nikitin... –respondió una lúgubre voz de bajo.

–Bueno, pues vete a ver a Chálisov... Esa mercancía no es de nuestra incumbencia. ¿Qué diablos haces ahí parado? ¡Largo!

–Excelencia, ya hemos tratado de hablar con él –dijo la voz de bajo con acento aún más lúgubre–. Ayer nos pasamos todo el día buscándole por la línea férrea, y en su barracón nos dijeron que se ha marchado al sector de Dimkovo. ¡Haga el favor de quedarse con la mercancía! ¿Hasta cuándo vamos a estar cargando con ella? No hacemos más que llevarla de un lado a otro de la línea; no vamos a acabar nunca...

–¿Qué pasa? –preguntó con voz ronca Anániev, que se había despertado y había levantado bruscamente la cabeza.

–Han traído unos calderos de la fábrica de Nikitin –dijo el estudiante– y nos piden que nos quedemos con ellos. Pero ¿acaso es de nuestra incumbencia?

–¡Mándelos a paseo!

–¡Haga el favor de arreglar el asunto, excelencia! Los caballos llevan dos días sin comer y nuestro jefe se va a enfadar. ¿Cómo vamos a llevárnoslos? El ferrocarril ha encargado estos calderos, así que debe quedárselos...

–Pero ¿es que no entiendes, zoquete, que eso no es asunto nuestro? ¡Vete a ver a Chálisov!

–¿Qué pasa? ¿Quién está ahí? –volvió a decir Anániev con voz ronca–. ¡Que se vayan al diablo! –rezongó, incorporándose y dirigiéndose a la puerta–. ¿Qué sucede?

Me vestí y al cabo de un par de minutos salí del barracón. Anániev y el estudiante, ambos en paños menores y descalzos, trataban de explicar algo con acaloramiento e impaciencia a un mujik que, de pie delante de ellos, con la cabeza descubierta y una fusta en la mano, daba muestras de no comprenderlos. En el rostro de ambos se reflejaba ese aire de preocupación por las menudencias de todos los días.

–¿Para qué necesito yo tus calderos? –gritaba Anániev–. ¿Quieres que me los ponga de sombrero, o qué? ¡Si no has encontrado a Chálisov, busca a su ayudante y déjanos en paz!

Al verme, el estudiante probablemente recordó la conversación de la noche, y de su rostro soñoliento desapareció el aire de preocupación, sustituido por esa expresión de pereza mental. Hizo un gesto de desaliento dirigido al mujik y, sumido en sus propios pensamientos, se apartó del lugar.

La mañana era desapacible. A lo largo de la línea férrea, donde por la noche brillaban las luces, pululaban obreros que acababan de despertarse. Se oían voces y el chirrido de las carretillas. Había empezado la jornada de trabajo. Un caballejo con arreos de cuerda avanzaba ya penosamente por el terraplén, estirando el cuello con todas sus fuerzas y arrastrando un carro con arena...

Me despedí... Se habían dicho muchas cosas por la noche, pero no me llevaba conmigo ni una sola respuesta; de toda la conversación, el filtro de la memoria solo conservaba por la mañana el recuerdo de las luces y la imagen de Kisochka. Al montar en mi caballo, dirigí una última mirada al estudiante y a Ananiev, al perro histérico con los ojos turbios de borracho, a los obreros que se visulmbraban en la bruma matinal, al terraplén, al caballejo que estiraba el cuello, y pensé: «¡No hay modo de entender nada en este mundo!».

En el momento en que arreaba a mi caballo y partía al galope a lo largo de la línea, y algo después, cuando solo veía ante mí una llanura infinita y sombría y un cielo frío y encapotado, recordé las cuestiones que se habían planteado por la noche. Mientras meditaba, la llanura abrasada por el sol, el cielo inmenso, el oscuro robledal que se columbraba en lontananza y el nebuloso horizonte parecían decirme: «¡Sí, no hay modo de comprender nada en este mundo!».

Empezaba a despuntar el sol...

El zapatero y el diablo (1888)

Era la víspera de Navidad. María llevaba ya un buen rato roncando sobre la estufa y en la lamparilla había ardido ya todo el petróleo, pero Fiódor Nílov seguía trabajando. Lo habría dejado hacía tiempo y se habría marchado a la calle, pero un cliente del callejón Kolokolni, que le había encargado unos empeines para sus botas dos semanas antes, había ido a verle el día anterior, le había insultado y le había ordenado que acabara sin falta el trabajo antes del servicio matinal.

–¡Vaya una vida! –rezongaba Fiódor mientras trabajaba–. Algunas personas llevan ya un buen rato durmiendo, otras pasándoselo bien, y yo aquí trabajando como una mula, cosiendo para el primero que llega...

Para no quedarse dormido, cogía de vez en cuando una botella que había debajo de la mesa y bebía, sacudiendo la cabeza después de cada trago y diciendo en voz alta:

–Que alguien me explique por qué mis clientes se divierten mientras yo tengo que coser para ellos. ¿Acaso porque ellos tienen dinero y yo soy pobre?

Odiaba a todos sus clientes, especialmente al que vivía en el callejón Kolokolni. Era un hombre de aspecto sombrío, con el pelo largo, tez amarillenta, grandes lentes azules y voz ronca. Tenía un apellido alemán impronunciable. Nadie parecía saber cuál era su profesión ni en qué se ocupaba. Dos semanas antes, cuando Fiódor fue a su casa a tomarle las medidas, lo había encontrado sentado en el suelo, machacando alguna cosa en un mortero. Antes de que Fiódor tuviera tiempo de saludarlo, el contenido del mortero relampagueó y empezó a despedir una llama roja y brillante, se levantó un olor a azufre y a plumas quemadas y toda la habitación se llenó de un espeso humo de color rosa que hizo a Fiódor estornudar cinco veces. De camino a casa, pensaba: «Nadie que tenga temor de Dios podría ocuparse de esas tareas».

Cuando la botella se quedó vacía, Fiódor puso las botas sobre la mesa y se quedó pensativo. Apoyó la pesada cabeza en el puño y se hundió en consideraciones sobre su pobreza, sobre su vida triste y sombría. Luego pasó a ocuparse de los ricos, de sus grandes casas, de sus coches y de sus billetes de cien rublos... ¡Qué bien estaría si las casas de esos malditos ricos se vinieran abajo, sus caballos se murieran y sus abrigos y gorros de piel se desgastaran! ¡Qué bien estaría si los ricos poco a poco se volvieran pobres y no tuvieran nada para comer, y él, un pobre zapatero, se convirtiera en un hombre adinerado y se pavoneara ante un zapatero pobre la víspera de Navidad!

Fiódor ocupó algunos minutos en esas ensoñaciones, pero de pronto se acordó de su tarea y abrió los ojos.

«¡En qué estoy pensando! –pensó, contemplando las botas–. Hace tiempo que he terminado el trabajo y sin embargo sigo aquí sentado. ¡Tengo que llevárselas al cliente!»

Envolvió el calzado en un pañuelo rojo, se puso el abrigo y salió a la calle. Caía una nieve fina y pesada que punzaba su rostro como agujas. Hacía frío, reinaba la oscuridad y el suelo estaba resbaladizo. Las farolas de gas despedían una luz opaca; en toda la calle, por alguna razón, había tal olor a petróleo que Fiódor se vio obligado a toser y carraspear. En una y otra dirección pasaban hombres pudientes en sus carruajes, todos ellos con un jamón y una botella de vodka. Desde los coches y los trineos ricas señoritas miraban a Fiódor, le sacaban la lengua y le gritaban entre sonrisas:

–¡Un mendigo! ¡Un mendigo!

Detrás de él caminaban algunos estudiantes, oficiales, mercaderes y generales, y todos le insultaban:

–¡Borracho! ¡Borracho! ¡Zapatero sin Dios! ¡No crees más que en tus suelas! ¡Mendigo!

Todo eso era ofensivo, pero Fiódor guardó silencio y se limitó a escupir. Cuando se encontró con Kuzmá Lebedkin, un maestro zapatero natural de Varsovia, este le dijo:

–Yo me he casado con una mujer rica y en mi taller trabajan aprendices. Pero tú eres pobre y no tienes nada que llevarte a la boca.

Fiódor no se contuvo y se lanzó tras él. Le estuvo persiguiendo hasta que llegó al callejón Kolokolni. Su cliente vivía en la cuarta casa contando desde la esquina, en un apartamento situado en la planta más alta. Para llegar hasta allí había que atravesar un patio largo y oscuro y luego subir por una escalera muy alta y resbaladiza que se tambaleaba. Cuando Fiódor entró en la vivienda, encontró a su cliente sentado en el suelo, triturando alguna sustancia en el mortero, igual que dos semanas antes.

–¡Le traigo sus botas, excelencia! –exclamó Fiódor con aire sombrío.

El cliente se levantó y empezó a ponerse las botas en silencio. Con intención de ayudarlo, Fiódor hincó una rodilla en tierra y le quitó una de las botas viejas, pero inmediatamente se puso en pie y, aterrado, retrocedió hasta la puerta. En lugar de pie aquel hombre tenía una pezuña de caballo.

«¡Vaya! –pensó Fiódor–. ¡Menuda historia!»

Lo primero que debía haber hecho era persignarse, dejarlo todo y escapar escaleras abajo; pero enseguida consideró que aquel era su primer encuentro, y probablemente el último, con el diablo y que sería una tontería no aprovecharse de sus servicios. Se dominó y trató de probar fortuna. Tras ocultar las manos en la espalda para no hacer la señal de la cruz, tosió respetuosamente y exclamó:

–La gente dice que no hay nada peor ni más vil en el mundo que el diablo, pero en mi opinión, excelencia, el Señor de las Tinieblas es muy instruido. El diablo, dicho sea con perdón, tiene pezuñas y rabo, pero es más inteligente que cualquier estudiante.

–Le agradezco mucho esas palabras –exclamó el cliente, sintiéndose halagado–. ¡Muchas gracias, zapatero! ¿Qué es lo que quieres?

Y el zapatero, sin pérdida de tiempo, se puso a quejarse de su suerte. Empezó diciendo que había sentido envidia de los ricos desde niño. Siempre le había molestado que no todas las personas vivieran en grandes casas y tuvieran buenos caballos. ¿Por qué, se preguntaba, él era pobre? ¿En qué era peor que Kuzmá Lebedkin, natural de Varsovia, que tenía su propia casa y una mujer que llevaba sombrero? Su nariz, sus manos, sus piernas, su cabeza y su espalda en nada se diferenciaban de las de los ricos; entonces, ¿por qué se veía obligado a trabajar mientras los otros se divertían? ¿Por qué estaba casado con María y no con una dama que desprendiera olor a esencia? En casa de los clientes ricos había visto con frecuencia bellas señoritas, pero ellas no le prestaban ninguna atención, solo a veces se reían y murmuraban entre sí:

–¡Vaya nariz roja que tiene este zapatero!

En verdad, María era una mujer buena, amable y trabajadora, pero carecía de educación, tenía una mano de hierro y pegaba fuerte. Además, cuando se hablaba de política o de algún tema elevado en su presencia, enseguida se entrometía, pronunciando las más disparatadas insensateces.

–¿Qué es lo que quieres? –le interrumpió su cliente.

–Ya que es usted tan amable, señor diablo, me gustaría que me hiciera rico, excelencia.

–Muy bien. Pero debes entregarme tu alma a cambio. Antes de que canten los gallos, tienes que firmarme este papel asignándomela.

–Pero ¡excelencia! –exclamó Fiódor respetuosamente–. Cuando me encargó usted esos empeines, yo no le pedí dinero por adelantado. Antes de exigir dinero hay que cumplir lo pactado.

–¡Bueno, de acuerdo! –convino el cliente.

De pronto en el mortero surgió una brillante llama, de la que se desprendió un humo rosado y denso, y a continuación empezó a oler a azufre y a plumas quemadas. Cuando el humo se disipó, Fiódor se frotó los ojos y advirtió que ya no era Fiódor el zapatero, sino otra persona distinta, ataviada con un chaleco, una leontina y unos pantalones nuevos, que se hallaba sentada en un sillón junto a una gran mesa. Dos lacayos le presentaban diversos platos, al tiempo que hacían profundas reverencias y exclamaban:

–¡Buen apetito, excelencia!

¡Qué riqueza! Los lacayos le sirvieron una gran porción de cordero asado y un plato con pepinillos. Luego trajeron en una sartén un ganso asado y algo después cerdo al horno con salsa de rábanos. ¡Y qué noble y distinguido era todo! Fiódor comió, bebiendo un gran vaso de excelente vodka antes de cada plato, igual que un general o un conde cualquiera. Después del cerdo le trajeron unas gachas de avena con grasa de ganso y a continuación una tortilla con grasa de cerdo e hígado frito, alimentos todos que degustó y apreció. ¿Y qué más? También le sirvieron un pastel de cebolla y nabos al vapor con *kvas*.

«¡No sé cómo los señores no revientan con estas comidas!», pensó.

Como colofón le trajeron un gran tarro de miel. Después de la comida apareció el diablo con sus lentes azuladas y, haciéndole una profunda reverencia, le preguntó:

–¿Estás satisfecho de la comida, Fiódor Panteleich?

Pero Fiódor no pudo pronunciar palabra, tan lleno estaba. Después de ese exceso de comida se sentía incómodo y pesado. Tratando de distraerse, se puso a examinar la bota de su pie izquierdo.

–Por unas botas como estas yo no pediría menos de siete rublos y medio. ¿Qué zapatero las ha hecho? –preguntó.

–Kuzmá Lebedkin –contestó el lacayo.

–¡Traedme aquí a ese imbécil!

Al poco apareció Kuzmá Lebedkin, natural de Varsovia. Se detuvo en el quicio de la puerta, adoptando una actitud respetuosa, y preguntó:

–¿Qué ordena su excelencia?

–¡Cállate! –le gritó Fiódor, golpeando el suelo con el pie–. No te atrevas a contestarme. ¡Acuérdate de tu condición de zapatero y de la clase de hombre que eres! ¡Estúpido! ¡No sabes hacer unas botas! ¡Te voy a partir la cara! ¿A qué has venido?

–A por mi dinero, señor.

–¿Qué dinero? ¡Vete! ¡Vuelve el sábado! ¡Criado, dale un tortazo!

Pero en ese momento recordó cuánto le habían atormentado a él mismo sus clientes y sintió que se le encogía el corazón. Para distraerse, sacó del bolsillo una gruesa billetera y se puso a contar su dinero. Había muchísimo, pero Fiódor quería todavía más. El diablo de las lentes azuladas le trajo otro billetero aún más lleno, pero él ansiaba todavía más, y cuanto más contaba los billetes, más insatisfecho se mostraba.

Al atardecer, el diablo le trajo una señorita alta y de generoso busto, ataviada con un vestido rojo, y le dijo que aquella era su nueva esposa. Pasó toda la tarde besándola y comiendo dulces. Por la noche se tumbó en un blando colchón de plumas, pero estuvo cambiando de postura cada dos por tres, incapaz de conciliar el sueño. Se sentía inquieto.

–Tenemos mucho dinero –le dijo a su esposa–, y eso puede atraer a los ladrones. ¡Coge una vela y vete a echar un vistazo!

No pegó ojo en toda la noche y no paró de levantarse para comprobar si el cofre estaba intacto. Al amanecer tenía que ir a la iglesia para asistir al oficio de maitines. En la iglesia ricos y pobres recibían idénticos honores. Cuando Fiódor era pobre, rezaba en la iglesia con estas palabras: «¡Señor, perdona a este pecador!». Esos mismos vocablos pronunció ahora que era rico, de modo que ¿dónde estaba la diferencia? Además, después de la muerte al rico Fiódor no lo enterrarían entre oro y diamantes, sino en la tierra negra, como al más pobre pedigüeño. Fiódor ardería en el mismo fuego que los zapateros. Todo eso le pareció ofensivo. De nuevo volvió a sentir en el cuerpo la pesadez de la comida; en lugar de oraciones, le venían a la cabeza distintas consideraciones relativas al cofre, el dinero, los ladrones y su alma vendida y condenada.

Salió contrariado de la iglesia. Para alejar de sí esos inoportunos pensamientos se puso a entonar una canción con todas sus fuerzas, como siempre había hecho. Pero nada más comenzar, un guardia se acercó a él y le dijo, llevándose una mano a la visera:

–¡Excelencia, no es propio de señores cantar en la calle! ¡Ni que fuera usted un zapatero!

Fiódor se reclinó contra una valla y trató de buscar otro entretenimiento.

–¡Señor! –le gritó un portero–. No se apoye demasiado en esa valla o se manchará el abrigo.

Fiódor entró en una tienda y se compró el mejor acordeón; a continuación salió a la calle y se puso a tocar. Todos los transeúntes le señalaban con el dedo y se reían.

–¡Vaya un señor! –se mofaban los cocheros–. ¡Se comporta como un zapatero!

–No podemos dejar que los señores perturben la paz –le dijo un guardia–. ¡Será mejor que se vaya a una taberna!

–¡Señor, por el amor de Dios! –le gritaban los pobres, rodeando a Fiódor por todos lados–. ¡Denos algo!

Antes, cuando era zapatero, los pobres no le prestaban la menor atención; ahora, en cambio, no se apartaban de él.

En casa se encontró con su nueva esposa, vestida con una blusa verde y una falda roja. Hizo intención de acariciarla, pero ya había levantado la mano con intención de propinarle un golpe en la espalda, cuando ella exclamó con enfado:

–¡Bruto! ¡Grosero! ¡No sabes cómo tratar a una dama! Si me amas, bésame la mano. Pero no voy a permitir que me pegues.

«¡Vaya una vida de perros! –pensó Fiódor–. ¡Y a esto le llaman vivir! No puede uno ni cantar, ni tocar el acordeón ni pasárselo bien con su mujer... Uf!»

En cuanto se sentó con la señorita a tomar el té, apareció el diablo de las lentes azuladas y exclamó:

–Bueno, Fiódor Panteleich. He cumplido mi parte del acuerdo, así que firma ese papel y sígueme. Ahora sabes lo que significa ser rico, de modo que ya es suficiente.

Y sin más preámbulos arrastró a Fiódor al infierno, donde una multitud de diablos apareció volando por todas partes y se puso a gritar:

–¡Estúpido! ¡Imbécil! ¡Burro!

En el infierno había un olor a petróleo tan terrible que apenas se podía respirar.

De pronto todo desapareció. Fiódor abrió los ojos y vio su mesa, las botas y la lamparilla de hojalata. El cristal de la lamparilla estaba negro y de la pequeña llama de la mecha se elevaba un humo maloliente, semejante al de una chimenea. Junto a él estaba el cliente de las lentes azuladas, gritándole con enfado:

–¡Estúpido! ¡Imbécil! ¡Burro! ¡Voy a darte una lección, estafador! ¡Hace dos semanas que te hice este encargo y las botas aún no están listas! ¿Crees que tengo tiempo para venir aquí cinco veces al día a recogerlas? ¡Canalla, miserable!

Fiódor sacudió la cabeza y se ocupó de las botas. El cliente pasó un buen rato insultándolo y amenazándolo. Cuando al cabo de un rato se tranquilizó, Fiódor le preguntó con aire sombrío:

–¿En qué se ocupa usted, señor?

–Preparo bengalas y cohetes. Soy pirotécnico.

Carruajes y trineos con mantas de piel de oso se desplazaban en una y otra dirección. Por la acera paseaban comerciantes, señores y oficiales, junto con gente sencilla... Pero Fiódor ya no tenía envidia de nadie y no se quejaba de su suerte. Ahora pensaba que el destino de ricos y pobres era igualmente desdichado. Los unos podían ir en carro, los otros cantar con todas sus fuerzas y tocar el acordeón, pero a todos les esperaba la misma tumba. Nada había en la vida por lo que mereciera la pena entregar al diablo ni siquiera una pequeña parte del alma.

La apuesta
(1889)

I

Una noche sombría de otoño. El viejo banquero recorría su despacho de un extremo al otro, recordando una velada que había dado quince años antes, también en otoño. Habían acudido a ella muchos hombres inteligentes y se habían entablado interesantes conversaciones. Entre otras cosas se habló de la pena de muerte. La mayoría de los invitados, entre los que se contaban no pocos sabios y periodistas, se manifestó en contra. La consideraban una forma de castigo anticuada, inmoral e impropia de un Estado cristiano. En opinión de algunos de los presentes, debería sustituirse en todas partes por la cadena perpetua.

–No estoy de acuerdo con ustedes –dijo el anfitrión–. No he probado la pena de muerte ni la cadena perpetua, pero, si se puede juzgar *a priori*, la pena de muerte me parece más moral y más humana que el confinamiento. La ejecución mata de golpe, mientras que la reclusión perpetua lo hace poco a poco. ¿Qué verdugo es más humano, el que acaba con vosotros en unos minutos o el que os va arrancando la vida en el transcurso de varios años?

–Uno y otro supuesto son igualmente inmorales –apuntó uno de los invitados–, puesto que persiguen un único y mismo fin:

privar de la vida. El Estado no es Dios. No tiene derecho a quitar lo que, en caso de quererlo, no podría restituir.

Entre los presentes se encontraba un joven de unos veinticinco años, abogado. Cuando le requirieron su opinión, dijo:

–Tan inmoral es la pena de muerte como la cadena perpetua, pero si me dieran a elegir entre una y otra, me decantaría, sin duda, por la segunda. Cualquier forma de vida es mejor que la muerte.

Se produjo una animada discusión. El banquero, que entonces era más joven e impulsivo, perdió de pronto la compostura, dio un puñetazo en la mesa y gritó, dirigiéndose al joven abogado:

–¡Mentira! Me apuesto dos millones a que no sería usted capaz de pasar cinco años recluido.

–Si habla usted en serio –respondió el abogado–, apuesto a que aguantaría no solo cinco, sino quince.

–¿Quince? ¡Está bien! –gritó el banquero–. ¡Señores, pongo dos millones!

–¡De acuerdo! ¡Usted pone dos millones y yo mi libertad! –dijo el abogado.

¡Y esa brutal e insensata apuesta quedó sellada! El banquero, hombre mimado por el destino y de espíritu ligero, que en aquella época no habría podido contar todos sus millones, estaba encantado con la apuesta. Durante la cena bromeó con el abogado y dijo:

–Reflexione, joven, antes de que sea demasiado tarde. Para mí dos millones no son nada, mientras usted se arriesga a perder tres o cuatro de los mejores años de su vida. Digo tres o cuatro porque no aguantará usted más. No olvide tampoco, desdichado, que la reclusión voluntaria es mucho más penosa que la forzosa. La idea de que en todo momento tiene usted derecho a recobrar la libertad le envenenará la vida en su celda. ¡Me da usted lástima!

Ahora el banquero, mientras recorría la habitación de un extremo al otro, recordaba esos acontecimientos y se preguntaba:

«¿Qué sentido tiene esa apuesta? ¿Qué utilidad puede derivarse del hecho de que el abogado pierda quince años de vida y yo derroche dos millones? ¿Va a demostrarle eso a la gente que la pena de muerte es peor o mejor que la cadena perpetua? No y no. Es una tontería y un sinsentido. Por mi parte solo fue un capricho de hombre acaudalado y por la suya simple ansia de dinero».

Luego rememoró lo que había sucedido después de aquella velada. Se decidió que el abogado cumpliera su plazo de reclusión bajo la más estricta vigilancia en uno de los pabellones construidos en el jardín del banquero. Se estipuló que durante quince años no tendría derecho a atravesar el umbral, ni a ver a nadie, ni a escuchar voces humanas, ni a recibir cartas y periódicos. Se le permitía tener un instrumento musical, leer libros, escribir cartas, beber vino y fumar. Según las condiciones del acuerdo, solo podía relacionarse con el mundo exterior en silencio, a través de un ventanuco practicado ex profeso para cumplir ese cometido. Cualquier cosa que necesitara, libros, partituras, vino y demás, le sería procurada mediante petición escrita, en las cantidades que solicitara, pero solo a través del ventanuco. El pacto preveía todos los detalles y minucias que aseguraban el rigor de la reclusión y establecía que el abogado debía permanecer encerrado *exactamente* quince años, desde las doce del 14 de noviembre de 1870 hasta las doce del 14 de noviembre de 1885. La menor tentativa de adelantar ese plazo, aunque solo fuera un par de minutos, liberaba al banquero de la obligación de pagarle los dos millones.

Durante el primer año, el abogado, por lo que sus breves notas dejaban traslucir, había sufrido los fuertes embates de la soledad y el tedio. A todas horas, tanto de día como de noche, salían del pabellón acordes de piano. Rechazaba el vino y el tabaco. El vino, escribía, despierta los deseos, y los deseos son los principales enemigos del preso; además, no hay nada más aburrido que beber un buen vino en soledad. En cuanto al tabaco, enrarecería el aire de la habitación. Durante el primer año requirió ante todo libros de carácter ligero: novelas con complicadas intrigas amorosas, relatos policíacos y fantásticos, comedias, etcétera.

Durante el segundo año la música enmudeció en el pabellón y el abogado solo pedía en sus billetes obras de autores clásicos. En el quinto volvieron a oírse acordes musicales y el preso solicitó vino. Los que lo observaban a través del ventanuco dijeron que se había pasado todo el año tumbado en la cama, comiendo, bebiendo, bostezando y conversando consigo mismo con aire irritado. Ya no leía libros. A veces, por la noche, cogía la pluma y pasaba largo rato escribiendo, pero por la mañana lo rompía todo en pedazos. Más de una vez se le oyó llorar.

En la segunda mitad del sexto año el prisionero empezó a ocuparse con asiduidad del estudio de idiomas, de la filosofía y de la historia. Se consagró con tanto afán a esas disciplinas que el banquero apenas tenía tiempo de encargarle los libros. En el transcurso de cuatro años se solicitaron, por petición suya, cerca de seiscientos volúmenes. En ese período de entusiasmo el banquero recibió de su prisionero, entre otras cosas, la siguiente carta: «¡Mi querido carcelero! Le escribo estas líneas en seis idiomas. Enséñeselas a personas entendidas. Que las lean. Si no encuentran ni un solo error, le ruego que haga disparar una escopeta en el jardín. Ese disparo me dirá que mis esfuerzos no han sido infructuosos. Los genios de todos los siglos y países hablan en distintas lenguas, pero en todos ellos arde la misma llama. ¡Ah, si supiera usted la celestial felicidad que embarga ahora mi alma al poder comprenderlos!». El deseo del prisionero fue satisfecho. El banquero ordenó efectuar dos disparos de fusil en el jardín.

Luego, después del décimo año, el abogado se sentaba inmóvil ante el escritorio y solo leía los Evangelios. Al banquero le pareció extraño que un hombre que había devorado en cuatro años seiscientos sesudos ejemplares empleara cerca de un año en la lectura de un libro no muy grueso y de fácil comprensión. A los Evangelios los sustituyeron la historia de las religiones y la teología.

Durante los dos últimos años de confinamiento el prisionero leyó una enorme cantidad de libros, sin discriminación alguna. Tan pronto se ocupaba de las ciencias naturales, como pedía obras de Byron o Shakespeare. A veces enviaba notas en las que solicitaba que le proporcionaran al mismo tiempo manuales de química y de medicina, una novela y algún tratado filosófico o teológico. Sus lecturas evocaban la imagen de un náufrago que nadara entre distintos pecios y, deseando salvar la vida, se agarrara con avidez tan pronto a uno como a otro.

II

El viejo banquero, al evocar esos recuerdos, pensaba:

«Mañana a las doce recobrará la libertad. Según el acuerdo, tendré que pagarle dos millones. Si lo hago, todo estará perdido: me quedaré completamente arruinado...».

Quince años antes no llevaba la cuenta de sus millones; ahora no se atrevía a preguntarse en qué era más pródigo, si en dinero o en deudas. Frenéticas inversiones en bolsa, especulaciones arriesgadas y una impetuosidad de la que no había podido desembarazarse ni siquiera en la vejez fueron llevando poco a poco la ruina a sus negocios, y el ricachón impávido, seguro de sí mismo y orgulloso acabó convirtiéndose en un banquero de segunda fila, que temblaba ante cada alza o baja de los valores.

–¡Maldita apuesta! –farfulló el anciano, llevándose las manos a la cabeza con desesperación–. ¿Por qué no ha muerto ese hombre? Solo tiene cuarenta años. Va a llevarse mis últimos ahorros, se casará, disfrutará de la vida, invertirá en bolsa, mientras yo, como un pordiosero, lo contemplaré con envidia cada día y escucharé de sus labios la misma frase: «Le debo la felicidad de mi vida, déjeme que le ayude». ¡No, es demasiado! ¡Lo único que puede salvarme de la bancarrota y la deshonra es la muerte de ese hombre!

Dieron las tres. El banquero aguzó el oído: en la casa todos dormían y solo se oía el rumor de los ateridos árboles más allá de las ventanas. Tratando de no hacer ruido, sacó de la caja fuerte la llave de la puerta que había permanecido cerrada durante quince años, se puso el abrigo y salió de la casa.

En el jardín reinaban el frío y la oscuridad. Llovía. Un viento destemplado y húmedo aullaba por todo el jardín y no daba tregua a las ramas. Por mucho que forzó la vista, el banquero no veía el suelo, ni las blancas estatuas, ni el pabellón, ni los árboles. Al aproximarse al lugar donde se levantaba el pabellón, llamó dos veces al vigilante. No obtuvo respuesta. Era evidente que se había resguardado del mal tiempo y que en esos momentos dormía en algún rincón de la cocina o del invernadero.

«Si tengo ánimo suficiente para llevar a cabo mi plan –pensaba el anciano–, las sospechas recaerán ante todo en el guardián.»

En medio de la oscuridad, buscó a tientas los peldaños y la puerta, entró en el vestíbulo del pabellón; luego, también a tientas, ganó un pequeño pasillo y encendió una cerilla. En el lugar no había ni un alma. Vio un lecho sin sábanas y la sombra negra de una estufa de hierro fundido en un rincón. Los sellos en la puerta que conducía a la habitación del prisionero estaban intactos.

Cuando la cerilla se apagó, el anciano, temblando de emoción, miró por el ventanuco.

Una vela derramaba una luz incierta en la habitación del prisionero, que estaba sentado ante la mesa. Solo se veían su espalda, sus cabellos y sus brazos. La mesa, los dos sillones y la alfombra que había junto a la mesa estaban cubiertos de libros abiertos.

Pasaron cinco minutos sin que el prisionero cambiara de postura. Quince años de reclusión le habían enseñado a mantenerse inmóvil. El banquero golpeó con un dedo en el ventanuco, pero el prisionero no respondió con ningún gesto. Entonces el banquero retiró con cuidado los sellos e introdujo la llave en la herrumbrosa cerradura, que emitió un gemido; luego la puerta rechinó. El banquero creía que no tardaría en oír un grito de asombro y un rumor de pasos, pero pasaron dos o tres minutos sin que el silencio de la pieza sufriera la menor alteración. El anciano decidió entrar.

Ante la mesa estaba sentado un hombre que guardaba pocas semejanzas con las personas normales. Era un esqueleto recubierto de pellejo, con largos rizos femeninos y una barba desgreñada. Tenía la tez amarillenta, con un matiz terroso, mejillas hundidas, una espalda larga y estrecha, y la mano que sostenía la hirsuta cabeza era tan fina y delgada que hasta daba miedo mirarla. En sus cabellos plateaban ya las canas; al ver su rostro avejentado y demacrado, nadie habría creído que solo tenía cuarenta años. Dormía... Sobre la mesa, ante la cabeza inclinada, había una hoja de papel cubierta de una letra menuda.

«¡Pobre hombre! –pensó el banquero–. ¡Duerme y probablemente sueña con los millones! Si cojo a este semicadáver, lo arrojo sobre el lecho y le aprieto un poco la boca con la almohada, ni siquiera el peritaje más concienzudo encontrará señal alguna de muerte violenta. Pero veamos primero lo que ha escrito.»

El banquero cogió la hoja de la mesa y leyó lo siguiente:

Mañana a las doce recobraré la libertad y el derecho a relacionarme con los hombres. Pero antes de abandonar esta habitación y volver a contemplar la luz de sol, considero indispensable decirle algunas palabras. Con la conciencia tranquila y ante Dios, que me está viendo, declaro que desprecio la libertad, la vida, la salud y todo lo que en vuestros libros se denomina «bienes de este mundo».

Durante quince años he estudiado con atención la vida terrenal. Es verdad que no he visto el mundo ni a los hombres, pero en vuestros libros bebía vinos aromáticos, entonaba canciones, vagaba por los bosques en pos de ciervos y jabalíes, amaba a las mujeres... Beldades etéreas como nubes, creadas por la magia de vuestros más geniales poetas, me visitaban por la noche y me susurraban cuentos maravillosos que me embriagaban. En vuestros libros escalaba las cimas del Elbruz y del Mont Blanc, y desde ellas veía cómo salía el sol por la mañana y por la tarde inundaba de purpúreo oro el cielo, el océano y las cumbres de las montañas; desde esas alturas veía cómo brillaba el relámpago sobre mi cabeza, desgarrando las nubes; veía verdes bosques, campos, ríos, lagos, ciudades; escuchaba el canto de las sirenas, el tañido del caramillo de los pastores, palpaba las alas de hermosos demonios que volaban hacia mí para hablarme de Dios... En vuestros libros me arrojaba a precipicios insondables, hacía milagros, mataba, incendiaba ciudades, predicaba religiones nuevas, conquistaba reinos enteros...

Vuestros libros me concedieron la sabiduría. Todo lo que el infatigable genio humano ha creado en el transcurso de los siglos se halla comprimido dentro de mi cerebro como una pequeña bola. Sé que soy más inteligente que todos vosotros.

Y desprecio vuestros libros, desprecio todos los bienes del mundo y la sabiduría. Todo es insignificante, perecedero, ilusorio y engañoso como un espejismo. Por muy orgullosos, sabios y apuestos que seáis, la muerte os borrará de la faz de la tierra como si fuerais topos y vuestra descendencia, vuestra historia y la inmortalidad de vuestros genios se congelarán o se carbonizarán con el globo terrestre.

Habéis perdido la razón y no seguís el buen camino. Tomáis la mentira por verdad y la fealdad por belleza. Cómo os sorprenderíais si, por un concurso de circunstancias, los manzanos y los naranjos, en lugar de rendir sus frutos, produjeran de pronto ranas y lagartos, o las rosas olieran a sudor de caballo; del mismo modo me sorprendo yo de que hayáis trocado el cielo por la tierra. No quiero comprenderos.

Para demostraros con un hecho el desprecio que siento por vuestra vida, renuncio a los dos millones, con los que antaño soñé como si fueran el paraíso y que ahora desdeño. Para privarme de todo derecho a ellos, saldré de aquí cinco horas antes del plazo establecido, rompiendo de ese modo nuestro convenio...

Tras leer esas líneas, el banquero dejó la hoja en la mesa, besó la cabeza de ese hombre estrafalario, se echó a llorar y salió del pabellón. Nunca en su vida, ni siquiera después de haber perdido fuertes sumas en la bolsa, había sentido tanto desprecio de sí mismo como en aquel instante. De vuelta en su habitación, se tumbó en la cama, pero durante largo rato la emoción y las lágrimas le impidieron dormir...

A la mañana siguiente los vigilantes, con rostros demudados, llegaron corriendo para informarle de que habían visto cómo el hombre del pabellón se descolgaba por la ventana al jardín, se dirigía a la cancela y desaparecía. Sin pérdida de tiempo, el banquero se encaminó al pabellón en compañía de los criados y constató la huida del prisionero. Para no despertar rumores innecesarios, cogió la declaración de renuncia de la mesa y, al regresar a la casa, la guardó en la caja fuerte.

La princesa
(1889)

Una calesa tirada por cuatro caballos hermosos y bien cebados entró en el monasterio de N. por la puerta principal, denominada «Roja»; los padres y los novicios, agrupados en torno al ala de la hospedería reservada a la nobleza, habían reconocido de lejos, por el cochero y los caballos, a la dama que iba sentada en el carruaje, una vieja conocida, la princesa Vera Gavrílovna.

Un anciano vestido de librea saltó del pescante y ayudó a la princesa a apearse. Esta levantó el velo oscuro y, con pasos lentos, se acercó a los padres para recibir su bendición; luego dedicó una afectuosa inclinación de cabeza a los novicios y se dirigió a sus aposentos.

–¿Qué, se han aburrido sin su princesa? –les dijo a los monjes que transportaban su equipaje–. Hace un mes que no vengo por aquí. Pero ya he llegado, miren a su princesa. ¿Dónde está el padre prior? ¡Dios mío, ardo de impaciencia! ¡Es un anciano maravilloso, maravilloso! Deben sentirse orgullosos de tener un prior como él.

Cuando entró el prior, la princesa lanzó un grito de entusiasmo, cruzó las manos sobre el pecho y se acercó a él para recibir su bendición.

–¡No, no! ¡Déjeme que bese su mano! –dijo, cogiéndosela y

besándosela tres veces con fervor–. ¡Cuánto me alegro de verlo por fin, santo padre! Probablemente se haya olvidado usted de su princesa, pero yo no he dejado de pensar un solo instante en su querido monasterio. ¡Qué bien se está aquí! Esta vida consagrada a Dios, lejos de las vanidades del mundo, tiene un encanto especial, santo padre, que yo percibo con toda mi alma, pero no soy capaz de expresar con palabras.

Las mejillas de la princesa se cubrieron de arrebol y de sus ojos brotaron algunas lágrimas. Hablaba sin parar, con calor, mientras el prior, un anciano de unos setenta años, grave, feo y tímido, guardaba silencio y solo de vez en cuando decía con tono brusco y castrense:

–Así es, excelencia... la escucho... comprendo... ¿Va a quedarse mucho tiempo? –preguntó por último.

–Pasaré la noche aquí y mañana iré a casa de Klavdia Nikoláievna; hace mucho tiempo que no la veo. Volveré pasado mañana y me quedaré tres o cuatro días. Necesito descanso espiritual, santo padre...

A la princesa le gustaba visitar el monasterio de N. Durante los dos últimos años se había encaprichado de ese lugar y casi todos los meses de verano pasaba allí dos o tres días y a veces hasta una semana. Los tímidos novicios, el silencio, los techos bajos, el aroma de los cipreses, la alimentación frugal y las modestas cortinas de las ventanas la conmovían, la enternecían y la predisponían a la meditación y los pensamientos nobles. Le bastaba con pasar media hora en sus aposentos para sentir que también ella era tímida, modesta y olía a ciprés; el pasado se alejaba, perdía su valor, y la princesa empezaba a pensar que, a pesar de sus veintinueve años, se parecía mucho al viejo prior y que, lo mismo que él, no había nacido para la riqueza ni la pompa terrenal ni el amor, sino para esa vida serena, apartada del mundo y crepuscular, como esas habitaciones...

A veces, por casualidad, un rayo de sol se desliza en la sombría celda de un eremita sumergido en la oración o un pajarillo se posa en su ventana y se pone a cantar; el severo eremita sonríe sin querer y en su pecho, bajo las hondas aflicciones engendradas por los pecados, brota de pronto, como debajo de una piedra, un arroyo de alegría apacible e inocente. La princesa tenía la impresión de que aportaba a la comunidad el mismo consuelo que ese rayo de sol o ese pajarillo. Su sonrisa afable y alegre, su dulce mirada, su voz, sus bromas y, en general, toda su figura, menuda, bien torneada, cubierta de un vestido negro y sin pretensiones, debía de despertar en esas gentes sencillas y austeras, con su simple aparición, un sentimiento de ternura y regocijo. Probablemente, al verla, todos pensaban: «Dios nos ha enviado un ángel...». Complacida de esa estimación general e involuntaria, sonreía con mayor amabilidad aún y se esforzaba por parecerse a un pajarillo.

Después de tomar el té y descansar un rato, salió a dar un paseo. El sol ya se había puesto. La húmeda fragancia de la reseda, en los parterres recién regados, envolvía a la princesa; de la iglesia llegaba el canto sereno de unas voces masculinas, que en la lejanía parecían muy hermosas y tristes. Era la hora de las vísperas. En las oscuras ventanas, donde titilaban apenas las llamas de las lamparillas, en las sombras y en la figura de un viejo monje, sentado en el atrio junto al icono con el cepillo, se percibía una quietud tan serena que la princesa, sin saber por qué, sintió deseos de llorar...

Más allá de las puertas, en la avenida que discurría entre el muro y los abedules, provista de numerosos bancos, había caído ya la noche. El aire se oscurecía muy deprisa... La princesa se internó en la avenida, se sentó en un banco y se quedó meditabunda.

Pensaba que sería una buena idea instalarse de manera permanente en ese monasterio, donde la vida era tan serena y apacible como una tarde estival; cuánto le gustaría olvidarse por completo de su marido ingrato y depravado, de sus enormes riquezas, de los acreedores que la importunaban todos los días, de sus desdichas, de la doncella Dasha, que esa mañana tenía una expresión tan insolente; lo que no daría por pasar toda la vida sentada en ese banco, contemplando a través de los troncos de los abedules cómo, al pie de la montaña, la niebla vespertina arrastraba sus jirones; cómo en la lejanía, por encima del bosque, una oscura nube de cuervos, parecida a un velo, volaba a su refugio nocturno; cómo dos novicios –uno montado en un caballo pío, el otro a pie– llevaban los caballos a pastar y, satisfechos de su libertad, jugueteaban como muchachos; sus voces juveniles resonaban rotundas en el aire inmóvil, distinguiéndose cada palabra. Qué a gusto estaba allí sentada, prestando oídos al silencio: ora soplaba una ráfaga de viento, rozando las copas de los abedules; ora una rana hacía crujir las hojas del año anterior; ora, más allá del muro, el reloj del convento daba un cuarto... Quedarse allí inmóvil, escuchar y pensar, pensar, pensar...

A su lado pasó una anciana con una talega al hombro. La princesa quiso detenerla, dedicarle unas palabras afectuosas y cordiales, ayudarla... Pero la anciana no se volvió ni una sola vez y desapareció tras una esquina.

Al cabo de un rato apareció en la avenida un hombre alto, de barba canosa, tocado de un sombrero de paja. Cuando llegó a la altura de la princesa, se descubrió y se inclinó; en su pronunciada calva y en su nariz afilada y aguileña la princesa reconoció al doctor Mijaíl Ivánovich, que unos cinco años antes trabajó a su servicio en la hacienda de Dubovki. Recordó que alguien le había dicho que su mujer había fallecido el año pasado y sintió deseos de darle el pésame y consolarlo.

–Doctor, ¿es que no me reconoce? –preguntó, con una afable sonrisa.

–Claro que sí, princesa –dijo el médico, quitándose de nuevo el sombrero.

–Gracias a Dios. Pensé que se había olvidado de su princesa. La gente solo se acuerda de sus enemigos y se olvida de sus amigos. ¿Ha venido usted a rezar?

–Duermo aquí todos los sábados, por razones de trabajo. Soy el médico del convento.

–¿Y qué tal le va? –preguntó la princesa, suspirando–. He oído que ha perdido usted a su mujer. ¡Qué desgracia!

–Sí, princesa, ha sido una gran desgracia para mí.

–¡Qué le vamos a hacer! Debemos soportar las desgracias con resignación. Ni un cabello cae de la cabeza de un hombre si la Providencia no lo quiere.

–Sí, princesa.

El médico respondía con voz seca y fría a la dulce y afable sonrisa de la princesa y a sus suspiros: «Sí, princesa». También la expresión de su rostro era seca y fría.

«¿Qué más puedo decirle?», pensaba ella.

–¡Hacía mucho tiempo que no nos veíamos! –exclamó–. ¡Cinco años! ¡Cuánta agua ha corrido desde entonces, cuántos cambios se han producido! ¡Hasta da miedo pensarlo! Ya sabe usted que me casé... De condesa he pasado a princesa. Y ya he tenido tiempo de separarme de mi marido.

–Sí, algo he oído.

–¡El Señor me ha sometido a muchas pruebas! Seguramente también ha oído que estoy casi arruinada. Las deudas de mi desdichado marido me han obligado a vender Dubovki, Kiriákovo y Sófino. Solo me quedan Baránovo y Mijáltsevo. ¡Aterra volver la vista atrás! ¡Cuántas mudanzas, desdichas y errores de todo tipo!

–Sí, princesa, muchos errores.

La princesa se sintió algo turbada. Conocía sus errores: todos eran de una naturaleza tan íntima que solo ella podía analizarlos y hablar de ellos. No pudo dejar de preguntar:

–¿A qué errores se refiere?

–Acaba de mencionarlos usted, de modo que los conoce... –respondió el médico con una sonrisa–. ¡Para qué hablar de ellos!

–¡No, dígame, doctor! ¡Le estaré muy agradecida! Y, por favor, no se ande con ceremonias. Me gusta escuchar la verdad.

–Yo no soy su juez, princesa.

–¿Mi juez? El tono de su voz deja entrever que sabe algo. ¡Hable!

–Lo haré, si así lo desea. Pero, por desgracia, no me expreso bien y la gente no siempre me entiende. –El médico se quedó pensativo unos instantes y comenzó–: Muchos errores, pero el mayor de todos, en mi opinión, es la atmósfera general que... que reina en todas sus propiedades. Ya ve usted que no sé expresarme. Lo principal es la falta de afecto, el desprecio por la gente que se percibe invariablemente en todas las cosas. Todo su sistema de vida se asienta en ese desprecio. Desprecio por la voz, los rostros, los cuellos y los pasos de los hombres... en una palabra, por todo lo que define al ser humano. En cada una de las puertas y escaleras se apostan lacayos de librea, saciados, groseros y perezosos, que no dejan entrar en la casa a las personas mal vestidas; en el vestíbulo se alinean sillas de alto respaldo para que los criados, durante los bailes y las recepciones, no manchen con sus nucas el papel pintado de las paredes; y todas las habitaciones están cubiertas de gruesas alfombras destinadas a amortiguar el ruido de los pasos; a todos los recién llegados se les previene sin falta de que deben hablar poco y en voz baja, así como evitar todos los temas que puedan tener un efecto perjudicial en su imaginación y sus nervios. En su despacho no se le tiende la mano a la gente ni se la invita a sentarse, lo mismo que ahora no me ha dado la mano ni me ha pedido que tome asiento...

–¡Hágalo si lo desea! –dijo la princesa, tendiéndole la mano y sonriendo–. La verdad es que enfadarse por semejante nadería...

–¿Acaso me he enfadado? –comentó el médico, echándose a reír; pero acto seguido se ruborizó, se quitó el sombrero y, blandiéndolo, prosiguió con vehemencia–: A decir verdad, hace tiempo que aguardaba la ocasión de decírselo todo, todo... Me refiero a que mira usted a la gente a la manera de Napoleón, como si fuera carne de cañón. Pero Napoleón al menos tenía una idea, mientras que usted, más allá del desprecio, no tiene nada.

–¡Que yo desprecio a la gente! –exclamó la princesa muy sorprendida, esbozando una sonrisa y encogiéndose de hombros–. ¡Yo!

–¡Sí, usted! ¿Quiere pruebas? ¡Pues aquí las tiene! En su hacienda de Mijáltsevo viven de limosna tres antiguos cocineros suyos que se quedaron ciegos en sus cocinas, víctimas del calor del horno. Cuantas personas sanas, fuertes y apuestas había en sus decenas de miles de *desiatinas* que han sido empleadas por usted y sus parásitos como lacayos, criados y cocheros. Todos esos seres de dos piernas han sido educados en el servilismo, cebados y embrutecidos hasta perder toda apariencia humana... Dios mío, a jóvenes médicos, agrónomos, profesores y trabajadores intelectuales en general, se les apartaba de sus oficios, de una ocupación honesta y, por un pedazo de pan, se les obligaba a participar en toda clase de comedias de marionetas que llenarían de vergüenza a cualquier persona decente. Basta con que un hombre se ocupe durante dos años de ese menester para que se convierta en un hipócrita, un soplón y un adulador... ¿Le parece bonito? Sus administradores polacos, esos miserables espías, todos esos Casimiros y Cayetanos, recorren de la mañana a la noche sus decenas de miles de *desiati-*

nas y, para complacerla, tratan de sacar tres pellejos de un solo buey. Perdone, me expreso de manera desordenada, pero no importa. En sus propiedades las gentes sencillas no reciben tratamiento de personas. Ni siquiera todos esos príncipes, condes y obispos que la visitaban eran admitidos como hombres, sino como simples elementos decorativos. Pero lo principal... lo principal, lo que más me solivianta, es que posea usted más de un millón de rublos y no haga nada por la gente, ¡nada!

La princesa estaba sorprendida, asustada, ofendida, no sabía qué decir ni cómo comportarse. Nunca antes le había hablado nadie en ese tono. La voz desagradable e irritada del médico y su discurso torpe y entrecortado resonaba en sus oídos y en su cabeza como un martilleo violento; luego tuvo la impresión de que el gesticulante médico la golpeaba con el sombrero en la cabeza.

–¡No es verdad! –dijo con voz queda y suplicante–. ¡He hecho mucho por la gente, usted mismo lo sabe!

–¡Vamos! –gritó el médico–. ¿Es que aún no se ha dado cuenta de que sus obras de beneficencia no son actividades útiles y serias, sino una mera comedia de marionetas? Una comedia de principio a fin, una suerte de juego filantrópico, una farsa tan evidente que hasta los niños y las campesinas estúpidas se daban cuenta. Tomemos como ejemplo, ¿cómo se llamaba?, su casa de acogida para ancianas sin familia, en la que se me obligó a representar algo así como el papel de médico jefe, mientras usted era la tutora de honor. ¡Ah, Dios mío, qué establecimiento tan maravilloso! Se construyó un edificio con suelos de parqué y una veleta en el tejado, cogieron a diez ancianas de las aldeas y las obligaron a dormir entre mantas de fina lana y sábanas de hilo de Holanda, y a comer caramelos. –El médico se rió con malicia, cubriéndose la cara con el sombrero, y prosiguió de manera atropellada, tartamudeando–. ¡Era una farsa! Los empleados inferiores del asilo guardaban las mantas y las sábanas bajo llave para que las ancianas no las ensuciaran. ¡Que duerman en el suelo, esas arpías del demonio! Las ancianas no se atrevían a sentarse en la cama, ni a ponerse el camisón, ni a caminar por el liso parqué. Todo se guardaba para las ocasiones solemnes y se ocultaba de las viejas como si fueran ladronas; entretanto, estas se alimentaban y se vestían a escondidas, pidiendo limosna, y rezaban día y noche a Dios para que las librara cuanto antes de ese arresto y de los sermones edificantes de los saciados bribones a los que había encargado usted de su custodia. ¿Y qué hacían los empleados superiores? ¡Algo de lo más loable! Unas dos veces por semana, al atardecer, llegaban al galope treinta y cinco mil correos*, anunciando que al día siguiente la princesa, es decir usted, vendría de visita. Eso significaba que ese día yo tendría que abandonar a mis enfermos, vestirme y acudir a la recepción. Me llegaba hasta el lugar. Las ancianas, con ropas nuevas y limpias, ya estaban dispuestas en fila y esperaban. A su alrededor daba vueltas el vigilante, esa vieja rata de guarnición retirada, luciendo su sonrisa almibarada y obsequiosa. Las ancianas bostezaban e intercambiaban miradas, pero no se atrevían a quejarse. Esperábamos. Llegaba al galope el subintendente. Media hora después aparecía el intendente, seguido del administrador general, luego venía otro jinete y a continuación uno más... ¡No paraba de llegar gente! Todos con la misma expresión misteriosa y solemne. Seguíamos esperando, apoyábamos el peso ya en una pierna ya en otra, consultábamos el reloj; y todo eso en medio de un silencio sepulcral, porque nos detestábamos unos a otros y nos llevábamos a matar. Pasaba una hora, luego otra y he aquí que, por fin, aparecía en la lejanía una calesa y... y... –El médico dejó escapar una risita chillona y dijo con voz de falsete–: Se apeaba usted

* Referencia a la obra *El inspector* de Gógol.

del coche y las viejas brujas, a una orden de la rata de guarnición, empezaban a cantar: «La lengua no acierta a describir la gloria de nuestro Señor en Sión»...* No está mal, ¿eh?

El médico estalló en una risa retumbante e hizo un gesto con la mano, dando a entender que la risa le impedía pronunciar palabra. Se reía de forma vehemente y brusca, apretando con fuerza los dientes, como hacen las personas malvadas, mientras su voz, su rostro y sus ojos brillantes y algo insolentes dejaban entrever su profundo desprecio por la princesa, el asilo y las ancianas. Nada de lo que acababa de decir, con tanta torpeza y grosería, era divertido o jocoso, pero él se reía con placer e incluso con alegría.

–¿Y la escuela? –continuó, sofocado de tanto reír–. ¿Recuerda que quiso enseñar usted misma a los hijos de los campesinos? Sin duda les enseñaba usted muy bien, porque al poco tiempo todos los muchachos huyeron, de modo que hubo que azotarlos y ofrecerles dinero para que acudieran a las clases. ¿Y recuerda cuando quiso darle usted misma el biberón a los niños de pecho cuyas madres trabajaban en el campo? Recorría usted la aldea, llorando porque no había niños que confiar a sus cuidados: todas las madres se los habían llevado al campo con ellas. Luego el *starosta* ordenó que dejaran a sus criaturas por turno para que pudiera usted distraerse. ¡Sorprendente! ¡Todos huían de sus buenas acciones como los ratones del gato! ¿Por qué? ¡Pues muy sencillo! No porque nuestro pueblo sea ignorante e ingrato, como aducía usted siempre, sino porque, en todas sus fantasías, perdóneme la expresión, no había un gramo de amor ni de compasión. Solo el deseo de entretenerse con muñecos vivos, nada más... Quien no sabe distinguir un ser humano de un perro faldero no debe ocuparse de la

** Himno de la Iglesia ortodoxa rusa que se cantaba en las ocasiones solemnes.

beneficencia. ¡Le aseguro que entre esas dos criaturas hay una gran diferencia!

El corazón de la princesa latía con terrible violencia; los oídos le zumbaban y seguía teniendo la impresión de que el médico le martilleaba la cabeza con el sombrero. El médico hablaba deprisa, con furor y desaliño, tartamudeando y gesticulando de manera innecesaria; la princesa solo entendía que el hombre que le dirigía la palabra era grosero, maleducado, malvado e ingrato, pero se le escapaba lo que quería de ella, así como el sentido de sus palabras.

–¡Márchese! –dijo con voz llorosa, levantando los brazos para proteger su cabeza del sombrero del médico–. ¡Márchese!

–¡Y cómo trata usted a sus empleados! –siguió indignándose el médico–. No los considera personas y se conduce con ellos como si fueran granujas de la peor calaña. Por ejemplo, permítame que le pregunte, ¿por qué me despidió? Trabajé durante diez años para su padre y luego para usted; lo hice con honradez, sin disfrutar de días festivos ni de vacaciones, me gané el cariño de todos en cien verstas a la redonda y de pronto, un buen día, se me anuncia que ya no estoy a su servicio. ¿Por qué? ¡Sigo sin saberlo! Soy doctor en medicina y padre de familia, pertenezco a la nobleza, estudié en la Universidad de Moscú; en fin, una criatura tan pequeña e insignificante a la que se puede expulsar sin ofrecerle siquiera una explicación. ¿Para qué andarse con ceremonias? Más tarde me enteré de que mi mujer, sin mi conocimiento, fue a verla a escondidas en tres ocasiones para interceder por mí sin que usted se dignara recibirla ni una sola vez. Dicen que lloró en el vestíbulo. ¡Es algo que jamás le perdonaré a la difunta! ¡Jamás! –El médico se calló y apretó los labios, buscando con avidez algún otro argumento desagradable con el que vengarse, hasta que le vino a la cabeza otra cosa y su rostro frío y ceñudo se iluminó de pronto–. ¡Tomemos, por ejemplo, su relación con este monasterio! –dijo con saña–.

Nunca se ha compadecido usted de nadie y cuanto más santo es el lugar mayores probabilidades hay de que reciba el pago de su caridad y de su dulzura angelical. ¿Para qué viene usted aquí? ¿Qué necesidad tiene usted de los monjes?, permítame que se lo pregunte. ¿Qué es Hécuba para usted y qué es usted para Hécuba?* De nuevo una diversión, un juego, una profanación de la personalidad humana, nada más. Usted no cree en el Dios de los monjes, lleva en su corazón su propio Dios, al que ha llegado con su propio ingenio en sesiones de espiritismo; contempla los ritos de la Iglesia con condescendencia, no va a misa ni a las vísperas, no se levanta hasta mediodía... ¿Para qué viene aquí...? ¡Viene con su Dios personal a un monasterio consagrado a otro Dios y se imagina que la comunidad lo considera un inmenso honor! ¡Qué equivocada está! ¿Por qué no se pregunta, entre otras cosas, cuánto le cuestan sus visitas a los monjes? Ha llegado usted esta tarde, pero ya anteayer vino un jinete enviado por su administrador para informar de su inminente aparición. Se han pasado todo el día de ayer preparando sus aposentos y esperándola. Hoy llegó su avanzadilla: una insolente doncella que no para de correr de un lado a otro del patio, haciendo crujir su vestido, importunando a la gente con preguntas, dando órdenes... ¡No hay quien lo aguante! Los monjes se han pasado todo el día de hoy en guardia, porque ¡pobres de ellos si no la reciben con pompa! ¡Se quejaría usted al obispo! «Monseñor, los monjes no me quieren. No sé qué ofensa les habré causado. Cierto que soy una gran pecadora, pero ¡sufro tanto!» Un monasterio ya ha sido amonestado por su culpa. El prior es un hombre muy instruido, con un sinfín de ocupaciones; apenas tiene un minuto libre, pero usted no para de llamarlo a sus aposentos. No muestra usted la menor consideración por su edad

* Paráfrasis de unas palabras de la tragedia *Hamlet* de Shakespeare.

ni por su dignidad. Si al menos se mostrara generosa, la situación no sería tan vejatoria, pero en todo este tiempo los monjes no han recibido de usted ni cien rublos.

Cuando la princesa se sentía importunada, incomprendida u ofendida, y cuando no sabía qué decir ni qué hacer, por lo común se echaba a llorar. También ahora acabó cubriéndose el rostro y estallando en un llanto chillón e infantil. El médico se calló de repente y se quedó mirándola. Su rostro se ensombreció y adquirió una expresión de severidad.

–Perdóneme, princesa –dijo en voz queda–. Me he dejado llevar por un sentimiento maligno y he perdido los estribos. Lo siento.

Y a continuación, tosiendo con aire confuso y olvidando ponerse el sombrero, se alejó deprisa.

Las estrellas titilaban ya en el firmamento. Probablemente la luna salía del otro lado del monasterio, a juzgar por la claridad, transparencia y tersura del cielo. Junto al blanco muro del monasterio revoloteaban silenciosos los murciélagos.

El reloj dio con parsimonia los tres cuartos de alguna hora, probablemente las ocho. La princesa se levantó y se acercó lentamente al portón. Se sentía ofendida, lloraba y tenía la impresión de que los árboles, las estrellas y los murciélagos la compadecían; también el reloj había sonado de forma tan armoniosa para testimoniarle su comprensión. Lloraba y pensaba en lo agradable que sería recluirse para siempre en el monasterio; en las serenas tardes estivales pasearía en soledad por las alamedas, ofendida, agraviada, incomprendida de todos, y solo Dios y el firmamento estrellado contemplarían sus lágrimas de mártir. En la iglesia seguían oficiándose las vísperas. La princesa se detuvo y prestó oídos al canto: qué agradable era su sonido en el aire inmóvil y oscuro. ¡Qué dulce era llorar y sufrir al son de esas voces!

De vuelta en sus aposentos, miró en el espejo su rostro con rastros de lágrimas, se empolvó y se sentó a cenar. Los monjes sabían que le gustaba el esturión escabechado, las setas pequeñas, el vino de Málaga y los sencillos pastelillos de miel que dejan en la boca un gusto a ciprés; y siempre que los visitaba le preparaban esos platos. Mientras comía las setas, regándolas con málaga, la princesa se imaginaba totalmente arruinada y abandonada, traicionada y agraviada por todos sus administradores, intendentes, contables y doncellas, que tanto le debían; cuantos hombres había sobre la faz de la tierra la atacaban, la denigraban, la escarnecían; ella renunciaría a su título de princesa, al lujo y a la alta sociedad, se retiraría a un convento, sin dirigir una palabra de reproche a nadie; rogaría por sus enemigos y entonces, de pronto, todo el mundo la comprendería y vendría a pedirle perdón, pero sería demasiado tarde...

Después de la cena se arrodilló en un rincón, ante el icono, y leyó dos capítulos del Evangelio. A continuación la doncella le hizo la cama y ella se acostó. Estirándose bajo la blanca manta, exhaló un dulce y profundo suspiro, como suele hacerse después de llorar, cerró los ojos y se quedó dormida.

Cuando se despertó por la mañana, miró su reloj: las nueve y media. Sobre la alfombra, al pie de la cama, se extendía una banda estrecha y luminosa, proyectada por un rayo de sol, que penetraba por la ventana y ponía un punto de luz en la habitación. Sobre los vidrios, más allá de las negras cortinas, zumbaban las moscas.

«¡Es temprano!», pensó la princesa, y cerró los ojos.

Mientras se estiraba y se desperezaba en la cama, rememoró el encuentro de la víspera con el médico y todos los pensamientos que la acompañaron hasta que se quedó dormida; se acordó de que era desdichada. Luego le vinieron a la memoria su marido, que vivía en Petersburgo, los administradores, los médicos, los vecinos, los funcionarios conocidos... Una larga procesión de rostros masculinos, todos ellos familiares, desfiló por su imaginación. Sonrió y pensó que, si esas personas pudieran penetrar en su alma y comprenderla, ni una sola dejaría de caer a sus pies...

A las once y cuarto llamó a la doncella.

–Ayúdeme a vestirme, Dasha –dijo con languidez–. Pero primero vaya a decir que enganchen los caballos. Tengo que ir a ver a Klavdia Nikoláievna.

Al salir de sus aposentos para tomar asiento en el coche, entornó los ojos para protegerse de la intensa luz del sol y sonrió con fruición: ¡hacía un tiempo espléndido! Paseó los ojos semicerrados por los monjes que se habían reunido en la escalinata para despedirla, les dedicó una afable inclinación de cabeza y dijo:

–¡Adiós, amigos míos! Hasta pasado mañana.

Le sorprendió gratamente que entre los monjes se encontrara el médico. Estaba pálido y tenía un aspecto sombrío.

–Princesa –dijo, quitándose el sombrero y sonriendo con aire culpable–, hace tiempo que la estoy esperando. Perdóneme, por el amor de Dios... Ayer me dejé llevar por un cruel sentimiento de venganza y le dije... un montón de necedades. En una palabra, le pido perdón.

La princesa le dirigió una afectuosa sonrisa y tendió la mano hacia sus labios. Él la besó y se ruborizó.

Tratando de extremar el parecido con un pajarillo, la princesa se alzó ligera sobre el carruaje, saludando con la cabeza a un lado y a otro. En su alma todo era alegría, luminosidad y calor, y ella misma sentía que su sonrisa era tan dulce como una caricia. Mientras el coche ganaba el portón y enfilaba el polvoriento camino que discurría junto a isbas y jardines, dejando atrás largos convoyes de carreteros e hileras de peregrinos que se dirigían a pie al monasterio, ella seguía entornando los ojos y sonriendo dulcemente.

Pensaba que no existe mayor deleite que transmitir alegría, luminosidad y calor en todas partes, perdonar las ofensas y sonreír con cordialidad a nuestros enemigos. Los campesinos con los que se cruzaba la saludaban, la calesa levantaba un suave rumor, bajo las ruedas se esparcían nubes de polvo que el viento arrastraba hasta el centeno dorado; y la princesa tenía la impresión de que su cuerpo no se mecía sobre los cojines del carruaje, sino entre nubes, y que ella misma se asemejaba a una nubecilla ligera y transparente...

–¡Qué feliz soy! –susurraba, cerrando los ojos–. ¡Qué feliz soy!

Gúsiev
(1890)

I

Han caído ya las primeras sombras, la noche está al llegar.

Gúsiev, un soldado raso al que han enviado de vuelta a casa, se incorpora en su catre y dice con voz queda:

–¿Me oyes, Pável Ivánich? Un soldado me dijo en Suchan que en mitad de la travesía su barco chocó con un enorme pez que les abrió la quilla.

El hombre al que Gúsiev se dirige, de condición indefinida y al que en la enfermería del barco todos llaman Pável Ivánich, no responde, como si estuviera sordo.

De nuevo se hace el silencio... El viento sopla entre los aparejos, la hélice zumba, las olas rugen, chirrían los catres, pero el oído ya se ha acostumbrado a esos sonidos y los hombres tienen la impresión de que a su alrededor todo duerme y calla. El tedio es indescriptible. Los tres enfermos –dos soldados y un marinero– que se han pasado el día entero jugando a las cartas duermen y sueñan en voz alta.

Se diría que el barco comienza a cabecear. El lecho de Gúsiev sube y baja lentamente, como si suspirara, y así una, dos, tres veces... Algún objeto golpea el suelo y tintinea: probablemente ha caído una jarra.

–Se ha desencadenado el viento... –dice Gúsiev, aguzando el oído.

Esta vez Pável Ivánich tose y responde con voz irritada:

–Que si un pez ha chocado con el fondo, que si el viento se ha desencadenado... ¿Es que acaso el viento es una fiera que pueda romper sus cadenas?

–Así hablan los cristianos.

–Y los cristianos son tan ignorantes como tú... Dios sabe las cosas que dicen. Hay que tener la cabeza sobre los hombros y reflexionar. ¡Qué tipo más estúpido!

Pável Ivánich sufre de mareos. Cuando el barco se balancea, se enfada y se irrita por la menor menudencia. En opinión de Gúsiev, se enfada sin motivo. ¿Qué hay de extraño o de complicado en ese pez, por ejemplo, o en que el viento se desencadene? Supongamos que el pez sea del tamaño de una montaña y tenga el lomo duro como un esturión; supongamos también que donde termina el mundo haya unos gruesos muros de piedra y que los vientos malignos estén encadenados a ellos... Si no se han liberado de sus cadenas, ¿por qué se agitan sobre la superficie del mar como posesos y aúllan como perros? Si no están encadenados, ¿qué pasa con ellos cuando reina la calma?

Gúsiev pasa largo rato pensando en peces del tamaño de una montaña y en gruesas cadenas herrumbrosas; luego se siente dominado por el aburrimiento y empieza a evocar su aldea natal, a la que regresa después de quince años de servicio en el Extremo Oriente. Ante sus ojos se perfila un enorme estanque cubierto de nieve... A un lado se alza una fábrica de porcelana de color ladrillo, con una alta chimenea y nubes de humo negro; al otro, la aldea... Del patio de la quinta isba, contando desde el fondo, sale el trineo de su hermano Alekséi; detrás va sentado su hijo Vanka, con grandes botas de fieltro, y su hija Akulka, con idéntico calzado. Alekséi está achispado y Vanka se ríe; Akulka lleva el rostro embozado, de modo que no puede verlo.

«Esperemos que los niños no se hielen... –piensa Gúsiev–. Señor –susurra–, concédeles sentido común y buen juicio para que respeten a sus padres y no sean más listos que ellos...»

–Se necesitan suelas nuevas –delira el marinero enfermo con voz de bajo–. ¡Sí, sí!

Los pensamientos de Gúsiev se interrumpen y, en lugar de un estanque, ve de pronto, sin venir a cuento, una gran cabeza de buey sin ojos; el caballo y el trineo ya no avanzan, sino que giran en medio de un humo negro. En cualquier caso, se alegra de haber visto a su familia. La felicidad le corta la respiración, siente un hormigueo en todo el cuerpo, le tiemblan los dedos.

–¡Quiera Dios que podamos volver a vernos! –delira; en ese momento abre los ojos y busca en la penumbra un vaso de agua.

Bebe, se acuesta y de nuevo desfilan por su cabeza el trineo, la cabeza de buey sin ojos, el humo, las nubes... Y así hasta el amanecer.

II

Al principio se perfila en las tinieblas un círculo azul: es el ventanuco redondo; luego, poco a poco, Gúsiev empieza a distinguir a su vecino Pável Ivánich, quien duerme sentado, porque tumbado se ahoga. Tiene un rostro grisáceo, nariz larga, aguileña, ojos a los que su terrible delgadez hace parecer enormes, sienes hundidas, barba rala, cabellos largos... Por su rostro resulta imposible determinar su condición social: ¿es un noble, un comerciante o un campesino? A juzgar por su expresión y sus cabellos largos, se le podría tomar por un anacoreta o un novicio, pero basta oírle hablar para darse cuenta de que no tiene nada de monje. La tos, el ambiente sofocante y su propia enfermedad lo han agotado; respira con dificultad y sus labios secos se mueven. Cuando advierte que Gúsiev le está mirando, se vuelve hacia él y dice:

–Empiezo a adivinar... Sí... Ahora lo entiendo todo perfectamente.

–¿Qué es lo que entiende, Pável Ivánich?

–Pues verás... Me parecía muy raro que personas gravemente enfermas como vosotros, en lugar de guardar reposo, os encontrarais en un vapor sofocante y abrasador, que no para de balancearse; en una palabra, en un lugar donde la amenaza de muerte es constante; pero ahora lo veo todo claro... Sí... Vuestros médicos os han puesto en este barco para desembarazarse de vosotros. Estaban hartos de ocuparse de animales de vuestra especie... No les pagáis, les causáis molestias y echáis a perder sus informes con vuestras muertes. ¡En definitiva, sois ganado! Pero librarse de vosotros no es difícil... Basta, en primer lugar, con no tener conciencia ni humanidad y, en segundo, con engañar a las autoridades del barco. No es necesario tener en cuenta la primera condición, pues en ese sentido somos unos verdaderos artistas; en lo que respecta a la segunda, es suficiente con tener un poco de experiencia. En una muchedumbre de cuatrocientos soldados y marineros sanos, cinco enfermos pasan desapercibidos; en definitiva, os traen al barco y os mezclan con hombres sanos; luego se hace el recuento a toda prisa y, en el barullo general, nadie advierte ninguna anormalidad; ahora bien, una vez que el vapor ha levado anclas, los oficiales descubren que en cubierta yacen varios paralíticos y tuberculosos en fase terminal...

Gúsiev no comprende a Pável Ivánich; pensando que le está amonestando, dice a modo de justificación:

–Me tumbé en cubierta porque no tenía fuerzas; cuando hicimos el trasbordo de la barcaza al vapor, sentí un frío tremendo.

–¡Es indignante! –continúa Pável Ivánich–. ¡Saben perfectamente que no soportaréis esta larga travesía y de todos modos os meten aquí! Supongamos que lleguéis al océano Índico, ¿y después? Solo de pensarlo da miedo... ¡Ese es el pago por vuestros años de leal e irreprochable servicio! –Pável Ivánich adopta una expresión maligna, tuerce la boca en una mueca de disgusto y añade, respirando con dificultad–: ¡A esa gente habría que crucificarla en los periódicos, hacerla picadillo!

Los dos soldados enfermos y el marinero se despiertan y se ponen a jugar a las cartas. El marinero está reclinado en el catre, mientras los soldados se han sentado en el suelo, a su lado, en posturas muy incómodas. Uno de ellos tiene el brazo derecho vendado y la mano cubierta de un apósito en forma de gorro, de manera que debe sostener las cartas en la axila derecha o en el pliegue del codo y jugar con la mano izquierda. El balanceo es muy pronunciado. Imposible levantarse, ni beber té, ni tomar los medicamentos.

–¿Eras ordenanza? –le pregunta Pável Ivánich a Gúsiev.

–En efecto.

–¡Dios mío, Dios mío! –dice Pável Ivánich, sacudiendo la cabeza con aire pesaroso–. Arrancar a un hombre de su nido familiar, llevarlo a quince mil verstas de distancia, obligarle a contraer la tuberculosis; y todo eso ¿para qué?, permitidme que os lo pregunte. ¡Para convertirlo en ordenanza de algún capitán Kopeikin o de algún alférez Dirka!* ¡Menuda lógica!

–Las tareas no son difíciles, Pável Ivánich. Te levantas por la mañana, limpias las botas, preparas el samovar, arreglas la habita-

* Nombres cómicos inventados por Gógol en *Almas muertas*.

ción y ya no tienes que ocuparte de nada. El teniente se pasa todo el santo día dibujando planos, de modo que puedes hacer lo que te plazca: rezar a Dios, leer un libro, dar un paseo. Que Dios conceda a todo el mundo una vida semejante.

–¡Sí, está muy bien! El teniente dibuja planos y tú te pasas todo el día en la cocina, pensando en tu país... Planos... ¡No se trata de planos, sino de la vida de los hombres! No se vive dos veces, hay que aprovechar cada momento.

–Así es, Pável Ivánich, pero a los malvados no se les tolera en ninguna parte, ni en casa, ni en el trabajo; en cambio, si te comportas como es debido y obedeces, nadie te ofenderá. Los señores son instruidos, comprensivos... En cinco años no he pasado un solo día en el calabozo y, si la memoria no me falla, solo me han pegado una vez...

–¿Por qué?

–Por una pelea. Tengo el genio muy vivo, Pável Ivánich. Cuatro chinos entraron en nuestro patio; creo que llevaban leña, pero no me acuerdo bien. Estaba aburrido, así que les molí las costillas; uno de esos malditos empezó a sangrar por la nariz... El teniente lo vio por el ventanuco, se enfadó y me dio una bofetada.

–Eres un estúpido, me das lástima... –murmura Pável Ivánich–. No entiendes nada.

Totalmente agotado por el balanceo, cierra los ojos; tan pronto echa la cabeza hacia atrás, como la reposa sobre el pecho. Varias veces trata de tumbarse, pero no lo consigue: el asma se lo impide.

–¿Y por qué la emprendiste con esos cuatro chinos? –pregunta al cabo de un rato.

–Porque sí. Entraron en el patio y les golpeé.

Se produce un silencio... Los jugadores continúan la frenética partida durante unas dos horas, entre reniegos constantes. Gúsiev vuelve a ver el estanque, la fábrica, la aldea... Vislumbra de nuevo el trineo, Vanka ríe otra vez, mientras la tonta de Akulka abre la pelliza y saca las piernas: «Miradme, buenas gentes –parece decir–, mis botas son nuevas, no como las de Vanka».

–¡Va a cumplir seis años y sigue sin entrar en razón! –delira Gúsiev–. En lugar de enseñar las piernas, ven a darle de beber a tu tío, el soldado. Te haré un regalo.

De pronto aparece Andréi con un fusil de chispa al hombro y una liebre muerta, seguido del viejo judío Isáichik, que le propone cambiarle la pieza por un trozo de jabón; luego ve una ternera negra en el umbral, más tarde a Domna zurciendo una camisa y llorando, y por último otra vez la cabeza de buey sin ojos, el humo negro...

Alguien lanza un estridente grito arriba, unos marineros pasan corriendo; parece como si arrastraran un objeto enorme por cubierta o una madera hubiera crujido. Vuelven a pasar hombres corriendo... ¿No habrá sucedido alguna desgracia? Gúsiev levanta la cabeza, aguza el oído y abre los ojos: los dos soldados y el marinero han retomado el juego de cartas; Pável Ivánich está sentado y mueve los labios. El ambiente es sofocante, las fuerzas apenas alcanzan para respirar, la sed acucia, pero el agua está caliente y tiene un sabor nauseabundo... El balanceo no cesa.

De pronto a uno de los soldados que juegan a las cartas le sucede algo extraño... Llama corazones a los diamantes, se equivoca en las cuentas y se le caen las cartas; luego, asustado, sonríe con aire estúpido y pasea la mirada por todos los presentes.

–Ahora vuelvo, muchachos... –dice, tumbándose en el suelo.

Sus compañeros se quedan perplejos. Lo llaman, pero no responde.

–Stepán, ¿no estarás enfermo? –le pregunta el soldado del brazo vendado–. Tal vez haya que llamar al pope.

–Stepán, bebe agua... –dice el marinero–. Vamos, amigo, bebe.

–¿Por qué le pones la jarra entre los dientes? –se enfada Gúsiev–. ¿Es que estás ciego, cabeza de chorlito?

–¿Qué pasa?

–¿Qué pasa? –le remeda Gúsiev–. ¡No respira, está muerto! ¡Eso es lo que pasa! Que gente más tonta, Dios mío.

III

El barco ya no cabecea y Pável Ivánich ha recuperado su alegría. Ya no está enfadado. Luce una expresión jactanciosa, provocativa y socarrona, como si quisiera decir: «Sí, os voy a contar una broma que os vais a partir de risa». El ventanuco redondo está abierto y una brisa ligera acaricia su cara. Se oyen algunas voces y un chapoteo de remos en el agua... Al lado mismo del ventanuco alguien berrea con voz aguda y desagradable: probablemente un chino está cantando.

–Sí, hemos llegado a puerto –dice Pável Ivánich, con una sonrisa burlona–. Un mes más y estaremos en Rusia. Sí, ilustrísimos señores soldadotes. Llegaré a Odesa y de allí me dirigiré directamente a Járkov, donde tengo un amigo escritor. Iré a verle y le diré: bueno, muchacho, deja por un tiempo tus repugnantes argumentos de amoríos femeninos y las bellezas de la naturaleza y ocúpate de desenmascarar a los granujas de dos patas... ¿Quieres temas? Pues aquí los tienes... –Se quedó pensativo durante un minuto y añadió–: Gúsiev, ¿sabes cómo los he engañado?

–¿A quiénes, Pável Ivánich?

–A esos... Figúrate, en este barco solo hay camarotes de primera clase y de tercera, y a los de tercera mandan únicamente a los campesinos, es decir, a los patanes. Si llevas levita y te pareces, aunque sea de lejos, a un señor o a un burgués, te piden que viajes en primera clase. Revienta si quieres, pero suelta quinientos rublos. «¿Por qué, permítame que le pregunte, han establecido ustedes un reglamento semejante? ¿No será que quieren realzar el prestigio de los intelectuales rusos?» «En absoluto. Tan solo se trata de que un hombre como Dios manda no puede viajar en tercera: es demasiado sucio y desagradable.» «¿Sí? Gracias por sus atenciones por los hombres como Dios manda. Pero, en cualquier caso, ya sea desagradable o no, no dispongo de quinientos rublos. No me he quedado con dinero público, no he explotado a los extranjeros, no me he ocupado del contrabando, no he matado a nadie a latigazos, de modo que juzgue usted: ¿tengo derecho a ocupar una plaza en primera clase y, en consecuencia, a contarme entre los miembros de la intelectualidad rusa?» Pero la lógica no les impresiona... Así que tuve que recurrir a la astucia. Me vestí con un caftán y unas botas altas de mujik, puse cara de granuja borracho y le dije al agente: «Deme un billete de tercera, excelencia...».

–Y ¿a qué estamento pertenece usted? –le pregunta el marinero.

–Al clero. Mi padre era un honrado pope. Siempre decía la verdad a la cara a los grandes de este mundo, lo que le costó no pocos sinsabores. –Pável Ivánich está fatigado de hablar y se sofoca, pero de todos modos continúa–: Sí, yo siempre digo la verdad a la cara... No temo a nada ni a nadie. En ese sentido, entre vosotros y yo hay una diferencia enorme. Vosotros sois unos seres oscuros, ciegos, embrutecidos, no veis nada y lo que veis no lo comprendéis... Os dicen que el viento rompe sus cadenas, que sois ganado, pechenegos, y vosotros os lo creéis; os dan una tunda y vosotros besáis la mano que os ha golpeado; un animal con pelliza de castor os despoja y a continuación os arroja una moneda de quince kopeks de propina y vosotros decís: «Deje que bese su mano, señor». Sois parias, dais pena... Mi caso es muy distinto. Vivo de manera consciente, lo veo todo, como el águila o el gavilán que planean sobre la tierra, y lo comprendo todo. Soy la encarnación de la protesta. Si veo un acto de arbitrariedad, protesto; si veo a un hipócrita o a un farsante, protesto; si veo a un cerdo triunfante, protesto. Y soy indomable, ninguna inquisición española me obligará a callar. Así es... Si me arrancan la lengua, protestaré con gestos; si me encierran en un sótano, pegaré tales gritos que me oirán en una versta a la redonda o me dejaré morir de hambre para que tengan un peso más sobre su sucia conciencia; si me matan, mi sombra reaparecerá. Todos mis conocidos me dicen: «¡Es usted totalmente insoportable, Pável Ivánich!». Estoy orgulloso de esa reputación. He cumplido tres años de servicio en el Extremo Oriente y he dejado tras de mí un recuerdo que perdurará cien años: me he enfadado con todo el mundo. Mis amigos me escriben desde Rusia pidiéndome que no vaya, pero yo, solo por hacerles rabiar, he emprendido el regreso... Sí... Eso es vivir, darse cuenta de las cosas. A eso se le puede llamar vida.

Gúsiev no le escucha y mira por el ventanuco. En las aguas transparentes y turquesas, en las que cabrillea la cegadora y ardiente luz del sol, cabecea una barca en cuyo interior unos chinos desnudos tienden hacia lo alto unas jaulas con canarios y gritan:

–¡Canta! ¡Canta!

Una segunda barca choca con la primera; un *cutter* pasa a toda máquina. De pronto aparece otra barca, en la que va sentado un chino obeso comiendo arroz con unos palillos. Sobre las lánguidas olas revolotean, también lánguidas, las blancas gaviotas.

«Habría que darle una buena paliza a ese gordo...», piensa Gúsiev, contemplando al chino grueso, y bosteza.

Luego se queda adormilado y se figura que la naturaleza entera se hunde en la somnolencia. El tiempo transcurre deprisa. El día pasa inadvertido y la noche llega de la misma manera... El vapor ha salido del puerto y prosigue su ruta.

IV

Pasan dos días. Pável Ivánich ya no está sentado, sino tumbado; tiene los ojos cerrados y la nariz parece haberse vuelto más aguda.

–¡Pável Ivánich! –le llama Gúsiev–. ¡Eh, Pável Ivánich!

Pável Ivánich abre los ojos y mueve los labios.

–¿Se encuentra usted mal?

–No es nada... –responde Pável Ivánich, jadeando–. No es nada, al contrario, hasta me siento mejor... Mire, ya puedo tumbarme... Las molestias han remitido...

–Dios sea loado, Pável Ivánich.

–Cuando me comparo con vosotros, me dais pena... sois unos desgraciados. Mis pulmones están sanos, esta tos viene del estómago... Soy capaz de soportar el infierno, no digamos el mar Rojo. Además, puedo mostrar una actitud crítica con mi propia enfermedad y los medicamentos. Mientras que para vosotros... pobres ignorantes... la situación es difícil, ¡muy difícil!

El barco no cabecea, la mar está en calma y hace tanto calor como en una sauna; cuesta trabajo no solo hablar, sino también escuchar. Gúsiev rodea las rodillas con los brazos, apoya en ellas la cabeza y recuerda su aldea natal. ¡Dios mío, en medio de ese bochorno, qué placer da pensar en la nieve y en el frío! Vas en trineo; de pronto los caballos se asustan y se embalan... Sin distinguir los caminos, ni las zanjas ni los barrancos, recorren al galope, como enrabietados, toda la aldea, atravesando el estanque, pasando junto a la fábrica, internándose en el campo... «¡Detente! –gritan a pleno pulmón los obreros y los transeúntes–. ¡Detente!» Pero ¿por qué hacerlo? Que el viento helado y penetrante azote el rostro y muerda las manos, que los torbellinos de nieve, levantados por los cascos, aneguen el gorro, se deslicen por el cuello y por el pecho, que los patines del trineo chirríen, que el tiro y el balancín se rompan, ¡al diablo con ellos! ¡Y qué placer cuando el trineo vuelca y te caes sobre un montón de nieve, hundiendo la cara en los copos; luego te levantas todo blanco, con escarcha en el bigote, sin gorro, sin manoplas, con el cinturón desabrochado...! La gente se ríe a carcajadas, los perros ladran...

Pável Ivánich entreabre un solo ojo, mira a Gúsiev y le pregunta en voz baja:

–Gúsiev, ¿tu comandante robaba?

–¡Y quién lo sabe, Pável Ivánich! Nosotros no sabemos nada; no nos enteramos de esas cosas.

Se produce un largo silencio. Gúsiev piensa, delira y no para de beber agua; le cuesta trabajo hablar y escuchar, y teme que le dirijan la palabra. Pasa una hora, luego otra y otra más; llega la tarde, cae la noche, pero él no se da cuenta; sigue sentado, evocando el frío.

Por el ruido, se diría que alguien ha entrado en la enfermería; se oyen voces, pero al cabo de unos cinco minutos todo queda en silencio.

–Que el Señor le conceda el reino de los Cielos y el reposo eterno –dice el soldado del brazo vendado–. ¡Qué hombre tan inquieto!

–¿Qué? –pregunta Gúsiev–. ¿Quién?

–Ha muerto. Acaban de llevarlo a cubierta.

–Bueno –balbucea Gúsiev, bostezando–, que el Señor le conceda el reino de los Cielos.

–¿Y a ti qué te parece, Gúsiev? –le pregunta después de una pausa el soldado del brazo vendado–. ¿Irá al cielo o no?

–¿De quién hablas?

–De Pável Ivánich.

–Irá... Ha sufrido mucho... Además, pertenece al clero y los popes tienen mucha familia. Rezarán por él.

El soldado del brazo vendado se sienta en el catre junto a Gúsiev y dice en voz baja:

–Tú tampoco durarás mucho en este mundo, Gúsiev. No llegarás a Rusia.

–¿Lo ha dicho algún médico o enfermero? –le pregunta Gúsiev.

–No lo ha dicho nadie, pero se ve... Cuando un hombre va a morir, se ve enseguida. No comes, no bebes, has adelgazado tanto que da miedo mirarte. En una palabra, tienes tuberculosis. No lo digo para inquietarte, sino para que comulgues y recibas la extremaunción, si lo deseas. Y en caso de que tengas dinero, deberías dárselo al comandante.

–No he escrito a casa... –suspira Gúsiev–. Me moriré y no sabrán nada.

–Lo sabrán –dice el marinero enfermo con voz de bajo–. Cuando mueras, anotarán tu fallecimiento en el diario de a bordo y, una vez en Odesa, entregarán una nota al gobernador militar, quien la remitirá al distrito o donde haga falta...

Esa conversación llena de angustia a Gúsiev, a quien comienza a acuciar un deseo indefinible. Bebe, pero no es eso; se arrastra hasta el ventanuco redondo y aspira el aire cálido y húmedo, pero no es eso; trata de pensar en su aldea natal, en el frío, pero no es eso... Por último, le asalta el convencimiento de que, si se queda un solo minuto más en la enfermería, se ahogará irremisiblemente.

–Me encuentro mal, muchachos... –dice–. Me voy arriba. ¡Llevadme arriba, por el amor de Dios!

–De acuerdo –conviene el soldado del brazo vendado–. No llegarás, pero te llevaré. Cógete de mi cuello.

Gúsiev se abraza al soldado, que lo sostiene con el brazo sano y lo lleva arriba. En cubierta duermen amontonados varios soldados y marineros que vuelven a sus hogares; hay tantos que apenas se puede pasar.

–Pon los pies en el suelo –dice suavemente el soldado del brazo vendado–. Sígueme con cuidado, agárrate a mi camisa...

Reina la oscuridad. Ni en cubierta ni en los mástiles ni en el mar brilla luz alguna. En la proa se alza inmóvil, como una estatua, el centinela, pero se diría que también él duerme. Parece como si el vapor siguiera su propio rumbo y navegara a su antojo.

–Acaban de arrojar al mar a Pável Ivánich... –dice el soldado del brazo vendado–. Lo metieron en un saco y lo echaron al agua.

–Sí. Así son las reglas.

–Es mejor reposar en casa, bajo tierra. Al menos tu madre irá a llorar a la tumba.

–Seguro.

Huele a estiércol y a heno. Junto a la borda hay algunos toros con la cabeza gacha. Uno, dos, tres... ocho en total. También hay un pequeño caballo. Gúsiev alarga el brazo para acariciarlo, pero el caballo sacude la testa, enseña los dientes y trata de morderle la manga.

–Maldito... –dice Gúsiev enfadado.

El soldado y él avanzan sin ruido en dirección a la proa, se detienen junto a la borda y, sin despegar los labios, miran ya hacia arriba ya hacia abajo. Arriba se extiende el cielo profundo, sereno, silencioso, las brillantes estrellas, igual que en la casa de la aldea; abajo reinan la oscuridad y el desorden. No se sabe para qué rugen las altas olas. Da lo mismo sobre cuál se pose la vista, todas tratan de sobrepasar a las demás, aplastándolas y rechazándolas; cada una de ellas, reluciente con su blanca cresta, se precipita sobre la anterior con estruendo, furiosa y horrible.

El mar no tiene conciencia ni piedad. Si el vapor fuera demasiado pequeño y no estuviera construido con gruesas planchas de hierro, las olas lo destrozarían sin compasión y se tragarían a todos los pasajeros, sin distinguir a los santos de los pecadores. El vapor también tiene una expresión indiferente y cruel. Ese monstruo narigudo avanza y corta a su paso millones de olas; no teme a la oscuridad, ni al viento, ni a los espacios inmensos, ni a la soledad; no le importa nada, y si el océano estuviera poblado de hombres, ese monstruo los aplastaría, sin distinguir tampoco a los santos de los pecadores.

–¿Dónde estamos ahora? –pregunta Gúsiev.

–No lo sé. Seguramente en medio del mar.

–No se ve tierra...

–¡Claro que no! Dicen que no la veremos en siete días.

Ambos guardan silencio y contemplan meditabundos la blanca espuma, irisada de resplandores fosforescentes. Gúsiev es el primero en hablar.

–No tiene nada de terrible –dice–, pero se siente angustia, como en un bosque oscuro; si echaran una chalupa al agua y un oficial diera la orden de ir a pescar a cien verstas de aquí, yo iría; o si, pongamos por caso, un cristiano cayera al mar, yo me lanzaría tras él. A un alemán o a un chino no los salvaría, pero a un cristiano sí.

–¿No tienes miedo de morir?

–Sí. Me da pena de la casa. En la aldea ha quedado mi hermano, pero es un irresponsable; bebe, pega a su mujer sin motivo, no respeta a sus padres. Cuando yo falte, todo se echará a perder y mi padre y madre acabarán pidiendo limosna. Pero las piernas no me sostienen, amigo, y apenas puedo respirar... Vamos a acostarnos.

V

Gúsiev regresa a la enfermería y se tumba en el catre. Lo mismo que antes, se siente oprimido por un deseo indefinido, pero, por más que lo intenta, no consigue determinar qué necesita. Siente un peso en el pecho, un zumbido en la cabeza y una sequedad tal en la boca que apenas puede mover la lengua. Dormita y delira; por la mañana, atormentado por las pesadillas, la tos y el calor sofocante, se queda profundamente dormido. Sueña que en el cuartel acaban de cocer pan y que él se ha deslizado en el interior del horno, donde toma un baño de vapor y se frota con una escobilla de abedul. Duerme dos días seguidos y el tercero, a mediodía, dos marineros bajan a la enfermería para sacarlo de allí.

Lo cubren con una lona y, para que pese más, ponen a su lado dos barras de hierro. Una vez encerrado en la lona, parece una zanahoria o un rábano: ancho en la cabeza, estrecho en los pies... Antes de la puesta de sol lo llevan a cubierta y lo colocan sobre una tabla, uno de cuyos extremos se apoya en la borda y el otro en una caja situada sobre un taburete. Alrededor se agrupan los soldados licenciados y la tripulación, todos con la cabeza descubierta.

–Alabado sea el Señor –empieza el sacerdote–, ahora y siempre, por los siglos de los siglos.

–¡Amén! –cantan tres marineros.

Los soldados licenciados y los miembros de la tripulación se santiguan y dirigen una mirada de soslayo a las olas. Es extraño que se encierre a un hombre en una lona y se lo arroje al mar. ¿No podría sucederle eso a cualquiera de ellos?

El sacerdote vierte un puñado de tierra sobre el cuerpo de Gúsiev y se inclina. Suenan los acordes del Réquiem.

El oficial de guardia levanta el extremo de la tabla, Gúsiev se desliza por ella, cae de cabeza, luego da una vuelta en el aire y ¡paf! La espuma lo envuelve; por un instante parece cubierto de encajes, pero al cabo de un momento el cadáver desaparece entre las olas.

Se hunde rápidamente. ¿Alcanzará el fondo? Dicen que hay una profundidad de cuatro verstas. Cuando ha recorrido ocho o diez *sazhens*, el cuerpo ralentiza su caída, se balancea rítmicamente, como si vacilara y, arrastrado por la corriente, se desplaza más deprisa de lo que se hunde.

Pero de pronto se topa en su camino con un banco de peces de los llamados pilotos. Al ver un cuerpo oscuro, los peces se detienen, como petrificados, y al punto se dan la vuelta todos a una y desaparecen. No ha pasado ni un minuto cuando, rápidos como flechas, se lanzan de nuevo sobre Gúsiev y empiezan a zigzaguear a su alrededor...

Después aparece otro cuerpo oscuro. Es un tiburón. Con aire altanero y displicente, como si no hubiera reparado en Gúsiev, pasa por debajo del cadáver, que cae sobre su lomo; luego el escualo se da la vuelta y, con la panza hacia arriba, retoza en el agua tibia y transparente, abriendo con languidez su mandíbula con dos hileras de dientes. Los pilotos están embelesados; se detienen y contemplan la escena. Tras jugar con el cadáver, el tiburón acerca con desgana las fauces, roza cuidadosamente con los dientes la parte inferior, y la lona se desgarra a lo largo de todo el cuerpo, de la cabeza a los pies; una de las barras cae, asustando a los pilotos, golpea al tiburón en un costado y se hunde rápidamente.

Durante ese tiempo, en la superficie, del lado de poniente, se amontonan las nubes; una de ellas parece un arco de triunfo, otra un león, una tercera unas tijeras... Por detrás de las nubes surge un ancho rayo verde que se extiende hasta la mitad del cielo; poco después aparece a su lado uno violeta, a continuación uno dorado, luego uno rosa... El cielo se vuelve de un lila suave. Al contemplar ese cielo espléndido y fascinante, el océano empieza a ensombrecerse, pero pronto adquiere unos colores delicados, alegres, apasionados, que apenas encuentran definición en el lenguaje de los hombres.

Campesinas
(1891)

En la aldea de Ráibuzh se alza, justo en frente de la iglesia, una casa de dos pisos, con cimientos de piedra y tejado de chapa. La planta baja la habitan el propio dueño, Filip Ivánov Kashin, apodado Diuda, y su familia; en el primer piso, muy caluroso en verano y muy frío en invierno, se alojan funcionarios, comerciantes y propietarios de paso. Diuda arrienda tierras a los campesinos, regenta una taberna junto a la carretera principal, comercia con alquitrán, miel, ganado y plumas de sombrero, y ha amasado ya unos ocho mil rublos, que tiene depositados en un banco de la ciudad.

Su hijo mayor, Fiódor, trabaja como mecánico jefe en la fábrica y, como dicen los campesinos, ha llegado tan lejos que no se le puede alcanzar con la mano; su esposa Sofía, mujer fea y enfermiza, vive en casa de su suegro, no para de llorar y todos los domingos va al hospital a recibir tratamiento. El segundo hijo de Diuda, Alioshka el jorobado, vive en casa de su padre. No hace mucho lo casaron con Varvara, procedente de una familia pobre: es una mujer joven, atractiva, llena de salud y coqueta. Los funcionarios y comerciantes que se alojan en la fonda exigen que sea ella quien les traiga el samovar y les haga la cama.

Una tarde de junio, mientras se ponía el sol y el aire se llenaba de olores a heno, a estiércol caliente y a leche fresca, entró en el patio de Diuda un carro sencillo en el que viajaban tres personas: un hombre de unos treinta años con un traje de lienzo, un muchacho de unos dieciocho con una larga levita negra con botones de hueso y un joven con camisa roja como las de los cocheros.

El joven desenganchó los caballos y los llevó a pasear por la calle, mientras el viajero se lavaba y decía sus oraciones vuelto hacia la iglesia; luego extendió su manta de viaje por el suelo, junto al carro, y se sentó a cenar con el muchacho; al contemplar sus gestos pausados y comedidos, Diuda, que a lo largo de su vida había visto muchos viajeros, reconoció en él a un hombre práctico, responsable y consciente de su valía.

Diuda estaba sentado en el porche solo con el chaleco, sin gorra, esperando a que el recién llegado le dirigiera la palabra. Estaba habituado a que los viajeros, por la tarde, antes de dormirse, le contaran toda suerte de historias, que él escuchaba con gusto. Su vieja Afanásievna y su nuera Sofía ordeñaban las vacas en la cuadra; su otra nuera, Varvara, sentada junto a una ventana abierta de la primera planta, comía pipas de girasol.

–Ese muchacho es hijo tuyo, ¿verdad? –preguntó Diuda al viajero.

–No, es un pupilo, un huérfano. Lo he tomado a mi cargo para la salvación de mi alma.

Empezaron a conversar. El viajero era un hombre dicharachero y elocuente, de tal manera que en el curso de la charla Diuda se enteró de que era un burgués de la ciudad, propietario, que se llamaba Matvéi Sávvich, que iba a ver unos huertos que había arrendado a unos colonos alemanes y que el muchacho se llamaba Kuzka. La noche era calurosa y sofocante; nadie tenía ganas de dormir. Cuando cayeron las sombras y las pálidas estrellas empezaron a titilar en algunos puntos del cielo, Matvéi Sávvich se puso a contar cómo se había hecho cargo de Kuzka. Afanásievna y Sofía, que se encontraban no lejos de allí, aguzaban el oído, mientras Kuzka se acercaba a la cancela.

–Se trata de una historia de lo más enrevesada, abuelo –empezó Matvéi Sávvivh–; si tuviera que contártelo todo, se nos haría de día. Hace unos diez años, en nuestra calle, justo al lado de mi casa, donde ahora se alza una fábrica de velas y una almazara, habitaba Marfa Simónovna Kaplúntseva, una vieja viuda que tenía dos hijos: uno trabajaba como mecánico en el ferrocarril; el otro, Vasia, de la misma edad que yo, vivía en casa de su madre. El difunto señor Kaplúntsev tenía caballos, unas cinco parejas, y se dedicaba al transporte en la ciudad; la viuda siguió con el negocio y manejaba a los carreteros con tanta habilidad como su difunto marido, de manera que algunos días sacaba cinco rublos netos. Su hijo también obtenía pequeños beneficios. Criaba palomas de raza y las vendía a los aficionados; siempre estaba en el tejado, lanzando una escoba al aire y silbando; las palomas volteadoras llegaban hasta el mismo cielo, pero a él siempre le parecía poco y quería que volaran más alto. Atrapaba pardillos y estorninos, construía jaulas... Parecen ocupaciones de poca monta, pero con esas naderías se sacaba unos diez rublos al mes. En fin, con el paso del tiempo, a la anciana se le paralizaron las piernas y tuvo que guardar cama. Como consecuencia, la casa se quedó sin patrona, que es como si un hombre se quedara sin ojos. La anciana empezó a preocuparse y pensó en casar a su hijo. Sin pérdida de tiempo llamó a la casamentera; empezaron esas típicas charlas de mujeres, que si esto, que si lo otro, y al final nuestro Vasia fue a ver a las candidatas. Eligió a Máshenka, hija de la viuda Samojválov. Le dieron el sí sin pensarlo demasiado y en una semana todo quedó arreglado. Era una muchacha joven, de unos diecisiete años, menuda y rechoncha, pero blanca de tez y bonita de cara, con todas las cualidades de una señorita; y su dote no estaba nada mal: unos quinientos rublos en dinero, una vaca, ropas de cama... Tres días después de la boda, la anciana, que había tenido un presentimiento, se marchó a la Jerusalén celeste, donde se desconocen las enfermedades y los suspiros. Los recién casados encargaron una misa de difuntos e iniciaron su vida en común. Durante seis meses vivieron en la mayor armonía, pero de pronto acaeció una nueva desdicha –las desgracias nunca viene solas–: Vasia fue convocado al sorteo de los quintos. Lo enrolaron, al pobre, sin concederle la menor prórroga. Le raparon la cabeza y lo enviaron al reino de Polonia. No se puede ir contra la voluntad de Dios. Cuando se despidió de su mujer en el patio apenas se mostró conmovido, pero cuando contempló su palomar por última vez se puso a llorar a lágrima viva. Daba pena mirarlo. En un principio Máshenka, para no aburrirse, llevó a su madre a vivir con ella; la vieja se quedó hasta el momento del parto, cuando nació este Kuzka que veis aquí, y luego se fue a Oboián, a casa de su otra hija, también casada, dejando a Máshenka sola con el pequeño. Lidiar con cinco carreteros, hombres dados a la bebida e insolentes, cuidar de varios caballos y carretas, ocuparse de una tapia que se desmorona y quemar el hollín acumulado en la chimenea no son actividades para una mujer, de modo que empezó a recurrir a mí, su vecino, para cualquier nadería. Yo llegaba, daba órdenes, aconsejaba... Como es bien sabido, no se entra en una casa sin beber té y entablar conversación. Yo era joven, ingenioso, me gustaba charlar de cualquier asunto; ella también era instruida y gentil. Llevaba ropas muy limpias y en verano se paseaba con un quitasol. A veces le hablaba de religión o de política; ella se sentía halagada y me servía té y mermelada... En una palabra, para no alargarme mucho, te diré, abuelo, que antes de que pasara un año el demonio, enemigo del género humano, me turbó el entendimiento. Empecé a darme cuenta de que, los días que no iba a verla, me sentía desanimado y me aburría. Y no paraba de buscar pretextos para ir a visitarla. «Es hora de poner las dobles ventanas para el invierno», le decía; y me pasaba el día entero remoloneando en su casa, poniendo las dobles ventanas e ingeniándomelas de tal manera que me quedaran un par de ellas para el día siguiente. «Habría que contar las palomas de Vasia, no se haya perdido alguna», y otras cosas por el estilo. Siempre que podía le hablaba por encima de la tapia y, al final, para hacer más corto el camino, abrí una puertecilla en el muro. En este mundo el sexo débil es causa de muchos males y villanías. No solo nosotros, pecadores, sino también los santos han sido apartados del buen camino. Máshenka no me rechazaba. En lugar de conservar el recuerdo de su marido y vigilar su conducta, se enamoró de mí. Empecé a darme cuenta de que también ella se aburría y se pasaba todo el tiempo cerca de la tapia, mirando mi patio por las hendiduras. La cabeza se me llenó de fantasías. El Jueves Santo, por la mañana temprano, poco después del amanecer, pasé junto a su puerta camino del mercado, y allí estaba el demonio de guardia; eché un vistazo –su puerta tenía una rejilla en la parte superior–, y la vi ya levantada en medio del patio, dando de comer a los patos. No pude contenerme y la llamé. Ella se acercó y me miró a través de la rejilla. La tez blanca, los ojos acariciadores, soñolientos... Obnubilado, empecé a dedicarle cumplidos, como si en lugar de encontrarnos ante su puerta estuviéramos celebrando su santo; ella se ruborizó y se rió, mirándome a los ojos sin pestañear. Perdí la razón y me puse a expresarle mis sentimientos amorosos... Ella me abrió la puerta y me dejó entrar; desde esa mañana vivimos como marido y mujer.

Alioshka el jorobado entró en el patio jadeando y, sin mirar a nadie, se dirigió corriendo a la casa; al cabo de un minuto salió a toda prisa, con un acordeón al hombro, y, haciendo tintinear en el bolsillo unas monedas de cobre y comiendo pipas de girasol, desapareció más allá de la cancela.

–¿Quién es ese? –preguntó Matvéi Sávvich.

–Mi hijo Alekséi –respondió Diuda–. Se va de juerga, el muy golfo. Dios le ha cargado con una joroba, así que no le exigimos demasiado.

–Se pasa todo el día de parranda con los muchachos –dijo Afanásievna con un suspiro–. Lo casamos antes del carnaval, pensando que eso arreglaría las cosas, pero la situación no ha hecho más que empeorar.

–No ha servido de nada. Lo único que hemos conseguido es hacer feliz a una muchacha sin motivo alguno –comentó Diuda.

Más allá de la iglesia, en algún lugar, se oyó una canción de una inefable tristeza. No se distinguían las palabras, solo se oían las voces: dos tenores y un bajo. Como todo el mundo escuchaba, en el patio se hizo un profundo silencio... Dos de las voces se interrumpieron bruscamente y estallaron en una estrepitosa carcajada, mientras la tercera, un tenor, siguió cantando y atacó una nota tan alta que todos miraron hacia arriba sin darse cuenta, como si la voz hubiera alcanzado el mismo cielo. Varvara salió de la casa y, cubriéndose los ojos con la mano, como para protegerse del sol, miró hacia la iglesia.

–Son los hijos del pope y el preceptor –dijo.

Las tres voces volvieron a cantar al unísono. Matvéi Sávvich suspiró y continuó:

–Así es, abuelo. Al cabo de un par de años recibimos de Varsovia una carta de Vasia. En ella decía que sus jefes lo enviaban a casa para que se restableciera. No se encontraba bien. En ese momento, libre ya de la locura que me había dominado, sopesaba la idea de un ventajoso matrimonio que me habían propuesto, pero no veía la manera de desembarazarme de mi amante. Cada día tenía intención de hablar con Máshenka, pero no sabía cómo encarar el asunto para no oír sus gemidos. La carta me facilitó las cosas. Cuando la leímos, se puso blanca como la nieve; yo le dije: «Gracias a Dios; eso significa que vas a volver a ser la mujer de tu marido». Y ella me replicó: «No tengo intención de vivir con él». «Pero es tu marido», apunté yo. «Poco me importa... Nunca le he querido y me casé con él contra mi voluntad. Mi madre me obligó.» «Déjate de historias, necia, y contéstame: ¿te has casado con él o no?» «Sí –dice–, pero te quiero a ti y viviré contigo hasta la muerte. Me da igual que la gente se ría... No les haré ningún caso...» «Eres piadosa –le digo–, ¿has leído lo que dicen las Escrituras?»

–Te han dado un marido y debes vivir con él –comentó Diuda.

–Marido y mujer son una misma carne. «Hemos pecado –le digo–, y es hora de que nos separemos; hay que escuchar la voz de la conciencia y temer a Dios. Confesemos nuestra culpa ante Vasia; es un hombre pacífico y tímido, no nos matará. Además, es mejor soportar los tormentos infligidos en este mundo por el marido legítimo que rechinar los dientes el día del Juicio Final.» Ella no me escuchaba, seguía en sus trece y no quería entrar en razón. «Te quiero», eso es lo único que decía. Vasia llegó el sábado anterior al Domingo de la Santísima Trinidad, por la mañana temprano. Lo contemplé todo a través de la tapia: entró corriendo en la casa y al cabo de un minuto salió con Kuzka en brazos, riendo, llorando, besando a su hijo y contemplando el henil; le daba pena dejar a Kuzka y al mismo tiempo tenía ganas de ver sus palomas. Era un hombre delicado, sensible. El día pasó de la mejor manera, en calma y sin incidentes. Llamaron al oficio de vísperas y yo pensé: «Mañana es el Domingo de la Santísima Trinidad, ¿por qué no han cubierto de ramos la puerta y la tapia? Las cosas no deben de ir bien». Fui a verles. Él estaba sentado en el suelo, en medio de la habitación, con la mirada perdida como un borracho; las lágrimas le rodaban por las mejillas y las manos le temblaban; sacó de un saco rosquillas, collares, bizcochos y toda clase de regalos y los desperdigó por el suelo. Kuzka –que entonces tenía tres años– gateaba a su alrededor y masticaba un bizcocho; Máshenka, de pie junto a la estufa, pálida y temblorosa, balbuceaba: «No soy tu mujer, no quiero vivir contigo», y un montón de tonterías más. Saludé a Vasia con una profunda reverencia y le dije: «Somos culpables ante ti, Vasili Maksímich, perdónanos, por el amor de Dios». Luego me incorporé y le dirigí a Máshenka estas palabras: «Y usted, María Semiónovna, debe sentirse contenta de lavarle los pies a Vasili Maksímich. Sea una esposa sumisa y ruegue a Dios para que, en su misericordia, perdone mi pecado». Parecía como si ese discurso me lo hubiera inspirado un ángel y hablaba con tanto sentimiento que hasta se me saltaron las lágrimas. El caso es que, al cabo de un par de días, Vasia vino a verme. «Os perdono a los dos, Matvéi, que Dios sea con vosotros. Es difícil que la mujer de un soldado, sobre todo si es joven, guarde el decoro. No es la primera ni será la última. Lo único que te pido es que te comportes como si no hubiera pasado nada entre vosotros; yo, por mi parte, trataré de colmarla de atenciones para que vuelva a amarme.» Me tendió la mano, bebió una taza de té y se marchó contento. «Gracias a Dios», pensé, muy satisfecho de que todo hubiera acabado tan bien. Pero, en cuanto Vasia salió del patio, llegó Máshenka. ¡Qué castigo de mujer! Se me colgó del cuello, lloró y suplicó: «En el nombre del Cielo, no me abandones, no puedo vivir sin ti».

–¡La muy pájara! –suspiró Diuda.

–Le grité, golpeé el suelo con el pie, la arrastré hasta el zaguán y puse el pestillo. «Vete con tu marido –le grité–. ¡No me avergüences delante de la gente, ten temor de Dios!» Y cada día la misma historia. Una mañana estaba en el patio, cerca de la cuadra, ocupado en arreglar una brida. De pronto veo cómo atraviesa corriendo la cancela, descalza, vestida con una saya, y viene directamente hacia mí; coge la brida con ambas manos, se embadurna de brea, se estremece, llora... «No puedo vivir con un hombre que me repugna. ¡Me faltan las fuerzas! Si no me amas, mejor es que me mates.» Me enfadé y le propiné dos golpes con la brida; en ese momento Vasia atravesó la cancela y gritó con voz desesperada: «¡No le pegues! ¡No le pegues!». Se acercó corriendo, levantó la mano y empezó a propinarle puñetazos con todas sus fuerzas, como un poseo; luego la arrojó al suelo y la cubrió de patadas; quise defenderla, pero él cogió mis riendas y le dio con ellas. Mientras la golpeaba, chillaba como un potro: «¡Hi-hi-hi!».

–Habría que haberte azotado a ti con esas riendas... –farfulló Varvara, alejándose–. Acabarán matándonos a todas estos malditos...

–¡Cállate! –le gritó Diuda–. ¡Yegua!

–¡Hi-hi-hi! –continuó Matvéi Sávvich–. De su patio llegó corriendo un cochero; yo llamé a mi obrero y entre los tres conseguimos arrancarle a Máshenka y llevarla a casa, sosteniéndola por los brazos. ¡Qué vergüenza! Esa misma tarde fui a enterarme de las novedades. Estaba tumbada en la cama, cubierta de compresas; solo se le veían los ojos y la nariz; miraba el techo. Le dije: «¡Hola, María Semiónovna!». Ella callaba. Vasia estaba en otra habitación, cogiéndose la cabeza con las manos y llorando. «¡Soy un canalla! ¡He destrozado mi propia vida! ¡Envíame la muerte, Señor!» Pasé media hora junto a Máshenka y le eché un sermón. Le metí miedo. «Los justos –le dije– irán al paraíso en el otro mundo, mientras que a ti te arrojarán al fuego del infierno con todas las pecadoras... No te opongas a tu marido, arrójate a sus pies.» Ella no pronunció palabra, ni siquiera pestañeó; era como si le estuviera hablando a un poste. Al día siguiente Vasia cayó enfermo, de cólera o algo así, y por la tarde oí que había muerto. Lo enterraron. Máshenka no fue al cementerio, no quería mostrar delante de la gente su impúdico semblante y sus moratones. Pronto los burgueses de la ciudad hicieron correr el rumor de que Vasia no había fallecido de muerte natural, sino que lo había matado ella. La especie llegó a las autoridades. Desenterraron a Vasia, le abrieron el vientre y en su interior encontraron arsénico. El asunto estaba claro como el agua; vino la policía y se llevó a Máshenka y también a Kuzka, que no tenía nada que ver. La encarcelaron. La mujer se había conducido sin cabeza y Dios la había castigado... Al cabo de unos ocho meses se celebró el juicio. Recuerdo que estaba sentada en un banco, con un pañuelo blanco y un vestido gris, delgada, pálida, con ojos penetrantes; daba pena. Detrás había un soldado con un fusil. No confesó. En el juicio unos dijeron que había envenado a su marido, otros aseguraron que él mismo, desesperado, se había envenado. Me citaron como testigo. Cuando me interrogaron, lo expliqué todo en conciencia. «Es culpa suya. No hay nada que ocultar: no amaba a su marido, tenía mucho carácter...» El juicio se inició por la mañana y por la tarde leyeron el veredicto: trece años de trabajos forzados en Siberia. Después del juicio, pasó unos tres meses en el presidio de la ciudad. Fui a verla por humanidad, le llevé té, azúcar. Cuando me vio, empezó a temblar de pies a cabeza, agitó los brazos y balbució: «¡Vete! ¡Vete!». Apretó a Kuzka contra su seno, como si tuviera miedo de que me lo llevara. «¡Mira adónde has llegado! –le dije–. ¡Ah, Masha, Masha, pecadora! No me escuchaste cuando te pedí que entraras en razón y ahora tienes que llorar. Tú tienes la culpa, acúsate a ti misma.» Mientras la amonestaba, ella solo decía: «¡Vete! ¡Vete!»; se apretaba contra la pared, con Kuzka en brazos, y se estremecía.

Cuando se disponían a trasladarla a la capital del distrito, fui a verla a la estación y le entregué un rublo en un paquete para la salvación de mi alma. Pero no llegó a Siberia... En la capital del distrito contrajo unas fiebres y murió en el presidio.

–Si eres un perro, muere como un perro –dijo Diuda.

–Enviaron a Kuzka de vuelta a casa... Después de pensármelo mucho, me hice cargo de él. ¿Qué podía hacer? Es hijo de una criminal, pero es un ser vivo, un cristiano... Me daba pena. Haré de él un dependiente y, si no tengo hijos, lo convertiré en comerciante. Ahora, cuando voy a alguna parte, lo llevo conmigo para que aprenda.

Durante la narración de Matvéi Sávvich, Kuzka estuvo sentado en una piedra, junto a la cancela, con la cabeza apoyada en ambas manos, contemplando el cielo; de lejos, en la oscuridad, parecía un tocón.

–¡Kuzka, vete a dormir! –le gritó Matvéi Sávvich.

–Sí, ya es hora –dijo Diuda, poniéndose en pie; dejó escapar un sonoro bostezo y añadió–: Siempre quieren hacer lo que se les antoja, no hacen caso y recogen lo que siembran.

En el cielo, por encima del patio, flotaba ya la luna; se desplazaba en una dirección y las nubes, que pasaban por debajo de ella, en la contraria; las nubes se alejaban, mientras la luna se demoraba sobre el patio. Matvéi Sávvich rezó vuelto hacia la iglesia y, tras desear buenas noches a los presentes, se tumbó en el suelo, cerca del carro. Kuzka también dijo sus oraciones, se echó en el interior del carro y se cubrió con su levita; para estar más a gusto, abrió un agujero en el heno y se acurrucó de tal modo que los codos rozaran las rodillas. Desde el patio se veía cómo Diuda, en la planta baja, encendía una vela, se ponía unas gafas y se acomodaba en un rincón, con un libro en la mano. Pasó un buen rato leyendo y prosternándose.

Los viajeros se durmieron. Afanásievna y Sofía se acercaron al carro y se quedaron mirando a Kuzka.

–Duerme, el pobre huérfano –dijo la anciana–. Delgaducho, escuchimizado, con los huesos a flor de piel. No tiene madre y nadie se ocupa de que coma como Dios manda.

–Mi Grisha debe tener dos años más –comentó Sofía–. Vive en la fábrica sin su madre, como en una prisión. Puede que el patrón le pegue. Hace un rato, cuando vi a este muchachito, me acordé de mi Grisha y la sangre se me heló en las venas.

Pasaron un minuto en silencio.

–Tal vez ya no se acuerde de su madre –dijo la anciana.

–¡Cómo quieres que se acuerde!

Y gruesas lágrimas rodaron de los ojos de Sofía.

–Se ha hecho un ovillo... –dijo, sollozando y riendo, llena de conmiseración y de piedad–. ¡Pobre huerfanito!

Kuzka se estremeció y abrió los ojos. Vio ante sí un rostro feo, descompuesto, lloroso, y a su lado a una vieja desdentada, con un mentón prominente y una nariz buida; por encima de ambas mujeres se extendía un cielo insondable, por el que se desplazaban las nubes y la luna; el muchacho lanzó un grito de espanto. Sofía también gritó; el eco les respondió a ambos y una sensación de inquietud atravesó el aire sofocante; no lejos de allí, un vigilante dio un golpe en una plancha; un perro ladró. Matvéi Sávvich farfulló algunas palabras en sueños y se volvió del otro lado.

Ya avanzada la noche, cuando Diuda, la anciana y el vigilante de la vecindad dormían, Sofía atravesó la cancela y se sentó en un banco. Respiraba con dificultad y le dolía la cabeza de tanto llorar. La calle era ancha y larga, dos verstas a la derecha y otras tantas a la izquierda, y no se veía el final. La luna había abandonado el patio y flotaba ahora sobre la iglesia. Su luz inundaba un lado de la calle; el otro estaba sumido en tinieblas; las grandes sombras de los álamos y de los nidos de estorninos atravesaban toda la calle, mientras la de la iglesia, negra y terrible, ocupaba una amplia franja de tierra y cubría la cancela de Duida y la mitad de la casa. No había nadie y no se oía un ruido. Del final de la calle llegaba de vez en cuando una música apenas audible; probablemente Alioshka tocaba el acordeón.

Unos pasos resonaron en la penumbra, cerca de la verja de la iglesia. ¿Era un hombre o una vaca?: imposible saberlo; quizá no había nadie y solo se trataba de un ave de gran tamaño que hacía crujir las frondas. Pero de pronto una figura se destacó de la sombra, se detuvo, dijo algo –era una voz de hombre– y después desapareció en el callejón próximo a la iglesia. Algo más tarde apareció otra silueta a unos dos *sazhens* de la cancela; se dirigía directamente hacia allí pero, al ver a Sofía en el banco, se detuvo.

–Varvara, ¿eres tú? –preguntó Sofía.

–¿Y si fuera yo?

Era Varvara. Permaneció inmóvil durante un minuto, luego se acercó al banco y se sentó.

–¿Adónde has ido? –preguntó Sofía.

Varvara no respondió.

–No vayas a ganarte alguna desgracia a fuerza de tanto correr, jovencita –dijo Sofía–. ¿No has oído las patadas y los fustazos que recibió Máshenka? Ten cuidado, no te pase lo mismo.

–Da igual. –Varvara, tapándose la boca con el pañuelo, se echó a reír y susurró–: He estado con el hijo del pope.

–Bromeas.

–Te lo prometo.

–¡Es pecado! –murmuró Sofía.

–Da igual... ¿Por qué lamentarse? Si es pecado, que lo sea; más vale caer fulminada por un rayo que llevar esta vida. Soy joven, tengo salud y Dios me ha dado un marido jorobado, odioso, duro, peor que ese maldito Diuda. Cuando era niña, no tenía nada que comer y andaba descalza; escapé de esa miseria, me dejé tentar por la riqueza de Alioshka y caí en la jaula como un pez en la nasa; preferiría dormir con una víbora que con ese sarnoso de Alioshka. ¿Y tu vida? Ojalá no la hubieran visto mis ojos. Tu Fiódor te ha echado de la fábrica, te ha mandado a casa de su padre y ha tomado otra mujer; te han quitado a tu hijo y lo tienen encerrado. Trabajas como una mula y no oyes ni una buena palabra. Más vale quedarse soltera toda la vida, aceptar el medio rublo del hijo del pope, mendigar, arrojarse a un pozo...

–¡Es pecado! –volvió a murmurar Sofía.

–Da igual.

Detrás de la iglesia las tres mismas voces, dos tenores y un bajo, entonaron de nuevo su triste canción. Tampoco esta vez podían distinguirse las palabras.

–Pájaros de media noche... –dijo Varvara, echándose a reír.

Y se puso a hablar en susurros de sus citas nocturnas con el hijo del pope, de lo que este le decía, de cuáles eran sus amigos y de sus escarceos con los funcionarios y comerciantes de paso. La triste canción transmitía un aire de libertad. Sofía se echó a reír, dominada al mismo tiempo por la mala conciencia y el miedo; le gustaba escuchar a Varvara, la envidiaba y lamentaba no haber pecado ella misma cuando era joven y hermosa...

En la vieja iglesia del cementerio dieron las doce.

–Es hora de dormir –dijo Sofía, poniéndose en pie–, no vaya a ser que nos sorprenda Diuda.

Ambas entraron en el patio sin hacer ruido.

–Como me marché, no oí cómo acababa la historia de Máshenka –dijo Varvara, preparándose el lecho debajo de la ventana.

–Por lo visto murió en prisión. Envenenó a su marido.

Varvara se tumbó al lado de Sofía, se quedó pensativa y dijo en voz baja:

–Yo me desembarazaría de mi Alioshka y no lo lamentaría.

–No dices más que tonterías, que Dios te proteja.

Cuando Sofía estaba a punto de dormirse, Varvara se apretó contra ella y le susurró al oído:

–¡Vamos a desembarazarnos de Duida y de Alioshka!

Sofia se estremeció y no respondió; luego abrió los ojos y estuvo largo rato mirando el cielo, sin pestañear.

–La gente lo sabrá –dijo.

–No lo sabrá. Diuda ya es viejo, es hora de que muera; en cuanto a Aliosha, dirán que las borracheras acabaron con él.

–Es terrible... Dios nos castigará...

–Da igual...

Ni una ni otra dormían; cavilaban en silencio.

–Hace frío –dijo Sofía, temblando de pies a cabeza–. Probablemente la mañana está al llegar... ¿Duermes?

–No... No me hagas caso, querida –murmuró Varvara–. Estoy enojada con esos malditos y no sé lo que digo. Duerme, está a punto de amanecer... Duerme...

Ambas guardaron silencio, se tranquilizaron y no tardaron en quedarse dormidas.

La anciana fue la primera en levantarse. Despertó a Sofía y las dos fueron a la cuadra a ordeñar las vacas. Llegó Alioshka el jorobado, completamente borracho, sin el acordeón; traía el pecho y las rodillas llenos de polvo y de paja: probablemente se había caído por el camino. Tambaleándose, entró en la cuadra, se desplomó sobre el heno, sin desvestirse, y al cabo de un instante ya estaba roncando. Cuando la ardiente llama del sol naciente resplandeció en las cruces de la iglesia y luego en las ventanas, y a través del patio, en la hierba cubierta de rocío, se extendieron las sombras de los árboles y del cigoñal del pozo, Matvéi Sávvich se levantó de un salto y empezó a trajinar.

–¡Kuzka, arriba! –gritó–. ¡Es hora de enganchar! ¡Deprisa!

Empezaba el ajetreo de la mañana. Una joven judía, ataviada con un vestido pardusco con volantes, condujo un caballo hasta el abrevadero del patio. El cigoñal gemía lastimero, el balde tintineaba... Kuzka, soñoliento, perezoso, cubierto de rocío y aterido de frío, estaba sentado en el carro, poniéndose con indolencia la chaqueta, y escuchaba cómo el agua caía del cubo al pozo.

–Tía –gritó Matvéi Sávvich a Sofía–, ve a sacudir a mi muchacho y dile que venga a enganchar.

En ese mismo momento Diuda gritaba por la ventana:

–¡Sofía, cóbrale a la judía un kopek por el agua! ¡Se han acostumbrado a no pagar, los muy sarnosos!

Un rebaño de ovejas iba de un lado a otro de la calle, balando; las campesinas gritaban al pastor, que tocaba el caramillo, hacía restallar el látigo o les contestaba con su fuerte y ronca voz de bajo. En el patio entraron tres ovejas y, al no encontrar la puerta, empezaron a darse cabezadas contra la tapia. El ruido despertó a Varvara, que cogió su ropa de cama con los dos brazos y entró en la casa.

–¡Al menos podías echar a las ovejas! –le gritó el anciano–. ¡Señoritinga!

–¡Lo que me faltaba! ¡Trabajar para vosotros, monstruos! –rezongó Varvara, entrando en la casa.

Engrasaron el carro y engancharon los caballos. Duida salió de la casa con el ábaco en la mano; se sentó en el porche y se puso a calcular lo que el viajero tenía que pagar por el albergue, la avena y el agua.

–Muy cara cobras la avena, abuelo –dijo Matvéi Sávvich.

–Si te parece cara, no la cojas. Soy comerciante, no fuerzo a nadie.

Los viajeros se acercaron al carro, dispuestos a iniciar la marcha, pero un imprevisto los retuvo durante un minuto. Kuzka había perdido la gorra.

–¿Dónde la has metido, cerdo? –gritó Matvéi Sávvich con enfado–. ¿Dónde está?

El rostro de Kuzka se crispó de terror, empezó a ajetrearse alrededor del carro y, al no encontrar la prenda, fue corriendo hasta la cancela y luego al interior de la cuadra. La anciana y Sofía le ayudaban a buscar.

–¡Te arrancaré las orejas! –gritó Matvéi Sávvich–. ¡Canalla!

La gorra apareció en el fondo del carro. Kuzka le quitó la paja con la manga, se la puso en la cabeza y trepó al carro con aire apocado y una expresión de pánico, como si temiera que fueran a golpearle por detrás. Matvéi Sávvich se santiguó, el criado tiró de las riendas y el carro se puso en marcha y salió del patio.

La cigarra
(1892)

I

A la boda de Olga Ivánovna acudieron todos sus amigos y buenos conocidos.

–Mírenle: ¿no es cierto que tiene algo? –decía ella a sus amigos, señalando a su marido con un movimiento de cabeza, como queriendo aclarar por qué se había casado con un hombre sencillo y de lo más corriente, que no se distinguía por nada.

Su marido, Ósip Stepánich Dímov era médico y tenía rango de consejero titular. Trabajaba en dos hospitales: en uno como interno y en otro como médico forense. Todas las mañanas, desde las nueve hasta el mediodía, recibía a los enfermos y desempeñaba sus funciones en la sala; después de las doce tomaba el tranvía de caballos y se dirigía al otro hospital, donde practicaba la autopsia de los enfermos fallecidos. Su clientela particular era insignificante y no le reportaba más de unos quinientos rublos al año. Eso era todo. En cambio, tanto Olga Ivánovna como sus amigos y conocidos eran personas fuera de lo común. Cada uno de ellos se distinguía por algo y había alcanzado cierta notoriedad, se había hecho un nombre y pasaba por una celebridad o, en caso de que aún no fuera conocido, alimentaba las más brillantes esperanzas. Había un actor dramático, gran talento, que gozaba desde hacía tiempo de amplio reconocimiento, hombre elegante, inteligente y discreto, y además excelente recitador, que daba a Olga Ivánovna clases de declamación; un cantante de ópera, gordo y bonachón, que aseguraba a Olga Ivánovna entre suspiros que estaba echándose a perder: si no fuera tan perezosa y se esforzara, podría convertirse en una cantante notable; había también algunos pintores, a la cabeza de los cuales estaba Riabovski, pintor de género, animalista y paisajista, joven rubio y atractivo de unos veinticinco años, que tenía éxito en las exposiciones y había vendido su último cuadro por quinientos rublos; retocaba los estudios de Olga Ivánovna y decía que tal vez podría crear algo de valor; también había un violonchelista, que sacaba lamentos de su instrumento y confesaba abiertamente que, de todas las mujeres que conocía, solo Olga Ivánovna estaba en condiciones de acompañarlo. También estaba presente un hombre de letras, joven pero ya famoso, que escribía relatos, obras de teatro y cuentos. ¿Quién más? Ah, sí, Vasili Vasílich, un hacendado, ilustrador y miniaturista diletante, gran conocedor del antiguo estilo ruso, de las leyendas históricas y de las epopeyas, que hacía verdaderas maravillas sobre papel, porcelana y platos ahumados. En medio de ese círculo artístico, independiente y mimado por el destino, delicado y discreto, pero cuyos miembros solo se acordaban de la existencia de los médicos cuando estaban enfermos y a quienes el nombre de Dímov no les decía más que el de Sídorov o Tarásov, en medio de ese círculo Dímov parecía una figura extraña, insignificante y pequeña, aunque era de elevada talla y ancho de hombros. Daba la impresión de llevar un frac ajeno y su barba recordaba la de un dependiente. Sin embargo, de haber sido escritor o pintor habrían dicho que su barba se asemejaba a la de Zola.

El actor decía a Olga Ivánovna que, con sus cabellos de lino y su traje de novia, guardaba un gran parecido con un esbelto cerezo en primavera, todo cubierto de delicadas flores blancas.

–¡No, escúcheme! –respondió Olga Ivánovna, cogiéndole del brazo–. ¿Cómo ha sucedido todo esto? Escúcheme, escúcheme... Debo decirle que mi padre trabajaba con Dímov en el mismo hospital. Cuando mi pobre padre enfermó, Dímov pasaba días y noches enteras a su cabecera. ¡Cuánto sacrificio! Escuche, Riabovski... Escuche usted también, escritor, que es muy interesante. Acérquese un poco más. ¡Cuánto sacrificio! ¡Cuánta compasión sincera! Yo tampoco dormía y pasaba la noche junto a mi padre; de pronto, figúrense, el joven héroe sucumbió. Mi Dímov se enamoró perdidamente de mí. En verdad, el destino es de lo más extravagante. Después de la muerte de mi padre, vino a verme alguna vez, nos encontramos en la calle y un buen día, de repente, zas, se declara... Menuda sorpresa... Me pasé toda la noche llorando y yo misma me enamoré locamente. Y ahora, como ven, me he convertido en su mujer. ¿No es cierto que hay en él algo vigoroso y fuerte, algo de oso? En este momento vemos su rostro de tres cuartos, mal iluminado, pero cuando se vuelva, mírenle la frente. Riabovski, ¿qué me dice usted de esa frente? ¡Dímov, estamos hablando de ti! –le gritó a su marido–. Ven aquí. Ofrece tu honrada mano a Riabovski... Así. Sean buenos amigos.

Dímov, con una sonrisa ingenua y bondadosa, le tendió la mano a Riabovski y dijo:

–Encantado. Conmigo se licenció otro Riabovski. ¿No será pariente suyo?

II

Olga Ivánovna tenía veintidós años, Dímov treinta y uno. Su vida de casados empezó muy bien. Olga Ivánovna cubrió todas las paredes del salón con estudios propios o ajenos, con marco o sin enmarcar, y alrededor del piano y de los muebles organizó una hermosa composición de sombrillas chinas, caballetes, paños multicolores, puñales, estatuillas y fotografías... Los muros del comedor los tapizó de imágenes populares, colgó chanclos y hoces, dispuso en una esquina un rastrillo y una hoz, conformando de ese modo un comedor de estilo ruso. En el dormitorio, para que se pareciera a una gruta, envolvió el techo y las paredes de una tela oscura, colgó encima de las camas un farol veneciano y situó junto a la puerta una estatua con una alabarda. Todo el mundo consideró que la joven pareja tenía un hogar muy agradable.

Cada día, tras levantarse a eso de las once, Olga Ivánovna tocaba el piano o, si hacía sol, pintaba al óleo. Luego, poco después del mediodía, iba a ver a la costurera. Como no disponían de mucho dinero, lo justo para ir tirando, ambas mujeres tenían que servirse de toda suerte de argucias para que ella pudiera cambiar a menudo de ropa y deslumbrar con su vestuario. Muy a menudo con un viejo vestido teñido, algunos trozos de tul, encajes, felpa y seda de escaso valor realizaban auténticos milagros, verdaderas maravillas, un sueño más que un vestido. Desde allí Olga Ivánovna solía dirigirse a casa de alguna actriz conocida para ponerse al corriente de las novedades teatrales y, de paso, procurarse entradas para el estreno de una obra o una gala. A continuación se trasladaba al taller de un pintor o a una exposición; luego, al domicilio de alguna celebridad para invitarle o rendirle visita o simplemente para charlar un rato. Y en todas partes la recibían con alegría y afabilidad y le aseguraban que era inteligente, encantadora, excepcional... Aquellos a quienes ella consideraba celebridades y grandes hombres la trataban como a una de los suyos, como a una igual, y le pronosticaban de manera unánime que, con su talento, gusto e ingenio, llegaría a ser alguien, siempre que no desperdiciara sus habilidades. Ella cantaba, tocaba el piano, pintaba, esculpía, participaba en espectáculos de aficionados, y ninguna de esas actividades las realizaba de cualquier manera, sino con talento; ya confeccionara farolillos para la iluminación, se engalanara o le anudara a alguien la corbata, el resultado destacaba por su arte, gracia y encanto extraordinarios. Pero nada testimoniaba mejor sus aptitudes que su habilidad para trabar rápido conocimiento y estrechar relaciones con personas célebres. Apenas había alcanzado alguien cierta fama y había dado que hablar, cuando ella ya se las había ingeniado para que se lo presentaran y, ese mismo día, se había ganado su amistad y lo había invitado a su casa. Toda nueva relación era para ella una verdadera fiesta. Adoraba a las personas famosas, se enorgullecía de su trato y cada noche las veía en sueños. Su sed de ellas era insaciable. Las antiguas relaciones pasaban y caían en el olvido, sustituidas por otras nuevas, pero pronto se acostumbraba también a ellas o se desencantaba y empezaba a buscar con avidez nuevos grandes hombres; los encontraba y otra vez se ponía a buscar. ¿Para qué?

Entre las cuatro y las cinco comía en casa con su marido. La sencillez, buen sentido y bondad de Ósip la llenaban de ternura y entusiasmo. Se levantaba a cada momento de su silla, le abrazaba impetuosamente la cabeza y le cubría de besos.

–Eres un hombre inteligente y noble, Dímov –decía–, pero tienes un defecto muy importante. No te interesas lo más mínimo por el arte. Rechazas la música y la pintura.

–No las comprendo –decía él con humildad–. Durante toda

mi vida me he ocupado de las ciencias naturales y de la medicina, y nunca he tenido tiempo de interesarme por las artes.

–Pero ¡eso es algo terrible, Dímov!

–¿Por qué? Tus conocidos no saben nada de ciencias naturales ni de medicina y, sin embargo, tú no se lo reprochas. A cada uno lo suyo. Yo no entiendo los paisajes ni las óperas, pero me digo: «Si personas inteligentes les consagran toda su vida y otras personas inteligentes pagan ingentes sumas por ellos, es que son necesarios». Yo no los comprendo, pero no comprender no significa rechazar.

–¡Deja que estreche tu honrada mano!

Después del almuerzo Olga Ivánovna visitaba a algunos conocidos, luego iba al teatro o al concierto y regresaba a casa después de la medianoche. Y así todos los días.

Recibía los miércoles. En esas veladas la anfitriona y sus invitados no jugaban a las cartas ni bailaban, sino que se ocupaban de diversas actividades artísticas. El actor dramático recitaba, el cantante cantaba, los pintores dibujaban en uno de los numerosos álbumes de Olga Ivánovna, el violonchelista tocaba y la propia anfitriona dibujaba, modelaba, cantaba y acompañaba al piano. En los intervalos entre la lectura, la música y el canto, se hablaba y se discutía de literatura, teatro y pintura. No había ninguna dama, pues Olga Ivánovna las consideraba a todas, excepto a las actrices y a su costurera, aburridas y triviales. Ninguna velada transcurría sin que la anfitriona se estremeciera cada vez que sonaba la campanilla y dijera con expresión triunfante: «¡Es él!», es decir, alguna nueva celebridad a la que había invitado por vez primera. Dímov no estaba en el salón y nadie se acordaba de su existencia. Pero a las once y media en punto aparecía en el umbral de la puerta que daba al comedor y, con su sonrisa bondadosa y humilde, decía, frotándose las manos:

–Señores, hagan el favor de venir a cenar.

Todos pasaban al comedor y siempre veían sobre la mesa las mismas viandas: una fuente con ostras, jamón o ternera, sardinas, queso, caviar, setas, vodka y dos garrafas de vino.

–¡Mi querido *maître d'hôtel!* –exclamaba Olga Ivánovna, aplaudiendo con entusiasmo–. ¡Realmente eres encantador! ¡Señores, presten atención a su frente! Dímov, vuélvete de perfil. Fíjense, señores: el rostro de un tigre de Bengala y la expresión dulce y bondadosa de un ciervo. ¡Ay, querido!

Los invitados comían y, mirando a Dímov, pensaban: «En verdad, es un hombre estupendo», pero pronto se olvidaban de él y seguían hablando de teatro, música y pintura.

La joven pareja era feliz y su vida transcurría sin incidentes. No obstante, la tercera semana de su luna de miel no fue del todo dichosa, sino más bien triste. Dímov contrajo la erisipela en el hospital, guardó cama durante seis días y tuvo que cortarse al rape sus hermosos cabellos negros. Olga Ivánovna no se apartaba de su lado y lloraba con amargura, pero cuando empezó a mejorar, le puso un pañuelo blanco en su cabeza rasurada y empezó a pintar un beduino sirviéndose de él como modelo. Ambos lo encontraron divertido. Al cabo de dos o tres días, cuando, ya restablecido, Dímov reanudó sus tareas en el hospital, sufrió un nuevo contratiempo.

–¡No tengo suerte, cariño! –dijo durante el almuerzo–. Hoy he tenido que practicar cuatro autopsias y me he cortado dos dedos. No me he dado cuenta hasta que he llegado a casa.

Olga Ivánovna se asustó. Él sonrió y dijo que no tenía importancia, que a menudo se hacia cortes en las manos cuando abría los cadáveres.

–Estoy tan ensimismado en mi trabajo, querida, que a veces no me doy cuenta de lo que hago.

Olga Ivánovna esperaba con preocupación algún signo de infección y por las noches rezaba, pero todo salió bien. La vida retomó su curso plácido y feliz, sin penas ni alarmas. El presente era hermoso y estaba a punto de ceder su lugar a la primavera, que ya sonreía en la lejanía, prometiendo mil alegrías. ¡La felicidad no iba a tener fin! En abril, mayo y junio una dacha fuera de la ciudad, paseos, estudios, jornadas de pesca, el canto de los ruiseñores; luego, desde julio hasta otoño, el viaje de los pintores por el Volga, en el que Olga Ivánovna, en calidad de miembro permanente de la sociedad, también tomaría parte. Ya se había hecho dos vestidos de viaje de lino, había comprado pinturas, pinceles, lienzos y una paleta nueva. Riabovski la visitaba casi todos los días para examinar sus progresos en la pintura. Cuando le mostraba alguna obra, él hundía las manos en los bolsillos, apretaba con fuerza los labios, resoplaba y decía:

–Sí... Esa nube chirría: no está iluminada por la luz del atardecer. El primer término es algo angosto y no está del todo bien, ¿comprende?... Su pequeña isba parece ahogarse y chilla de manera lamentable... Habría que haber puesto más sombra en esa esquina. Pero en conjunto no está mal... La felicito.

Y cuanto más incomprensibles eran sus palabras, mejor las entendía Olga Ivánovna.

III

El segundo día de Pentecostés, después del almuerzo, Dímov compró fiambres y bombones, y se dirigió a la dacha para visitar a su mujer. Hacía dos semanas que no la veía y la echaba mucho de menos. Sentado en el vagón y, más tarde, mientras buscaba la dacha en el extenso bosque, se sintió dominado por el hambre y el cansancio; soñaba con cenar tranquilamente con su esposa y luego retirarse a descansar, al tiempo que miraba con satisfacción el paquete con el caviar, el queso y el salmón blanco.

Cuando encontró la dacha y la reconoció, el sol ya se había puesto. La vieja doncella le dijo que la señora no estaba en casa y que probablemente no tardaría en regresar. La dacha, de aspecto poco atractivo con sus techos bajos, cubiertos de papel blanco, y sus suelos de tablas desiguales y agrietadas, solo tenía tres habitaciones. En la primera había una cama; en la segunda lienzos, pinceles, papeles con manchas de grasa y abrigos y sombreros de hombre tirados sobre las sillas y los alféizares; en la tercera Dímov se encontró con tres individuos desconocidos. Dos eran morenos y barbudos; el tercero, afeitado y grueso, tenía aspecto de actor. Sobre la mesa hervía el samovar.

–¿Qué desea usted? –le preguntó el actor con voz de bajo, examinándole con displicencia–. ¿Quiere ver a Olga Ivánovna? Aguarde, no tardará en llegar.

Dímov se sentó y se puso a esperar. Uno de los morenos, sin dejar de mirarle con aire soñoliento y desganado, se sirvió té y le preguntó:

–¿Le apetece un poco de té?

Dímov tenía hambre y sed, pero rechazó el té para no quedarse sin apetito. Pronto se oyeron unos pasos y una risa conocida; resonó una puerta y Olga Ivánovna entró corriendo en la habitación, con un sombrero de ala ancha y una caja en la mano, seguida de Riabovski, alegre y rubicundo, con una gran sombrilla y una silla plegable.

–¡Dímov! –gritó Olga Ivánovna, enrojeciendo de alegría–. ¡Dímov! –repitió, apoyando la cabeza y las dos manos en el pecho de su marido–. ¡Eres tú! ¿Por qué has estado tanto tiempo sin venir? ¿Por qué? ¿Por qué?

–¿Cuándo iba a venir, cariño? Siempre estoy ocupado y cuando tengo algo de tiempo, el horario de trenes no me viene bien.

–¡Cuánto me alegro de verte! Toda la noche, toda, he estado

soñando contigo; tenía miedo de que estuvieras enfermo. ¡Ah, si supieras qué atento eres y cuán a propósito has llegado! Serás mi salvador. ¡Solo tú puedes salvarme! Mañana se celebrará aquí una boda de lo más singular –continuó, riendo y rehaciendo el nudo de la corbata de su marido–. Se casa un joven telegrafista de la estación, un tal Chikeldéiev. Es un joven apuesto, nada tonto, con una expresión vigorosa y algo osuna, sabes... Podría servir de modelo para un joven varego. Todos los veraneantes le tenemos simpatía y le hemos dado nuestra palabra de honor de acudir a la boda... Es un hombre sin fortuna, solitario, tímido... naturalmente, no estaría bien negarle nuestra participación. Figúrate, la boda se celebrará después de la misa; luego, iremos todos a pie a casa de la novia... ¿Entiendes? El bosque, el canto de las aves, las manchas de sol en la hierba y todos nosotros como manchas multicolores sobre el fondo verde oscuro... De lo más original, en el gusto de los impresionistas franceses. Pero ¿qué voy a ponerme para ir a la iglesia, Dímov? –dijo Olga Petrovna con gesto de desconsuelo–. ¡Aquí no tengo nada, absolutamente nada! Ni vestido, ni flores, ni guantes... Tienes que salvarme. Si has venido es porque el destino quiere que me salves. Coge las llaves, querido, vuelve a casa y tráeme el vestido rosa que hay en el guardarropa. ¿Te acuerdas? Es el que está colgado delante de todos... Luego vete al trastero y busca en el suelo, a mano derecha, dos cajas de cartón. Abre la de arriba y verás que contiene tul, mucho tul, y todo tipo de recortes de tela; las flores están debajo. Sácalas todas con mucho cuidado, trata de no arrugarlas, querido, y ya elegiré yo más tarde las que necesite... Y cómprame unos guantes.

–Está bien –exclamó Dímov–. Mañana, cuando llegue a casa, te lo enviaré todo.

–¿Mañana dices? –preguntó Olga Ivánovna, mirándole con

sorpresa–. ¿Cómo vas a tener tiempo mañana? El primer tren sale a las nueve y la boda es a las once. No, querido, tiene que ser hoy, ¡hoy sin falta! Si no puedes venir mañana, mándamelo por alguien. Bueno, vete ya... El tren está a punto de pasar. No vayas a perderlo, cariño.

–Está bien.

–¡Ah, qué pena me da verte partir! –exclamó Olga Ivánovna, con lágrimas en los ojos–. ¿Por qué, tonta de mí, le habré dado mi palabra al telegrafista?

Dímov bebió a toda prisa un vaso de té, cogió una rosquilla y, con una humilde sonrisa, se dirigió a la estación. En cuanto al caviar, el queso y el salmón blanco, se lo comieron los dos morenos y el grueso actor.

IV

Una serena noche del mes de julio, iluminada por la luna, Olga Ivánovna estaba en cubierta de uno de los vapores que cubren la ruta del Volga y miraba ora el agua, ora las hermosas riberas. A su lado estaba Riabovich diciéndole que las negras sombras sobre el agua no eran tales, sino sueños, que ante esas aguas encantadas con reflejos fantásticos, ante el cielo insondable y esas orillas tristes y soñadoras, que hablaban de la vanidad de nuestras vidas y de la existencia de algo sublime, eterno y dichoso, sería grato perder la conciencia, morir, convertirse en un recuerdo. El pasado era trivial y anodino; el futuro, insignificante; y esa noche maravillosa, única en la vida, terminaría pronto, fundiéndose con la eternidad: ¿para qué vivir?

Olga Ivánovna escuchaba tan pronto la voz de Riabovski como el silencio de la noche y pensaba que era inmortal y jamás moriría.

La tonalidad turquesa de las aguas, que nunca había visto antes, el cielo, las orillas, las sombras oscuras y la inconsciente alegría que embargaba su alma le decían que se convertiría en una gran artista y que en algún lugar lejano, más allá de esa noche con luna, en el espacio infinito, la esperaban el éxito, la gloria, el amor del pueblo... Cuando miraba largo rato la lejanía, sin pestañear, veía grupos de personas y luces, escuchaba los acordes de una música solemne, gritos de júbilo y se veía a sí misma vestida de blanco, bajo una lluvia de flores que caían sobre ella desde todas partes. También pensaba que a su lado, acodado en la borda, había un verdadero gran hombre, un genio, un elegido de Dios... Todo lo que había creado hasta entonces era hermoso, nuevo y extraordinario, y lo que crearía con el tiempo, cuando la madurez fortaleciera su raro talento, sería asombroso, completamente sublime, como se advertía en su rostro, en su forma de expresarse y en su actitud ante la naturaleza. Al hablar de las sombras, de los tonos crepusculares, del brillo de la luna, utilizaba un lenguaje propio, y así, de manera involuntaria, se sentía el sortilegio de su poder sobre la naturaleza. Él mismo era atractivo, original; y su vida, independiente, libre, ajena a las preocupaciones ordinarias, semejante a la de las aves.

–Empieza a hacer fresco –dijo Olga Ivánovna, estremeciéndose.

Riabovski la envolvió en su impermeable y le dijo con voz triste:

–Siento que estoy en su poder. Soy su esclavo. ¿Por qué está usted hoy tan seductora?

No dejaba de mirarla y sus ojos tenían una expresión tan terrible que a ella le daba miedo contemplarlos.

–Estoy locamente enamorado de usted... –susurró, acariciándole la mejilla con su aliento–. Dígame una sola palabra y dejaré de vivir, renunciaré al arte... –balbució, presa de una gran agitación–. Ámeme, ámeme...

–No hable así –dijo Olga Ivánovna, cerrando los ojos–. Me asusta. ¿Y Dímov?

–¿Qué Dímov? ¿Por qué me habla de Dímov? ¿Qué me importa a mí Dímov? El Volga, la luna, la belleza, mi amor, mi éxtasis: eso es lo que me ocupa, no Dímov... Ah, no sé nada... No necesito el pasado, deme solo un instante... ¡un instante!

El corazón de Olga Ivánovna latía con fuerza. Quería pensar en su marido, pero todo su pasado, incluyendo la boda, Dímov y las veladas, le parecía algo pequeño, insignificante, oscuro, innecesario y muy lejano... En realidad: ¿qué era Dímov? ¿Por qué pensar en Dímov? ¿Qué tenía que ver ella con Dímov? ¿Existía realmente o era solo un sueño?

«Para él, hombre sencillo y corriente, es suficiente la felicidad que ya ha recibido –pensaba, cubriéndose el rostro con las manos–. Que me condenen *allí*, que me maldigan, pero yo, para llevar la contraria a todo el mundo, voy a perderme, sí, voy a perderme... Hay que probarlo todo en la vida. ¡Dios mío, qué horrible y qué maravilloso!»

–¿Y bien? ¿Qué? –balbució el pintor, abrazándola y besándole ávidamente las manos, con las que ella trataba de alejarle sin apenas convicción–. ¿Me amas? ¿Sí? ¿Sí? ¡Ah, qué noche! ¡Una noche maravillosa!

–¡Sí, qué noche! –susurró ella, mirándole a los ojos, brillantes por las lágrimas; luego echó una rápida ojeada a su alrededor, le abrazó y le besó los labios con pasión.

–¡Nos acercamos a Kineshma! –dijo alguien al otro lado de la cubierta.

Se oyeron unos pasos cansinos. Era el camarero del restaurante, que pasaba junto a ellos.

–Oiga –le dijo Olga Ivánovna, riendo y llorando de alegría–, tráiganos vino.

El pintor, pálido de emoción, se sentó en un banco, miró a Olga Ivánovna con ojos llenos de adoración y reconocimiento, luego los cerró y dijo con una lánguida sonrisa:

–Estoy fatigado.

Y apoyó la cabeza en la borda.

V

El 2 de septiembre fue un día templado y tranquilo, pero nublado. Por la mañana temprano una ligera bruma flotaba por el Volga y después de las nueve empezaron a caer algunas gotas. No había ninguna esperanza de que el tiempo mejorase. Durante el té Riabovski le explicó a Olga Ivánovna que la pintura era el arte más ingrato y más enojoso, que él no era pintor y que solo los necios le consideraban un hombre de talento; de pronto, de buenas a primeras, cogió un cuchillo y rasgó su estudio más logrado. Después del té se quedó sentado cerca de la ventana, con expresión sombría, mirando el Volga. Pero el río había perdido ya su brillo y sus aguas tenían un aspecto oscuro, opaco, frío. Todo recordaba la proximidad del otoño sombrío y desolado. Parecía como si la naturaleza hubiera retirado del Volga los suntuosos tapices verdes de las orillas, los reflejos diamantinos de los rayos del sol, la transparente lejanía azul y todas las galas y lujosos atavíos y lo hubiera guardado todo en un baúl hasta la primavera siguiente; los cuervos que volaban por los alrededores del río se burlaban de él: «¡Estás desnudo! ¡Desnudo!». Riabovski escuchaba sus graznidos y pensaba que estaba vacío y había perdido su talento, que todo en este mundo es convencional, relativo y estúpido, y que no debía ligarse a esa mujer... En una palabra, estaba de mal humor y se entregaba a la melancolía.

Olga Ivánovna estaba sentada en la cama, detrás del tabique, y, mientras pasaba los dedos por sus bellos cabellos de lino, se figuraba tan pronto el salón, como el dormitorio o el despacho de su marido; la imaginación la llevó al teatro, a casa de la costurera y a los hogares de sus amigos célebres. ¿Qué estarían haciendo en ese momento? ¿Se acordarían de ella? La temporada ya había empezado y era tiempo de pensar en las veladas. ¿Y Dímov? ¡Querido Dímov! ¡Con qué mansedumbre e infantiles protestas le rogaba en sus cartas que volviera a casa cuanto antes! Cada mes le enviaba setenta y cinco rublos y, cuando ella le escribió que debía cien rublos a los artistas, también le mandó esa cantidad. ¡Qué hombre tan bondadoso y magnánimo! El viaje había agotado a Olga Ivánovna; se aburría y quería alejarse lo antes posible de esos mujiks y del olor a humedad del río, desembarazarse de esa sensación de suciedad física que la embargaba en todo momento, alojándose en isbas campesinas y vagando de aldea en aldea. Si Riabovski no hubiera dado a los pintores su palabra de quedarse con ellos hasta el 20 de septiembre, ella se habría marchado ese mismo día. ¡Con qué gusto lo habría hecho!

–Dios mío –gimió Riabovski–, ¿cuándo saldrá de una vez el sol? ¡Sin él no puedo continuar mi paisaje solar!

–Pero tienes un estudio con tiempo nublado –dijo Olga Ivánovna, saliendo de detrás del tabique–. ¿No te acuerdas? En primer término aparece el bosque y a la izquierda un rebaño de vacas y unos gansos. Podrías terminarlo ahora.

–¡Bah! –respondió el pintor, frunciendo el ceño–. ¡Terminarlo! ¿Se figura usted que soy tan estúpido que no sé lo que tengo que hacer?

–¡Cómo ha cambiado tu comportamiento conmigo! –suspiró Olga Ivánovna.

–¿Sí? Pues muy bien.

Los rasgos de Olga Ivánovna se crisparon; se acercó a la estufa y se echó a llorar.

–Lo que me faltaba. ¡Deje de llorar! Yo mismo tengo mil razones para hacerlo, pero me contengo.

–¡Mil razones! –gimoteó Olga Ivánovna–. La principal es que está usted harto de mí. ¡Sí! –dijo, y estalló en sollozos–. A decir verdad, se avergüenza usted de nuestro amor. Hace cuanto puede para que los pintores no se den cuenta, aunque es imposible ocultarlo y ellos están al corriente de todo desde hace tiempo.

–Olga, solo le pido una cosa –dijo el pintor en tono de súplica, llevándose la mano al corazón–. Una sola: ¡no me atormente! ¡Es lo único que le pido!

–Pero ¡júreme que sigue queriéndome!

–¡Esto es una tortura! –farfulló entre dientes el pintor, y se puso en pie de un salto–. ¡Acabaré arrojándome al Volga o volviéndome loco! ¡Déjeme en paz!

–¡Pues máteme, máteme! –gritó Olga Ivánovna–. ¡Máteme!

De nuevo estalló en sollozos y pasó al otro lado del tabique. En el tejado de paja de la isba empezó a repiquetear la lluvia. Riabovski se cogió la cabeza con las manos y se puso a dar vueltas por la habitación; luego, con expresión decidida, como si quisiera demostrarle algo a alguien, se puso la gorra, se colgó la escopeta al hombro y salió.

Después de su marcha, Olga Ivánovna pasó largo rato tendida en la cama, llorando. En un principio pensaba en lo bien que estaría envenenarse, para que Riabovski la encontrara muerta al regresar; luego se trasladó con el pensamiento a su salón, al despacho de su marido y se imaginó que estaba sentada, inmóvil, al lado de Dímov, disfrutando del reposo físico y la limpieza, y que por la noche iba al teatro, a escuchar a Mazini. La nostalgia de la civilización, del rumor de la ciudad y de las personas célebres le oprimió el corazón. En la isba entró una mujer y, sin prisas, empezó a encender el horno para preparar la comida. La habitación se llenó de un olor a quemado y el aire se volvió azulado por el humo. Llegaron los pintores, con las altas botas cubiertas de barro y los rostros mojados por la lluvia, echaron un vistazo a los estudios y para consolarse dijeron que el Volga, incluso con mal tiempo, tenía su encanto. El barato reloj de pared hacía tictac... Las moscas, entumecidas, se arremolinaban y zumbaban en torno al rincón de los iconos y se oía cómo las cucarachas se agitaban entre las gruesas carpetas que había debajo de los bancos.

Riabovski regresó cuando se ponía el sol. Pálido, extenuado, con las botas sucias, arrojó la gorra sobre la mesa, se dejó caer en el banco y cerró los ojos.

–Estoy cansado... –dijo, moviendo las cejas y esforzándose por levantar los párpados.

Con intención de mostrarse afectuosa y manifestarle que no estaba enfadada, Olga Ivánovna se acercó a él, lo besó en silencio y, con un cepillo en la mano, se dispuso a desenredar sus rubios cabellos. Le apetecía peinarlo.

–¿Qué pasa? –preguntó él, estremeciéndose, como si le hubieran tocado con un objeto frío, y abrió los ojos–. ¿Qué sucede? Déjeme en paz, por favor.

Apartó sus manos y se alejó, y a ella le pareció que su rostro expresaba desagrado y enfado. En ese momento la campesina le trajo un plato de sopa de col, sosteniéndolo cuidadosamente con ambas manos, y Olga Ivánovna advirtió que metía los dedos en él. La sucia campesina, con el vientre ceñido por un delantal, la sopa de col, que Riabovski empezó a comer con avidez, la isba y toda esa vida que en un principio tanto le había gustado por su sencillez y su desorden artístico se le antojaron ahora terribles. De pronto se sintió ofendida y dijo con frialdad:

–Debemos separarnos por un tiempo; si no, el aburrimiento puede hacer que tengamos una seria discusión. Estoy harta de todo esto. Me marcho hoy mismo.

–¿Cómo? ¿Montada en una escoba?

–Hoy es jueves, de modo que a las nueve y media llegará el vapor.

–Ah, es verdad... Bueno, vete... –dijo Riabovski con serenidad, utilizando una toalla a modo de servilleta–. Aquí no tienes nada que hacer y te aburres... Sería egoísta por mi parte tratar de retenerte. Márchate... Ya nos veremos después del 20.

Olga Ivánovna hizo el equipaje con alegría y hasta sus mejillas se arrebolaron de satisfacción. «¿Será posible –se preguntaba– que pronto pueda escribir en el salón, dormir en mi alcoba y comer en una mesa con mantel?» Se sintió aliviada y su enfado con el pintor desapareció.

–Te dejo las pinturas y los pinceles, Riabusha –dijo–. Llévame lo que sobre... Pero no te entregues a la pereza ni a la melancolía cuando me vaya. Debes trabajar. Eres grande, Riabusha.

A las nueve Riabovski le dio un beso de despedida –para no besarla en el vapor, delante de los otros pintores, pensó ella– y la acompañó al muelle. El vapor no tardó en aparecer y se llevó a Olga.

Al cabo de dos días y medio llegó a casa. Sin quitarse el sombrero ni el impermeable, con la respiración entrecortada por la emoción, atravesó el salón y se dirigió al comedor. Dímov, sin chaqueta y con el chaleco desabotonado, estaba sentado a la mesa, afilando el cuchillo con el tenedor; delante de él había un plato con una perdiz. Cuando Olga Ivánovna entró en el apartamento, estaba convencida de que era indispensable ocultárselo todo y que para eso no le faltaban habilidades ni energías, pero ahora, al ver la amplia, delicada y feliz sonrisa de su marido y sus brillantes y alegres ojos, sintió que disimular con ese hombre sería algo infame, repugnante, tan imposible y por encima de sus fuerzas como calumniar, robar o matar, y en un instante decidió contárselo todo. Tras dejarse besar y abrazar, se puso de rodillas ante él y se cubrió el rostro.

–¿Qué? ¿Qué pasa, cariño? –le preguntó él con voz tierna–. ¿Me has echado de menos?

Ella levantó hacia él su rostro, rojo de vergüenza, y le miró con aire culpable y suplicante, pero el miedo y la turbación le impedían decir la verdad.

–No es nada... –exclamó–. Es que...

–Sentémonos –dijo él, levantándola y haciéndole tomar asiento a la mesa–. Así... Come esta perdiz. Tendrás hambre, pobrecita.

Ella aspiraba con avidez el aire de su hogar y comía la perdiz, mientras él la miraba con ternura y reía satisfecho.

VI

Por lo visto, a mediados del invierno Dímov empezó a darse cuenta de que su mujer le engañaba. Como si él mismo no tuviera la conciencia tranquila, no se atrevía a mirarla a los ojos, no esbozaba una jovial sonrisa cuando se encontraban y, para quedarse menos tiempo a solas con ella, solía llevar a comer a su colega Korosteliov, hombre pequeño, con la cabeza rapada y el rostro ajado, que, cuando hablaba con Olga Ivánovna, se ponía tan nervioso que desabrochaba todos los botones de su chaqueta y a continuación los volvía a abrochar; luego se tiraba de la guía izquierda del bigote con la mano derecha. Durante la comida los dos médicos hablaban de la posición alta del diafragma, que a veces producía trastornos cardíacos, o de los numerosos casos de neuritis que se observaban en los últimos tiempos o de que la víspera, al practicar la autopsia a un cadáver al que le habían diagnosticado «anemia perniciosa», Dímov había descubierto un cáncer de páncreas. Daba la impresión de que hablaban de medicina solo para dar a Olga Ivánona la posibilidad de callarse, es decir, de no mentir. Tras la comida Korosteliov se sentaba al piano, mientras Dímov le decía con un suspiro:

–¡Bueno, amigo! ¡Adelante! Tócanos algo triste.

Levantando los hombros y separando mucho los dedos, Korosteliov tocaba algunos acordes y empezaba a cantar con voz de tenor: «Muéstrame una morada donde el campesino ruso no gima», mientras Dímov volvía a suspirar, apoyaba la cabeza en el puño y se quedaba pensativo.

En los últimos tiempos Olga Ivánovna se comportaba con una enorme imprudencia. Todas las mañanas se levantaba de pésimo humor, pensando que Riabovski ya no la quería y que, gracias a Dios, todo había terminado. Pero, tras beber una taza de café, llegaba a la conclusión de que Riabovski le había quitado a su marido y ahora se había quedado sin marido y sin Riabovski; luego recordaba los comentarios de sus amigos sobre un cuadro sorprendente que Riabovski preparaba para una exposición, una mezcla de paisaje y pintura de género, a la manera de Polenov, que entusiasmaba a todos los que visitaban su taller; pensaba que lo había concebido bajo su influencia y que, en general, si había hecho tan grandes progresos se debía a ella. Su influjo era tan beneficioso y fundamental que, si le abandonaba, él podía echarse a perder. Y recordaba también que la última vez que fue a verla, vestido con un traje gris moteado y una corbata nueva, le preguntó con voz lánguida: «¿Soy guapo?». La verdad es que, con sus ropas elegantes, sus largos rizos y sus ojos azules, estaba muy atractivo (¿o solo era una impresión?); en esa ocasión, se había mostrado cariñoso con ella.

Tras evocar muchos recuerdos y sopesar la situación, Olga Ivánovna se vistió y, presa de una gran agitación, se dirigió al taller de Riabovski. Lo encontró contento y encantado con su cuadro, que en verdad era extraordinario; pegaba saltos, hacía tonterías y respondía a las preguntas serias con bromas. Olga Ivánovna estaba celosa del cuadro y lo odiaba, pero, por cortesía, lo contempló en silencio durante cinco minutos y, suspirando como si estuviera ante un objeto sagrado, dijo en voz baja:

–Sí, nunca has pintado nada semejante. Hasta da miedo, ¿sabes?

Luego empezó a suplicarle que la amara, que no la abandonase, que tuviera piedad de ella, pobre y desdichada mujer. Lloraba, le besaba las manos, exigía que le jurase amor, trataba de demostrar que, sin su influencia benéfica, perdería el norte y se echaría a perder. Y tras agriar el buen humor del pintor y paladear su propia humillación, se dirigía a casa de la costurera o de una actriz conocida para solicitar una entrada.

Si no lo encontraba en el taller, le dejaba una nota en la que le juraba que, si no iba a verla ese mismo día, se envenenaría sin falta. Él se asustaba, acudía a su casa y se quedaba con ella hasta la hora del almuerzo. Sin preocuparse de la presencia del marido, le hablaba con insolencia y ella le respondía de la misma manera. Ambos sentían que estaban unidos, se comportaban como déspotas y enemigos, se enfurecían; ese furor les impedía ver que su conducta era indecente y que incluso Korosteliov, el del cráneo rapado, se daba cuenta de todo. Después del almuerzo se despedía apresuradamente y se marchaba.

–¿Adónde va usted? –le preguntaba Olga Ivánovna en el vestíbulo, mirándole con odio.

Él, frunciendo el ceño y entornando los ojos, nombraba a alguna dama a la que ambos conocían; era evidente que se burlaba de sus celos y quería fastidiarla. Ella se retiraba a su dormitorio y se tumbaba en la cama; los celos, el enfado y los sentimientos de humillación y vergüenza le hacían morder la almohada y sollozar de manera ruidosa. Dímov dejaba a Korosteliov en el salón, se dirigía al dormitorio y, confundido y turbado, le decía en voz queda:

–No llores tan fuerte, querida... ¿Para qué? Estas cosas es mejor callarlas... No hay que dejarlas traslucir... Ya sabes que el pasado no puede remediarse.

Sin saber cómo aplacar sus ardientes celos, que hasta le daban dolor de cabeza, y pensando que aún estaba a tiempo de arreglar la situación, se lavaba, se empolvaba el rostro lloroso y volaba a casa de la dama conocida. Al no encontrar allí a Riabovski, iba a ver a otra y luego a una tercera... En un principio se avergonzaba de esos viajes en coche, pero luego acabó acostumbrándose y hubo veces en que recorrió, en una sola tarde, los domicilios de todas las damas conocidas en busca de Riabovski, y todas se daban cuenta del objeto de su visita.

Un día, hablando con Riabovski de su marido, le dijo:

–¡Ese hombre me abruma con su grandeza de alma!

Esa frase le gustó tanto que, cuando coincidía con pintores que estaban al corriente de su aventura con Riabovski, no dejaba de repetir, con un gesto enérgico con la mano:

–¡Ese hombre me abruma con su grandeza de alma!

Su vida seguía los mismos derroteros que el año anterior. Los miércoles recibía. El actor declamaba, los pintores dibujaban, el violonchelista tocaba, el cantante cantaba e, invariablemente, a las once y media, se abría la puerta del comedor y Dímov, sonriendo, decía:

–Señores, pasen a tomar algo.

Lo mismo que antes, Olga Ivánovna seguía buscando grandes hombres, los encontraba y, cuando dejaban de satisfacerle, buscaba otros. Lo mismo que antes, regresaba todos los días a altas horas de la noche, pero Dímov ya no dormía, como el año anterior, sino que trabajaba en su despacho. Se acostaba a las tres y se levantaba a las ocho.

Una tarde en que ella se preparaba delante del espejo para ir al teatro, Dímov entró en el dormitorio vestido de frac y con una corbata blanca. Esbozó una dulce sonrisa y, como antes, la miró alegremente a los ojos. Su rostro resplandecía.

–Vengo de defender mi tesis –dijo, sentándose y frotándose las rodillas.

–¿Te ha ido bien? –preguntó Olga Ivánovna.

–¡Ya lo creo! –respondió sonriendo, y estiró el cuello para contemplar en el espejo el rostro de su mujer, que seguía dándole la espalda y arreglándose el peinado–. ¡Ya lo creo! –repitió–. Sabes, es muy posible que me nombren profesor adjunto del curso de patología general. Hay rumores...

A juzgar por la expresión feliz y radiante de su rostro, parecía evidente que, si Olga Ivánovna hubiera compartido su alegría y su triunfo, le habría perdonado todo, tanto lo presente como lo futuro, y habría olvidado el pasado, pero ella no entendía lo que quería decir profesor adjunto o patología general, y además temía llegar tarde al teatro, de modo que no dijo nada.

Dímov siguió sentado un par de minutos, sonrió con aire culpable y salió de la habitación.

VII

Fue un día de lo más agitado.

Dímov tenía un fuerte dolor de cabeza; por la mañana no se tomó el té, ni fue al hospital, quedándose tumbado en la otomana de su despacho. Poco después de las doce, como de costumbre, Olga Ivánovna fue a ver a Riabovski para enseñarle un estudio de *nature morte* y preguntarle por qué no había ido a su casa la víspera. El estudio le parecía insignificante y solo lo había pintado como pretexto para visitar al pintor.

Entró sin llamar y, mientras se quitaba los chanclos en el vestíbulo, oyó en el taller unos pasos rápidos y silenciosos, el susurro de un vestido de mujer; entró a toda prisa en el taller para echar una ojeada, pero solo alcanzó a ver el pliegue de una falda marrón, que centelleó un instante antes de desaparecer detrás de un cuadro de gran tamaño, recubierto, junto con el caballete, por un calicó negro que llegaba hasta el suelo. No había duda: quien se había ocultado allí era una mujer. ¡Cuántas veces la propia Olga Ivánovna había encontrado refugio tras ese cuadro! Riabovski, con signos evidentes de turbación y como sorprendido de su llegada, le tendió las manos y le dijo con una sonrisa forzada:

–¡A-a-ah! Me alegro mucho de verla. ¿Qué hay de nuevo?

Los ojos de Olga Ivánovna se llenaron de lágrimas. Sentía vergüenza y amargura, pero por nada del mundo habría consentido en hablar en presencia de una mujer extraña, de una rival, de una mentirosa que, oculta detrás del cuadro, probablemente se reía con malicia para sus adentros.

–Te he traído un estudio... –dijo tímidamente, con un hilo de voz, y sus labios empezaron a temblar–, una *nature morte*.

–¡A-a-ah...! ¿Un estudio?

El artista lo cogió y, mientras lo examinaba, pasó a la otra habitación como sin darse cuenta.

Olga Ivánovna lo siguió sin rechistar.

–Una naturaleza muerta... hecha por mano experta –farfulló, como buscando rimas–. Puerta... Yerta... Alerta...

En el taller se oyeron unos pasos apresurados y el rumor de un vestido. Eso significaba que *ella* se había ido. Olga Ivánovna sintió deseos de gritar con fuerza, de golpear la cabeza del pintor con un objeto contundente y después marcharse, pero las lágrimas le impedían ver, se sentía agobiada por la vergüenza y tenía la impresión de que ya no era Olga Ivánovna ni una pintora, sino un insecto diminuto.

–Estoy cansado... –dijo con voz lánguida el pintor, mirando el estudio y sacudiendo la cabeza para ahuyentar la fatiga–. Está bien, sin duda, pero hoy un estudio, el año pasado un estudio y dentro de un mes un estudio... ¿Cómo no se aburre? Yo en su lugar dejaría la pintura y me dedicaría seriamente a la música o a alguna otra cosa... No es usted pintora, sino música. ¡No se imagina lo cansado que estoy! Voy a decir que nos traigan té... ¿Eh?

Salió de la habitación y Olga Ivánovna oyó cómo daba órdenes a su criado. Para no tener que despedirse ni entrar en explicaciones y, sobre todo, para no estallar en sollozos, se dirigió corriendo al vestíbulo, se puso los chanclos y, antes de que regresara Riabovski, salió a la calle.

Fue a ver a la costurera, luego a casa de Barnai, que acababa de volver de viaje, y después a una tienda de música; durante todo el tiempo estuvo pensando en una carta fría, cruel, llena de dignidad, y en el viaje que en verano u otoño haría con Dímov a Crimea, donde se liberaría definitivamente del pasado y empezaría una nueva vida.

Volvió tarde a casa y, sin cambiarse siquiera de ropa, se sentó en el comedor a escribir la carta. Riabovski le había dicho que no era pintora y ella, para vengarse, le escribía que él todos los años pintaba lo mismo y todos los días repetía las mismas cosas, que se había estancado y que no crearía nada mejor de lo que ya había hecho. También quería decirle que muchos de sus logros se debían a la influencia benéfica de ella y que, si él se comportaba mal, era porque algunas personas ambiguas, como la que ese día se había escondido detrás del cuadro, contrarrestaban esa influencia.

–¡Querida! –le llamó Dímov desde el despacho, sin abrir la puerta–. ¡Querida!

–¿Qué quieres?

–Querida, no entres aquí, acércate solo a la puerta. Así... Anteayer contraje la difteria en el hospital y ahora... no me encuentro bien. Envía enseguida a buscar a Korosteliov.

Olga Ivánovna llamaba siempre a su marido, como a todos los hombres de su entorno, no por el nombre, sino por el apellido; su nombre, Ósip, no le gustaba, pues le recordaba al Ósip de Gógol y un trabalenguas ruso. Pero ahora gritó:

–¡Ósip, no puede ser!

–¡Envía a buscarlo! No me encuentro bien... –dijo Dímov del otro lado de la puerta, y Olga Ivánovna pudo oír cómo se acercaba al diván y se tumbaba–. ¡Envía a buscarlo! –añadió con voz sorda.

«¿Qué está pasando? –pensó Olga Ivánovna, helada de miedo–. ¡Parece grave!»

Sin ninguna necesidad cogió una vela y se dirigió al dormitorio; una vez allí, mientras consideraba lo que debía hacer, se vio por causalidad en el espejo. Con su rostro pálido y asustado, la chaqueta de hombreras altas, los volantes amarillos en el pecho y la singular disposición de las rayas de la falda, se encontró fea y repugnante. De pronto sintió una arrolladora pena por Dímov, por el amor infinito que le profesaba, por su juventud e incluso por su cama abandonada, en la que hacía tiempo que no dormía, y recordó su sonrisa de siempre, dulce y sumisa. Se echó a llorar con amargura y escribió a Korosteliov una carta suplicante. Eran las dos de la madrugada.

VIII

Cuando pasadas ya las siete Olga Ivánovna salió de su dormitorio, con la cabeza pesada por el insomnio, despeinada, fea y con una expresión culpable, vio pasar por el vestíbulo a un señor de barba negra, por lo visto un médico. Olía a medicamentos. Cerca de la puerta del despacho estaba Korosteliov, retorciéndose la guía izquierda del bigote con la mano derecha.

–Perdóneme, pero no puedo dejarla pasar –le dijo con voz sombría–. Podría contagiarse. Además, no tiene usted nada que hacer allí. Está delirando.

–¿Es cierto que ha contraído la difteria? –preguntó Olga Ivánovna en un susurro.

–A las personas que se buscan problemas, habría que llevarlas ante la justicia –farfulló Korosteliov, sin responder a la cuestión de Olga Ivánovna–. ¿Sabe cómo se ha contagiado? Aspirando el martes, a través de un tubo, las membranas diftéricas de un niño. Y ¿para qué? Es una estupidez... Lo hizo así, sin pensarlo siquiera...

–¿Corre mucho peligro? –preguntó Olga Ivánovna.

–Sí, dicen que es una forma grave. En realidad, habría que llamar a Shrek.

Vino un hombre pequeño, pelirrojo, con larga nariz y acento judío, luego otro alto, encorvado, desgreñado, parecido a un archidiácono, y más tarde un joven muy grueso, de cara colorada, con gafas. Eran médicos que venían a turnarse a la cabecera de su colega. Korosteliov, cuando fue relevado, no se marchó a su casa, sino que se quedó allí, vagando por las habitaciones como una sombra. La doncella llevaba té a los doctores que estaban de guardia y a menudo tenía que ir corriendo a la farmacia, de modo que no había nadie para limpiar las habitaciones. Por toda la casa reinaba el silencio y flotaba un ambiente de tristeza.

Olga Ivánovna se había quedado en su dormitorio, pensando que Dios la castigaba por haber engañado a su marido. Un ser taciturno, resignado, incomprensible, despersonalizado por su mansedumbre, falta de carácter, debilidad y bondad excesiva sufría sordamente, sin quejarse, en el diván de su despacho. Si se hubiera quejado, aunque fuera en medio del delirio, los doctores que montaban guardia se habrían enterado de que la culpable de la situación no era solo la difteria. También podían haberle preguntado a Korosteliov, que lo sabía todo; no en vano miraba a la mujer de su amigo con ojos que parecían decir que ella era la principal y verdadera asesina y la difteria solo su cómplice. Ya no recordaba ni la noche con luna en el Volga, ni la declaración de amor, ni la vida poética en la isba; solo se daba cuenta de que por vano capricho, por simple travesura, se había ensuciado de pies a cabeza con algo fangoso, viscoso, cuya mancha nunca podría limpiar...

«¡Ah, qué horrible mentira! –pensó al recordar su agitada relación con Riabovski–. ¡Maldito sea todo aquello...!»

A las cuatro almorzó en compañía de Korosteliov. Él no comió nada, contentándose con beber vino tinto y fruncir el ceño. Ella tampoco probó bocado. Tan pronto rezaba para sí y le prometía a Dios que, si Dímov recobraba la salud, volvería a quererlo y sería una esposa fiel, como, olvidándose por un momento de sus palabras, miraba a Korosteliov y pensaba: «¿Es posible que no le aburra ser un hombre corriente, sin nada destacable, completamente desconocido, y encima con esa cara demacrada y esos malos modales?». Luego le parecía que Dios iba a fulminarla en ese mismo instante porque, por temor al contagio, no había entrado ni una sola vez en el despacho de su marido. En general, la dominaba un sentimiento confuso y angustioso y el convencimiento de que la vida estaba arruinada y nada podría enderezarla...

Tras el almuerzo cayó la noche. Cuando Olga Ivánovna entró en el salón, Korosteliov estaba durmiendo en un sofá, con la cabeza apoyada en un cojín de seda, bordado de oro. «Kji-pua... –roncaba–. Kji-pjua.»

Los médicos, que venían a montar guardia y luego se marchaban, no advertían ese desorden. Un extraño durmiendo y roncando en el salón, estudios en las paredes, una decoración extravagante y una anfitriona desgreñada y vestida con negligencia: nada de eso despertaba el menor interés. Uno de los médicos se echó a reír sin venir a cuento y en esa risa había un componente de extrañeza y timidez que daba miedo.

Cuando Olga Ivánovna volvió a entrar en el salón, Korosteliov ya no dormía; estaba sentado y fumaba.

–Tiene difteria en la cavidad nasal –dijo en voz baja–. El corazón no le funciona bien. En realidad, la cosa va mal.

–Mande a buscar a Shrek –dijo Olga Ivánovna.

–Ya ha estado aquí. Fue él quien advirtió que la difteria había alcanzado la nariz. Además, ¿qué puede hacer Shrek? En realidad, no es nadie. Él es Shrek y yo soy Korosteliov, nada más.

El tiempo pasaba con desesperante lentitud. Olga Ivánovna se había tumbado vestida en la cama, sin hacer desde la mañana, y se había quedado traspuesta. Se figuraba que el apartamento entero, desde el suelo hasta el techo, estaba ocupado por una enorme masa de hierro y que bastaba con retirarla para que todos se sintieran alegres y aliviados. Al despertarse, recordó que no se trataba de una masa de hierro, sino de la enfermedad de Dímov.

«Naturaleza muerta, experta... –pensaba, quedándose de nuevo adormilada–, puerta... yerta... Y ¿en el caso de médico? Médico, épico, étnico... ético. ¿Dónde están ahora mis amigos? ¿Saben la pena que me embarga? Señor, sálvame, protégeme. Médico, épico...»

Y volvía a soñar con la masa de hierro... Las horas parecían interminables, aunque en la planta baja se oían con frecuencia las campanadas del reloj. El timbre no dejaba de sonar; eran médicos... Entró la doncella con un vaso vacío sobre una bandeja y preguntó:

–Señora, ¿quiere que le haga la cama?

Y, al no recibir respuesta, salió. Volvió a oírse el reloj de abajo. Olga Ivánovna vio en sueños la lluvia sobre el Volga, luego alguien volvió a entrar en la habitación, al parecer un extraño. La joven se levantó de un salto y reconoció a Korosteliov.

–¿Qué hora es? –preguntó.

–Casi las tres.

–¿Y bien?

–¡Y bien! He venido a decirle que se muere...

Dejó escapar un sollozo, se sentó en la cama al lado de ella y se secó las lágrimas con la manga. En un principio ella no comprendió, pero luego sintió que todo su cuerpo se quedaba helado e hizo lentamente la señal de la cruz.

–Se muere... –repitió él con un hilo de voz, y volvió a sollozar–. Se muere porque se ha sacrificado... ¡Qué pérdida para la ciencia! –dijo con amargura–. ¡Comparado con todos nosotros, era un gran hombre, un hombre excepcional! ¡Qué dotes! ¡Qué esperanzas nos hacía concebir a todos! –continuó Korosteliov, retorciéndose las manos–. ¡Dios mío, habría sido un sabio de los que ya no quedan! ¡Oska Dímov, Oska Dímov, qué has hecho! ¡Ah, Dios mío!

Korosteliov, presa de la desesperación, se cubrió el rostro con las manos y sacudió la cabeza.

–¡Y qué fuerza moral! –continuó, cada vez más irritado con alguien–. ¡Un alma buena, pura, noble! ¡Más que un hombre, parecía un cristal! Se consagró a la ciencia y murió por ella. Y trabajaba como un buey, día y noche, sin que nadie le compadeciera; el joven sabio, el futuro profesor, tuvo que buscarse clientela particular y pasarse las noches traduciendo para pagar esos... ¡asquerosos trapos!

Korosteliov miró con odio a Olga Ivánovna, cogió la sábana con ambas manos y tiró de ella con rabia, como si tuviera alguna culpa.

–No se cuidaba y nadie se compadecía de él. En verdad, ¡para qué hablar!

–¡Sí, un hombre como hay pocos! –dijo alguien con voz de bajo en el salón.

Olga Ivánovna repasó toda su vida en común, de principio a fin, en todos sus detalles, y de pronto comprendió que, en comparación con todos sus conocidos, era realmente un hombre grande, único, excepcional. Cuando recordó con qué respeto le trataban su difunto padre y sus colegas médicos, comprendió que todos veían en él una futura celebridad. Las paredes, el techo, la lámpara y la alfombra se pusieron a hacer guiños burlones, como diciéndole: «¡Lo has dejado escapar! ¡Lo has dejado escapar!». Deshecha en lágrimas, se lanzó fuera de la habitación, se cruzó en el salón con un hombre desconocido y se precipitó en el despacho de su marido. Este yacía inmóvil en el diván turco, cubierto hasta la cintura por una manta. Su rostro, terriblemente demacrado y enflaquecido, tenía una tonalidad gris amarillenta que jamás se advierte en los vivos; solo la frente, las cejas negras y su habitual sonrisa permitían reconocer en él a Dímov. Olga Ivánovna palpó con premura su pecho, su frente y sus manos. El pecho aún estaba tibio, pero en la frente y las manos se percibía ya un frío desagradable. Y los ojos entornados no miraban a Olga Ivánovna, sino la manta.

–¡Dímov! –le llamó en voz alta–. ¡Dímov!

Quería explicarle que se había equivocado, que no todo estaba perdido, que la vida aún podía ser hermosa y feliz, que él era un hombre grande, único, excepcional, que ella le veneraría toda la vida, le adoraría y sentiría en su presencia una especie de temor sagrado...

–¡Dímov! –le llamaba, sacudiéndole el hombro, resistiéndose a creer que ya nunca despertaría–. ¡Dímov, Dímov!

En el salón Korosteliov le decía a la doncella:

–No hay nada que preguntar. Vaya a la garita de la iglesia y pregunte por un hospicio de mujeres. Ellas lavarán el cadáver, lo vestirán y harán todo lo que sea menester.

En deportación (1892)

El viejo Semión, apodado el Juicioso, y un joven tártaro, cuyo nombre nadie conocía, estaban sentados en la orilla, cerca de la hoguera; los tres barqueros restantes estaban en la isba. Semión, anciano de unos sesenta años, enjuto y desdentado, pero ancho de hombros y de aspecto aún robusto, estaba borracho; podía haberse ido a dormir hace tiempo, pero tenía en el bolsillo media botella de vodka y temía que los jóvenes le pidieran un trago. El tártaro estaba enfermo, languidecía y, arrebujándose en sus harapos, hablaba de lo bien que se vivía en la provincia de Simbirsk y de la hermosa e inteligente mujer que había dejado allí. Tenía unos veinticinco años a lo sumo, pero ahora, a la luz de la hoguera, con su tez pálida y su aspecto triste y enfermizo, parecía un muchacho.

–Claro que esto no es el paraíso –dijo el Juicioso–. Lo ves tú mismo: agua, orillas desnudas, arcilla por todas partes y nada más... Hace tiempo que pasó la Semana Santa, pero el río sigue arrastrando témpanos de hielo y esta mañana nevó.

–¡Malo! ¡Malo! –exclamó el tártaro, mirando con espanto a su alrededor.

A unos diez pasos fluía el río frío y oscuro; el agua bramaba, se estrellaba con estrépito en las orillas arcillosas, derribándolas, y se marchaba deprisa en dirección al lejano mar. Junto a la misma orilla destacaba la figura grande y oscura de una barcaza, a la que los barqueros daban el nombre de «gabarra». Lejos, en la otra orilla, serpenteaban fuegos que tan pronto se apagaban como despedían destellos tornasolados: estaban quemando las hierbas del año pasado. Más allá de esas serpientes de luz, se extendía de nuevo la tiniebla. Se oía cómo pequeños fragmentos de hielo chocaban contra la barcaza. El tiempo era húmedo y frío...

El tártaro alzó los ojos al cielo. Había tantas estrellas como en su tierra y en torno reinaba la misma oscuridad, pero faltaba algo. Allí, en la provincia de Simbirsk, las estrellas eran distintas y también el cielo...

–¡Malo! ¡Malo! –repitió.

–¡Ya te acostumbrarás! –dijo el Juicioso, y se echó a reír–. Aún eres joven e inmaduro, la leche no se ha secado en tus labios y en tu necedad te figuras que no hay criatura más desdichada que tú, pero llegará un tiempo en que tú mismo dirás: «Que Dios conceda a todo el mundo la misma vida que a mí». Mírame. Dentro de una semana habrá acabado el deshielo, la barcaza reanudará su servicio y todos vosotros iniciaréis vuestro vagabundeo por Siberia, mientras yo me quedaré aquí, pasando de una orilla a otra. Llevo veintidós años ocupado en este ir y venir. Día y noche. El salmón y el lucio van por el agua y yo por encima. Pero doy gracias a Dios. No necesito nada. Que Dios conceda a todo el mundo la misma vida que a mí.

El tártaro arrojó unas ramas en la hoguera, se tumbó más cerca del fuego y dijo:

–Mi padre está enfermo. Cuando muera, mi madre y mi mujer vendrán aquí. Me lo han prometido.

–¿Y para qué necesitas a tu madre y a tu mujer? –preguntó el Juicioso–. Es una estupidez, amigo. Es el diablo el que te confunde, maldito sea. No escuches a ese canalla. No dejes que te gobierne. Si te habla de mujeres, hazle rabiar y dile: «¡no quiero!». Si te habla de la libertad, mantente firme y contesta: «¡no quiero!». ¡No tiene uno necesidad de nada! ¡Ni de padre, ni de madre, ni de mujer, ni de libertad, ni de casa, ni de hogar! ¡Que se vaya todo al diablo! –El Juicioso tomó un trago y continuó–. Yo, amigo, no soy un simple campesino ni un palurdo. Soy hijo de diácono. Cuando era un hombre libre vivía en Kursk y llevaba chaqueta, pero ahora he llegado al extremo de poder dormir desnudo sobre la tierra y comer hierba. Que Dios conceda a todo el mundo la misma vida. No necesito nada ni temo a nadie y considero que no hay nadie más rico ni más libre que yo. Cuando me enviaron aquí desde Rusia, ya el primer día me dije con obstinación: «¡No quiero nada!». El diablo me tentó con mi mujer, con mi familia, con la libertad, pero yo le contestaba: «¡No necesito nada!». He seguido en mis trece y, como ves, vivo tranquilo y no me quejo. Pero el que se deja tentar por el demonio y le escucha, aunque sea una sola vez, está perdido y no tiene salvación posible: se hunde en el fango hasta las orejas y ya no sale. No solo se pierden campesinos necios como vosotros, sino también nobles y personas instruidas. Hace unos quince años enviaron aquí a un señor. No había compartido algo con sus hermanos y había falsificado un testamento. Se decía que era un príncipe o un barón, pero es posible que no fuera más que un funcionario, ¡vaya usted a saber! Bueno, lo trajeron aquí y lo primero que hizo fue comprarse una casa y un terreno en Mujortinsk. «Quiero vivir de mi trabajo, ganarme el pan con el sudor de mi frente –decía–, porque ahora no soy un señor, sino un desterrado.» «Bueno –le dije–, que Dios te ayude, es una buena idea.» En esa época era un hombre joven, activo, diligente; él mismo segaba, iba de pesca y cubría distancias de sesenta verstas a caballo. Solo había un inconveniente: desde el primer año empezó a ir a la estafeta de correos de Guirino. A veces, de pie en mi barcaza, suspiraba: «¡Ay, Semión, hace tiempo que no me envían dinero de casa!». «No necesita usted dinero, Vasili Sergueich –le decía yo–. ¿Para qué lo quiere? Rompa con el pasado, olvídese de él como si nunca hubiese existido, como si solo hubiese sido un sueño, y empiece una nueva vida. No escuche al demonio –le decía–; no le traerá ningún bien, le pondrá la soga al cuello. Ahora es dinero lo que ansía, pero dentro de algún tiempo se le antojará otra cosa y luego una tercera y una cuarta. Si quiere ser feliz, lo primero que debe hacer es no desear nada. Así es... Si la suerte se ha mostrado esquiva con nosotros, no hay razón para pedirle clemencia y ponerse de rodillas ante ella; lo que hay que hacer es despreciarla y burlarse de ella. De otro modo será ella la que se burle de usted.» Eso es lo que le dije... Al cabo de unos dos años lo pasé a esta orilla; se frotaba las manos y se reía. «Voy a Guirino a recoger a mi esposa. Se ha compadecido y ha venido a vivir conmigo. Es una mujer bondadosa, de gran corazón.» Y hasta se sofocaba de alegría. Dos días más tarde llegó con ella. Era una dama joven, hermosa, con sombrero; llevaba en brazos una niña pequeña. Traía consigo gran cantidad de maletas. Vasili Sergueich, lleno de satisfacción, daba vueltas a su alrededor y no dejaba de mirarla. «Ya ves, amigo Semión, también en Siberia la gente puede vivir.» «Bueno –pensaba yo–, no hay que echar las campanas al vuelo.» A partir de entonces empezó a ir todas las semanas a Guirino para ver si le habían enviado dinero de Rusia. Necesitaba cantidades ingentes. «Por compartir mi amarga suerte, pierde su juventud y su belleza en Siberia –decía–, por eso debo procurarle toda clase de placeres...» Para que la señora estuviera contenta, estableció vínculos con funcionarios y gentuza de todo jaez. Y cuando se trata a esa clase de personas, ya se sabe, hay que darles de comer y de beber, comprar un piano y tener un perro peludo en el sofá, ¡ojalá reviente...! En una palabra, se requieren lujos y comodidades. La señora no se quedó mucho tiempo con él. ¿Qué podía esperarse? La arcilla, el agua, el frío... Ni legumbres ni fruta... Gentes incultas y borrachas a su alrededor, ausencia de buenas maneras... y ella era una señora mimada, una dama de la capital... Naturalmente, empezó a aburrirse. Además, su marido ya no era un señor, sino un desterrado sin ningún honor. Tres años más tarde, lo recuerdo muy bien, la noche antes de la Ascensión, me llamaron desde la otra orilla. Crucé el río en la barcaza y vi a la señora, toda arrebujada, en compañía de un joven señor, un funcionario. Llevaban una troika... Cuando los pasé al otro lado, se montaron en el carruaje y al punto desaparecieron. Fue visto y no visto. Por la mañana Vasili Sergueich llegó al galope en un coche de dos caballos. «Semión, ¿no habrán pasado por aquí mi mujer y un señor con gafas?» «Sí –le dije–. No hay manera de alcanzarlos.» Se lanzó tras ellos y durante cuatro o cinco días estuvo persiguiéndolos. Cuando más tarde le pasé a la otra orilla, se desplomó en la barcaza y empezó a darse cabezadas contra las tablas y a proferir alaridos. «Ya lo ves –le dije, riéndome y recordándole sus propias palabras–: También en Siberia se puede vivir.» Pero él se golpeaba con más fuerza... Luego le entró el gusto de la libertad. Su mujer se había marchado a Rusia y, en consecuencia, él quería regresar allí para volver a verla y separarla de su amante. De modo, amigo, que casi todos los días se dirigía a caballo a la estafeta de correos o a la ciudad para ver a las autoridades. No hacía otra cosa que enviar súplicas para que le concedieran el indulto y le dejaran regresar, y decía que solo en telegramas se había gastado unos doscientos rublos. Vendió las tierras, hipotecó la casa a unos judíos. Encaneció, su espalda se dobló y su rostro se volvió amarillento como el de un tísico. Cuando te hablaba, no paraba de toser y tenía lágrimas en los ojos. Siguió atormentándose con las súplicas durante siete u ocho años, pero al cabo de ese tiempo volvió a la vida, recuperó la alegría. Le había entrado un nuevo capricho. Su hija había crecido. No le quitaba los ojos de encima. A decir verdad, no estaba nada mal: bonita, con cejas negras, vivaracha. Cada domingo la llevaba a la iglesia de Guirino. En la barcaza iban los dos muy juntos, ella riéndose y él sin dejar de mirarla. «Sí, Semión –me decía–, también en Siberia se puede vivir. También en Siberia existe la felicidad. ¡Mira qué hija tengo! Seguro que no encuentras otra igual en mil verstas a la redonda.» «La verdad es que es muy guapa», le respondía yo... pero para mis adentros pensaba: «Espera un poco... La muchacha es joven, la sangre le hierve en las venas, quiere vivir y ¿qué clase de vida es esta?». Y no tardó en languidecer, hermano... Se marchitó, perdió el color, enfermó y ahora no se puede mover. Tiene tisis. A ver qué dices ahora de la felicidad de Siberia, que Dios la maldiga; a ver si sigues repitiendo: «En Siberia también se puede vivir»... El hombre empezó a visitar a todos los médicos y a llevarlos a su casa. En cuanto oía que había un médico o un curandero a doscientas o trescientas verstas, allá que se iba. No se puede ni contar el dinero que se ha gastado en médicos; en mi opinión, más valdría que se lo gastara en vodka... De todos modos la hija se va a morir. Se morirá sin falta y él entonces lo habrá perdido todo. Se ahorcará de dolor o huirá a Rusia: es cosa hecha. Se fugará, lo cogerán, luego lo juzgarán, lo condenarán a trabajos forzados, le harán probar el látigo...

–Bueno, bueno –balbució el tártaro, encogiéndose de frío.

–¿Qué te parece bueno? –preguntó el Juicioso.

–Su mujer, su hija... Cuando uno ha visto a su mujer y a su hija, poco importan el presidio y el dolor... Tú dices que no se necesita nada. Pero eso es malo. Su mujer pasó con él tres años: fue un regalo de Dios. Nada es malo; tres años, bueno. ¿Es que no lo entiendes?

Sin dejar de temblar, tartamudeando y haciendo un esfuerzo por ensamblar los pocos vocablos rusos que conocía, el tártaro explicó que lo peor era enfermar en un país extraño, morir y ser enterrado en una tierra fría y herrumbrosa; que si su mujer viniera a verle, aunque solo fuera un día o incluso una sola hora, por tamaña felicidad estaría dispuesto a arrostrar los más penosos sufrimientos y dar gracias a Dios. Más vale un día de felicidad que nada.

Luego volvió a contar que había dejado en casa a una mujer bella e inteligente; a continuación, cogiéndose la cabeza con ambas manos, se echó a llorar y le aseguró a Semión que no era culpable y que lo habían acusado injustamente. Sus dos hermanos y su tío le habían robado el caballo a un viejo campesino y lo habían dejado medio muerto, pero el tribunal no se había mostrado ecuánime y había condenado a los tres hermanos a Siberia, mientras el tío, hombre adinerado, había quedado en libertad.

–¡Ya te acostumbrarás! –dijo Semión.

El tártaro guardó silencio y se quedó mirando el fuego con ojos llenos de lágrimas; su rostro expresaba sorpresa y temor, como si siguiera sin comprender por qué estaba allí, en ese lugar húmedo y oscuro, rodeado de personas extrañas, y no en la provincia de Simbirsk. El Juicioso se tumbó cerca del fuego, sonrió por alguna razón y se puso a cantar en voz baja.

–¿Qué felicidad le procura su padre? –continuó al poco rato–. Cierto que la consuela y la quiere, pero con él hay que andarse con cuidado: es un viejo rígido e intransigente. Y a las muchachas jóvenes no les gusta la severidad. Lo que quieren son caricias, risas, perfumes y cremas. Sí... ¡Ah, lo que hay que ver! –suspiró, levantándose con dificultad–. Se ha acabado el vodka, es hora de irse a dormir. Me voy, amigo...

Al quedarse solo, el tártaro echó unas ramas en la hoguera, se tumbó y, mirando las llamas, se puso a pensar en su aldea natal y en su mujer; que viniera un mes, o incluso un día, y luego, si quería, que se fuera. Es mejor un mes o incluso un día que nada. Pero, si cumplía su promesa e iba a verlo, ¿con qué la alimentaría? ¿Dónde la alojaría?

–Si no hay nada para comer, ¿cómo vas a vivir? –se preguntaba en voz alta el tártaro.

Ahora se pasaba la noche y el día remando y no le pagaban más que diez kopeks por jornada; cierto que los viajeros daban propinas, pero los compañeros se lo repartían todo entre ellos y, en lugar de darle su parte, se burlaban de él. Y cuando se carece de todo, se pasa hambre, frío y miedo... En ese mismo instante, con todo el cuerpo dolorido y tembloroso, sería agradable entrar en la cabaña y tumbarse, pero en el interior no había nada para cubrirse y hacía más frío que en la orilla; aquí tampoco tenía con qué taparse, pero al menos podía encender fuego...

Al cabo de una semana, cuando el nivel de las aguas disminuyera y la barcaza no necesitara tantos brazos para pasar, todos los remeros, salvo Semión, serían innecesarios y el tártaro empezaría a ir de aldea en aldea pidiendo limosna y trabajo. Su mujer solo tenía diecisiete años; era hermosa, delicada, tímida... ¿acaso podía ir mendigando por las aldeas a cara descubierta? No, solo pensarlo le aterrorizaba...

Empezaba a amanecer; se distinguían con nitidez la gabarra, las mimbreras de la orilla, las ondulaciones del agua y, mirando hacia atrás, un barranco arcilloso en cuyo fondo había una pequeña isba con techo de paja pardusca, por encima de la cual se apiñaban las casas de la aldea. Se oía ya el canto de los gallos.

El barranco de arcilla rojiza, la barcaza, el río, las personas extrañas y taimadas, el hambre, el frío, las enfermedades: quizá nada de eso existiera. Probablemente todo aquello no era más que un sueño, pensaba el tártaro. Sentía que dormía y oía su propio ronquido... Sin duda estaba en su casa, en la provincia de Simbirsk y bastaba con que llamara a su mujer por su nombre para que ella le respondiera; en la habitación contigua estaba su madre... ¡Qué terribles son a veces lo sueños! ¿Cuál es su razón? El tártaro sonrió y abrió los ojos. ¿Qué río era ese? ¿El Volga?

Estaba nevando.

–¡Barquero! –gritó alguien desde la otra orilla–. ¡La gabarra!

El tártaro volvió en sí y fue a despertar a sus compañeros para pasar al otro lado. Poniéndose sobre la marcha sus desgarradas zamarras, blasfemando con voces roncas por el sueño y temblando de frío, los barqueros aparecieron en la orilla. Después del lecho, el río, de donde soplaba un frío penetrante, les parecía sin duda repugnante y terrible. Sin darse mucha prisa, saltaron a la barcaza... El tártaro y los otros tres cogieron los largos remos de anchas palas, semejantes en medio de la penumbra a patas de cangrejo. Semión se apoyaba con el vientre en el largo timón. Pero en el otro lado alguien seguía gritando y hasta llegó a disparar dos veces un revólver, pensando, probablemente, que los remeros dormían o se habían ido a la taberna de la aldea.

–¡Ya vamos! ¡Llegarás a tiempo! –exclamó el Juicioso con el tono de un hombre convencido de que en este mundo no hay ningún motivo para apresurarse, pues de todos modos, no resultará nada bueno.

La pesada y desgarbada barcaza se alejó de la orilla y se deslizó entre las matas de mimbre; solo ellas, al quedar lentamente atrás, revelaban que la almadía no estaba parada, que avanzaba. Los barqueros levantaban los remos con movimiento acompasado y regular. El Juicioso estaba echado sobre el timón y, describiendo un arco en el aire, basculaba de una borda a otra. En medio de las sombras parecía que esos hombres estuvieran sentados sobre una criatura antediluviana con largas patas, navegando sobre su lomo hacia esa región fría y desolada que a veces se ve en las pesadillas.

Las mimbreras desaparecieron y la barcaza entró en aguas abiertas. En la otra orilla se oía ya el ruido y el chapoteo cadencioso de los remos, pero los gritos no cesaban: «¡Deprisa! ¡Deprisa!». Pasaron aún unos diez minutos antes de que la barcaza chocara con ruido sordo contra el muelle.

–¡Y sigue cayendo! ¡Y sigue cayendo! –farfullaba Semión, secándose la nieve de la cara–. ¡Solo Dios sabe de dónde saldrá tanta nieve!

En la otra orilla esperaba un anciano enjuto y pequeño, vestido con una pelliza de piel de zorro y un gorro de astracán. Estaba inmóvil a cierta distancia de los caballos; tenía una expresión sombría y concentrada, como si tratara de recordar algo y se enfadara con su desobediente memoria. Cuando Semión se acercó a él y, sonriendo, se quitó la gorra, el hombre le dijo:

–Tengo que llegar a Anastásievka cuanto antes. Mi hija está otra vez peor, pero dicen que allí hay un médico nuevo.

Metieron el carruaje en la gabarra y empezaron a remar en sentido contrario. El hombre, al que Semión llamaba Vasili Sergueich, no se movió durante toda la travesía; tenía los gruesos labios apretados con fuerza y la mirada fija en un punto; cuando el cochero le pidió permiso para fumar en su presencia, no le contestó, como si no le hubiera oído. Semión, apoyado con el vientre en el timón, lo miraba con aire burlón y decía:

–¡También se puede vivir en Siberia! ¡Vivir!

El Juicioso lucía una expresión triunfante, como si hubiera demostrado algo y se alegrara de que el resultado se ajustara a sus previsiones. El aire de desdicha y desamparo del hombre de la pelliza de piel de zorro le procuraba, al parecer, una enorme satisfacción.

–En esta época el camino está embarrado, Vasili Sergueich –dijo, mientras enganchaban los caballos en la orilla–. Debería esperar un par de semanas a que la tierra esté más seca. En realidad, no debería ir. ¡Si valiera para algo! Pero, como usted mismo sabe, la gente no para de viajar, de día y de noche, y no les sirve de nada. ¡Así es!

Vasili Sergueich le entregó la propina en silencio, se sentó en el carruaje y siguió su camino.

–¡Va en busca del médico! –exclamó Semión, temblando de frío–. Sí, busca un médico de verdad, corre detrás del viento, quiere atrapar al diablo por la cola, maldito sea. ¡Qué chiflados! ¡Señor, perdóname mis pecados!

El tártaro se acercó al Juicioso y, mirándole con odio y repugnancia, temblando y mezclando palabras tártaras en su habla trabucada, exclamó:

–¡Él bueno... bueno, tú malo! ¡Tú malo! El señor tiene un alma noble y generosa y tú eres una fiera. ¡Tú malo! El señor está vivo y tú muerto... Dios ha creado al hombre para que viva, para que disfrute alegrías y también para que padezca penas y amarguras, pero tú no quieres nada, así que no estás vivo; ¡eres una piedra, un pedazo de arcilla! Una piedra no necesita nada y tú tampoco... Eres una piedra y Dios no te quiere, quiere al señor.

Los otros se echaron a reír; el tártaro esbozó una mueca de disgusto, sacudió la mano con desaliento y, arrebujándose en sus harapos, se acercó a la hoguera. Los barqueros y Semión se encaminaron hacia la cabaña.

–¡Hace frío! –dijo uno de ellos con voz ronca, tendiéndose en la paja que recubría el húmedo suelo de arcilla.

–¡Sí, no hace calor! –convino otro–. ¡Una vida de presidiario...!

Todos se tumbaron. Una ráfaga de viento abrió la puerta y en la isba entraron algunos copos de nieve. Ninguno quería levantarse a cerrarla: tenían frío y les dominaba la pereza.

–¡Yo me encuentro bien! –dijo Semión, quedándose dormido–. ¡Que Dios conceda a todos la misma vida!

–Tú eres un presidiario redomado, ya se sabe. Contigo no puede ni el diablo.

Del patio llegaban unos sonidos semejantes al aullido de un perro.

–¿Qué es eso? ¿Quién está allí?

–Es el tártaro que llora.

–Lo que hay que ver... ¡Está chiflado!

–¡Se acostumbrará! –dijo Semión, y al punto se quedó dormido.

Pronto los otros se durmieron también. Y la puerta quedó sin cerrar.

Vecinos
(1892)

Piotr Mijaílich Ivashin estaba de muy mal humor: su hermana, una joven muchacha, se había ido a vivir con Vlásich, un hombre casado. Para escapar de algún modo de ese humor triste y sombrío, que no le abandonaba ni en casa ni en el campo, apeló al sentimiento de equidad y a sus honradas y rectas convicciones –¡siempre había sido partidario del amor libre!–, pero nada de eso le ayudó, pues cada vez, en contra de su voluntad, llegaba a la misma conclusión que la estúpida niñera: que su hermana había obrado mal y que Vlásich la había raptado. Esa idea le torturaba.

Su madre no había salido en todo el día de su habitación, la niñera hablaba en susurros y no dejaba de suspirar, su tía hacía preparativos todos los días para marcharse, y los criados tan pronto llevaban sus maletas al vestíbulo como las cargaban para devolverlas a su habitación. En la casa, en el patio y en el jardín reinaba un silencio tan solemne como si en el interior hubiera un cadáver. Piotr Mijaílich tenía la impresión de que la tía, los criados y hasta los campesinos le miraban con expresión enigmática y perpleja, como diciendo: «Han seducido a tu hermana, ¿por qué no haces nada?». También él se reprochaba su inactividad, aunque en realidad no sabía qué debía hacer.

De ese modo pasaron seis días. Al séptimo –era un domingo, después del almuerzo– un hombre a caballo trajo una carta. La dirección estaba escrita con una letra femenina que le era familiar: «A su Exc. Anna Nikoláievna Ivàshina». Por alguna razón a Piotr Mijaílich le pareció que en el sobre, en los caracteres y en la abreviatura «Exc.», había algo desafiante y provocativo, una manifestación de liberalismo. Y en el caso de una mujer, el liberalismo es terco, implacable, cruel...

«Antes preferirá morir que hacer una concesión a su desdichada madre y pedirle perdón», pensaba Piotr Mijaílich mientras se dirigía a la habitación de esta con la carta.

La madre estaba en la cama, vestida. Al ver a su hijo, se levantó con un movimiento brusco y, arreglándose los cabellos grises, que se le habían salido de la cofia, preguntó con precipitación:

–¿Qué? ¿Qué?

–Ha enviado esto... –dijo el hijo, tendiéndole la carta.

Ya no se pronunciaba en la casa el nombre de Zina, ni siquiera la palabra «ella»; se hablaba de Zina de una manera impersonal: «ha enviado», «se ha marchado»... La madre reconoció la escritura de la hija y su rostro adoptó una expresión fea, desagradable, mientras los cabellos grises volvieron a salirse de la cofia.

–¡No! –dijo, agitando la mano como si la carta le hubiese quemado los dedos–. ¡No, no, nunca! ¡Por nada del mundo!

La amargura y la vergüenza le hicieron prorrumpir en sollozos histéricos; era evidente que ardía en deseos de leer la carta, pero el orgullo se lo impedía. Piotr Mijaílich comprendió que él mismo tendría que abrirla y leerla en voz alta, pero de pronto le dominó una cólera como nunca antes había conocido; salió corriendo al patio y gritó al mensajero:

–¡Dile que no habrá respuesta! ¡No habrá respuesta! ¡Díselo así, animal!

Y a continuación rompió la carta; luego las lágrimas le nublaron la vista y, sintiéndose cruel, culpable y desdichado, salió al campo.

Acababa de cumplir veintisiete años, pero ya estaba gordo, se vestía como un viejo, con ropas amplias y sueltas, y padecía asma. Mostraba ya todas las inclinaciones de un terrateniente solterón. No tenía aventuras amorosas, no pensaba en el matrimonio y solo manifestaba afecto por su madre, su hermana, su niñera y el jardinero Vasílich; le gustaba comer bien, hacer la siesta, hablar de política y de cuestiones elevadas... Había cursado estudios en la universidad, pero ahora consideraba todo eso una obligación inexcusable con la que había que cumplir de los dieciocho a los veinticinco años; al menos, los pensamientos que ocupaban su cabeza a diario no tenían nada en común con la universidad ni con las materias que allí había estudiado.

En el campo reinaban ese calor y serenidad que presagian lluvia. En el bosque el ambiente era como el de una estufa y los pinos y las hojas podridas exhalaban fuertes y penetrantes olores. Piotr Mijaílich se detenía a menudo y se secaba la frente sudorosa. Examinó sus trigales de otoño y primavera, recorrió el campo de trébol y un par de veces, en un lindero, espantó a una perdiz con sus polluelos. Durante todo el tiempo no dejó de pensar que esa situación insoportable no podía durar eternamente y que había que acabar con ella de un modo u otro. Acabar de una manera más o menos estúpida o desabrida, pero acabar de una vez por todas.

«Pero ¿cómo? ¿Qué hacer?», se preguntaba, y dirigía una mirada suplicante al cielo y a los árboles, como pidiéndoles ayuda.

Pero el cielo y los árboles guardaban silencio. Sus honestas convicciones de nada le valían y el sentido común le sugería que su angustioso problema solo podría resolverse de una manera estúpida y que la escena de ese día con el correo no sería la última de ese género. ¡Le daba miedo pensar lo que aún podía suceder!

Cuando inició el camino de regreso, se ponía ya el sol. En ese momento tenía la impresión de que la cuestión era insoluble. No podía aceptar los hechos consumados, pero tampoco podía no aceptarlos y no existía término medio. Marchaba por el camino, con el sombrero en la mano, abanicándose con el pañuelo; cuando solo estaba a unas dos verstas de la casa, oyó a sus espaldas un tintineo. Era una ingeniosa y afortunada combinación de campanillas y cascabeles, que producían un sonido cristalino. Ese ruido solo podía hacerlo el carruaje del comisario de policía Medovski, oficial de húsares retirado, hombre despilfarrador, avejentado y enfermo, pariente lejano de Piotr Mijaílich. Con los Ivashin se encontraba como en casa y albergaba por Zina un tierno sentimiento paternal próximo a la admiración.

–Voy a su casa –dijo al llegar a la altura de Piotr Ivánich–. Siéntese, le llevaré.

Sonreía y parecía alegre; era evidente que aún no sabía que Zina se había ido a vivir con Vlásich; acaso se lo hubiesen comentado, pero no lo había creído. Piotr Mijaílich sintió que su posición era bastante incómoda.

–Le agradezco su visita –balbució, enrojeciendo hasta las lágrimas, sin saber qué mentira inventar–. Me alegro mucho de verle –continuó, tratando de sonreír–, pero... Zina se ha ido y mamá está enferma.

–¡Qué lástima! –exclamó el comisario, mirando con aire pensativo a Piotr Mijaílich–. Y yo que me disponía a pasar la tarde con ustedes. ¿Adónde se ha ido Zinaída Mijaílovna?

–A casa de los Sinitski; y desde allí creo que tenía intención de ir al monasterio. No lo sé con seguridad.

El comisario añadió algunas palabras y luego se dio la vuelta.

Piotr Mijaílich siguió su camino pensando horrorizado en lo que sentiría el comisario cuando se enterara de la verdad. Se imaginó su reacción y, bajo esa impresión, entró en la casa.

«Ayúdame, Señor, ayúdame...», pensaba.

Solo su tía había ido al comedor para tomar el té de la tarde. Como de costumbre, su rostro parecía decir que, por muy débil e indefensa que estuviese, no permitiría que nadie la ofendiera. Piotr Mijaílich se sentó en el otro extremo de la mesa (no le gustaba su tía) y se puso a beber el té en silencio.

–Tu madre tampoco ha almorzado hoy –dijo la tía–. Deberías prestar atención, Petrushka. Dejarse morir de hambre no es un remedio contra la pena.

Piotr Mijaílich encontró absurdo que su tía se inmiscuyera en asuntos ajenos e hiciese depender su marcha de la fuga de Zina. Sintió deseos de decirle alguna impertinencia, pero se contuvo. Y en ese momento sintió que había llegado la hora de reaccionar y que no tenía fuerzas para seguir aguantando esa situación. O actuaba en ese mismo instante o se arrojaba al suelo gritando y dándose de cabezadas. Se imaginó a Vlásich y a Zina, ambos liberales y pagados de sí mismos, besándose en algún lugar, bajo un arce, y todo el malestar y el rencor acumulados durante esos siete días se concentraron en Vlásich.

«Uno ha seducido y secuestrado a mi hermana –pensaba–, otro vendrá a degollar a mi madre, un tercero prenderá fuego a la casa o la saqueará... ¡Y todo eso bajo la máscara de la amistad, los ideales elevados y el sufrimiento!»

–¡No, las cosas no quedarán así! –gritó de pronto, golpeando la mesa con el puño.

Se puso en pie de un salto y salió corriendo del salón. El caballo del administrador estaba ensillado en la cuadra. Piotr Mijaílich se montó en él y partió al galope hacia la casa de Vlásich.

En su alma se había desencadenado una verdadera tormenta. Sentía la necesidad de hacer algo insólito y escandaloso, aunque luego tuviera que arrepentirse durante toda su vida. ¿Llamar canalla a Vlásich, darle una bofetada y después desafiarlo? Pero Vlásich no era de los que se baten en duelo; el insulto y la bofetada solo conseguirían hacerlo más desgraciado y ensimismado. Esas personas desdichadas y sumisas son las más insoportables, las más molestas. Todos sus actos quedan impunes. Cuando una persona desdichada, en respuesta a un reproche merecido, levanta sus ojos profundos y culpables, esboza una dolorosa sonrisa y acerca humildemente la cabeza, parece como si la justicia misma no tuviera ánimos para levantar la mano contra él.

«Da lo mismo. Le daré un fustazo y le insultaré en presencia de ella», decidió Piotr Mijaílich.

Cabalgaba por un bosque y unas tierras baldías de su propiedad y se imaginaba que Zina, para justificar su acción, apelaría a los derechos de la mujer y a la libertad individual y aseveraría que no existía diferencia entre casarse por la Iglesia o por lo civil. Como todas las mujeres, se pondría a discutir de cosas que no entendía. Y al final seguramente preguntaría: «¿Qué haces aquí? ¿Qué derecho tienes a inmiscuirte en mis asuntos?».

–En verdad no tengo ningún derecho –farfullaba Piotr Mijaílich–. Pero tanto mejor... Cuanto más grosero sea y menos derecho tenga, mejor...

Hacía un calor sofocante. Oleadas de mosquitos volaban a ras de suelo y en las tierras baldías las avefrías proferían lastimeros gemidos. Todo presagiaba lluvia, pero en el cielo no había ni una nube. Piotr Mijaílich atravesó el límite de su propiedad y siguió al galope por un campo liso y regular. Había recorrido muchas veces ese camino y conocía cada arbusto, cada hoya. Lo que ahora se alzaba en la lejanía, a la luz del ocaso, como una roca oscura, era en verdad una iglesia roja; podía representársela hasta en sus menores detalles, incluyendo el enlucido de la puerta y los terneros que pastaban siempre en el recinto. A una versta de la iglesia, a mano derecha, se alzaba un sombrío bosque, propiedad del conde Koltóvich. Tras él empezaban las tierras de Vlásich.

Por detrás de la iglesia y del bosque del conde avanzaba una nube negra, en cuyo interior resplandecían a veces pálidos relámpagos.

«¡Lo que faltaba! –pensó Piotr Mijaílich–. Ayúdame, Señor, ayúdame.»

El caballo no tardó en fatigarse de la rápida marcha, y lo mismo le sucedió a Piotr Mijaílich. La nube de tormenta le miraba con enfado, como aconsejándole que regresara a casa. De él se apoderó un vago sentimiento de angustia.

«¡Les demostraré que no tienen razón! –se dijo para darse ánimos–. Apelarán al amor libre, a la libertad individual; pero la libertad reside en la resistencia, no en la sumisión a las pasiones. ¡Lo suyo no es libertad, sino libertinaje!»

Apareció el gran estanque del conde; la nube lo teñía de azul oscuro y rizaba su superficie. De las aguas soplaba una brisa húmeda y se escapaba un olor a limo. Junto al dique se perfilaban dos sauces, uno viejo y otro joven, inclinados amorosamente el uno contra el otro. En ese mismo lugar, dos semanas antes, Piotr Mijaílich y Vlásich habían paseado, cantando a media voz una canción estudiantil: «No amar significa perder la juventud...». ¡Una canción lamentable!

Cuando Piotr Mijaílich atravesaba el bosque, resonó un trueno y los árboles susurraron y se curvaron bajo la fuerza del viento. Había que darse prisa. Desde el bosque hasta la hacienda de Vlásich solo tenía que atravesar un prado de no más de una versta. A ambos lados del camino se sucedían viejos abedules. Tenían un aspecto tan triste y desdichado como su propietario y eran tan altos y desgarbados como él. Gruesas gotas de lluvia repicaron en los abedules y la hierba; pronto el viento se calmó y exhaló un olor a tierra mojada y a álamo. Ante él surgió la cerca de Vlásich, con su acacia amarilla, también delgada y desgarbada; en un lugar en que la verja se había venido abajo, se veía un huerto de árboles frutales abandonado.

Piotr Mijaílich ya no se acordaba de la bofetada ni del fustazo y no sabía lo que haría en casa de Vlásich. Se acobardó. Le daba miedo pensar en su hermana y en él, y la idea de que al cabo de un instante iba a verla le horrorizaba. ¿Cómo se comportaría en presencia de su hermano? ¿De qué hablarían? ¿No era preferible darse la vuelta antes de que fuera demasiado tarde? Sumido en esos pensamientos, recorrió al galope la avenida de tilos que conducía a la casa, rodeó unos vastos macizos de lilas y de pronto se encontró con Vlásich.

Este, sin sombrero, con una camisa de percal y botas altas, inclinado bajo la lluvia, iba desde una esquina de la casa al zaguán; le seguía un trabajador con un martillo y una caja de clavos. Probablemente habían reparado un postigo batido por el viento. Al ver a Piotr Mijaílich, Vlásich se detuvo.

–¿Eres tú? –dijo con una sonrisa–. Estupendo.

–Sí, como ves, he venido... –comentó en voz baja Piotr Mijaílich, sacudiéndose la lluvia con ambas manos.

–Claro, muy bien. Me alegro mucho –dijo Vlásich, pero no le tendió la mano; era evidente que no se decidía y esperaba que tomara él la iniciativa–. ¡Esta lluvia es buena para la avena! –añadió mirando el cielo.

–Sí.

Entraron en silencio. A la derecha una puerta conducía a un segundo recibidor y luego a la sala; a la izquierda había una pequeña habitación en la que el administrador pasaba el invierno. Piotr Mijaílich y Vlásich entraron en esa pieza.

–¿Dónde te ha sorprendido la lluvia? –preguntó Vlásich.

–Cerca de aquí. Al lado mismo de la casa.

Piotr Mijaílich se sentó en la cama. Le alegraba que la lluvia cayese con estrépito y la habitación estuviera a oscuras. Era mejor así; la situación no era tan incómoda y no hacía falta mirar a su interlocutor a la cara. Su cólera había desaparecido; ahora solo sentía miedo y desprecio de sí mismo. Pensaba que había empezado mal y que esa visita no conduciría a nada.

Durante un tiempo ambos guardaron silencio, haciendo como que escuchaban la lluvia.

–Gracias, Petrushka –empezó Vlásich, tras aclararse la voz–. Te agradezco mucho que hayas venido. Es un gesto noble y generoso por tu parte. Créeme que me doy cuenta y lo valoro en su justa medida. Te lo aseguro.

Miró por la ventana y continuó, parado en medio de la habitación:

–Todo ha sucedido en secreto, como si nos ocultásemos de ti. Durante todos estos días la idea de que quizá te hemos ofendido e irritado ha planeado como una sombra sobre nuestra felicidad. Pero deja que me justifique. Si hemos actuado en secreto no ha sido porque tuviéramos poca confianza en ti. En primer lugar, todo sucedió de repente, por una especie de inspiración, de modo que no hubo tiempo para reflexiones. En segundo, se trata de una cuestión íntima, delicada... Resultaba complicado implicar a una tercera persona, aunque fuera tan próxima como tú. Y, además, en todo este asunto siempre hemos albergado una fe ciega en tu magnanimidad. Eres un hombre muy generoso y noble. Te estoy infinitamente agradecido. Si alguna vez tienes necesidad de mi vida, ven y tómala.

Vlásich hablaba casi en un susurro, con voz sorda, grave y monótona como un zumbido; estaba visiblemente agitado. Piotr Mijáilich sentía que había llegado el momento de decir algo, que si se limitaba a escuchar y callar desempeñaría, en efecto, el papel de un pelele noble y bonachón, y no había ido para eso. Se levantó bruscamente y dijo en voz baja, con la respiración alterada:

–Escucha, Grigori, sabes que te tengo aprecio y que no deseo mejor marido para mi hermana; pero lo que ha sucedido es horrible. ¡Da miedo pensarlo!

–¿Por qué es horrible? –preguntó Vlásich con voz temblorosa–. ¡Sería horrible si hubiésemos actuado mal, pero no es el caso!

–Escucha, Grigori, sabes que soy un hombre sin prejuicios; pero, perdona mi franqueza, en mi opinión ambos habéis actuado de una forma egoísta. Claro que no se lo diré a Zina, pues la apenaría, pero tú debes saberlo: los sufrimientos de mi madre son indescriptibles.

–Sí, es muy triste –suspiró Vlásich–. Ya lo habíamos previsto, Petrushka, pero ¿qué podíamos hacer? Que tu conducta apene a alguien no significa que estés actuando mal. ¡Qué le vamos a hacer! No se puede dar un paso importante en la vida sin causar dolor a un tercero. Si tú te marcharas a luchar por la libertad, también harías sufrir a tu madre. ¡Qué le vamos a hacer! El que pone la tranquilidad de sus deudos por encima de todo debe renunciar totalmente a vivir según sus ideales.

Más allá de la ventana brilló con fuerza un relámpago y ese resplandor pareció cambiar el curso de los pensamientos de Vlásich. Se sentó al lado de Piotr Mijáilich y empezó a decir cosas que en absoluto venían a cuento.

–Adoro a tu hermana, Petrushka –comentó–. Cada vez que iba a tu casa tenía la impresión de ir en peregrinación y en verdad a ella elevaba todas mis oraciones. Ahora esa veneración crece día a día. ¡Para mí es mucho más que una esposa! ¡Mucho más! –Vlásich levantó los brazos–. Es mi santuario. Desde que vive conmigo, entro en mi casa como si fuera un templo. ¡Es una mujer única, excepcional, de una nobleza sin igual!

«Ya estamos con la misma canción», pensó Piotr Mijaílich; la palabra «mujer» no le había gustado.

–¿Por qué no os casáis como es debido? –preguntó–. ¿Cuánto quiere tu esposa por el divorcio?

–Setenta y cinco mil.

–Es mucho. ¿Y no puedes negociar?

–No rebajará ni un kopek. ¡Es una mujer terrible, amigo! –dijo Vlásich con un suspiro–. Nunca te he hablado de ella, pues me desagrada recordar esa época, pero, ya que ha salido el tema, te contaré algunas cosas. Me casé con ella movido por un arranque repentino de generosidad y nobleza. En nuestro regimiento, si quieres mayores detalles, un jefe de batallón había tenido una relación con una muchacha de dieciocho años, es decir, para expresarlo sin rodeos, la había seducido, había vivido con ella un par de meses y la había abandonado. La joven se encontró en una situación espantosa. Le daba vergüenza volver con sus padres y además ellos no la habrían aceptado. «¿Te ha abandonado tu amante? Pues vete por los cuarteles y véndete.» Los oficiales del regimiento estaban escandalizados. No eran ningunos santos, pero la infamia era demasiado evidente. Además, en el regimiento nadie podía soportar a aquel jefe de batallón. Así pues, para jugarle una mala pasada, ¿comprendes?, todos los alféreces y subtenientes indignados abrieron una suscripción en beneficio de la desgraciada muchacha. Cuando los jóvenes oficiales nos reunimos y empezamos a dar unos cinco y otros diez rublos, la sangre se me subió de pronto a la cabeza. La situación me pareció pintiparada para realizar una proeza. Me dirigí a toda prisa a casa de la joven y con las palabras más encendidas le expresé mi simpatía. Mientras me dirigía a su casa y luego, cuando le hablaba, sentí un amor ardiente por ese ser humillado y ultrajado. Sí... Bueno, el resultado fue que, al cabo de una semana, pedí su mano. Mis superiores y mis camaradas consideraron mi matrimonio incompatible con la dignidad de un oficial. Eso me inflamó aún más. Escribí una larga carta en la que demostraba que mi acto debía escribirse con letras de oro en la historia del regimiento, etcétera. Envié el original al comandante y copias a mis compañeros. Naturalmente estaba bastante alterado y no me abstuve de utilizar términos fuertes. Me pidieron que abandonara el regimiento. Guardo el borrador de mi carta en alguna parte, ya te lo dejaré leer algún día. Está escrita con intensa emoción. Podrás ver la generosidad y nobleza que me movían. Solicité la baja y vine aquí con mi mujer. Como mi padre me había dejado algunas deudas, no tenía dinero, pero desde el primer día mi mujer estableció relaciones, empezó a pavonearse y a jugar a las cartas; al final me vi obligado a hipotecar la propiedad. Llevaba una vida disipada y creo que tú fuiste el único de todos los vecinos que no se convirtió en su amante. Al cabo de un par de años, para que renunciara a sus derechos, le di todo lo que tenía entonces y ella se marchó a la ciudad. Sí... Y ahora le paso mil doscientos rublos al año. ¡Es una mujer terrible! Existe una mosca, amigo, que pone su larva en la espalda de una araña de tal modo que esta no puede desembarazarse de ella; la larva se pega a la araña y chupa la sangre de su corazón. De la misma manera, mi esposa se ha pegado a mí y me chupa la sangre. Me odia y me desprecia por haber cometido la tontería de casarme con una mujer como ella. Mi generosidad le parece lamentable. «Un hombre inteligente me abandonó y un imbécil me recogió», dice. En su opinión, solo un pobre idiota podía actuar del modo que yo lo hice. Y eso, amigo, me causa un dolor insoportable. Por lo demás, dicho sea entre paréntesis, el destino me persigue. Me trata de una manera implacable.

Piotr Mijaílich escuchaba a Vlásich y se preguntaba con perplejidad qué había podido ver su hermana en él. Era un hombre maduro –tenía ya cuarenta y un años–, delgado, enjuto, estrecho de pecho, con nariz larga y barba entrecana. Su habla parecía un zumbido, tenía una sonrisa enfermiza y movía las manos de manera desagradable. Carecía de salud, de atractivas maneras varoniles, de espíritu mundano, de alegría: había cierta vaguedad e indefinición en su aspecto exterior. Vestía sin gusto, su casa era triste, no apreciaba la poesía ni la pintura porque «no respondían a los problemas de la época», es decir, porque no las comprendía; era insensible a la música. No era buen administrador. En su hacienda reinaba el más completo desorden y sus bienes estaban hipotecados; por la segunda hipoteca pagaba un interés del doce por ciento; además, había firmado pagarés por valor de diez mil rublos. Cuando llegaba el momento de pagar los intereses o enviar dinero a su mujer, pedía prestado a todo el mundo con tal expresión que parecía que su casa estuviera ardiendo; en esos momentos perdía la cabeza y vendía todas sus reservas de leña para el invierno por cinco rublos, un almiar de paja por tres y luego mandaba encender su estufa con la cerca de su jardín o viejos marcos del invernadero. Sus prados estaban devastados por los cerdos, el ganado de los campesinos pisoteaba los árboles jóvenes y los viejos disminuían cada invierno; por el huerto y el jardín había tiradas colmenas y cubos herrumbrosos. Carecía de talento y de facultades y ni siquiera poseía la capacidad corriente de vivir como los demás. En las cuestiones prácticas era un hombre ingenuo y débil, al que era fácil engañar y ofender; no en vano, los campesinos lo llamaban «el mequetrefe».

Era liberal y en el distrito pasaba por rojo, pero hasta ese detalle tenía un componente tedioso. Su libre pensamiento carecía de originalidad y pasión; se irritaba, se indignaba y se alegraba siempre en el mismo tono, muelle y desganado. Incluso en los momentos de gran agitación, no levantaba la cabeza y permanecía encorvado. Pero lo más aburrido de todo era que se las arreglaba para expresar sus ideas más nobles y valiosas de tal modo que en sus labios sonaban banales y atrasadas. Cuando, con voz lenta y aspecto concentrado, empezaba a hablar de sus impulsos nobles y generosos, de los mejores años de su vida, o cuando se extasiaba ante la juventud, que siempre había ido y seguiría yendo a la cabeza de la sociedad, o cuando criticaba a los rusos porque a los treinta años se ponían una bata y olvidaban los preceptos del *alma mater*, se tenía la impresión de estar oyendo algo viejo y manido. Cuando Piotr Mijaílich se quedaba a dormir en su casa, Vlásich ponía en su mesilla de noche una obra de Písarev o de Darwin. Y si le decía que ya las había leído, iba a buscar un ejemplar de Dobroliúbov*.

A eso se llamaba en el distrito librepensamiento y muchos lo consideraban una manía inocente e inofensiva; sin embargo, a él le hacía profundamente desdichado. En su opinión, era la larva de la que acababa de hablar: se había aferrado a él con todas sus fuerzas y chupaba la sangre de su corazón. Primero un extraño matrimonio al gusto de Dostoievski, largas cartas y copias mal escritas y casi ilegibles, pero llenas de elevados sentimientos, malentendidos interminables, explicaciones, desencantos; luego las deudas, la segunda hipoteca, las pensión de su mujer, los préstamos nuevos cada mes, y todo eso sin ninguna utilidad ni para sí mismo ni

* D. M. Písarev (1840-1868) y N. A. Dobroliúbov (1836-1861), críticos literarios radicales.

para los demás. Y ahora, lo mismo que antes, andaba siempre con prisas, trataba de realizar proezas y se metía en asuntos que no le incumbían; lo mismo que antes, si la ocasión se presentaba, escribía largas cartas y copias, se enfrascaba en conversaciones agotadoras y trilladas sobre la comuna o el fomento de la producción artesanal o la creación de fábricas de queso; conversaciones siempre idénticas, como si no se debieran a un cerebro vivo, sino a una máquina. Y por último ese escándalo con Zina, que no se sabía cómo iba a acabar.

Su hermana, en cambio, era una mujer joven –solo tenía veintidós años–, bonita, elegante y jovial; le gustaba reír, charlar, discutir, y era una apasionada de la música; tenía buen gusto para la ropa, los libros y los muebles, y en su casa no habría tolerado una habitación como esa, impregnada de olor a botas y a vodka barato. También era liberal, pero en su librepensamiento se sentía un vendaval de fuerza, la soberbia de una muchacha joven, vigorosa y valiente, la sed apasionada de ser mejor y más original que los demás... ¿Cómo era posible que se hubiese enamorado de Vlásich?

«Él es un Don Quijote, un fanático terco, un maniaco –pensaba Piotr Mijaílich–; y ella una mujer tan vulnerable, débil de carácter y complaciente como yo... Ambos nos rendimos pronto y sin resistencia. Ella le quiere; ¿y acaso no le aprecio yo también, a pesar de todo...?»

Piotr Mijaílich consideraba a Vlásich un hombre bueno y honrado, aunque de ideas estrechas y sectarias. En sus pasiones y sufrimientos, en todas las facetas de su vida, no advertía ningún fin elevado, próximo o lejano; solo el tedio y la incapacidad de vivir. En su sacrifico y todo lo que Vlásich consideraba proezas o arranques de generosidad, solo veía inútiles gastos de fuerzas, innecesarios disparos sin bala en los que se gastaba mucha pólvora. Y el fanatismo con que Vlásich creía en su honradez sin igual y la infalibilidad de su pensamiento le parecía algo ingenuo y hasta enfermizo; además, le resultaba totalmente incomprensible que durante toda su vida se las hubiera arreglado para mezclar lo mezquino con lo sublime, que se hubiera casado de forma estúpida y lo considerara una proeza y que luego hubiera tenido relaciones con otras mujeres y viera en ello el triunfo de no se sabe qué idea.

Pero, de todos modos, Piotr Mijaílich apreciaba a Vlásich, sentía que irradiaba cierta energía y, sin saber por qué, nunca encontraba ánimos para contradecirle.

Vlásich se había sentado muy cerca de él para charlar bajo el rumor de la lluvia, en la oscuridad; había carraspeado y se disponía a contarle alguna larga historia, del tipo de la de su matrimonio; pero Piotr Mijaílich se sentía incapaz de escucharlo; le angustiaba la idea de que al cabo de unos minutos iba a ver a su hermana.

–Sí, no has tenido suerte en la vida –dijo con voz queda–; pero, perdóname, nos hemos apartado de lo principal. No es de eso de lo que debemos hablar.

–Sí, sí, es verdad. Volvamos a lo principal –dijo Vlásich, poniéndose en pie–. Lo que te digo, Petrushka, es que tenemos la conciencia tranquila. No hemos pasado por la iglesia, pero que nuestro matrimonio es completamente legítimo es algo que no necesito demostrarte ni tú escuchar. Eres un librepensador igual que yo y, gracias a Dios, en ese punto no puede haber divergencias entre nosotros. En lo que respecta a nuestro futuro, no debes asustarte. Trabajaré hasta sudar sangre, no dormiré por la noche; en una palabra, no escatimaré esfuerzos para que Zina sea feliz. Su vida será maravillosa. Te preguntarás si seré capaz de conseguirlo. ¡Ya lo creo que sí! Cuando un hombre piensa en todo momento en un único objetivo, no le resulta difícil alcanzarlo. Pero vamos a ver a Zina. Le dará una gran alegría.

A Piotr Mijaílich le latía con fuerza el corazón. Se levantó y siguió a Vlásich al recibidor y de allí al salón. En esa habitación enorme y sombría solo había un piano y una larga hilera de sillas antiguas con incrustaciones de bronce, en las que nunca se sentaba nadie. Sobre el piano ardía una sola vela. Desde el salón pasaron en silencio al comedor, otra pieza vasta y poco acogedora; en medio de la habitación había una mesa redonda y extensible con seis gruesas patas, sobre la que también había una sola vela. El reloj, con una caja roja de gran tamaño parecida a la urna de un icono, marcaba las dos y media.

Vlásich abrió la puerta de la habitación contigua y dijo:

–¡Zínochka, ha venido Petrushka!

Al punto se oyeron unos pasos apresurados y Zina, alta, gruesa y muy pálida, tal como Piotr Mijaílich la había visto por última vez en la casa, entró en el comedor, vestida con una falda negra, una blusa roja y un cinturón de gran hebilla. Rodeó a su hermano con un brazo y le besó en la sien.

–¡Menuda tormenta! –exclamó–. Grigori había salido y me he quedado aquí sola.

No estaba turbada y contemplaba a su hermano con mirada franca y serena, como en casa; nada más verla, la propia turbación de Piotr Mijaílich desapareció.

–Pero tú no temes las tormentas –dijo él, sentándose junto a la mesa.

–No, pero aquí las habitaciones son enormes, la casa antigua y, cuando truena, toda la estructura tintinea como una alacena con vajilla. Por lo demás, es una casa encantadora –continuó, sentándose frente a su hermano–. No hay habitación que no guarde un recuerdo agradable. En la mía, figúrate, el abuelo de Grigori se pegó un tiro.

–En agosto tendré dinero y mandaré arreglar el pabellón del jardín –dijo Vlásich.

–No sé por qué, pero durante las tormentas siempre me acuerdo del abuelo –continuó Zina–. Y en este comedor azotaron a un hombre hasta la muerte.

–Es completamente cierto –confirmó Vlásich, mirando con ojos muy abiertos a Piotr Mijaílich–. En los años cuarenta la propiedad fue arrendada a un francés llamado Olivier. El retrato de su hija todavía debe andar por algún lugar del desván. Era muy guapa. Ese Olivier, según me contó mi padre, despreciaba a los rusos por su ignorancia y se burlaba de ellos de manera cruel. Así, exigía que el sacerdote, al pasar junto a la propiedad, se quitara el gorro a media versta de la casa y quería que las campanas de la iglesia repicaran cuando su familia atravesaba la aldea. Ni que decir tiene que con los siervos y los desheredados de la tierra se andaba aún con menos ceremonias. Un día pasó por el lugar uno de esos bondadosísimos hijos de la Rusia errante, no muy desparejo del seminarista Jomá Brut* de Gógol. Pidió permiso para pasar la noche y, como cayó bien a los administradores, le dejaron que se quedara en la oficina. Existen muchas variantes. Unos dicen que el seminarista sublevó a los campesinos; otros que la hija de Olivier se enamoró de él. Desconozco cuál será la verdad, pero el caso es que un buen día Olivier lo mandó traer aquí y lo sometió a interrogatorio; luego ordenó que le dieran de latigazos. Imagínate, Olivier sentado a esta misma mesa bebiendo burdeos, mientras los caballerizos azotaban al seminarista. Es probable que le torturaran. Por la mañana el seminarista murió y su cadáver fue ocultado en algún sitio. Dicen que lo arrojaron en el estanque de Koltóvich. Se inició una investigación, pero el francés entregó varios miles de rublos a quien correspondía y se marchó a Alsacia. Justo en ese momento terminaba el plazo del arriendo, de modo que así acabó todo.

---

* Personaje del relato fantástico de Gógol *Vi*.

–¡Qué canallas! –exclamó Zina, estremeciéndose.

–Mi padre se acordaba bien de Olivier y de su hija. Decía que era hermosísima y excéntrica. Yo pienso que el seminarista hizo lo uno y lo otro: sublevó a los campesinos y sedujo a la hija. Es posible que no fuera siquiera un seminarista, sino alguien que ocultaba su verdadero nombre.

Zina se quedó pensativa: por lo visto, la historia del seminarista y de la bella francesa había hecho volar su imaginación. A Piotr Mijaílich le pareció que no había cambiado en el curso de la última semana, solo estaba algo más pálida. Tenía el aspecto sereno de siempre, como si hubiera ido a ver a Vlásich en compañía de su hermano. Pero Piotr Mijaílich se daba cuenta de que se había producido algún cambio en él mismo. En efecto, antes, cuando su hermana vivía en casa, podía hablar con ella de cualquier tema, mientras que ahora no se atrevía siquiera a hacerle esta sencilla pregunta: «¿Qué tal te encuentras aquí?». Se le antojaba una cuestión torpe e innecesaria. Probablemente también en ella se había producido un cambio semejante. No se daba ninguna prisa en hablar de su madre, de su casa, de su aventura con Vlásich; no se justificaba, no afirmaba que el matrimonio civil era mejor que el religioso, no mostraba la menor inquietud y pensaba con la mayor serenidad en la historia de Olivier... Y ¿por qué de pronto se habían puesto a hablar de ese hombre?

–Los dos tenéis los hombros mojados por la lluvia –dijo Zina con una alegre sonrisa; le había conmovido esa pequeña semejanza entre su hermano y Vlásich.

Piotr Mijaílich sintió toda la amargura y todo el horror de la situación en la que se encontraba. Recordó su casa vacía, el piano cerrado y la luminosa habitación de Zina, donde ya no entraba nadie; recordó que en las alamedas del jardín se habían borrado ya las huellas de sus pequeños pies y que ya nadie iba a bañarse, antes del té de la tarde, riéndose a carcajadas. Todo aquello a lo que se sentía más unido desde la más tierna infancia, aquello en lo que más le gustaba pensar en el aula sofocante o en el anfiteatro de la facultad, la claridad, la pureza, la alegría, todo lo que llenaba la casa de vida y de luz, se había ido para siempre, había desaparecido y se había entreverado con la grosera y torpe historia de un jefe de batallón, de un generoso alférez, de una mujer depravada y de un abuelo que se había pegado un tiro... Iniciar una conversación sobre su madre o pensar que el pasado podía recuperarse significaría negar la evidencia.

Los ojos de Piotr Mijaílich se llenaron de lágrimas y la mano que había puesto sobre la mesa empezó a temblar. Zina adivinó el curso de sus pensamientos y sus ojos también brillaron y se enrojecieron.

–¡Grigori, ven aquí! –le dijo a Vlásich.

Los dos se aproximaron a la ventana y empezaron a hablar en un susurro. Por el modo en que Vlásich se inclinaba hacia ella y la manera en que ella miraba a Vlásich, Piotr Mijaílich comprendió, una vez más, que todo había terminado para siempre y que no había nada de que hablar. Zina salió.

–Así es, amigo –dijo Vlásich después de unos minutos de silencio, frotándose las manos y sonriendo–. Hace un instante dije que nuestra vida era feliz, pero lo hice para someterme, por así decir, a las exigencias literarias. En realidad, todavía no sabemos lo que es la felicidad. Zina ha estado todo el tiempo pensando en ti y en vuestra madre, y atormentándose; cuando la miraba, yo también me atormentaba. Es una criatura libre y valiente, pero la falta de costumbre hace que todo le parezca difícil; además, es joven. Los criados la llaman señorita; parece una tontería, pero a ella le preocupa. Así es, amigo.

Zina trajo un plato lleno de fresas. Tras ella entró una criada pequeña, con aspecto sumiso y apocado. Puso sobre la mesa una jarra de leche e hizo una profunda reverencia... Su cara de aburrimiento y su expresión embotada le daba cierto aire de mueble antiguo.

Ya no se oía la lluvia. Piotr Mijaílich comía fresas, mientras Vlásich y Zina lo miraban en silencio. Se acercaba el instante de la explicación inútil pero inevitable, y los tres sentían ya su peso. Los ojos de Piotr Mijaílich volvieron a llenarse de lágrimas; apartó el plato y dijo que era hora de regresar, pues se le iba a hacer tarde y quizá volviera a llover. Había llegado el momento en que Zina, por decoro, debía hablar de los suyos y de su nueva vida.

–¿Cómo van las cosas en casa? –preguntó con apresuramiento, y su pálido rostro se estremeció–. ¿Qué tal está mamá?

–Ya la conoces... –respondió Piotr Mijaílich sin mirarla.

–Petrushka, has pensado mucho en lo que ha sucedido –dijo ella, cogiendo a su hermano por la manga, y él comprendió lo difícil que le resultaba hablar–. Has pensado mucho. Dime, ¿hay alguna posibilidad de que mamá se reconcilie algún día con Grigori... y en general con esta situación?

Estaba muy cerca de su hermano, con la cara casi pegada a la suya, y él se sorprendió de su belleza, en la que nunca antes había reparado; y el hecho de que su hermana, refinada, distinguida, parecida de cara a su madre, viviera en casa de Vlásich y con Vlásich, junto a una criada embotada, una mesa de seis patas, en una casa en la que habían azotado a un hombre hasta la muerte, y de que no fuera a regresar con él, sino que se iba a quedar allí a pasar la noche, le pareció un absurdo inconcebible.

–Ya conoces a mamá... –dijo, sin responder a la pregunta–. En mi opinión, habría que guardar... hacer algo, pedirle perdón...

–Pero pedir perdón significa reconocer que hemos actuado mal. Para tranquilizar a mamá estoy dispuesta a mentir, pero eso no dará ningún resultado. La conozco. Bueno, ¡que pase lo que tenga que pasar! –dijo Zina, alegrándose de que lo más desagradable hubiese quedado dicho–. Esperaremos cinco, diez años, seremos pacientes, y que sea lo que Dios quiera.

Cogió a su hermano por el brazo y, cuando cruzaban el oscuro vestíbulo, se apretó contra su hombro.

Salieron al zaguán. Piotr Mijaílich se despidió, montó en su caballo y partió al paso; Zina y Vlásich le acompañaron durante un rato. La noche era tibia y serena y el olor a heno embriagaba; en el cielo, entre las nubes, brillaban con fuerza las estrellas. El viejo jardín de Vlásich, testigo de tantas historias tristes, dormía, envuelto por la penumbra, y al atravesarlo se sentía, por alguna razón desconocida, cierta melancolía.

–¡Zina y yo hemos pasado hoy, después del almuerzo, unos momentos verdaderamente maravillosos! –dijo Vlásich–. Le leí un excelente artículo sobre los exiliados. ¡Léelo, amigo! ¡Debes conocerlo! Es un artículo notable por su honradez. No pude contenerme y escribí una carta a la redacción para que se la entregaran al autor. Contiene una sola línea: «¡Le doy las gracias y estrecho con fuerza su honrada mano!».

Piotr Mijaílich estuvo tentado de decir: «No te metas en lo que no te importa, por favor», pero guardó silencio.

Vlásich caminaba junto al estribo derecho y Zina junto al izquierdo; ambos parecían haber olvidado que tenían que regresar, aunque había mucha humedad y faltaba ya poco para el bosque de Koltóvich. Piotr Mijaílich se daba cuenta de que esperaban algo de él, aunque ni ellos mismos sabían exactamente qué, y se sintió embargado de pena. En ese momento, al verlos caminar junto al caballo, con aspecto humilde y caviloso, se convenció de que eran desdichados, de que nunca podrían alcanzar la felicidad, y su amor se le antojó un triste e irreparable error. La piedad y la conciencia de que nada podía hacer por ayudarlos le sumieron en ese estado de abatimiento moral en que, para evitar los fuertes embates de la compasión, se está dispuesto a cualquier sacrificio.

–Vendré a pasar la noche con vosotros alguna vez.

Pero eso parecía una concesión y no le satisfizo. Cuando se detuvieron para despedirse, no lejos del bosque de Koltóvich, él se inclinó hacia Zina, le tocó el hombro y le dijo:

–Tienes razón, Zina. ¡Has hecho bien!

Y para no decir más y no echarse a llorar, espoleó al caballo y se internó al galope en el bosque. Cuando las sombras le cubrieron, se dio la vuelta y vio cómo Vlásich y Zina se dirigían a casa por el camino –él con grandes zancadas; ella, a su lado, con andares premiosos y saltarines–, charlando con animación.

–Parezco una vieja –pensó Piotr Mijaílich–. Había venido para resolver la cuestión y la he enredado aún más. Bueno, ¡que se queden con Dios!

Sentía un peso en el corazón. Al salir del bosque, puso el caballo al paso y cuando llegó junto al estanque lo detuvo. Le apetecía pasar allí un rato, reflexionando. La luna había salido ya y se reflejaba como una columna roja en el otro lado del estanque. Se oyó en alguna parte el sordo estampido del trueno. Piotr Mijaílich miraba las aguas sin pestañear y se imaginaba la desesperación de su hermana, su dolorosa palidez y sus ojos secos, con los que debía ocultar de la gente su humillación. Se imaginó su turbación, la muerte de su madre, su entierro, el espanto de Zina... Pues todo ese asunto no tenía otra salida que la muerte de esa anciana orgullosa y supersticiosa. Terribles visiones del futuro se dibujaban ante él sobre las aguas lisas y oscuras, y, en medio de pálidas figuras de mujer, veía su propia persona, pusilánime, débil, con una expresión de culpabilidad en el rostro...

A cien pasos de la orilla derecha del estanque se alzaba inmóvil una masa oscura: ¿era un hombre o un alto tocón? Piotr Mijaílich se acordó del seminarista al que habían matado y arrojado al estanque.

«Olivier actuó de manera inhumana, pero al menos resolvió la cuestión, mientras que yo, en lugar de resolverla, la he complicado aún más –pensaba, contemplando la oscura silueta, semejante a una aparición–. Él decía y hacía lo que pensaba, mientras que yo pienso una cosa y hago otra; seguramente, ni siquiera sé lo que pienso...»

Se acercó a la oscura silueta: era un viejo poste podrido, vestigio de alguna construcción.

Del bosque y de la propiedad de Koltóvich llegaba un intenso perfume a muguete y a hierbas aromáticas. Piotr Mijaílich avanzaba por la orilla del estanque, mirando con pesar las aguas y repasando su vida; poco a poco llegó al convencimiento de que nunca había dicho ni hecho lo que pensaba y de que la gente le había pagado con la misma moneda; por esa razón, toda su vida le pareció de pronto tan oscura como esas aguas en las que se reflejaba el cielo nocturno y en las que se entrelazaban las plantas acuáticas. Y tuvo la impresión de que aquello no tenía remedio.

Terror
(Relato de un amigo)
(1892)

Dmitri Petróvich Silin había terminado los estudios universitarios y había ingresado en la administración de San Petersburgo, pero a los treinta años renunció a su puesto y se dedicó a la agricultura. Su hacienda no iba mal, pero yo tenía la impresión de que no estaba en su lugar y que haría mejor regresando a Petersburgo. Cuando, con la piel atezada, gris de polvo y extenuado por el trabajo, me recibía cerca de la cancela o junto a la entrada y luego, después de la cena, luchaba con el sueño, mientras su mujer lo mandaba a la cama como si fuera un niño, o bien, venciendo sus ganas de dormir, me exponía sus grandes ideas con voz suave y cordial, como suplicante, yo no veía en él a un propietario o un agrónomo, sino a un hombre abrumado, y me parecía evidente que, más que ocuparse de la hacienda, lo que necesitaba era que el día terminara cuanto antes.

Me agradaba visitarle y en ocasiones pasaba dos o tres días en su propiedad; me agradaba su casa, su parque, su gran huerto de árboles frutales, su río y su filosofía, algo desvaída y ampulosa, pero clara. Probablemente también me agradaba él, aunque no puedo afirmarlo con total seguridad, pues aún no he conseguido aclarar mis sentimientos de entonces. Era un hombre inteligente, bondadoso, afable y sincero, pero recuerdo muy bien que, cuando me confiaba sus secretos íntimos y calificaba de amistad nuestra relación, me causaba una impresión desagradable y me sentía incómodo. En la amistad que me profesaba había algo embarazoso y molesto, y yo hubiera preferido unas buenas relaciones sin más.

La cuestión es que me gustaba muchísimo su mujer, María Serguéievna. No estaba enamorado de ella, pero me atraían su rostro, sus ojos, su voz, sus andares, y la echaba de menos cuando pasaba mucho tiempo sin verla; en esas ocasiones, no había persona que deleitara más mi imaginación que esa mujer joven, hermosa y elegante. No albergaba ninguna intención concreta con respecto a ella ni me hacía ilusiones, pero, por alguna razón, cada vez que nos quedábamos solos, recordaba que su marido me consideraba amigo suyo, y me sentía incómodo. Cuando tocaba al piano mis composiciones favoritas o me contaba algo interesante, la escuchaba con gusto y al mismo tiempo me venía a la cabeza que ella amaba a su marido, que él era mi amigo y que ella misma me consideraba amigo de su marido; esa circunstancia me ponía de mal humor y me volvía indolente, torpe y reservado.

–Se aburre usted sin su amigo. Habrá que ir a buscarle al campo.

Y cuando Dmitri Petróvich llegaba, ella decía:

–Ya ha llegado su amigo. Alégrese.

Así pasó un año y medio.

Un domingo del mes de julio Dmitri Petróvich y yo, a falta de algo mejor que hacer, nos fuimos a la gran aldea de Klúshino con intención de comprar unos aperitivos para la cena. Mientras íbamos de tienda en tienda, el sol se puso y se hizo de noche, una noche que probablemente no olvidaré mientras viva. Tras comprar un queso que parecía jabón y un salchichón duro como una piedra y con olor a alquitrán, nos dirigimos a la taberna para preguntar si tenían cerveza. Nuestro cochero había ido a herrar los caballos y le habíamos dicho que le esperaríamos cerca de la iglesia. Caminábamos, charlábamos, nos reíamos de las compras; un hombre conocido en el distrito con el apodo bastante extraño de Cuarenta Mártires nos seguía en silencio, con su aspecto misterioso de soplón. Ese Cuarenta Mártires no era otro que Gavrila Séverov o simplemente Gabriushka, que durante un tiempo había estado a mi servicio y al que había despedido por su ebriedad. También había trabajado para Dmitri Petróvich, que lo había echado por el mismo pecado. Era un borracho recalcitrante; por lo demás, todo su destino había sido tan titubeante y desordenado como él. Su padre era sacerdote y su madre de familia noble, es decir, que por nacimiento pertenecía a la clase privilegiada, pero cada vez que examinaba su rostro demacrado, obsequioso y siempre sudoroso, su barba rojiza y entrecana, su deplorable chaqueta raída y su camisa roja que llevaba por fuera, no podía encontrar ninguna huella de lo que suele entenderse por distinción. Se consideraba instruido y contaba que había estudiado en el seminario, cuyos cursos no había concluido, pues lo habían expulsado por fumar; después había cantado en el coro del arzobispo y había pasado unos dos años en el monasterio, de donde también lo habían echado, esta vez no por fumar, sino por su «debilidad». Había recorrido a pie dos provincias, había presentado no se sabe qué demandas ante el consistorio y diversas autoridades, había sido juzgado cuatro veces. Tras establecerse por último en nuestro distrito, había sido criado, guardabosques, perrero, guardián de iglesia, se había casado con una cocinera viuda de vida airada y se había empantanado definitivamente en esa existencia de lacayo, adaptándose tan bien a la suciedad y las disputas inherentes a esa condición que ya solo hablaba de su nacimiento privilegiado con cierta incredulidad, como si se tratara de un mito. En el momento que nos ocupa, iba de un lado para otro, dándoselas de curandero y cazador; su mujer había desaparecido sin dejar rastro.

Al salir de la taberna nos dirigimos a la iglesia y nos sentamos en el atrio en espera de nuestro cochero. Cuarenta Mártires se detuvo a cierta distancia y se llevó la mano a la boca para toser respetuosamente en ella cuanto fuera menester. Todo estaba ya oscuro. La tarde exhalaba un fuerte olor a humedad y la luna se aprestaba a salir. En el cielo puro, estrellado, solo había dos nubes, justo encima de nosotros: una grande, otra algo más pequeña; solitarias, como una madre y su hijo, se perseguían por aquella región del horizonte donde se apagaba el ocaso.

–Un día maravilloso –dijo Dmitri Petróvich.

–Extraordinario... –convino Cuarenta Mártires, y tosió respetuosamente en la mano–. ¿Cómo se le ha ocurrido a usted venir aquí, Dmitri Petróvich? –preguntó con voz insinuante; era evidente que trataba de entablar conversación.

Dmitri Petróvich no le respondió. Cuarenta Mártires emitió un profundo suspiro y dijo en voz queda, sin mirarnos:

–Todos mis sufrimientos se deben a una razón por la que tendré que responder ante Dios todopoderoso. Sin duda soy un hombre miserable e inútil, pero se lo digo en conciencia: no tengo un pedazo de pan que llevarme a la boca y vivo peor que un perro... ¡Perdóneme, Dmitri Petróvich!

Silin no le escuchaba y, con los puños apoyados en el mentón, cavilaba. La iglesia se alzaba en un extremo de la calle, sobre la alta orilla, y a través de los hierros de la verja veíamos el río, los prados inundados de la otra ribera y la luz brillante y purpúrea de una hoguera a cuyo alrededor se movían negras siluetas de hombres y caballos. Más allá de la hoguera se veían otras lucecitas: era una aldehuela... En el lugar estaban cantando.

En el río y en algún punto del prado se levantaba la niebla. Sus jirones altos y estrechos, densos y blancos como la leche, flotaban sobre el río, ocultando el brillo de las estrellas y pegándose a los sauces. Cambiaban de aspecto sin cesar y tan pronto se abrazaban, como se saludaban o levantaban al cielo los brazos con anchas mangas de pope, como si estuvieran rezando... Probablemente despertaron en Dmitri Petróvich pensamientos de aparecidos y difuntos, porque se volvió hacia mí y me preguntó, con triste sonrisa:

–Dígame, querido amigo, ¿por qué cuando queremos contar alguna cosa terrible, misteriosa y fantástica no nos referimos al tema de la vida, sino que nos ocupamos inexorablemente del mundo de las apariciones y de las sombras del más allá?

–Nos parece terrible lo que no comprendemos.

–Y ¿acaso nuestra vida es comprensible? Dígame: ¿entiende usted mejor la vida que el mundo del más allá?

Dmitri Petróvich estaba sentado tan cerca de mí que sentía en el cuello su respiración. En el crepúsculo su rostro pálido y delgado parecía aún más descolorido y su oscura barba más negra que el hollín. Tenía una mirada triste, sincera y algo asustadiza, como si se dispusiera a contarme algo espantoso. Me miró a los ojos y continuó con su voz de siempre, como suplicante.

–Nuestra vida y el mundo del más allá son igualmente incompresibles y terribles. Quien se asusta de las apariciones debe asustarse también de mí, de esas luces y del cielo, pues todo eso, si se para uno a pensar, no es menos ininteligible y fantástico que los espectros del otro mundo. El príncipe Hamlet no se mataba porque temía que las apariciones pudieran turbar su sueño en la tumba; su famoso monólogo me gusta, pero, para serle sincero, nunca me ha conmovido. Reconozco que a veces, en momentos de angustia, me he representado la hora de mi muerte; mi imaginación creaba por millares las más sombrías apariciones, llegaba a un extremo de exaltación torturadora, hasta la pesadilla, pero le aseguro que nada de eso me parecía más terrible que la realidad. Las apariciones son horribles, ni que decir tiene, pero la vida no lo es menos. Yo, querido amigo, no entiendo la vida y la temo. No sé, quizá sea un hombre enfermo, desequilibrado. Un hombre normal y sano se figura que entiende todo lo que ve y oye, pero yo he perdido esa «certidumbre» y cada día que pasa me dejo envenenar más por el miedo. Existe una enfermedad que consiste en el miedo al espacio; yo, en cambio, tengo miedo a la vida. Cuando me tumbo sobre la hierba y paso largo rato contemplando un insecto nacido la víspera y que no comprende nada, tengo la impresión de que su vida se compone de una sucesión ininterrumpida de terrores y me reconozco en él.

–¿Qué es lo que teme en particular? –pregunté yo.

–Todo. No soy una persona muy profunda y me intereso poco por cuestiones como el más allá, el destino de la humanidad y, en general, rara vez me elevo a las alturas celestes. Me asusta sobre todo la rutina de la vida, a la que ninguno de nosotros puede sustraerse. Soy incapaz de discernir lo que hay de verdadero y de falso en mis actos y estos me atormentan; soy consciente de que las condiciones de la existencia y mi educación me han encerrado en un estrecho círculo de mentira, de que toda mi vida no es otra cosa que una preocupación cotidiana por engañarme a mí mismo y engañar a los otros sin darme cuenta y me asusta el pensamiento de que no me libraré de la mentira hasta la muerte. Hoy hago una cosa y al día siguiente ya no entiendo por qué la he hecho. Cuando trabajaba en Petersburgo, en la administración, fui presa del miedo; luego vine aquí para ocuparme de la agricultura y también soy presa del miedo... Me doy cuenta de que no sabemos casi nada y por eso cada día nos equivocamos, somos injustos, calumniamos, hacemos la vida imposible al prójimo, gastamos todas nuestras energías en bobadas que no necesitamos y nos impiden vivir, y eso me asusta, porque no comprendo su razón. No comprendo a la gente y la temo, amigo mío. Me asusta mirar a los campesinos, no entiendo en virtud de qué supremos fines sufren y para qué viven. Si la vida es regocijo, son superfluos e inútiles; si el fin y el sentido de la vida consisten en la pobreza y una ignorancia absoluta y desesperada, no comprendo para quién y para qué es necesario este tormento. No comprendo nada ni a nadie. Trate de entender, por ejemplo, a este sujeto –dijo, señalando a Cuarenta Mártires–. ¡Inténtelo!

Al advertir que ambos le mirábamos, Cuarenta Mártires tosió respetuosamente en el puño y dijo:

–En casa de los buenos amos siempre he sido un servidor fiel, pero la principal causa eran las bebidas espiritosas. Si hoy se apiadaran de este pobre desgraciado y me encontraran una colocación, besaría los iconos. ¡Doy mi palabra!

El guardián de la iglesia pasó a nuestro lado, nos miró con sorpresa y se puso a tirar de la cuerda de la campana, cuyo sonido lento y prolongado quebró bruscamente el silencio de la noche, dando las diez.

–¡Ya son las diez! –dijo Dmitri Petróvich–. Es hora de volver. Sí, amigo –suspiró–, no se imagina usted el miedo que siento por los pensamientos banales y cotidianos, que en teoría no deberían despertar ningún temor. Para no pensar me distraigo trabajando y trato de fatigarme para dormir de un tirón. Para los demás tener hijos y esposa es una cosa normal, pero a mí me angustia, amigo.

Se acarició el rostro con las manos, tosió y se echó a reír.

–¡Si pudiera explicarle qué papel más estúpido he desempeñado en la vida! –dijo–. Todo el mundo me dice: «Tiene usted una esposa gentil, unos hijos encantadores y usted mismo es un excelente padre de familia». Piensan que soy muy feliz y me envidian.

Pero, ya que hablamos de ello, le confiaré a usted un secreto: mi feliz vida familiar no es más que un triste malentendido y una fuente de temor.

Una sonrisa forzada afeó su pálido rostro. Me abrazó por la cintura y prosiguió con voz queda:

–Es usted un buen amigo, tengo confianza en usted y le profeso un afecto sincero. El cielo nos envía la amistad para que podamos revelar los secretos que nos oprimen y librarnos de ellos. Permítame que me aproveche de su amistosa disposición hacia mí y que le cuente toda la verdad. Mi vida familiar, que le parece tan maravillosa, constituye mi principal desdicha y mi principal temor. Me casé de una forma extraña y absurda. Debo confesarle que antes de la boda estaba locamente enamorado de María y que le hice la corte durante dos años. Pedí su mano cinco veces y ella me rechazó porque le resultaba completamente indiferente. La sexta vez, cuando, abrasado de amor, me puse ante ella de rodillas y le pedí su mano como una limosna, aceptó... Me dijo lo siguiente: «No le amo, pero le seré fiel...». Acepté esa condición con entusiasmo. En ese momento entendía lo que esa frase significaba, pero ahora, se lo juro por Dios, no lo entiendo. «No le amo, pero le seré fiel.» ¿Qué significa eso? Es bruma, tinieblas... Hoy la amo tanto como el día de nuestra boda y tengo la impresión de que ella siente la misma indiferencia de antes y probablemente se alegra cuando me marcho de casa. No estoy seguro de que me ame, lo ignoro, pero vivimos bajo el mismo techo, nos tuteamos, dormimos juntos, tenemos hijos, bienes comunes... ¿Qué significa eso? ¿Qué sentido tiene? ¿Comprende usted algo, amigo mío? ¡Qué terrible tortura! Como no entiendo nuestras relaciones, tan pronto siento odio por ella como por mí mismo o por los dos; todo se embrolla en mi cabeza, me atormento y me desanimo; además, como hecho a propósito, cada día está más hermosa y fascinante...

En mi opinión, tiene unos cabellos maravillosos y sonríe como ninguna otra mujer. La amo y sé que mi amor es desesperado. ¡Un amor desesperado por una mujer con la que ya tengo dos hijos! ¿Cómo es posible entenderlo? ¿No es terrible? ¿Acaso no es algo más terrible que cualquier aparición?

Dado el estado de ánimo en el que se encontraba, podría haber seguido hablando largo rato, pero por fortuna se oyó la voz del cochero. Llegaron nuestros caballos. Nos subimos al coche y Cuarenta Mártires, quitándose el sombrero, nos ayudó a instalarnos con el aire de alguien que hubiera esperado largo rato la ocasión de tocar nuestras preciadas personas.

–Dmitri Petróvich, permítame ir a su casa –exclamó, haciendo forzados guiños con los ojos e inclinando la cabeza a un lado–. ¡Tenga piedad! ¡Me muero de hambre!

–Está bien –dijo Silin–. Ven, pasa allí dos o tres días y luego ya veremos.

–¡A sus órdenes! –dijo Cuarenta Mártires con alegría–. Iré hoy mismo.

Hasta la casa había seis verstas. Dmitri Petróvich, satisfecho de haberse explayado por fin con un amigo, me cogió por la cintura durante todo el trayecto y me explicó, ya sin amargura y temor, sino con alegría, que si sus asuntos familiares se arreglaban, regresaría a San Petersburgo y se dedicaría a la ciencia. El impulso que había llevado al campo a tantos jóvenes de talento era lamentable. Había en Rusia mucho trigo y centeno, pero no así personas cultivadas. Era necesario que la juventud sana y dotada se dedicara a las ciencias, a las artes y a la política; actuar de otro modo sería desconsiderado. Encontraba placer en filosofar y expresaba su pesar por tener que separarse de mí al día siguiente, pues tenía que marcharse por la mañana temprano para participar en una venta de madera.

Yo me sentía incómodo y triste, y tenía la impresión de estarle engañando. Pero al mismo tiempo esa situación me satisfacía. Miraba cómo salía la luna púrpura y enorme y me imaginaba a una mujer rubia, alta y esbelta, de tez blanca, siempre elegante, que exhalaba un perfume peculiar, semejante al almizcle, y, sin saber por qué, me alegraba pensar que no amaba a su marido.

Al llegar a la casa, nos sentamos a cenar. Mientras María Serguéievna, sonriendo, nos servía nuestras compras, yo pensaba que verdaderamente tenía unos cabellos espléndidos y sonreía como ninguna otra mujer. La seguía con los ojos, deseando adivinar en cada uno de sus movimientos y miradas que no amaba a su marido, y eso era lo que creía ver.

Dmitri Petróvich no tardó en batallar con el sueño. Después de la cena pasó con nosotros unos diez minutos y dijo:

–Hagan lo que quieran, señores, pero yo tengo que levantarme mañana a las tres. Permítanme que me retire.

Besó con ternura a su mujer, me apretó la mano con fuerza y afecto y me hizo prometerle que regresaría sin falta la semana siguiente. Para estar seguro de despertarse, decidió pasar la noche en el pabellón.

María Serguéievna se iba tarde a la cama, como es costumbre en Petersburgo, y ese día, sin saber bien por qué, tal circunstancia me alegró.

–Entonces –empecé yo, cuando nos quedamos solos–, ¿va a tener usted la bondad de tocarme algo?

No tenía ganas de oír música, pero no sabía cómo iniciar la conversación. Se sentó al piano y tocó una pieza, no recuerdo cuál. Yo estaba sentado a su lado, miraba sus manos blancas y rollizas y trataba de leer sus pensamientos en su rostro frío e indiferente. De pronto sonrió y me miró.

–Se aburre usted sin su amigo –dijo.

Yo me eché a reír.

–Para cumplir con los preceptos de la amistad bastaría con aparecer por aquí una vez al mes y yo vengo más de una vez por semana.

Nada más pronunciar esas palabras, me levanté y me puse a pasear de un extremo a otro de la habitación, presa de una gran agitación. Ella también se puso de pie y se acercó a la chimenea.

–¿Qué quiere decir con eso? –preguntó, levantando hacia mí sus grandes y límpidos ojos.

No respondí nada.

–No ha dicho usted la verdad –continuó, tras reflexionar durante unos minutos–. Usted solo viene aquí por Dmitri Petróvich. Y me alegro mucho. En nuestros días resulta raro encontrar una amistad como la suya.

«¡Vaya!», pensé yo, y, sin saber qué decir, pregunté:

–¿Quiere que demos un paseo por el jardín?

–No.

Salí a la terraza. Sentía un hormigueo en la cabeza y la emoción me había dejado helado. Estaba convencido de que nuestra conversación sería de lo más insignificante y que no sabríamos decirnos nada especial, pero que esa noche, con la que ni siquiera me atrevía a soñar, se haría realidad. Sería esa noche o nunca.

–¡Qué tiempo tan maravilloso! –dije en voz alta.

–A mí eso me da absolutamente lo mismo –fue la respuesta.

Entré en el salón. María Serguéievna seguía junto a la estufa, con las manos en la espalda, pensativa, y miraba hacia un lado.

–¿Por qué dice que le da absolutamente igual? –pregunté.

–Porque me aburro. Usted se aburre a veces sin su amigo, pero yo me aburro siempre. Por lo demás... es algo que a usted no le interesa.

Me senté al piano y toqué algunos acordes, esperando a que dijera algo.

–No se ande con ceremonias, por favor –dijo ella, mirándome con enfado, como si estuviera a punto de echarse a llorar de despecho–. Si quiere irse a dormir, hágalo. No piense que por ser amigo de Dmitri Petróvich está obligado a aburrirse con su mujer. No exijo ningún sacrificio. Váyase, por favor.

Ni que decir tiene que no me fui. Ella salió a la terraza y yo me quedé en el salón, hojeando partituras durante unos cinco minutos. Luego salí. Estábamos uno al lado del otro, en la sombra de las cortinas; por debajo de nosotros los peldaños estaban inundados por la luz de la luna. Los árboles extendían sus negras sombras por los parterres de flores y la amarilla arena de las alamedas.

–Yo también tengo que marcharme mañana –dije.

–Claro, si mi marido no está en casa, no puede usted quedarse aquí –exclamó con voz burlona–. ¡Me imagino lo desdichado que sería usted si se enamorara de mí! Espere un poco, uno de estos días me arrojaré a su cuello... Solo para ver con qué horror se aparta usted de mí. Será interesante.

Sus palabras y su pálido rostro mostraban enfado, pero sus ojos estaban llenos del amor más tierno y apasionado. Yo consideraba ya a esa bella criatura como una propiedad personal y por primera vez reparé en que tenía las cejas doradas, unas cejas maravillosas como nunca había visto antes. La idea de que en ese mismo instante podía atraerla hacia mí, acariciarla, pasar mi mano por sus espléndidos cabellos, me pareció de pronto tan extraordinaria que me eché a reír y cerré los ojos.

–Bueno, es hora de retirarse... Que duerma bien –dijo ella.

–No deseo dormir bien... –comenté entre risas, y la seguí al salón–. Maldeciré esta noche si solo la ocupo en dormir.

Mientras le apretaba la mano y la acompañaba hasta la puerta, vi en su rostro que me comprendía y que se alegraba de que yo también la comprendiera a ella.

Fui a mi habitación. En la mesa, junto a mis libros, estaba la gorra de Dmitri Petróvich, y eso me recordó su amistad. Cogí mi bastón y salí al jardín. Estaba levantando la niebla y en torno a los árboles y arbustos, envolviéndolos, vagaban esos mismos espectros altos y delgados que había visto poco antes en el río. ¡Qué pena no poder hablar con ellos!

En el aire, de una transparencia sin igual, se destacaba con total nitidez cada hoja, cada gota de rocío. Todo eso parecía sonreírme en silencio, como a través de un sueño; al pasar delante de los bancos verdes, recordé las palabras de una obra de Shakespeare: «¡Qué dulce es el sueño del claro de luna en este banco!».

En el jardín había una colina. Subí a ella y me senté. Me dominaba un sentimiento maravilloso. Tenía la certidumbre de que iba a abrazar y estrechar su espléndido cuerpo, besar sus cejas doradas, y trataba de no creerlo y de irritarme, lamentando que me hubiera atormentado tan poco y se hubiera rendido tan deprisa.

De pronto, de manera inesperada, resonaron unos pasos trabajosos. Un hombre de talla mediana, en el que reconocí al momento a Cuarenta Mártires, apareció en la alameda. Se sentó en un banco y exhaló un profundo suspiro, luego se santiguó tres veces y se tumbó. Al cabo de un minuto se levantó y se tumbó del otro lado. Los mosquitos y la humedad de la noche le impedían dormir.

–¡Qué vida! –exclamó–. ¡Qué vida tan desdichada y amarga!

Al mirar su cuerpo delgado y encorvado y escuchar sus profundos y roncos suspiros, recordé otra vida desdichada y amarga de que la que ese día había tenido noticia, y mi estado de felicidad me llenó de miedo y de inquietud. Bajé de la colina y me dirigí a la casa.

«En opinión de mi amigo, la vida es terrible –pensaba yo–, así que no la trates con ceremonias, doblégala y coge todo lo que puedas arrancarle, antes de que ella te aplaste.»

María Serguéievna estaba en la terraza. La abracé en silencio y empecé a besar con avidez sus cejas, sus sienes, su cuello...

En mi habitación me dijo que me amaba desde hacía tiempo, más de un año. Me juró su amor, lloró, me rogó que la llevara conmigo. Yo la conducía a cada momento a la ventana para contemplar su rostro a la luz de la luna, y en esos momentos ella me parecía un hermoso sueño, de modo que me apresuraba a abrazarla con fuerza para creer en su realidad. Hacía mucho que no me embargaban tales arrebatos... Pero de todos modos, en lo más profundo de mi alma, advertía cierto malestar y me sentía incómodo. En su amor por mí había algo turbador y desagradable, como en la amistad de Dmitri Petróvich. Era un gran amor, un amor serio, con lágrimas y juramentos, y yo no quería nada serio, ni lágrimas, ni juramentos, ni pláticas sobre el futuro. Bastaba que esa noche con luna pasara por nuestras vidas como un radiante meteoro.

A las tres en punto se apartó de mí; mientras yo, apostado en la puerta, la seguía con la mirada, al fondo del pasillo apareció de pronto Dmitri Petróvich. Cuando se cruzó con su marido, ella se estremeció y le dejó pasar, con una expresión de desprecio en el rostro. Él esbozo una extraña sonrisa, tosió y entró en mi habitación.

–Ayer olvidé aquí mi gorra... –dijo, sin mirarme.

La encontró, se la puso con ambas manos, luego miró mi rostro turbado, mis zapatillas y dijo con voz alterada, ronca y algo extraña:

–Por lo visto en mi destino está escrito que no entienda nunca nada. Si entiende usted algo, bueno... Le felicito. La vista se me nubla.

Y salió tosiendo. Luego vi por la ventana cómo él mismo enganchaba los caballos cerca de la cuadra. Sus manos temblaban, se apresuraba y de vez en cuando contemplaba la casa por encima del hombro; seguramente estaba aterrado. Luego se sentó en el carruaje y con una expresión extraña, como si temiera que lo persiguieran, fustigó a los caballos.

Al cabo de un rato me marché también yo. Ya había salido el sol y la niebla de la víspera se apretaba indecisa contra los arbustos y las colinas. En el pescante estaba sentado Cuarenta Mártires, que ya había tenido tiempo de beber algo y dejaba escapar razones de borracho.

–¡Soy un hombre libre! –le gritaba a los caballos–. ¡Sí, preciosos! ¡Procedo de una familia noble, por si queréis saberlo!

El terror de Dmitri Petróvich, que no se me iba de la cabeza, se apoderó también de mí. Pensaba en lo que había sucedido y no entendía nada. Miré los grajos y encontré extraño y terrible que volasen.

–¿Por qué lo he hecho? –me preguntaba, desconcertado y desesperado–. ¿Por qué todo ha sucedido precisamente así y no de otra manera? ¿Qué necesidad había de que ella se enamorara de mí con toda su alma y él viniera a mi habitación a buscar su gorra? ¿Y qué hacía allí la gorra?

Ese mismo día partí para San Petersburgo. Desde entonces, no he vuelto a ver a Dmitri Petróvich y a su esposa. Dicen que siguen viviendo juntos.

El monje negro
(1894)

I

Andréi Vasílich Kovrin, licenciado en filosofía, estaba agotado y tenía los nervios destrozados. No seguía ningún tratamiento, pero un día, ante una botella de vino, habló del tema con un amigo médico, quien le aconsejó pasar la primavera y el verano en el campo. Precisamente había recibido una larga carta de Tania Pesotski en la que le invitaba a pasar algunos días en Borísovka y decidió que debía emprender ese viaje sin falta.

En un principio –a comienzos de abril– se trasladó a su propiedad natal de Kóvrinka, donde pasó tres semanas en soledad; luego, cuando los caminos se hicieron más transitables, se dirigió en su carruaje a casa de Pesotski, su antiguo tutor y mentor, horticultor conocido en toda Rusia. Desde Kóvrinka hasta Borísovka, donde vivían los Pesotski, no habría más de setenta verstas; viajar con ese tiempo primaveral, en un confortable coche de ballestas que avanzaba por una buena carretera, le pareció una verdadera delicia.

La casa de los Pesotski era una enorme construcción con columnas y leones, de los que se había desprendido el estuco, y un lacayo vestido de frac en la entrada. El viejo parque, sombrío y austero, arreglado al gusto inglés, se extendía durante casi una versta, hasta llegar al río, donde terminaba en una orilla arcillosa, escarpada y agreste, en la que crecían pinos con raíces a flor de tierra, semejantes a patas peludas; abajo centelleaban las aguas solitarias y los chorlitos pasaban piando de modo quejumbroso; en ese lugar reinaba siempre tal atmósfera que el visitante se sentía tentado de sentarse y escribir una balada. Cerca de la casa, en cambio, en el patio y en el huerto de árboles frutales que, junto con los semilleros, ocupaban un área de unas treinta *desiatinas*, el ambiente era alegre y jovial hasta con mal tiempo. Aquellas maravillosas rosas, azucenas y camelias, aquellos tulipanes de todos los colores imaginables, desde el blanco impoluto a un negro de hollín, y, en general, aquella exuberancia de flores de la propiedad de Pesotski, Kovrin no los había visto en ninguna otra parte. La primavera estaba solo en sus comienzos y el verdadero esplendor de los parterres se ocultaba aún en los invernaderos, pero las flores que despuntaban a lo largo de las alamedas, en algún que otro punto de los macizos, bastaban para sentirse, cuando se paseaba por el jardín, en un reino de tonalidades suaves, sobre todo en las primeras horas del día, cuando sobre cada pétalo centelleaba una gota de rocío.

Lo que constituía la parte decorativa del jardín y lo que el mismo Pesotski llamaba con desprecio naderías había causado antaño en Kovrin, cuando era niño, la impresión de un cuento de hadas. ¡Cuántos prodigios, qué primorosas monstruosidades, qué parodias de la naturaleza! Había árboles frutales en espaldera, un peral que tenía forma de álamo piramidal, robles y tilos redondeados, un manzano que parecía una sombrilla, ciruelos que trazaban arcos, monogramas, candelabros y hasta la cifra de 1862, el año en que Pesotski había empezado a ocuparse de la horticultura. Había también hermosos y esbeltos arbustos con el tronco enhiesto y robusto como el de las palmeras, en los que solo tras un examen detenido era posible reconocer un grosellero o un casis. Pero lo que más alegraba el jardín y le daba un aspecto más vital era su animación constante. Desde primeras horas de la mañana hasta la noche, alrededor de árboles y arbustos, en las alamedas y en los macizos, iban y venían como hormigas hombres con carretillas, azadas y regaderas...

Kovrin llegó a la hacienda de Pesotski por la noche, pasadas ya las nueve. Encontró a Tania y a su padre, Yegor Semiónich, en un estado de gran agitación. El cielo claro y estrellado y el termómetro presagiaban una helada al amanecer, pero el jardinero Iván Kárlich estaba en la ciudad y no había nadie para reemplazarlo. Durante la cena solo se habló de la helada, tomándose la decisión de que Tania no se fuera a dormir y saliera a dar una vuelta por el jardín, después de la media noche, para ver si todo estaba en orden; Yegor Semiónich, por su parte, se levantaría a las tres e incluso antes.

Kovrin pasó con Tania toda la velada y después de medianoche salió con ella al jardín. Hacía frío. Olía ya intensamente a humo. En el gran huerto de árboles frutales, que recibía el nombre de comercial y reportaba a Yegor Semiónich todos los años varios miles de rublos de beneficio neto, flotaba junto a la tierra un humo negro, espeso, acre, que envolvía los árboles, protegiendo de la helada ese dinero. Los árboles se disponían en tresbolillo, con las hileras derechas y regulares como filas de soldados, y esa regularidad severa y pedante y el hecho de que todos los árboles tuvieran la misma altura y copas y troncos completamente idénticos conformaban un cuadro monótono y hasta aburrido. Kovrin y Tania recorrieron las hileras, donde se consumían fuegos de estiércol, paja y toda clase de desperdicios, y de vez en cuando se cruzaban con algunos trabajadores que vagaban en medio del humo como sombras. Solo habían florecido los cerezos, los ciruelos y algunas clases de manzanos, pero todo el huerto aparecía lleno de humo y solo cerca de los semilleros Kovrin pudo respirar a pleno pulmón.

–Ya en mi infancia este humo me hacía estornudar –dijo, encogiéndose de hombros–, pero sigo sin comprender cómo puede proteger de la helada.

–El humo reemplaza a las nubes cuando no las hay... –respondió Tania.

–Y ¿qué necesidad hay de nubes?

–Con tiempo nublado y cubierto no hay heladas.

–¡Vaya!

Se echó a reír y la cogió de la mano. El rostro aterido y ancho, con una expresión de gran seriedad, las finas cejas negras, el cuello levantado del abrigo, que le impedía mover la cabeza con libertad, y toda su figura, delgada, esbelta, con el vestido recogido para que el rocío no lo humedeciera, le conmovieron.

–¡Señor, cuánto ha crecido usted! –dijo–. La última vez que visité este lugar, hace cinco años, todavía era usted una niña. Estaba muy delgada, tenía las piernas largas, llevaba vestidos cortos y la cabeza descubierta, y yo la hacía rabiar llamándola «garza»... ¡Lo que hace el tiempo!

–¡Sí, cinco años! –suspiró Tania–. Ha llovido mucho desde entonces. Dígame en conciencia, Andriusha –añadió con viveza, mirándole a la cara–, ¿se ha enfriado su afecto por nosotros? Pero ¿por qué le hago esa pregunta? Es usted un hombre, tiene una vida personal interesante, ha alcanzado la celebridad... ¡Es natural que se olvide! Pero en cualquier caso, Andriusha, me gustaría que nos considerara como de la familia. Tenemos derecho a ello.

–Ya lo hago, Tania.

–¿Me da su palabra?

–Por supuesto.

–Hoy se ha sorprendido usted de que tengamos tantas fotografías suyas. Pero debe saber que mi padre le adora. A veces hasta tengo la impresión de que le quiere más que a mí. Está orgulloso de usted. Es usted un sabio, un hombre excepcional, ha hecho una carrera brillante y él está convencido de que todo eso se debe a que él le educó. Yo no le llevo la contraria. ¡Que lo piense!

Ya había empezado a amanecer, como se advertía sobre todo en la nitidez con que se perfilaban en el aire las volutas de humo y las copas de los árboles. Los ruiseñores cantaban y desde los campos llegaba el chillido de las codornices.

–Es hora de irse a la cama –dijo Tania–. Hace frío –añadió, cogiéndole del brazo–. Gracias por haber venido, Andriusha. Los escasos conocidos que tenemos son personas poco interesantes. Aquí el único tema es el huerto, el huerto, el huerto, nada más. Troncos, tallos –enumeró, echándose a reír–, manzanas de Oporto, reinetas, árboles silvestres, injertos, acodos... Toda nuestra vida está consagrada al huerto, hasta el punto de que ya solo sueño con manzanas y peras. Todo eso está muy bien y es útil, pero a veces me gustaría alguna otra cosa para variar. Recuerdo que, cuando nos visitaba o se quedaba a pasar las vacaciones, en la casa todo parecía más fresco y luminoso, como si hubieran quitado las fundas de los muebles y de las arañas. Yo era entonces una niña, pero me daba cuenta.

Habló largo rato y con mucho sentimiento. A Kovrin se le pasó de pronto por la cabeza que en el transcurso del verano podía unirse a esa criatura menuda, débil y locuaz, dejarse seducir por ella y enamorarse. ¡Nada más natural, dada la situación de ambos! Ese pensamiento le conmovió y le divirtió; se inclinó hacia ese rostro atractivo e inquieto y se puso a cantar en voz baja:

Onieguin, no voy a ocultarte
que amo locamente a Tatiana...*

Cuando llegaron a casa Yegor Semiónich ya se había levantado. Kovrin no tenía ganas de dormir, de modo que se quedó charlando con el anciano y volvió con él al jardín. Yegor Semiónich era alto de estatura, ancho de hombros, panzudo y padecía asma, a pesar de lo cual caminaba tan deprisa que apenas se le podía seguir. Tenía siempre un aire de enorme preocupación e iba de un lado a otro sin parar, convencido de que, si se retrasaba, aunque fuera un solo minuto, todo se echaría a perder.

–Fíjate qué historia, amigo... –empezó, deteniéndose para recobrar el aliento–. En la superficie de la tierra, como ves, está helando, pero si colocamos el termómetro unos cuatro metros más arriba, en la punta del bastón, el aire está templado... ¿Por qué?

–La verdad es que no lo sé –dijo Kovrin, echándose a reír.

–Hum... No se puede saber todo, claro está... Por muy grande que sea tu cabeza, no hay sitio en ella para todo. Te interesas sobre todo por la filosofía, ¿no es así?

–Sí. Doy un curso de psicología y, en general, me ocupo de la filosofía.

–¿Y no te aburre?

–Al contrario, solo vivo para eso.

–Bueno, que Dios sea loado... –dijo Yegor Semiónich, acariciándose con aire pensativo las patillas grises–. Que Dios sea loado... Me alegro mucho por ti... mucho, amigo...

De pronto aguzó el oído y, con una expresión terrible, salió corriendo y desapareció detrás de los árboles, entre las nubes de humo.

* Aria de la ópera *Yevgueni Onieguin* de Chaikovski, basada en la obra homónima de Pushkin.

–¿Quién ha atado este caballo al manzano? –se le oyó gritar con una voz desesperada, que partía el corazón–. ¿Quién es el canalla y miserable que se ha atrevido a atar un caballo al manzano? ¡Dios mío, Dios mío! ¡Qué ruina, qué abominación, qué profanación, qué infamia! ¡El huerto está destruido! ¡El huerto está perdido! ¡Dios mío!

Cuando regresó junto a Kovrin, parecía extenuado, ultrajado.

–¿Qué hacer con esta maldita gente? –dijo con voz llorosa, abriendo los brazos–. ¡Stepka trajo anoche un carro de estiércol y ha dejado el caballo atado a un manzano! Ha apretado tanto las riendas, el muy canalla, que la corteza se ha levantado en tres sitios. ¡Fíjese! Se lo digo y se queda plantado como un poste, sin dejar de parpadear. ¡Ahorcarle sería poco!

Una vez tranquilizado, abrazó a Kovrin y le besó en la mejilla.

–Bueno, que Dios sea loado... que Dios sea loado... –farfulló–. Me alegro mucho de que hayas venido. Me alegro muchísimo... Gracias.

Luego, con el mismo paso apresurado y ese aire de preocupación, recorrió todo el jardín y enseñó a su antiguo pupilo todos los invernaderos, las estufas, los cobertizos para los trasplantes y dos colmenas, a las que consideraba la maravilla del siglo.

Mientras caminaban, salió el sol, alumbrando con fuerza el jardín. El ambiente era tibio. Se anunciaba un día luminoso, alegre y prolongado. Kovrin recordó que solo estaban a comienzos de mayo y que aún quedaba por delante todo el verano, igualmente luminoso, alegre y prolongado, y de pronto en su pecho se despertó aquel sentimiento jovial y juvenil que le embargaba de niño cuando recorría ese mismo jardín. En ese momento abrazó también al anciano y lo besó con ternura. Ambos, conmovidos, entraron en la casa y se pusieron a beber té en unas viejas tazas de porcelana, acompañado de nata fresca y bizcochos; esos pequeños detalles le recordaron de nuevo su infancia y su juventud. El presente era maravilloso y las impresiones del pasado que renacían en su recuerdo se fundían con él; las imágenes se apretujaban en su cabeza, dejándole una sensación de bienestar.

Esperó a que Tania se despertara, tomó café con ella, paseó, luego se retiró a su habitación y se puso a trabajar. Leía con atención, tomaba notas y de vez en cuando levantaba la vista para contemplar el panorama que se divisaba a través de la ventana abierta o los jarrones con flores frescas, aún húmedas de rocío, colocados sobre la mesa, y de nuevo bajaba los ojos sobre el libro; tenía la impresión de que cada fibra de su cuerpo temblaba y vibraba de alegría.

II

En el campo siguió llevando la misma vida tensa y agitada que en la ciudad. Leía y escribía mucho, estudiaba italiano y, cuando paseaba, pensaba con placer en que pronto se pondría de nuevo a trabajar. Dormía tan poco que todos se sorprendían; si, por casualidad, durante el día se quedaba traspuesto media hora, luego no pegaba ojo en toda la noche; pero después de esas vigilias, se sentía alegre y animado.

Hablaba mucho, bebía vino y fumaba cigarros caros. Casi todos los días venían a la hacienda de Pesotski señoritas de la vecindad que junto con Tania interpretaban melodías al piano y cantaban; a veces les visitaba un joven vecino que tocaba muy bien el violín. Kovrin escuchaba con avidez la música y el canto y quedaba tan fatigado que los párpados se le cerraban y la cabeza se le inclinaba sobre el hombro.

Un día, después del té de la tarde, estaba sentado en el balcón, leyendo. En ese momento, en el salón, Tania, soprano, una de las señoritas, contralto, y el joven del violín ensayaban la célebre serenata de Braga. Kovrin escuchaba las palabras –las jóvenes cantaban en ruso– y no alcanzaba a entender su significado. Entonces, dejando a un lado el libro, aguzó el oído hasta que las comprendió: una muchacha, de imaginación enfermiza, oía por la noche en el jardín unos sonidos misteriosos, hasta tal punto hermosos y extraños que solo podían ser una armonía sagrada, incomprensible para nosotros, simples mortales, y que por tanto volvía volando al cielo. A Kovrin empezaban a cerrársele los ojos. Se puso en pie y, presa del agotamiento, dio unos pasos por la sala y luego por el salón. Cuando la canción se interrumpió, cogió a Tania por el brazo y salió con ella al balcón.

–Llevo todo el día de hoy, desde primeras horas de la mañana, dándole vueltas a una leyenda –exclamó–. No recuerdo si la he leído o si se la he oído contar a alguien, pero se trata de una leyenda extraña y peregrina. Para empezar, no se distingue por su claridad. Hace mil años un monje vestido de negro caminaba por un desierto en algún lugar de Siria o de Arabia... A varias millas de ese paraje, unos pescadores vieron a otro monje negro, que avanzaba con pasos lentos por la superficie del lago. Ese segundo monje era un espejismo. Olvide ahora todas las leyes de la óptica, que por lo visto la leyenda no tiene en cuenta, y escuche la continuación. El espejismo dio origen a otro espejismo, este a un tercero, de tal modo que la imagen del monje negro se transmitió hasta el infinito desde una zona de la atmósfera a otra. Lo vieron en África, en España, en la India y en las regiones más septentrionales... Por último, salió de los límites de la atmósfera terrestre y ahora vaga por todo el universo, sin encontrar nunca las condiciones que le permitirían desaparecer. Quizá en estos momentos sea visible en Marte o en alguna estrella de la Cruz del Sur. Pero, querida, la esencia, la clave de la leyenda consiste en que, mil años después de que el monje caminara por el desierto, el espejismo volverá a la atmósfera terrestre y se mostrará a los hombres. Y al parecer, esos mil años están a punto de expirar... Según la leyenda, debemos esperar la llegada del monje negro un día u otro.

–Extraño espejismo –dijo Tania, a la que no había gustado la leyenda.

–Pero lo más sorprendente de todo –añadió Kovrin, echándose a reír– es que no soy capaz de recordar cómo me ha venido a la cabeza. ¿La he leído? ¿Se la he oído contar a alguien? ¿O, quizá, he soñado con ese monje negro? Le juro que no lo recuerdo. Pero la leyenda me obsesiona. He estado pensando en ella todo el día.

Tras dejar a Tania con sus invitados, salió de la casa e, imbuido en sus propios pensamientos, se puso a pasear junto a los macizos. Había empezado a ponerse el sol. Las flores, recién regadas, exhalaban un olor húmedo e irritante. En la casa se reanudaron los cantos y en la lejanía el violín se percibía como una voz humana. Kovrin, tratando de recordar dónde había escuchado o leído esa leyenda, se dirigió a paso lento al parque y, sin darse cuenta, llegó a la orilla del río.

Por un sendero que discurría a lo largo de la escarpada orilla, junto a las raíces a flor de tierra, bajó hasta el borde del agua, turbando el reposo de los chorlitos y asustando a una pareja de patos. En distintos puntos de los sombríos pinos se reflejaban aún los rayos del sol poniente, pero la superficie del río estaba ya en sombras. Kovrin pasó a la otra orilla por una pasarela. Ante él se extendía ahora un vasto campo cubierto de centeno joven, aún sin florecer. En lontananza no se veía ni un alma ni una vivienda; parecía como si ese sendero condujera al misterioso y desconocido lugar donde acababa de ponerse el sol y donde llameaba, en toda su amplitud y majestad, el crepúsculo.

«¡Qué extensión, qué libertad, qué sosiego! –pensaba Kovrin, avanzando por el sendero–. Se diría que todo el universo, agazapado, me estuviera mirando, esperando a que lo entienda...»

Pero el centeno empezó a mecerse y una ligera brisa vespertina acarició su cabeza desnuda. Al cabo de un minuto se levantó una nueva ráfaga de viento, esta vez más fuerte; el centeno susurró y detrás de él se oyó el sordo murmullo de los pinos. Kovrin se detuvo estupefacto. En el horizonte, como un torbellino o un ciclón, se alzó de la tierra hasta el cielo una alta columna negra. Los contornos eran imprecisos, pero desde el primer momento pudo advertirse que se desplazaba a una velocidad pavorosa, que se dirigía directamente hacia Kovrin y que, cuanto más se acercaba, más pequeña y precisa se volvía. Kovrin apenas tuvo tiempo de echarse a un lado, metiéndose en el centeno, para despejarle el camino...

Un monje vestido de negro, con los cabellos grises, las cejas negras y las manos cruzadas sobre el pecho, pasó a su lado... Sus pies desnudos no rozaban la tierra. Tras recorrer unos seis metros, se volvió hacia Kovrin, inclinó la cabeza y le dirigió una sonrisa a la vez afectuosa y astuta. ¡Qué rostro tan pálido, tan terriblemente pálido y delgado! De nuevo empezó a crecer, pasó por encima del río, alcanzó sin ruido la orilla arcillosa y los pinos, los atravesó, y desapareció como si fuera humo.

–Bueno, ya lo ven... –murmuró Kovrin–. Lo que dice la leyenda es cierto.

Sin tratar de explicarse la extraña aparición, satisfecho de haber visto tan de cerca y con tanta nitidez no solo los ropajes negros, sino también el rostro y los ojos del monje, presa de una alegre agitación, regresó a la casa.

En el parque y en el jardín algunas personas iban y venían tranquilamente, en la casa tocaban música; eso quería decir que solo él había visto al monje. Ardía en deseos de contárselo todo a Tania y a Yegor Semiónich, pero comprendía que ambos tomarían sus palabras como una suerte de delirio y se asustarían; más valía callar. Se rió a carcajadas, cantó, bailó la mazurca, se mostró alegre; y tanto Tania como los invitados advirtieron que ese día su rostro tenía una expresión especial, radiante e inspirada, y lo encontraron encantador.

III

Después de la cena, cuando los invitados se marcharon, Kovrin se dirigió a su habitación y se tumbó en el sofá: quería pensar en el monje. Pero al cabo de un minuto entró Tania.

–Tenga, Andriusha, lea los artículos de mi padre –dijo, entregándole un paquete con folletos y galeradas–. Son unos artículos excelentes. Escribe muy bien.

–¡Ah, estupendo! –dijo Yegor Semiónich, entrando tras ella y esbozando una sonrisa forzada: se sentía turbado–. ¡No le hagas caso, por favor, no los leas! Solo te los recomiendo en caso de que quieras dormir: son un soporífero excelente.

–En mi opinión son unos artículos magníficos –dijo Tania, con profundo convencimiento–. Léalos, Andriusha, y convenza a mi padre de que escriba más a menudo. Podría componer un curso completo de horticultura.

Yegor Semiónich estalló en una risa forzada, se sonrojó y pronunció esas frases a las que suelen recurrir los autores confundidos. Por último, se dio por vencido.

–En ese caso, lee primero el artículo de Gaucher y esos breves artículos rusos –balbució, revolviendo los folletos con manos temblorosas–; de otro modo, no comprenderás nada. Antes de leer mis alegaciones, hay que saber lo que estoy impugnando. En cualquier caso, no son más que bobadas... Un aburrimiento. Además, me parece que es hora de irse a la cama.

Tania salió. Yegor Semiónich se sentó en el sofá, al lado de Kovrin, y lanzó un profundo suspiro.

–Sí, amigo... –comentó al cabo de un rato–. Así es, mi querido doctor. Escribo artículos, tomo parte en exposiciones, recibo medallas... «Pesotski –dicen– recoge manzanas del tamaño de una cabeza; ha hecho una fortuna con el huerto»... En una palabra, rico y glorioso es Kochubei*. Pero te preguntarás: ¿para qué vale todo esto? No cabe duda de que el jardín es muy hermoso, un modelo en su género... Más que un jardín es una institución de alta importancia para el Estado, porque, en cierto modo, constituye un paso hacia una nueva era de la agricultura y la producción rusas. Pero ¿cuál es su objetivo, su finalidad?

–El asunto habla por sí mismo.

–No lo digo en ese sentido. Lo que me pregunto es qué sucederá con el huerto cuando yo muera. Si yo falto, no conservará la forma en que lo ves ahora ni un mes. El secreto del éxito no reside en su gran tamaño ni en los numerosos obreros que se ocupan de él, sino en el cariño con que desempeño mis tareas, ¿comprendes? Creo que lo amo más que a mí mismo. Mírame: soy yo quien lo hace todo. Trabajo de la mañana a la noche. Yo mismo hago todos los injertos, la poda, las plantaciones, todo. Cuando me ayudan, siento celos y me enfado hasta volverme grosero. Todo el secreto reside en el amor, es decir, en la mirada vigilante del amo, en las manos del amo; si voy de visita a algún sitio, al cabo de una hora mi corazón se altera y se acongoja: tengo miedo de que le suceda algo al jardín. Cuando yo muera,

* Verso del poema de Pushkin *Poltava*.

¿quién lo cuidará? ¿Quién se ocupará de las tareas? ¿El capataz? ¿Los trabajadores? ¿Eh? Fíjate en lo que te digo, querido amigo: en nuestra labor el principal enemigo no es la liebre, ni el abejorro, ni la helada, sino la mano extraña.

–¿Y Tania? –preguntó Kovrin en medio de las risas–. No es posible que sea más perjudicial que una liebre. Le gusta el trabajo y lo entiende...

–Sí, le gusta y lo entiende. Si, después de mi muerte, se queda con el jardín y se ocupa de él, no se puede desear nada mejor. Pero ¿y si se casa?, Dios no lo quiera –murmuró Yegor Semiónich, mirando con temor a Kovrin–. ¡Ese es el problema! Se casará, tendrá hijos y ya no pensará en el jardín. Lo que más temo es que se case con un hombre ávido de dinero que arriende el jardín a los mercaderes. ¡Todo se iría al diablo el primer año! ¡En nuestro oficio las mujeres son el flagelo de Dios!

Yegor Semiónich suspiró y guardó silencio durante un rato.

–Es posible que sea egoísmo, pero te lo diré francamente: no quiero que Tania se case. ¡Me da miedo! Ahora viene por aquí un pisaverde que rasca el violín; sé que Tania no se casará con él, lo sé muy bien, pero ¡no puedo verlo! En general, amigo, soy bastante raro. Lo reconozco.

Yegor Semiónich se levantó y se puso a pasear muy agitado por la habitación; parecía evidente que quería decir algo muy importante, pero no se decidía.

–Te tengo un enorme cariño y voy a hablarte con total franqueza –dijo por fin, metiéndose las manos en los bolsillos–. Ciertas cuestiones delicadas prefiero abordarlas con sencillez y sin tapujos; no puedo soportar los llamados pensamientos ocultos. Te lo diré claramente: eres la única persona con la que no me asustaría que se casara mi hija. Eres un hombre inteligente, de gran corazón y no dejarías que mi querida obra se perdiera. Pero la razón principal es que te quiero como a un hijo... y estoy orgulloso de ti. Si entre Tania y tú llegara a surgir una historia de amor, me sentiría muy contento y hasta feliz. Te lo digo con total franqueza, sin rodeos, como un hombre honrado.

Kovrin se echó a reír. Yegor Smeiónich abrió la puerta para salir, pero se detuvo en el umbral.

–Si Tania y tú tuvierais un hijo, haría de él un horticultor –dijo, con aire pensativo–. No obstante, todo esto no es más que una quimera... Buenas noches.

Cuando se quedó solo, Kovrin se acomodó mejor y se puso a leer los artículos. Uno de ellos llevaba el siguiente encabezamiento: «Sobre los cultivos intermedios»; otro: «Algunas palabras sobre las observaciones de Z relativas a la preparación del suelo para un nuevo jardín»; un tercero: «Más razones sobre el injerto de yemas inactivas», y todo por el estilo. Pero ¡qué tono tan inquieto y desigual, qué fervor tan impetuoso, casi enfermizo! Había, por ejemplo, un artículo con un título inofensivo y un tema intrascendente, la manzana rusa de san Antonio. Pero Yegor Semiónich empezaba con las palabras *Audiatur altera pars** y terminaba con *Sapienti sat***; entre esas dos sentencias corría un torrente de cáusticas palabras dirigidas contra la «ignorante sabiduría de nuestros horticultores patentados que contemplan la naturaleza desde lo alto de sus cátedras» o contra el señor Gaucher, «que debe su éxito a los profanos y a los diletantes»; a continuación, sin venir a cuento, lamentaba con palabras poco sinceras y afectadas que ya no se pudiera azotar a los campesinos que robaban la fruta y destrozaban los árboles.

«Es un oficio bonito, agradable y sano, pero que comporta sus

---

* Que la otra parte se haga oír.

** Para el que sabe es suficiente.

pasiones y sus guerras –pensó Kovrin–. Por lo visto, en todas partes y en todas las profesiones las personas con ideas son nerviosas y se distinguen por una sensibilidad exacerbada. Probablemente así debe ser.»

Se acordó de Tania, a la que tanto gustaban los artículos de Yegor Semiónich. Era de baja estatura, pálida y tan delgada que se le veían las clavículas; sus ojos, muy abiertos, oscuros e inteligentes, miraban no se sabía dónde y buscaban no se sabía qué; caminaba como su padre, con pasos menudos y apresurados. Hablaba mucho, le gustaba discutir, acompañando la frase más insignificante de expresivos gestos y ademanes. Debía de ser extremadamente nerviosa.

Kovrin siguió leyendo, pero no entendía nada y lo dejó. La agradable agitación con la que poco antes había bailado la mazurca y escuchado música ahora le atormentaba y despertaba en él multitud de pensamientos. Se levantó y empezó a caminar por la habitación, pensando en el monje negro. Se le ocurrió que, si solo él había visto ese monje negro y sobrenatural, significaba que estaba enfermo y sufría alucinaciones. Esa idea le asustó, pero no por mucho tiempo.

«Yo me encuentro bien y no hago mal a nadie; por tanto, mis alucinaciones no son perniciosas», pensó, recobrando el buen ánimo.

Se sentó en el sofá y se cogió la cabeza con las manos, conteniendo una alegría incomprensible que anegó todo su ser; recorrió de nuevo la habitación y se puso a trabajar. Pero los pensamientos que encontraba en el libro no le satisfacían. Necesitaba algo enorme, inmenso, impactante. Al amanecer se desvistió y, sin ganas, se metió en la cama: ¡había que dormir!

Cuando se oyeron los pasos de Yegor Semiónich, que se dirigía al jardín, Kovrin llamó y pidió al criado que le trajera vino. Bebió con gusto varias copas de lafite y a continuación se tapó con las sábanas; su conciencia se cubrió de brumas y se quedó dormido.

IV

Yegor Semiónich y Tania reñían con frecuencia y se decían cosas desagradables.

Una mañana tuvieron una discusión. Tania se echó a llorar y se marchó a su habitación. No salió a comer ni a tomar el té. En un principio Yegor Semiónich iba y venía con expresión altanera y orgullosa, como dando a entender que para él los intereses de la justicia y del orden estaban por encima de todo, pero pronto perdió su presencia de ánimo y se desanimó. Vagaba con aire triste por el parque, sin dejar de suspirar: «¡Ah, Dios mío, Dios mío!», y durante el almuerzo no probó bocado. Por último, sintiéndose culpable y remordiéndole la conciencia, llamó a la puerta cerrada y dijo con timidez:

–¡Tania! ¿Tania?

En respuesta escuchó del otro lado una voz débil, agotada por las lágrimas, pero al mismo tiempo decidida.

–Déjeme, se lo pido por favor.

El abatimiento de los anfitriones se comunicó a toda la casa, incluso a las personas que trabajaban en el jardín. Kovrin estaba absorto en su interesante trabajo, pero al final también él se sintió incómodo y molesto. Tratando de disipar de algún modo ese mal humor general, decidió intervenir y, al atardecer, llamó a la puerta de Tania. Ella le abrió.

–¡Ay, ay, qué vergüenza! –empezó con tono burlón, viendo con asombro el rostro lloroso, afligido y cubierto de manchas rojas de Tania–. ¿Es algo tan grave? ¡Ay, ay!

–¡Si supiera cómo me atormenta! –dijo ella, y sus grandes ojos se llenaron de abundantes y ardientes lágrimas–. ¡No puedo más! –continuó, retorciéndose las manos–. No le he dicho nada... Solo le comenté que no había necesidad de mantener... trabajadores inútiles si... si se puede encontrar jornaleros cuando sea preciso. Porque... porque los trabajadores llevan ya una semana sin hacer nada... Solo le he dicho eso y se ha puesto a gritarme y me ha dicho... muchas cosas insultantes, profundamente ofensivas. ¿Por qué?

–Basta, basta –dijo Kovrin, arreglando su peinado–. Ha habido una discusión, ha habido lágrimas y ahora se acabó. No es bueno ser tan rencorosa... sobre todo cuando su padre la quiere con locura.

–Ha arruinado... mi vida –continuó Tania, sollozando–. Solo recibo ofensas y... vejaciones. Me considera una persona superflua en la casa. ¿Y qué? Tiene razón. Mañana mismo me marcho de aquí, me haré telegrafista... Sí...

–Vamos, vamos... No hay que llorar, Tania. Déjelo ya, querida... Los dos son de genio vivo, irritables, y los dos tienen la culpa. Venga, yo les reconciliaré.

Kovrin hablaba con voz dulce y persuasiva, mientras ella seguía llorando, con los hombros temblorosos y las manos apretadas, como si en verdad le hubiera acaecido una terrible desgracia. La compadecía sobre todo porque su pena no era importante y, sin embargo, sufría muchísimo. ¡Qué naderías bastaban para hacerla desdichada durante toda una jornada e incluso durante toda la vida! Mientras trataba de consolarla, Kovrin pensaba que no podría encontrar en todo el mundo personas como esa muchacha y su padre, que le querían como si fuera un pariente, uno más de la familia; al haber perdido a su padre y a su madre en la más tierna infancia, de no haber sido por esas dos personas, probablemente nunca habría sabido lo que era una caricia sincera ni ese amor ingenuo y espontáneo que solo se siente por personas muy próximas, de la misma sangre. Se daba cuenta de que sus nervios medio enfermos y destrozados respondían, como el hierro al imán, a los nervios de esa joven llorosa y temblorosa. Nunca habría podido amar a una mujer sana, fuerte, de mejillas sonrosadas, pero le gustaba la pálida, débil y desdichada Tania.

Y le acariciaba con placer los cabellos y los hombros, le cogía las manos y le secaba las lágrimas... Al cabo ella dejó de llorar. Siguió quejándose durante un rato de su padre, de la penosa e insoportable vida que llevaba en esa casa, suplicando a Kovrin que se pusiera en su lugar; luego, poco a poco empezó a sonreír y a decir entre suspiros que Dios le había dado un mal carácter y al final estalló en ruidosas carcajadas, se llamó tonta y salió corriendo de la habitación.

Cuando, poco después, Kovrin salió al jardín, Yegor Semiónich y Tania paseaban juntos por la alameda, como si no hubiera sucedido nada, comiendo pan de centeno con sal, pues ambos estaban hambrientos.

V

Satisfecho de haber desempeñado con tanto éxito el papel de mediador, Kovrin se dirigió al parque. Se sentó en un banco, sumido en sus propias reflexiones, y de pronto oyó un rumor de coches y risas de mujer: llegaban visitantes. Cuando las sombras del atardecer empezaron a extenderse por el jardín, percibió el sonido indistinto de un violín y voces que cantaban, lo que le hizo acordarse del monje negro. ¿Dónde, en qué país o planeta se hallaba ahora esa incongruencia óptica?

Apenas había tenido tiempo de recordar la leyenda y representarse en la imaginación la oscura aparición que había visto en el campo de centeno, cuando desde detrás de los pinos, enfrente de él, surgió sin ruido, sin el menor rumor, un hombre de talla mediana y cabellos grises sin cubrir, todo vestido de negro y descalzo, semejante a un mendigo; en su rostro pálido, parecido al de un muerto, destacaban con fuerza unas cejas negras. Con un gesto amistoso de la cabeza, ese pordiosero o peregrino se acercó en silencio al banco y se sentó; Kovrin reconoció en él al monje negro. Estuvieron mirándose durante un par de minutos; Kovrin se mostraba sorprendido; el monje, como la víspera, tenía una expresión dulce, cierto aire de astucia y parecía cavilar.

–Pero eres un espejismo –dijo Kovrin–. ¿Qué haces aquí, parado en un mismo lugar? Esto no se corresponde con la leyenda.

–No importa –respondió el monje en voz baja, al cabo de un rato, volviéndose hacia él–. La leyenda, el espejismo y yo no somos más que una creación de tu imaginación alterada. Soy un espectro.

–¿Significa eso que no existes? –preguntó Kovrin.

–Piensa lo que quieras –dijo el monje con una imperceptible sonrisa–. Existo en tu imaginación y tu imaginación es una parte de la naturaleza, por tanto, existo en la naturaleza.

–Tienes una cara muy vieja, inteligente y de lo más expresiva, como si en realidad hubieras vivido más de mil años –dijo Kovrin–. No sabía que mi imaginación fuera capaz de crear tales fenómenos. Pero ¿por qué me miras con semejante entusiasmo? ¿Te gusto?

–Sí. Eres de los pocos a los que en justicia se puede llamar elegidos de Dios. Sirves a la verdad eterna. Tus pensamientos, tus aspiraciones, tu sorprendente saber y toda tu vida llevan una marca divina, celeste, ya que están consagrados a la razón y a la belleza, es decir, a lo que es eterno.

–Has pronunciado la expresión «verdad eterna». Pero ¿acaso la verdad eterna es accesible y necesaria a los hombres si no hay vida eterna?

–Hay vida eterna –dijo el monje.

–¿Crees en la inmortalidad del hombre?

–Sí, claro. A los hombres os espera un porvenir magnífico y brillante. Y cuantas más personas como tú haya en el mundo, más pronto se verificará ese porvenir. Sin vosotros, servidores del principio supremo, que lleváis una vida consciente y libre, la humanidad no sería nada; si se desarrolla siguiendo el orden natural, tendrá que esperar durante mucho tiempo el final de su historia terrestre. Vosotros adelantáis en varios milenios su ingreso en el reino de la verdad eterna, en eso consiste vuestra elevada tarea. Vosotros encarnáis la bendición que Dios ha derramado sobre los hombres.

–¿Y cuál es el fin de la vida eterna? –preguntó Kovrin.

–Como el de toda vida: el placer. El verdadero placer consiste en el conocimiento y la vida eterna ofrece fuentes de conocimiento incontables e inagotables; por eso se dice: «En la casa de mi Padre hay muchas moradas».

–¡Si supieras lo agradable que me resulta escucharte! –dijo Kovrin, frotándose las manos de satisfacción.

–Me alegro mucho.

–Pero sé que, cuando desaparezcas, me atormentará la cuestión de tu realidad. Eres un espectro, una alucinación. ¿Significa eso que padezco una enfermedad, una anormalidad psíquica?

–¿Y qué más da? ¿Por qué preocuparse? Estás enfermo porque has trabajado por encima de tus fuerzas y estás agotado; es decir, has sacrificado tu salud a una idea y se acerca el tiempo en que le entregarás tu propia vida. ¿Qué más se puede pedir? A eso tienden, por lo general, todas las naturalezas nobles, favorecidas por el Cielo.

–¿Cómo puedo creer en mí cuando sé que tengo una enfermedad psíquica?

–¿Y cómo sabes que los genios que reverencia todo el mundo no han visto también espectros? Los sabios dicen ahora que la genialidad raya con la locura. Amigo, solo las personas corrientes y ordinarias son sanas y normales. El nerviosismo del siglo, el agotamiento y la degeneración solo pueden afectar seriamente a quienes sitúan el fin de su vida en el presente, es decir, a la gente del montón.

–Los romanos decían: *mens sana in corpore sano.*

–No todo lo que decían los romanos y los griegos es verdad. La inspiración, el entusiasmo, el éxtasis, todo lo que distingue a los profetas, a los poetas y a los mártires de una idea de la gente común se opone al lado animal del hombre, es decir, a su salud física. Te lo repito: si quieres ser sano y normal, debes ser uno más del montón.

–Es extraño que repitas ideas que yo mismo he tenido a menudo –dijo Kovrin–. Es como si hubieras visto y oído mis más secretos pensamientos. Pero dejemos de hablar de mí. ¿Qué entiendes por verdad eterna?

El monje no respondió. Kovrin le miró y no distinguió su rostro: sus rasgos se volvieron borrosos y se esfumaron. Luego su cabeza y sus manos se desvanecieron; su cuerpo se fundió con el banco y las sombras del atardecer, y toda su figura desapareció.

–¡La alucinación ha terminado! –dijo Kovrin, echándose a reír–. ¡Qué pena!

Regresó a la casa alegre y feliz. Lo poco que le había dicho el monje negro halagaba no solo su amor propio, sino toda su alma, todo su ser. Contarse entre los elegidos, servir a la verdad eterna, estar entre aquellos que adelantaban en miles de años la entrada de la humanidad en el reino de Dios, es decir, que la liberaban de varios miles de años de luchas, pecados y sufrimientos, sacrificarlo todo a una idea –la juventud, las fuerzas, la salud– y estar dispuesto a morir por el bien común: ¡qué destino tan excelso y dichoso! Repasó su pasado, su vida pura, casta, laboriosa, recordó lo que él mismo había aprendido y lo que había enseñado a los otros y llegó a la conclusión de que no había exageración en las palabras del monje.

Tania venía a su encuentro, atravesando el parque. Se había cambiado de vestido.

–¿Está usted aquí? –dijo–. Le hemos buscado por todas partes... Pero ¿qué le pasa? –exclamó sorprendida, mirando su rostro radiante y sus ojos llenos de lágrimas–. ¡Qué extraño es usted, Andriusha!

–Estoy contento, Tania –dijo Kovrin, poniéndole las manos en los hombros–. ¡Más que contento, estoy feliz! Tania, mi querida Tania, ¡estoy contento, muy contento!

Le besó apasionadamente las manos y continuó:

–Acabo de vivir unos instantes luminosos, maravillosos, sobrenaturales. Pero no puedo contárselo todo porque me consideraría loco o no me creería. Hablemos de usted. ¡Querida, adorable Tania! La amo y me he acostumbrado a amarla. Su proximidad, nuestras decenas de encuentros diarios se han convertido en una necesidad para mi alma. No sé cómo voy a pasarme sin usted cuando me vaya de aquí.

–¡Bah! –exclamó Tania, echándose a reír–. Al cabo de dos días nos habrá olvidado. Nosotros somos gente corriente y usted es un gran hombre.

–¡No, hablemos en serio! –dijo él–. La llevaré conmigo, Tania. ¿Está de acuerdo? ¿Vendrá conmigo? ¿Quiere ser mía?

–¡Vaya! –dijo Tania, y de nuevo trató de reír, pero no pudo; su rostro se cubrió de manchas rojas.

Con la respiración acelerada, se alejó a grandes pasos, pero no en dirección a la casa, sino hacia el fondo del parque.

–No he pensado en eso... de verdad que no –dijo, retorciéndose las manos como con desesperación.

Kovrin, con expresión radiante y arrebatada, fue tras ella, diciéndole:

–Quiero un amor que me cautive por entero y ese amor, Tania, solo tú puedes ofrecérmelo. ¡Soy feliz! ¡Feliz!

Ella estaba aturdida, encorvada, encogida, como si de pronto hubiera envejecido diez años, pero él la encontraba atractiva y proclamaba en voz alta su entusiasmo:

–¡Qué hermosa eres!

VI

Tras enterarse por boca de Kovrin de que no solo se había producido una historia de amor, sino de que también habría boda, Yegor Semiónich pasó largo rato dando vueltas de un rincón a otro, tratando de ocultar su agitación. Sus manos empezaron a temblar, su cuello se hinchó y se cubrió de púrpura; pidió que le prepararan el coche y se marchó a algún sitio. Cuando Tania vio cómo azotaba a su caballo y se hundía el gorro casi hasta las orejas, adivinó su estado de ánimo, se encerró en su habitación y pasó llorando todo el día.

En los invernaderos habían madurado ya los melocotones y las ciruelas; el embalaje y expedición a Moscú de esa carga delicada y caprichosa exigía grandes atenciones, trabajo y cuidados. Debido a lo caluroso y seco del verano, habían tenido que regar cada árbol, lo que había llevado mucho tiempo y ocupado a muchos trabajadores; luego habían aparecido multitud de orugas que tanto los obreros como Yegor Semiónich y Tania aplastaban directamente con los dedos, con gran repugnancia de Kovrin. Además, había que encargar ya las frutas y árboles para el otoño y atender a una copiosa correspondencia. Y en el momento de mayor ajetreo, cuando nadie parecía tener un solo minuto libre, empezaron las labores del campo, que dejaron el huerto con menos de la mitad de sus trabajadores; Yegor Semiónich, con la piel muy atezada, extenuado, malhumorado, galopaba del huerto a los campos, gritando que estaba destrozado y que se pegaría un tiro en la frente.

A todo eso hay que añadir las gestiones de la dote, a la que los Pesotski concedían no poca importancia; el rumor de las tijeras, el ruido de las máquinas de coser, el tufo de las planchas y los caprichos de la modista, mujer nerviosa y susceptible, hacían que a todos los habitantes de la casa les diera vueltas la cabeza. Y, como hecho a propósito, cada día venían visitas a las que había que entretener, alimentar e incluso procurar alojamiento para pasar la noche. Pero todos esos esfuerzos pasaron inadvertidos, como envueltos en niebla. Tania tenía la impresión de que el amor y la felicidad le habían llegado de improviso, aunque desde los catorce años estaba convencida, sin saber bien por qué, de que Kovrin se casaría con ella. Se sorprendía, dudaba y no se lo creía... Tan pronto la dominaba tal alegría que sentía deseos de volar hasta las nubes para rezar allí a Dios, como recordaba que en agosto tendría que abandonar el nido paterno, o bien le venía la idea, Dios sabe de dónde, de que era un ser insignificante y ruin, indigno de un hombre tan grande como Kovrin; en tales momentos se retiraba a su habitación, se encerraba con llave y lloraba con amargura varias horas. Cuando tenían invitados le parecía que Kovrin era sumamente atractivo, que todas las mujeres estaban enamoradas de él y la envidiaban; entonces su alma se llenaba de entusiasmo y orgullo, como si hubiera conquistado el mundo entero; pero bastaba que Kovrin dirigiera una sonrisa amable a alguna señorita para que ella temblara de celos, se marchara a su habitación y se echara de nuevo a llorar. Esas nuevas sensaciones la ocupaban por completo; ayudaba a su padre maquinalmente, sin prestar atención a los melocotones ni a las orugas ni a los obreros ni a la rapidez con que pasaba el tiempo.

Yegor Semiónich estaba casi en el mismo estado. Trabajaba de la mañana a la noche, siempre se dirigía con prisas a algún sitio, se salía de sus casillas, se irritaba, pero todo ello como en medio de un sueño encantado. Parecía como si hubiera en él dos hombres distintos: uno, el verdadero Yegor Semiónich, que, al escuchar cómo el jardinero Iván Kárlich le informaba de algún desorden, se encolerizaba y se arrancaba los cabellos de desesperación; otro, un falso Yegor Semiónich, que parecía medio borracho e interrumpía de pronto una conversación de negocios para darle unas palmadas en el hombro al jardinero y balbucir:

–Dígase lo que se quiera, la sangre significa mucho. La madre de Kovrin era una mujer extraordinaria, nobilísima y de lo más inteligente. Daba gusto contemplar su rostro bondadoso, sereno y puro como el de un ángel. Dibujaba de maravilla, escribía versos, hablaba cinco idiomas, cantaba... La pobre, que Dios la tenga en su gloria, murió de tisis. –El falso Yegor Semiónich suspiraba y, tras una pausa, añadía–: Cuando Kovrin era pequeño y se criaba en mi casa, tenía el mismo rostro angelical, sereno y bondadoso. Su mirada, sus ademanes y su conversación eran delicados y distinguidos, como los de su madre. ¿Y su inteligencia? Nos dejaba estupefactos. ¡Por algo es doctor! ¡Ya lo creo! ¡Espera un poco, Iván Kárlich, y ya verás en lo que se convertirá dentro de diez años! ¡No habrá quien lo alcance!

Pero de pronto el verdadero Yegor Semiónich, volviendo en sí, adoptaba una expresión terrible, se arrancaba los cabellos y gritaba:

–¡Demonios! ¡Qué profanación, qué infamia, qué abominación! ¡El jardín está destruido! ¡El jardín está destrozado!

Kovrin, por su parte, trabajaba con el mismo tesón, sin reparar en todo ese ajetreo. El amor había añadido más leña al fuego. Después de cada entrevista con Tania, se dirigía a su habitación, feliz, arrobado, y con el mismo apasionamiento con que un instante antes besaba a la joven y le confesaba su amor, se lanzaba sobre el libro o retomaba su manuscrito. Todo lo que le había dicho el monje negro sobre los elegidos de Dios, la verdad eterna, el brillante porvenir de la humanidad, etcétera, daba a su trabajo un significado particular y extraordinario y llenaba su alma de orgullo y de la conciencia de su propio valor. Una o dos veces por semana, en el parque o en la casa, se encontraba con el monje negro y conversaba largo rato con él; esos encuentros, lejos de asustarle, le entusiasmaban, pues estaba firmemente convencido de que tales apariciones solo visitaban a las personas elegidas y excepcionales que se consagraban al servicio de un ideal.

Un día el monje apareció durante el almuerzo y se sentó cerca de la ventana del comedor. Kovrin se alegró y con total naturalidad inició una conversación con Yegor Semiónich y Tania sobre un tema que pudiera interesar al monje; el huésped negro escuchaba y movía la cabeza con aire amable, mientras Yegor Semiónich y Tania también escuchaban y sonreían alegremente, sin sospechar que Kovrin no hablaba con ellos, sino con su propia alucinación.

La cuaresma de la Asunción llegó sin que nadie se diera cuenta y poco después el día de la boda que, por expreso deseo de Yegor Semiónich, se celebró «a lo grande», es decir, con una fiesta tumultuosa que duró dos jornadas. Comieron y bebieron por valor de unos tres mil rublos, pero la pésima orquesta, los ruidosos brindis, el trajín de los criados, el barullo y las estrecheces no permitieron apreciar los vinos caros y los extraordinarios aperitivos, encargados en Moscú.

VII

Una larga noche de invierno Kovrin estaba tumbado en la cama, leyendo una novela francesa. La pobre Tania que, poco habituada a la vida de la ciudad, padecía dolor de cabeza cada tarde, llevaba ya un buen rato durmiendo y de vez en cuando pronunciaba en sueños algunas frases incoherentes.

Dieron las tres. Kovrin apagó la vela y se acostó; pasó mucho tiempo con los ojos cerrados, pero no pudo dormirse, según pensaba por el calor que reinaba en la habitación y por el delirio de Tania. A las cuatro y media volvió a encender la vela y en ese momento vio al monje negro, sentado en un sillón próximo a la cama.

–Hola –dijo el monje, y, al cabo de una pausa, preguntó–: ¿En qué estás pensando?

–En la gloria –respondió Kovrin–. En la novela francesa que estaba leyendo aparece un joven sabio que comete tonterías y al que el ansia de gloria le consume. Ese sentimiento me resulta incomprensible.

–Porque tú eres inteligente. Contemplas la gloria con indiferencia, como un juguete que no te interesa.

–Sí, es verdad.

–La celebridad no te tienta. ¿Qué hay de halagador, divertido o instructivo en que graben tu nombre en un monumento funerario para que luego el tiempo roa esa inscripción junto con la doradura? Por fortuna, sois demasiado numerosos para que la débil memoria humana pueda retener vuestros nombres.

–Claro –convino Kovrin–. Además, ¿para qué recordarlos? Pero hablemos de otra cosa. Por ejemplo, de la felicidad. ¿Qué es la felicidad?

Cuando dieron las cinco, se sentó en la cama, con los pies colgando, y dijo, dirigiéndose al monje:

–En los tiempos antiguos un hombre feliz terminó por asustarse de su propia felicidad, ¡tan grande era!, y, para reconciliarse con los dioses, les ofreció en sacrificio su sortija preferida. ¿Lo sabías? Yo, como Polícrates, empiezo a asustarme un poco de mi felicidad. Me parece extraño que de la mañana a la noche me domine la alegría, que esta anegue todo mi ser y apague todos mis demás sentimientos. Desconozco la pena, la tristeza o el aburrimiento. No duermo, paso las noches en blanco, pero no me aburro. Te lo digo en serio: empiezo a desconfiar.

–Pero ¿por qué? –se sorprendió el monje–. ¿Acaso la alegría es un sentimiento sobrenatural? ¿Es que no debe ser el estado normal de una persona? Cuanto más elevado es el desarrollo intelectual y moral de un hombre, más libre es y más satisfacciones le procura la vida. Sócrates, Diógenes y Marco Aurelio se sentían alegres, no tristes. Y el apóstol dice: «Estad siempre alegres». Alégrate y sé feliz.

–¿Y si de pronto los dioses se encolerizan? –dijo Kovrin en tono de broma, echándose a reír–. Si me quitaran las comodidades y me obligaran a pasar frío y hambre, no creo que me sintiera muy satisfecho.

Entretanto Tania se despertó y se quedó mirando a su marido con sorpresa y temor. Este hablaba dirigiéndose al sillón, gesticulaba y se reía: sus ojos brillaban y en su sonrisa había algo extraño.

–Andriusha, ¿con quién hablas? –preguntó, cogiéndole la mano, extendida hacia el monje–. ¡Andriusha! ¿Con quién?

–¿Eh? ¿Con quién? –dijo Kovrin, turbado–. Pues con él... Está ahí sentado –dijo, señalando al monje negro.

–Allí no hay nadie... ¡Nadie! ¡Andriusha, estás enfermo! –Tania abrazó a su marido, se apretó contra él, como protegiéndole de las apariciones, y le tapó los ojos con la mano–. ¡Estás enfermo! –exclamó entre sollozos, temblando de pies a cabeza–. Perdóname, querido, amor, pero he advertido hace tiempo que tu alma está trastornada... Tienes alguna enfermedad psíquica, Andriusha...

Su temblor se comunicó también a él. Volvió a mirar el sillón, ya vacío, sintió debilidad en los brazos y en las piernas, se asustó y empezó a vestirse.

–No es nada, Tania, no es nada... –balbució, temblando–. La verdad es que siento cierto malestar... Ya es hora de reconocerlo.

–Yo lo he advertido hace tiempo... y papá también –dijo ella, tratando de reprimir los sollozos–. Hablas solo, sonríes de una forma extraña... no duermes. ¡Ah, Dios mío, Dios mío, sálvanos! –exclamó aterrorizada–. Pero no temas, Andriusha, no temas, por el amor de Dios, no temas...

También ella empezó a vestirse. Solo ahora, al mirarla, Kovrin comprendió todo el peligro de su situación y lo que significaban el monje negro y sus conversaciones con él. En ese momento se dio cuenta de que estaba loco.

Ambos, sin saber por qué, se vistieron y pasaron al salón: ella iba delante y él detrás. Yegor Semiónich, que estaba de visita en la casa y al que habían despertado los sollozos, se encontraba ya allí, con una bata y una vela en la mano.

–No temas, Andriusha –decía Tania, temblando como si tuviera fiebre–, no temas... Papá, todo esto pasará... todo pasará...

Kovrin no podía hablar, tan agitado estaba. Quiso decir a su suegro con tono burlón: «Felicíteme, me parece que me he vuelto loco», pero solo acertó a mover los labios y esbozar una amarga sonrisa.

A las nueve de la mañana le pusieron un abrigo y una pelliza, lo envolvieron en un chal y lo llevaron en coche a casa del médico. Kovrin empezó a seguir un tratamiento.

VIII

Llegó de nuevo el verano y el médico le prescribió que fuera al campo. Kovrin ya estaba restablecido, había dejado de ver al monje negro y solo le quedaba recobrar el vigor físico. Vivía en casa de su suegro, bebía mucha leche, trabajaba solo dos horas al día, no probaba el vino y no fumaba.

La víspera de san Elías se celebró en la casa un oficio vespertino. Cuando el sacristán entregó el incensario al sacerdote, por el viejo e inmenso salón se expandió un olor a cementerio y Kovrin se sintió triste. Salió al jardín. Sin prestar atención a las magníficas flores, paseó por el lugar, se sentó en un banco y luego dio una vuelta por el parque; al llegar al río, bajó hasta la orilla y se quedó allí pensativo, contemplando las aguas. Los sombríos pinos con raíces de terciopelo, que el año anterior lo habían visto tan joven, alegre y animado, ya no murmuraban y se alzaban inmóviles y mudos, como si no le reconocieran. En realidad, se había afeitado la barba, ya no lucía largos y hermosos cabellos, su paso era inseguro y, en relación con el verano anterior, su rostro se había vuelto más grueso y pálido.

Cruzó a la otra orilla por la pasarela. Allí, donde el año pasado había centeno, se sucedían ahora hileras de avena segada. El sol ya se había puesto y un intenso resplandor rojizo iluminaba el horizonte, presagiando viento para el día siguiente. Todo estaba en calma. Kovrin se quedó mirando el lugar donde el año anterior el monje negro había aparecido por vez primera y así pasó unos veinte minutos, hasta que la tonalidad del crepúsculo empezó a cubrirse de sombras...

Cuando volvió a la casa, indolente y descontento, el oficio ya había terminado. Yegor Semiónich y Tania, sentados en los peldaños de la terraza, bebían té. Estaban conversando, pero al ver a Kovrin se callaron. Por la expresión de sus rostros, el enfermo dedujo que hablaban de él.

–Me parece que es hora de que tomes la leche –le dijo Tania a su marido.

–No, aún no... –respondió este, sentándose en el peldaño más bajo–. Bébela tú. A mí no me apetece.

Tania intercambió con su padre una mirada llena de inquietud y dijo con voz culpable:

–Sabes que la leche te hace bien.

–¡Sí, mucho bien! –dijo Kovrin entre risas–. Les felicito: desde el viernes he engordado una libra. –Se apretó con fuerza la cabeza con las manos y comentó con pesar–: ¿Por qué, por qué me curan ustedes? Preparados de bromuro, ociosidad, baños calientes, vigilancia, temores pusilánimes de cada bocado que tomo y cada paso que doy: todo eso acabará por convertirme en un idiota. Había perdido la razón, tenía manía de grandeza, pero al menos me sentía contento, animoso e incluso feliz, era una persona interesante y original. Ahora me he vuelto más razonable y reposado, pero soy como todo el mundo: una medianía, y la vida me aburre... ¡Ah, qué crueles han sido ustedes conmigo! Tenía alucinaciones, pero ¿a quién molestaba? A ustedes se lo pregunto: ¿a quién molestaba?

–¡Dios sabe lo que dices! –suspiró Yegor Semiónich–. Se aburre uno solo de oírte.

–Pues no me oiga.

La presencia de otras personas, sobre todo de Yegor Semiónich, irritaba a Kovrin; le contestaba con sequedad, frialdad e incluso rudeza y siempre le miraba con ironía y odio; Yegor Semiónich, por su parte, se turbaba y tosía con aire culpable, aunque no sabía de qué podía tener culpa. No entendiendo por qué sus relaciones, antaño amistosas y afables, habían cambiado tanto, Tania se apretaba contra su padre y le miraba con inquietud. Trataba de comprender, pero no podía; lo único que tenía claro era que sus relaciones empeoraban día a día, que en los últimos tiempos su padre había envejecido mucho y que su marido se había vuelto irritable y caprichoso, quisquilloso y anodino. Ya no podía reírse ni cantar, durante el almuerzo no comía nada, pasaba noches enteras sin dormir, esperando algo terrible, y estaba tan extenuada que un día sufrió un desvanecimiento que duró de la mañana a la tarde. Durante el oficio le había parecido que su padre lloraba y, ahora que estaban los tres sentados en la terraza, tenía que hacer un esfuerzo para no pensar en ello.

–¡Por suerte para Buda, Mahoma o Shakespeare no tuvieron familiares bondadosos y médicos que les curaran de su éxtasis e inspiración! –dijo Kovrin–. Si Mahoma hubiera tomado bromuro de potasio para curar sus nervios, hubiera trabajado solo dos horas al día y hubiera bebido leche, ese hombre notable habría dejado tan poca huella como su perro. Los doctores y los familiares bondadosos terminarán por conseguir que la humanidad se embote, la mediocridad pase por genialidad y la civilización perezca. ¡Si supieran ustedes lo agradecido que les estoy! –añadió con enfado.

Sentía una profunda irritación y, para no decir nada excesivo, se levantó bruscamente y entró en la casa. Todo estaba en silencio y por las ventanas abiertas llegaba del jardín el aroma del tabaco y de los dondiegos. En el suelo de la inmensa sala oscura y en el piano la luz de la luna se reflejaba en forma de manchas verdes. Kovrin recordó las alegrías del verano anterior, cuando el aire también se llenaba del aroma de los dondiegos y la luna brillaba en las ventanas. Tratando de recuperar su humor de antaño, se dirigió con pasos rápidos a su despacho, encendió un grueso cigarro y pidió a un criado que le trajera vino. Pero el cigarro le dejó un sabor amargo y repugnante en la boca y el vino parecía tener otro gusto que el año anterior. ¡Lo que es perder un hábito! En cuanto dio unas caladas al cigarro y bebió un par de tragos de vino, la cabeza empezó a darle vueltas y el corazón se puso a latir con tanta fuerza que se vio obligado a tomar bromuro de potasio.

Antes de irse a la cama Tania le dijo:

–Mi padre te adora. Tú estás enfadado con él por algún motivo y eso le atormenta. Mírale: envejece de día en día, de hora en hora. Te lo suplico, Andriusha, por el amor de Dios, por el amor de tu difunto padre, por mi propia tranquilidad, sé amable con él.

–No puedo y no quiero.

–Pero ¿por qué? –preguntó Tania, y un temblor recorrió todo su cuerpo–. Explícame por qué.

–Porque me resulta antipático, eso es todo –dijo Kovrin con despreocupación, encogiéndose de hombros–. Pero no hablemos de él: es tu padre.

–¡No puedo entenderlo, no puedo! –exclamó Tania, con las manos en las sienes y la mirada fija en un punto–. En nuestra casa pasa algo inconcebible y espantoso. Has cambiado, te has convertido en otra persona... Eres un hombre inteligente y excepcional, pero te irritas por tonterías, te entrometes en discusiones sin importancia... Te agitas por tales fruslerías que uno llega a preguntarse si de verdad eres tú. Bueno, no te enfades, no te enfades –continuó, asustándose de sus propias palabras y besándole las manos–. Eres inteligente, bondadoso, noble. Debes ser justo con mi padre. ¡Es tan bueno!

–Más que bueno, es un buenazo. Esos personajes de vodevil, del tipo de tu padre, con sus rostros bondadosos y saciados, su hospitalidad proverbial y sus chifladuras, antaño me conmovían y me hacían reír en los relatos, en las historietas y en la vida; ahora, en cambio, me repugnan. Son egoístas hasta la médula. Lo que más me asquea es su aspecto cebado y su optimismo visceral, propio de un buey o de un jabalí.

Tania se sentó en la cama y apoyó la cabeza en la almohada.

–Esto es una tortura –dijo, y en su voz se percibía que había llegado al colmo de la fatiga y apenas podía hablar–. Ni un instante de reposo desde el invierno... ¡Esto es terrible, Dios mío! Qué sufrimiento...

–Sí, claro, yo soy Herodes y tu papaíto y tú unos inocentes. ¡Claro!

Su rostro le pareció a Tania feo y desagradable. Esa expresión de odio e ironía no le sentaba bien. Ya antes había advertido que a su cara le faltaba algo, como si hubiese cambiado desde que se cortó el pelo. Quiso decirle algo ofensivo, pero al punto comprendió que se estaba dejando llevar por un sentimiento malsano, se asustó y salió del dormitorio.

IX

Kovrin fue nombrado titular de una cátedra. Se colgaron anuncios en los pasillos de la universidad anunciando la lección inaugural para el 2 de diciembre. Pero ese día Kovrin mandó un telegrama al director de estudios informándole de que una enfermedad le impedía presentarse.

Sangraba por la garganta. Escupía sangre y un par de veces al mes sufría una fuerte hemorragia; en esas ocasiones se sentía extremadamente débil y se hundía en un estado de sopor. Esa enfermedad no le asustaba de manera especial, pues sabía que su madre había vivido con ella diez años y aun más; además, los médicos le aseguraban que no era peligrosa, aconsejándole tan solo que controlara las emociones, llevara una vida tranquila y hablara menos.

En enero la lección fue suspendida de nuevo por idéntica razón y en febrero ya era demasiado tarde para empezar el curso. Tuvieron que aplazarlo para el año siguiente.

Ya no vivía con Tania, sino con otra mujer, dos años mayor que él, que le cuidaba como si fuera un niño. Su estado de ánimo era pacífico y sereno: obedecía de buena gana y cuando Varvara Nikoláievna –así se llamaba su amiga– decidió llevarlo a Crimea, se mostró de acuerdo, aunque no esperaba ningún resultado de ese viaje.

Llegaron a Sebastopol por la tarde y decidieron descansar en un hotel y continuar hasta Yalta al día siguiente. Ambos estaban fatigados del viaje. Varvara Nikoláievna tomó té, se tumbó en la cama y no tardó en quedarse dormida. Pero Kovrin no se acostó. Una hora antes de salir para la estación, había recibido una carta de Tania y no se había decidido a abrirla; la llevaba en un bolsillo lateral y su solo recuerdo le producía una sensación desagradable. En el fondo de su alma consideraba que su matrimonio con Tania había sido un error, se alegraba de haberse separado definitivamente de ella y la imagen de esa mujer que había terminado por convertirse en un despojo humano y en la que todo parecía muerto, excepto sus grandes e inteligentes ojos, que miraban con fijeza, solo despertaba en él pena y desprecio de sí mismo. La letra del sobre le recordó lo injusto y cruel que había sido dos años antes y el modo en que había vengado en personas que no tenían culpa de nada el vacío de su alma, su hastío, su soledad y su descontento de la vida. En ese sentido recordó que una vez rompió en mil pedazos su tesis doctoral y todos los artículos escritos durante la enfermedad y que los trozos de papel, que había arrojado por la ventana, fueron llevados por el viento y quedaron prendidos en las ramas y las flores; en cada línea había visto pretensiones extrañas, sin ningún fundamento, un ímpetu irreflexivo, insolencia, manía de grandeza, una descripción de sus propios defectos; cuando desgarró el último cuaderno y arrojó los fragmentos por la ventana, por alguna razón sintió de pronto irritación y amargura; se dirigió entonces a la habitación de su mujer y le lanzó toda suerte de improperios. ¡Dios mío, cómo la había atormentado! Una vez, para hacerla sufrir, le dijo que en su historia de amor su padre había desempeñado un papel indecoroso, pues le había pedido que se casara con ella; Yegor Semiónich, que había escuchado por casualidad esas palabras, entró en la habitación y, presa de la desesperación, no fue capaz de pronunciar un solo vocablo, limitándose a patalear y a emitir mugidos extraños, como si hubiera perdido la facultad del habla, mientras Tania, al ver a su padre, había lanzando un grito desgarrador y se había desvanecido. Fue horrible.

La visión de esa letra conocida le trajo a la memoria esos recuerdos. Kovrin salió al balcón; el viento estaba en calma, la temperatura era tibia, olía a mar. La maravillosa bahía reflejaba la luna y las luces de la ciudad, y tenía un color difícil de definir. Era una delicada y suave combinación de azul y verde; en algunos puntos el agua tenía la tonalidad del vitriolo y en otros la luz de la luna parecía haberse condensado, sustituyendo al agua. Y en general, ¡qué armonía de colores, qué sensación de paz, de sosiego, de grandeza!

En el piso inferior, debajo del balcón, las ventanas debían de estar abiertas, porque se oían con toda claridad voces y risas de mujer. Por lo visto, se celebraba una velada.

Kovrin hizo un esfuerzo, rasgó el sobre y, volviendo a la habitación, empezó a leer:

> Mi padre acaba de morir. Es a ti a quien se lo debo, pues tú lo has matado. Nuestro huerto agoniza y ahora se ocupan de él personas extrañas, es decir, que ha sucedido lo que más temía mi pobre padre. Eso también te lo debo a ti. Te odio con toda mi alma y deseo que mueras pronto. ¡Ah, qué sufrimiento! Un dolor insoportable me consume... Maldito seas. Te tenía por un hombre excepcional, por un genio, te amaba, pero no eres más que un loco...

Incapaz de seguir leyendo, Kovrin rompió la carta y arrojó los pedazos. Le dominaba una inquietud próxima al miedo. Al otro lado del biombo dormía Varvara Nikoláievna; oía su respiración. Del piso inferior llegaban voces y risas de mujer, pero él tenía la sensación de que era la única criatura viva que había en el hotel. Le horrorizaba que la desdichada Tania, consumida por el dolor, le hubiera maldecido en su carta y hubiera deseado su muerte; dirigía miradas furtivas a la puerta, como si temiera que esa fuerza desconocida, que dos años antes había causado tantos desastres en su vida y en las de sus deudos, entrara en la habitación y volviera a adueñarse de él.

Sabía por experiencia que, cuando los nervios se desbocan, el mejor remedio es trabajar. Había que sentarse a la mesa y obligarse a concentrarse en alguna idea, por mucho que costara. Sacó de su cartera roja un cuaderno en el que había esbozado un resumen de un pequeño trabajo de compilación en el que pensaba ocuparse si se aburría en Crimea. Se sentó a la mesa y examinó ese compendio; por un instante le pareció que recobraba su estado apacible, sereno, indiferente. El cuaderno le llevó a reflexionar incluso sobre la vanidad del mundo. Pensaba en lo mucho que exige la vida por los bienes insignificantes y extremadamente vulgares que ofrece al hombre. Por ejemplo, para obtener una cátedra a los cuarenta años, ser un simple profesor, exponer con voz desganada, aburrida y enojosa pensamientos de lo más corrientes y, además, ajenos; en definitiva, para alcanzar una situación de erudito mediocre, Kovrin había tenido que estudiar durante quince años, trabajar día y noche, vencer una grave enfermedad psíquica, superar un matrimonio desgraciado y cometer todo tipo de estupideces e injusticias, de las que le hubiera gustado olvidarse. Kovrin tenía ahora plena conciencia de que era una medianía, pero no le costó reconciliarse con esa realidad, pues, en su opinión, todo hombre debe estar satisfecho con lo que es.

El resumen se había calmado del todo, pero los blancos fragmentos de la carta, esparcidos por el suelo, le impedían concentrarse. Se levantó, recogió los trozos de papel y los arrojó por la ventana, pero una ligera brisa marina que soplaba del mar los desperdigó por el alféizar. De nuevo le dominó una inquietud próxima al miedo y le pareció que era el único ser vivo del hotel... Salió al balcón. La bahía, como si estuviera viva, le miraba con sus innumerables ojos azules, celestes, turquesas y rojizos, atrayéndolo. En realidad, el ambiente era caluroso, sofocante y habría sido agradable darse un baño.

De pronto, en la planta inferior, bajo el balcón, sonó un violín y dos delicadas voces femeninas se pusieron a cantar. Conocía esa canción: una muchacha con la imaginación enfermiza oía por la noche en el jardín unos sonidos misteriosos y se imaginaba que era una armonía sagrada, incomprensible para los mortales... Kovrin contuvo la respiración, el corazón se le encogió y una alegría maravillosa y dulce, olvidada desde hacía tiempo, estremeció su pecho.

Una columna negra y alta, semejante a un torbellino o un ciclón, apareció en la otra orilla. Con aterradora velocidad atravesó la bahía en dirección al hotel, haciéndose cada vez más pequeña y oscura; Kovrin apenas tuvo tiempo de hacerse a un lado para despejarle el camino... Un monje con la cabeza descubierta, cabellos grises y cejas negras, descalzo, con las manos cruzadas sobre el pecho, pasó a su lado y se detuvo en medio de la habitación.

–¿Por qué no me creíste? –preguntó en tono de reproche, mirando a Kovrin con ternura–. Si me hubieses escuchado entonces, cuando te decía que eras un genio, no habrías pasado dos años de tanto dolor y mediocridad.

Kovrin, de nuevo convencido de que era un genio, un elegido de Dios, recordó con viveza sus anteriores conversaciones con el monje negro e hizo intención de decir algo, pero en ese momento de su garganta brotó un chorro de sangre que cayó directamente sobre su pecho; sin saber qué hacer, se llevó las manos al pecho y las mangas se mancharon de sangre. Quiso llamar a Varvara Nikoláievna, que dormía al otro lado del biombo, hizo un esfuerzo y exclamó:

–¡Tania!

Cayó al suelo y, levantándose sobre las manos, volvió a llamar:

–¡Tania!

Llamaba a Tania, al gran jardín con flores magníficas, salpicadas de rocío; llamaba al parque, a los pinos con raíces de terciopelo, a los campos de centeno, a sus asombrosos conocimientos, a su audacia, a su alegría; llamaba a aquella vida de antaño tan hermosa. En el suelo, junto a su cara, veía un gran charco de sangre; la debilidad le impedía ya pronunciar palabra, pero una felicidad inefable e infinita embargaba todo su ser. En la planta inferior, bajo el balcón, interpretaban una serenata y el monje negro le susurraba que era un genio y que moría solamente porque su débil cuerpo humano había perdido el equilibrio y ya no podía servir de envoltorio a un genio.

Cuando Varvara Nikoláievna se despertó y salió de detrás del biombo, Kovrin ya había muerto; en su rostro se había petrificado una sonrisa de felicidad.

El violín de Rothschild
(1894)

El pueblo era pequeño, peor que una aldea, y en él vivían apenas unos ancianos que morían tan de tarde en tarde que hasta resultaba enojoso. En el hospital y en la prisión había muy poca necesidad de ataúdes. En una palabra, los asuntos marchaban mal. Si Yákov Ivánov fuera fabricante de ataúdes en una ciudad de provincias, probablemente tendría casa propia y recibiría tratamiento de señor, mientras que en ese villorio le llamaban simplemente Yákov, y en su calle, por alguna razón, se le conocía por el apodo de Bronce; vivía con estrecheces, como un simple mujik, en una isba pequeña y vieja de una sola habitación, en la que se amontonaban en desorden la estufa, una cama para dos personas, varios ataúdes, un banco de carpintero y todos los enseres, amén de Marfa y él mismo.

Yákov fabricaba ataúdes resistentes, de buena calidad. Para los mujiks y los pequeños propietarios los hacía basándose en su propia talla, y no se equivocó ni una sola vez, pues no había nadie más alto ni más robusto que él en el lugar, ni siquiera en la prisión, a pesar de sus setenta años. Para los nobles y las mujeres los hacía a medida, empleando para ello una vara de metal. Aceptaba de mala gana los encargos de ataúdes infantiles; los confeccionaba a la buena de Dios, de manera desdeñosa, y cuando le retribuían su trabajo, comentaba:

–Reconozco que no me gusta ocuparme de tonterías.

Además de lo que le reportaba su oficio, obtenía algunas monedas tocando el violín. En las bodas del villorio solía contratarse a una orquesta de judíos dirigida por el estañador Moisei Ilich Shajkes, que se quedaba para sí más de la mitad de la retribución. Como Yákov tocaba muy bien el violín, en particular las canciones rusas, Shajkes a veces le proponía unirse a la orquesta por cincuenta kopeks al día, sin contar las propinas de los invitados. En cuanto Bronce ocupaba su lugar en la orquesta, empezaba a sudar y se ponía rojo; hacía un calor agobiante y reinaba tal olor a ajo que hasta causaba sofoco; el violín chirriaba, el contrabajo emitía notas roncas junto a su oído derecho; a la izquierda gemía la flauta, que tañía un judío pelirrojo y enjuto, con el rostro cubierto de toda una red de venas encarnadas y azules, apellidado Rothschild, como el famoso ricachón. Ese maldito judío se las ingeniaba para impregnar de acordes lastimeros hasta las piezas más alegres. Sin razón aparente, Yákov fue concibiendo odio y desprecio por los judíos en general y por Rothschild en particular; se metía con él, le reprendía con palabras ofensivas y en una ocasión hasta amenazó con golpearle, mientras Rothschild, indignado, le decía con aire furioso:

–Si no le respetara por su talento, hace tiempo que le habría tirado por la ventana.

Luego se echó a llorar. Por esa razón solo le proponían que se uniera a la orquesta en caso de extrema necesidad, cuando faltaba uno de los judíos.

Yákov nunca estaba de buen humor, pues sufría constantemente pérdidas terribles. Por ejemplo, era pecado trabajar los domingos y las jornadas festivas, y el lunes era un día difícil, de modo que al cabo del año se acumulaban unos doscientos días en los que se veía obligado a quedarse cruzado de brazos. ¡Y cuántas pérdidas suponía todo eso! Si alguien se casaba sin música o Shajkes no pedía a Yákov que se uniera a la orquesta, también eso constituía una pédida. El comisario de policía había pasado dos años enfermo, aquejado de consunción, y Yákov había esperado su muerte con impaciencia, pero el comisario había ido a curarse a la capital de la provincia y se había muerto allí. La pérdida podía estimarse al menos en diez rublos, pues le tenía destinado un ataúd caro, con brocado. La consideración de las pérdidas atormentaba a Yákov, sobre todo por la noche; ponía a un lado de la cama el violín, y en el momento en que una idea semejante empezaba a acosarle, rozaba las cuerdas; el violín resonaba en la oscuridad y él se sentía aliviado.

El seis de mayo del año anterior Marfa se sintió de pronto enferma. La vieja respiraba con dificultad, bebía mucha agua y no se tenía en pie, pero aun así ella misma se encargó de encender la estufa y de ir a por agua. No obstante, por la tarde tuvo que acostarse. Yákov se pasó el día entero tocando el violín; cuando se hizo completamente de noche, cogió una libreta en la que apuntaba las pérdidas de cada día y, vencido por el aburrimiento, se puso a calcular el total de todo el año. La cifra superaba los mil rublos; esa constatación le impresionó tanto que tiró el ábaco al suelo y lo pisoteó. Luego lo recogió y pasó un buen rato manipulando las bolas, al tiempo que lanzaba intensos y profundos suspiros. Su rostro se había vuelto purpúreo y estaba cubierto de sudor. Pensaba que, si hubiera ingresado esos mil rublos perdidos en un banco, habría recibido unos intereses anuales de cuarenta rublos como mínimo; por tanto, aquella cantidad también debía considerarse una pérdida. En una palabra, a cualquier parte a la que dirigiera la vista, no encontraba más que pérdidas.

–¡Yákov! –le llamó de pronto Marfa–. ¡Me muero!

Él se volvió hacia su mujer. Tenía el rostro enrojecido por la fiebre y una expresión de lo más serena y alegre. Bronce, acostumbrado a la palidez de su semblante y a su aire cohibido e infeliz, se quedó turbado. Parecía, en efecto, que su mujer se moría y que estaba contenta de perder de vista de una vez por todas esa isba, los ataúdes y a Yákov... Miraba el techo y movía los labios con una expresión de felicidad, como si hubiera visto a la muerte, su liberadora, y cuchicheara con ella.

Ya amanecía; en la ventana se vislumbraba el resplandor de la aurora. Al mirar a la anciana, Yákov recordó, sin saber por qué, que no la había acariciado ni una sola vez en toda su vida, que jamás se había compadecido de ella, que nunca se le había pasado por la cabeza comprarle un pañuelo o llevarle un dulce de alguna boda; no había hecho más que gritarle, regañarla por las pérdidas y amenazarla con los puños; cierto que nunca le había pegado, pero la asustaba de tal modo que ella se quedaba paralizada de terror. Así era, y no le había permitido tomar té, pues ya sin eso los gastos eran excesivos, de manera que ella solo bebía agua caliente. Entonces comprendió a qué se debía ese aire de extrañeza y alegría, y se sintió angustiado.

Cuando llegó la mañana, le pidió prestado un caballo al vecino y llevó a Marfa al hospital. Había poca gente y no tuvieron que esperar mucho tiempo, solo tres horas. Para gran satisfacción suya ese día no pasaba consulta el médico, que se encontraba enfermo, sino el practicante Maksim Nikolaich, un viejo del que todo el mundo decía en el pueblo que, a pesar de que era un borracho y un pendenciero, sabía mucho más que el médico.

–A sus pies, señor –dijo Yákov, entrando con la vieja en la consulta–. Perdone que vengamos a molestarle con nuestras naderías, Maksim Nikolaich. Como ve, mi mujer se ha puesto enferma. O, como suele decirse, la compañera de mi vida, si me permite la expresión...

Frunciendo las cejas canosas y pasándose la mano por las patillas, el practicante empezó a examinar a la vieja, que estaba sentada en un taburete, encorvada y enjuta, muy parecida de perfil, con su nariz aquilina y la boca abierta, a un pájaro sediento.

–Mmm... Bueno... –exclamó morosamente el practicante, exhalando un suspiro–. Tiene gripe y tal vez fiebre. Hay casos de tifus en el pueblo. ¡Qué se le va a hacer! Gracias a Dios, la vieja ha vivido muchos años... ¿Qué edad tiene?

–Dentro de poco cumplirá setenta, Maksim Nikolaich.

–¡Qué se le va a hacer! La vieja ha vivido bastante. Ya es hora de entregar el alma.

–Todo lo que usted dice es muy justo, Maksim Nikolaich –exclamó Yákov, con una respetuosa sonrisa–, y le agradecemos muchísimo su amabilidad, pero permítame que le diga que hasta el último de los insectos se aferra a la vida.

–¡Qué se le va a hacer! –respondió el practicante, como si la vida o la muerte de la vieja dependiera de él–. Bueno, amigo, ponle una compresa fría en la cabeza y dale estos polvos dos veces al día. Y ahora hasta la vista. *Bon jour.*

Por la expresión de su rostro Yákov comprendió que el asunto tenía mal cariz y que los polvos no servirían de nada; ahora veía con claridad que Marfa moriría muy pronto, quizá ese mismo día o el siguiente. Tocó ligeramente el codo del practicante, guiñó un ojo y dijo en voz baja:

–¿Y si le pusiera unas ventosas, Maksim Nikolaich?

–No tengo tiempo, amigo, no tengo tiempo. Llévate a tu vieja y que Dios os guarde. Adiós.

–Hágame el favor –le imploró Yákov–. Sabe usted muy bien que si, por ejemplo, le doliera el estómago o algún otro órgano, habría que emplear polvos y gotas, pero ¡ella está resfriada! Y en caso de un resfriado lo primero que hay que hacer es sacar sangre, Maksim Nikolaich.

Pero el practicante ya había llamado al siguiente enfermo y en la sala había entrado una mujer con un niño.

–Vete, vete... –le dijo a Yákov, frunciendo el ceño–. No molestes.

–¡En ese caso póngale al menos unas sanguijuelas! ¡Rezaremos eternamente por usted!

El practicante se encolerizó y gritó:

–¡Cállate ya! ¡Zoquete!

Yákov se puso también rojo de ira, pero no dijo nada; cogió a Marfa por el brazo y la sacó de la sala. Solo cuando ya se había sentado en el carro, se quedó mirando el hospital con aire sombrío e irónico, y dijo:

–¡Ya conozco yo a estos artistas! Al rico bien que le ponen ventosas, pero al pobre le niegan hasta una sanguijuela. ¡Malditos!

Cuando llegaron a casa y entraron en la isba, Marfa se quedó de pie unos diez minutos, apoyada en la estufa. Albergaba la sospecha de que, si se acostaba, Yákov empezaría a hablar de pérdidas y la regañaría por estar siempre tumbada y no querer trabajar. Yákov la miraba con enfado, recordando que al día siguiente se celebraba la fiesta de san Juan Evangelista y al otro la de san Nicolás Taumaturgo, después sería domingo y a continuación lunes, un día difícil. Durante cuatro días no podría trabajar y era seguro que Marfa moriría uno de ellos; en consecuencia, debía ponerse a fabricar su ataúd sin pérdida de tiempo. Tomó un metro de hierro, se acercó a la vieja y la midió. Después ella se acostó; Yákov se santiguó y empezó a confeccionar el ataúd.

Cuando concluyó su trabajo, Bronce se puso las gafas y anotó en su libreta: «Ataúd para Marfa Ivánovna: 2 rublos y 40 kopeks».

Y suspiró. La vieja yacía en silencio, con los ojos cerrados. Pero por la tarde, cuando empezaba a oscurecer, llamó de pronto al anciano:

–¿Te acuerdas, Yákov? –le preguntó, mirándole con expresión alegre–. ¿Te acuerdas de que hace cincuenta años Dios nos concedió una niña de cabellos rubios? Nos sentábamos entonces en la orilla del río y cantabamos canciones... bajo un sauce. –Y con una sonrisa amarga, añadió–: La pequeña murió.

Yákov trató de hacer memoria, pero no fue capaz de acordarse de la niña ni del sauce.

–Son imaginaciones tuyas –le dijo.

Vino el cura, le administró los sacramentos y le dio la extremaunción. Luego Marfa se puso a murmurar algo incompresible y a la mañana murió.

Unas viejas, vecinas suyas, la lavaron, la vistieron y la metieron en el ataúd. Para no tener que gastarse dinero en un chantre, el propio Yákov se encargó de leer los salmos; tampoco tuvo que pagar por la sepultura, pues el vigilante del cementerio era su padrino. Cuatro mujiks cargaron con el atáud, no por dinero, sino por consideración a Yákov. Siguiendo el féretro iban unas viejas, varios mendigos y dos chiflados; las personas con las que se cruzaban se persignaban piadosamente... Yákov estaba muy satisfecho de que la ceremonia hubiera resultado tan digna y respetable, hubiera costado tan poco y no hubiera dado lugar a que nadie se molestara. Al dar su último adiós a Marfa, rozó el ataúd con la mano y pensó: «¡Un buen trabajo!».

Pero en el camino de regreso una profunda tristeza se apoderó de él. Algo no iba bien: su respiración era febril y dificultosa, las piernas le flaqueaban, le torturaba la sed. Además, en su cabeza revoloteaban toda clase de ideas. De nuevo recordó que a lo largo de su vida no se había compadecido de Marfa ni le había prodigado una caricia. Los cincuenta y dos años que habían vivido bajo el mismo techo se le antojaban muy largos, pero en todo ese tiempo no había pensado en ella ni una sola vez ni le había prestado atención, como si se tratara de un perro o de un gato. Y sin embargo, ella había encendido todos los días la estufa, había cocinado, había ido a por agua, había cortado leña, había dormido con él en la misma cama y, cuando llegaba borracho de alguna boda, ella colgaba el violín en la pared con veneración y llevaba a su marido a la cama; y todo eso en silencio, con una expresión tímida, solícita.

Rothschild venía a su encuentro, sonriendo y saludándole con la cabeza.

–Le estoy buscando, tío –dijo–. Moisei Ilich le saluda y le pide que vaya a verle enseguida.

Yákov no estaba para esas cosas. Tenía ganas de llorar.

–¡Déjame en paz! –exclamó, y siguió su camino.

–¿Cómo? –respondió Rothschild inquieto, y se puso a andar más deprisa que él–. ¡Moisei Ilich se ofenderá! Ha dicho «enseguida».

La visión de ese judio sofocado, que no paraba de pestañear, con el rostro cubierto de pecas rojizas, le repugnaba. Miraba con asco su levita verde remendada de negro y toda su figura frágil y delicada.

–¿Qué quieres de mí, diente de ajo? –gritó Yákov–. ¡Deja de seguirme!

El judío también se enfadó y a su vez empezó a vociferar:

–¡Hable usted más bajo o le tiro por encima de la valla!

–¡Quítate de mi vista! –rugió Yákov, lanzándose hacia él con los puños levantados–. ¡No hay quien viva con estos sarnosos!

Rothschild, muerto de miedo, se puso en cuclillas y empezó a agitar las manos por encima de la cabeza, como para parar los golpes; luego se enderezó de un brinco y se alejó a todo correr. En su huida, daba saltos y levantaba los brazos; se veía cómo su larga y delgada espalda se estremecía. Los niños, divertidos con el incidente, le perseguían gritando: «¡Judío! ¡Judío!». Los perros se lanzaron tras él, ladrando. Alguien estalló en carcajadas y a continuación silbó; los perros aullaron con mayor fuerza e intensidad... Es probable que alguno de ellos mordiera a Rothschild, pues se oyó un grito de dolor desesperado...

Yákov estuvo deambulando por el prado comunal; luego, caminando en línea recta, se dirigió a las afueras del pueblo; los niños gritaban: «¡Ahí va Bronce! ¡Ahí va Bronce!». Llegó a la orilla del río. Las becadas revoloteaban y piaban, los patos parpaban. El sol calentaba con fuerza y las aguas reverberaban con tanta fuerza que hacían daño a los ojos. Yákov caminó por un sendero que discurría a lo largo de la orilla, vio salir de la caseta de baños a una dama obesa, de sonrosadas mejillas, y pensó: «¡Menuda foca!». Cerca de ese lugar unos muchachos pescaban cangrejos con un retel; al verlo, empezaron a gritar con aire maligno: «¡Bronce! ¡Bronce!». En ese momento llegó hasta un viejo sauce, de grueso tronco hueco, con nidos de grajos en las vastas ramas... De pronto, en la memoria de Yákov surgió, como si estuviera viva, la pequeña de cabellos rubios y el sauce del que hablara Marfa. Sí, era el mismo sauce: verde, silencioso, triste... ¡Cómo había envejecido, el pobre!

Se sentó bajo su copa y se entregó a los recuerdos. En la ribera opuesta, donde ahora había un prado inundado, se alzaba antaño un frondoso abedular; en esa colina pelada que se columbraba en el horizonte, despuntaba entonces la masa azulada de un viejo pinar; algunas barcas surcaban la corriente. Ahora todo ofrecía un aspecto plano y liso, en la otra orilla se perfilaba un solo abedul, joven y esbelto como una señorita; en el río solo había patos y gansos, y parecía imposible que en el pasado hubieran navegado barcas por su cauce. Hasta daba la impresión de que había menos gansos que entonces. Yákov cerró los ojos y por su imaginación pasaron, una tras otra, enormes bandadas de gansos blancos.

No entendía que no hubiera ido a la orilla del río ni una sola vez en los últimos cuarenta o cincuenta años; y si lo había hecho, que no le hubiera prestado la menor atención, pues el río era bastante caudaloso, nada desdeñable. Podría haber pescado en sus aguas y vendido el pescado a los comerciantes, a los funcionarios, al cantinero de la estación, y luego ingresar el dinero en el banco; podría haber ido en barca de una hacienda a otra, tocando el violín, y gentes de toda condición le habrían dado dinero; podría haberse dedicado al transporte en gabarras; cualquiera de esas actividades era mejor que fabricar ataúdes; por último, podría haber criado gansos, matarlos y expedirlos a Moscú en invierno; solo el plumón le habría reportado unos diez rublos al año. Pero había dejado pasar todas esas oportunidades y no había hecho nada. ¡Qué pérdidas! ¡Ah, qué pérdidas! Y si se hubiera dedicado a todas esas actividades a la vez, a la pesca, a la música, al transporte en gabarras, a la cría de gansos, ¡qué capital habría amasado! Pero nada de eso había sucedido, ni siquiera en sueños, la vida había pasado sin beneficio ni placer; se había perdido en vano, de una forma absurda. Delante de él ya no quedaba nada y al mirar hacia atrás, únicamente encontraba pérdidas, unas pérdidas tan terribles que hasta daban escalofríos. ¿Por qué el hombre no puede vivir de forma que no se produzcan esas pérdidas y esos daños? ¿Por qué habían sido talados los abedules y el pinar? ¿Por qué el prado comunal seguía sin aprovecharse? ¿Por qué las personas hacían siempre lo que no debían? ¿Por qué Yákov se había pasado toda la vida insultando, gritando, amenazando y ofendiendo a su esposa? ¿Por qué había asustado y agraviado poco antes a aquel judío? ¿Por qué, en general, la gente se hacía la vida imposible? ¡Y qué pérdidas resultaban de todo ello! ¡Unas pérdidas terribles! Si no hubiera odio ni maldad, los seres humanos obtendrían enormes beneficios unos de otros.

Durante la tarde y la noche por su imaginación desfilaron el sauce, los peces, los gansos muertos, Marfa, con su perfil de pájaro sediento, y el rostro pálido y lastimoso de Rothschild; unos hocicos extraños le rodeaban por todas partes y le hablaban de pérdidas. No paró de dar vueltas en la cama y unas cinco veces se incorporó para tocar el violín.

Por la mañana se levantó a duras penas y se dirigió al hospital. Maksim Nikolaich le ordenó que se pusiera compresas frías en la cabeza y le dio unos polvos, pero por la expresión de su rostro y el tono de su voz Yákov comprendió que los polvos no le serían de ninguna ayuda. De camino a casa pensó que su muerte solo reportaría beneficios: no tendría que comer, ni beber, ni pagar impuestos, ni ofender a la gente; y si se tenía en cuenta que las personas yacen en la tumba no solo un año, sino siglos, milenios, el beneficio alcanzaba proporciones gigantescas. La vida solo proporcionaba pérdidas; la muerte, beneficios. Esa consideración era justa, pero también triste y amarga. ¿Por qué rige el mundo un orden tan extraño que hace que la vida, que el hombre solo recibe una vez, pase sin beneficio alguno?

No le apenaba morir, pero cuando llegó a casa y vio el violín se le encogió el corazón y sintió un inmenso dolor. No se podía llevar el violín a la tumba, por lo que quedaría huérfano y pasaría con él lo mismo que con los abedules y el pinar. ¡Todo en este mundo desaparecía y seguiría desapareciendo! Yákov salió de la isba y se sentó en el umbral, apretando el violín contra su pecho. Al tiempo que pensaba en su vida fracasada y colmada de pérdidas, se puso a tocar, sin darse cuenta, una música conmovedora y lastimera, mientras las lágrimas rodaban por sus mejillas.

Y cuanto más se abismaba en sus pensamientos, más triste sonaba el violín.

El pestillo chirrió una vez, luego otra, y en la portezuela de la empalizada apareció Rothschild. Avanzó temeroso hasta la mitad del patio y cuando vio a Yákov se detuvo en seco, se encogió y, probablemente por miedo, empezó a hacer gestos como si quisiera indicar la hora con los dedos.

–Acércate, no te haré nada –le dijo Yákov con afecto, haciéndole señas para que se aproximara.

Sin dejar de mirarlo con pavor y desconfianza, Rothschild se fue acercando y se detuvo a un par de metros.

–¡Por favor, no me pegue! –dijo, inclinándose–. Me envía de nuevo Moisei Ilich: «No tengas miedo –me ha dicho–. Vete a buscar de nuevo a Yákov y dile que lo necesitamos sin falta.» El miércoles hay una boda... ¡Sí! El señor Shapoválov casa a su hija con un buen hombre. ¡Será una boda fastuosa! –añadió el judío, guiñando un ojo.

–No puedo... –dijo Yákov, respirando con dificultad–. Estoy enfermo, amigo.

Se puso a tocar de nuevo, y algunas lágrimas brotaron de sus ojos, cayendo sobre el violín. Rothschild, de pie a su lado, con los brazos cruzados sobre el pecho, escuchaba con atención. La expresión de miedo e incertidumbre de su rostro dejó paso a otra de pesar y desconsuelo; alzó los ojos como si sintiera un éxtasis arrebatador y exclamó: «*¡Vajjj!**». Unas lágrimas rodaron lentamente por sus mejillas y salpicaron su levita verde.

Yákov pasó el resto del día en la cama, angustiado. Cuando al atardecer el cura que vino a confesarle le preguntó si recordaba algún pecado en particular, él rebuscó en su debilitada memoria y

---

* Exclamación de tristeza típica del yidis.

volvió a recordar el desdichado rostro de Marfa y el lastimero grito del judío cuando le mordió el perro, y dijo con voz apenas audible:

–Entréguele mi violín a Rothschild.

–Así se hará –respondió el cura.

Ahora todo el mundo se pregunta en la ciudad de dónde ha sacado Rothschild un violín tan excelente. ¿Lo ha comprado, lo ha robado? ¿Acaso lo ha recibido en prenda? Hace tiempo que ha dejado la flauta y solo toca el violín. De su arco fluyen unos sonidos tan tristes como antaño de su flauta, pero cuando intenta repetir la música que tocaba Yákov sentado en el umbral, resultan unos sones tan pesarosos y desconsolados que los oyentes empiezan a llorar y él mismo acaba poniendo los ojos en blanco y exclamando: «*¡Vajjj!*».

Esa nueva canción ha gustado tanto en el pueblo que los comerciantes y los funcionarios no paran de invitar a Rothschild a sus casas y le hacen tocarla diez veces.

El estudiante
(1894)

En un principio el tiempo era bueno y apacible. Piaban los zorzales y en los alrededores, en los pantanos, algo vivo zumbaba tristemente, como si soplara dentro de una botella vacía. Una chocha emprendió el vuelo y una bala surcó con alegría y estrépito el aire primaveral en su busca. Pero cuando en el bosque cayó la noche y empezó a soplar un intempestivo viento frío del este, todo quedó en silencio. En las charcas aparecieron agujas de hielo y el bosque adoptó un aspecto desapacible, solitario y recóndito. Olía a invierno.

Iván Velikopolski, estudiante de la academia eclesiástica, hijo del sacristán, volvía a casa por un camino bordeado de prados inundados, después de una jornada de caza. Tenía los dedos entumecidos y el viento le quemaba la cara. Le parecía que ese frío repentino había destruido todo el orden y la concordia, que la propia naturaleza sentía miedo y por ello las tinieblas vespertinas se espesaban con mayor velocidad de lo habitual. A su alrededor todo estaba desierto y mostraba un aspecto especialmente sombrío. Solo en la huerta de las viudas, junto al río, brillaba una luz; alrededor de ese punto y hasta la aldea, que estaba a unos cuatro kilómetros, todo estaba sumido en la fría penumbra de la noche. El estudiante recordó que cuando salió de casa, su madre, descalza, sentada en el suelo del zaguán, limpiaba el samovar, mientras su padre estaba tumbado junto a la estufa y tosía; al ser Viernes Santo, en la casa no se había preparado comida, y él ahora se sentía hambriento. Encogido por el frío, el estudiante pensaba que ese mismo viento soplaba en tiempos de Riurik, de Iván el Terrible y de Pedro el Grande y que también entonces había existido esa atroz pobreza, esa hambre, esas agujereadas techumbres de paja, esa ignorancia, esa tristeza, esa soledad, esa penumbra, ese sentimiento de opresión. Todos esos horrores habían existido, existían y seguirían existiendo, y aunque pasaran otros mil años la vida no mejoraría. En esos momentos, no sentía ganas de regresar al hogar.

La huerta de las viudas debía su nombre a que dos viudas, madre e hija, se ocupaban de ella. Una hoguera chisporroteaba y levantaba vivas llamas que iluminaban a su alrededor la tierra labrada. La viuda Vasilisa, una anciana alta y rolliza, vestida con una zamarra de hombre, estaba al lado del fuego y contemplaba con aire pensativo las llamas; su hija Lukeria, pequeña, con el rostro picado de viruelas y una expresión estúpida, estaba sentada en el suelo y lavaba el perol y las cucharas. Seguramente acababan de cenar. Se oían voces de hombre; eran los trabajadores del lugar que abrevaban los caballos en el río.

–Parece que ha vuelto el invierno –exclamó el estudiante, acercándose a la hoguera–. ¡Muy buenas!

Vasilisa se estremeció, pero enseguida le reconoció y sonrió afablemente.

–Dios mío, no le había reconocido –exclamó–. Eso es que va usted a ser rico*.

Estuvieron un rato charlando. Vasilisa era una mujer experi-

* No reconocer a alguien estaba considerado un presagio de riqueza.

mentada, que había trabajado en el pasado en casa de un señor, primero como nodriza y luego como niñera; se expresaba con delicadeza y su rostro mostraba siempre una suave y reposada sonrisa; su hija Lukeria, que no había salido nunca de la aldea y a la que su marido había molido a golpes, miraba al estudiante con una expresión extraña, como la de los sordomudos, y guardaba silencio.

–En una noche fría como esta se calentó a la hoguera el apóstol Pedro –exclamó el estudiante, extendiendo las manos hacia el fuego–. Eso significa que también entonces hacía frío. ¡Ah, qué noche tan terrible fue esa, madrecita! ¡Qué noche tan larga y tan triste!

Contempló la oscuridad que le rodeaba, sacudió convulsivamente la cabeza y preguntó:

–¿Fuiste ayer a la iglesia a oír los Doce Evangelios?*

–Sí –contestó Vasilisa.

–Recordarás entonces que durante la Última Cena Pedro le dijo a Jesús: «Estoy dispuesto a ir contigo a la cárcel e incluso a la muerte». Y el Señor le contestó: «Te digo, Pedro, que antes de que cante el gallo negarás tres veces que me conoces». Después de la Cena, Jesús, triste hasta la muerte, oró en el huerto, mientras el pobre Pedro, debilitado, con el espíritu extenuado, sintiendo que los párpados se le cerraban, cedió al sueño y se quedó dormido. Luego oirías que Judas, esa misma noche, besó a Jesús y le entregó a sus verdugos. Le llevaron atado ante el sumo pontífice y le azotaron, mientras Pedro, desfallecido, atormentado por la tristeza y la inquietud, falto de sueño, presintiendo que una desgracia terrible iba a abatirse sobre la tierra, les seguía... Amaba a Jesús apasionadamente y ahora veía desde la distancia cómo lo azotaban.

---

* Se trata de doce composiciones extraídas de los cuatro Evangelios.

Lukeria dejó las cucharas y clavó su inmóvil mirada en el estudiante.

–Se presentaron ante el sumo pontífice –continuó–. Empezaron a interrogar a Jesús, mientras los servidores encendían un fuego en medio del patio, pues hacía frío, y se calentaban a su lado. Con ellos, cerca de la hoguera, estaba también Pedro, calentándose como yo ahora. Una mujer, al verle, exclamó: «Este también estaba con Jesús», es decir, que también a él había que interrogarlo. Y todos los criados que se encontraban junto al fuego le miraron, seguramente con severidad y recelo, mientras él se azoraba y decía: «No le conozco». Al cabo de un rato alguien volvió a reconocer en él a uno de sus discípulos y dijo: «Tú también eres de los suyos». Y Pedro de nuevo lo negó. Una tercera persona, dirigiéndose a él, exclamó: «¿Acaso no te he visto hoy con él en el huerto?». Y Pedro negó por tercera vez. A continuación cantó el gallo y Pedro, viendo de lejos a Jesús, recordó las palabras que este le había dirigido durante la cena... Entonces volvió en sí, salió del patio y se puso a llorar amargamente. El Evangelio dice: «Habiendo salido de allí, lloró amargamente». Así me imagino yo la escena: un jardín muy tranquilo y muy oscuro, en cuyo silencio apenas se oyen sus sordos lamentos...

El estudiante suspiró y se quedó pensativo. A Vasilisa, sin dejar de sonreír, se le escapó de pronto un sollozo; lágrimas gruesas y copiosas corrieron por sus mejillas, mientras ella interponía una manga entre su cara y el fuego, como si se avergonzara de ellas; Lukeria, por su parte, con la mirada fija en el estudiante, se ruborizó y adoptó una expresión firme y tensa, como si estuviera conteniendo un intenso dolor.

Los trabajadores regresaban del río; uno de ellos, montado a caballo, estaba ya cerca; la luz de la hoguera temblaba sobre su figura. Tras dar a las viudas las buenas noches, el estudiante siguió su camino. De nuevo le envolvió la oscuridad y sus manos se entumecieron. Soplaba un viento cortante; parecía, en verdad, que estaban en pleno invierno y no que faltaran solo dos días para el Domingo de Resurrección.

El estudiante pensaba en Vasilisa: si se había echado a llorar era porque lo que le había sucedido a Pedro en esa terrible noche guardaba alguna relación con ella...

Volvió la mirada. El fuego solitario parpadeaba tranquilamente en la oscuridad y a su lado no se veía ya a nadie. El estudiante volvió a pensar que, si Vasilisa se había echado a llorar y su hija se había turbado, eso significaba que el suceso que él había relatado, acaecido diecinueve siglos antes, guardaba alguna relación con el presente, con aquellas dos mujeres y, probablemente, con la desierta aldea, con él mismo y con todos los hombres. Si la vieja había llorado no era porque él hubiera sabido contar el episodio de forma conmovedora, sino porque Pedro le resultaba cercano, y cuanto había sucedido en su espíritu aquella noche conmovía todo su ser.

Una súbita alegría inundó su alma. Incluso tuvo que detenerse durante un momento para recuperar el aliento. El pasado, pensaba, estaba ligado al presente por una cadena ininterrumpida de acontecimientos que se sucedían. Y tenía la sensación de que acababa de ver los dos extremos de esa cadena: al tocar uno de ellos, había vibrado el otro.

Más tarde, mientras atravesaba el río en una balsa y ascendía una colina, contemplando su aldea natal y la estrecha franja del ocaso, que brillaba a occidente con su luz púrpura y fría, pensaba que la verdad y la belleza, que habían guiado la vida humana en el huerto de los Olivos y en el patio del sumo pontífice y habían perdurado de manera ininterrumpida hasta el día presente, constituirían por siempre lo más fundamental de la vida humana y de todo cuanto había sobre la tierra. Un sentimiento de juventud, de salud y de fuerza –solo tenía veintidós años– y una dulce e inefable esperanza de felicidad, de una misteriosa y desconocida felicidad, se apoderaron poco a poco de él, y la vida se le antojó maravillosa, encantadora, imbuida de un elevado sentido.

Ariadna
(1895)

En la cubierta del vapor que cubre el trayecto entre Odesa y Sebastopol, un señor bastante atractivo, con perilla, se acercó a mí para pedirme fuego y me dijo:

–Fíjese en esos alemanes sentados cerca del puente. Cuando los alemanes o los ingleses se reúnen, hablan del precio de la lana, de la cosecha y de sus asuntos personales; en cambio, cuando los rusos nos juntamos, solo hablamos de mujeres o de temas elevados. Pero sobre todo de mujeres.

El rostro de ese señor me resultaba familiar. La víspera habíamos regresado del extranjero en el mismo tren y en Volochisk lo había visto, durante el paso de la aduana, en compañía de una dama, su compañera de viaje, ante una verdadera montaña de maletas y canastas, llenas de vestidos de mujer; había advertido su turbación y descontento cuando tuvo que pagar derechos por algunos paños de seda, mientras su compañera protestaba y amenazaba con quejarse a alguien; luego, de camino a Odesa, le había visto llevar al compartimento reservado a las mujeres tan pronto pasteles como naranjas.

Hacía algo de humedad, el barco se balanceaba un poco y las damas se habían retirado a sus camarotes. El señor de la perilla se sentó a mi lado y siguió hablando:

–Sí, cuando los rusos se reúnen solo hablan de temas elevados o de mujeres. Somos tan inteligentes y tan importantes que solo proferimos verdades y no podemos resolver más que cuestiones de orden superior. El actor ruso no sabe mostrarse alegre e interpreta el vodevil con profunda gravedad; lo mismo hacemos nosotros: cuando hay que hablar de naderías, las tratamos desde el punto de vista más elevado. Es una señal de falta de arrojo, sinceridad y sencillez. En cuanto a las mujeres, tengo la impresión de que hablamos tan a menudo de ellas porque nos sentimos insatisfechos. Las idealizamos demasiado y planteamos exigencias que no se ajustan a lo que la realidad puede ofrecernos, de modo que lo que obtenemos está muy lejos de lo que deseamos; el resultado es la insatisfacción, la quiebra de las ilusiones, los sufrimientos morales y la costumbre de hablar siempre de la causa de nuestro dolor. ¿Le molesta a usted que sigamos conversando?

–En absoluto.

–En ese caso, permítame que me presente –dijo mi interlocutor, incorporándose ligeramente–. Iván Ilich Shamojin, propietario moscovita, en cierta manera... Yo a usted lo conozco bien. –Se sentó y continuó, mirándome a la cara con cordialidad y franqueza–. Un filósofo de medio pelo, como por ejemplo Max Nordau, explicaría esas continuas conversaciones sobre mujeres por un desarreglo erótico, por el hecho de que tengamos siervos o por alguna otra razón del mismo jaez; pero yo contemplo la cuestión de otra manera. Se lo repito: estamos insatisfechos porque somos idealistas. Querríamos que las criaturas que nos dan la vida fueran superiores a nosotros y a cuanto hay en el mundo. Cuando somos jóvenes, poetizamos y adoramos a la mujer de la que nos enamoramos; entre nosotros amor y felicidad son términos sinónimos. En Rusia se desprecia el matrimonio sin amor y la sensualidad no solo es objeto de burlas, sino motivo de repulsión; las novelas y relatos de más éxito son los que presentan mujeres bellas, poéticas y sublimes; en cuanto a la admiración que despiertan desde siempre entre nosotros las madonas de Rafael o la preocupación que mostramos por la emancipación de la mujer, puedo asegurarle que no hay en ello el menor rastro de afectación. Pero he aquí el problema: en cuanto nos casamos o nos unimos a una mujer, al cabo de dos o tres años nos sentimos ya desencantados y decepcionados; nos ligamos a otras y volvemos a desilusionarnos y angustiarnos; al final nos convencemos de que las mujeres son mendaces, frívolas, fatuas, injustas, inferiores, crueles; en definitiva, que, lejos de ser superiores a nosotros, los hombres, son incomparablemente inferiores. Entonces, insatisfechos, decepcionados, no nos queda otro remedio que refunfuñar y comentar, llegado el caso, que hemos cometido una grave equivocación.

Mientras Shamojin hablaba, reparé en que la lengua y el ambiente rusos le causaban un intenso placer. Probablemente se debía a que en el extranjero había sentido nostalgia de la patria. Alababa a los rusos y les asignaba un raro idealismo, sin por ello hablar mal de los extranjeros, y eso predisponía en su favor. No era menos evidente que le abrumaba alguna pena, que tenía más ganas de hablar de sí mismo que de las mujeres y que no iba a librarme de escuchar una larga historia con tintes de confesión.

Y, de hecho, cuando pedimos una botella de vino y bebimos un vaso, empezó así:

–Recuerdo que en un relato de Weltman alguien dice: «¡Ahí tienen una historia!». Y otro le responde: «Eso no es una historia, sino la introducción de una historia». De la misma manera, lo que le he dicho hasta ahora solo es una introducción; a decir verdad, me gustaría contarle mi última aventura. Perdone que vuelva a preguntarle: ¿no le aburre escucharme?

Le dije que no y él continuó:

–La acción transcurre en la provincia de Moscú, en uno de sus distritos septentrionales. La naturaleza del lugar, debo confesarlo, es sorprendente. Nuestra propiedad se encuentra en la escarpada orilla de un río de rápida corriente, en un paraje llamado el Remolino, donde las aguas braman día y noche; imagínese un gran jardín a la antigua, amenos parterres, colmenas, un huerto y abajo el río con sus rizados sauces, los cuales, cuando cae en abundancia el rocío, parecen algo mates, como si hubieran encanecido; en la otra orilla se extienden las praderas y más allá, coronando una colina, un terrible y oscuro pinar. En ese bosque los níscalos crecen a puñados y en lo más profundo de su seno se ocultan los alces. Tengo la impresión de que, cuando me muera y claven mi ataúd, seguiré soñando con esos amaneceres deslumbrantes de sol, sabe usted, o con los maravillosos atardeceres de primavera durante los cuales, en el jardín y en la lejanía, cantan los ruiseñores y los rascones, y desde la aldea llegan los sones de un acordeón o los de un piano desde la casa, con el rumor del río siempre de fondo; en definitiva, cuando se escucha una música que dan ganas de llorar y a la vez de cantar a pleno pulmón. No tenemos mucha tierra labrantía, pero nos las arreglamos con los prados, que junto con los bosques nos rinden cerca de dos mil rublos al año. Soy hijo único; mi padre y yo somos personas de gustos modestos, de modo que con ese dinero, más la pensión de mi padre, teníamos más que suficiente. Una vez acabados mis estudios en la universidad, pasé tres años en el campo, ocupándome de la hacienda y esperando que me destinaran a algún sitio; pero lo más importante era que me había enamorado de una muchacha extraordinariamente bella y seductora. Se trataba de la hermana de mi vecino, el hacendado Kotlóvich, noble completamente arruinado, que tenía piñas, unos melocotones excelentes, pararrayos y una fuente en medio del patio, pero ni un solo kopek en el bolsillo. No se ocupaba de ninguna actividad, no sabía hacer nada, era un tipo escuchimizado que parecía hecho de nabos cocidos; curaba a los campesinos mediante la homeopatía y se interesaba por el espiritismo. Por lo demás, era un hombre afable, cordial y nada tonto, pero no tengo simpatía por esos señores que conversan con los espíritus y curan a las labriegas por medio del magnetismo. En primer lugar, las personas obsesionadas con alguna cuestión tienen ideas confusas, de modo que resulta bastante difícil hablar con ellas; en segundo, no suelen sentir afecto por nadie, evitan a las mujeres y su carácter misterioso causa un efecto desagradable en las personas impresionables. Su aspecto exterior tampoco me gustaba. Era alto, obeso, de piel blanca, con la cabeza pequeña, ojos brillantes y dedos blancos y fofos. No os estrechaba la mano, sino que la amasaba. Y no paraba de excusarse. Si le pedías una cosa, se excusaba; si se la dabas, lo mismo. Pero su hermana era otra canción. Debo decirle que durante mi infancia y mi juventud no traté a los Kotlóvich, pues mi padre era profesor en N. y vivimos mucho tiempo en provincias; cuando trabé conocimiento con ellos, la joven ya tenía veintidós años, había terminado sus estudios en el instituto y había vivido dos o tres años en Moscú, en casa de una tía rica que la había presentado en sociedad. Cuando me la presentaron a mí y le dirigí la palabra por primera vez, lo que más me sorprendió fue su raro y hermoso nombre: Ariadna. ¡Qué bien le iba! Era una morena muy delgada, muy menuda, grácil, esbelta, de formas sumamente armoniosas, con unas facciones elegantes de indiscutible nobleza. También tenía los ojos brillantes, pero mientras los de su hermano despedían un brillo frío y empalagoso, como un caramelo, en la mirada de ella resplandecían la juventud, la belleza y el orgullo. Como no podía ser de otra manera, me subyugó desde el día en que la conocí. La primera impresión fue tan intensa que todavía hoy no me han abandonado las ilusiones y sigo pensando que la naturaleza, cuando creó a esa muchacha, tenía un vasto y sorprendente plan. La voz de Ariadna, sus andares, su sombrero y hasta la huella de sus pasos en la orilla de arena, donde pescaba gobios, me colmaban de alegría y de una sed apasionada de vida. Juzgaba sus prendas espirituales a partir de su bello rostro y sus armoniosas formas, y cada palabra suya, cada sonrisa, me maravillaban, me seducían y me obligaban a atribuirle un corazón noble. Era amable, comunicativa, alegre, sencilla de trato, hablaba de Dios y de la muerte con palabras llenas de poesía y en su registro moral había tal cantidad de matices que hasta a sus defectos sabía dar un toque personal y encantador. Supongamos que tuviera necesidad de un caballo nuevo y careciera de dinero. ¿Dónde estaba la dificultad? Podía vender o hipotecar alguna propiedad, y si el administrador juraba que no había nada que vender o hipotecar, podían quitarse los tejados de chapa de los pabellones y expedirlos a la fábrica, o bien, cuando el trabajo estaba en su máximo apogeo, llevar los caballos de tiro al mercado y venderlos por una minucia. Esos deseos desenfrenados a veces llevaban la desesperación a la casa entera, pero los expresaba con tanta gracia que al final se le perdonaba y se le permitía todo, como si fuese una diosa o la mujer del César. Mi amor era tan arrebatador que pronto dejó de ser un secreto para mi padre, para los vecinos, para los campesinos. Y mi persona era objeto de la compasión general. Cuando, por ejemplo, ofrecía vodka a los trabajadores, ellos se inclinaban y decían:

»–Que Dios le conceda casarse con la señorita Kotlóvich.

»La propia Ariadna sabía que la amaba. A menudo se llegaba hasta nuestra casa, montada a caballo o en coche, y a veces pasaba días enteros con mi padre y conmigo. Había trabado amistad con mi padre y él le había enseñado incluso a montar en bicicleta, que era su distracción favorita. Recuerdo que una tarde se disponían a dar un paseo y ella solicitó mi ayuda para subir al sillín; estaba tan guapa ese día que, al tocarla, tuve la impresión de quemarme los dedos y me vi sacudido por temblores de éxtasis; los dos se alejaron por la carretera, apuestos y gráciles, y al cruzarse con el caballo moro del administrador, este se echó a un lado, como si también él se hubiera quedado impresionado por la belleza de Ariadna. Mi amor y mi adoración la conmovían, la enternecían, y ella deseaba apasionadamente sentir la misma fascinación que yo y corresponderme de la misma manera. ¡Era tan poético!

»Pero no podía como yo amar de verdad, pues era de natural frío y estaba ya bastante corrompida. En su corazón se había aposentado un demonio que le susurraba día y noche lo encantadora y divina que era; y, como no sabía para qué había sido creada y por qué se le había concedido la vida, se imaginaba que en el futuro sería muy rica y famosa, soñaba con bailes, carreras de caballos, libreas, aposentos suntuosos y un *salon* propio con un verdadero enjambre de condes, príncipes, embajadores, pintores y artistas célebres, todos inclinándose ante ella y admirando su belleza y su vestuario... Esa sed de poder y de éxitos personales, esa preocupación constante por una misma cuestión hacen que la gente se vuelva fría, y Ariadna lo era, no solo conmigo, sino también con la naturaleza, con la música. Entretanto, el tiempo pasaba y los embajadores no llegaban; Ariadna seguía viviendo en casa de su hermano espiritista, donde los asuntos cada vez iban peor, hasta el punto de que la joven ya no tenía con qué comprarse un vestido o un sombrero, viéndose obligada a recurrir al ingenio y a la astucia para ocultar su pobreza.

»Como hecho a propósito, cuando vivía en Moscú, en casa de su tía, un tal príncipe Matkúiev, hombre adinerado pero totalmente insignificante, había solicitado su mano. Ella lo rechazó sin contemplaciones. Pero ahora a veces la atormentaba el gusano del arrepentimiento: ¿por qué había rehusado? Lo mismo que nuestros campesinos soplan con repulsión cuando en el *kvas* flotan cucarachas, pero de todos modos se lo beben, ella recordaba al príncipe torciendo el gesto con desprecio, pero no dejaba de comentar:

»–Diga lo que quiera, pero un título encierra algo inefable y fascinador...

»Soñaba con títulos, con esplendores, y al mismo tiempo no quería perderme. Por mucho que sueñe uno con embajadores, el corazón no es de piedra y lamenta el marchitamiento de la juventud. Ariadna quería enamorarse, hacía ver que se sentía atraída por mí e incluso juraba que me amaba. Pero yo soy un hombre nervioso y sensible; cuando alguien me ama, lo percibo incluso a distancia, sin necesidad de protestas y juramentos; y en ese caso solo sentía un soplo frío, y cuando ella me hablaba de amor me parecía estar oyendo el canto de un ruiseñor mecánico. La propia Ariadna comprendía que le faltaba pasión, sufría por ello y más de una vez la vi llorar. El caso es que un día, figúrese, me abrazó de pronto con ímpetu y me besó (fue al atardecer, a la orilla del río) y yo pude ver en sus ojos que no me amaba, que solo me abrazaba por curiosidad, para probarse, como diciéndose: "Veamos lo que sucede". La experiencia se me antojó espantosa. Le cogí las manos y le dije con desesperación:

»–¡Esas caricias sin amor me hacen daño!

»–¡Qué estrafalario... es usted! –exclamó ella con despecho, al tiempo que se alejaba.

»Es muy probable que al cabo de un año o dos me hubiera casado con ella, poniendo fin a esta historia, pero al destino se le antojó organizar nuestro romance de otro modo. Sucedió que en nuestro horizonte surgió un personaje nuevo. El hermano de Ariadna recibió la visita de un compañero de universidad llamado Mijaíl Ivánich Lubkov, hombre amable, del que los cocheros y criados decían: "Es un señor muy interesante". Era de talla mediana, enjuto, calvo, con cara de buen burgués, pálida y poco atractiva, aunque no desagradable, bigote tupido y bien cuidado, cuello arrugado como el de un ganso, lleno de granos y con una gran nuez. Llevaba un *pince-nez* con ancha cinta de color negro, tartajeaba y articulaba tan mal las erres y las eles que, cuando por ejemplo pronunciaba la palabra "realizar", se oía "lealizal". Siempre estaba alegre y todo lo encontraba divertido. Se había casado de la forma más estúpida, a los veinte años, y su mujer había aportado como dote dos casas en Moscú, cerca del monasterio de Novodiévichi; se había ocupado de la reparación y construcción de un establecimiento de baños, se había quedado sin un céntimo y ahora su mujer y sus cuatro hijos vivían en las Habitaciones Orientales, sumidos en la miseria; él debía mantenerlos, circunstancia que encontraba divertida. Tenía treinta y seis años, mientras que la mujer ya había cumplido los cuarenta y dos, lo que también le hacía gracia. Su madre, mujer vanidosa y altanera, llena de pretensiones aristocráticas, despreciaba a su nuera y vivía aparte, con toda una jauría de perros y de gatos, y su hijo se veía obligado a pasarle setenta y cinco rublos al mes; él mismo era un hombre distinguido, le gustaba desayunar en el Slavianski Bazar y almorzar en el Ermitage; necesitaba mucho dinero, pero su tío solo le daba dos mil rublos al año, cantidad a todas luces insuficiente, de modo que debía pasarse todo el día recorriendo las calles de Moscú, con la lengua fuera, como suele decirse, buscando a alguien a quien poder dar un sablazo; también eso lo encontraba divertido. Había ido a casa de Kotlóvich, según decía, para descansar en el seno de la naturaleza de los trabajos de la vida familiar. En el almuerzo y la cena, y también durante los paseos, nos hablaba de su mujer, de su madre, de sus acreedores y de los ujieres del juzgado, burlándose de todos ellos; se reía de sí mismo y aseguraba que, gracias a su capacidad para pedir prestado, había establecido muchas relaciones interesantes. No paraba de reírse y nosotros le imitábamos. Desde que llegó, nuestras actividades cambiaron. Yo me mostraba más inclinado a placeres serenos e idílicos, por así decir; me gustaba ir a buscar setas, pescar, pasear al atardecer; Lubkov prefería las meriendas campestres, los fuegos de artificio, la caza con perros. Unas tres veces por semana organizaba pícnics y Ariadna, con aire serio y concentrado, escribía en un trozo de papel: ostras, champán, caramelos, y me enviaba a Moscú a por esos productos, por supuesto sin preguntarme si tenía dinero. En el transcurso de esas meriendas se sucedían los brindis, las risas y, una vez más, los alegres relatos sobre la vejez de su mujer, la gordura de los perros de su madre y la delicadeza de sus acreedores...

»A Lubkov le gustaba la naturaleza, pero la contemplaba como una cosa conocida de antaño, de una esencia muy inferior a él y solo creada para su disfrute. A veces se detenía ante un magnífico paisaje y decía: "Un buen sitio para tomar una taza de té". Un día, al ver de lejos a Ariadna, que caminaba con una sombrilla en la mano, la señaló con la cabeza y dijo:

»–Es delgada y eso me gusta. Me desagradan las mujeres gordas.

»Ese comentario me ofendió. Le pedí que en mi presencia no hablara así de las mujeres. Él me miró con sorpresa y dijo:

»–¿Qué hay de malo en que me gusten las mujeres delgadas y me desagraden las gordas?

»Yo no le respondí. En otra ocasión, estando de excelente humor y algo achispado, dijo:

»–Me he dado cuenta de que Ariadna Grigórievna le gusta. Me pregunto a qué está esperando usted.

»Esas palabras me turbaron y, todo confundido, traté de exponerle mi punto de vista sobre el amor y las mujeres.

»–No sé –suspiró–. En mi opinión, una mujer es una mujer y un hombre un hombre. Que Ariadna Grigórievna sea una criatura poética y sublime, como usted dice, no significa que deba escapar a las leyes de la naturaleza. Como usted mismo ve, ha alcanzado ya una edad en que necesita un marido o un amante. Respeto a las mujeres no menos que usted, pero pienso que ciertas relaciones no excluyen la poesía. La poesía es una cosa y un amante otra. Lo mismo pasa con la agricultura: la belleza de la naturaleza es una cosa y el beneficio que rinden los bosques y los campos otra.

»Cuando Ariadna y yo pescábamos gobios, Lubkov se tumbaba en la arena y me gastaba bromas o me enseñaba preceptos de vida.

»–¡Me sorprende, señor, que pueda pasarse sin una aventura amorosa! –decía–. Es usted joven, atractivo, interesante; en una palabra, un hombre como hay pocos y, sin embargo, vive usted como un monje. ¡Ah, estos viejos de veintiocho años! Soy casi diez años mayor que usted, pero ¿quién es más joven de los dos? Díganoslo usted, Ariadna Grigórievna.

»–Usted, sin duda –respondía ella.

»Y cuando se aburría de nuestro silencio y de la atención con que vigilábamos nuestras boyas, se volvía a la casa; Ariadna entonces me decía, mirándome con irritación:

»–Que Dios me perdone, pero más que un hombre parece usted la indecisión personificada. ¡Los hombres deben desbocarse, perder la cabeza, cometer errores, sufrir! Una mujer puede perdonar la insolencia y el descaro, pero nunca ese carácter suyo tan reflexivo. –Estaba enfadada de veras y añadió–: Para tener éxito, hay que ser decidido y arrojado. Lubkov no es tan apuesto como usted, pero sí más interesante, y siempre tendrá éxito con las mujeres porque, a diferencia de usted, es un hombre...

»Se percibía incluso cierta exasperación en su voz. Un día, durante la cena, sin dirigirse a mí, empezó a decir que si fuera un hombre no enmohecería en el campo, sino que emprendería un viaje y pasaría el invierno en algún lugar del extranjero, en Italia, por ejemplo. ¡Ah, Italia! En ese momento mi padre, sin darse cuenta, añadió más leña al fuego: habló largo rato de Italia, de lo bien que se estaba allí, de lo maravillosa que era la naturaleza, de los magníficos museos. De Ariadna se apoderó un deseo repentino e irreprimible de visitar Italia. Hasta dio un puñetazo en la mesa y sus ojos centellearon: ¡quería partir!

»Desde ese momento solo hablaba de lo agradable que sería visitar Italia. "¡Ah, Italia! ¡Oh, Italia!", y así todos los días. Cuando me miraba por encima del hombro, veía en su expresión fría y obstinada que en sus sueños había conquistado ya el país entero, con sus salones, sus extranjeros y sus turistas célebres, que no había manera de retenerla. Yo le aconsejaba esperar un poco, aplazar el viaje un año o dos, pero ella comentaba con una mueca de disgusto:

»–Es usted tan razonable como una vieja.

»Lubkov se mostró favorable al viaje. Aseguraba que saldría muy barato y que también él iría con gusto, para descansar de las preocupaciones de la vida familiar. Le confieso que me comporté con tanta ingenuidad como un colegial. Movido menos por los celos que por el presentimiento de algo espantoso e insólito, me esforzaba cuanto podía en no dejarlos solos y ellos se burlaban de mí; por ejemplo, cuando entraba en la habitación, hacían como si acabaran de besarse, etcétera.

»Pero he aquí que una hermosa mañana su hermano el espiritista, pálido y abotargado, vino a verme y pidió hablar a solas conmigo. Era un hombre sin voluntad; a pesar de su educación y de su delicadeza, no podía abstenerse de leer una carta ajena, si la encontraba encima de la mesa. Y ese día, durante la conversación, me confesó implícitamente que había leído una carta de Lubkov a Ariadna.

»–Por esa carta me he enterado de que ella se dispone a partir para el extranjero en los próximos días. ¡Querido amigo, estoy muy preocupado! ¡Explíquemelo usted, por el amor de Dios! ¡No entiendo nada! –Hablaba y respiraba con dificultad, echándome el aliento en la cara, que olía a carne cocida–. Perdone que le haga partícipe del secreto de esa carta –continuó–, pero es amigo de Ariadna y ella le tiene en alta estima. Quizá sepa usted algo. Ella tiene intención de partir, pero ¿con quién? El señor Lubkov también se apresta a viajar con ella. Perdone, pero ese comportamiento me parece extraño por su parte. Es un hombre casado, tiene hijos y, sin embargo, hace declaraciones de amor, tutea a Ariadna en la carta. Perdóneme, pero es muy extraño.

»Sentí que el frío se apoderaba de mí, que mis manos y mis pies se agarrotaban y noté un dolor tan intenso en el pecho como si me hubieran introducido una piedra afilada. Kotlóvich, desfallecido, se dejó caer en un sillón, con los brazos colgando como las correas de un látigo.

»–¿Qué puedo hacer yo? –le pregunté.

»–Influir en ella, convencerla... Juzgue usted mismo: ¿qué es Lubkov para ella? ¿Están juntos? ¡Oh, Dios mío, es terrible, terrible! –prosiguió, cogiéndose la cabeza con las manos–. Tiene excelentes pretendientes, el príncipe Maktúiev y... y otros. El príncipe la adora; sin ir más lejos, el miércoles de la semana pasada su difunto abuelo Hilarión me aseguró categóricamente, como dos y dos son cuatro, que Ariadna sería la mujer de su nieto. ¡Categóricamente! El abuelo Hilarión está muerto, pero era un hombre de una inteligencia sorprendente. Convoco su espíritu todos los días...

»Después de esa conversación no pegué ojo en toda la noche; quería descerrajarme un tiro en la cabeza. Por la mañana escribí cinco cartas, que rompí en mil pedazos, luego lloré de desesperación; más tarde le pedí dinero a mi padre y partí para el Cáucaso sin despedirme de nadie.

»Por supuesto una mujer es una mujer y un hombre un hombre, pero ¿acaso las cosas son tan sencillas en nuestro tiempo como antes del diluvio? ¿Es que un hombre cultivado como yo, dotado de una estructura mental compleja, debe explicar la intensa atracción que siente por una mujer solo por la diferencia de forma entre su cuerpo y el de ella? ¡Ah, qué terrible sería eso! Quiero pensar que el genio humano, en su lucha con la naturaleza, también ha batallado con el amor físico como con un enemigo y que, si no lo ha derrotado, al menos ha conseguido cubrirlo con un velo de ilusiones de fraternidad y de amor; al menos en lo que a mí respecta, ya no se trata de una simple función de mi organismo animal, como sucede en el caso de un perro o de una rana, sino de verdadero amor y cada abrazo está espiritualizado por un impulso puro del corazón y por el respeto a la mujer. En realidad, la repugnancia por el instinto animal ha sido alimentada durante siglos, durante cientos de generaciones, me ha sido transmitida en la sangre y constituye una parte de mi ser; en nuestra época, poetizar el amor es tan natural e inevitable como tener las orejas inmóviles y no estar cubierto de pelo. Me parece que así piensa la mayoría de la gente cultivada, ya que en la actualidad la ausencia de un elemento moral y poético en el amor se considera una marca de atavismo; se dice que es un síntoma de degeneración y, en muchos casos, de locura. Cierto que, al poetizar el amor, suponemos en el ser amado cualidades de las que a menudo carece y que esa circunstancia es fuente de errores y sufrimientos constantes; pero en mi opinión, más vale que sea así; es decir, más vale sufrir que consolarse con la premisa de que una mujer es una mujer y un hombre un hombre.

»En Tiflis recibí una carta de mi padre. Me escribía que Ariadna Grigórievna había partido tal día para el extranjero con la intención de pasar allí todo el invierno. Al cabo de un mes regresé a casa. Estábamos ya en otoño. Cada semana Ariadna enviaba una carta a mi padre, escrita en papel perfumado, siempre interesante y redactada con un cuidado estilo literario. Soy de la opinión de que toda mujer es una escritora en potencia. Ariadna contaba con lujo de detalles las dificultades que había tenido para entenderse con su tía y conseguir que le entregara mil rublos para el viaje y el mucho tiempo que había pasado en Moscú buscando a una viejecita, pariente lejana, para convencerla de que la acompañara. Esa abundancia de pormenores dejaba traslucir que todo era una invención y yo me daba cuenta de que no tenía con ella ninguna carabina. Poco después recibí una carta suya, también perfumada y escrita con primor. Me decía que me echaba de menos, que sentía nostalgia de mis bellos ojos, inteligentes y enamorados, y me reprochaba en tono amistoso que estuviera perdiendo mi juventud y enmoheciera en el campo cuando hubiera podido, como ella, vivir en el paraíso, bajo las palmeras, y aspirar el aroma de los naranjos. Firmaba así: "Ariadna, abandonada por usted". Luego, al cabo de un par de días, llegó otra carta del mismo jaez y con la siguiente firma: "La olvidada por usted". Mi cabeza se llenó de niebla. La amaba apasionadamente, soñaba con ella cada noche y ella me decía que la había "abandonado", "olvidado". ¿Por qué? ¿Para qué? A todo eso hay que añadir el tedio de la vida rural, los largos atardeceres, los pensamientos angustiosos sobre Lubkov... La incertidumbre me atormentaba, emponzoñaba mis días y mis noches, se me hacía insoportable. No pude resistirlo más y partí.

»Ariadna me esperaba en Abbazia. Llegué allí una jornada tibia y luminosa; había llovido y las gotas todavía colgaban de los árboles; me detuve ante la inmensa *dépendance*, semejante a un cuartel, donde vivían Ariadna y Lubkov. No estaban en casa. Me dirigí al parque municipal, paseé por sus alamedas y luego me senté. Junto a mí pasó un general austríaco, con las manos a la espalda y las mismas franjas rojas en el pantalón que lucen los nuestros; luego un coche de niño, cuyas ruedas chirriaban en la arena húmeda; más tarde un anciano decrépito de tez biliosa, un grupo de ingleses, un cura y de nuevo el general austríaco. Una banda militar, que acababa de llegar de Fiume con sus instrumentos resplandecientes, fue ganando poco a poco el templete; empezó el concierto. ¿Ha estado usted alguna vez en Abbazia? Es una pequeña ciudad eslava, con una sola calle sucia y apestosa, por la que, después de la lluvia, solo se puede caminar con chanclos. Había leído tantos comentarios sobre ese paraíso terrenal, siempre con fascinación, que luego, al atravesar con precaución, levantándome el pantalón, esa estrecha calle, al comprar, llevado por el aburrimiento, unas peras duras a una vieja campesina que, al enterarse de mi nacionalidad, balbució algunas cifras en ruso, y al preguntarme, lleno de perplejidad, dónde podía ir y qué podía hacer, encontrándome inevitablemente con otros rusos tan decepcionados como yo, sentí despecho y vergüenza. Hay en esa localidad una tranquila bahía surcada por vapores y barcas de velas multicolores; desde allí alcanzan a verse Fiume y las islas lejanas, envueltas en una bruma de color lila; sería un hermoso panorama si la vista de la bahía no estuviera obstruida por hoteles y *dépendances* de una torpe arquitectura burguesa, con los que los rapaces especuladores han cubierto toda esa verde orilla; el resultado es que la mayor parte del tiempo no ve usted otra cosa en ese paraíso que ventanas, terrazas y placitas con veladores blancos y camareros con fracs negros. Hay un parque similar al de todas las ciudades balneario del extranjero. Las frondas oscuras, inmóviles y taciturnas de las palmeras, la arena brillante y amarilla de las alamedas, el verde intenso de los bancos, los resplandecientes y retumbantes instrumentos de la banda militar, las franjas rojas en el pantalón del general: todo eso acaba cansando en solo diez minutos. Y sin embargo, está uno obligado, Dios sabe por qué, a pasar allí diez días, diez semanas. A lo largo de mi forzada peregrinación por distintas ciudades balneario, fui convenciéndome cada vez más de lo incómoda y aburrida que es la vida de las personas satisfechas y adineradas, de lo débil y desvaído de su imaginación, de lo pusilánime de sus gustos y deseos. Cuánto más felices que ellos son esos turistas jóvenes y viejos, que, faltos de dinero para vivir en un hotel, se alojan en cualquier sitio, disfrutan de la visión del mar desde lo alto de las montañas, tumbados en la verde hierba, van a pie, ven de cerca los bosques y los pueblos, observan las costumbres del país, escuchan sus canciones, se enamoran de sus mujeres...

»Mientras esperaba en el parque, cayó la tarde, y en medio del crepúsculo apareció mi Ariadna, elegante y resplandeciente como una princesa; tras ella venía Lubkov, vestido de pies a cabeza con ropas nuevas y amplias, compradas probablemente en Viena.

»–¿Por qué se ha enfadado usted? –le decía–. ¿Qué le he hecho?

»Al verme, dio un grito de alegría; seguramente, de no habernos encontrado en un parque, se habría arrojado a mi cuello; me apretaba las manos con fuerza y se reía; yo también reía y la emoción casi me hacía llorar. Empezaron las preguntas: ¿cómo iba todo en el campo? ¿Cómo estaba mi padre? ¿Había visto a su hermano?, etcétera. Exigía que la mirara a los ojos y me preguntaba si recordaba los gobios, nuestras pequeñas discusiones, las meriendas campestres...

»–Qué agradable era todo eso, la verdad –dijo con un suspiro–. Pero aquí tampoco nos aburrimos. Tenemos muchos conocidos, mi querido y buen amigo. Mañana le presentaré a una familia rusa. Solo le pido, por favor, que se compre otro sombrero. –Me examinó y frunció el ceño–. Abbazia no es una aldea –añadió–. Aquí todo tiene que ser *comme il faut*.

»Luego fuimos a un restaurante. Ariadna no dejaba de reír, de bromear, de llamarme su querido, bueno e inteligente amigo; parecía como si no acabara de creer que estuviera a su lado. Permanecimos en el local hasta eso de las once y nos separamos muy satisfechos de la cena y de nuestra compañía. Al día siguiente me presentó a la familia rusa como «el hijo de un célebre profesor, vecino nuestro». Con esa familia solo hablaba de haciendas y cosechas, tomándome en todo momento como testigo. Trataba de aparecer como una propietaria muy acaudalada y la verdad es que lo conseguía. Se comportaba de un modo exquisito, como la aristócrata de pura cepa que era.

»–¡Hay que ver cómo es mi tía! –dijo de pronto, mirándome con una sonrisa–. Tuvimos una pequeña disputa y se marchó a Méran. ¿Qué le parece?

»Más tarde, cuando paseaba con ella por el parque, le pregunté:

»–¿De qué tía me hablaba hace un momento? ¿Qué más tiene que decirme de ella?

»–Es una mentira piadosa –contestó Ariadna, riéndose–. No deben saber que estoy aquí sin acompañante. –Al cabo de un minuto de silencio se apretó contra mí y dijo–: ¡Mi querido y buen amigo, reconcíliese con Lubkov! ¡Es tan desdichado! Su madre y su mujer son verdaderamente horribles.

»Trataba a Lubkov de usted y, cuando se iba a la cama, le decía lo mismo que a mí: "Hasta mañana"; vivían en plantas diferentes; eso me hacía concebir esperanzas de que no había nada serio entre ellos, ninguna aventura; también con él me encontraba a gusto. Y cuando un día me pidió prestados trescientos rublos, se los entregué de buena gana.

»Durante el día no hacíamos otra cosa que pasear. O bien deambulábamos por el parque, o comíamos o bebíamos. Todas las jornadas departíamos con la familia rusa. Poco a poco fui acostumbrándome a la idea de que, al entrar en el parque, me encontraría infaliblemente con el viejo de la tez biliosa, con el cura y con el general austríaco, que llevaba consigo un pequeño mazo de cartas y, en cuanto encontraba un sitio libre, se ponía a hacer solitarios, moviendo nerviosamente los hombros. La orquesta tocaba siempre las mismas composiciones. En mi hacienda de Rusia, sentía vergüenza ante los campesinos cuando, en días laborables, celebraba una merienda campestre con mis amigos o iba de pesca; de la misma manera, en esa localidad, sentía vergüenza ante los criados, los cocheros y los obreros con los que me cruzaba; en todo momento tenía la impresión de que me miraban y pensaban: "¿Por qué no haces nada?". Esa sensación de vergüenza me acompañaba de la mañana a la noche, todos los días. Época extraña, desagradable, monótona; lo único que ponía un punto de variedad eran las solicitudes de Lubkov, que tan pronto me pedía cien gúldenes como cincuenta; ese dinero le resucitaba al momento, como a un morfinómano la droga, y empezaba a reírse ruidosamente de su mujer, de sí mismo o de sus acreedores.

»Pero llegaron las lluvias y empezó a hacer frío. Partimos para Italia y yo telegrafié a mi padre para pedirle que me enviara a Roma, en nombre del cielo, un giro de ochocientos rublos. Nos detuvimos en Venecia, Bolonia, Florencia y en cada una de esas ciudades nos alojábamos sin falta en un hotel caro, donde nos estafaban, cobrándonos aparte la luz, el servicio y la calefacción, amén del pan del desayuno y el derecho a almorzar fuera del comedor. Comíamos muchísimo. Por la mañana nos servían un *café complet*. A la una el almuerzo, compuesto de carne, pescado, una tortilla, queso, fruta y vino. A las seis, cena de ocho platos, con largos intervalos durante los cuales bebíamos vino y cerveza. A las nueve tomábamos el té. Antes de medianoche, Ariadna declaraba que tenía hambre y pedía que le trajeran jamón y unos huevos pasados por agua. Nosotros también comíamos para hacerle compañía. Entre colación y colación, recorríamos los museos y las exposiciones, siempre obsesionados por el pensamiento de llegar tarde al almuerzo o a la cena. Yo me aburría delante de los cuadros y me entraban deseos de volver a mi habitación para tumbarme; me sentía fatigado, buscaba con los ojos una silla y repetía con hipocresía ante los otros: «¡Qué maravilla! ¡Qué ligereza!». Como boas saciadas, solo prestábamos atención a los objetos brillantes; los escaparates de las tiendas nos hipnotizaban, nos quedábamos extasiados ante broches de bisutería y comprábamos toda suerte de artículos inútiles e insignificantes.

»Lo mismo sucedió en Roma. El tiempo en aquella ciudad era lluvioso y soplaba un viento frío. Después de un copioso desayuno, fuimos a visitar el templo de San Pedro, que, debido a nuestros vientres llenos y quizá al mal tiempo, no nos causó ninguna impresión; en aquella ocasión, nos acusamos mutuamente de indiferencia por el arte y estuvimos a punto de discutir.

»Llegó el dinero enviado por mi padre. Recuerdo que fui a recogerlo por la mañana. Me acompañó Lubkov.

»–El presente no puede ser pleno y feliz cuando existe un pasado –dijo–. En mi caso, ese pasado es como un pesado fardo al cuello. Por lo demás, si tuviera dinero, no habría de qué preocuparse, pero soy más pobre que una rata... Créame si le digo que solo me quedan ocho francos –continuó, bajando la voz–; y sin embargo, tengo que enviar cien rublos a mi mujer y otros tantos a mi madre. Y correr con los gastos de aquí. Ariadna es como una niña, no quiere entender la situación y gasta a manos llenas como una duquesa. ¿Por qué se compró ayer un reloj? Y, dígame, ¿por qué seguimos interpretando el papel de corderitos? Ocultar nuestra relación al servicio y a los conocidos nos cuesta entre diez y quince francos al día, pues yo tomo una habitación aparte. ¿Para qué?

»La afilada piedra giró en mi pecho. Ya no había dudas, todo estaba claro para mí; me quedé helado y al punto tomé la resolución de no volver a verlos, de alejarme de ellos, de regresar de inmediato a mi casa...

»–Es fácil unirse a una mujer –continuó Lubkov–, solo hay que desvestirla, pero, luego, ¡qué penoso y estúpido resulta todo!

»Mientras yo contaba mi dinero, comentó:

»–Si no me presta usted mil francos, estoy perdido. Su dinero es mi único recurso.

»Se los di y al momento resucitó y empezó a reírse de su tío, un chiflado que no había podido abstenerse de revelarle su dirección a la señora Lubkov. Cuando llegamos al hotel, hice las maletas y pagué la cuenta. Solo me quedaba despedirme de Ariadna.

»Llamé a su puerta.

»–*Entrez!*

»En su habitación reinaba ese desorden típico de las mañanas: sobre la mesa el servicio de té, un bollo a medio comer, cáscaras de huevo. La cama estaba deshecha y era evidente que en ella habían dormido dos personas. La propia Ariadna acababa de levantarse, llevaba una bata de franela y estaba sin peinar.

»La saludé, luego guardé silencio durante un minuto, mientras ella trataba de poner en orden sus cabellos, y le pregunté, temblando de pies a cabeza:

»–¿Por qué... por qué me pidió usted que viniera?

»Por lo visto, ella adivinó lo que estaba pensando, pues me cogió la mano y dijo:

»–Quería que estuviera usted aquí. ¡Es usted tan puro!

»Me avergoncé de mi propia emoción, de mis temblores. ¿Y si de pronto rompía a llorar? Salí sin añadir palabra y al cabo de una hora ya había tomado asiento en un tren. Durante todo el viaje, Dios sabe por qué, no deje de figurarme que Ariadna estaba embarazada, su recuerdo me inspiraba repugnancia, y todas las mujeres a las que veía en los vagones y en las estaciones me parecían también embarazadas y a su vez despertaban en mí repulsión y piedad. Me encontraba en la posición de un avaro, lleno de avidez y de codicia, que descubre de pronto que todas sus monedas son falsas. Las escenas puras y graciosas que durante tanto tiempo había arrullado mi imaginación, movida por la pasión, mis planes y esperanzas, mis recuerdos, mis consideraciones sobre el amor y las mujeres, todo eso se burlaba ahora de mí y me sacaba la lengua. "¿Es posible que Ariadna –me preguntaba con horror–, esa muchacha de deslumbrante hermosura e inteligencia, hija de un senador, haya podido unirse a ese hombre banal, insulso y sin interés?" "Y ¿por qué no iba a amar a Lubkov? –me respondía–. ¿En qué es peor que yo?" Ah, que amara a quien quisiera, pero ¿por qué mentir? No obstante, ¿por qué razón debía ser sincera conmigo? Y así seguía reflexionando, siempre en el mismo tono, hasta que la cabeza me daba vueltas. En el tren hacía frío. Iba en primera clase, pero había tres personas por asiento, el vagón carecía de dobles ventanas, la puerta de salida daba directamente al compartimento, y yo me sentía como encadenado, oprimido, abandonado, digno de lástima, tenía los pies ateridos y no dejaba de recordar lo seductora que estaba esa mañana con su bata y sus cabellos revueltos; en esos momentos, sobrecogido por unos celos terribles y un dolor moral angustioso, me veía sacudido por tales estremecimientos que mis compañeros de vagón me miraban con sorpresa e incluso pavor.

»Una vez en Rusia me encontré montoneras de nieve y una temperatura de veinte grados bajo cero. Me gusta el invierno porque en esa época, en el interior de las casas, incluso durante la más cruda helada, el ambiente es especialmente templado. ¡Qué gusto da ponerse una zamarra de piel y unas botas de fieltro, en un día gélido y despejado, y ocuparse de alguna tarea en el jardín o en el patio, o leer en una habitación bien caldeada, sentarse en el despacho paterno, ante la chimenea, tomar un baño de vapor...! Pero cuando no se tiene madre, ni hermanas ni hijos, se siente una especie de angustia ante la llegada de las tardes invernales y se tiene la impresión de que estas son extraordinariamente largas y serenas. Y cuanto más cálido y agradable es el ambiente, con mayor fuerza se percibe esa ausencia. Ese invierno, cuando regresé del extranjero, las tardes se me hicieron interminables y me sentí invadido por una nostalgia tan intensa que me impedía hasta leer; durante el día la situación era soportable, retiraba la nieve del jardín, daba de comer a las gallinas y las terneras, pero por la tarde me sentía morir.

»Antes no me gustaban las visitas, ahora me alegraban porque sabía que la conversación versaría inevitablemente sobre Ariadna. El espiritista Kotlóvich venía a vernos con frecuencia para hablar de su hermana y a veces traía consigo a su amigo el príncipe Matkúiev, que estaba enamorado de Ariadna no menos que yo. Para poder vivir, ese hombre necesitaba entrar en la habitación de Ariadna, pasar los dedos por el teclado de su piano, mirar sus partituras; y mientras, el espíritu de su abuelo Hilarión seguía prediciendo que, más tarde o más temprano, ella se convertiría en su mujer. Por lo común el príncipe se quedaba largo rato con nosotros, desde el desayuno hasta la medianoche, sin abrir la boca en todo ese tiempo; se bebía dos o tres botellas de cerveza en silencio y solo de vez en cuando, para demostrar que participaba en la conversación, dejaba escapar una risa entrecortada, triste y algo estúpida. Antes de regresar a su casa, me llevaba aparte y me decía en voz baja:

»–¿Cuándo vio por última vez a Ariadna Grigórievna? ¿Gozaba de buena salud? ¿No se aburrirá allí?

»Llegó la primavera. Era el momento de ir a la caza de las aves de paso, de sembrar los cereales de primavera y el trébol. El ambiente era triste, pero ya primaveral; trataba de resignarme a la pérdida que había sufrido. Mientras trabajaba en los campos y escuchaba a las alondras, me preguntaba si no sería mejor acabar de una vez por todas con esa cuestión de la felicidad personal, si no me convendría formalizar un casamiento sin pretensiones, con una simple campesina. Pero de pronto, cuando los trabajos estaban en su apogeo, recibí una carta con sello de Italia. Y el trébol, las colmenas, los terneros y la muchacha campesina se desvanecieron como humo. Esta vez Ariadna me escribía que era profunda e infinitamente desdichada. Me reprochaba que no le hubiera tendido una mano salvadora, que la hubiera contemplado desde lo alto de mi virtud y la hubiera abandonado en un momento de peligro. Todo ello escrito con gruesos y nerviosos trazos, con borrones y tachaduras; era evidente que había escrito la misiva a toda prisa y que sufría. Por último, me suplicaba que fuera a salvarla.

»De nuevo levé anclas y me puse en camino. Ariadna vivía en Roma. Llegué a última hora de la tarde; cuando ella me vio, estalló en sollozos y se arrojó a mi cuello. No había cambiado nada durante el invierno y seguía igual de joven y fascinante. Cenamos juntos y luego paseamos en coche por Roma hasta el amanecer;

durante todo el tiempo, ella no dejó de hablarme de sus vicisitudes. Yo le pregunté dónde estaba Lubkov.

»–¡No me recuerde a esa bestia! –gritó–. ¡Me repugna, me da asco!

»–Pero estaba usted enamorada de él, creo –le dije.

»–¡Nada de eso! Al principio lo encontraba original y me daba pena, nada más. Es descarado, toma a las mujeres por asalto, y todo eso tiene su encanto. Pero no hablemos de él. Es una triste página de mi vida. Se ha ido a Rusia en busca de dinero, ¡que tenga buen viaje! Le he dicho que no se atreva a volver.

»Ya no se alojaba en un hotel, sino en un apartamento privado de dos habitaciones que había amueblado a su gusto, con un toque frío y lujoso. Después de la marcha de Lubkov, había contraído con sus conocidos una deuda de cerca de cinco mil francos, de modo que mi llegada era en verdad una salvación para ella. Tenía intención de llevarla de vuelta a casa, pero no lo conseguí. Sentía nostalgia de la patria, pero el recuerdo de las privaciones sufridas, de la pobreza, del tejado herrumbroso de la casa de su hermano despertaba en ella repulsión y le hacía temblar, de manera que, cuando le propuse regresar, me apretó las manos convulsivamente y dijo:

»–¡No, no! ¡Allí me moriría de aburrimiento!

»Luego mi amor entró en su última fase, en su último cuarto.

»–Sea el mismo enamorado de antaño, quiérame un poco –me decía, inclinándose hacia mí–. Es usted un hombre taciturno y reflexivo, le asusta ceder a los impulsos y siempre está pensando en las consecuencias. ¡Ah, qué aburrido! ¡Se lo ruego, se lo suplico, muéstrese cariñoso...! Mi puro, mi santo, mi querido amigo, ¡le amo tanto!

»Me convertí en su amante. Al menos durante un mes estuve como loco, sintiéndome arrebatado por el éxtasis. Tener en los brazos un cuerpo joven y hermoso, disfrutar de él, percibir su calor cada vez que te despiertas y recordar que ella, mi Ariadna, estaba allí conmigo, ¡ah, no es fácil acostumbrarse a todo eso! Pero, de todos modos, fui habituándome y poco a poco empecé a analizar con mayor serenidad mi nueva situación. Ante todo me daba cuenta de que Ariadna sentía tan poca inclinación por mí como antes. Pero quería amar de verdad, temía la soledad y, sobre todo, era joven, saludable, fuerte y sensual, como en general todas las personas frías, de modo que los dos hacíamos ver que estábamos unidos por un amor apasionado. Más tarde comprendí también otras cosas.

»Vivimos en Roma, en Nápoles, en Florencia; también fuimos a París, pero esa ciudad nos pareció fría, así que regresamos a Italia. En todas partes nos presentábamos como marido y mujer, como propietarios acaudalados; la gente trababa amistad con nosotros de buena gana y Ariadna tenía mucho éxito. Como recibía lecciones de pintura, la llamaban artista, figúrese, y ese calificativo le quedaba muy bien, aunque no tenía el menor talento. Todos los días dormía hasta las dos o las tres; tomaba el café y el desayuno en la cama. Para el almuerzo encargaba sopa, langosta, pescado, carne, espárragos y caza; luego, cuando se acostaba, yo le llevaba a la cama alguna cosa, rosbif, por ejemplo, que ella masticaba con una expresión triste y preocupada, y cuando se levantaba por la noche, comía manzanas y naranjas.

»La cualidad principal y, por así decir, fundamental de esa mujer era una sorprendente astucia. Se valía de artimañas sin parar, a cada momento, sin necesidad aparente, como por instinto, lo mismo que el gorrión pía y la cucaracha mueve sus antenas. Fingía conmigo, con el servicio, con el portero, con los propietarios de las tiendas, con los conocidos; no había conversación ni encuentro que estuviera exento de visajes y poses. Bastaba que en nuestra habitación entrara un hombre –daba igual quién, un camarero o un barón– para que su mirada, su expresión, su voz y hasta las líneas de su cuerpo cambiaran. Si la hubiera visto entonces al menos una vez, habría pensado que en toda Italia no había personas más mundanas y adineradas que nosotros. No dejaba que un pintor o un músico se le escapara sin comentar toda suerte de sandeces sobre su notable talento.

»–¡Qué talento el suyo! –decía con voz suave y cantarina–. En su presencia hasta siento miedo. Tengo la impresión de que puede ver el interior de las personas.

»¡Y todo eso para despertar aplausos, alcanzar reconocimiento y causar admiración! Cada mañana se levantaba con el mismo pensamiento: "¡Gustar!". Ese era el único fin y sentido de su existencia. Si le hubiera dicho que en tal calle o tal casa vivía un hombre al que no le gustaba, se habría sentido desdichada. Todos los días necesitaba encandilar, cautivar, hacer enloquecer a alguien. Tenerme en su poder y anularme por completo con sus encantos suscitaba en ella la misma delectación que embargaba antaño a los vencedores de los torneos. Mi humillación no le bastaba, de modo que por las noches, arrellanada como una tigresa, sin taparse con la ropa de cama –siempre tenía calor–, me leía las cartas que le enviaba Lubkov, en las que le rogaba que regresara a Rusia; de lo contrario, juraba que desvalijaría o mataría a alguien para procurarse dinero y poder reunirse con ella. Aunque lo odiaba, sus cartas apasionadas y serviles la conmovían. Tenía en alta estima sus atributos; consideraba que, si en una concurrida reunión hubieran visto la armonía de sus formas y el color de su piel, habría conquistado no solo toda Italia, sino el mundo entero. Esas conversaciones sobre sus formas y el color de su piel me disgustaban y, como ella se había dado cuenta, cuando se enfadaba, para molestarme, decía toda clase de vulgaridades y me provocaba; un día, en la casa de campo de una dama, llegó a decirme en un arrebato de cólera:

»–¡Si no deja usted de importunarme con sus sermones, me desvestiré en este mismo instante y me tumbaré completamente desnuda sobre estas flores!

»A menudo, cuando la veía dormir, comer o tratar de imprimir a su rostro una expresión ingenua, pensaba: "¿Para qué le ha dado Dios esa extraordinaria belleza, ese encanto y esa inteligencia? ¿Solo para tumbarse en la cama, comer y decir una mentira tras otra?". Pero ¿merecía el calificativo de inteligente? Le asustaba ver tres velas, así como el número trece; le aterraba pensar en el mal de ojo y en los sueños de mal agüero; hablaba del amor libre y en general de la libertad como una vieja beata; aseguraba que Boleslav Markevich escribía mejor que Turguéniev. Pero era diabólicamente astuta e ingeniosa y sabía mostrarse en sociedad como una persona muy cultivada y avanzada.

»No le costaba nada, ni siquiera en los momentos de mayor alegría, ofender a un criado o matar un insecto; le gustaban las corridas de toros, disfrutaba leyendo las informaciones sobre asesinatos y se enfadaba cuando se absolvía a los encausados.

»Con la vida que llevábamos, necesitábamos mucho dinero. Mi pobre padre me enviaba su pensión y todos sus magros ingresos, pedía prestado para mí en cuanto se le presentaba la ocasión; una vez me respondió "*non habeo*" y yo le envié un telegrama en el que le suplicaba que hipotecara la hacienda. Poco después le pedí que obtuviera dinero mediante una segunda hipoteca. En uno y otro caso cumplió mi petición sin un reproche y me envió todo el dinero, hasta el último kopek. Ariadna desdeñaba las cuestiones prácticas, se desentendía de ellas y, cuando yo gastaba miles de francos para satisfacer sus deseos insensatos, gimiendo como un árbol viejo, ella se ponía a cantar con total serenidad

Addio, bella Napoli. Poco a poco mis sentimientos por ella fueron enfriándose y empecé a avergonzarme de nuestra relación. No me gustan los embarazos y los partos, pero a veces soñaba con un niño, que habría sido la justificación formal de nuestra existencia. Para no caer en el mayor desprecio de mí mismo, empecé a frecuentar los museos y las galerías, me aficioné a la lectura, me acostumbré a comer con frugalidad, abandoné la bebida. Me obligaba a seguir ese régimen de vida de la mañana a la noche y sentía cierto alivio en el alma.

»Ariadna, por su parte, se había cansado de mí. Además, las personas entre las que tenía éxito eran todas de condición mediana, había tan pocos embajadores y salones como antes y carecíamos de dinero; todo eso la humillaba y la hacía sollozar; finalmente, acabó confesándome que no le importaría volver a Rusia. Nos pusimos en camino. Los meses previos a nuestra partida intercambió una copiosa correspondencia con su hermano; era evidente que concebía unos planes secretos que solo Dios conocía. Yo ya me había cansado de desentrañar sus artimañas. Pero no volvimos a la aldea, sino que fuimos a Yalta y después al Cáucaso. Ella ya solo puede vivir en ciudades balneario. ¡Si supiera usted cuánto las odio, qué ahogo y vergüenza me producen! ¡Cómo me gustaría volver a la aldea! ¡Cómo me gustaría trabajar, ganarme el pan con el sudor de mi frente, enmendar mis errores! Siento en mi interior un aluvión de fuerzas y tengo la impresión de que, si las pusiera en tensión, recuperaría la hacienda en cinco años. Pero, como ve, existe una complicación. Aquí no estamos en el extranjero, sino en nuestra santa madre Rusia, de modo que hay que pensar en el matrimonio. Por supuesto, la pasión ha desaparecido, del amor de antaño no queda ni rastro, pero, sea como fuere, estoy obligado a casarme con ella.

Shamojin, conmovido por su propio relato, y yo bajamos y seguimos hablando de las mujeres. Era ya tarde. Resultó que estábamos alojados en el mismo camarote.

–Por el momento el campo es el único lugar donde la mujer no está atrasada con respecto al hombre –decía Shamojin–; allí piensa, siente y lucha con la naturaleza, en nombre de la cultura, con el mismo celo que él. La mujer urbana, burguesa e intelectual está atrasada desde hace mucho tiempo y retorna a su condición primigenia; es ya un ser medio humano medio animal y a ella se debe que se hayan perdido muchas de las conquistas del genio humano; la mujer está desapareciendo poco a poco, sustituida por una criatura primitiva. Ese aspecto retrógrado de la mujer intelectual constituye una seria amenaza para la cultura; trata de arrastrar al hombre en ese movimiento regresivo y detiene su avance. Es algo indudable.

Le pregunté por qué generalizaba, por qué juzgaba a todas las mujeres a partir del ejemplo de esa Ariadna. La aspiración de las mujeres a la instrucción y la igualdad de los sexos, que considero una pretensión justa, excluye en sí misma la suposición de un movimiento regresivo. Pero Shamojin apenas me escuchaba y sonreía con aire incrédulo. Era ya un misógino apasionado y recalcitrante y no había manera de hacerle cambiar de opinión.

–¡Oh, basta! –me interrumpió–. Desde el momento en que la mujer, en lugar de ver en mí un ser humano y un igual, me considera un macho, y a lo largo de toda su vida no se preocupa de otra cosa que de gustarme, es decir, de conquistarme, ¿cómo puede hablarse de igualdad de derechos? ¡Ah, no las crea, son muy, muy astutas! Los hombres nos preocupamos de su libertad, pero ellas en verdad no la desean, solo fingen quererla. ¡Su astucia es espantosa, terrible!

Yo ya estaba aburrido de discutir y además tenía sueño. Me volví de cara a la pared.

–Sí –oí, antes de quedarme dormido–. Sí. La culpa de todo la tiene nuestra educación, amigo. En las ciudades toda la educación y la instrucción que reciben las mujeres consiste fundamentalmente en convertirlas en seres medio humanos medio animales, es decir, en seres que gusten al macho y sepan conquistarlo. Sí –añadió Shamojin con un suspiro–. Sería necesario que fueran educadas e instruidas con los niños para que unos y otras estuvieran siempre juntos. Hay que educar a la mujer de modo que sepa, como el hombre, reconocer sus yerros, pues ahora, de creer en su palabra, siempre tienen razón. Hay que enseñar a las niñas, desde la cuna, que el hombre no es ante todo un galán ni un partido, sino una criatura semejante, su igual en todo. Hay que enseñarlas a utilizar la lógica, a generalizar, y no asegurarles que su cerebro pesa menos que el del hombre y, en consecuencia, pueden mostrar indiferencia por las ciencias, por las artes y, en general, por las cuestiones culturales. El aprendiz de zapatero o de pintor de brocha gorda también tiene un cerebro de menores dimensiones que un hombre adulto y, sin embargo, participa en la lucha general por la existencia, trabaja, sufre. Hay que abandonar también esa manera de referirse a la fisiología, el embarazo y el parto, ya que, en primer lugar, la mujer no da a luz todos los meses; en segundo, no todas las mujeres tienen hijos; y en tercero, una campesina normal trabaja en los campos la víspera misma del alumbramiento, sin que le pase nada. Además, hay que llegar a una igualdad absoluta en la vida diaria. Si un hombre le ofrece una silla a una dama o coge del suelo el pañuelo que ella ha dejado caer, ella debe pagarle con la misma moneda. No pongo la menor objeción a que una muchacha de buena familia me ayude a ponerme el abrigo o me dé un vaso de agua...

Esas fueron las últimas palabras que escuché, pues me quedé dormido. A la mañana siguiente, mientras nos aproximábamos a Sebastopol, el tiempo era húmedo y desagradable. El barco cabeceaba. Shamojin estaba sentado conmigo en el puente, meditabundo y silencioso. Cuando llamaron para el té, hombres con el cuello del abrigo levantado y mujeres con rostros pálidos y soñolientos empezaron a bajar. Una dama, joven y muy hermosa, la misma que en Volochisk se había enfadado con los funcionarios locales, se detuvo ante Shamojin y le dijo con la expresión de un niño caprichoso y mimado:

–*Jean*, tu pajarito se ha mareado.

Luego, en el transcurso de mi estancia en Yalta, vi cómo esa hermosa dama pasaba al galope en un caballo amblador, perseguida por dos oficiales que apenas podían seguir su paso; más tarde, una mañana, la descubrí tocada de gorro frigio y ataviada con un delantal; estaba sentada en el malecón y pintaba un estudio al óleo, rodeada a cierta distancia de una gran multitud que la admiraba. También yo trabé conocimiento con ella. Me apretó la mano con fuerza y, mirándome extasiada, me agradeció con voz cantarina y suave el placer que le procuraban mis obras.

–No la crea –me susurró Shamojin–. No ha leído un solo libro suyo.

Una tarde, mientras paseaba por el malecón, me encontré con Shamojin, que cargaba con unos voluminosos paquetes llenos de aperitivos y frutas.

–¡El príncipe Matkúiev está aquí! –dijo con alegría–. Llegó ayer con el hermano de Ariadna, el espiritista. ¡Ahora entiendo el motivo de aquella correspondencia! ¡Señor –continuó, levantando los ojos al cielo y apretando los paquetes contra el pecho–, si llegara a algún acuerdo con el príncipe, eso significaría la libertad, podría regresar al campo, a casa de mi padre!

Y se alejó corriendo.

–¡Empiezo a creer en los espíritus! –me gritó, dándose la vuelta–. ¡Parece que el espíritu del abuelo Hilarión estaba en lo cierto! ¡Ah, ojalá sea así!

Al día siguiente de ese encuentro partí de Yalta, de modo que desconozco cómo habrá acabado la aventura de Shamojin.

Casa con desván
(Relato de un pintor)
(1896)

I

Todo sucedió hace unos seis o siete años, cuando yo vivía en uno de los distritos de la provincia de T., en la propiedad del hacendado Belokúrov, un hombre joven que se levantaba muy temprano, iba vestido con un largo abrigo, bebía cerveza por la noche y no paraba de quejarse de que nadie ni nada le ofrecía consuelo. Vivía en un pabellón levantado en el jardín, mientras yo me alojaba en la vieja casa señorial, en una enorme sala con columnas desprovista de mobiliario, a excepción de un amplio diván que me servía de cama y una mesa en la que hacía solitarios. En aquella casa, al llegar el buen tiempo, algo zumbaba siempre en las viejas estufas, y durante las tormentas la casa entera temblaba y parecía que iba a hacerse pedazos; daba algo de miedo, sobre todo por la noche, cuando hasta diez grandes ventanas se iluminaban de pronto con el resplandor de los relámpagos.

Condenado por el destino a una constante ociosidad, no hacía absolutamente nada. Pasaba horas enteras contemplando desde las ventanas el cielo, los pájaros, la alameda, leía todo lo que me llegaba a través del correo, dormía. A veces salía de la casa y vagaba por los alrededores hasta la caída de la tarde.

En una ocasión, al regresar a casa, entré sin darme cuenta en una propiedad desconocida. El sol ya se había puesto y sobre el centeno florido caían las sombras vespertinas. Dos filas de altos y viejos abetos, plantados muy cerca unos de otros, se alzaban como dos muros compactos, formando una sombría y bella alameda. Atravesé con facilidad la cerca y me adentré en el sendero, deslizándome sobre las agujas de los abetos, que cubrían la tierra con una capa de varios centímetros de espesor. En el lugar reinaban la oscuridad y el silencio; tan solo en las copas de los árboles temblaba algún brillante rayo dorado, que se irisaba en las telas de araña. Los abetos exhalaban un olor intenso, sofocante. Al poco tiempo me interné en una larga alameda de tilos. También allí tenía todo un aspecto abandonado y viejo; las hojas del pasado año susurraban tristemente bajo mis pies, y las sombras se extendían entre los árboles a la luz del crepúsculo. A la derecha, en un viejo jardín con árboles frutales, resonaba el débil y desganado canto de una oropéndola, probablemente también vieja. Al poco tiempo las hileras de tilos desaparecieron; pasé junto a una casa blanca con terraza y desván y de pronto surgieron ante mí un patio señorial, un amplio estanque con casetas de baño, una multitud de verdes sauces y una aldea en la otra orilla del estanque, con un campanario alto y estrecho en cuya cruz se reflejaban los rayos del sol poniente. Por un instante se apoderó de mí la sensación de estar contemplando un cuadro familiar y conocido, un panorama ya visto en algún momento de la infancia.

Junto al blanco portón que separaba el patio de los campos circundantes, viejo, fuerte y adornado con leones de piedra, había dos muchachas. Una de ellas, de mayor edad, delgada, pálida, muy bella, con espesos cabellos castaños y una boca pequeña y rígida, tenía una expresión severa y apenas me prestaba atención; la otra, bastante joven aún –tendría diecisiete o dieciocho años, no más–, también delgada y pálida, con una gran boca y unos grandes ojos, me miró con asombro cuando pasé a su lado, hizo un comentario en inglés y se mostró confundida; de mí se apoderó la impresión de que esos hermosos rostros también me resultaban conocidos, y regresé a casa con la sensación de haber vivido un bello sueño.

Poco tiempo después, mientras paseaba a mediodía con Belokúrov por los alrededores de la casa, entró en el patio de manera inesperada, susurrando sobre la hierba, un coche con ballestas en el que iba sentada una de esas muchachas, en concreto la mayor. Venía con una lista de suscripción en favor de las víctimas de un incendio. Sin mirarnos, con gran seriedad y detalle, nos informó de cuántas casas habían ardido en la aldea de Sianov, de cuántos hombres, mujeres y niños se habían quedado sin hogar y de cuáles serían las primeras medidas del comité de salvación, del que ella formaba parte. Una vez que obtuvo nuestra firma, guardó la lista e inició la despedida.

–Nos ha olvidado usted por completo, Piotr Petróvich –le dijo a Belokúrov, tendiéndole la mano–. Venga a vernos, y si *monsieur* N. (en ese momento pronunció mi apellido) quiere ver cómo viven los admiradores de su talento y se digna visitarnos, tanto mi madre como yo nos sentiremos muy reconocidas.

Hice una reverencia.

Cuando se marchó, Piotr Petróvich me contó algunas cosas. Esa muchacha, según sus palabras, era de buena familia y se llamaba Lidia Volchanínov; en cuanto a la hacienda en la que vivía con su madre y su hermana, recibía el nombre de Shelkovka, lo mismo que la aldea de la otra orilla del estanque. En el pasado, el padre había ocupado un puesto importante en Moscú y había muerto con el grado de consejero privado. A pesar de su buena posición, las Volchanínov vivían en la aldea de manera permanente, tanto en verano como en invierno, y Lidia trabajaba como profesora en la escuela rural de Shelkovka, actividad por la que percibía veinticinco rublos mensuales. Para sus gastos solo empleaba esa cantidad, y se enorgullecía de vivir a sus expensas.

–Es una familia interesante –exclamó Belokúrov–. Deberíamos visitarlas en alguna ocasión. Se alegrarán mucho de conocerle.

Un día festivo, después de la comida, nos acordamos de las Volchanínov y decidimos dirigirnos a Shelkovka. Tanto la madre como las hijas estaban en casa. La madre, Yekaterina Pávlovna, que había sido bella en el pasado, aunque ahora estaba gorda, padecía de asma y tenía un aspecto triste y distraído, trataba de entablar conmigo una conversación sobre pintura. Cuando su hija le informó de que yo quizá iría a visitarlas, se había acordado apresuradamente de dos o tres paisajes míos que había visto en exposiciones de Moscú, y ahora me preguntaba qué había querido expresar en ellos. Lidia o Lida, como la llamaban en casa, hablaba más con Belokúrov que conmigo. Seria, sin sonreír, le preguntaba por qué no prestaba ningún servicio en el *zemstvo** y por qué no había ido hasta la fecha a ninguna de sus reuniones.

–Eso no está bien, Piotr Petróvich –le dijo en tono de reproche–. Eso no está bien. Debería darle vergüenza.

–Tienes razón, Lida, tienes razón –convino su madre–. Eso no está bien.

–Todo nuestro distrito se encuentra en manos de Balaguin –continuó Lida, dirigiéndose a mí–. Él mismo es presidente del consejo y ha repartido todos los cargos del distrito entre sus sobri-

* Asamblea rural de la antigua Rusia.

nos y yernos, de modo que puede hacer cuanto se le antoja. Hay que luchar. Los jóvenes deberían componer un partido fuerte, pero ya ve usted qué jóvenes tenemos. ¡Debería darle vergüenza, Piotr Petróvich!

La hermana pequeña, Zhenia, guardó silencio mientras se habló del *zemstvo.* No tomaba parte en las conversaciones serias, pues en la familia aún no se la consideraba adulta. Como si aún fuera pequeña, la llamaban Misius, nombre que en la infancia ella había dado a su *miss*, a su institutriz. Estuvo mirándome todo el tiempo con curiosidad y, cuando me puse a hojear el álbum de fotografías, me ofreció algunas explicaciones: «Ese es mi tío... Ese es mi padrino», decía, al tiempo que pasaba el dedo por los retratos y me rozaba infantilmente con su hombro, permitiéndome contemplar de cerca su pecho débil, poco desarrollado, sus finos hombros, su trenza y su cuerpo delgado, ceñido con fuerza por el cinturón.

Jugamos al cróquet y al *lawn-tennis*, paseamos por el parque, tomamos el té y estuvimos largo rato cenando. Después de la enorme sala vacía con columnas, me sentía a gusto en esa pequeña y acogedora casa en cuyas paredes no había oleografías y donde a la servidumbre se la trataba de «usted»; además, gracias a la presencia de Lida y de Misius, todo se me antojaba joven y pulcro, rodeado de un aura de corrección. Después de la cena Lida volvió a hablar con Belokúrov del *zemstvo*, de Balaguin, de las bibliotecas escolares. Era una muchacha vivaz, sincera, convencida, y su conversación resultaba interesante, aunque hablaba mucho y en voz demasiado alta –probablemente había adquirido esa costumbre en la escuela–. En cambio Piotr Petróvich, que desde los tiempos de estudiante estaba habituado a convertir cualquier conversación en una discusión, hablaba con indiferencia, desapasionamiento y prolijidad, mostrando un claro deseo de aparecer como una persona inteligente y avanzada. En un determinado momento, volcó la salsera con la manga y sobre el mantel apareció una gran mancha; no obstante, al parecer, solo yo reparé en ese hecho.

Durante el camino de regreso a casa, todo estaba oscuro y en silencio.

–La buena educación consiste no en no volcar la salsa sobre el mantel, sino en no darte cuenta cuando lo hace otro –exclamó Belokúrov, y suspiró–. Sí, una familia encantadora, inteligente. ¡Cuánto me he apartado de la buena sociedad! ¡Cuánto me he apartado! ¡Y es que tengo tantos quehaceres! ¡Me paso el día ocupado!

Habló de lo mucho que debe trabajar una persona cuando quiere convertirse en un agricultor ejemplar. Pero yo pensaba: ¡qué hombre tan indolente y perezoso! Cuando hablaba con seriedad de algún asunto, arrastraba con esfuerzo la «e», y así era como trabajaba: con lentitud, desgana y constantes retrasos. Me resultaba difícil creer en su diligencia, porque las cartas que le confiaba para que las depositara en el correo pasaban semanas enteras en su bolsillo.

–Lo más duro de todo –murmuraba, mientras caminaba a mi lado–, lo más duro de todo es que te pasas todo el tiempo trabajando y no encuentras comprensión en nadie. ¡Ninguna comprensión!

II

Empecé a frecuentar la casa de las Volchanínov. Por lo común, me sentaba en el escalón inferior de la terraza. Me sentía descontento conmigo mismo, me apenaba mi vida, que tan deprisa y de forma tan banal pasaba, y no hacía más que pensar en lo bueno que sería extirparme del pecho el corazón, que tanto me pesaba. A mi lado, en la terraza, se oían voces, rumores de vestidos, el roce de las páginas de un libro. Pronto me habitué a las actividades de Lida, que durante el día recibía enfermos, repartía libros y a menudo marchaba hasta la aldea con la cabeza descubierta, bajo una sombrilla, mientras por la noche hablaba en voz alta del *zemstvo* y de las escuelas. Esa muchacha delgada, hermosa, invariablemente estricta, con una boca pequeña, de delicados contornos, siempre que iniciaba una conversación seria me decía con sequedad:

–Esto no puede interesarle a usted.

No le caía simpático. Le desagradaba porque era paisajista y en mis cuadros no representaba las necesidades del pueblo y porque, según su parecer, mostraba indiferencia por aquellos principios en los que ella creía con tanto apasionamiento. Recuerdo que en una ocasión, a orillas del lago Baikal, conocí a una muchacha buriata que iba montada a caballo y vestía camisa y pantalones azules de tela china; le pregunté si quería venderme su pipa; mientras hablábamos, ella contemplaba con desprecio mi rostro europeo y mi sombrero; al cabo de un minuto se aburrió de mi conversación, dio un alarido y partió al galope. De la misma manera, Lida me consideraba un extraño y me despreciaba por ello. No exteriorizaba su antipatía por mí, pero yo me percataba de ella. A veces, cuando estaba sentado en el peldaño inferior de la terraza me sentía dominado por la ira y me decía que curar campesinos sin ser médico equivale a engañarles y que es fácil practicar la filantropía cuando se poseen dos mil *desiatinas* de tierra.

En cuanto a su hermana Misius, no tenía ninguna preocupación y pasaba la vida en una completa ociosidad, como yo. Nada más levantarse por la mañana, cogía su libro y se ponía a leer; se sentaba en la terraza, en un sillón tan hondo que sus pequeños pies apenas alcanzaban el suelo o se ocultaba con el libro en la alameda de tilos o atravesaba el portón y se dirigía al campo. Se pasaba el día entero leyendo, devorando con avidez una página tras otra, y solo en el cansancio y aturdimiento de su mirada y en la intensa palidez de su rostro se adivinaba lo mucho que esa lectura fatigaba su cerebro. Cuando yo llegaba, ella se ruborizaba, dejaba el libro, clavaba en mi cara sus grandes ojos y me contaba algún suceso de la jornada: por ejemplo, que en las dependencias de los criados había empezado a arder el hollín o que un trabajador había pescado en el estanque un enorme pez. Los días de diario solía ir vestida con una camisa de color claro y una falda azul oscuro. Paseábamos juntos, cogíamos cerezas para hacer mermelada, remábamos por el estanque, y cuando ella saltaba para atrapar una cereza o manejaba los remos, a través de las anchas mangas se transparentaban sus delgados y débiles brazos. En ocasiones, mientras yo pintaba un esbozo, ella permanecía en pie a mi lado y contemplaba mi trabajo con admiración.

Un domingo de finales de julio fui a visitar a las Volchanínov por la mañana, a eso de las nueve. Estuve vagando por el parque, a bastante distancia de la casa, buscando setas blancas, muy abundantes ese verano, y dejando una señal junto a ellas para recogerlas luego con Zhenia. Soplaba un viento tibio. Al poco rato vi cómo Zhenia y su madre, ambas con vestidos de domingo de color claro, regresaban a casa desde la iglesia; Zhenia sujetaba con la mano su sombrero para que el viento no se lo llevara. Más tarde oí cómo tomaban el té en la terraza.

Para mí, una persona desocupada en busca de una justificación para su constante ociosidad, esas festivas mañanas veraniegas en nuestras haciendas poseían un especial atractivo. Cuando el verde jardín, aún húmedo de rocío, resplandece risueño a la luz del sol; cuando en los alrededores de la casa huele a reseda y a adelfa y los jóvenes recién llegados de la iglesia beben té en el jardín, tan alegres y bien vestidos; y cuando uno sabe que esas personas saludables, bien alimentadas y hermosas se pasarán el día entero sin hacer nada, quisiera uno que toda la vida fuera así. En eso mismo pensaba yo entonces, mientras vagaba por el jardín, dispuesto a prolongar esos paseos sin rumbo y sin objeto todo el día, todo el verano.

Zhenia llegó con una cesta; por la expresión de su cara parecía como si supiera o presintiera que iba a encontrarse conmigo en el jardín. Estuvimos recogiendo setas y charlando; cuando me hacía alguna pregunta se adelantaba unos pasos para verme el rostro.

–Ayer en nuestra aldea se produjo un milagro –exclamó–. La coja Pelagueia llevaba enferma todo el año, sin que médicos ni medicamentos pudieran aliviarla; pero ayer una vieja le susurró unas palabras y la enfermedad desapareció.

–Eso no tiene importancia –le dije yo–. No hay que buscar milagros solo en los enfermos y en las viejas. ¿Acaso la salud no es un milagro? ¿Y la misma vida? Todo lo que es incomprensible es un milagro.

–¿Y a usted no le asusta lo incomprensible?

–No. Me aproximo con seguridad a los acontecimientos que no comprendo, sin someterme a ellos, situándome por encima. El hombre debe sentirse superior a los leones, a los tigres, a las estrellas, superior a todo cuanto hay en la naturaleza, superior incluso a lo que no comprende y parece milagroso; de otro modo, no es un hombre, sino un ratón que se asusta de todo.

Zhenia pensaba que yo, al ser pintor, sabía muchas cosas y podía adivinar otras muchas. Le gustaba que la condujera a las regiones de lo eterno y de lo bello, a ese mundo superior que, según su opinión, me era propio, y hablaba conmigo de Dios, de la vida eterna, de los milagros. Y yo, que no podía admitir que mi persona y mi imaginación desaparecerían para siempre después de la muerte, contestaba: «Sí, el hombre es inmortal»; «Sí, nos espera la vida eterna». Y ella me escuchaba, me creía y no me exigía pruebas.

Cuando nos dirigíamos a la casa, se detuvo de repente y exclamó:

–Lida es una persona extraordinaria. ¿No es verdad? La quiero muchísimo y estaría dispuesta a sacrificar mi vida por ella en cualquier momento. Pero dígame –en ese momento Zhenia me tocó la manga con un dedo–, dígame, ¿por qué está discutiendo usted siempre con ella? ¿Por qué se muestra tan irritado?

–Porque no tiene razón.

Zhenia negó con la cabeza y unas lágrimas asomaron a sus ojos:

–¡Qué incomprensible es todo esto! –exclamó.

En ese momento Lida, que acababa de regresar de algún lugar, apareció junto al porche con una fusta en la mano, esbelta, hermosa, iluminada por el sol, e impartió alguna orden a un trabajador. Con gran premura y destempladas voces, atendió a dos o tres enfermos; después, con aspecto preocupado y hacendoso, se paseó por las habitaciones, abriendo ahora un armario, luego otro, subiendo al desván. Estuvieron mucho tiempo buscándola y llamándola para que viniera a comer, pero cuando se presentó ya habíamos acabado la sopa. Por alguna razón recuerdo y aprecio todos esos pequeños detalles; de hecho, mi memoria guarda una imagen precisa de toda esa jornada, aunque no sucedió en ella nada especial. Después de la comida, Zhenia se tumbó en un hondo sillón y se puso a leer; yo me senté en el peldaño inferior de la escalera. Guardamos silencio. Todo el cielo se cubrió de nubes y empezó a caer una lluvia fina e intermitente. Hacía calor, el viento se había aquietado hacía tiempo; parecía como si ese día no fuera a concluir nunca. Yekaterina Pávlovna, soñolienta, con un abanico, salió a la terraza y se acercó a nosotros.

–Ay, mamá –exclamó Zhenia, besándole la mano–, no te sienta bien dormir de día.

Se adoraban. Cuando una salía al jardín, la otra ya estaba en la terraza y, mirando hacia los árboles, llamaba: «¡Zhenia!», o bien: «Mamaíta, ¿dónde estás?». Rezaban siempre juntas, tenían las mismas creencias y se comprendían muy bien, incluso cuando guardaban silencio. Además, su actitud con la gente era la misma. Yekaterina Pávlovna también se acostumbró pronto a mí y me cogió cariño, y cuando dejaba de aparecer durante dos o tres días, mandaba a alguien a preguntar por mi salud. Contemplaba mis esbozos con admiración, me contaba con la misma locuacidad y sinceridad de Misius lo que había sucedido a lo largo de la jornada y con frecuencia me confiaba sus secretos domésticos.

Reverenciaba a su hija mayor. Lida nunca era cariñosa y solo hablaba de cosas serias; vivía su propia vida y para su madre y su hermana era una persona sagrada y algo enigmática, como para los marineros el almirante que pasa todo el tiempo en su camarote.

–Nuestra Lida es una persona extraordinaria –solía decir la madre–. ¿No es verdad?

También entonces, mientras lloviznaba, hablábamos de Lida.

–Es una persona extraordinaria –exclamó la madre, y añadió en voz baja, mirando temerosamente a su alrededor, como si estuviera conspirando–: Mujeres así se cuentan con los dedos de una mano, pero, sabe usted, empiezo a estar algo preocupada. La escuela, los dispensarios, los libros: todo eso está muy bien, pero ¿por qué llegar a esos extremos? Ya tiene veinticuatro años, es hora de que empiece a pensar seriamente en sí misma. Con tanto libro y tantos dispensarios no ves cómo pasa la vida... Hay que casarse.

Zhenia, pálida a causa de la lectura, con el pelo desordenado, levantó la cabeza y dijo como para sí misma, mirando a su madre:

–¡Mamá, todo está en manos de Dios!

Y de nuevo se sumergió en la lectura.

Llegó Belokúrov con su largo abrigo y una camisa bordada. Jugamos al *cróquet* y al *lawn-tennis;* luego, cuando oscureció, cenamos y disfrutamos de una larga sobremesa; Lida volvió a ocuparse de las escuelas y de Balaguin, el que tenía en sus manos todo el distrito. Esa noche, al salir de casa de las Volchanínov, tuve la impresión de que había gozado de un día festivo largo, larguísmo, pero también me asaltó el triste convencimiento de que todo en esta vida, por muy largo que sea, tiene su fin. Zhenia nos acompañó hasta el portón; tal vez porque había pasado el día entero con ella, de la mañana a la noche, sentía que en su ausencia todo me resultaría aburrido y que esa simpática familia estaba muy unida a mí. Por primera vez en todo el verano me entraron ganas de pintar.

–Dígame, ¿por qué lleva una vida tan insulsa y anodina? –le pregunté a Belokúrov de camino a casa–. Mi vida es aburrida, pesada y monótona porque soy un artista, un hombre extraño; desde los tiempos de la juventud estoy trabajado por la envidia, por la insatisfacción, por la desconfianza en mi actividad; siempre he sido pobre y no he dejado de ir de un lado para otro, pero usted es un hombre sano, normal, un propietario, un señor, ¿por qué lleva una vida tan poco interesante? ¿Por qué disfruta tan poco de la existencia? ¿Por que, por ejemplo, no se ha enamorado todavía de Lida o de Zhenia?

–Olvida usted que estoy enamorado de otra mujer –respondió Belokúrov.

Se refería a su amiga Liubov Ivánovna, que vivía con él en el pabellón. Todos los días veía cómo esa dama, corpulenta, rolliza, grave, semejante a un ganso bien cebado, se paseaba por el jardín con un vestido ruso adornado de abalorios, siempre bajo una sombrilla, mientras la criada venía a buscarla a cada momento, bien para comer, bien para tomar el té. Tres años antes había alquilado uno de los pabellones cercanos a la casa, y desde entonces se había quedado a vivir con Belokúrov, al parecer para siempre. Era diez años mayor que él y le controlaba de cerca, hasta el punto de que él debía pedirle permiso para ausentarse de la casa. A menudo sollozaba con voz de hombre; en tales ocasiones yo mandaba decir que si no paraba me iría del apartamento; y ella, entonces, dejaba de llorar.

Cuando llegamos a casa, Belokúrov se sentó en un diván y se hundió en sus pensamientos; yo empecé a pasear por la sala, experimentando una ligera inquietud, como un enamorado. Me apetecía hablar de las Volchanínov.

–Lida solo puede enamorarse de un funcionario del *zemstvo* tan interesado como ella en los hospitales y las escuelas –exclamé–. Por una muchacha como esa puede uno convertirse en funcionario del *zemtsvo* e incluso gastar zapatos de hierro, como en el cuento. ¿Y Misius? ¡Qué encanto es esa Misius!

Belokúrov, alargando mucho la «e», empezó a hablar de la enfermedad del siglo: el pesimismo. Habló con convencimiento y con un tono de voz como si yo estuviera discutiendo con él. Cientos de kilómetros de desierta, monótona y ardiente estepa no pueden causar tanto hastío como un hombre que se sienta, se pone a hablar y no hace ningún indicio de marcharse.

–No se trata de pesimismo ni de optimismo –exclamé yo con irritación–. El problema es que noventa y nueve personas de cada cien no tienen inteligencia.

Belokúrov se dio por aludido, se ofendió y se marchó.

III

–El príncipe está de visita en Maloziómovo y te manda saludos –dijo Lida a su madre. Acababa de llegar y se estaba quitando los guantes–. Contó muchas cosas interesantes... Prometió elevar de nuevo al consejo provincial la cuestión del centro médico, pero dice que hay pocas esperanzas. –Y dirigiéndose a mí, añadió–: Perdone, siempre me olvido de que estos asuntos no pueden interesarle.

Me sentí irritado.

–¿Por qué no pueden interesarme? –pregunté, y me encogí de hombros–. A usted no le importa mi opinión, pero le aseguro que esa cuestión me interesa mucho.

–¿Sí?

–Sí. A mi modo de ver, en Maloziómovo no hace falta ningún centro médico.

Mi irritación se transmitió también a ella. Me miró, entornó los ojos y preguntó:

–¿Y qué es lo que hace falta? ¿Paisajes?

–Tampoco paisajes. Allí no hace falta nada.

Terminó de quitarse los guantes y desplegó un periódico que acababan de traer del correo; al cabo de un minuto dijo en voz baja, tratando de contenerse:

–La semana pasada Anna murió durante el parto; si hubiera habido un centro médico cerca, aún estaría viva. Y los señores paisajistas, me parece, deberían tener alguna opinión sobre el particular.

–Tengo una opinión muy concreta sobre el particular, se lo aseguro –contesté yo, pero ella se cubría con el periódico como si no quisiera escucharme–. Según mi parecer, los centros médicos, las escuelas, las bibliotecas y los dispensarios, dadas las actuales condiciones de vida, solo sirven para subyugar. El pueblo está sujeto por una gran cadena, y ustedes, en lugar de romper esa cadena, añaden nuevos eslabones: esa es mi opinión.

Me miró a los ojos y sonrió con aire burlón, pero yo continué, tratando de expresar mi idea principal:

–Lo importante no es que Anna haya muerto durante el parto, sino que todas las Annas, Mavras y Pelagueias van con la espalda doblada de la mañana a la noche, enferman por culpa del trabajo excesivo, se pasan la vida sufriendo por sus hijos enfermos y hambrientos, se sienten acuciadas por la enfermedad y la muerte, están siempre luchando por restablecerse, se marchitan pronto, envejecen de manera prematura y mueren cercadas por la suciedad y la inmundicia; sus hijos, al crecer, inician el mismo camino, y así pasan cientos de años; millones de personas, para ganar un pedazo de pan, viven peor que los animales, experimentando un terror continuo. Todo el horror de su situación reside en que no tienen tiempo de pensar en su alma, de recordar que han sido creadas a imagen y semejanza de Dios; el hambre, el frío, el terror cerval, el trabajo agobiante, lo mismo que aludes de nieve, les obstruyen todos los caminos que conducen a la actividad espiritual, lo único que distingue al hombre del animal, lo único por lo que merece la pena vivir. Ustedes tratan de ayudarlos con hospitales y escuelas, pero esas cosas no los liberan de sus cadenas; al contrario, los esclavizan ustedes aún más, ya que, al introducir en sus vidas nuevos prejuicios, aumenta el número de sus necesidades, por no hablar ya de que por los emplastos y los libros deben pagar al *zemstvo* y, por tanto, doblar aún más la espalda.

–No quiero discutir con usted –exclamó Lida, bajando el periódico–. Ya he escuchado antes esas razones. Solo le diré una cosa: no puede uno quedarse con los brazos cruzados. Es verdad que no vamos a salvar a la humanidad entera y que quizá cometеmos muchos errores, pero hacemos lo que podemos y tenemos razón. La tarea más elevada y sagrada de una persona cultivada es ayudar a sus semejantes, y nosotros tratamos de ayudarlos como podemos. A usted no le gusta, pero no se puede dar satisfacción a todo el mundo.

–Tienes razón, Lida, tienes razón –exclamó la madre.

En presencia de Lida siempre se sentía intimidada y cuando conversaba con ella la miraba con inquietud, temiendo decir algo superfluo o inconveniente. Nunca la contradecía; al contrario, siempre estaba de acuerdo con ella: «Tienes razón, Lida, tienes razón».

–La alfabetización de los campesinos, los libros con lamentables instrucciones y máximas y los centros médicos no pueden reducir la ignorancia ni la mortalidad, lo mismo que la luz de sus ventanas no basta para iluminar este enorme jardín –exclamé yo–. Ustedes no aportan nada; con su intromisión en la vida de esas personas solo crean nuevas necesidades, nuevos motivos para el trabajo.

–¡Ah, Dios mío, pero algo hay que hacer! –dijo Lida con enfado; y en el tono de su voz se adivinaba que juzgaba mis reflexiones insignificantes y las despreciaba.

–Hay que liberar a las personas del pesado trabajo físico –exclamé yo–. Hay que aligerar su yugo, concederles un respiro para que no se pasen toda la vida junto a las estufas, junto a las artesas o en el campo, para que tengan también tiempo de pensar en su alma, en Dios, para que puedan desarrollar más ampliamente sus aptitudes espirituales. La más alta vocación del hombre es la actividad espiritual, la búsqueda constante de la verdad y el sentido de la vida. Consiga liberarlos del rudo y bestial trabajo, permítales sentir la libertad y entonces verá qué absurdos son en realidad esos libros y esos hospitales. Una vez que el hombre tiene conciencia de su verdadera vocación, solo pueden satisfacerle la religión, la ciencia, el arte, y no esas naderías.

–¡Liberarles del trabajo! –se rió Lida–. ¿Acaso eso es posible?

–Sí. Asuman ustedes una parte de su trabajo. Si todos nosotros, habitantes de la ciudad y del campo, todos sin excepción, nos pusiéramos de acuerdo para repartir entre nosotros el trabajo que la humanidad realiza para la satisfacción de sus necesidades físicas, probablemente a cada uno de nosotros no nos corresponderían más de dos o tres horas al día. Imagínese que todos nosotros, ricos y pobres, trabajáramos solo tres horas al día y dispusiéramos libremente del resto del tiempo. Imagínese también que, para depender menos de nuestro cuerpo y fatigarnos menos, inventamos máquinas que se ocupen del trabajo y tratamos de reducir el número de nuestras necesidades al mínimo. Imagínese que nos armamos de valor para no temerles al hambre y al frío, para no sufrir constantemente por la salud de nuestros hijos, como sufren Anna, Mavra y Pelagueia. Imagínese que no nos curamos, no mantenemos farmacias, ni fábricas de tabaco ni destilerías de alcohol: ¡cuánto tiempo libre nos quedaría entonces! Todos nosotros emplearíamos ese ocio en las ciencias y las artes. Así como a veces los campesinos se unen para arreglar un camino, de la misma manera todos nosotros, en paz, buscaríamos la verdad y el sentido de la vida, y esa verdad, estoy convencido de ello, se nos revelaría muy pronto; el hombre se libraría de ese constante, angustioso y opresivo miedo a la muerte e incluso de la misma muerte.

–Se contradice usted –exclamó Lida–. No deja de referirse a la ciencia, y sin embargo rechaza la alfabetización.

–Para qué vale la alfabetización cuando el hombre solo tiene la posibilidad de leer los letreros de las tabernas y libros que no comprende; esa alfabetización existe entre nosotros desde los tiempos de Riurik; el gogoliano Petrushka hace ya tiempo que sabe leer, pero las aldeas siguen igual que en tiempos de Riurik. No es alfabetización lo que se necesita, sino una libertad que permita una amplia manifestación de las aptitudes espirituales. No se necesitan escuelas, sino universidades.

–Rechaza usted también la medicina.

–Sí. Solo sería necesaria para estudiar las enfermedades como manifestaciones de la naturaleza, no para curarlas. No se trata de curar enfermedades, sino de prevenir sus causas. Elimine usted la causa principal, el trabajo físico, y desaparecerán las enfermedades. No reconozco una ciencia que cura –añadí con apasionamiento–. Las ciencias y las artes, cuando son verdaderas, no ambicionan fines temporales o parciales, sino otros eternos y universales: buscan la verdad y el sentido de la vida, buscan a Dios, el alma; cuando descienden a las necesidades y cuestiones diarias, a los dispensarios y las bibliotecas, lo único que hacen es complicar y entorpecer la vida. Entre nosotros hay muchos médicos, farmacéuticos, juristas, mucha gente sabe leer y escribir, pero carecemos de biólogos, matemáticos, filósofos, poetas. Toda la inteligencia, toda la energía espiritual se ha gastado en la satisfacción de necesidades temporales y pasajeras... Los sabios, los escritores y los artistas están abarrotados de trabajo; gracias a su talento, las comodidades de la vida aumentan día a día. Nuestras demandas físicas se multiplican, pero estamos aún lejos de la verdad, y el hombre, lo mismo que antes, sigue siendo el más cruel y ruin de los animales; todo contribuye a que los seres humanos, en su gran mayoría, degeneren y pierdan para siempre cualquier capacidad vital. En esas condiciones la vida del artista no tiene ningún sentido, pues cuanto más talento tiene, más extraña e incomprensible resulta su posición, ya que en realidad trabaja para entretener a un animal cruel y ruin, y contribuye a mantener el orden establecido. Yo no quiero trabajar y no trabajaré... Nada es necesario. ¡Que la tierra se hunda en el infierno!

–Misius, retírate –dijo Lida a su hermana, considerando, por lo visto, que mis palabras eran perjudiciales para una muchacha tan joven.

Zhenia miró con ojos tristes a su hermana y a su madre y salió de la habitación.

–La gente suele decir todas esas cosas cuando quiere justificar su indiferencia –exclamó Lida–. Rechazar los hospitales y las escuelas es más fácil que curar y enseñar.

–Tienes razón, Lida, tienes razón –convino su madre.

–Amenaza usted con dejar de trabajar –continuó Lida–. Es evidente que valora usted mucho su trabajo. Pero dejemos de discutir; no vamos a ponernos de acuerdo, ya que la más deficiente de todas las bibliotecas o dispensarios, de los que usted acaba de hablar con tanto desprecio, es más importante para mí que todos los paisajes del mundo. En ese momento, dirigiéndose a su madre, añadió en un tono completamente distinto–: El príncipe está muy delgado y ha cambiado mucho desde que estuvo en nuestra casa. Lo envían a Vichy.

Hablaba con su madre del príncipe para no tener que dirigirse a mí. Su rostro ardía; para ocultar su agitación se inclinaba mucho sobre la mesa, como si fuera miope, y aparentaba leer el periódico. Mi presencia le desagradaba. Me despedí y salí de la casa.

IV

Todo era tranquilidad en el patio; la aldea del otro lado del estanque ya dormía. No se veía ni una luz; tan solo en el estanque lucían los pálidos reflejos de las estrellas. Junto al portón con los leones, Zhenia, inmóvil, me esperaba para acompañarme.

–Todos duermen en la aldea –le dije, tratando de distinguir en la oscuridad su rostro; al fin vislumbré sus ojos tristes y oscuros, fijos en los míos–. El tabernero y el cuatrero duermen plácidamente, mientras nosotros, personas honradas, nos irritamos y discutimos.

Era una melancólica noche de agosto; melancólica porque olía ya a otoño. La luna estaba saliendo detrás de una nube púrpura e iluminaba levemente el camino y los oscuros campos otoñales que lo rodeaban. Caían estrellas fugaces. Zhenia iba a mi lado, tratando de no mirar el cielo para no ver la caída de las estrellas, que por algún motivo le asustaba.

–Yo creo que tiene usted razón –dijo, temblando a causa de la humedad de la noche–. Si las personas, conjuntamente, pudieran entregarse a las actividades espirituales, pronto lo sabrían todo.

–Claro que sí. Somos criaturas superiores; si fuéramos conscientes de toda la fuerza del genio humano y pensáramos solo en los fines supremos, acabaríamos siendo como dioses. Pero eso no sucederá nunca: la humanidad degenerará y del genio no quedará ni huella.

Cuando ya no se veía el portón, Zhenia se detuvo y apresuradamente me apretó la mano.

–Buenas noches –exclamó temblando, encogiéndose de frío, pues sus hombros solo estaban cubiertos por una blusa–. Venga mañana.

Me aterraba la idea de quedarme solo, irritado, descontento conmigo mismo y con los otros; también yo trataba de no mirar las estrellas fugaces.

–Quédese conmigo un minuto más –exclamé–. Se lo ruego.

Amaba a Zhenia. Ese amor acaso se debiera a que salía a recibirme y me acompañaba, a que me miraba con ternura y admiración. ¡Qué conmovedores y bellos eran su pálido rostro, sus finas manos, su debilidad, su ociosidad, sus libros! ¿Y la inteligencia? Tenía la sospecha de que poseía una inteligencia poco común; me admiraba la amplitud de sus opiniones, quizá porque razonaba de otro modo que la severa y hermosa Lida, que no me quería. A Zhenia le atraía mi condición de artista; había conquistado su corazón con mi talento y ahora sentía unos enormes deseos de pintar solo para ella. Soñaba que era una pequeña reina que dominaría conmigo esos árboles, esos campos, la niebla, el amanecer, esa naturaleza maravillosa y encantada, en medio de la cual me había sentido hasta entonces desesperadamente solo y superfluo.

–Quédese un minuto más –le pedí–. Se lo suplico.

Me quité el abrigo y se lo puse sobre los hombros ateridos; ella, temiendo parecer ridícula y fea con un abrigo de hombre, se echó a reír y se lo quitó; en ese momento la abracé y empecé a cubrir de besos su rostro, sus hombros, sus manos.

–¡Hasta mañana! –susurró ella, y con mucho cuidado, como si temiera destruir la quietud de la noche, me abrazó–. No existen secretos entre nosotras; debo contárselo todo ahora mismo a mi madre y a mi hermana... ¡Qué miedo me da! No por mi madre, mi madre le quiere, pero ¡Lida!

Volvió corriendo al portón.

–¡Adiós! –gritó.

Luego, durante unos dos minutos, la oí correr. No me apetecía volver a mi alojamiento, pues nada tenía que hacer allí. Permanecí inmóvil unos instantes y después, en silencio, volví sobre mis pasos para mirar una vez más la casa en la que ella vivía, la encantadora, ingenua y vieja casa, que parecía mirarme con las ventanas del desván, semejantes a ojos, y comprenderlo todo. Pasé junto a la terraza, me senté en el banco junto a la pista de *lawn-tennis*, en la oscuridad, bajo el viejo olmo, y desde allí contemplé la mansión. En las ventanas del desván, donde vivía Misius, resplandeció una brillante luz, que luego se volvió de un verde suave: habían cubierto la lámpara con una pantalla. Unas sombras se movieron... Me sentía lleno de ternura, de paz, de satisfacción; de satisfacción porque me había dejado llevar por mis sentimientos y me había enamorado, aunque al mismo tiempo me causaba inquietud el pensamiento de que en ese momento, a unos pocos pasos de mí, en una de las habitaciones de esa casa, se encontraba Lida, que no me quería, que probablemente me odiaba. Seguía sentado, esperando que saliera Zhenia, y al aguzar el oído me pareció oír voces en el desván.

Pasó cerca de una hora. La luz verde se apagó y las sombras dejaron de verse. La luna se elevaba ya sobre la casa y alumbraba el jardín dormido y los senderos; los macizos de dalias y de rosas que había delante de la casa, claramente visibles, parecían de un mismo color. Empezó a hacer mucho frío. Salí del jardín, recogí el abrigo del suelo y me encaminé sin prisas a la casa.

Al día siguiente, cuando llegué a la mansión de las Volchanínov después de la comida, la puerta de cristal del jardín estaba abierta de par en par. Me senté en la terraza, esperando que de un momento a otro, desde detrás del parterre de la plazoleta o por una de las alamedas, apareciera Zhenia o me llegara su voz desde las habitaciones; al cabo de un rato pasé a la sala, al comedor. No había nadie. Del comedor me dirigí al recibidor, atravesando un largo pasillo; luego volví sobre mis pasos. En el pasillo había algunas puertas; tras una de ellas resonó la voz de Lida.

–A un cuervo en cierto lugar... Dios... –decía en voz alta, y alargando las palabras, probablemente dictando–. Dios envió un pedazo de queso... a un cuervo... en cierto lugar... ¿Quién está ahí? –exclamó de pronto, al escuchar mis pasos.

–Soy yo.

–¡Ah! Perdone, ahora no puedo atenderle, estoy ocupada con Dasha.

–¿Yekaterina Pávlovna está en el jardín?

–No, se ha ido hoy con mi hermana a casa de mi tía, en la provincia de Penza. Y en invierno, probablemente, se marcharán al extranjero... –añadió, después de una pausa–. A un cuervo en cierto lugar... Di-os envió un pe-dazo de queso... ¿Lo has escrito?

Salí al vestíbulo y sin pensar en nada me quedé mirando el estanque y la aldea; hasta mí llegaban algunas palabras:

–Un pedazo de queso... A un cuervo en cierto lugar Dios envió un pedazo de queso...

Salí de la hacienda siguiendo el mismo camino que la primera vez, solo que en sentido contrario: del patio pasé al jardín que rodeaba la casa y de este a la alameda de tilos... Allí me alcanzó un muchacho que me entregó una nota: «Se lo he contado todo a mi hermana, y ella exige que me separe de usted –leí–. No sería capaz de entristecerla con mi desobediencia. Que Dios le conceda felicidad, perdóneme. ¡Si supiera con qué amargura lloramos mi madre y yo!».

Luego la sombría alameda de abetos, la cerca desmoronada... En ese mismo campo en el que antaño florecía el centeno y piaban las perdices, pastaban ahora las vacas y los caballos trabados. Más allá, en las colinas, destacaba el intenso verdor de la sementera de otoño. Un humor sobrio y prosaico se apoderó de mí; me dio vergüenza todo cuanto había dicho en casa de las Volchanínov. Volví a sentir el tedio de la vida. Al llegar a casa, hice las maletas y por la noche me marché a San Petersburgo.

No he vuelto a ver a las Volchanínov. Hace poco, yendo a Crimea, me encontré en el tren con Belokúrov. Lo mismo que antes, iba vestido con un abrigo largo y una camisa bordada. Cuando le pregunté por su salud, me contestó: «Bien, gracias a sus oraciones». Nos pusimos a charlar. Había vendido su hacienda y comprado otra más pequeña, que había puesto a nombre de Liubov Ivánovna. Me contó algunas cosas de las Volchanínov. Lida, según sus palabras, seguía viviendo en Shelkovka, y enseñaba a los niños en la escuela; poco a poco, había conseguido reunir en torno a ella un grupo de gentes afines que, tras constituir un partido fuerte, había «desalojado» en las últimas elecciones del *zemstvo* a Balaguin, aquel que hasta entonces había tenido todo el distrito en su poder. De Zhenia solo me dijo que no vivía en la casa y que no sabía dónde se encontraba.

Empiezo ya a olvidarme de la casa con desván; solo alguna que otra vez, cuando pinto o leo, de repente, sin causa ninguna, me acuerdo de la luz verde en la ventana, del rumor de mis pasos en el campo por la noche, cuando regresaba a casa lleno de amor y me frotaba las manos por el frío. Y en muy raros momentos, cuando me atormenta la soledad y me agobia la tristeza, algunos vagos recuerdos me visitan; entonces, por alguna razón, empieza a parecerme que también ella se acuerda de mí y me espera, y que algún día nos encontraremos...

Misius, ¿dónde estás?

En el carro
(1897)

Habían salido de la ciudad a las ocho y media de la mañana.

La carretera estaba seca, el hermoso sol de abril calentaba con fuerza, pero en las zanjas y en el bosque aún había nieve. El invierno, maligno, oscuro, prolongado, acababa de marcharse y la primavera había llegado de golpe, pero para María Vasílievna, que estaba sentada en la telega, no representaban nada nuevo ni interesante la tibieza, los transparentes bosques calentados por el soplo de la primavera, las negras bandadas que planeaban por los campos, por encima de los inmensos charcos, semejantes a lagos, el cielo maravilloso e insondable, al cual podría volar uno lleno de alegría. Desde hacía trece años era maestra de escuela y en todo ese tiempo no habría podido contar las veces que había viajado a la ciudad para cobrar el sueldo; ya fuera una jornada de primavera, como ahora, o una tarde de otoño con lluvia o un día de invierno, siempre había albergado el mismo invariable deseo: llegar cuanto antes.

Tenía la impresión de llevar viviendo mucho tiempo en esas regiones, desde hacía cien años, y le parecía que conocía cada piedra y cada árbol del camino que comunicaba la ciudad con su escuela. Allí se hallaba todo su pasado y todo su presente; y no podía imaginarse un futuro que no incluyese la escuela, el trayecto de ida y vuelta a la ciudad, y de nuevo la escuela, de nuevo el camino...

En cuanto al pasado anterior a su nombramiento de maestra, ya había perdido la costumbre de pensar en él y lo había olvidado casi por completo. En otro tiempo había tenido un padre y una madre; vivían en Moscú, cerca de Krasnie Vorota, en un espacioso apartamento, pero de toda esa vida solo le quedaba un recuerdo confuso y vago, como un sueño. Su padre había muerto cuando ella tenía diez años; poco después lo hacía su madre... Tenía un hermano oficial con el que en un principio había mantenido correspondencia, pero luego el hermano dejó de responder a sus cartas, perdió la costumbre de escribir. De aquella vida anterior solo conservaba una fotografía de su madre, pero la humedad de la escuela la había difuminado y ahora solo se distinguían el pelo y las cejas.

Al cabo de tres verstas de camino, el viejo Semión, que conducía el caballo, se volvió y dijo:

–Han cogido a un funcionario de la ciudad. Lo han mandado a la cárcel. Corren rumores de que habría asesinado al alcalde Alekséiev en Moscú, con la ayuda de los alemanes.

–¿Quién te lo ha dicho?

–Viene en los periódicos; alguien lo leyó en la taberna de Iván Ionich.

De nuevo se hizo un largo silencio. María Vasílievna pensaba en su escuela, en el próximo examen, al que presentaría cuatro niños y una niña. Mientras estaba sumida en tales reflexiones, la adelantó una calesa tirada por cuatro caballos en la que viajaba el hacendado Jánov, el mismo que el año anterior había presidido los exámenes en la escuela. Al llegar a su altura, la reconoció y la saludó.

–¡Buenos días! –dijo–. ¿Regresa usted a casa?

Ese Jánov, hombre de unos cuarenta años, con el rostro ajado y una expresión lánguida, había empezado a envejecer de forma palpable, pero aún era atractivo y gustaba a las mujeres. Vivía solo en su gran propiedad, no servía en ningún departamento y, según se comentaba, pasaba el tiempo en completa ociosidad, sin hacer otra cosa que pasearse de un rincón a otro silbando o jugar al ajedrez con su viejo lacayo. También se decía que bebía mucho. De hecho, en el examen del año pasado, hasta los papeles que llevaba consigo olían a una mezcla de perfumes y vino. En aquella ocasión se había vestido con ropas nuevas de pies a cabeza y había gustado mucho a María Vasílievna, que se había sentido completamente confusa todo el tiempo que pasó sentada a su lado. Estaba acostumbrada a que los examinadores fueran hombres fríos y juiciosos; en cambio él no recordaba ni una sola oración, no sabía qué preguntar, era sumamente cortés y educado y había concedido un cinco sobre cinco a todos los alumnos.

–Voy a visitar a Bakvist –continuó Jánov, dirigiéndose a María Ivánovna–, aunque dicen que no está en casa.

Los coches abandonaron la carretera y tomaron por un camino vecinal. Jánov iba delante y Semión detrás. Los cuatro caballos marchaban al paso, arrastrando con esfuerzo la pesada carretela, cuyas ruedas se hundían en el barro. Semión maniobraba para evitar el camino, tan pronto avanzando por un montículo como por un prado, y a menudo saltaba del coche para ayudar al caballo. María Vasílievna seguía pensando en la escuela y se preguntaba si el ejercicio del examen sería fácil o difícil. Se sentía descontenta del *zemstvo*, donde la víspera no había encontrado a nadie. ¡Qué informalidad! Llevaba ya dos años solicitando que la librasen del guardián de la escuela, que no hacía nada, le faltaba al respeto y pegaba a los alumnos, pero nadie le hacía caso. Al presidente no se le veía casi nunca y las pocas ocasiones en que aparecía decía con lágrimas en los ojos que no tenía tiempo; el inspector visitaba la escuela unas tres veces al año, pero no entendía nada, pues era un antiguo funcionario de Hacienda que había recibido el cargo por influencias; el consejo escolar se reunía muy rara vez, siempre en sitios distintos; el administrador era un mujik que apenas sabía leer y escribir, dueño de una curtiduría, hombre de pocas entendederas, grosero y gran amigo del guardián, y no había nadie a quien elevar una queja o solicitar informes...

«La verdad es que es guapo», pensó de pronto, mirando a Jánov.

El camino empeoraba a medida que avanzaban... Se internaron en el bosque. Allí no había manera de echarse a los lados y se veían obligados a seguir las profundas rodadas, por las que fluía y borboteaba el agua. Además, las espinosas ramas les arañaban el rostro.

–¿Qué le parece este camino? –preguntó Jánov, rompiendo a reír.

La profesora lo miraba y no entendía por qué ese hombre estrafalario vivía allí. ¿De qué le valían en ese rincón perdido, tedioso y lleno de barro su dinero, su atractiva figura y sus refinados modales? No obtenía ninguna ventaja de la vida y, lo mismo que Semión, tenía que ir al paso, por un camino intransitable, y resignarse a las mismas incomodidades. ¿Qué hacía allí cuando tenía medios para vivir en Petersburgo o en el extranjero? Siendo rico como era, se diría que le hubiera convenido arreglar ese pésimo camino para ahorrarse tantas molestias y no ver el sufrimiento reflejado en los rostros de su cochero y de Semión; pero no hacía más que reírse; por lo visto, le daba todo igual y no necesitaba una vida mejor. Era bondadoso, indolente, ingenuo, no comprendía los aspectos desagradables de esa vida, los desconocía, igual que en el examen no sabía las oraciones. Se contentaba con donar mapamundis a la escuela y en su fuero interno se consideraba un hombre útil, un conspicuo adalid de la instrucción popular. Pero ¿quién tenía necesidad allí de esos mapamundis?

–¡Sujétese, señorita! –dijo Semión.

El carruaje sufría intensas sacudidas y parecía a punto de volcar; algo pesado cayó en los pies de María Vasílievna: eran sus compras. Subían por una abrupta ladera, siguiendo un camino de arcilla; por las tortuosas zanjas corrían rumorosos arroyos; parecía como si el agua hubiera roído el camino. ¿Cómo iban a pasar por allí? Los caballos resoplaban. Jánov se había apeado del coche y avanzaba a pie por el borde del camino, vestido con su largo abrigo. Tenía calor.

–¿Qué le parece este camino? –repitió, echándose a reír–. ¡Con viajes así la calesa no tardará en romperse!

–¿Y quién le manda ponerse en camino con un tiempo así? –preguntó Semión con sequedad–. Haría mejor quedándose en casa.

–En casa me aburro, abuelo. No me gusta quedarme allí.

Al lado del viejo Semión, parecía esbelto y vigoroso, pero había en sus andares un matiz apenas apreciable que revelaba a un hombre amargado, débil, próximo a la decadencia. De pronto, en el bosque, María Vasílievna percibió un olor a vino. Se estremeció y sintió compasión por ese hombre, que se apagaba sin saber por qué ni para qué, y se le ocurrió pensar que si hubiera sido su mujer o su hermana habría dado toda su vida para salvarlo de la destrucción. ¿Ser su mujer? La vida estaba construida de tal modo que, aunque él vivía solo en su inmensa propiedad y ella vivía sola en una aldea perdida, la simple idea de que pudieran intimar y tratarse como iguales por alguna razón parecía imposible y absurda. En realidad toda la organización de la vida y las relaciones humanas se habían vuelto hasta tal punto incomprensibles que solo de pensarlo se sentía angustia y se encogía el corazón.

«No hay manera de entender –pensaba– por qué Dios concede belleza, afabilidad, tristes y dulces ojos a personas débiles, desdichadas e inútiles, y por qué son tan atractivas.»

–Aquí nosotros giramos a la derecha –dijo Jánov, subiendo al coche–. ¡Adiós! ¡Que le vaya todo bien!

Y María Vasílievna volvió a ocuparse de sus estudiantes, del examen, del guardián, del consejo escolar; luego, cuando el viento, soplando desde la derecha, trajo el ruido del coche que se alejaba, esas ideas se entremezclaron con otras. Quería pensar en esos hermosos ojos, en el amor, en esa felicidad que nunca llegaría...

¿Ser su mujer? Por la mañana hacía frío, no había nadie para encender la estufa, pues el guardián se había ido a algún sitio; los alumnos llegaban poco antes del amanecer, cubiertos de nieve y de barro, alborotando; todo eran estrecheces e incomodidades. El apartamento se componía de una sola habitación, que hacía las veces de dormitorio y de cocina. Cada día, al acabar las clases, le dolía la cabeza y después de comer tenía ardor de estómago. Había que pedir a los estudiantes el dinero para la leña de la calefacción y para el guardián, a continuación entregárselo al administrador, y luego suplicarle a ese mujik cebado e insolente que hiciera el favor de enviar la leña. Por la noche soñaba con los exámenes, con los mujiks, con los montones de nieve. Esa vida la había avejentado; sus rasgos se habían vueltos más duros y toscos, y ella se había convertido en una mujer huraña y torpe, como revestida de plomo; tenía miedo de todo; en presencia de los miembros del consejo o del administrador de la escuela se ponía de pie y no se atrevía a sentarse, y, cuando hablaba de alguno de ellos, decía respetuosamente «su excelencia». Nadie la apreciaba y su vida discurría sumida en el aburrimiento, sin caricias, sin amistosa comprensión, sin relaciones interesantes. ¡Dada su situación, habría sido terrible enamorarse!

—¡Sujétese, señorita!

De nuevo subían por una abrupta pendiente.

Se había hecho maestra por necesidad, sin sentir la menor inclinación; nunca pensaba en la vocación, ni en la utilidad de la instrucción, y consideraba que en su oficio lo más importante no eran los estudiantes ni la instrucción, sino los exámenes. Además, ¿cuándo iba a pensar en la vocación, en la utilidad de la instrucción? Los maestros, los médicos pobres y los enfermeros, tan sobrecargados de trabajo, ni siquiera contaban con el consuelo de pensar que servían a una idea o al pueblo, ya que siempre tenían la cabeza ocupada con cuestiones como el pan, la leña, los caminos intransitables, las enfermedades. Una vida difícil, carente de interés; para soportarla mucho tiempo había que ser una paciente bestia de carga, como María Vasílievna; las personas dinámicas, nerviosas y sensibles, que hablaban de vocación y de servicio a una idea, pronto se cansaban y se daban por vencidas.

Semión trataba de seguir el camino más seco y más corto, y tan pronto tomaba por los prados como por los jardines traseros de las casas; pero unas veces los mujiks le impedían el paso, otras tropezaban con las tierras del pope y no podían pasar, y otras aún iban a parar a un terreno que Iván Iónich acababa de comprar al propietario del lugar y había rodeado de un foso. Cada dos por tres se veían obligados a retroceder.

Llegaron a Nízhneie Gorodishe. Cerca de la taberna, en un terreno cubierto de estiércol, bajo el que aún despuntaba la nieve, había algunas carretas cargadas con grandes bombonas de ácido sulfúrico. La taberna estaba llena de carreteros, y olía a vodka, a tabaco y a zamarras de piel de cordero. Los parroquianos hablaban a voces, la puerta de polea no paraba de abrirse y de cerrarse. En la tienducha que había al otro de la pared tocaban sin tregua el acordeón. María Vasílievna se había sentado y tomaba té; en la mesa contigua unos carreteros, a los que el té recién ingerido y el ambiente caluroso de la posada hacían sudar a chorros, bebían vodka y cerveza.

–¡Oye, Kuzmá! –se oían voces en medio del barullo–. ¡Nada de eso! ¡Por el amor de Dios! ¡Iván Dementich, puedo hacerlo por ti! ¡Mira, compadre!

Un mujik de baja estatura, con perilla negra y el rostro picado de viruelas, que llevaba ya un buen rato borracho, expresó de pronto su sorpresa mediante una retahíla de blasfemias.

–¿Por qué despotricas así? ¡Eh! –le dijo con enfado Semión, que estaba sentado aparte, a bastante distancia–. ¿Es que no ves que hay una señorita?

–Una señorita... –le remedó alguien en el otro extremo del local.

–¡Idiota!

–No hago nada... –dijo todo confuso el mujik pequeño–. Perdone. Yo me gasto mi dinero y la señorita el suyo... ¡Buenos días!

–Buenos días –respondió la maestra.

–Muy reconocido.

María Vasílievna disfrutaba del té, se había puesto tan colorada como los carreteros y pensaba de nuevo en la leña, en el guardián...

–¡Espera, compadre! –dijo alguien en la mesa vecina–. Es la maestra de Viazovie... ¡La conocemos! Es una buena mujer.

–¡Muy decente!

La puerta de polea no paraba de abrirse y de cerrarse; unos entraban, otros salían. María Vasílievna seguía sentada, pensando en lo mismo, mientras del otro lado de la pared no se acallaban los sones del acordeón. Las manchas de sol que había en el suelo se trasladaron al mostrador, luego a la pared y al cabo desaparecieron; eso quería decir que ya era más de mediodía. Los carreteros de la mesa contigua se dispusieron a reanudar la marcha. El mujik pequeño, tambaleándose ligeramente, se acercó a María Vasílievna y le tendió la mano; los otros, al verlo, hicieron lo mismo y a continuación salieron uno tras otro, de modo que la puerta de polea chirrió y rechinó nueve veces.

–¡Señorita, prepárese! –gritó Semión.

Se pusieron de nuevo en camino, avanzando siempre al paso.

–Hace poco construyeron una escuela aquí, en Nízhneie Gorodishe –comentó Semión, volviéndose hacia ella–. ¡Y se armó una buena!

–¿Qué pasó?

–Pues que el presidente del comité se embolsó mil rublos, el administrador otros tantos y el maestro quinientos.

–En toda la escuela no se han gastado ni mil rublos. No está bien calumniar a la gente, abuelo. Todo eso no son más que cuentos.

–No lo sé... Solo repito lo que dice la gente.

Era evidente que Semión no creía a la maestra. Los campesinos no la creían; siempre habían pensado que recibía un sueldo demasiado alto, veintiún rublos al mes (habría sido suficiente con cinco), y que se quedaba con la mayor parte del dinero que recibía de los estudiantes para pagar la leña y al guardián. El administrador era de la misma opinión que los campesinos; él mismo se quedaba con parte del dinero de la leña y hacía que los mujiks le pagaran una cantidad por su actividad, a espaldas de las autoridades.

Gracias a Dios salieron del bosque; desde allí hasta Viazovie el camino era llano. Además, ya quedaba poco: atravesar el río, luego la vía férrea y habrían llegado.

–¿Por dónde vas? –preguntó María Vasílievna a Semión–. Vete por el camino de la derecha y pasa por el puente.

–¿Para qué? Es mejor ir todo recto. El río no es muy profundo.

–El caballo puede perder pie.

–¿Cómo?

–Jánov también ha pasado por el puente –dijo María Vasílievna, viendo a lo lejos, en el camino de la derecha, un tiro de cuatro caballos–. Parece que es él.

–Así es. Probablemente no ha encontrado a Bakvist. Qué tontería, Dios mío, ir por el puente cuando por aquí se acortan tres verstas.

Llegaron a la orilla del río. En verano era un pequeño arroyuelo fácil de vadear, que en agosto solía secarse del todo, pero ahora, después del deshielo, sus aguas briosas, turbias y frías, ocupaban un cauce de unos seis *sazhens* de ancho; en la ribera y en el borde del agua se veían rodadas recientes, indicio de que ya había pasado alguien.

–¡Adelante! –gritó Semión con rudeza e ímpetu, tirando con fuerza de las riendas y sacudiendo los codos como un ave bate las alas–. ¡Adelante!

El caballo se introdujo en el agua hasta el vientre y se detuvo, pero al cabo de un momento, haciendo acopio de todas sus fuerzas, se puso de nuevo en marcha; María Vasílievna sintió un intenso frío en los pies.

–¡Adelante! –gritó también ella, poniéndose en pie–. ¡Adelante!

Llegaron a la otra orilla.

–Y siempre lo mismo, Señor –farfulló Semión, reajustando los arreos–. Este *zemstvo* es un castigo divino...

María Vasílievna tenía los chanclos y los zapatos llenos de agua, mientras el bajo de su falda y de su abrigo, así como una manga, estaban mojados y goteaban; pero lo peor de todo era que el azúcar y la harina estaban empapados; María Vasílievna se limitó a sacudir las manos con desesperación, al tiempo que decía:

–¡Ah, Semión, Semión...! ¡Cómo eres, la verdad...!

En el paso a nivel encontraron la barrera bajada: el tren correo había salido de la estación. María Vasílievna, de pie junto a la vía, esperaba a que pasara, temblando de frío de pies a cabeza. Ya se veía Viazovie: la escuela de tejado verde, la iglesia, cuyas cruces resplandecían, reflejando la luz del sol poniente; también centelleaba la ventana de la estación, mientras la locomotora exhalaba un humo rosado... La maestra tuvo la impresión de que todo temblaba de frío.

El tren ya llegaba; los cristales estaban inundados de brillante luz, como las cruces de la iglesia, y hacían daño a la vista. En la plataforma de uno de los vagones de primera clase había una dama; María Vasílievna la vio fugazmente: ¡era su madre! ¡Cómo se le parecía! Su madre también tenía los cabellos vaporosos, la misma frente, idéntica inclinación de cabeza. Y por primera vez en esos trece años se representó con viveza y sorprendente nitidez a su madre, a su padre, a su hermano, el apartamento de Moscú, la pecera y todas las demás cosas, hasta el más menudo detalle; oyó de pronto las teclas del piano, la voz de su padre y se vio tal como era entonces, joven, hermosa y elegante, en medio de una habitación luminosa y caldeada, rodeada de los suyos; un sentimiento de alegría y felicidad se apoderó de pronto de ella; llena de emoción se apretó las sienes con las palmas de la mano y gritó con ternura, como si estuviera rezando:

–¡Mamá!

Y, sin saber por qué, rompió a llorar. En ese preciso instante Jánov se acercó en su calesa; al verlo, se imaginó esa felicidad de la que nunca había disfrutado y, sonriendo, le hizo un gesto con la cabeza, como si fuera una persona próxima y de igual condición, y tuvo la impresión de que en todas partes, en el cielo, en las ventanillas, en los árboles, resplandecían su felicidad y su triunfo. Sí, su padre y su madre no habían muerto, ella nunca había sido maestra, todo había sido un sueño largo, desagradable y extraño, pero ahora se había despertado...

–¡Señorita, suba al coche!

De repente todo desapareció. La barrera se levantó poco a poco. María Vasílievna, temblando, entumecida de frío, subió a la telega. La calesa atravesó la vía, seguida de Semión. El guardagujas se quitó la gorra.

–Ahí está Viazovie. Ya hemos llegado.

El hombre enfundado
(1898)

En el borde mismo de la aldea de Mironósitskoie unos cazadores, a los que se les había hecho tarde, se disponían a pasar la noche en el granero del *starosta* Prokofi. Solo eran dos: el veterinario Iván Ivánich y el profesor de instituto Burkin. Iván Ivánich tenía un apellido compuesto bastante extraño, Chimshá-Guimalaiski, que no le pegaba en absoluto, por lo que en todo el distrito lo llamaban simplemente por el nombre y el patronímico; vivía en un acaballadero próximo a la ciudad y había salido de caza para respirar un poco de aire puro. El profesor de instituto Burkin pasaba todos los veranos en casa del conde P. y, en consecuencia, desde hacía tiempo se sentía en el lugar como en su propia casa.

No dormían. Iván Ivánich, anciano alto y enjuto, con largos bigotes, estaba sentado fuera, junto a la entrada, y fumaba su pipa a la luz de la luna. Burkin se hallaba en el interior, tumbado sobre la paja, invisible en medio de las tinieblas.

Contaban distintas historias. Entre otras cosas, hablaban de Mavra, la esposa del *starosta*, mujer fuerte y nada tonta, que no había abandonado en toda la vida su aldea natal, nunca había visto ni una ciudad ni una vía férrea y se había pasado los últimos diez años sentada junto a la estufa, saliendo solo a la calle por la noche.

–¿Qué tiene eso de sorprendente? –preguntó Burkin–. En este mundo abundan las personas solitarias por naturaleza que, como el cangrejo ermitaño o el caracol, tratan de refugiarse en su concha. Quizá se trate de un fenómeno atávico, un retorno a aquellos tiempos en que el ancestro del hombre aún no era un animal social y vivía solitario en su guarida o quizá se trate simplemente de una de las manifestaciones del carácter humano, ¿quién sabe? No soy naturalista y no me compete ocuparme de tales cuestiones; solo quiero decir que las personas como Mavra no son raras. Vea un ejemplo, sin ir muy lejos: hace un par de meses murió en nuestra ciudad un tal Bélikov, profesor de griego y colega mío. Seguro que ha oído hablar de él. Era conocido porque salía siempre de casa, incluso cuando hacía un tiempo excelente, con chanclos, paraguas y un grueso abrigo guateado. Guardaba el paraguas en una funda, el reloj en un estuche de gamuza gris y, cuando necesitaba su cortaplumas para afilar un lápiz, lo sacaba de una envoltura; hasta la cara parecía enfundada, pues siempre la llevaba tapada con el cuello levantado del abrigo. Llevaba gafas oscuras y camiseta, se ponía trozos de algodón en las orejas y, cuando tomaba un coche, mandaba correr la capota. En una palabra, ese hombre sentía un deseo constante e irreprimible de rodearse de un envoltorio, de crearse, por decirlo así, un estuche que lo aislara y lo defendiera de toda influencia exterior. La realidad lo irritaba, lo asustaba, le mantenía en un estado de inquietud constante; quizá para justificar esa timidez, ese rechazo de la realidad, alababa siempre el pasado y cosas que nunca habían existido; en el fondo, las lenguas clásicas que enseñaba eran para él lo mismo que los chanclos y el paraguas que le protegían de la vida real.

»–¡Ah, qué musical y hermosa es la lengua griega! –decía con voz suave; y, a modo de demostración, entornaba los ojos y, levantando un dedo, pronunciaba–: ¡Anthropos!

»Hasta el pensamiento trataba Bélikov de encerrarlo en una funda. Para él solo estaban claras las circulares y artículos en los que se prohibía algo. Cuando una circular prohibía a los alumnos salir a la calle después de las nueve de la noche o un artículo condenaba el amor físico, aquello le parecía claro e inequívoco: estaba prohibido y punto. El permiso y la autorización encerraban siempre, a su entender, un elemento dudoso, algo turbio y no aclarado del todo. Cuando en la ciudad daban autorización para crear un círculo dramático, una sala de lectura o un salón de té, sacudía la cabeza y decía en voz baja:

»–Por supuesto, todo eso está muy bien, pero ya veremos cómo acaba.

»Cualquier infracción, desviación o violación de las reglas le llenaba de tristeza, aunque no se entendía en qué podían afectarle. Si alguno de sus compañeros llegaba tarde a los oficios u oía rumores de que los alumnos habían hecho alguna travesura o veía a última hora de la tarde a una preceptora con un oficial, se turbaba sobremanera y decía sin falta: "Veremos cómo acaba". Y en las reuniones del claustro nos abrumaba con su circunspección, su desconfianza y sus consideraciones de "hombre enfundado" sobre el mal comportamiento de los alumnos y las alumnas y el mucho ruido que hacían en clase. "¡Ah, mientras el director no se entere! ¡Ah, mientras no pase nada!"; y decía que sería buena idea expulsar a Petrov, alumno de segundo curso, y a Yegórov, de cuarto. ¿Y qué cree usted? Con sus suspiros, sus quejas, sus gafas oscuras y su rostro pequeño y pálido, como el de un turón, nos acongojaba a todos, de manera que nos sometíamos, bajábamos la calificación de Petrov y Yegórov por su mala conducta, los castigábamos y, al final, acabábamos expulsándolos. Tenía la extraña costumbre de ir a vernos a nuestros apartamentos. Llegaba a casa de un colega, se sentaba y guardaba silencio, como si estuviera examinando algún objeto. Al cabo de un par de horas, sin haber despegado los labios, se marchaba. Llamaba a esas visitas "mantener buenas relaciones con los colegas"; era evidente que le disgustaba ir a vernos y pasar allí un rato y que solo lo hacía porque lo consideraba una obligación para con sus compañeros. Los profesores le temíamos. Y el director también. Figúrese, nuestros profesores eran personas reflexivas y valiosas, versadas en las obras de Turguéniev y Schedrín, y, sin embargo, ese hombre que iba siempre con chanclos y paraguas tuvo a todo el instituto metido en un puño durante quince años. ¡Y qué digo el instituto! ¡A la ciudad entera! Nuestras damas no organizaban espectáculos privados los sábados por temor a que se enterara; los miembros del clero no se atrevían a comer carne o a jugar a las cartas en su presencia. Bajo la influencia de personas como Bélikov la ciudad ha vivido atemorizada durante los últimos diez o quince años. La gente no se atrevía a hablar demasiado alto, a enviar cartas, a trabar amistades, a leer libros, a ayudar a los pobres, a enseñar a leer y escribir...

Iván Ivánich carraspeó, dando a entender que quería decir algo; luego encendió la pipa, contempló la luna y finalmente dijo, separando mucho las palabras:

–Sí. Las personas reflexivas y valiosas leen a Schedrín y a Turguéniev, a Buckle y a otros, pero se someten y aguantan... Así es.

–Bélikov vivía en el mismo edificio que yo –continuó Burkin–, en la misma planta, puerta frente a puerta, de manera que nos veíamos a menudo y yo conocía su vida doméstica. En casa era la misma historia: bata, gorro, postigos, cerrojos, toda una batería de prohibiciones y restricciones, y siempre esa expresión: «¡Ah, veremos cómo acaba!». Ayunar no le sentaba bien, pero no podía comer carne porque entonces habrían dicho que Bélikov no respetaba la Cuaresma; en consecuencia, comía percas fritas con mantequilla, un plato que no era de Cuaresma, pero al que tampoco se le podía llamar de carne. No tenía ninguna criada por temor a que alguien pensara mal; empleaba a un cocinero llamado Afanasi, anciano de unos sesenta años, borracho y medio tonto, que antaño había trabajado como ordenanza y tenía algún conocimiento de cocina. Ese Afanasi, por lo común, se mantenía cerca de la puerta, con los brazos cruzados, murmurando siempre la misma letanía, con un profundo suspiro:

»–¡Hay muchos de *esos* hoy día!

»El dormitorio de Bélikov era pequeño, como una caja; la cama tenía cortinas. Cuando se acostaba, se tapaba hasta la cabeza; el ambiente era caluroso, sofocante; el viento golpeaba las puertas cerradas, la estufa silbaba; se oían suspiros en la cocina, unos suspiros siniestros...

»El terror se apoderaba de él bajo la manta. Le daba miedo que le sucediera alguna cosa, que Afanasi lo degollara, que entraran ladrones; además, durante toda la noche tenía sueños turbadores y por la mañana, cuando nos dirigíamos juntos al instituto, estaba apesadumbrado y pálido; se veía que el poblado instituto al que se encaminaba le daba pavor y le repugnaba con toda su alma, y que caminar a mi lado, debido a su naturaleza solitaria, le resultaba penoso.

»–Hacen mucho ruido en clase –decía, como tratando de buscar una explicación a ese sentimiento de malestar–. En mi vida he visto nada igual.

»Y ese profesor de griego, ese hombre enfundado, figúrese, estuvo a punto de casarse.

Iván Ivánich echó una rápida ojeada al granero y dijo:

–¡Bromea usted!

–Sí, estuvo a punto de casarse, por extraño que parezca. En nuestro instituto nombraron a un nuevo profesor de historia y geografía, un tal Mijaíl Sávvich Kovalenko, ucraniano. No vino solo, sino en compañía de su hermana Várenka. Era un hombre joven, alto, atezado, con unas manos enormes; en su cara se adivinaba que hablaba con voz de bajo; y, en efecto, su voz parecía salir de un tonel: bu, bu, bu... Ella había dejado atrás la juventud, tendría unos treinta, pero era tan alta como su hermano, esbelta, con cejas negras y mejillas rubicundas; en una palabra, más que una muchacha, era un bombón; además, era muy vivaracha y ruidosa, y siempre estaba cantando romanzas ucranianas y riéndose a carcajadas. Por cualquier nadería, estallaba en una risa sonora: ja, ja, ja. Nuestro primer contacto serio con los Kovalenko, lo recuerdo muy bien, se produjo durante el santo del director. En medio de pedagogos adustos y de lo más aburrido, que habían acudido a esa celebración por obligación, vimos de pronto surgir de la espuma a esa nueva Afrodita; andaba con los brazos en jarra, reía a carcajadas, cantaba, bailaba... Entonó con gran sentimiento *Soplan los vientos*, luego otra romanza y a continuación una tercera, hechizándonos a todos, incluso a Bélikov, que se sentó a su lado y comentó, con una dulce sonrisa:

»–La delicadeza y agradable sonoridad del ucraniano me recuerdan el griego antiguo.

»Ella se sintió halagada y empezó a contarle con sentimiento y convicción que tenía una granja en el distrito de Gadiachsk en la que vivía su madre. ¡Qué peras, melones y *kabaki* se daban allí! Los ucranianos llaman *kabaki* a las calabazas, no a las tabernas, como nosotros; a estas últimas les dan el nombre de *shinki*. Y preparan una sopa con tomate y berenjena "tan suculenta, tan suculenta, que hasta da miedo".

»Pasamos largo rato escuchándola y de repente a todos nos vino la misma idea.

»–No estaría mal que se casaran –me dijo en voz baja la mujer del director.

»Por alguna razón todos nosotros recordamos que nuestro Bélikov no estaba casado y nos pareció extraño no haberlo advertido hasta ese momento, haber perdido de vista por completo un detalle tan importante de su vida. En general, ¿cuál era su actitud con las mujeres? ¿Cómo había resuelto esa cuestión fundamental? Antes nada de eso nos interesaba lo más mínimo; es posible que ni siquiera se nos pasara por la imaginación la idea de que un hombre que llevaba chanclos con cualquier tiempo y dormía en una cama con cortinas pudiera enamorarse.

»–Él hace mucho que pasó de los cuarenta, ella tiene treinta... –dijo la mujer del director, revelando su pensamiento–. Creo que ella le aceptaría.

»¡Cuántas cosas inútiles y absurdas se hacen en provincias por simple aburrimiento! Todo eso sucede porque la gente no se ocupa de lo que debiera. Dígame, si no, ¿a qué obedecía ese súbito interés por casar a ese Bélikov, al que ni siquiera era posible imaginárselo casado? La mujer del director, la del inspector y todas las damas del instituto se mostraron más animadas y hasta más guapas, como si de pronto hubieran encontrado un objetivo en la vida. La mujer del director reservó un palco en el teatro y allí vimos a Várenka, con un abanico en la mano, radiante, feliz, y a su lado a Bélikov, pequeño, encorvado, como si lo hubieran sacado de su casa con pinzas. Si yo daba una velada, las damas exigían que invitara sin falta a Bélikov y a Várenka. En una palabra, la maquinaria se puso en marcha. Se descubrió que Várenka no era contraria al matrimonio. Vivir en casa de su hermano no resultaba muy alegre, pues pasaban días enteros discutiendo y disputando. Vea un ejemplo: Kovalenko, hombretón alto y robusto, va por la calle, con una camisa bordada y un mechón que se le ha salido de la gorra y le cae sobre la frente; en una mano lleva un paquete de libros y en la otra un grueso y nudoso bastón. Le sigue su hermana, cargada también de libros.

»–Pero ¡si no lo has leído, Mijáilik! –dice en voz alta y agresiva–. ¡Estoy dispuesta a jurar que no has leído ni una página!

»–¡Te digo que lo he leído! –grita Kovalenko, dando golpes en la acera con el bastón.

»–¡Ah, Dios mío, Mijáilik! ¿Por qué te enfadas? Solo estamos discutiendo de principios.

»–¡Te digo que lo he leído! –grita aún más fuerte Kovalenko.

»Y en casa, en cuanto había un extraño, no paraban de reñir. Es probable que Várenka estuviera harta de esa vida y quisiera tener una casa propia; además, había que tomar en consideración la edad; no disponía de mucho tiempo para escoger, se casaría con el primero que llegara, incluso con el profesor de griego. Hay que decir que la mayoría de nuestras señoritas están dispuestas a casarse con cualquiera, con tal de casarse. El caso es que Várenka empezó a manifestar una acusada inclinación por nuestro Bélikov.

»¿Y Bélikov? Visitaba a los Kovalenko del mismo modo que a nosotros. Llegaba, se sentaba y guardaba silencio. Mientras él callaba, Várenka le cantaba *Soplan los vientos* o le dirigía una mirada pensativa con sus ojos oscuros o de pronto se echaba a reír:

»–Ja, ja, ja.

»En las cosas del amor, y especialmente del matrimonio, la sugestión desempeña un papel importante. Todos, tantos los colegas como las damas, empezaron a asegurar a Bélikov que debía casarse, que no tenía otra cosa que hacer en la vida; todos le felicitamos, le dijimos con expresión grave un montón de trivialidades, como por ejemplo que el matrimonio es un paso importante; además, Várenka era guapa y atractiva, hija de un consejero de Estado y propietaria de una granja; pero, sobre todo, era la primera mujer que le trataba con ternura y cordialidad; a Bélikov la cabeza empezó a darle vueltas y al final acabó decidiendo que debía casarse.

–Era el momento de quitarle los chanclos y el paraguas –comentó Iván Ivánich.

–Pues, figúrese, resultó imposible. Puso sobre la mesa un retrato de Várenka y venía a verme a cada momento para hablar de ella, de la vida familiar, de que el matrimonio es un paso importante; visitaba con frecuencia a los Kovalenko, pero no cambió lo más mínimo su régimen de vida. Por el contrario, la decisión de casarse había tenido sobre él un efecto pernicioso; estaba más pálido, más delgado y parecía haberse recluido aún más en su funda.

»–Varvara Savvishna me gusta –me decía, torciendo la boca en una sonrisa apenas perceptible–; ya sé que todo hombre debe casarse, pero... todo esto, ¿sabe?, ha sucedido tan de repente... Hay que reflexionar.

»–¿Por qué? –le preguntaba yo–. Cásese, y no le dé más vueltas.

»–No, el matrimonio es un paso importante, primero hay que sopesar las obligaciones y responsabilidades que comporta... para que luego nada salga mal. Esa cuestión me desasosiega tanto que paso noches enteras sin dormir. Y debo reconocer que estoy asustado: tanto ella como su hermano tienen una forma rara de pensar, razonan de un modo extraño y tienen un carácter muy vivo. Se casa uno y luego, cuando menos lo piensa, se ve metido en algún lío.

»Y, para gran enfado de la mujer del director y de todas nuestras damas, en lugar de declararse, lo iba dejando de un día para otro. Sopesaba todas las obligaciones y responsabilidades del matrimonio y entretanto paseaba casi todos los días con Várenka, pensando, quizá, que era algo necesario dada su situación; después venía a verme para hablarme de la vida familiar. Es muy probable que, de no haber sido por el *kolossalische Skandal* que estalló de pronto, al final se hubiera declarado, contrayendo uno de esos miles de matrimonios inútiles y estúpidos que se conciertan por simple aburrimiento y ociosidad. Hay que decir que Kovalenko, el hermano de Várenka, odiaba a Bélikov desde el día en que lo conoció y no podía soportarlo.

»–No entiendo –nos decía, encogiéndose de hombros– cómo pueden aguantar a ese chivato, a ese tipo miserable. Ah, señores, ¿cómo pueden vivir aquí? Respiran un aire sofocante y viciado. ¿Cómo pueden llamarse profesores, maestros? Son ustedes unos chupatintas y esto no es un templo del saber, sino una administración parroquial que apesta como una garita de policía. No, hermanos, pasaré algún tiempo entre ustedes y luego me retiraré a mi granja, donde me dedicaré a pescar cangrejos y a dar clases a los niños ucranianos. Me marcharé y les dejaré aquí con ese Judas, mal rayo le parta.

»O estallaba en carcajadas hasta que se le saltaban las lágrimas, con una risa tan pronto grave como aguda y chillona, y me preguntaba, levantando los brazos:

»–¿Por qué viene a verme? ¿Qué es lo que quiere? Se sienta y se queda mirando algún objeto.

»Hasta había apodado a Bélikov "el tacaño" o "la araña". No hace falta que le diga que, en su presencia, evitábamos hablar del proyecto de matrimonio entre su hermana y "la araña". Una vez, cuando la mujer del director insinuó que sería una buena idea casar a su hermana con un hombre serio y respetado por todos como Bélikov, frunció el ceño y rezongó:

»–Eso no es asunto mío. Que se case con una víbora, si quiere; no me gusta mezclarme en asuntos ajenos.

»Pues escuche lo que sucedió. Algún bromista hizo una caricatura que representaba a Bélikov con chanclos, pantalones arremangados y el paraguas abierto, llevando del brazo a Várenka; en la parte inferior una leyenda decía: "Anthropos enamorado". El parecido era sorprendente, imagínese. El artista debía de haber trabajado más de una noche, pues todos los profesores del instituto masculino y del femenino, los del seminario y los funcionarios recibieron una copia. Bélikov también tuvo la suya. La caricatura le causó una impresión harto penosa.

»Salimos juntos de casa; era precisamente el primero de mayo, domingo, y tanto profesores como alumnos habíamos acordado encontrarnos en la puerta del instituto para dar un paseo por el bosque de las afueras de la ciudad. Bélikov tenía una tonalidad verdosa y un aspecto más sombrío que una nube de tormenta.

»–¡Qué malvada y ruin es la gente! –exclamó con labios temblorosos.

»Hasta me dio pena de él. Íbamos caminando, cuando de pronto, figúrese, vimos pasar a Kovalenko montado en bicicleta, seguido de Várenka, también en bicicleta, roja y fatigada, pero alegre y feliz.

»–¡Nosotros iremos por delante! –gritó–. ¡Hace un tiempo estupendo, tan estupendo que hasta da miedo!

»Y desaparecieron. Bélikov pasó del verde al blanco y se quedó como petrificado. Se detuvo y me miró...

»–Permítame, pero ¿qué significa esto? –preguntó–. ¿O es que me engaña la vista? ¿Acaso es conveniente que los profesores de instituto y las mujeres vayan en bicicleta?

»–¿Y qué tiene de malo? –dije yo–. Que monten si eso les divierte.

»–Pero ¿cómo es posible? –gritó, asombrándose de mi serenidad–. ¿Qué dice usted?

»Estaba tan sorprendido que no quiso seguir adelante y regresó a casa.

»Al día siguiente se pasó todo el tiempo frotándose las manos con inquietud y sobresaltándose; por la expresión de su rostro se veía que no se encontraba bien. Hasta dejó de acudir a las clases, algo que no había sucedido nunca. Y no almorzó. Por la tarde se puso ropa de más abrigo, aunque el tiempo era de lo más veraniego, y, arrastrando los pies, se dirigió a casa de los Kovalenko. Várenka había salido y solo encontró a su hermano.

»–Siéntese, haga el favor –dijo Kovalenko con frialdad, frunciendo el ceño; tenía cara de sueño, pues acababa de levantarse de la siesta, y estaba de muy mal humor.

»Bélikov guardó silencio durante unos diez minutos y al cabo comentó:

»–He venido a verle para aligerar el peso que abruma mi alma. Estoy muy, muy preocupado. Un difamador me ha dibujado bajo un aspecto ridículo en compañía de una persona que tanto a usted como a mí nos resulta muy cercana. Considero mi deber asegurarle que en ningún momento... he dado el menor motivo para esa broma; al contrario, siempre me he comportado como un hombre absolutamente respetable.

»Kovalenko seguía enfurruñado y no decía palabra. Bélikov esperó unos instantes y continuó con voz queda y triste:

»–Tengo otra cosa que decirle. Soy profesor desde hace tiempo y usted acaba de empezar, así que considero mi deber, como colega de más edad, prevenirle. Monta usted en bicicleta y ese pasatiempo es totalmente inadecuado para un educador de la juventud.

»–¿Por qué? –preguntó Kovalenko con voz de bajo.

»–Pero ¿es que necesita que se lo expliquen, Mijaíl Sávvich? ¿Es posible que no lo entienda? Si un profesor monta en bicicleta, ¿qué puede esperarse que hagan los alumnos? ¡Acabarán yendo cabeza abajo! Y como ninguna circular lo autoriza, está prohibido. ¡Ayer me quedé horrorizado! Cuando vi a su hermana, ¡se me nubló la vista! ¡Una mujer o una muchacha en bicicleta! ¡Es horrible!

»–Y, en concreto, ¿qué es lo que quiere usted?

»–Solo quiero una cosa: advertirle, Mijaíl Sávvich. Es usted joven, tiene toda la vida por delante, hay que andarse con mucho cuidado y usted se permite muchas libertades, sí, muchas libertades. Lleva usted camisas bordadas, siempre va por la calle con libros debajo del brazo, y ahora, encima, esto de la bicicleta. El director se enterará de que su hermana monta en bicicleta, luego llegará a oídos del inspector... ¿Qué beneficio puede reportarle todo esto?

»–¡Que mi hermana y yo montemos en bicicleta es algo que no le importa a nadie! –dijo Kovalenko, poniéndose como la grana–. Y al que se meta en mi vida privada y familiar, lo mandaré al diablo.

»Bélikov palideció y se puso de pie.

»–Si me habla usted en ese tono, no me queda otro remedio que marcharme –dijo–. Y le ruego que en mi presencia no vuelva a hablar en ese tono de nuestros superiores. Debe usted mostrarse respetuoso con las autoridades.

»–¿Acaso he dicho algo malo de las autoridades? –preguntó Kovalenko, mirándole con ira–. Déjeme en paz, por favor. Soy un hombre honrado y no tengo el menor deseo de conversar con personas como usted. No me gustan los soplones.

»Bélikov, sacudido por estremecimientos nerviosos, se puso el abrigo a toda prisa, con una expresión de terror en el rostro. Era la primera vez en su vida que escuchaba semejantes groserías.

»–Puede decir lo que quiera –dijo al pasar del recibidor al descansillo de la escalera–. Pero debo advertirle una cosa: es posible que alguien nos haya oído; por tanto, para evitar que se interprete mal nuestra conversación, creándonos alguna complicación, me veo obligado a informar al señor director de su contenido... a grandes rasgos. No me queda otra salida.

»–¿Informar? ¡Haga lo que le plazca!

»Kovalenko le cogió por el cuello del abrigo y le dio tal empellón que Bélikov bajó rodando por los peldaños, haciendo ruido con los chanclos. A pesar de lo alta y empinada que era la escalera, llegó abajo sano y salvo; una vez en el suelo, se levantó y se llevó las manos a la nariz para comprobar si las gafas estaban intactas; en ese momento se dio cuenta de la presencia de Várenka y otras dos damas, que habían entrado en el portal en el preciso instante de su caída y, detenidas en el nacimiento de la escalera, le miraban. Para Bélikov eso fue lo más terrible de todo. Pensaba que habría sido mejor partirse el cuello y las dos piernas que convertirse en objeto de burla; ahora toda la ciudad se enteraría, el asunto llegaría a oídos del director y del inspector y Dios sabía lo que podía resultar. Habría una nueva caricatura y al final se vería obligado a presentar la dimisión...

»Cuando se incorporó, Várenka lo reconoció; como no sabía lo que había sucedido y suponía que se había caído solo, por descuido, nada más ver su aspecto ridículo, con el abrigo arrugado y los chanclos, no pudo contenerse y estalló en tales carcajadas que se oyeron en toda la casa:

»–Ja, ja, ja.

»Y esas risas impetuosas y desbordantes lo decidieron todo: la boda y la existencia terrestre de Bélikov. Ya no oía lo que decía Várenka ni veía nada. Cuando regresó a casa, lo primero que hizo fue retirar la fotografía de la mesa, luego se tumbó y ya no volvió a levantarse.

»Al cabo de unos tres días vino a verme Afanasi y me preguntó si no sería conveniente llamar al médico, pues a su amo le pasaba algo. Entré en casa de Bélikov. Estaba tumbado detrás de las cortinas, cubierto con una manta y guardaba silencio; cuando le hacía alguna pregunta, se limitaba a responderme con monosílabos, nada más. Afanasi deambulaba junto al lecho, sombrío, con el ceño fruncido, profiriendo profundos suspiros; olía tanto a vodka como una taberna.

»Un mes más tarde Bélikov murió. A su entierro acudió todo el mundo, es decir, los dos institutos y el seminario. Ahora que yacía en el ataúd tenía una expresión dulce, agradable, incluso jovial, como si se alegrase de verse por fin en una funda de la que no saldría jamás. ¡Sí, había alcanzado su ideal! Y, como si fuera en honor suyo, durante el entierro el tiempo fue desapacible y lluvioso, de modo que tuvimos que llevar chanclos y paraguas. Várenka también asistió y, cuando metieron el ataúd en la tumba, vertió algunas lágrimas. Advertí que las ucranianas solo saben llorar o reír a carcajadas, no tienen término medio.

»Reconozco que enterrar a personas como Bélikov proporciona un gran placer. Cuando regresábamos del cementerio, todos teníamos una expresión seria y contrita; nadie quería exteriorizar ese sentimiento de satisfacción, análogo al que experimentábamos antaño, en nuestra infancia, cuando nuestros padres nos dejaban solos en casa y podíamos correr un par de horas por el jardín, disfrutando de una completa libertad. ¡Ah, libertad, libertad! Una simple alusión a ella, una débil esperanza de que pueda existir, basta para dar alas al alma, ¿no es verdad?

»Volvimos del cementerio en un estado de ánimo excelente. Pero antes de que pasara una semana, la vida retomó su curso habitual, y se volvió igual de sombría, agobiante y absurda; era una vida que ninguna circular prohibía, pero que no estaba permitida del todo; nada mejoró. Sí, habíamos enterrado a Bélikov, pero cuántos hombres enfundados quedaban, cuántos quedarán.

–Así es –dijo Iván Ivánich, encendiendo su pipa.

–¡Cuántos quedarán! –repitió Burkin.

El profesor de instituto salió del granero. Era un hombre de talla mediana, grueso, completamente calvo, con una barba negra que le llegaba casi hasta la cintura; con él salieron dos perros.

–¡Qué luna! –dijo, alzando la vista.

Ya era medianoche. A la derecha se veía toda la aldea, una larga calle se extendía a lo lejos, a lo largo de unas cinco verstas. Todo estaba sumido en un sueño sereno y profundo; ni movimientos, ni sonidos; parecía increíble que la naturaleza pudiera mostrar tanto sosiego. Cuando en una noche con luna se contempla la ancha calle de una aldea, con sus isbas, sus almiares y sus sauces soñolientos, del alma se apodera una sensación de paz; sumida en esa tranquilidad, protegida por las sombras de la noche de los trabajos, las preocupaciones y las penas, muestra una apariencia dulce, triste y hermosa, y hasta parece que las estrellas la contemplan con ternura y afecto, que el mal no existe en la tierra y todo es felicidad. A la izquierda, al borde de la aldea, empezaban los campos; se sucedían hasta el lejano horizonte, y en toda su extensión, inundada por la luz de la luna, tampoco había movimientos ni sonidos.

–Así es –repitió Iván Ivánich–. ¿Acaso la vida que llevamos en la ciudad, en un ambiente viciado y con apreturas, escribiendo papeles inútiles y jugando al *vint*, no constituye también una especie de funda? ¿Y el hecho de que pasemos el tiempo en medio de hombres ociosos y trapaceros, mujeres tontas y banales, diciendo y escuchando toda suerte de naderías, no es también una funda? Si quiere usted, le contaré una historia muy instructiva.

–No, es hora de dormir –dijo Burkin–. Hasta mañana.

Ambos entraron en el granero y se tumbaron en el heno. Ya se habían tapado y quedado adormilados, cuando de pronto se oyeron unos ligeros pasos: tup, tup... Alguien caminaba no lejos del granero; el desconocido avanzó un poco más y se detuvo; un minuto más tarde volvió a oírse: tup, tup... Los perros empezaron a gruñir.

–Es Mavra –dijo Burkin.

Los pasos dejaron de oírse.

–Ver y escuchar cómo la gente miente –comentó Iván Ivánich, volviéndose del otro lado– y ser tratado de imbécil por tolerar sus mentiras; soportar ofensas, humillaciones; no atreverse a declarar abiertamente que estás del lado de los hombres honrados y libres; mentirse a uno mismo, sonreír, y todo eso por un pedazo de pan, por un techo bajo el que cobijarse, por un puestecillo de nada. ¡No, no se puede seguir viviendo así!

–Eso ya es otra historia, Iván Ivánich –dijo el profesor–. Vamos a dormir.

Diez minutos después Burkin ya dormía. Pero Iván Ivánich seguía cambiando de postura y suspirando; al cabo de un rato se levantó, volvió a salir al exterior y, tras sentarse junto a la puerta, encendió la pipa.

Las grosellas
(1898)

Desde la mañana temprano todo el cielo se cubrió de nubes de lluvia; el ambiente era suave, tibio y pesado, como en esos días grises y encapotados, cuando sobre los campos se amontonan largo tiempo gruesas nubes que amenazan lluvia, que no acaba de caer. El veterinario Iván Ivánich y el profesor de instituto Burkin estaban fatigados de la marcha y los campos les parecían infinitos. En lontananza apenas se distinguían los molinos de viento de la aldea de Mironósitskoie; a la derecha se extendía una cadena de colinas que se perdía en la lejanía, detrás de la aldea; ambos sabían que era la orilla del río, que allí había praderas, sauces verdes, casas señoriales, y que, si se subía a una de esas colinas, se divisaba otro campo igual de inmenso, postes de telégrafo y un tren que desde lejos parecía una oruga que se arrastrara por la tierra; con tiempo despejado desde allí podía verse hasta la ciudad. Ese día el tiempo era sereno, toda la naturaleza tenía un aspecto delicado y pensativo; Iván Ivánich y Burkin se sentían penetrados de amor por esos campos y ambos ponderaban la grandeza y belleza de esa región.

–La última vez que estuvimos en el granero del *starosta* Prokofi –dijo Burkin–, se disponía usted a contarme una historia.

–Sí, en aquella ocasión quería hablarle de mi hermano.

Iván Ivánich exhaló un prolongado suspiro y encendió la pipa, con intención de dar comienzo a su relato, pero en ese mismo instante empezó a llover. Cinco minutos después caía una lluvia cerrada y copiosa, cuyo final no resultaba fácil predecir. Iván Ivánich y Burkin se detuvieron, sin saber qué hacer; los perros, ya mojados, estaban inmóviles, con el rabo entre las piernas, y les miraban con ternura.

–Tenemos que refugiarnos en algún sitio –dijo Burkin–. Vamos a casa de Aliojin. Está cerca.

–Vamos.

Torcieron a un lado, atravesaron un campo de rastrojos, tan pronto avanzando en línea recta como girando a la derecha, y acabaron desembocando en un camino. Pronto divisaron unos álamos, un jardín, y algo después los tejados rojos de unos graneros; centelleó el río y ante ellos surgió una vasta extensión de agua con un molino y una blanca caseta de baños. Era Sófino, donde vivía Aliojin.

El molino estaba funcionando y apagaba el rumor de la lluvia; la presa vibraba. Cerca de los carros había unos caballos mojados, con la cabeza gacha, y algunas personas iban y venían, protegiéndose de la lluvia con sacos. El lugar era húmedo e inhóspito y estaba embarrado; el agua tenía un aspecto frío y maligno. Iván Ivánich y Burkin estaban empapados y sucios, sentían malestar en todo el cuerpo y las piernas pesadas por el barro; atravesaron la presa y subieron hasta los graneros de la hacienda; iban en silencio, como si estuvieran enfadados.

En uno de los graneros zumbaba una aventadora; la puerta estaba abierta y por ella se escapaba una nube de polvo. En el umbral estaba el propio Aliojin, hombre de unos cuarenta años, alto, grueso, con cabellos largos, más parecido a un profesor o a un pintor que a un propietario rural. Llevaba una camisa blanca, que hacía tiempo que no se lavaba, un cinturón de cuerda y unos calzones en lugar de pantalones; sus botas también estaban manchadas de barro y paja. Tenía la nariz y los ojos negros de polvo. Reconoció a Iván Ivánich y a Burkin y pareció alegrarse mucho de verlos.

–Por favor, señores, entren en la casa –dijo, sonriendo–. Enseguida estoy con ustedes.

Era un edificio grande, de dos plantas. Aliojin vivía abajo, en dos habitaciones abovedadas y con pequeñas ventanas, antaño ocupadas por los capataces; el mobiliario era sencillo y olía a pan de centeno, a vodka barato y a arneses. Apenas utilizaba las habitaciones principales del primer piso, solo cuando había visitas. Iván Ivánich y Burkin fueron recibidos por la doncella, una mujer joven y tan hermosa que ambos se detuvieron a la vez y se miraron.

–No se imaginan ustedes cuánto me alegro de verlos, señores –dijo Aliojin, entrando tras ellos en el recibidor–. ¡La verdad es que no les esperaba! Pelagueia –añadió, dirigiéndose a la doncella–, traiga algo de ropa para que estos señores puedan cambiarse. Y ya de paso también me cambiaré yo. Pero será mejor que me lave primero; creo que no me lavo desde la primavera. Señores, ¿no quieren darse un baño en el río mientras aquí preparan todo lo necesario?

La bella Pelagueia, de aspecto tan delicado y frágil, trajo toallas y jabón, y Aliojin y sus huéspedes se dirigieron a la caseta de baños.

–Sí, hace tiempo que no me baño –dijo, mientras se desvestía–. La caseta la construyó mi padre y, como ven, es buena, pero nunca tengo ocasión de utilizarla.

Se sentó en un peldaño y se enjabonó los largos cabellos y el cuello; a su alrededor, el agua se volvió de color marrón.

–Ya lo veo... –dijo Iván Ivánich sin ambages, mirando la cabeza de su anfitrión.

–Hace tiempo que no me lavo... –repitió Aliojin, turbado, y volvió a enjabonarse; esta vez el agua adquirió un color azul oscuro, como tinta.

Iván Ivánich salió al exterior, se zambulló en el río con estrépito y se puso a nadar bajo la lluvia con grandes brazadas; sus movimientos provocaban olas, sobre las cuales se balanceaban blancos nenúfares; llegó hasta la mitad del cauce, se sumergió y, al cabo de un minuto, apareció en otro lugar y siguió nadando, hundiéndose a cada momento con intención de alcanzar el fondo. «Ah, Dios mío... –repetía con fruición–. Ah, Dios mío...» Fue hasta el molino, intercambió algunas palabras con los campesinos y dio la vuelta; cuando llegó a la mitad del río, se quedó flotando boca arriba, con la cara expuesta a la lluvia. Burkin y Aliojin ya se habían vestido y se disponían a marcharse, pero él seguía nadando y sumergiéndose.

–Ah, Dios mío... –decía–. Ah, Señor, apiádate de nosotros.

–¡Salga de una vez! –le gritó Burkin.

Regresaron a la casa. Solo entonces en el gran salón de arriba encendieron la lámpara; Burkin e Iván Ivánich, ataviados con batas de seda y gruesas zapatillas, se sentaron en sendos sillones, mientras Aliojin, lavado, peinado y con una chaqueta nueva, iba y venía por la habitación, visiblemente satisfecho de esa nueva sensación de limpieza y calor, de sus ropas secas y su calzado ligero. Solo cuando la bella Pelagueia, caminando sin ruido por la alfombra y esbozando una delicada sonrisa, trajo en una bandeja té y mermelada, Iván Ivánich dio inicio a su relato, que parecían escuchar no solo Burkin y Aliojin, sino también las damas viejas y jóvenes y los oficiales que miraban con aire severo y apacible desde sus marcos dorados.

–Éramos dos hermanos –comenzó–, yo, Iván Ivánich, y Nikolái Ivánich, dos años más joven. Yo cursé estudios y me convertí en veterinario, mientras Nikolái empezó a trabajar a los diecinueve años en la delegación de Hacienda. Nuestro padre, apellidado Chimshá-Guimalaiski, era un antiguo cantonista,* pero consiguió alcanzar el grado de oficial, dejándonos un título de nobleza hereditario y una pequeña hacienda. Aunque después de su muerte nos arrebataron esa propiedad en un pleito por deudas, no por eso dejamos de pasar la infancia en el campo, al aire libre. Lo mismo que los hijos de los campesinos, pasábamos el día y la noche en la llanura o en el bosque, cuidábamos de los caballos, arrancábamos la corteza de los árboles, pescábamos y nos ocupábamos de otras tareas semejantes... Y, como saben ustedes, aquel que al menos una vez en la vida ha cogido una perca o ha visto volar por encima de la aldea una bandada de tordos, una despejada y fría jornada de otoño, no será nunca un habitante urbano y hasta la muerte se sentirá atraído por la vida rural. Mi hermano languidecía en la delegación de Hacienda. Los años se sucedían y él seguía en el mismo lugar, escribiendo siempre los mismos documentos y pensando en una sola cosa: cómo regresar al campo. Esa nostalgia se fue transformando poco a poco en un deseo preciso, en un sueño: comprarse una pequeña propiedad a la orilla de un río o un lago.

»Era un hombre bueno y amable, y yo le tenía cariño, aunque nunca compartí su deseo de encerrarse toda la vida en una hacienda. Se suele decir que el hombre solo necesita tres *arshines* de tierra, pero ese es el espacio apropiado para un cadáver, no para un hombre. También se afirma ahora que es bueno que nuestras cla-

* Los cantonistas eran hijos de soldados que pertenecían al ejército desde su nacimiento.

ses ilustradas se sientan atraídas por la tierra y aspiren a tener una propiedad. Pero de esas propiedades se puede decir lo mismo que de los tres *arshines*. ¿Cómo puede llamarse vida a abandonar la ciudad, la lucha y el rumor de la existencia para encerrarse en una propiedad? Eso es egoísmo, pereza, una especie de monacato, pero un monacato sin ningún mérito. Lo que el hombre necesita no son tres *arshines* de tierra ni una propiedad, sino el globo terrestre, la naturaleza entera, para poder manifestar sin trabas todas las cualidades y peculiaridades de su espíritu libre.

»Mi hermano Nikolái, sentado en su oficina, soñaba con preparar un día su propia sopa de verduras, cuyo apetitoso olor se extendería por todo el patio; con almorzar sobre la hierba, dormir al sol, pasarse horas enteras sentado en un banco junto a la puerta, mirando los campos y el bosque. Los libros de agricultura y todos esos consejos que se dan en los almanaques constituían su alegría, su más preciado alimento espiritual; también le gustaba leer periódicos, pero solo buscaba los anuncios de venta de tantas *desiatinas* de tierras de labor y prados, con casa señorial, río, jardín, molino y estanque. Y se representaba las avenidas del jardín, las flores, las frutas, los nidos de estorninos, las carpas de los estanques y otras muchas cosas del mismo jaez. Esos cuadros imaginarios variaban según los anuncios que caían en sus manos, pero, por alguna razón, en todos ellos había siempre grosellas. No podía imaginarse una hacienda o un rincón poético sin grosellas.

»–La vida en el campo tiene sus ventajas –decía a veces–. Puedes tomar el té en el balcón, mientras tus patos nadan por el estanque, el aroma de las flores se difunde por el aire y... las grosellas maduran.

»Trazaba el plan de su hacienda, y siempre lo concebía en los mismos términos: a) la casa de los dueños, b) la de los criados, c) el huerto, d) las grosellas. Vivía con estrecheces: no comía ni bebía lo que le apetecía, se vestía de cualquier manera, como un mendigo, y todo lo ahorraba y lo depositaba en el banco. Se hizo terriblemente avaro. Me daba pena verlo y trataba de ayudarlo, enviándole dinero y regalos los días de fiesta, pero también eso lo reservaba. Cuando a un hombre se le mete una idea en la cabeza, no hay nada que hacer.

»Pasaron los años, lo trasladaron a otro distrito, había cumplido ya los cuarenta y seguía leyendo los anuncios de los periódicos y economizando. Poco después me enteré de que se casaba. Siempre con el mismo objetivo, comprarse una hacienda con grosellas, contrajo matrimonio con una viuda vieja y fea, por la que no sentía el menor cariño, solo porque tenía bienes. Una vez casado, siguió viviendo con estrecheces, haciendo pasar hambre a su mujer y apropiándose de su dinero, que metió en el banco a su nombre. La mujer había estado casada en primeras nupcias con un funcionario de correos y se había acostumbrado a los pasteles y los licores, pero con su segundo marido ni siquiera podía saciarse de pan negro; con semejante régimen de vida no tardó en languidecer y al cabo de unos tres años entregó su alma a Dios. Ni que decir tiene que mi hermano no pensó ni por un momento que él era el responsable de su muerte. El dinero, como el vodka, hace a los hombres extravagantes. En nuestra ciudad, por ejemplo, murió hace poco un mercader. Antes de morir pidió que le trajeran un plato de miel y se tragó con ella todo el dinero y los billetes para que nadie se aprovechara de ellos. Un día, en la estación, estaba examinando un rebaño, cuando un tratante de caballos cayó bajo una locomotora, que le cortó una pierna. Lo llevamos al hospital; la sangre manaba a chorro, la situación era espantosa; pero el herido solicitaba sin descanso que buscaran su pierna, lleno de preocupación; resultaba que en la bota de la pierna seccionada había diez rublos que podían perderse.

–Esa es ya otra historia –dijo Burkin.

–Cuando murió su mujer –continuó Iván Ivánich, tras medio minuto de reflexión–, mi hermano empezó a buscar una propiedad. Naturalmente, aunque se pase uno cinco años buscando, al final acaba equivocándose y comprando algo muy distinto de lo que había soñado. Mi hermano Nikolái, a través de un intermediario, compró una propiedad hipotecada de ciento veinte *desiatinas*, con una casa para los dueños, otra para los criados y un parque, pero sin huerto de frutales, ni grosellas, ni estanques con patos; había un río, pero sus aguas eran de color café, pues a un lado de la propiedad había una fábrica de ladrillos y al otro un quemadero de huesos. Pero nada de eso pareció preocuparle; encargó veinte groselleros, los plantó y empezó su vida de hacendado.

»El año pasado fui a visitarlo. "Vamos a ver qué tal le va", pensé. En sus cartas mi hermano llamaba a su hacienda "el Baldío de Chumbaroklov" o "Guimalaiskoie". Llegué a Guimalaiskoie después del mediodía. Hacía calor. Por todas partes había zanjas, vallas, setos, hileras de abetos, de modo que uno no sabía cómo entrar en el patio o dónde dejar el caballo. Cuando me dirigía a la casa, salió a mi encuentro un perro gordo, de pelo rojizo, parecido a un cerdo. Quiso ladrar, pero la pereza se lo impidió. De la cocina surgió una cocinera, gruesa, descalza, también parecida a un cerdo, y dijo que el señor estaba haciendo la siesta. Entré en la habitación de mi hermano y lo vi sentado en la cama, con las rodillas cubiertas por una manta; lo encontré envejecido, obeso, fofo; sus mejillas, su nariz y sus labios tendían hacia delante, como si tuviera intención de gruñirle a la manta.

»Nos abrazamos y vertimos lágrimas de alegría y luego de tristeza, al pensar que antaño éramos jóvenes y ahora ambos peinábamos canas y estábamos a un paso de la muerte. Se vistió y se dispuso a enseñarme la propiedad.

»–Bueno, ¿qué tal te va? –le pregunté.

»–Por ahora, gracias a Dios, las cosas me van bien.

»Ya no era el pobre y humilde funcionario de antes, sino un verdadero hacendado, un propietario rural. Se había aclimatado y habituado al lugar y le había tomado gusto a esa vida; comía mucho, tomaba baños de vapor, había engordado, había entablado ya un proceso con la comunidad y con ambas fábricas y se ofendía muchísimo cuando los campesinos no le llamaban "excelencia". Se preocupaba seriamente de su alma, como un verdadero señor, y realizaba buenas acciones, pero no de cualquier manera, sino con aire de importancia. ¿En qué consistían esas buenas acciones? Curaba todas las enfermedades de los campesinos con bicarbonato y aceite de ricino y el día de su santo hacía celebrar en medio de la aldea un servicio de acción de gracias y luego distribuía medio cubo de vodka, pensando que era algo necesario. ¡Ah, esos horribles medios cubos de vodka! Hoy un propietario gordo lleva a los campesinos ante el juez de paz acusándolos de meter el ganado en sus tierras y mañana, con ocasión de alguna fiesta, les ofrece medio cubo de vodka; ellos lo beben, gritan "hurra" y, ya borrachos, hacen profundas reverencias. La mejora en las condiciones de vida, la abundancia y la ociosidad desarrollan en el ruso la presunción más desvergonzada. Nikolái Ivánich, que cuando trabajaba en la delegación de Hacienda temía tener opiniones personales, hasta en su fuero interno, ahora solo enunciaba verdades, con el aire de un ministro: "La instrucción es indispensable, pero para el pueblo aún es prematura", "los castigos corporales en general son perjudiciales, pero en algunos casos resultan útiles e insustituibles".

»–Conozco a mis gentes y sé cómo tratarlas –afirmaba–. Me tienen cariño. Basta que mueva un dedo para que hagan cualquier cosa que les pida.

»Y todo eso, fíjense, lo decía con una sonrisa bondadosa y discreta. Repitió unas veinte veces: "Nosotros, los nobles", "yo, como noble"; sin duda se había olvidado de que nuestro abuelo era campesino y nuestro padre soldado. Hasta nuestro apellido Chimshá-Guimalaiski, verdaderamente absurdo, le parecía ahora sonoro, ilustre y muy agradable.

»Pero no se trataba de él, sino de mí. Quiero contarles el cambio que se operó en esas pocas horas que pasé en su hacienda. Por la tarde, mientras tomábamos el té, la cocinera puso sobre la mesa un plato lleno de grosellas. No eran compradas, sino de sus propios groselleros, las primeras que daban las matas desde que las habían plantado. Nikolái Ivánich se echó a reír y durante un minuto estuvo contemplando las grosellas en silencio, con lágrimas en los ojos, la emoción le impedía hablar; luego se llevó una a la boca, me miró con el aire triunfante de un niño que por fin ha conseguido su juguete favorito y dijo:

»–¡Qué buena!

»Las comía con avidez, sin dejar de repetir:

»–¡Ah, qué buenas! ¡Pruébalas!

»Eran unas grosellas duras y ácidas, pero, como dice Pushkin, "un engaño que nos exalta tiene más valor para nosotros que mil verdades". Contemplaba a un hombre que, sin ninguna duda, había visto cumplido su sueño más ansiado, había alcanzado el fin de su vida, había obtenido lo que quería y estaba satisfecho con su destino y consigo mismo. Mis pensamientos sobre la felicidad humana siempre han estado mezclados con elementos de tristeza y ahora, al ver a una persona dichosa, me dominó una sensación penosa, próxima a la desesperación. Especialmente difícil fue la noche. Me prepararon un lecho en la habitación contigua al dormitorio de mi hermano, de tal modo que podía oír cómo este, desvelado, se levantaba, se acercaba al plato de grosellas y cogía una cada vez. Me imaginaba cuántas personas felices y satisfechas hay en realidad. ¡Qué fuerza tan abrumadora! Fíjense ustedes en esta vida: el descaro y la ociosidad de los fuertes, la ignorancia y la bestialidad de los débiles; y por todas partes una pobreza insoportable, apreturas, degeneración, embriaguez, hipocresía, mentiras... Entretanto en todas las casas y calles reinan el silencio y la calma; de los cincuenta mil habitantes de una ciudad, no hay uno solo que grite, que se indigne en voz alta. Vemos a los que van al mercado, comen de día, duermen de noche, a los que dicen naderías, se casan, envejecen, llevan tranquilamente a sus muertos al cementerio; pero no vemos ni oímos a los que sufren y lo más terrible de la vida sucede entre bastidores. Todo está en calma y en silencio, solo protesta la muda estadística: tantos locos, tantos cubos de vodka bebidos, tantos niños muertos de hambre... Probablemente ese orden es necesario; probablemente las personas felices se sienten bien solo porque los desdichados llevan su carga en silencio; sin ese silencio, la felicidad sería imposible. Es una hipnosis colectiva. Detrás de la puerta de toda persona satisfecha y feliz debería haber alguien con un martillo que le recordara en todo momento con sus golpes que hay personas desdichadas, que, por muy feliz que uno sea, la vida le enseñará sus garras más tarde o más temprano, que le sobrevendrá alguna desgracia (enfermedad, pobreza, pérdida) y que nadie lo verá ni lo oirá, de la misma manera que él ahora no ve ni oye a los otros. Pero el hombre del martillo no existe, el individuo feliz vive libre de cuidados, las menudas preocupaciones de la vida le agitan tan poco como el viento los álamos, y todo va a las mil maravillas.

»Esa noche comprendí que también yo era un hombre feliz y satisfecho –continuó Iván Ivánich, levantándose–. También yo, cuando me siento a comer o voy de caza, he sermoneado sobre cómo hay que vivir, creer y guiar al pueblo. Yo también he afirmado que la enseñanza es la luz, que la educación es imprescindible, pero que para las personas sencillas de momento basta con saber leer y escribir. La libertad es un bien, decía, no se puede vivir sin ella, como tampoco sin aire; pero hay que esperar. Sí, así hablaba, pero ahora les pregunto: ¿esperar en nombre de qué? –dijo Iván Ivánich, mirando a Burkin con enfado–. ¿Esperar en nombre de qué, les pregunto? ¿En nombre de qué consideración? Se me dice que no se puede hacer todo de golpe, que en la vida cada idea debe realizarse poco a poco, a su debido tiempo. Pero ¿quién lo dice? ¿Dónde está la prueba de que eso es cierto? Apelan ustedes al orden natural de las cosas, a la ley de los acontecimientos, pero ¿existen un orden y una ley que obliguen a un hombre vivo y pensante como yo a quedarse quieto delante de una zanja, esperando a que se cierre por sí misma o se cubra de cieno, cuando tal vez podría saltar por encima o tender un puente? Y vuelvo a repetir: ¿esperar en nombre de qué? Esperar a no tener fuerzas para vivir, cuando en realidad hay que vivir y quiere uno vivir.

»Me marché de casa de mi hermano por la mañana temprano; desde entonces, me ha resultado insoportable vivir en la ciudad. Su silencio y su tranquilidad me oprimen, me da miedo mirar por la ventana, pues no hay espectáculo que más me deprima que una familia feliz tomando té en torno a una mesa. Ya soy viejo y no valgo para la lucha, ni siquiera soy capaz de odiar. Me limito a sufrir, a irritarme, a lamentar; por la noche me arde la cabeza de tanto pensar y no puedo dormir... ¡Ah, si fuera joven!

Presa de una gran agitación, Iván Ivánich se paseó de un extremo al otro de la habitación y repitió:

–¡Si fuera joven!

De pronto se acercó a Aliojin y le estrechó una mano y luego la otra.

–Pável Konstantínich –exclamó con voz suplicante–, ¡no se

abandone usted, no se amodorre! ¡Mientras sea joven, fuerte y animoso, no deje de hacer el bien! La felicidad no existe ni debe existir, pero si la vida tiene un fin y un sentido, estos no consisten en nuestra dicha, sino en algo más sensato y más grande. ¡Haga usted el bien!

Todas esas palabras las pronunció con una sonrisa lastimosa y suplicante, como si estuviera pidiendo algo para sí mismo.

Luego los tres se quedaron sentados durante un rato, cada uno en un extremo del salón, y guardaron silencio. La narración de Iván Ivánich no había satisfecho a Burkin ni a Aliojin. Escuchar la historia de un pobre funcionario que come grosellas resultaba aburrido cuando varios generales y damas, que parecían vivos en la penumbra, les contemplaban desde sus marcos dorados. En ese ambiente se sentían deseos de contar y escuchar relatos de personas distinguidas y de mujeres. La presencia de los tres hombres en ese salón, donde todo –las lámparas en sus fundas, los sillones, las alfombras bajo los pies– indicaba que antaño por esa misma habitación deambularon, se sentaron y bebieron té aquellos individuos que ahora les miraban desde sus marcos, así como la visión de la bella Pelagueia, que caminaba sin ruido por la pieza: todo eso valía más que cualquier relato.

Aliojin se caía de sueño; se había levantado muy temprano, antes de las tres, para trabajar en la hacienda y ahora los ojos se le cerraban, pero temía que los invitados contaran algo interesante en su ausencia, de modo que no se retiraba. No quiso entrar a valorar si era sensato o justo lo que acababa de decir Iván Ivánich; sus huéspedes no hablaban de la avena, del heno o del alquitrán, sino de algo que no tenía relación directa con su vida; se sentía contento y quería seguir escuchándolos...

–Es hora de irse a dormir –dijo Burkin, levantándose–. Permítanme que les desee buenas noches.

Aliojin se despidió y bajó a su cuarto, mientras los invitados se quedaron arriba. Les habían preparado una gran habitación con dos viejas camas de madera, adornadas con entalladuras; en un rincón había un crucifijo de marfil; los lechos amplios, frescos, preparados por la bella Pelagueia, exhalaban un agradable olor a sábanas limpias.

Iván Ivánich se desvistió en silencio y se acostó.

–¡Señor, perdona nuestros pecados! –dijo, cubriéndose la cabeza con la manta.

Su pipa, depositada sobre la mesa, desprendía un fuerte tufo a tabaco; Burkin, que tardó mucho en dormirse, no podía comprender de dónde procedía ese olor.

La lluvia estuvo tamborileando en las ventanas toda la noche.

Del amor
(1898)

Al día siguiente, durante el desayuno, se sirvieron unos pasteles muy sabrosos, cangrejos y albóndigas de cordero; mientras comían, el cocinero Nikanor se presentó en el piso de arriba para preguntar qué deseaban los señores para el almuerzo. Era un hombre de talla mediana, ojos pequeños, rostro abotargado y rasurado; parecía como si el bigote, más que afeitado, hubiera sido depilado.

Aliojin contó que la bella Pelagueia estaba enamorada de ese cocinero. Como era bebedor y violento, no quería casarse, pero aceptaba vivir en común. Era un hombre muy piadoso y sus convicciones religiosas no le permitían esa clase de arreglo; exigía que se casara, de otro modo no la quería, y cuando estaba borracho la insultaba y a veces la golpeaba. Cuando había bebido, ella se ocultaba en las habitaciones de arriba y sollozaba; en esas ocasiones ni Aliojin ni los criados salían de casa, para protegerla en caso de necesidad.

Empezaron a hablar del amor.

–Cómo nace el amor –dijo Aliojin–, por qué Pelagueia no se ha enamorado de un hombre cuyas cualidades morales y apariencia estuvieran más en consonancia con las suyas, sino precisamente de Nikanor, ese tipejo, como todos lo llaman aquí; en qué medida en el amor importa la cuestión de la felicidad personal:

todo eso es algo desconocido y cada cual puede interpretarlo como mejor le parezca. Hasta la fecha solo se ha afirmado del amor una verdad indiscutible, a saber, que «es un gran misterio», todo lo demás que se ha escrito y dicho no propone ninguna solución, sino que se limita a plantear cuestiones que siguen sin resolver. Así, la explicación que parecería convenir en un caso no se ajusta a decenas de otros, de modo que lo mejor, en mi opinión, es estudiar cada caso por separado, sin tratar de generalizar. Como dicen los médicos, hay que individualizar cada caso particular.

–Completamente cierto –convino Burkin.

–Nosotros, los rusos educados, nos apasionamos por estas cuestiones irresolubles. Por lo común, el amor se poetiza, se adorna de rosas y ruiseñores; los rusos lo engalanamos con esas cuestiones fatales y además elegimos las menos interesantes. En Moscú, en mis tiempos de estudiante, tenía una amiga, una mujer gentil que, cada vez que la abrazaba, pensaba en cuánto le daría para los gastos del mes y en el precio de una libra de carne de vaca. Del mismo modo, cuando amamos, no dejamos de hacernos preguntas: si ese amor es honrado o deshonesto, inteligente o estúpido, adónde nos conducirá, etcétera. Desconozco si eso es bueno o malo; lo único que sé es lo mucho que perturba la vida, la insatisfacción que produce, la irritación que causa.

Daba la impresión de que quería contar algo. Las personas que viven solas siempre guardan en el alma alguna cosa que les gustaría contar. En la ciudad los solteros van a los baños y a los restaurantes solo para hablar y a veces cuentan a los empleados de esos establecimientos historias muy interesantes; en el campo, suelen expansionarse en presencia de sus invitados. En ese momento se veía por la ventana un cielo gris y unos árboles empapados de lluvia; con un tiempo semejante no se podía ir a ninguna parte y no quedaba otro remedio que contar historias y escuchar.

–Hace tiempo que vivo en Sófino y me ocupo de la hacienda –comenzó Aliojin–, desde que acabé la universidad. Por educación soy un señor de ciudad; por inclinación, un hombre de estudio; pero, al llegar aquí, sobre la hacienda pesaba una onerosa hipoteca y, como mi padre se había endeudado en parte porque había gastado mucho dinero en mi educación, decidí que no me marcharía del lugar y trabajaría hasta que saldara esa deuda. Una vez tomada esa decisión, me puse manos a la obra, no sin cierta repugnancia, lo reconozco. La tierra de aquí no rinde mucho; para que la agricultura produzca beneficios, hay que servirse del trabajo de siervos o de jornaleros, que es prácticamente lo mismo, o bien explotar la hacienda a la manera de los campesinos, es decir, laborar la tierra uno mismo, con toda su familia. No hay término medio. Pero en aquella época no entraba en tales sutilezas. No dejé una sola parcela de tierra sin cultivar, convoqué a todos los hombres y mujeres de las aldeas vecinas, me puse a trabajar como loco; yo mismo araba, sembraba, segaba; no obstante, me aburría y hacía muecas de asco como un gato de aldea obligado por el hambre a comer pepinos en un huerto; me dolía todo el cuerpo y me quedaba dormido de pie. En los primeros tiempos tenía la impresión de que no me costaría conciliar esa vida de trabajo con mis costumbres de hombre cultivado; lo único que necesitaba, pensaba, era mantener en la vida cierto orden externo. Me instalé en el piso de arriba, en las habitaciones principales, y decidí que después del desayuno y el almuerzo tomaría café y licores y que antes de dormirme leería *El Mensajero de Europa*. Pero un día recibí la visita del sacerdote, el padre Iván, quien en una sola jornada acabó con todos mis licores; en cuanto a *El Mensajero de Europa*, acabó en manos de las hijas del religioso, pues en verano, sobre todo durante la siega, no tenía tiempo para regresar a casa y dormía en un granero, en un trineo o en la caseta del guarda forestal. ¡Como para pensar en leer! Poco a poco fui trasladándome a la planta de abajo y empecé a comer en la cocina de los criados; del lujo de antaño solo me queda esta servidumbre que ya atendía a mi padre y a la que me da pena despedir.

»En los primeros años me nombraron juez de paz honorario. De vez en cuando tenía que ir a la ciudad y tomar parte en las sesiones del consejo de los jueces y del tribunal del distrito, y eso me distraía. Cuando se pasa uno dos o tres meses sin salir de un lugar como este, sobre todo en invierno, se acaba por sentir nostalgia de una levita negra. Y en el tribunal del distrito había levitas, uniformes y fracs, juristas y personas educadas, interlocutores con los que conversar. Después de dormir en un trineo y comer en la cocina de los criados, sentarse en un sillón y llevar ropa limpia, zapatos ligeros y una cadena al pecho es todo un lujo.

»En la ciudad me recibían con cordialidad y yo me dedicaba de buena gana a trabar amistades. De todas mis relaciones la más sólida y, en honor a la verdad, la más agradable era la que mantenía con Luganóvich, vicepresidente del tribunal del distrito. Ustedes lo conocen. Es un hombre de lo más afable. Todo esto sucedió justo después del famoso caso de los incendiarios; las deliberaciones se habían prolongado durante dos días y estábamos agotados. Luganóvich me miró y dijo:

»–¿Sabe lo que le digo? Véngase a comer conmigo.

»Fue una proposición inesperada, pues lo había tratado poco, solo por cuestiones oficiales, y ni una sola vez había estado en su casa. Pasé un momento por mi habitación del hotel para cambiarme de ropa y me dirigí al almuerzo. Allí tuve ocasión de conocer a Anna Alekséievna, la mujer de Luganóvich. Entonces era aún muy joven, no tenía más de veintidós años y había tenido su primer hijo seis meses antes. Esa historia sucedió hace mucho tiempo y hoy día me sería difícil determinar qué era exactamente lo que tenía de extraordinario y por qué me gustó tanto, pero entonces, durante esa comida, todo me parecía de una claridad meridiana. Veía a una mujer joven, hermosa, bondadosa, lista, seductora, una mujer como no había visto otra igual; desde el primer momento percibí cierta proximidad entre ambos, como si la conociera de antaño, y tuve la impresión de haber visto esa cara y esos ojos afables e inteligentes ya en la infancia, en el álbum que había en la cómoda de mi madre.

»En el caso de los incendiarios se había acusado a cuatro judíos y se había admitido la existencia de una banda, en mi opinión sin ningún fundamento. Durante el almuerzo me sentía muy alterado e inquieto; ya no recuerdo lo que dije, pero Anna Alekséievna movía a cada momento la cabeza y decía a su marido:

»–Dmitri, ¿cómo es posible?

»Luganóvich es un buenazo, una de esas personas sencillas que mantienen la firme convicción de que, si una persona es reclamada por la justicia, significa que es culpable y de que solo cabe expresar dudas sobre la equidad de un veredicto mediante procedimientos legales y por escrito, pero de ningún modo durante un almuerzo y en una conversación privada.

»–Ni usted ni yo hemos provocado jamás un incendio –dijo con voz suave–; en consecuencia, no nos juzgarán ni nos meterán en la cárcel.

»Tanto el marido como la mujer trataban de que comiera y bebiera más; algunos pequeños detalles, por ejemplo, el modo en que preparaban el café y se comprendían con medias palabras, me permitieron concluir que llevaban una vida apacible y feliz, y que se alegraban de tener un invitado. Después del almuerzo tocaron el piano a cuatro manos, luego empezó a oscurecer y yo volví a mi hotel. Era a principios de la primavera. Pasé todo el verano en Sófino, sin salir de la hacienda, sin tiempo siquiera para pensar en la ciudad, pero el recuerdo de esa mujer rubia y esbelta no me abandonó un solo día; más que pensar en ella, era como si su leve sombra se hubiera aposentado en mi alma.

»A finales del otoño se celebró en la ciudad un espectáculo con fines benéficos. Entré en el palco del gobernador (me habían invitado en el entreacto) y me encontré allí con Anna Alekséievna, sentada junto a la mujer del gobernador; de nuevo me quedé sorprendido y fascinado de su belleza y de sus ojos acariciadores y delicados; de nuevo se apoderó de mí esa sensación de cercanía.

»Me senté a su lado y luego salimos juntos al vestíbulo.

»–Ha adelgazado usted –dijo–. ¿Ha estado enfermo?

»–Sí. He tenido reuma en un hombro y cuando llueve duermo mal.

»–Parece usted fatigado. Cuando almorzó con nosotros en primavera, tenía un aspecto más juvenil y brioso. Estaba animado, hablaba mucho y tenía un aire tan apuesto que hasta me sentí un poco atraída por usted, lo confieso. Desconozco la razón, pero en el transcurso del verano he pensado mucho en usted y hoy mismo, cuando me preparaba para venir al teatro, tuve el presentimiento de que le vería –dijo, echándose a reír–. Pero hoy tiene un aspecto fatigado –repitió–. Eso le hace parecer más viejo.

»Al día siguiente desayuné en casa de los Luganóvich; a continuación mis anfitriones se marcharon a su dacha a fin de tomar las disposiciones pertinentes para el invierno; les acompañé. Volví a la ciudad con ellos y a medianoche tomé el té en su casa, rodeado de un ambiente sereno y familiar, mientras el fuego ardía en la chimenea y la joven madre salía de vez en cuando para comprobar si la niña dormía. Después de ese día, cada vez que iba a la ciudad nunca dejaba de visitarlos. Se acostumbraron a mí y yo me acostumbré a ellos. Por lo común, me presentaba sin avisar, como si fuera uno más de la familia.

»–¿Quién está ahí? –decía desde una habitación lejana esa lánguida voz que tan encantadora me parecía.

»–Es Pável Konstantínich –respondía la doncella o la niñera.

»Anna Alekséievna salía a mi encuentro, con expresión preocupada, y siempre me preguntaba:

»–¿Por qué lleva tanto tiempo sin venir? ¿Le ha sucedido algo?

»Su mirada, la mano elegante y delicada que me tendía, su vestido de andar por casa, su peinado, su voz y sus pasos siempre me producían la impresión de que algo nuevo, extraordinario e importante estaba pasando en mi vida. Hablábamos largo y tendido y pasábamos muchos minutos en silencio, cada uno ocupado de sus asuntos, o bien me tocaba algo al piano. Si no había nadie en casa, me quedaba esperando, charlaba con la niñera, jugaba con la pequeña o me tumbaba a leer una revista en la otomana del despacho, y cuando Anna Alekséievna regresaba, la recibía en el vestíbulo y cargaba con todas sus compras, que, por alguna razón, llevaba con el cariño y el aire triunfante de un muchacho.

»Hay un refrán que dice: "Como mi mujer no tenía nada que hacer, se ha comprado un cerdo". Como los Luganóvich no tenían bastantes preocupaciones, trabaron amistad conmigo. Si pasaba mucho tiempo sin ir a la ciudad, significaba que estaba enfermo o me había sucedido algo, y ambos se sentían muy preocupados. Les inquietaba que yo, hombre instruido, conocedor de lenguas extranjeras, en lugar de ocuparme de alguna actividad científica o literaria, viviera en el campo, fuera siempre de un lado para otro, me pasara todo el día trabajando y no tuviera nunca un céntimo. Les parecía que sufría y que, si hablaba, reía o comía, solo lo hacía para disimular mis padecimientos; incluso en los momentos alegres, cuando me encontraba a gusto, sentía que me dirigían miradas escrutadoras. Eran especialmente conmovedores en los momentos de auténtica zozobra, cuando me acosaba un acreedor o no podía hacer frente a una letra; ambos, marido y mujer, cuchicheaban junto a la ventana; luego él se acercaba a mí y decía con gran seriedad:

»–Si en este instante anda usted escaso de dinero, Pável Konstantínich, mi mujer y yo le rogamos que no sea tímido y nos lo pida a nosotros.

»En esas ocasiones las orejas se le ponían coloradas por la emoción. A veces, después de esos cuchicheos junto a la ventana, se aproximaba, con las orejas rojas, y decía:

»–Mi mujer y yo le rogamos encarecidamente que acepte este regalo.

»Y me entregaba unos gemelos, una pitillera o una lámpara; yo, a cambio, les enviaba desde el campo aves, mantequilla y flores. A propósito, ambos poseían fortunas considerables. En los primeros tiempos tomaba dinero prestado con frecuencia y, como no tenía elección, se lo pedía a cualquiera, pero por nada del mundo se me hubiera ocurrido recurrir a los Luganóvich. ¡Ni pensarlo!

»Yo era desdichado. En casa, en el campo y en el granero pensaba en ella, trataba de comprender el misterio de esa mujer joven, hermosa e inteligente que se había casado con un hombre tan poco interesante, casi un viejo (su marido tenía más de cuarenta años), con el que tenía hijos; y también el misterio de ese hombre anodino, bonachón e ingenuo, que razonaba con un sentido común tan tedioso, que se unía en bailes y veladas a las personas adustas, invitado indolente, inútil, con aire sumiso e indiferente, como si lo hubieran llevado allí para venderlo, y que, sin embargo, creía en su derecho a ser feliz y tener hijos con ella; trataba de comprender por qué le había conocido precisamente a él y no a mí y qué necesidad había de que en nuestras vidas se hubiera producido un error tan terrible.

»Cada vez que me presentaba en la ciudad veía en sus ojos que me esperaba; y ella misma me confesaba que ya desde por la mañana había tenido una sensación extraña y había adivinado mi llegada. Alternábamos largas conversaciones con largos silencios, pero no nos confesábamos nuestro amor y lo ocultábamos temerosa, celosamente. Nos daba miedo todo lo que pudiera revelarnos nuestro secreto a nosotros mismos. Yo la amaba con ternura y pasión, pero reflexionaba y me preguntaba adónde podía conducir nuestro amor y si tendríamos fuerzas para luchar con él; me parecía impensable que mi amor melancólico y sereno pudiera, de pronto, romper brutalmente el curso feliz de la vida de su marido, de sus hijos y de toda esa casa, donde tanto me querían y tanta confianza me profesaban. ¿Era un proceder honrado? Ella me habría seguido, pero ¿adónde? ¿Adónde podía llevarla? El caso habría sido distinto si hubiera tenido una vida atractiva e interesante; si, por ejemplo, hubiera luchado por la liberación de la patria o hubiera sido un sabio, un artista o un pintor ilustre, pero, dada mi situación, la habría sacado de una vida prosaica y banal para condenarla a otra igual de prosaica o aún más. Y ¿cuánto se habría prolongado nuestra felicidad? ¿Qué habría pasado con ella si yo hubiera enfermado, hubiera muerto o, sencillamente, si hubiéramos dejado de querernos?

»Por lo visto ella razonaba de la misma manera. Pensaba en su marido, en sus hijos, en su madre, que quería a su marido como a un hijo. Si hubiera cedido a sus sentimientos, habría tenido que mentir o decir la verdad y, en su caso, las dos opciones eran igualmente terribles y desagradables. Otra cuestión la atormentaba: ¿su amor me procuraría felicidad? ¿No complicaría aún más mi vida, ya de por sí penosa, llena de desdichas de toda índole? Le parecía que no era lo bastante joven para mí, lo bastante hacendosa y enérgica para iniciar una nueva vida y a menudo comentaba con su marido que yo necesitaba casarme con una muchacha inteligente y digna, que fuera una buena ama de casa, una ayuda, y a continuación añadía que a duras penas se encontraría una muchacha semejante en toda la ciudad.

»Entretanto pasaron los años. Anna Alekséievna había tenido ya dos hijos. Cuando llegaba a casa de los Luganóvich, los criados me sonreían amablemente, los niños gritaban que había venido el tío Pável Konstantínich y se me colgaban del cuello; todos se alegraban. No entendían lo que sucedía en mi alma y pensaban que yo también me alegraba. Todos me consideraban un hombre noble. Tanto los adultos como los niños sentían que por las habitaciones iba y venía un hombre noble, y eso comunicaba un encanto particular a nuestras relaciones, como si mi presencia hubiera hecho sus vidas más puras y hermosas. Anna Alekséievna y yo íbamos juntos al teatro, siempre a pie; nos sentábamos en butacas contiguas, nuestros hombros se rozaban, yo cogía en silencio los gemelos de su mano; en esos momentos, sentía que ella estaba ligada a mí, que era mía, que no podíamos vivir el uno sin el otro, pero que, por un extraño malentendido, al salir del teatro, siempre nos despedíamos y nos separábamos como si fuéramos extraños. En la ciudad ya circulaban toda clase de rumores sobre nosotros, pero no había una palabra de verdad en lo que decían.

»En los últimos años Anna Alekséievna había empezado a visitar con mayor asiduidad a su madre y a su hermana; a menudo estaba de mal humor, era consciente de su insatisfacción, de haber malgastado la vida; en tales momentos, no quería ver a su marido ni a sus hijos. La habían puesto en tratamiento por un trastorno nervioso.

»Seguíamos guardando silencio y, en presencia de extraños, ella sentía una extraña irritación hacia mí; dijera lo que dijera, se mostraba en desacuerdo y, si discutía con alguien, ella tomaba partido por mi contrincante. Cuando yo expresaba algún comentario, ella exclamaba con frialdad:

»–Le felicito.

»Si la acompañaba al teatro y olvidaba los gemelos, ella decía después:

»–Estaba segura de que los olvidaría.

»Por suerte o por desgracia, no hay nada en nuestra vida que no acabe más tarde o más temprano. El momento de la separación llegó cuando Luganóvich fue nombrado presidente de una de las provincias occidentales. Tuvieron que vender los muebles, los caballos, la dacha. Visitamos el lugar y, antes de partir, nos dimos la vuelta para contemplar por última vez el jardín y el tejado verdoso; de todos nosotros se apoderó una gran tristeza, y yo comprendí que había llegado el momento de decir adiós no solo a la dacha. Se decidió que a finales de agosto Anna Alekséievna partiría para Crimea, por prescripción médica, y que poco después Luganóvich y los niños se marcharían a la provincia occidental.

»Acudió mucha gente a despedir a Anna Alekséievna. Cuando ya se había separado de su marido y de sus hijos, justo antes del tercer aviso, entré corriendo en su compartimento para poner en la redecilla una cesta que había estado a punto de quedar olvidada; y fue necesario que nos dijésemos adiós. Cuando nuestras miradas se encontraron, las fuerzas nos abandonaron a ambos, nos abrazamos y ella apretó su rostro contra mi pecho y se echó a llorar; mientras besaba su cara, sus hombros y sus manos mojadas por las lágrimas (¡ah, qué desdichados éramos los dos!), le confesé mi amor y comprendí, con un dolor punzante en el corazón, qué vano, mezquino y falso era todo lo que había impedido amarnos. Comprendí que, cuando uno ama y quiere juzgar ese amor, hay que partir de un punto de vista más elevado o más importante que la felicidad o la desdicha, el pecado o la virtud en su acepción corriente, o bien no juzgarlo en absoluto.

»La besé por última vez, apreté su mano y nos separamos para siempre. El tren ya se había puesto en marcha. Me senté en el compartimento contiguo, que estaba vacío, y estuve allí llorando hasta la primera estación. Luego regresé a pie hasta Sófino...

Durante la narración de Aliojin, dejó de llover y salió el sol. Burkin e Iván Ivánich pasaron al balcón; desde allí se abría una magnífica vista sobre el jardín y el río, que ahora brillaba a la luz del sol como un espejo. Al tiempo que admiraban el paisaje, lamentaban que ese hombre de ojos bondadosos e inteligentes, que con tanta sinceridad les había relatado esa historia, fuera de un lado a otro de esa enorme propiedad, como una ardilla en una jaula, y no se ocupara de algún trabajo científico u otra actividad que hubiera hecho su vida más agradable; pensaban en la expresión de tristeza que debía tener la joven dama cuando Aliojin se separó de ella en el compartimento y besó su rostro y sus hombros. Ambos la habían visto alguna vez en la ciudad y Burkin hasta la conocía y la encontraba atractiva.

Una visita médica
(1898)

El catedrático había recibido un telegrama de la fábrica de Liálikov en el que le pedían que fuera lo antes posible. La hija de una tal señora Liálikova, al parecer la propietaria de la fábrica, estaba enferma; era lo único que se podía comprender de ese largo y embrollado telegrama. El profesor no fue en persona, pero envió a su médico interno Koroliov.

Para llegar al lugar había que tomar el tren de Moscú, bajarse en la segunda estación y luego recorrer unas cuatro verstas en coche. Desde la fábrica enviaron a la estación una troika para recoger a Koroliov; el cochero llevaba un sombrero con una pluma de pavo real y a todas las preguntas respondía con voz fuerte y militar: «¡En absoluto!», «¡exactamente!». Era un sábado por la tarde, se ponía el sol. Los obreros de la fábrica se dirigían en grupo a la estación, saludando al coche en el que viajaba Koroliov, quien contemplaba maravillado el atardecer, las casas señoriales, las dachas a ambos márgenes de la carretera, los abedules y el ambiente sereno de esa víspera de domingo en la que, no solo los trabajadores, sino también los campos, los bosques y el sol parecían disponerse al descanso y quizá a la oración.

Había nacido y crecido en Moscú, no conocía el campo, nunca se había interesado por las fábricas ni las había visitado. Pero había leído algún artículo sobre ese tema, había acudido como invitado a casa de varios propietarios y había charlado con ellos; siempre que veía una fábrica de cerca o de lejos pensaba que, a pesar su apariencia tranquila y apacible, en el interior debían de reinar una ignorancia impenetrable, el obtuso egoísmo de los patrones, el trabajo aburrido e insano de los obreros, las peleas, el vodka, los insectos. Y ahora, cuando los obreros le cedían el paso con respeto y temor, adivinaba en sus rostros, en sus gorras y en sus andares la suciedad física, la ebriedad, el nerviosismo, el desconcierto.

Atravesó la cancela de la fábrica. A ambos lados se sucedían pequeñas casas de obreros, junto a las que se vislumbraban rostros de mujer, prendas de ropa y mantas colgadas en los zaguanes. «¡Atención!», gritaba el cochero, sin aminorar la marcha. De pronto apareció un amplio patio sin hierba en el que se levantaban cinco enormes bloques con chimeneas, a poca distancia unos de otros, almacenes de mercancías y barracones, todo cubierto de una especie de velo gris, como una nube de polvo. Aquí y allá, cual oasis en el desierto, surgían desmedrados jardincillos y los tejados verdes o rojos de las casas de la administración. El cochero tiró de pronto de las riendas y el carruaje se detuvo delante de un edificio pintado recientemente de gris, con un seto de polvorientas matas de lila y un zaguán amarillo que exhalaba un fuerte olor a pintura.

–Haga el favor de entrar, señor médico –dijeron unas voces femeninas en el umbral y en el vestíbulo, al tiempo que se oían suspiros y susurros–. Adelante, le esperábamos con impaciencia... Es una verdadera desgracia. Pase, por favor.

La señora Liálikova, una dama gruesa, madura y, a juzgar por su rostro, simple y casi analfabeta, llevaba un vestido negro de seda con mangas a la moda; miraba al médico con preocupación, pero no se decidía a tenderle la mano, pues le daba vergüenza. A su lado había una mujer muy joven y enjuta, con el pelo corto, *pince-nez* y una blusa de flores de colores vivos. Los criados la llamaban Jristina Dmítrievna y Koroliov adivinó que era la gobernanta. Probablemente, al ser la persona más instruida de la casa, le habían confiado la tarea de acoger y recibir al médico, pues, nada más entrar, le expuso de manera apresurada las causas de la enfermedad, con toda suerte de detalles menudos e innecesarios, pero sin decirle quién era la enferma y de qué se trataba.

El médico y la gobernanta hablaban sentados, mientras la dueña de la casa esperaba inmóvil junto a la puerta. Koroliov dedujo de la conversación que la enferma era Liza, una muchacha de unos veinte años, hija única y heredera de la señora Liálikova; llevaba mucho tiempo enferma y había sido tratada por diversos médicos, pero durante toda la noche pasada había tenido tales palpitaciones que nadie en la casa había podido dormir por temor a que muriera.

–Puede decirse que está enferma desde que era niña –comentaba Jristina Dmítrievna, con voz cantarina, secándose a cada momento los labios con la mano–. Los médicos dicen que son los nervios, pero yo pienso que tal vez sean las escrófulas, pues cuando era pequeña se las metieron dentro.

Fueron a ver a la enferma. Era una mujer ya adulta, grande, de buena talla, poco agraciada, parecida a su madre, con los mismos ojos pequeños y la parte inferior del rostro ancha y excesivamente desarrollada, despeinada, cubierta hasta la barbilla con la manta; desde el primer momento causó en Koroliov la impresión de un ser desdichado y lamentable, al que hubieran acogido y cobijado por piedad; apenas podía creerse que fuera la heredera de cinco enormes cuerpos de fábrica.

–He venido para curarla –dijo Koroliov–. Buenas tardes.

Se presentó y le estrechó la mano, una mano grande, fría, fea. Acostumbrada desde la infancia a los médicos, la joven se sentó y se dejó auscultar, descubriendo sin el menor embarazo sus hombros y su pecho.

–Tengo palpitaciones –dijo–. He pasado tanto miedo durante la noche... que casi me muero. Deme algo.

–Sí, sí. Tranquilícese.

Koroliov la examinó y se encogió de hombros.

–El corazón está perfectamente –dijo–. Todo va bien, todo está en orden. Es posible que haya tenido un pequeño ataque de nervios, pero eso es algo corriente. Creo que la crisis ha pasado, así que puede usted dormir.

En ese momento trajeron una lámpara. Al ver la luz la enferma entornó los ojos y, de pronto, se cogió la cabeza con las manos y estalló en sollozos. La impresión de fealdad y desamparo que había causado en Koroliov desapareció al punto; ya no reparaba en sus ojos pequeños, ni en la parte inferior del rostro exageradamente desarrollada; veía una expresión de dulzura y sufrimiento, reflexiva y conmovedora; toda su figura le pareció esbelta, femenina, sencilla, y sintió deseo de tranquilizarla, pero no con medicamentos ni consejos, sino con una simple palabra amable. Su madre le abrazó la cabeza y la apretó contra sí. ¡Cuánta desesperación y dolor se reflejaba en el rostro de la anciana! Era su madre, la había alimentado y criado sin escatimar nada, había dado toda su vida para que aprendiera francés, baile, música; había contratado una decena de preceptores, había hecho venir a los mejores médicos, mantenía una gobernanta y ahora no comprendía a qué se debían tantas lágrimas y padecimientos; no lo comprendía, estaba desconcertada y tenía un aire culpable, preocupado, desesperado, como si hubiera descuidado alguna cosa muy importante, olvidado hacer algo o llamar a alguien, aunque no sabía a quién.

–Liza, otra vez... otra vez –decía, apretándose contra su hija–. Mi niña, mi amor, mi pequeña, dime qué te pasa. Ten piedad de mí, dímelo.

Las dos lloraban con amargura. Koroliov se sentó en el borde de la cama y cogió a Liza de la mano.

–Basta, ¿de qué vale llorar? –dijo con ternura–. No hay nada en el mundo que merezca esas lágrimas. Vamos, deje de llorar, no vale la pena...

Y al mismo tiempo pensaba: «Debería casarse...».

–El médico de la fábrica le ha dado bromuro de potasio –dijo la gobernanta–, pero solo ha conseguido que empeore. En mi opinión, si se le quiere dar algo para el corazón, lo mejor son unas gotas de... he olvidado el nombre... de muguete, creo.

Y volvió a dar toda clase de detalles. Interrumpía al médico, no le dejaba hablar y en su rostro se reflejaba el esfuerzo, como si supusiera que, al ser la mujer más instruida de la casa, estaba obligada a mantener una conversación ininterrumpida con el doctor, y además sobre temas médicos.

Koroliov empezaba a aburrirse.

–No encuentro nada especial –dijo a la madre al salir del dormitorio–. Es mejor que el médico de la fábrica, que la ha tratado hasta ahora, siga ocupándose de ella. De momento, el tratamiento es apropiado y no veo la necesidad de cambiar de médico. ¿Para qué? Es una enfermedad muy común, nada grave...

Hablaba sin prisas, al tiempo que se ponía los guantes, mientras la señora Liálikova, inmóvil, le miraba con ojos llorosos.

–El tren de las diez sale dentro de media hora –dijo–. Espero no perderlo.

–¿Y no puede quedarse? –preguntó ella, y de nuevo rodaron lágrimas por sus mejillas–. Lamento molestarle, pero si fuera usted tan amable... Por el amor de Dios –continuó en voz baja, volviéndose hacia la puerta–, pase la noche en nuestra casa. Solo la tengo a ella... es hija única... He pasado tanto miedo la noche anterior que aún no me he recobrado... No se vaya, por el amor de Dios...

Quiso decirle que tenía mucho trabajo en Moscú, que su familia le esperaba; le resultaba incómodo pasar toda la noche en una casa ajena sin ninguna necesidad, pero al contemplar el rostro de la madre, soltó un suspiro y empezó a quitarse los guantes en silencio.

Encendieron en su honor todas las lámparas y las velas de la sala y del salón. Se sentó al piano y hojeó las partituras, luego examinó los cuadros colgados de las paredes y los retratos. Los cuadros, pintados al óleo y encerrados en marcos dorados, representaban vistas de Crimea, un mar enfurecido con un pequeño barco, un monje católico con una copa en la mano; todo en un estilo seco, rebuscado, sin talento... Entre los retratos no había ni un rostro bello o interesante, todos tenían pómulos anchos y ojos asombrados; Liálikov, el padre de Liza, tenía la frente pequeña y un aire satisfecho; su uniforme caía como un saco sobre su cuerpo grande y vulgar y llevaba en el pecho una medalla y la insignia de la Cruz Roja. Todo indicaba escasa cultura y un lujo debido a la casualidad, no a un plan preconcebido, y tan indecoroso como el uniforme; el brillo del suelo hacía daño a los ojos, como también el de las arañas, recordando, por alguna razón, la historia de aquel mercader que iba a los baños con su medalla al cuello...

En el recibidor se oyó un murmullo y un suave ronquido. De pronto resonaron en el patio unos ruidos bruscos, entrecortados y metálicos, como Koroliov no había oído nunca y cuyo sentido no acertó a descifrar; reverberaron en su alma de forma extraña y desagradable.

«Me parece que por nada del mundo viviría aquí...», pensó, y siguió hojeando las partituras.

–¡Doctor, tenga la bondad de venir a tomar algo! –exclamó en voz baja la gobernanta.

Fue a cenar. La mesa era grande y estaba cubierta de gran cantidad de entremeses y botellas de vino, pero no había más que dos comensales: Jristina Dmítrievna y él mismo. Ella bebía madeira, comía y hablaba con rapidez, observándole a través de su *pince-nez:*

–Nuestros trabajadores están muy satisfechos. Todos los inviernos se organizan en nuestra fábrica representaciones interpretadas por ellos y espectáculos con linterna mágica; además, tienen un salón de té magnífico, qué más se puede pedir. Están muy unidos a nosotros y, cuando se enteraron de que Liza había empeorado, encargaron un *Te Deum*. Son personas incultas, pero también tienen sentimientos.

–Por lo visto no vive ningún hombre en la casa –dijo Koroliov.

–No. Piotr Nikanórich murió hace año y medio y nos quedamos solas. Vivimos las tres juntas. El verano lo pasamos aquí y el invierno en Moscú, en la calle Polianka. Llevo ya once años con ellos. Soy como de la familia.

La cena se compuso de esturión, croquetas de pollo y compota; los vinos eran caros, franceses.

–Por favor, doctor, no se ande con remilgos –dijo Jristina Dmítrievna, masticando y tapándose la boca con el puño; era evidente que se encontraba muy a gusto en esa casa–. Coma, por favor.

Después de la cena llevaron al médico a la habitación en la que le habían preparado el lecho. Pero él no tenía ganas de dormir, el ambiente era sofocante y en la pieza olía a pintura; se puso el abrigo y salió.

Fuera hacía frío; ya rayaba el amanecer y en el aire húmedo se recortaban con nitidez los cinco bloques con sus altas chimeneas, los barracones y los almacenes. Como era domingo, no se trabajaba y los vidrios estaban oscuros; solo en uno de los bloques había un horno encendido, tiñendo de púrpura dos ventanas, y de la chimenea salía de vez en cuando una llama con algunas volutas de humo. En la lejanía, más allá del patio, croaban las ranas y cantaba un ruiseñor.

Al contemplar los bloques y los barracones donde dormían los obreros, volvieron a acuciarle los mismos pensamientos que tenía siempre que veía una fábrica. A pesar de los espectáculos para los trabajadores, las linternas mágicas, los médicos de la fábrica y las diferentes mejoras, los obreros con los que se había cruzado cuando venía de la estación no se diferenciaban en nada de los que había visto en su infancia, cuando aún no había espectáculos organizados ni mejoras. Como médico con una idea exacta de las enfermedades crónicas, cuya causa fundamental era incomprensible e incurable, consideraba las fábricas un malentendido, cuya causa también era incierta e inevitable, y, aunque no juzgaba superflua toda mejora en la vida de las fábricas, las equiparaba a los tratamientos de las enfermedades incurables.

«Sin duda hay un malentendido en todo esto... –pensaba, mirando las purpúreas ventanas–. Mil quinientos o dos mil obreros trabajan sin descanso, en condiciones insalubres, para fabricar un percal de mala calidad, pasan hambre y lo único que pueden hacer es ir de vez en cuando a la taberna para olvidarse de esta pesadilla; trabajan bajo la vigilancia de un centenar de individuos que se pasan la vida poniendo multas, reprendiendo a los otros, cometiendo injusticias; solo dos o tres personas, los llamados propietarios, se aprovechan de los beneficios, aunque no trabajan en absoluto y desdeñan el percal de mala calidad. Pero ¿cuáles son los beneficios? ¿Cómo se aprovechan? Liálikova y su hija son desgraciadas, da pena verlas; solo vive a su gusto Jristina Dmítrievna, una mujer madura, de pocas entendederas y con *pince-nez*. De donde se deduce que la única razón de que se trabaje en estos cinco bloques y se venda un percal de mala calidad en los mercados orientales es que Jristina Dmítrievna pueda comer esturión y beber madeira.»

De repente resonaron los mismos ruidos extraños que Koroliov había oído antes de la cena. Cerca de uno de los bloques alguien daba golpes en una plancha de metal; la resonancia pronto se amortiguaba, produciéndose unos sonidos breves, penetrantes y confusos, algo así como: «der... der... der...». Al cabo de un minuto de silencio, junto a otro bloque se oyeron unos sonidos también entrecortados y desagradables, pero más bajos y graves: «drin... drin... drin...». Once veces. Era evidente que los vigilantes estaban dando las once.

Cerca de un tercer bloque se oyó: «zhak... zhak... zhak...». Y así junto a todos los demás y luego detrás de los barracones y de la cancela. En medio del silencio de la noche, parecía como si esos sonidos los emitiera un monstruo de ojos purpúreos, el mismo diablo, que en ese lugar dominaba a los patronos y a los obreros, engañando a unos y otros.

Koroliov se internó en el campo.

–¿Quién va? –le gritó desde la cancela una voz bronca.

«Como en un presidio...», pensó, y no respondió.

Allí se oía mejor a los ruiseñores y a las ranas y se percibía el encanto de esa noche de mayo. Desde la estación llegó el rumor de un tren; unos gallos soñolientos cantaron en alguna parte, pero de todos modos la noche era serena y el mundo dormía en paz. En el campo, no lejos de la fábrica, se alzaba una pila de troncos; habían amontonado allí diversos materiales de construcción. Koroliov se sentó sobre unas planchas y siguió pensando:

«La gobernanta es la única persona que se encuentra bien en este lugar y la fábrica solo trabaja para satisfacerla. Pero eso no pasa de ser una ilusión, ella no es más que un testaferro. El personaje principal para el que todo el mundo trabaja aquí es el diablo».

Pensaba en el diablo, en el que no creía, y se volvía hacia las dos ventanas iluminadas por el fuego. Le parecía que esos ojos purpúreos que le miraban eran los del diablo en persona, los de esa fuerza desconocida que había establecido las relaciones entre los fuertes y los débiles, ese grosero error que ahora no había manera de subsanar. «Es necesario que el fuerte estorbe la vida del débil, tal es la ley de la naturaleza, pero el pensamiento solo concibe y se congracia con esa idea en los artículos de periódico o los manuales; en el barullo de la vida cotidiana, en el enmarañamiento de menudos sucedidos que componen las relaciones humanas, más que una ley parece una incongruencia en la que los fuertes y los débiles incurren por igual, víctimas de sus dependencias mutuas, sometiéndose involuntariamente a una fuerza directora desconocida, exterior a la vida, ajena al hombre.» Así pensaba Koroliov, sentado sobre las planchas; poco a poco fue dominándole la certeza de que esa fuerza desconocida y misteriosa estaba realmente a su lado y le miraba. Entretanto, la región oriental del cielo palidecía cada vez más, el tiempo pasaba deprisa. Sobre el fondo gris del amanecer, en medio del desamparo y la soledad reinantes, los cinco bloques tenían un aspecto peculiar, distinto al que mostraban de día; uno se olvidaba por completo de que allí dentro había motores de vapor, instalaciones eléctricas y teléfonos; pensaba en construcciones lacustres, en la edad de piedra, sentía la presencia de una fuerza primigenia e inconsciente...

De nuevo se oyeron unos golpes:

–Der... der... der... der...

Doce veces. Luego, durante medio minuto, todo quedó en silencio, y a continuación se oyó en otro rincón del patio:

–Drin... drin... drin...

«¡Qué ruido tan desagradable!», pensó Koroliov.

–Zhak... zhak... –resonaron en un tercer lugar, como con enfado, unos sonidos entrecortados y bruscos–, zhak... zhak...

Para dar las doce habían sido necesarios cuatro minutos. Luego el lugar se aquietó y de nuevo al médico volvió a dominarle la sensación de que todo estaba muerto a su alrededor.

Al cabo de un rato Koroliov regresó a la casa, pero tardó bastante en acostarse. En las piezas contiguas se oían susurros, un rumor de zapatillas y de pies desnudos.

«¿No habrá tenido otra crisis?», pensó.

Salió para examinar a la enferma. En la vivienda reinaba ya una gran claridad y en las paredes y el suelo del salón temblaba la débil luz del sol, que se filtraba a través de la bruma matinal. La puerta que conducía a la habitación de Liza estaba abierta y la joven se hallaba sentada en un sillón próximo a la cama, con una bata, envuelta en un chal, con los cabellos revueltos. Alguien había bajado las persianas de las ventanas.

–¿Cómo se encuentra? –preguntó Koroliov.

–Gracias por venir.

Le tomó el pulso, luego le arregló los cabellos que le caían sobre la frente.

–No duerme usted –dijo–. Fuera hace un tiempo excelente, es primavera, los ruiseñores cantan, y usted está aquí a oscuras, meditando.

Ella le escuchaba y le miraba a la cara; tenía unos ojos tristes e inteligentes, y se veía que quería decir algo.

–¿Le pasa esto a menudo? –preguntó él.

Ella movió los labios y respondió:

–Sí. Casi todas las noches me siento mal.

En ese momento, en el patio, los vigilantes empezaron a dar las dos. Se oyó «der... der...» y ella se estremeció.

–¿Le molestan esos ruidos? –preguntó él.

–No lo sé. Aquí todo me molesta –respondió ella, y se quedó pensativa–. Todo me molesta. Percibo simpatía en su voz; por alguna razón, desde el momento en que le vi, me pareció que con usted se podía hablar de todo.

–Hable, se lo ruego.

–Quiero darle mi opinión. Tengo la impresión de que no estoy enferma y de que mi inquietud y mi miedo son inevitables. Hasta el hombre más sano no puede dejar de sentir inquietud si, por ejemplo, un ladrón pasa bajo su ventana. Los doctores me han hecho seguir muchos tratamientos –continuó, mirándose las rodillas y esbozando una tímida sonrisa–, y les estoy muy agradecida, naturalmente, pues no dudo de su eficacia, pero más que con un médico me habría gustado hablar con un allegado, con un amigo que me comprendiera y me confirmara si tengo razón o no.

–¿No cuenta con amigos? –preguntó Koroliov.

–Estoy sola. Tengo a mi madre, a quien quiero mucho, pero en cualquier caso estoy sola. Así está hecha mi vida... Los solitarios leen mucho, pero hablan y oyen poco, y la vida es un misterio para ellos; son místicos y a menudo ven al diablo donde no está. La Tamara de Lérmontov era una mujer solitaria y veía al diablo.

–¿Lee usted mucho?

–Sí. Dispongo de todo el tiempo del mundo, de la mañana a la noche. Leo de día; por la noche siento la cabeza vacía, como si en lugar de pensamientos albergara sombras.

–¿Ve algo por la noche? –preguntó Koroliov.

–No, pero lo siento...

Volvió a sonreír, levantó la vista hasta el médico y le miró con ojos tristes e inteligentes; Koroliov tuvo la impresión de que confiaba en él, de que quería hablarle con total sinceridad y de que su pensamiento coincidía con el suyo. Pero guardaba silencio, esperando, quizá, a que fuera él quien abordara el tema.

Koroliov sabía lo que debía decirle; estaba seguro de que esa mujer tenía que alejarse cuanto antes de los cinco bloques y de su millón de rublos, si lo tenía; liberarse de ese diablo al que veía por la noche; también estaba seguro de que ella pensaba lo mismo y solo esperaba que alguien en quien confiara se lo confirmara.

Pero no sabía cómo decírselo. ¿Qué palabras emplear? Resulta incómodo preguntarle a un preso por la causa de su condena; del mismo modo, no es fácil preguntarle a las personas muy adineradas para qué necesitan tanto dinero, por qué emplean tan mal su riqueza, por qué no renuncian a ella, ni siquiera cuando la consideran una fuente de infelicidad; las conversaciones sobre ese tema suelen ser embarazosas, incómodas y largas.

«¿Cómo decírselo? –cavilaba Koroliov–. En realidad, ¿es necesario decírselo?»

Por fin acabó comentándole lo que pensaba, pero no directamente, sino con rodeos.

–A usted le disgusta ser propietaria de una fábrica y una rica heredera; no cree en sus derechos y le cuesta dormir; por supuesto, sería peor que se sintiera satisfecha, durmiera como un tronco y pensara que todo va bien. Su insomnio la honra; sea como fuere, es una buena señal. En realidad, una conversación como esta sería impensable en tiempos de nuestros padres; por la noche dormían como troncos y no hablaban; nuestra generación duerme mal, languidece, habla mucho y siempre está preguntándose si tiene razón o no. Para nuestros hijos y nietos esa cuestión (si tienen o no razón) estará ya resuelta. Verán más claro que nosotros. La vida será maravillosa dentro de unos cincuenta años; lástima que no lleguemos a conocerla. Sería interesante echar un vistazo.

–¿Qué harán nuestros hijos y nietos? –preguntó Liza.

–No lo sé... Probablemente lo dejarán todo y se marcharán.

–¿Adónde?

–¿Adónde...? A donde les plazca –dijo Koroliov, echándose a reír–. A un hombre bueno e inteligente no le faltan lugares a los que ir.

Miró el reloj.

–No obstante, ya ha salido el sol –comentó–. Debe usted dormir. Desvístase y duerma tranquila. Me alegro mucho de haberla conocido –continuó, estrechándole la mano–. Es usted una persona bondadosa e interesante. ¡Buenas noches!

Regresó a su habitación y se acostó.

A la mañana siguiente, cuando llegó el coche, todos salieron al porche para despedirlo. Liza, pálida, lánguida, con un vestido blanco y festivo y una flor en el cabello, lo miraba como la víspera, con ojos tristes e inteligentes, sonreía y le hablaba como si quisiera decirle algo especial, importante, destinado solo a él. Se oía el canto de las alondras y las campanas de la iglesia. Las ventanas de los bloques de la fábrica centelleaban alegres; al atravesar el patio y tomar el camino de la estación, Koroliov ya no se acordaba de los obreros, ni de las construcciones lacustres, ni del diablo; solo pensaba en el tiempo, quizá ya cercano, en que la vida sería tan radiante y luminosa como esa serena mañana de domingo; y meditaba en lo agradable que era viajar en un buen coche tirado por tres caballos, en una mañana de primavera como esa, calentándose al sol.

La nueva dacha
(1899)

I

A tres verstas de la aldea de Obruchánovo se estaba construyendo un enorme puente. Desde la aldea, que se alzaba a gran altura sobre la escarpada orilla, se veía su armazón de hierro y, los días nublados y las serenas jornadas de invierno, cuando su delgada estructura y todos los andamiajes estaban cubiertos de escarcha, ofrecía un cuadro pintoresco e incluso fantástico. A veces pasaba por la aldea, montado en tílburi o en calesa, el ingeniero Kúcherov, encargado de la construcción, hombre grueso, ancho de espaldas, con barba, tocado de una gorra flexible y arrugada; en ocasiones, los días de fiesta, llegaban también algunos vagabundos que trabajaban en el puente, pedían limosna, se reían de las mujeres y, si se terciaba, robaban alguna cosa. Pero era raro; por lo común los días se sucedían tranquilos y apacibles, como si la obra no existiera; solo por la tarde, cuando se encendían las hogueras junto al puente, el viento traía el débil eco de las canciones de los vagabundos. Algunas veces, durante el día se oía un melancólico ruido metálico: don... don... don...

Un día el ingeniero Kúcherov recibió la visita de su mujer, que quedó encantada con la orilla del río y la magnífica vista que se abría sobre el verde valle, con sus aldehuelas, sus iglesias y sus rebaños, y pidió a su marido que comprara una pequeña parcela y construyera allí una dacha. El marido cedió. Compraron veinte *desiatinas* de tierra y, en lo alto de la orilla, en un claro del bosque donde antes vagaban las vacas de Obruchánovo, construyeron una bonita casa de dos plantas con terraza, balcones, una torre y un mástil en cuyo extremo ondeaba los domingos una bandera; la construyeron en unos tres meses y luego, durante todo el invierno, plantaron grandes árboles, de modo que cuando llegó la primavera y todo reverdeció, la nueva propiedad disponía ya de alamedas, un jardinero y dos trabajadores con delantales blancos que trajinaban alrededor de la casa; había una fuentecilla y un globo de cristal que despedía unos rayos tan intensos que hacían daño a la vista. La propiedad ya tenía nombre: la Nueva Dacha.

Una mañana tibia y despejada de finales de mayo, llevaron dos caballos al herrero de Obruchánovo, Rodión Petrov, para que les cambiara las herraduras. Los enviaban de la Nueva Dacha. Eran unos caballos blancos como la nieve, gráciles, bien cebados y de una semejanza sorprendente.

–¡Auténticos cisnes! –exclamó Rodión, mirándolos con veneración.

Su mujer Stepanida, sus hijos y sus nietos salieron a la calle para verlos. Poco a poco se congregó una multitud. Llegaron los Lichkov, padre e hijo, ambos barbilampiños de nacimiento, con rostros abotargados y la cabeza descubierta. También apareció por allí Kózov, un anciano alto y delgado, con una barba menuda y un bastón con mango en forma de gancho; guiñaba sin parar sus astutos ojos y esbozaba una sonrisa burlona, como si supiera algo ignorado por los demás.

–Aparte de su blancura, ¿qué tienen de especial? –dijo–. Dadle avena a los míos y estarán igual de lustrosos. Habría que engancharlos al arado y hacerles probar el látigo...

El cochero se limitó a mirarlo con desprecio, sin pronunciar palabra. Luego, mientras encendían el fuego en la fragua, se puso a charlar, fumando un cigarrillo tras otro. Por su boca los campesinos se enteraron de muchos detalles: sus amos eran ricos; antes de casarse, su señora Yelena Ivánovna vivía con estrecheces en Moscú, donde trabajaba como gobernanta; era buena, compasiva y le gustaba ayudar a los necesitados. En la nueva propiedad, contaba, no ararían la tierra ni sembrarían; solo irían allí para disfrutar del paisaje y respirar aire puro. Cuando terminó de hablar y se dispuso a regresar con los caballos, una turba de muchachos le rodeó, los perros le ladraron y Kózov, que le seguía con la vista, guiñó los ojos con aire burlón.

–¡Vaya unos señores! –comentó–. Se construyen una casa, compran caballos y a lo mejor no tienen nada que comer. ¡Vaya unos señores!

Un odio repentino por la nueva casa, los caballos blancos y ese cochero apuesto y bien alimentado se apoderó de Kózov. Era un hombre solitario, viudo; llevaba una vida tediosa (una enfermedad que tan pronto llamaba cólico como lombrices le impedía trabajar), se mantenía gracias al dinero que recibía de su hijo, empleado en una confitería de Járkov; desde primera hora de la mañana hasta la tarde deambulaba ocioso por la orilla o por la aldea y si veía, por ejemplo, a un campesino transportando madera o pescando, decía: «Esa madera está seca, carcomida», o: «Con este tiempo no picará ni uno». Cuando había sequía, decía que no llovería antes de las heladas y cuando llovía afirmaba que todo iba a pudrirse y a echarse a perder en los campos. Y mientras exponía esas razones, no paraba de hacer guiños con los ojos, con aires de entendido.

En la propiedad encendían por la tarde bengalas o cohetes y junto a Obruchánovo pasaba un velero con faroles rojos. Una mañana la mujer del ingeniero, Yelena Ivánovna, fue a la aldea con su hija pequeña en una calesa de ruedas amarillas, tirada por una pareja de ponis bayos; ambas, madre e hija, llevaban sombreros de paja de ala ancha doblada hacia dentro.

Era justo el momento de la crecida y el herrero Rodión, anciano alto y enteco, con la cabeza y los pies desnudos, la horca al hombro, estaba junto a su telega sucia e informe y contemplaba los ponis con la boca abierta; en la expresión de su rostro se adivinaba que nunca antes había visto unos caballos tan pequeños.

–¡Ha venido la señora Kucherija! –se oyó un murmullo alrededor–. ¡Mira, ha venido la señora Kucherija!

Yelena Ivánovna examinaba las isbas, como si estuviera eligiendo una, luego detuvo los caballos delante de la más pobre, a cuyas ventanas se asomaban varias cabezas infantiles: rubias, morenas, pelirrojas. Stepanida, la mujer de Rodión, una anciana obesa, había salido corriendo de la isba y el pañuelo había resbalado por su canosa cabellera; se quedó mirando la calesa, con el sol de frente, sonriendo y haciendo muecas como si fuera ciega.

–Esto es para tus hijos –dijo Yelena Ivánovna, entregándole tres rublos.

Stepanida de pronto se echó a llorar, al tiempo que se inclinaba casi hasta el suelo; Rodión también saludó, mostrando su ancha y broncínea calva; al hacer ese movimiento, estuvo a punto de enganchar a su mujer por un costado con la horca. Yelena Ivánovna se turbó y se dio la vuelta.

II

Los Lichkov, padre e hijo, habían sorprendido en sus prados dos caballos de tiro, un poni y un toro de Algauz de gran hocico, y con la ayuda del pelirrojo Volodia, hijo del herrero Rodión, los llevaron a la aldea. Llamaron al *starosta*, reunieron testigos y fueron a cuantificar las pérdidas.

–¡Bueno, vamos! –decía Kózov guiñando el ojo–. ¡Vamos! ¡A ver cómo se pavonean ahora los ingenieros! ¿Pensáis que no hay justicia? ¡Bueno! Hay que llamar al alguacil, levantar acta...

–¡Levantar acta! –repitió Volodia.

–¡No voy a dejar que las cosas queden así! –gritaba el hijo de Lichkov, cada vez más alto, de manera que su rostro barbilampiño se hinchaba cada vez más–. ¡Vaya costumbre han cogido! ¡Si se les deja, estropearán todos los prados! ¡No tienen ningún derecho a ofender a la gente! ¡Los tiempos de la servidumbre han acabado!

–¡Han acabado! –repitió Volodia.

–Vivíamos bien sin el puente –dijo el padre, con aire sombrío–. No hemos pedido ningún puente, ¿qué falta nos hace a nosotros? ¡No lo queremos!

–¡Hermanos ortodoxos! ¡No podemos dejar las cosas así!

–¡Bueno, vamos! –decía Kózov, guiñando los ojos–. ¡Que se pavoneen ahora! ¡Vaya propietarios!

Durante el camino de regreso Lichkov hijo no paraba de darse puñetazos en el pecho y de gritar, mientras Volodia repetía sus palabras, también a gritos. Entretanto, en la aldea, alrededor del toro de raza y de los caballos se había reunido una verdadera multitud. El toro estaba desorientado y miraba a la gente de soslayo, pero de pronto bajó el hocico al suelo y echó a correr, lanzando coces. Kózov se asustó y lo amenazó con el bastón, y todos los circunstantes se rieron a carcajadas. Luego encerraron a los animales y se pusieron a esperar.

Por la tarde el ingeniero mandó cinco rublos por los destrozos y los dos caballos, los ponis y el toro, que no habían comido ni bebido nada, volvieron al establo con la cabeza gacha, como condenados conducidos al castigo.

Con los cinco rublos en la mano, los Lichkov, padre e hijo, el *starosta* y Volodia atravesaron el río en una barca y se dirigieron a la taberna de la aldea de Kriákovo, donde lo celebraron largo rato. Se oían sus cánticos y también los gritos de Lichkov hijo. Las mujeres de la aldea, inquietas, no durmieron en toda la noche. Rodión tampoco pegó ojo.

–Feo asunto –decía, cambiando de postura una y otra vez y lanzando profundos suspiros–. El señor va a enfadarse, promoverá un proceso... Han ofendido al señor... Ah, lo han ofendido y eso no está bien...

Un día los campesinos, Rodión entre ellos, volvían del bosque comunal, donde se habían repartido la siega, y se encontraron con el ingeniero. Llevaba una camisa roja de algodón y botas de caña alta; le seguía un perro de caza, con la lengua fuera.

–¡Buenos días, muchachos! –dijo.

Los campesinos se detuvieron y se descubrieron.

–Hace tiempo que quería hablar con vosotros –continuó–. La cuestión es la siguiente. Todos los días, desde el comienzo de la primavera, vuestro ganado entra en mi jardín y en mi bosque. Lo pisotean todo, los cerdos han levantado el prado y estropeado el huerto, y en el bosque se han echado a perder todos los plantones. No hay manera de entenderse con vuestros pastores; se les habla con educación y responden con groserías. Todos los días sufro destrozos, pero no digo nada, no os hago pagar ninguna multa ni me quejo; en cambio vosotros expulsasteis a mis caballos y a mi toro y me cobrasteis cinco rublos. ¿Acaso está eso bien? ¿Es así como se comportan los vecinos? –continuó, con voz dulce, persuasiva, y una mirada nada severa–. ¿Acaso la gente honrada actúa de ese modo? Hace una semana uno de vosotros cortó dos pequeños robles de mi bosque. Habéis abierto una zanja en el camino de Yerésnevo y ahora tengo que dar un rodeo de tres verstas. ¿Por qué me creáis complicaciones a cada paso? ¿Qué mal os he hecho? Decídmelo, por el amor de Dios. Mi mujer y yo hacemos todo lo posible para vivir con vosotros en paz y buena armonía, ayudamos a los campesinos tanto como podemos. Mi mujer es bondadosa y tiene un gran corazón, no rechaza ayudaros, su sueño es serviros de alguna utilidad a vosotros y a vuestros hijos. Pero vosotros le devolvéis mal por bien. Sois injustos, muchachos. Pensadlo un poco. Os pido encarecidamente que reflexionéis. Os tratamos con humanidad y queremos que nos paguéis con la misma moneda.

Se dio media vuelta y se marchó. Los campesinos esperaron un rato, se pusieron las gorras y siguieron su camino. Rodión, que siempre interpretaba a su manera lo que le decían, suspiró y comentó:

–Hay que pagar. Pagad en moneda, muchachos, eso es lo que ha dicho...

Hicieron el camino en silencio. Una vez en casa, Rodión dijo sus oraciones, se descalzó y se sentó en el banco junto a su mujer. Cuando estaban en casa, Stepanida y él siempre se sentaban uno al lado del otro y por la calle siempre caminaban codo con codo; comían, bebían y dormían siempre juntos y cuanto más envejecían más amor se profesaban. Su isba era pequeña, sofocante y había niños por todas partes: en el suelo, en el poyo de las ventanas, en la estufa... Stepanida, a pesar de su avanzada edad, seguía quedándose embarazada y ahora, al ver ese montón de niños, apenas acertaba a distinguir los de Rodión de los de Volodia. La mujer de Volodia, Lukeria, una muchacha joven y fea, con ojos saltones y nariz aguileña, amasaba pan en una artesa; Volodia estaba sentado sobre la estufa, con las piernas colgando.

–Por el camino, cerca de los sembrados de alforfón de Nikítovo... apareció el ingeniero con su perro... –empezó Rodión, después de unos minutos de descanso, rascándose el costado y los codos–. Tenéis que pagar, dijo... En moneda... En moneda o no, hay que entregar veinte kopeks por casa. Hemos causado muchas ofensas al señor. Me da pena...

–Vivíamos muy bien sin puente –dijo Volodia, sin mirar a nadie– y no lo queremos.

–¿Qué tiene de malo? Es un puente del Estado.

–No lo queremos.

–No te estoy pidiendo tu opinión. ¡Lo que hay que oír!

–«No te estoy pidiendo tu opinión...» –le remedó Volodia–. Nosotros no tenemos ningún lugar al que ir, así que ¿qué falta nos hace un puente? Cuando es necesario, cogemos una barca.

Alguien llamó a la ventana con tanta fuerza que toda la isba pareció temblar.

–¿Está Volodia en casa? –se oyó la voz de Lichkov hijo–. ¡Sal, Volodia, nos vamos!

Volodia saltó de la estufa y empezó a buscar su gorra.

–No vayas, Volodia –profirió Rodión con voz vacilante–. No vayas con ellos, hijo. Eres tan tonto como un niño pequeño y ellos no te enseñarán nada bueno. ¡No vayas!

–¡No vayas, hijo! –le pidió Stepanida, parpadeando, a punto de echarse a llorar–. Seguro que quieren llevarte a la taberna.

–«A la taberna» –la remedó Volodia.

–¡Vas a volver otra vez borracho, hijo de perra! –dijo Lukeria, mirándole con ira–. ¡Vete, vete, a ver si el vodka te abrasa, diablo sin cola!

–¡Cállate! –gritó Volodia.

–Me han casado con un imbécil, han perdido a esta desdichada huérfana... borracho pelirrojo... –se lamentó Lukeria, enjugándose el rostro con la mano llena de masa–. ¡Ojalá no volviera a verte nunca!

Volodia le propinó un golpe en la oreja y se fue.

III

Yelena Ivánovna y su hija pequeña fueron a la aldea a pie. Estaban dando un paseo. A la sazón era domingo y las mujeres y muchachas habían salido a la calle con sus vestidos de colores brillantes. Rodión y Stepanida, sentados uno al lado del otro en el porche, saludaron y sonrieron a Yelena Ivánovna y a su hija como si fueran ya viejas conocidas. Desde las ventanas las contemplaban más de una decena de niños; sus rostros expresaban sorpresa y curiosidad; se les oía murmurar:

–¡Ha venido Kucherija! ¡Kucherija!

–Buenos días –dijo Yelena Ivánovna, deteniéndose; guardó silencio durante un instante y a continuación preguntó–: ¿Cómo va todo?

–Bien, gracias a Dios –respondió Rodión, hablando muy deprisa–. De momento estamos vivos.

–¿Llamas vida a esto? –preguntó Stepanida con una sonrisa–. ¡Ya ve usted, querida señora, nuestra pobreza! Somos catorce en la familia y solo dos personas trabajan. De herreros solo tenemos el nombre, pues cuando traen a herrar un caballo resulta que no hay carbón porque no tenemos dinero para comprarlo. Hemos sufrido mucho, señora –continuó, y se echó a reír–. ¡Ah, cómo hemos sufrido!

Yelena Ivánovna se sentó en el porche y, abrazando a su hija, se quedó pensativa; también a la niña, a juzgar por su rostro, le rondaba por la cabeza alguna triste reflexión; con aspecto concentrado, jugaba con la elegante sombrilla de encaje que había tomado de manos de su madre.

–¡La pobreza! –dijo Rodión–. Tenemos muchas preocupaciones y tanto trabajo que no vemos el final. Y Dios no nos manda una gota de lluvia... Nuestra vida no es fácil, la verdad.

–Vuestra vida en la tierra es penosa –dijo Yelena Ivánovna–, pero en el otro mundo seréis felices.

Rodión no la comprendió y se limitó a toser en el puño a modo de respuesta. Pero Stepanida dijo:

–Querida señora, a los ricos tampoco les irá mal en el otro mundo. Encienden velas, encargan misas, ayudan a los pobres; en cambio, ¿qué hace el campesino? Ni siquiera tiene tiempo para santiguarse, es pobre de solemnidad, no existe salvación para él. La pobreza es madre de muchos pecados, la pena nos hace ladrar más que los perros, no decimos una sola buena palabra ¡y las cosas que tenemos que ver, querida señora! No hay felicidad para nosotros ni en este mundo ni el otro, seguro. Toda la felicidad es para los ricos.

Hablaba con voz alegre; era evidente que estaba acostumbrada a comentar su dura existencia. Rodión también sonreía; le agradaba tener una vieja tan inteligente y locuaz.

–La vida de los ricos solo es fácil en apariencia –dijo Yelena Ivánovna–. Todo hombre tiene sus penas. Mi marido y yo, por ejemplo, vivimos sin estrecheces, tenemos medios, pero ¿somos felices? Aunque aún soy joven, tengo ya cuatro hijos, ninguno de los cuales goza de buena salud; yo también estoy enferma y paso todo el tiempo curándome.

–¿Qué enfermedad tienes? –preguntó Rodión.

–Un desarreglo propio de mujeres. No duermo, los dolores de cabeza no me dan tregua. Ahora mismo, por ejemplo, estoy aquí hablando, pero me molesta la cabeza y siento debilidad en todo el cuerpo; preferiría el trabajo más penoso que este estado. Y mi alma también está inquieta. Siento un miedo constante por mis hijos y por mi marido. Cada familia tiene sus penas y nosotros tenemos las nuestras. Yo no soy noble. Mi abuelo era un simple campesino, mi padre trabajaba como comerciante en Moscú y también era un hombre sencillo. En cambio los padres de mi marido son ricos e ilustres. No querían que su hijo se casara conmigo, pero él no les escuchó, discutió con ellos y desde entonces no nos han perdonado. Esa circunstancia perturba a mi marido, le inquieta, le tiene en un estado de preocupación constante; le tiene cariño a su madre, mucho cariño. Esa situación también es causa de zozobra para mí. Siento una inmensa pena.

Cerca de la isba de Rodión se habían reunido ya unos cuantos campesinos y mujeres, que escuchaban con atención. Kózov se acercó y se detuvo, agitando su larga y estrecha barba. También llegaron los Lichkov, padre e hijo.

–A decir verdad, no puede uno ser feliz y dichoso cuando ve que no se encuentra en su lugar –continuó Yelena Ivánovna–. Cada uno de vosotros sigue su camino, cada uno de vosotros se afana y sabe por qué se afana; mi marido construye puentes; en una palabra, cada uno tiene su lugar. ¿Y yo? Yo voy de un lado para otro. No tengo ningún camino, carezco de ocupación y me siento como una extraña. Os digo todo esto para que no juzguéis por las apariencias; que una persona lleve ricas ropas y tenga medios no quiere decir que esté satisfecha con su vida. –Se levantó con intención de partir y tomó a su hija de la mano–. Me gusta mucho este lugar –dijo sonriendo, y en esa sonrisa vacilante y temerosa podía advertirse que en realidad estaba enferma y que aún era joven y hermosa; tenía un rostro pálido y demacrado con cejas oscuras y cabellos claros; la niña era como su madre, delgada, rubia y endeble; las dos olían a perfume–. También me gustan el río, el bosque y la aldea... –continuó Yelena Ivánovna–. Podría pasar aquí toda la vida y tengo la impresión de que en este rincón me restablecería y encontraría mi lugar. Siento un enorme deseo de ayudaros, de seros útil, de acercarme a vosotros. Conozco vuestras necesidades y lo que escapa a mi entendimiento lo percibo y lo adivino con el corazón. Estoy enferma, débil y es probable que ya no tenga ocasión de organizar mi vida como quisiera. Pero tengo hijos, trataré de educarlos para que se acostumbren a vosotros y os quieran. No dejaré de inculcarles que su vida no les pertenece a ellos, sino a vosotros. Solo os pido, os suplico encarecidamente que tengáis confianza en nosotros, que vivamos en armonía. Mi marido es un hombre bueno y generoso. No le soliviantéis, no le irritéis. Es sensible al menor detalle; ayer, por ejemplo, vuestro ganado entró en nuestro huerto y uno de vosotros ha roto el seto que rodea las colmenas; esa forma de tratarnos desespera a mi marido. Os lo imploro –continuó con voz suplicante, uniendo las manos a la altura del pecho–, comportaos con nosotros como buenos vecinos, vivamos en paz. Se dice que una mala paz es mejor que una buena disputa y que quien compra una propiedad no gana tierras, sino vecinos. Os lo repito, mi marido es un hombre bueno y generoso; si todo va bien, os prometo que haremos por vosotros todo lo que esté a nuestro alcance; arreglaremos los caminos, construiremos una escuela para vuestros hijos. Os lo prometo.

–Se lo agradecemos humildemente, señora –dijo Lichkov padre, con los ojos bajos–. Es usted una mujer educada y sabe todo eso mejor que nosotros. Pero en Yerésnevo, un campesino rico llamado Vóronov también prometió construir una escuela, también decía: «Haré esto, haré lo otro», pero, una vez levantado el armazón, se negó a seguir adelante, y los campesinos se vieron obligados a poner el tejado y terminar la obra; costó mil rublos. A Vóronov poco le importaba y se limitaba a mesarse la barba, pero los campesinos se sintieron ofendidos.

–Había un cuervo y ahora ha venido un grajo –dijo Kózov, haciendo guiños.

Todos se echaron a reír.

–No necesitamos ninguna escuela –dijo Volodia con tono sombrío–. Nuestros hijos van a Petróvskoie y allí seguirán yendo. No la queremos.

Yelena Ivánovna de pronto se sintió intimidada. Palideció, sus rasgos se crisparon, se encogió sobre sí misma, como si la hubieran rozado con un objeto basto, y partió sin añadir palabra. Avanzaba cada vez más deprisa, sin mirar hacia atrás.

–¡Señora! –la llamó Rodión, lanzándose en su búsqueda–. Señora, espera, quiero decirte algo. –La seguía con la cabeza descubierta y le hablaba en voz baja, como si le estuviera pidiendo limosna–: ¡Señora! Espera, tengo algo que decirte.

Cuando salieron de la aldea, Yelena Ivánovna se detuvo a la sombra de un viejo serbal, cerca de un carro.

–No te ofendas, señora –dijo Rodión–. ¡Olvídalo! Hay que ser pacientes. Vive aquí un año o dos, muéstrate comprensiva y todo se arreglará. La gente del lugar es buena y pacífica... No son malos, te lo digo como ante el mismo Dios. No hagas caso de Kózov y de los Lichkov, y tampoco de Volodia, que es un pobre imbécil: repite lo primero que oye. Los demás son personas pacíficas y reservadas... A algunos les gustaría hablar en conciencia, tomar partido, pero no pueden. Tienen alma y conciencia, pero les faltan las palabras. No te ofendas... ten paciencia... ¡Olvídalo!

Yelena Ivánovna, pensativa, contemplaba el anchuroso río, de aguas serenas, y las lágrimas rodaban por sus mejillas. Rodión se turbó al verlas y estuvo a punto de echarse a llorar.

–No es nada... –balbucía–. Ten paciencia un par de años. Se puede levantar una escuela y también arreglar los caminos, pero no de golpe... Por ejemplo, si quieres sembrar trigo en este montículo, primero hay que desbrozar, retirar todas las piedras, luego arar la tierra, volver a la carga... Con la gente pasa lo mismo... Hay que volver a la carga hasta que se logra lo que se persigue.

Unas cuantas personas se apartaron de la isba de Rodión y avanzaron por la calle en dirección al serbal. Entonaron una canción, se oyeron los sones de un acordeón. Cada vez se acercaban más...

–¡Mamá, vámonos de aquí! –dijo la niña, pálida, apretándose a su madre y temblando de pies a cabeza–. ¡Vámonos, mamá!

–¿Adónde?

–A Moscú... ¡Vámonos, mamá!

La niña se echó a llorar. Rodión se turbó del todo y su rostro se cubrió de sudor. Sacó del bolsillo un pepinillo pequeño y retorcido, en forma de media luna, lleno de motas de centeno y lo puso en manos de la niña.

–Vamos, vamos –farfulló, con expresión severa–. Coge este pepinillo y cómetelo... No hay que llorar, mamá te va a pegar... se quejará a tu padre... Vamos, vamos...

Madre e hija siguieron su camino, seguidas de Rodión, que deseaba decirles alguna cosa amable y convincente. No obstante, al advertir que ambas estaban sumidas en sus propios pensamientos y en su pena y que apenas reparaban en él, se detuvo y, protegiéndose los ojos del sol, se quedó mirándolas largo rato, hasta que desaparecieron en un bosque de su propiedad.

IV

El ingeniero se había vuelto muy irritable y puntilloso, y consideraba la menor nadería un robo o un atentado. La cancela estaba cerrada incluso de día y por la noche dos vigilantes recorrían el jardín, dando golpes en una plancha; ya no se contrataban jornaleros de Obruchánovo. Además, como hecho a propósito, alguien (no se sabía si un campesino o un vagabundo) había quitado las ruedas nuevas del carro, sustituyéndolas por otras viejas; poco después se llevaron dos bridas y unas tenazas y hasta en la aldea empezaron a correr rumores. Se decía que habría que hacer un registro en casa de los Lichkov y de Volodia; entonces las tenazas y las bridas aparecieron junto a la cerca del jardín del ingeniero: alguien las había arrojado allí.

Un día, cuando los campesinos regresaban en grupo del bosque, volvieron a encontrarse con el ingeniero, quien se detuvo y, sin saludar, mirando con enfado tan pronto a uno como a otro, dijo:

–Había pedido que no cogierais setas en el parque ni cerca del patio, que las dejarais para mi mujer y los niños, pero vuestras hijas vienen al amanecer y las arrancan todas. Lo mismo da pediros una cosa que no pedírosla. Ya me doy cuenta de que con vosotros las peticiones, la amabilidad y la persuasión son inútiles. –En ese momento detuvo la mirada indignada en Rodión y continuó–: Mi mujer y yo os hemos tratado como personas, como iguales, y en cambio vosotros... Pero ¡para qué hablar! Seguramente acabaremos por despreciaros. ¡No se puede hacer nada!

Y, haciendo un esfuerzo para dominar su cólera y no decir alguna palabra de más, se dio la vuelta y continuó su camino.

Al llegar a casa, Rodión dijo sus oraciones, se descalzó y se sentó en el banco al lado de su mujer.

–Sí... –empezó, tras unos momentos de reposo–. Nos hemos

encontrado por el camino con el señor Kúcherov... Sí... Al amanecer vio a las muchachas... «Por qué –dijo– no llevan setas... a mi mujer y a mis hijos.» Luego se me quedó mirando y añadió: «Mi mujer y yo acabaremos despreciándote.» Me dieron ganas de hacerle una reverencia hasta el suelo, pero no me atreví... Que Dios le dé salud... Concédele salud, Señor...

Stepanida se santiguó y suspiró.

–Son unos señores sencillos y bondadosos... –continuó Rodión–. «Acabaremos despreciándote...», prometió delante de todos. Haber llegado a la vejez y... bueno, da igual... Rezaré eternamente por ellos... Reina de los Cielos, dales salud...

El día de la Santa Cruz, 14 de septiembre, se celebraba la fiesta parroquial. Los Lichkov, padre e hijo, partieron por la mañana desde la otra orilla del río y regresaron a la hora de la comida completamente borrachos; estuvieron largo rato dando vueltas por la aldea, tan pronto cantando como lanzándose procaces insultos, luego se pelearon y se dirigieron a la hacienda para quejarse. Primero entró en el patio Lichkov padre, con un largo bastón de álamo en la mano; se detuvo indeciso y se quitó la gorra. Justo en ese momento el ingeniero se encontraba con su familia en la terraza, tomando el té.

–¿Qué quieres? –le gritó el ingeniero.

–Excelencia, señor... –empezó Lichkov, y se echó a llorar–. Sea misericordioso, defiéndame... Mi hijo me hace la vida imposible... Me ha arruinado, me pega... Excelencia...

Entró Lichkov hijo, con la cabeza descubierta y asimismo con un bastón en la mano; se detuvo y clavó en la terraza su mirada vacía de borracho.

–No es asunto mío arreglar vuestras disputas –dijo el ingeniero–. Vete a ver al presidente de la asamblea rural o al comisario de policía.

–He ido a todas partes... he presentado una demanda... –comentó Lichkov padre, y estalló en sollozos–. ¿Adónde voy a ir ahora? ¿Quiere decir que puede matarme? ¿Significa que puede hacer lo que quiera? ¿A su padre? ¿A su propio padre?

Blandió el bastón y golpeó a su hijo en la cabeza; este a su vez levantó el suyo y le arreó al viejo en plena calva con tanta fuerza que el bastón rebotó. Lichkov padre ni siquiera se tambaleó y propinó un segundo bastonazo a su hijo en la cabeza. Estuvieron dándose golpes a más y mejor, de modo que aquello más que una riña parecía un juego. Más allá de la cancela se reunieron varios campesinos y mujeres, que contemplaban en silencio, con caras serias, lo que sucedía en el patio. Habían venido para felicitar la fiesta, pero al ver a los Lichkov se avergonzaron y no se atrevieron a entrar.

A la mañana del día siguiente Yelena Ivánovna se marchó con los niños a Moscú. Y corrió el rumor de que el ingeniero vendía su hacienda...

V

Hace mucho que la gente se ha acostumbrado al puente y hasta le resulta difícil imaginarse el río sin él. La hierba ha tenido tiempo de cubrir los montones de basura y los restos de la construcción; ya nadie se acuerda de los vagabundos y en lugar de sus cánticos ahora se oye casi a cada hora el ruido de un tren que pasa.

Hace ya años que se vendió la Nueva Dacha; ahora pertenece a un funcionario que viene a pasar los días festivos con su familia, toma el té en la terraza y luego regresa a la ciudad. Tiene una escarapela en la gorra, habla y tose como un funcionario muy importante, aunque solo tiene el rango de secretario colegiado, y cuando los campesinos le saludan no responde.

En Obruchánovo todos han envejecido. Kózov ya ha muerto, en la isba de Rodión se ha incrementado el número de niños, Volodia se ha dejado crecer una larga barba rojiza. Lo mismo que antes, viven sumidos en la pobreza.

En los primeros días de la primavera los habitantes de Obruchánovo sierran madera cerca de la estación. Después del trabajo vuelven a casa sin prisas, uno tras otro. Las anchas sierras, en las que reverbera el sol, se doblan sobre sus hombros. En los arbustos de la orilla cantan los ruiseñores, en el cielo se desgañitan las alondras. La Nueva Dacha está en calma, no hay nadie, solo algunas palomas, doradas por la luz del sol, revolotean sobre la casa. Todos –Rodión, los dos Lichkov y Volodia– recuerdan los caballos blancos, los pequeños ponis, los fuegos de artificio, la barca con los faroles; recuerdan que la esposa del ingeniero, una mujer hermosa y elegante, venía a la aldea y les hablaba con afabilidad. Y es como si nada de eso hubiera existido. Todo parece un sueño o un cuento de hadas.

Vencidos por el cansancio, avanzan con pasos lentos y meditan...

En la aldea, piensan, la gente es buena, pacífica, juiciosa, temerosa de Dios. Yelena Ivánovna también era apacible, bondadosa, dulce, ¡y daba tanta pena verla! ¿Por qué no se entendieron y se separaron como enemigos? ¿Qué bruma les había ocultado lo más importante y solo les había dejado ver los destrozos, las bridas, las tenazas y todas esas naderías que ahora, a la luz del recuerdo, parecían tan intrascendentes? ¿Por qué con el nuevo propietario vivían en paz y con el ingeniero no se habían llevado bien?

Y todos callaban, incapaces de dar respuesta a esas cuestiones; solo Volodia seguía farfullando.

–¿Qué te pasa? –pregunta Rodión.

–Vivíamos bien sin el puente... –dice Volodia con aire sombrío–. Vivíamos bien sin el puente y no lo pedimos... No nos hace falta.

Ninguno de sus compañeros le contesta; todos siguen caminando en silencio, con la cabeza gacha.

La dama del perrito
(1899)

I

Había corrido la especie de que en el malecón había aparecido un personaje nuevo: una dama con un perrito. Dmitri Dmítrich Gúrov, que llevaba ya dos semanas en Yalta y había adquirido las costumbres del lugar, también había empezado a interesarse por las caras nuevas. Sentado en la terraza del Vernet, vio pasar por el malecón a una joven dama, rubia y de pequeña talla, tocada con una boina; tras ella correteaba un lulú blanco de Pomesania.

Más tarde se la encontró varias a veces en los jardines de la ciudad y en la glorieta. Paseaba sola, siempre con la misma boina y su lulú blanco; nadie sabía quién era y la llamaban simplemente así: la dama del perrito.

«Si está aquí sin su marido y sin amigos –se decía Gúrov–, no estaría mal trabar conocimiento con ella.»

Aún no había cumplido los cuarenta, pero ya tenía una hija de doce años y dos hijos que iban al instituto. Se había casado joven, siendo estudiante de segundo curso, y ahora su esposa parecía mucho mayor que él. Era una mujer alta, con las cejas oscuras, envarada, grave, con aire de importancia y, como ella misma decía, intelectual. Leía mucho, utilizaba la nueva ortografía en su correspondencia, llamaba a su marido Dimitri, en lugar de Dmitri; en su fuero interno él la consideraba limitada, mezquina y vulgar; le tenía miedo y no le gustaba estar en casa. La engañaba desde hacía tiempo y con harta frecuencia; probablemente por eso casi siempre hablaba mal de las mujeres y, cuando en su presencia se hacia algún comentario sobre ellas, exclamaba:

–¡Esa raza inferior!

Consideraba que su amarga experiencia le había instruido lo bastante para llamarlas lo que se le antojara; sin embargo, no habría podido vivir dos días sin esa «raza inferior». En compañía de los hombres se aburría, se encontraba a disgusto, se mostraba taciturno y frío; pero entre mujeres se sentía libre, sabía de qué hablar con ellas y cómo comportarse; en su compañía le resultaba grato hasta guardar silencio. En su aspecto, en su carácter, en toda su persona había algo seductor e inefable que predisponía a las mujeres en su favor y las atraía; él lo sabía y a su vez se sentía arrastrado hacia ellas por una fuerza desconocida.

Su experiencia, copiosa y en verdad amarga, le había enseñado desde hacía tiempo que, si en un principio toda relación aporta a la vida una agradable variedad y se presenta como una aventura maravillosa y sin complicaciones, en el caso de un hombre respetable, sobre todo si se trata de un moscovita vacilante e indeciso, termina convirtiéndose siempre en un auténtico problema, sumamente complejo, que acaba desembocando en una situación desagradable. Pero cada vez que conocía a una mujer atractiva, esa experiencia parecía borrarse de su memoria y, arrebatado por un ansia de vivir, todo se le antojaba sencillo y divertido.

Es el caso que un día estaba almorzando en el jardín a la caída de la tarde, cuando la dama de la boina se acercó con pasos lentos a la mesa contigua. Su expresión, sus andares, su vestido y su peinado le decían que pertenecía a la buena sociedad, que estaba casada, que era la primera vez que iba a Yalta, que estaba sola y que se aburría... En los rumores que corren sobre las licenciosas costumbres de Yalta hay muy poco de cierto; él los despreciaba, pues sabía que en su mayor parte eran difundidos por personas que habrían pecado de buena gana si hubieran podido; pero, cuando la dama se sentó a la mesa contigua, a tres pasos de él, le vinieron a la memoria todos esos relatos de conquistas fáciles y excursiones a las montañas, y el pensamiento tentador de una relación breve y pasajera, de un romance con una mujer desconocida, de la que no se sabe ni el nombre ni el apellido, se apoderó de pronto de él.

Llamó al lulú con zalamerías y, cuando se le acercó, le amenazó con el dedo. El perro gruñó y Gúrov volvió a amenazarle.

La dama le miró y al punto bajó los ojos.

–No muerde –dijo, ruborizándose.

–¿Le puedo dar un hueso? –Y cuando ella asintió con la cabeza, le preguntó con afabilidad–: ¿Lleva mucho tiempo en Yalta?

–Unos cinco días.

–Yo llegué hace dos semanas.

Durante un rato guardaron silencio.

–El tiempo pasa deprisa y, sin embargo, ¡hay que ver cómo se aburre una aquí! –dijo ella, sin mirarlo.

–La gente se ha acostumbrado a decir que se aburre aquí. Un habitante de Beliov o Zhizhdra no se aburre en su casa, pero viene aquí y dice: «¡Ah, qué aburrimiento! ¡Ah, qué polvo!». Ni que viniera de Granada.

Ella se echó a reír. Luego los dos siguieron comiendo en silencio, como desconocidos; pero después del almuerzo se marcharon juntos e iniciaron una conversación chispeante y ligera, típica de personas libres y satisfechas, a las que poco importa adónde van y de qué hablan. Pasearon y comentaron la extraña luminosidad del mar; el agua tenía una tonalidad lila, delicada y cálida, y la luna dibujaba sobre ella una banda dorada. Hablaban de lo sofocante del ambiente después de una jornada tórrida. Gúrov contó que era moscovita, había seguido estudios de filología y trabajaba en un banco; en el pasado había tenido intención de convertirse en cantante de ópera de una compañía privada, pero había renunciado a ese propósito; tenía dos casas en Moscú... Por su parte se enteró de que ella se había criado en San Petersburgo, pero se había casado en S., donde llevaba viviendo dos años; que pasaría en Yalta un mes más y que su marido quizá se reuniría con ella, pues también estaba necesitado de descanso. No fue capaz de explicarle dónde trabajaba su marido, si en la administración provincial o en el consejo local del *zemstvo*, y ella misma lo encontró muy divertido. También averiguó Gúrov que se llamaba Anna Serguéievna.

De vuelta en su habitación, pensó en ella, en que al día siguiente probablemente volverían a encontrarse. No podía ser de otra manera. Al acostarse, estuvo sopesando la idea de que hasta hacía poco esa mujer estudiaba en el instituto, igual que ahora su propia hija; recordó la timidez y torpeza que transparentaban sus risas y su manera de conversar con un desconocido; probablemente era la primera vez en su vida que estaba sola y se encontraba en semejante posición, perseguida por hombres que la miraban y le hablaban con un único fin secreto que ella no podía dejar de adivinar. Recordó su cuello fino y delicado y sus hermoso ojos grises.

«En cualquier caso, hay algo en ella que inspira piedad», pensó, y se quedó dormido.

II

Pasó una semana desde el día en que se conocieron. Era una jornada festiva. En las habitaciones el ambiente era sofocante y en las calles el viento levantaba remolinos de polvo y arrancaba los sombreros. La sed no les abandonaba, de modo que Gúrov entraba a menudo en el restaurante e invitaba a Anna Serguéievna a un refresco o un helado. No sabía uno dónde meterse.

Al atardecer, cuando el viento se calmó un poco, se dirigieron al muelle para contemplar la llegada del vapor. En el embarcadero había muchos transeúntes; habían ido a recibir a alguien y llevaban ramos de flores en las manos. En ese lugar saltaban a la vista dos peculiaridades de la sociedad elegante de Yalta: las damas maduras iban vestidas como las jóvenes y había muchos generales.

Debido a la agitación del mar, el vapor llegó con retraso, cuando ya se había puesto el sol y, antes de atracar, tuvo que hacer una larga maniobra de aproximación. Anna Serguéievna miraba el vapor y a los pasajeros con sus impertinentes, como si buscara a algún conocido, y cuando se volvía hacia Gúrov sus ojos estaban brillantes. Hablaba mucho y planteaba cuestiones bruscas, olvidándose al punto de lo que acababa de preguntar; luego perdió sus impertinentes entre el gentío.

La elegante multitud empezó a dispersarse; ya no se veía ninguna cara nueva, el viento se había calmado del todo, pero Gúrov y Anna Serguéievna seguían allí, como si esperaran que descendiera algún pasajero más. Anna Serguéievna ya no hablaba y aspiraba el perfume de las flores sin mirar a Gúrov.

–El tiempo ha mejorado por la tarde –dijo él–. ¿Adónde quiere que vayamos ahora? ¿Le apetece que demos una vuelta en coche?

Ella no respondió.

Entonces él la miró fijamente y de pronto la abrazó y la besó en los labios, sintiéndose envuelto por el perfume y el frescor de las flores; luego se volvió con inquietud para cerciorarse de que no les había visto nadie.

–Vamos a su cuarto... –dijo en voz baja.

Y los dos partieron con rápidos pasos.

En la habitación el ambiente era sofocante y estaba impregnado de los perfumes que ella compraba en una tienda japonesa. Al mirarla de nuevo, Gúrov pensó: «¡Hay que ver qué encuentros nos depara la vida!». De su pasado guardaba el recuerdo de mujeres despreocupadas y bondadosas, contentas de poder amar, agradecidas por la felicidad que él les procuraba, aunque fuera pasajera; había otras –como por ejemplo su mujer– que amaban sin sinceridad, con un exceso de palabras, gestos afectados, ademanes histéricos y unos visajes que parecían dar a entender que lo suyo no era amor o pasión, sino algo más importante; había otras dos o tres, muy hermosas y frías, de cuyo rostro se adueñaba de repente una expresión rapaz, un deseo obstinado de obtener y arrebatarle a la vida más de lo que podía ofrecer; ya no estaban en la primera juventud, eran caprichosas, irreflexivas, autoritarias, poco inteligentes; cuando Gúrov dejaba de interesarse por ellas, su belleza le inspiraba aborrecimiento y los encajes de sus vestidos se le antojaban escamas.

Aquí, en cambio, se percibía esa timidez, esa torpeza, esa turbación de la juventud inexperta, así como una sensación de confusión, como si alguien hubiera llamado de pronto a la puerta. Anna Serguéievna, la «dama del perrito», reaccionaba ante lo ocurrido de un modo particular, con gran seriedad, como si se tratara de una caída; así lo parecía y era una situación extraña y fuera de lugar. Sus rasgos se alteraron, perdieron su lustre, los largos cabellos colgaban con aire triste a ambos lados de la cara; se quedó pensativa y adoptó una expresión afligida, como la pecadora de un cuadro antiguo.

–Esto no está bien –dijo–. Ahora usted será el primero en no respetarme.

Sobre la mesa había una sandía. Gúrov cortó una rodaja y

empezó a comer sin prisas. Pasaron al menos media hora en silencio.

Anna Serguéievna estaba conmovedora, desprendía esa aura de pureza de las mujeres honradas, ingenuas y poco conocedoras de la vida; una vela solitaria, que ardía sobre la mesa, iluminaba apenas su rostro, pero era evidente que sentía un peso en el corazón.

–¿Por qué iba a dejar de respetarte? –preguntó Gúrov–. No sabes lo que dices.

–¡Que Dios me perdone! –dijo, y sus ojos se llenaron de lágrimas–. Es terrible.

–Se diría que tratas de justificarte.

–¿Cómo voy a justificarme? Soy una mujer ruin y miserable, me desprecio y no pienso en ninguna justificación. No es a mi marido a quien he engañado, sino a mí misma. Y no solo ahora, sino desde hace tiempo. Mi marido quizá sea un hombre honrado y bueno, pero es un lacayo. No sé lo que hace allí ni qué puesto ocupa, solo que es un lacayo. Cuando me casé con él tenía veinte años, me atormentaba la curiosidad, aspiraba a una vida mejor; debe haber otra vida mejor, me decía. ¡Quería vivir! Vivir, vivir... La curiosidad me devoraba... Usted no lo comprende, pero le juro por Dios que ya no podía dominarme, algo me sucedía, no podía controlarme; le dije a mi marido que estaba enferma y vine aquí... Desde mi llegada me he pasado todo el tiempo dando vueltas como si estuviera loca o borracha... Y me he convertido en una mujer vulgar y vil, a la que todo el mundo puede despreciar.

Gúrov estaba ya aburrido de escucharla; le irritaba ese tono ingenuo, esa confesión, tan inesperada como intempestiva; de no haber sido por las lágrimas, habría podido pensarse que bromeaba o interpretaba un papel.

–No lo entiendo –dijo él en voz baja–. ¿Qué es lo que quieres?

Ella ocultó el rostro en su pecho y se apretó contra él.

–Créame, créame, se lo ruego... –dijo ella–. Amo la honradez y la pureza y me repugna el pecado; ni yo misma sé lo que hago. La gente corriente dice: el maligno lo ha tentado. Yo también puedo emplear ahora esa expresión.

–Basta, basta... –farfulló él.

Contemplaba sus ojos inmóviles y asustados, la besaba, le hablaba con ternura y delicadeza, y ella poco a poco se fue tranquilizando y recuperando la alegría; ambos se echaron a reír.

Más tarde, cuando salieron, en el malecón no había ni un alma; la ciudad con sus cipreses tenía un aspecto completamente muerto, pero el mar seguía rugiendo y rompiendo en la orilla; sobre las olas se balanceaba una barcaza, cuyo fanal despedía un resplandor soñoliento.

Encontraron un coche de punto y fueron a Oreanda.

–Acabo de enterarme de tu apellido. En el tablón del vestíbulo estaba escrito «von Diederitz» –dijo Gúrov–. ¿Es alemán tu marido?

–No, creo que su abuelo lo era, pero él es ortodoxo.

Cuando llegaron a Oreanda, se sentaron en un banco, no lejos de la iglesia, y se quedaron mirando el mar en silencio. Yalta apenas alcanzaba a verse a través de la bruma matinal, las cumbres de las montañas estaban cubiertas de nubes blancas e inmóviles. Las hojas estaban quietas en las ramas, se oía el chirrido de las cigarras; el ruido sordo y monótono del mar, que llegaba desde abajo, hablaba de sosiego, del sueño eterno que nos espera. Así era su rumor cuando ni Yalta ni Oreanda existían, así era ahora y así seguirá siendo, sordo y monótono, cuando nada quede de nosotros. En esa constancia, en esa total indiferencia a la vida y la muerte de cada hombre reside, quizá, la prueba de nuestra salvación eterna, del movimiento ininterrumpido de la vida sobre la tierra, de un perfeccionamiento constante. Sentado al lado de una mujer joven, que tan bella parecía a la luz del amanecer, con el ánimo sereno, anonadado por la visión de ese fastuoso panorama –el mar, las montañas, las nubes, el anchuroso cielo–, Gúrov reflexionaba que en realidad, si se para uno a pensarlo, todo es bello en este mundo, salvo lo que nosotros mismos discurrimos y hacemos cuando olvidamos los fines supremos de la existencia y nuestra dignidad humana.

Un hombre se aproximó –probablemente el vigilante–, los miró y se marchó. Y ese detalle también le pareció misterioso y hermoso. Vieron llegar el vapor de Feodosia, iluminado por la claridad del alba, ya sin luces.

–Hay rocío en la hierba –dijo Anna Serguéievna, rompiendo el silencio.

–Sí. Es hora de volver.

Regresaron a la ciudad.

A partir de entonces todos los días se encontraban en el malecón a eso de las doce, desayunaban y almorzaban juntos, paseaban, admiraban el mar. Ella se quejaba de que dormía mal y tenía palpitaciones, y hacía siempre las mismas preguntas, agitada por los celos o el temor de que no la respetara lo bastante. A menudo, en la glorieta o en los jardines, cuando no había nadie cerca, él la apretaba de pronto contra sí y la besaba con pasión. La completa ociosidad, esos besos recelosos y furtivos en pleno día, dados con el temor de que alguien pudiera verlos, el calor, el olor del mar y la visión constante de personas desocupadas, elegantes y satisfechas parecían haberle regenerado; le decía a Anna Serguéievna lo hermosa y seductora que era, se comportaba como un amante impaciente y no se apartaba de ella ni un paso; pero la joven a menudo se quedaba pensativa y le rogaba con insistencia que reconociera que no la respetaba, que ni siquiera la quería y que solo veía en ella a una mujer vulgar. Casi todas las tardes, a una hora bastante avanzada, iban a algún lugar de los alrededores, a Oreanda o a la cascada; y esos paseos, siempre venturosos, despertaban invariablemente en ellos impresiones delicadas y sublimes.

Esperaban la llegada del marido. Pero se recibió una carta suya en la que anunciaba que había contraído una enfermedad en los ojos y rogaba a su mujer que regresara a casa lo antes posible. Anna Serguéievna hizo los preparativos a toda prisa.

–Está bien que me vaya –le dijo a Gúrov–. Así lo quiere el destino.

Partió en coche y él la acompañó. Viajaron durante todo el día. Cuando subió al vagón del expreso y sonó el segundo aviso, ella dijo:

–Déjeme que le vea otra vez... otra vez. Así.

No lloraba, pero estaba triste y como enferma; su rostro temblaba.

–Pensaré en usted... no le olvidaré –decía–. Que el Señor le proteja. Adiós. No guarde un mal recuerdo de mí. Nos despedimos para siempre, así debe ser, ya que no debíamos habernos encontrado nunca. Bueno, que Dios le guarde.

El tren se alejó deprisa, sus luces no tardaron en desaparecer y al cabo de un minuto ya no se oía nada, como si todo se hubiera puesto de acuerdo para poner término cuanto antes a ese dulce olvido, a esa locura. Solo en el andén, con los ojos fijos en la oscura lejanía, Gúrov escuchaba el canto de los grillos y el zumbido de los hilos telegráficos con una sensación extraña, como si acabara de despertar. Pensaba que un nuevo acontecimiento o aventura se había producido en su vida, que ahora había terminado y ya solo quedaba su recuerdo... Estaba conmovido, triste, y se sentía algo arrepentido, pues esa mujer joven, a la que nunca volvería a ver, no había sido feliz a su lado; él se había mostrado gentil y cordial, pero en cualquier caso en su modo de comportarse con ella, en sus palabras y en sus caricias, se percibía la sombra de una broma ligera, la grosera presunción de un hombre satisfecho que además casi la doblaba en edad. Ella no había parado de decirle que era bueno, noble, extraordinario; no cabía duda de que no lo había visto tal como era en realidad, es decir, que involuntariamente la había engañado...

En la estación olía ya a otoño; la noche era fresca.

«Ya es hora de que yo también vuelva al norte –pensaba Gúrov mientras abandonaba el andén–. Ya es hora.»

III

En la casa de Moscú todo tenía ya un aspecto invernal; las estufas estaban encendidas y por la mañana, cuando los niños se preparaban para ir al instituto y tomaban el té, las habitaciones estaban a oscuras y la niñera encendía durante un rato la lámpara. Había empezado a helar. Cuando cae la primera nevada y hacen su aparición los trineos, es agradable contemplar la tierra y los tejados blancos; el aire tiene una calidad suave y maravillosa, y vienen a la memoria los años de la juventud. Los viejos tilos y los abedules, cubiertos de escarcha, tienen un aire bondadoso y están más próximos a nuestro corazón que los cipreses y las palmeras; en su proximidad ya no se sienten deseos de pensar en las montañas ni en el mar.

Gúrov era moscovita y regresó a su ciudad una jornada bella y fría; nada más ponerse la pelliza y los gruesos guantes, pasearse por la calle Petrovka y escuchar el sábado por la tarde el tañido de las campanas, el reciente viaje y los lugares en los que había estado perdieron todo su encanto. Poco a poco se zambulló en la vida moscovita; leía con avidez tres periódicos al día y afirmaba que por principios no leía los diarios locales. Tenía ganas de ir a los restaurantes, al casino, a las recepciones, a los banquetes y se sentía halagado de recibir en su casa a abogados y artistas célebres y de jugar a las cartas con un catedrático en el Círculo de Médicos. Por fin podía comer una ración entera de carne a la sartén...

Tenía la impresión de que un mes bastaría para que la imagen de Anna Serguéievna se cubriera de niebla y de que solo de vez en cuando soñaría con su conmovedora sonrisa, igual que le había sucedido antes con otras mujeres. Pero pasó más de un mes, llegó lo más crudo del invierno y en su memoria el pasado seguía tan nítido como si se hubieran separado la víspera. La intensidad de los recuerdos no paraba de crecer. Si en el silencio de la tarde llegaban hasta su despacho las voces de sus hijos, repasando la lección, u oía una romanza o un organillo en un restaurante o la nevasca ululaba en la chimenea, de pronto revivían los acontecimientos de aquellos días: la escena del muelle, el amanecer con las montañas cubiertas de niebla, el vapor de Feodosia, los besos. Paseaba de un lado a otro de la habitación, rememorando, sonriendo; luego los recuerdos se transformaban en ensoñaciones y en su imaginación el pasado se mezclaba con el porvenir. Más que soñar con ella, su imagen le acompañaba a todas partes, como una sombra, y le vigilaba. Cuando cerraba los ojos la veía como si estuviera delante de él y se le antojaba más hermosa, más joven, más delicada que entonces; él mismo se consideraba mejor de lo que había sido en Yalta. Por la tarde ella le miraba desde la estantería, desde un rincón de su habitación; oía su respiración, el delicado susurro de su vestido. En la calle seguía a las mujeres con la vista, buscando a alguna que se le pareciera...

Ardía en deseos de compartir con alguien sus recuerdos. Pero en casa era imposible hablar de su amor y fuera de ella no podía sincerarse con nadie. Ni con los vecinos ni con los colegas del banco. ¿Qué podía decirles? ¿Había amado entonces? ¿Había habido algo bello, poético, edificante o al menos interesante en su relación con Anna Serguéievna? Y si en alguna ocasión se refería en términos vagos al amor o a las mujeres, nadie adivinaba a qué se refería; solo su mujer fruncía las oscuras cejas y decía:

–Dimitri, ese papel de fatuo no te va.

Una noche, al salir del Círculo de Médicos con su compañero de juego, un funcionario, no pudo contenerse y le dijo:

–¡Si supiera usted qué mujer más fascinante conocí en Yalta!

El funcionario se sentó en el trineo y se dispuso a partir, pero de pronto se volvió y gritó:

–¡Dmitri Dmítrich!

–¿Qué?

–Tenía usted razón cuando dijo hace un momento que el esturión no olía bien.

Esas palabras, tan banales, por alguna razón indignaron a Gúrov, que las encontró humillantes y sucias. ¡Qué costumbres más salvajes! ¡Qué tipos! ¡Qué noches más intrascendentes, qué días más insípidos y anodinos! Frenéticos juegos de cartas, comilonas, borracheras, conversaciones interminables sobre los mismos temas. Actividades intrascendentes y charlas ociosas se llevaban la mayor parte del tiempo, lo mejor de las fuerzas y, al final, solo quedaba una vida angosta y limitada, carente de interés, de la que no era posible huir ni escapar; era como estar encerrado en un manicomio o en un centro penitenciario.

Presa de la indignación, Gúrov no pegó ojo en toda la noche y luego, durante el día, tuvo dolor de cabeza. Las noches siguientes durmió mal; se pasaba todo el tiempo sentado en la cama, reflexionando, o iba de un lado a otro de la habitación. Los hijos le aburrían, el banco le hastiaba, no quería ir a ninguna parte ni hablar de nada.

En diciembre, durante las fiestas, preparó el equipaje, le dijo a su mujer que se iba a San Petersburgo a hacer unas gestiones en favor de un joven conocido y partió para la ciudad de S. ¿Con qué intención? Ni él mismo lo sabía a ciencia cierta. Quería ver a Anna Serguéievna, hablar con ella y, a ser posible, concertar una entrevista.

Llegó a S. por la mañana y reservó la mejor habitación del hotel, cuyo suelo estaba totalmente alfombrado con el paño gris empleado en los uniformes del ejército; sobre la mesa había un tintero lleno de polvo, adornado de un jinete sin cabeza, que blandía un sombrero con la mano extendida. El portero le proporcionó las informaciones necesarias: von Diederitz habitaba en una casa propia, situada en la calle Staro-Gonchárnaia, no lejos del hotel; vivía bien, era rico, tenía sus propios caballos, todos lo conocían en la ciudad. El portero pronunciaba «Dridirits».

Gúrov se dirigió sin prisas a la calle Staro-Gonchárnaia y encontró la casa. Justo enfrente se extendía una valla gris, larga, erizada de clavos.

«Cuando se ve una valla como esa, dan ganas de salir corriendo», pensaba Gúrov mirando tan pronto las ventanas como la cerca.

Consideró que, al ser día festivo, el marido probablemente estaría en casa. En cualquier caso, sería poco delicado llamar a su puerta y ponerla en una situación embarazosa. Si le enviaba una nota, podía caer en manos del marido y entonces todo se echaría a perder. Lo mejor sería aguardar una ocasión oportuna. Y se puso a pasear por la calle y junto a la valla, esperando esa oportunidad. Vio atravesar la cancela a un mendigo, sobre el que se lanzaron los perros; al cabo de una hora se oyó un piano, cuyos sones le llegaban débiles e indistintos. Probablemente era Anna Serguéievna quien tocaba. La puerta principal se abrió de pronto, dando paso a una viejecita, tras la que correteaba el lulú blanco. Gúrov quiso llamar al perro, pero de pronto el corazón empezó a latirle con fuerza y, dominado por la emoción, no pudo recordar su nombre.

Seguía yendo y viniendo, sintiendo un odio cada vez más intenso por la valla gris; pensaba con irritación que Anna Serguéievna le había olvidado y quizá se divirtiera ya con otro, lo que sería de lo más natural en el caso de una mujer joven obligada a contemplar desde la mañana a la noche esa maldita valla. Volvió a su habitación y pasó un buen rato sentado en el sofá, sin saber qué hacer; luego almorzó y a continuación durmió una larga siesta.

«¡Qué estúpido y fastidioso es todo esto! –pensó al despertarse y mirar las ventanas oscuras; ya había oscurecido–. He dormido demasiado. ¿Qué voy a hacer ahora por la noche?»

Se sentó en la cama, cubierta con una manta barata y gris, semejante a la de los hospitales, y se increpó a sí mismo con ira: «Ahí tienes a tu dama del perrito... Ahí tienes tu aventura... Ya puedes quedarte sentado.»

Esa misma mañana, en la estación, le había llamado la atención un anuncio con letras muy grandes: se estrenaba *La geisha*. Lo recordó ahora y se dirigió al teatro.

«Es muy posible que ella asista a la primera representación», pensó.

El teatro estaba lleno. Como en todos los teatros de provincias, una niebla flotaba por encima de las arañas y en el gallinero reinaba una ruidosa agitación; en la primera fila, antes del comienzo de la representación, se alzaban los petimetres locales, con las manos a la espalda; en el palco de autoridades, la hija del gobernador, con una boa alrededor del cuello, ocupaba el primer lugar, mientras su padre se ocultaba discretamente detrás de la cortina, y solo se veían sus manos; el telón oscilaba, la orquesta llevaba ya un buen rato afinando los instrumentos. Mientras los espectadores entraban y ocupaban sus localidades, Gúrov recorría ávidamente la sala con la vista.

Anna Serguéievna llegó y se sentó en la tercera fila; cuando Gúrov reparó en ella, el corazón se le encogió y comprendió con toda claridad que no había en el mundo persona más próxima, más querida, más importante para él; perdida en esa multitud provinciana, aquella menuda mujer, que nada tenía de particular, con unos vulgares impertinentes en la mano, llenaba ahora toda su vida; era su tristeza, su alegría, la única felicidad que deseaba para sí; bajo los sones de la pésima orquesta y los ruines violines provincianos, pensaba en lo hermosa que era. Pensaba y soñaba.

El hombre que entró con Anna Serguéievna y se sentó a su lado era un joven con patillas cortas, muy alto y encorvado; a cada paso que daba movía la cabeza, como si prodigara saludos a diestro y siniestro. Probablemente era su marido, a quien ella, en un arrebato de amargura, había calificado en Yalta de lacayo. En realidad, en su larga figura, sus patillas y su incipiente calvicie había cierta modestia lacayuna; tenía una sonrisa empalagosa y llevaba en el ojal una insignia académica que parecía el número de un camarero.

En el primer entreacto el marido salió a fumar y ella se quedó en la butaca. Gúrov, que también estaba sentado en la platea, se acercó a ella y le dijo con voz temblorosa y una sonrisa forzada:

–Buenas noches.

Ella le miró y palideció; luego volvió a mirarlo con pavor, sin dar crédito a sus ojos, y apretó con fuerza en sus manos el abanico y los impertinentes, haciendo evidentes esfuerzos por no desmayarse. Ambos callaban. Ella estaba sentada y él de pie, asustado de su turbación, sin atreverse a sentarse a su lado. Los violinistas y el flautista empezaron a afinar sus instrumentos; de pronto ambos se sintieron aterrados, pues tenían la impresión de que desde todos los palcos les miraban; ella se puso en pie y se dirigió rápidamente a la salida; él la siguió y los dos recorrieron sin orden ni concierto los pasillos y las escaleras, ya subiendo, ya bajando, cruzándose con personas ataviadas con uniformes de magistrados, profesores y funcionarios del patrimonio imperial, todos con sus insignias; también desfilaron ante ellos damas y pellizas colgadas en perchas; soplaba una corriente de aire que traía un olor a colillas. Gúrov, a quien le latía con fuerza el corazón, pensaba: «¡Oh, Señor! ¿Qué hace aquí toda esta gente y esta orquesta?».

En ese momento se acordó de pronto de la noche en que había acompañado a Anna Serguéievna a la estación y se había dicho que todo había terminado y nunca volverían a verse. Sin embargo ¡cuán lejos estaban del final!

En una escalera estrecha y sombría, donde estaba escrito: «Entrada al anfiteatro», ella se detuvo.

–¡Cómo me ha asustado usted! –dijo, respirando con dificultad, todavía pálida y aturdida–. ¡Ah, cómo me ha asustado usted! Estoy medio muerta. ¿Por qué ha venido? ¿Por qué?

–Pero compréndame, Anna, compréndame... –dijo él en voz baja y atropellada–. Le ruego que me comprenda...

Ella le dirigió una mirada temerosa, suplicante, llena de amor; lo contempló fijamente, para imprimir mejor sus rasgos en la memoria.

–¡Sufro tanto! –continuó, sin escucharle–. No he hecho otra cosa que pensar en usted, solo he vivido para ese pensamiento. Quería olvidar, olvidar... Pero ¿por qué ha venido? ¿Por qué?

Algo más arriba, en el descansillo, dos estudiantes fumaban y miraban hacia abajo, pero Gúrov, sin cuidarse de nada, atrajo a Anna Serguéievna y empezó a besarle en el rostro, en las mejillas, en las manos.

–¡Qué hace usted, qué hace! –dijo ella aterrada, rechazándolo–. Los dos nos hemos vuelto locos. Váyase hoy mismo, váyase cuanto antes... Se lo ruego por lo más sagrado, se lo suplico... ¡Alguien viene! –Un hombre subía por la escalera–. Debe usted marcharse... –continuó Anna Serguéievna en un susurro–. ¿Me oye, Dmitri Dmítrich? Yo iré a verle a Moscú. ¡Jamás he sido feliz, no lo soy ahora y no lo seré nunca, nunca! ¡No me haga sufrir aún más! Le juro que iré a Moscú. Pero ahora debemos separarnos. ¡Cariño mío, bien mío, amor mío, separémonos!

Le apretó la mano y bajó a toda prisa las escaleras, volviéndose a cada momento para mirarlo; en sus ojos se veía que en verdad no era feliz. Gúrov esperó unos instantes, aguzando el oído, y, cuando todo quedó en silencio, recogió su abrigo y salió del teatro.

IV

Anna Serguéievna empezó a visitarle en Moscú. Dos o tres veces al mes se marchaba de S. y le decía a su marido que iba a consultar a un especialista sobre una enfermedad propia de mujeres y el marido la creía y no la creía. Cuando llegaba a Moscú, se alojaba en el hotel Slavianski Bazar y al punto enviaba a Gúrov un propio con gorra roja. Gúrov iba a verla, sin que nadie en Moscú supiera nada.

Una mañana de invierno se dirigía a su encuentro (el emisario había ido a su casa la víspera por la tarde, pero no lo había encontrado). Con él iba su hija, a la que quería acompañar al instituto, pues quedaba de paso. Caían gruesos copos de blanda nieve.

–Estamos a tres grados sobre cero y sin embargo sigue nevando –le decía Gúrov a su hija–. Eso se debe a que solo en la superficie de la tierra el ambiente es templado; en las capas superiores de la atmósfera la temperatura es muy distinta.

–Papa, ¿por qué en invierno no hay truenos?

También se lo explicó. Mientras hablaba, pensaba que acudía a una cita y que ni una sola persona lo sabía ni probablemente lo sabría nunca. Tenía dos vidas: una que se desarrollaba a la luz del día, que veían y conocían aquellos a quienes les incumbía, llena de verdades y mentiras convencionales, semejante en todo a la existencia de sus conocidos y amigos; y otra que fluía en secreto. Por un extraño cúmulo de circunstancias, quizá fortuito, todo lo que era importante, interesante e indispensable para él, todo aquello en lo que se mostraba sincero y no se engañaba, aquello que constituía la esencia misma de su vida, transcurría a espaldas de los otros, mientras todo lo que era mentira, el envoltorio en que se ocultaba para disimular la verdad, como, por ejemplo, su actividad en el banco, sus discusiones en el casino, sus comentarios sobre la «raza inferior», su asistencia a los aniversarios en compañía de su mujer, todo eso estaba a la vista. Juzgando a los otros a partir de su propia experiencia, desconfiaba de lo que veía y sospechaba que todo el mundo disimulaba bajo el velo del secreto, como bajo el de la noche, su verdadera vida, aquella que presentaba mayor interés. Toda existencia personal descansa en el secreto; quizá a ello se deba en parte que los hombres cultivados se preocupen tanto de que se respeten los secretos personales.

Tras dejar a su hija en el instituto, Gúrov se encaminó al Slavianski Bazar. Dejó la pelliza abajo, subió y llamó suavemente a la puerta. Anna Serguéievna, ataviada con el vestido gris que a él más le gustaba, extenuada por el viaje y la espera, le aguardaba desde la tarde del día anterior; estaba pálida, le miraba sin sonreír y, en cuanto entró, se abalanzó contra su pecho. Como si no se hubieran visto en dos años, su beso fue largo, prolongado.

–Y bien, ¿cómo va todo? –preguntó–. ¿Algo nuevo?

–Espera, enseguida te lo cuento... No puedo.

Las lágrimas le impedían hablar. Se dio la vuelta y se llevó un pañuelo a los ojos.

«Bueno, mientras llora, me sentaré un poco», pensó él, acomodándose en un sillón.

Luego llamó y pidió que le trajeran té; mientras lo tomaba, ella seguía de pie, vuelta hacia la ventana... Lloraba de emoción, sobrecogida por la amarga conciencia del triste curso que habían tomado sus vidas; solo se veían en secreto, ocultándose de la gente como ladrones. ¿Acaso no estaban destrozadas sus vidas?

–¡Bueno, basta! –dijo él.

Estaba seguro de que ese amor no terminaría pronto; ni siquiera sabía cuándo acabaría. Anna Serguéievna cada vez estaba más unida a él, lo adoraba: habría sido impensable decirle que todo debía terminar algún día; además, ella no lo habría creído.

Se acercó a ella y la cogió por los hombros con intención de acariciarla y animarla con una broma, y en ese momento se vio en el espejo.

En su cabeza empezaban a despuntar algunas canas. Le pareció extraño haber envejecido tanto en los últimos años y haberse vuelto tan feo. Los hombros en los que se posaban sus manos estaban tibios y se estremecían. Sintió compasión por esa vida aún cálida y bella, pero probablemente ya próxima a su decadencia y marchitamiento, como la suya propia. ¿Por qué le amaba tanto? Las mujeres siempre le habían tomado por un hombre distinto del que era; no le habían amado a él, sino a un ser creado por su imaginación, al que habían buscado con avidez a lo largo de sus vidas; luego, cuando reparaban en su error, seguían amándole. Ni una sola de ellas había sido feliz a su lado. El tiempo pasaba, trayendo encuentros, relaciones y rupturas, pero él nunca se había enamorado; podía hablarse de cualquier otra cosa, pero no de amor.

Solo ahora, cuando empezaba a peinar canas, se había enamorado de verdad, por primera vez en la vida.

Anna Serguéievna y él se querían como personas muy próximas o deudos, como marido y mujer, como amigos íntimos; tenían la impresión de que el sino los había destinado el uno al otro y no podían comprender por qué él estaba casado con otra mujer y ella con otro hombre; parecían una pareja de aves migratorias, macho y hembra, a los que hubieran cazado y obligado a vivir en jaulas separadas. Se habían perdonado mutuamente lo que les avergonzaba de su pasado, se lo perdonaban todo en el presente y sentían que su amor los había transformado a ambos.

Antes, en los momentos difíciles, él se tranquilizaba con todos los razonamientos que le venían a la cabeza; ahora no tenía ánimos para reflexionar, sentía una honda compasión, quería mostrarse sincero, comprensivo...

–Basta, querida –dijo–. Ya has llorado bastante... Vamos a hablar un poco, a ver si se nos ocurre algo.

Pasaron largo rato conversando, tratando de hallar una solución para dejar de esconderse, de mentir, de vivir en ciudades diferentes, de pasar prolongados períodos sin verse. ¿Cómo escapar de esas trabas insoportables?

–¿Cómo? ¿Cómo? –se preguntaba él, cogiéndose la cabeza con las manos–. ¿Cómo?

Le parecía que no tardaría en encontrar una respuesta y que entonces se iniciaría una vida nueva y hermosa; pero ambos sabían muy bien que ese final aún quedaba muy lejano y que lo más complicado y difícil acababa de empezar.

En fiestas
(1900)

I

–¿Qué hay que escribir? –preguntó Yegor, mojando la pluma en el tintero.

Vasilisa no veía a su hija Yefimia desde hacía cuatro años. Después de la boda se había marchado con su marido a Petersburgo, desde donde envió dos cartas, y no volvieron a recibirse más noticias de ella; parecía como si se la hubiera tragado la tierra. Cuando la vieja ordeñaba la vaca al amanecer, encendía la estufa o se quedaba adormilada por la noche, solo pensaba en una cosa: en lo que estaría haciendo Yefimia, si es que estaba viva. Había que enviarle una carta, pero el viejo no sabía escribir y no había nadie a quien recurrir.

Llegó la Navidad y Vasilisa, incapaz de aguantar más tiempo, fue a la taberna en busca de Yegor, el hermano del propietario, que, después de volver del servicio, se pasaba todo el tiempo en la taberna, sin hacer nada; se decía que era capaz de escribir correctamente una carta, siempre que se le pagara la cantidad correspondiente. Una vez en la taberna, Vasilisa habló con la cocinera, luego con el dueño y más tarde con el propio Yegor. Se pusieron de acuerdo en la cantidad de quince kopeks.

Ahora –esto sucedía el segundo día de las fiestas de Navidad, en la cocina de la taberna– Yegor estaba sentado a la mesa, con una pluma en la mano. Vasilisa se hallaba frente a él, pensativa, con aire afligido y preocupado. La acompañaba Piotr, su viejo, hombre muy delgado, alto, calvo, con el cráneo broncíneo; tenía la mirada inmóvil y fija, como la de los ciegos. Sobre el fogón, en una cazuela, se cocía un guiso de cerdo entre chisporroteos y chasquidos, que parecían decir: «Fliu, fliu, fliu». El ambiente era sofocante.

–¿Qué hay que escribir? –volvió a preguntar Yegor.

–¿Cómo? –dijo Vasilisa, mirándole con enfado y recelo–. ¡No me metas prisa! ¡No estás escribiendo de balde, te hemos pagado! Bueno, empieza. A nuestro querido yerno Andréi Jrisánfich y a nuestra única y querida hija Yefimia Petrovna enviamos con cariño un profundo saludo y nuestra bendición paternal eterna e irrevocable.

–Ya está. Siga disparando.

–Os felicitamos la fiesta del nacimiento de Cristo; estamos vivos, nos encontramos bien y pedimos al Señor, Rey de los Cielos, que también os conceda salud.

Vasilisa se quedó pensativa e intercambió una mirada con el viejo.

–Y pedimos al Señor, Rey de los Cielos, que también os conceda salud... –repitió, y se echó a llorar.

No pudo decir nada más. Por las noches, cuando meditaba en esa cuestión, le parecía que todo lo que tenía que decir no cabría ni en diez cartas. Desde que su hija y su marido se habían marchado, había corrido mucha agua; los viejos vivían como huérfanos y proferían hondos suspiros por la noche, como si hubieran enterrado a su hija. ¡Cuántos acontecimientos se habían producido en la aldea en todo ese tiempo, cuántas bodas, cuántas muertes! ¡Qué largos habían sido los inviernos! ¡Qué largas las noches!

–¡Hace calor! –dijo Yegor, desabotonándose el chaleco–. Debemos de estar a setenta grados. ¿Qué más escribo? –preguntó.

Los viejos callaban.

–¿De qué se ocupa tu yerno? –preguntó Yegor.

–Como bien sabes, padrecito, es un antiguo soldado –respondió el viejo con voz débil–. Volvió del servicio al mismo tiempo que tú. Cumplió su plazo y ahora trabaja en un establecimiento de hidroterapia en Petersburgo. El médico cura a los enfermos con agua. Él trabaja allí de portero.

–Está escrito aquí... –dijo la vieja, sacando una carta de su pañuelo–. Nos la mandó Yefimia sabe Dios hace cuánto tiempo. Quizá ya no estén entre los vivos.

Yegor, tras un instante de meditación, se puso a escribir muy deprisa.

«En estos momentos –escribió– en que el destino le llama a cumplir con el servicio militar, le aconsejamos que consulte el Reglamento de Sanciones Disciplinarias y el Código Penal del Ministerio de la Guerra; en dicho Código podrá hacerse una idea del régimen de vida de los funcionarios del Ministerio de la Guerra.»

Escribía y leía en voz alta lo que acababa de trazar sobre el papel, mientras Vasilisa pensaba que habría que mencionar las necesidades que habían pasado el año anterior, cuando el trigo no les llegó siquiera hasta la Navidad y se vieron obligados a vender la vaca; habría que pedirle dinero, contarle que el viejo estaba casi siempre enfermo y probablemente no tardaría en entregar el alma a Dios... Pero ¿cómo expresar todo eso en palabras? ¿Qué había que decir primero y qué después?

«Preste atención –siguió escribiendo Yegor–, al tomo cinco del Reglamento Militar. Soldado es un nombre común e ilustre. Se llama soldado al general en jefe y al último recluta...»

El viejo movió los labios y dijo en voz baja:

–Nos gustaría conocer a nuestros nietos.

–¿Qué nietos? –preguntó la vieja, mirándolo con enfado–. ¡Quizá no los haya!

–O tal vez sí. ¿Quién sabe?

«De donde puede inferir usted –escribía Yegor a toda prisa– que existe un enemigo exterior y otro interior. El primero de nuestros enemigos interiores es Baco.»

La pluma chirriaba, trazando sobre el papel arabescos en forma de anzuelos. Yegor escribía con premura y leía varias veces cada línea. Satisfecho, colorado, con su gran hocico y su nuca roja, estaba sentado en un taburete, con las piernas muy separadas debajo de la mesa. Era la imagen misma de la vulgaridad, una vulgaridad grosera, arrogante, invencible, orgullosa de haber nacido y haberse criado en una taberna; Vasilisa se daba perfecta cuenta de ello, pero no podía expresarlo con palabras y se limitaba a mirarlo con ira y recelo. La voz de Yegor, sus palabras incomprensibles, el calor y el ambiente sofocante le habían dado dolor de cabeza y enturbiado sus ideas, de modo que ya no decía ni pensaba nada y solo esperaba que la pluma dejara de chirriar. El viejo miraba lleno de confianza. Tenía fe en la vieja, que le había llevado allí, y en Yegor; y cuando un instante antes había hablado del establecimiento de hidroterapia, en su rostro se leía que también creía en él y en las propiedades curativas del agua.

Cuando acabó de escribir, Yegor se puso de pie y leyó toda la carta desde el principio. El viejo no entendía una palabra, pero asentía con la cabeza, lleno de confianza.

–Eso es, ni más ni menos... –dijo–. Que Dios te dé salud. Eso es...

Pusieron sobre la mesa los quince kopeks y salieron; el viejo tenía la mirada fija e inmóvil como la de un ciego y su rostro reflejaba una expresión de total confianza; Vasilisa, por su parte, al salir de la taberna amenazó a un perro y le dijo con ira:

–¡Uuuu! ¡Maldito!

La vieja no pegó ojo en toda la noche, desasosegada por distintos pensamientos; al amanecer se levantó, dijo sus oraciones y se fue a la estación para enviar la carta.

Para llegar hasta allí tenía que recorrer once verstas.

II

El establecimiento de hidroterapia del doctor B. O. Moselweiser estaba abierto el primer día del año, igual que cualquier otro; la única diferencia era que el portero Andréi Jrisánfich lucía galones nuevos en el uniforme, llevaba unas botas especialmente lustrosas y felicitaba el año nuevo a todos los que llegaban, expresándoles sus mejores deseos.

Era por la mañana. Andréi Jrisánfich estaba junto a la puerta y leía el periódico. A las diez en punto llegó un general al que conocía bien, uno de los clientes habituales, seguido del cartero. Andréi Jrisánfich ayudó al general a quitarse el capote y le dijo:

–¡Le deseo un próspero año nuevo y muchas felicidades, excelencia!

–Gracias, amigo. Lo mismo digo.

Mientras subía la escalera, el general señaló una puerta y preguntó (todos los días hacía la misma pregunta y siempre olvidaba la respuesta):

–¿Qué hay en esta habitación?

–¡Es la sala de masaje, excelencia!

Cuando el rumor de los pasos del general se apagó, Andréi Jrisánfich examinó el correo y encontró una carta dirigida a su nombre. La abrió, ojeó algunas líneas y a continuación, con pasos lentos, sin dejar de leer el periódico, se dirigió a su habitación, situada en esa misma planta, al final del pasillo. Yefimia, su mujer, estaba sentada en la cama y daba el pecho a su bebé; otro niño, de mayor edad, estaba a su lado, apoyando la cabeza y los rizados cabellos en sus rodillas; un tercero dormía en la cama.

Nada más entrar, Andréi le entregó la carta a su mujer y le dijo:

–Probablemente es de la aldea.

Luego salió, sin apartar los ojos del periódico, y se detuvo en el pasillo, no lejos de la puerta de su habitación. Oyó a Yefimia leer las primeras líneas con voz temblorosa. Al poco rato no pudo continuar; le habían bastado esos pocos renglones; rompió a llorar a lágrima viva, abrazó y besó a su hijo mayor, y se puso a hablar de tal modo que no había manera de saber si estaba llorando o riendo.

–Es de los abuelos... –dijo–. De la aldea... Reina de los cielos, santos benditos. En esta época la nieve llega allí hasta el tejado... Los árboles están todos blancos. Los niños van en pequeños trineos... El abuelo, ya calvo, está sentado en el poyo de la estufa... Y hay un perro de pelo pajizo... ¡Ah, padres míos queridos!

Andréi Jrisánfich, al escuchar esas palabras, recordó que su mujer le había entregado tres o cuatro veces unas cartas, pidiéndole que las echara al correo, pero asuntos importantes se lo habían impedido: no las había mandado y se habían extraviado en alguna parte.

–Las liebres corren por el campo –proseguía Yefimia, deshecha en llanto y besando a su hijo–. El abuelo es un hombre tranquilo y bondadoso y la abuela también es muy buena y compasiva. En la aldea la gente vive como es debido y tiene temor de Dios... Hay una pequeña iglesia y los campesinos cantan en el coro. ¡Reina de los Cielos, Madre protectora, llévanos de aquí!

Andréi Jrisánfich volvió a su habitación para fumar un cigarrillo mientras llegaba un nuevo cliente; Yefimia se calló al punto, se calmó y se enjugó las lágrimas; solo los labios temblaban. Temía mucho a su marido. ¡Ah, cuánto lo temía! Sus pasos y su mirada la estremecían, la llenaban de espanto; en su presencia no se atrevía a pronunciar palabra.

Andréi Jrisánfich apenas había dado un par de caladas cuando sonó el timbre. Apagó el cigarrillo y, adoptando una expresión sumamente seria, se dirigió a toda prisa a la puerta principal.

El general bajaba las escaleras, sonrosado y fresco después del baño.

–¿Qué es esa habitación? –preguntó, señalando una puerta.

Andréi Jrisánfich se estiró, se cuadró y respondió en voz alta:

–¡La ducha Charcot, excelencia!

El obispo
(1902)

I

En el monasterio de Staro-Petrovski se cantaban las Vísperas del Domingo de Ramos. Cuando se distribuyeron las palmas, eran ya casi las diez, las luces palidecían, las velas tenían largos pabilos y todo estaba envuelto como en una niebla. En la penumbra de la iglesia la multitud se agitaba como el mar y monseñor Piotr, enfermo desde hacía tres o cuatro días, tenía la impresión de que todos esos rostros –los de los jóvenes y los de los viejos, los de los hombres y los de las mujeres– se asemejaban unos a otros, que los ojos de todos los que se acercaban a recoger la palma tenían la misma expresión. La niebla le impedía ver la puerta, la multitud no paraba de desfilar y parecía como si no fuera a terminar jamás. Cantaba un coro de mujeres y una monja leía el canon.

¡Qué calor hacía, qué ambiente más sofocante! ¡Qué largo había sido el oficio! Monseñor Piotr estaba fatigado. Su respiración era trabajosa, acelerada, seca, los hombros le dolían de cansancio, sus piernas temblaban. Las exclamaciones que a veces profería en el coro un pobre desgraciado le causaban una desagradable inquietud. De pronto, como en una especie de sueño o de delirio, le pareció que entre la multitud se acercaba su propia madre María Timoféievna, a la que hacía nueve años que no veía, o bien una anciana que se le parecía y que, una vez recibida la palma de sus manos, se alejó sin dejar de mirarle con regocijo y una sonrisa bondadosa y alegre, hasta que acabó fundiéndose con la muchedumbre. En ese momento, sin que alcanzara a explicarse la razón, algunas lágrimas rodaron por sus mejillas. Tenía el alma en paz, todo estaba en orden, pero miraba fijamente el coro de la izquierda, donde leían el canon y donde ya no se podía reconocer a nadie en medio de la penumbra de la tarde, y lloraba. Las lágrimas brillaban en su rostro y en su barba. Alguien que estaba cerca también rompió a llorar, luego otro, más tarde un tercero, hasta que, poco a poco, la iglesia se llenó de sollozos contenidos. Poco después, al cabo de unos cinco minutos, el coro de monjas entonó un canto, los llantos cesaron y todo volvió a ser como antes.

Pronto terminó el oficio. Cuando el obispo se sentó en la carroza para regresar a su casa, por todo el jardín, iluminado por la luz de la luna, se difundía el alegre y delicado tintineo de las valiosas y pesadas campanas. Los muros blancos, las cruces blancas en las tumbas, los abedules blancos, las sombras negras y la lejana luna en el cielo, detenida justo encima del monasterio, parecían vivir una vida singular e incomprensible, pero próxima al hombre. Estaban a principios de abril, la jornada había sido tibia y primaveral, pero ahora hacía frío y estaba a punto de helar, a pesar de lo cual en el aire fresco se percibía el soplo de la primavera. La carretera que conducía del monasterio a la ciudad era arenosa y por tanto había que ir al paso; a ambos lados de la carroza, bajo la brillante y apacible luz de la luna, caminaban algunos peregrinos, silenciosos y pensativos. Todo cuanto le rodeaba –los árboles, el cielo e incluso la luna– tenía un aspecto acogedor, joven y cercano, y daban ganas de pensar que así sería siempre.

Finalmente la carroza entró en la ciudad y tomó por la calle principal. Las tiendas ya habían cerrado, salvo la del comerciante Yerakin, el millonario, donde estaban probando el alumbrado eléctrico, que lanzaba intensos destellos, atrayendo a una multitud de curiosos. Luego pasaron por unas calles anchas y oscuras, todas desiertas; más tarde, por la carretera construida por el *zemstvo*, salieron al campo, donde olía a pino. De pronto se alzó ante sus ojos un muro blanco y almenado, tras el que se perfilaba un alto campanario, inundado de luz, y al lado cinco grandes cúpulas doradas y brillantes: era el monasterio de San Pancracio, la morada de monseñor Piotr. También sobre el monasterio, a una gran altura, flotaba la serena y pensativa luna. La carroza atravesó la cancela, chirriando en la arena; aquí y allá, a la luz de la luna, surgían negras figuras monacales y se oían sus pasos en las losas de piedra...

–Monseñor, mientras usted estaba ausente, ha llegado su madre –le informó un hermano lego cuando el obispo entró en su aposento.

–¿Mi madre? ¿Cuándo ha venido?

–Antes de las Vísperas. Primero preguntó dónde estaba usted y luego se marchó al monasterio de las monjas.

–¡De modo que fue a ella a quien vi hace un momento en la iglesia! ¡Oh, Señor!

Y el obispo rompió a reír de alegría.

–Me pidió que le dijera, monseñor –continuó el hermano lego–, que vendría mañana. La acompañaba una niña, probablemente su nieta. Se alojaron en el albergue de Ovsiánnikov.

–¿Qué hora es?

–Poco más de las once.

–¡Ah, qué lástima!

El obispo se quedó sentado un momento en el salón, meditabundo, como si no creyera que fuese ya tan tarde. Sentía malestar en los brazos y las piernas, le dolía la nuca. Tenía calor, se encontraba incómodo. Tras unos instantes de reposo, se dirigió a su dormitorio, donde volvió a sentarse, siempre pensando en su madre. Oyó retirarse al hermano lego y cómo al otro lado de la pared tosía el padre Sisói, un sacerdote. El reloj del monasterio dio el cuarto de hora.

El obispo se cambió de ropa y empezó a decir las oraciones de la noche. Recitaba con atención esos viejos rezos, conocidos de antaño, y a la vez pensaba en su madre. Tenía nueve hijos y cerca de cuarenta nietos. En el pasado había vivido con su marido, diácono, en una pobre aldea; había pasado allí mucho tiempo, desde los diecisiete a los sesenta años. Se acordaba de ella desde la más tierna infancia, aproximadamente desde los tres años. ¡Cómo la quería! ¡Dulce, querida, inolvidable infancia! ¿Por qué ese tiempo perdido para siempre, que jamás volvería, le parecía más luminoso, magnífico y fastuoso de lo que había sido en realidad? Cuando en su infancia y juventud se ponía enfermo, ¡qué tierna y solícita se mostraba su madre! Y ahora las oraciones se entreveraban con recuerdos que se avivaban cada vez más, como una llama impetuosa, sin que esos rezos le impidieran pensar en su madre.

Cuando acabó de rezar se desvistió y se acostó; en cuanto se hizo la oscuridad a su alrededor, vio a su difunto padre, a su madre y su aldea natal de Lesopolie... El chirrido de las ruedas, el balido de las ovejas, el tañido de las campanas de la iglesia en las claras mañanas estivales, los gitanos mendigando en la ventana... ¡Ah, qué dulce era pensar en todo eso! Se acordó del sacerdote de Lesopolie, el padre Simeón, hombre sumiso, apacible, bondadoso; era bajo de estatura y delgado, pero tenía un hijo seminarista de enorme talla que hablaba con profunda voz de bajo; un día el hijo del sacerdote se enfadó con la cocinera y la insultó: «¡Eres la burra de Yehudi!»; el padre Simeón, cuando escuchó ese comentario, no dijo una palabra, pero se turbó porque no podía recordar en qué pasaje de las Sagradas Escrituras se mencionaba esa burra. Su sucesor en Lesopolie fue el padre Demián, gran bebedor, que a veces se emborrachaba hasta tal punto que veía serpientes verdes, por lo que lo habían apodado «Demián, el que ve serpientes». El profesor de Lesopolie era Matvéi Nikolaich, un antiguo seminarista, hombre bueno y nada tonto, pero también borracho; nunca pegaba a los alumnos, pero, sin razón aparente, había colgado en la pared de la clase un manojo de varas de abedul, sobre el que podía leerse una inscripción en latín absolutamente incomprensible: *«Betula kinderbalsamica secuta»*. Tenía un perro negro y peludo al que llamaba Sintaxis.

El obispo se echó a reír. A ocho verstas de Lesopolie se hallaba la aldea de Obnino, donde había un icono milagroso. En verano lo llevaban en procesión por las aldeas vecinas y durante todo el día repicaban las campanas, ya en una localidad, ya en otra; el obispo, al que en aquella época llamaban Pavlusha, tenía entonces la impresión de que el aire temblaba de alegría y seguía el icono con la cabeza descubierta, descalzo, con una fe y una sonrisa ingenuas y una felicidad infinita. En ese momento recordó que en Obnino había siempre mucha gente y que el sacerdote del lugar, el padre Alekséi, para llegar a tiempo al ofertorio, hacía que su sobrino Hilarión, que era sordo, leyera las papeletas o notas que acompañaban las hostias, en las que se rogaba por la salud o el descanso eterno de diversas personas; por esa actividad, Hilarión recibía algunas veces cinco o diez kopeks. Cuando ya estaba canoso y medio calvo, a punto de abandonar esta vida, descubrió un papel que decía: «¡Qué tonto eres, Hilarión!». Al menos hasta los quince años Pavlusha estuvo atrasado e iba tan mal en sus estudios que llegaron incluso a pensar en sacarlo del seminario y emplearlo en una tienda; una vez que fue a buscar unas cartas a Obnino, se quedó mirando largo rato a los funcionarios y acabó diciéndoles: «Permítanme que les pregunte: ¿cómo reciben ustedes su salario, por meses o por días?».

El obispo se santiguó y se volvió del otro lado, tratando de no pensar más y quedarse dormido.

–Ha venido mi madre... –recordó, y se echó a reír.

La luna se asomaba por la ventana iluminando el suelo, sobre el que se dibujaban algunas sombras. Se oía el canto de un grillo. En la habitación contigua, al otro lado de la pared, el padre Sisói roncaba; ese ronquido de viejo hablaba de soledad, de desamparo, de largas errancias. En el pasado Sisói había sido ecónomo del obispo de la diócesis y ahora le llamaban «el padre execónomo»; tenía setenta años, vivía en un monasterio a dieciséis verstas de la ciudad, o en la propia ciudad o donde le caía en suerte. Había llegado tres días antes al monasterio de San Pancracio y el obispo le había pedido que se quedara para hablar con él, en los ratos perdidos, sobre los asuntos y las costumbres del lugar...

A la una y media tocaron a maitines. El padre Sisói tosió, rezongó con voz malhumorada, luego se levantó y se paseó descalzo por las habitaciones.

–¡Padre Sisói! –le llamó el obispo.

Sisói regresó a su cuarto, y apareció poco después, ya con las botas puestas y una vela en la mano; llevaba una sotana por encima de la camisa de dormir y un viejo y desteñido birrete en la cabeza.

–No puedo dormir –dijo el obispo, sentándose–. Probablemente estoy enfermo. No sé lo que es. Tengo fiebre.

–Debe de haberse resfriado, monseñor. Habría que darle unas friegas con sebo.

Sisói se quedó un rato de pie y bostezó: «¡Ah, Señor, perdona a este pecador!».

–Hoy han puesto luz eléctrica en la tienda de Yerakin –dijo–. ¡No me gusta! –El padre Sisói era viejo, delgado, encorvado y siempre estaba descontento; sus ojos, saltones como los de un cangrejo, miraban con ira–. ¡No me gusta! –repitió al salir–. ¡No me gusta nada!

II

Al día siguiente, Domingo de Ramos, monseñor celebró la misa en la catedral de la ciudad, luego se trasladó a la residencia del obispo de la diócesis, a continuación fue a ver a una vieja generala muy enferma y finalmente regresó a su alojamiento. Poco después de la una almorzaba en compañía de dos invitados muy queridos: su anciana madre y su sobrina Katia, una niña de unos ocho años. Durante toda la comida se asomó por la ventana un sol primaveral, iluminando con su radiante luz el mantel blanco y los cabellos de la pelirroja Katia. A través de las dobles ventanas se oía el graznido de los grajos y el canto de los estorninos en el jardín.

–Hace ya nueve años que no nos vemos –dijo la anciana–; ayer en el monasterio, en cuanto le miré, pensé: «Señor, no ha cambiado lo más mínimo, solo está un poco más delgado y tiene la barba más larga». ¡Reina de los Cielos, Madre de Dios! Anoche, durante las vísperas, nadie pudo contenerse, todos lloraban. También yo, sin saber por qué, rompí a llorar nada más verle. ¡Es la voluntad de Dios!

A pesar del tono cariñoso con que pronunció esas palabras, era evidente que se encontraba incómoda, como si no supiera si tutearle o no, reír o no; como si se sintiera mujer de diácono más que madre de obispo. Katia miraba a su tío sin parpadear, como tratando de adivinar qué clase de hombre era. Sus cabellos formaban una especie de aureola detrás de su peineta y de su cinta de terciopelo; tenía nariz respingona y ojos astutos. Antes de sentarse a la mesa, había roto un vaso y ahora su abuela, mientras hablaba, apartó de su lado primero un vaso y luego una copa. El obispo escuchaba a su madre y recordaba que en otro tiempo, hacía muchísimos años, ella lo llevaba, junto con sus hermanos y hermanas, a casa de unos parientes a los que consideraba adinerados; entonces intercedía por sus hijos, como ahora por sus nietos, por esa Katia...

–Várenka, la hermana de usted, tiene cuatro hijos –le contó–. Katia es la mayor; mi yerno, el padre Iván, cayó enfermo, Dios sabe de qué, y murió tres o cuatro días antes de la Asunción. Y ahora mi Varia se ha quedado en la miseria.

–Y ¿cómo está Nicanor? –preguntó el obispo, interesándose por su hermano mayor.

–No le va mal, el Señor sea loado; no tiene mucho, pero gracias a Dios, puede ir tirando. La única pega es que su hijo, mi nieto Nikolasha, no ha querido hacerse sacerdote y ha ingresado en la universidad para estudiar medicina. Piensa que es mejor, pero ¡quién sabe! ¡Cúmplase su santa voluntad!

–Nikolasha descuartiza los cadáveres –comentó Katia, derramando agua sobre sus rodillas.

–Estate quieta, niña –le dijo con serenidad la abuela, quitándole el vaso de las manos–. Reza antes de comer.

–¡Cuánto tiempo hemos pasado sin vernos! –exclamó el obispo, acariciando con ternura el hombro y el brazo de su madre–. La he echado de menos en el extranjero, mamá, la he echado mucho de menos.

–Se lo agradezco.

–A veces, por la tarde, me sentaba junto a una ventana abierta, en completa soledad; oía los sonidos de una melodía y de pronto la nostalgia de la patria se apoderaba de mí; en esos momentos creo que hubiera dado cualquier cosa por volver a casa y verla a usted...

La madre sonrió, su rostro resplandeció, pero enseguida volvió a ponerse seria y dijo:

–Se lo agradezco.

El humor del obispo cambio súbitamente. Miraba a su madre y no comprendía la razón de esa expresión respetuosa y tímida, de esa voz apocada. ¿A qué venía todo eso? No la reconocía. Se sintió triste y contrariado. Además, la cabeza le dolía como la víspera, tenía fuertes molestias en las piernas, el pescado le parecía soso e insípido y la sed no le daba tregua...

Después del almuerzo recibió la visita de dos damas, ricas propietarias, que pasaron hora y media sin pronunciar palabra, con caras largas; el archimandrita, hombre taciturno y algo sordo, vino para tratar unos asuntos. Luego tocaron a vísperas, el sol se puso detrás del bosque y el día llegó a su fin. Al regresar de la iglesia, el obispo dijo con premura sus oraciones, se tumbó en la cama y se tapó con cuidado.

Le resultaba desagradable recordar el pescado que le habían servido en el almuerzo. La luz de la luna le desasosegaba. Al cabo de un rato oyó una conversación. En una habitación contigua, probablemente en el salón, el padre Sisói hablaba de política.

–Los japoneses están en guerra. No paran de luchar. Los japoneses, señora mía, son como los montenegrinos; pertenecen a la misma raza. Estuvieron ambos bajo el yugo turco.

Luego se oyó la voz de María Timoféievna:

–Entonces, después de haber rezado a Dios y de haber tomado el té, fuimos a ver al padre Yegor a Novojatnoie...

Siguió hablando de «tomar té» o de «beber té», como si en toda su vida no hubiera sabido hacer otra cosa. Poco a poco y de una forma imprecisa el obispo fue recordando el seminario y la academia. Durante dos o tres años fue profesor de griego en el seminario –ya entonces no podía leer sin gafas–; luego recibió la tonsura y fue nombrado inspector. Más tarde había defendido su tesis. A la edad de treinta y dos años le hicieron rector del seminario y le promovieron a archimandrita; en aquella época la vida era fácil y agradable; parecía larga, muy larga, y no se adivinaba su fin. Fue entonces cuando cayó enfermo, adelgazó mucho, se quedó casi ciego y, siguiendo el consejo de los médicos, tuvo que abandonarlo todo y marcharse al extranjero.

–¿Y luego qué? –preguntó Sisói en la habitación contigua.

–Luego tomamos té... –respondió María Timoféievna.

–¡Padre, tiene usted la barba verde! –exclamó de pronto Katia con sorpresa, y rompió a reír.

–¡Dios mío, esta niña es un castigo! –dijo en voz alta Sisói, enfadado–. ¡Qué consentida! ¡Estate quieta de una vez!

El obispo recordó la iglesia blanca, completamente nueva, en la que oficiaba cuando vivía en el extranjero; evocó el rumor del tibio mar. Su apartamento constaba de cinco habitaciones, altas y luminosas; en su despacho había un escritorio nuevo y una biblioteca. Leía y escribía mucho. También rememoró la nostalgia de la patria, el canto de una mendiga ciega que todos los días se apostaba bajo su ventana y entonaba canciones de amor, acompañándose de la guitarra, despertando en su alma el recuerdo del pasado. Pero transcurrieron ocho años y lo llamaron a Rusia; ahora era obispo sufragáneo y todo su pasado había desaparecido a lo lejos, en la niebla, como un sueño...

El padre Sisói entró en el dormitorio con una vela.

–¡Vaya! –dijo sorprendido–. ¿Duerme usted ya, monseñor?

–¿Qué pasa?

–Aún es temprano, ni siquiera han dado las diez. He comprado esta vela y quería darle unas friegas con sebo.

–Tengo fiebre... –dijo el obispo, sentándose en la cama–. En realidad, debería tomar algo. Me duele la cabeza...

Sisói le quitó la camisa y empezó a frotarle el pecho y la espalda con sebo.

–Así... así... –decía–. Señor Jesucristo... Así. Hoy fui a la ciudad, a casa de, ¿cómo se llama?, del arcipreste Sidonski... Tomé el té con él... ¡No me gusta! Señor Jesucristo... Así... ¡No me gusta!

III

El obispo de la diócesis, viejo y muy grueso, sufría de reumatismo o gota y llevaba ya un mes sin levantarse de la cama. Monseñor Piotr le visitaba casi a diario y recibía, en su lugar, a los solicitantes. Ahora que se encontraba indispuesto, se sorprendía de la vacuidad y pequeñez de todo lo que le pedían, de los motivos por los que venían a llorarle; le irritaban el atraso y el apocamiento de la gente; le abrumaba el volumen de esas cuestiones menudas y triviales; por fin creía comprender al obispo de la diócesis que antaño, en sus años de juventud, había escrito un *Tratado del libre albedrío*, mientras que ahora parecía ocuparse solo de minucias, haberse olvidado de todo y no pensar en Dios. Por lo visto monseñor se había deshabituado de la vida rusa en el extranjero y ahora no encontraba fácil comprenderla; el pueblo le parecía grosero, las solicitantes enfadosas y estúpidas, los seminaristas y sus profesores incultos, a veces hasta salvajes. Los papeles que despachaba y recibía se contaban por decenas de miles, ¡y qué papeles! Los superiores de toda la diócesis ponían calificaciones de conducta a los sacerdotes, jóvenes y viejos, e incluso a sus propias mujeres e hijos, concediendo notas de cinco, cuatro y a veces hasta de tres sobre cinco; había que hablar de todo eso, leer y escribir documentos serios sobre esas cuestiones. Como consecuencia, no le quedaba un minuto libre, tenía el alma inquieta todo el día y solo hallaba tranquilidad en la iglesia.

Tampoco podía acostumbrarse al temor que, sin quererlo, inspiraba en la gente, a pesar de su carácter apacible y discreto. Todos los habitantes de esa provincia le parecían, cuando los miraba, pequeños, asustadizos, contritos. En su presencia todos se sentían intimidados, hasta los viejos arciprestes; todos «caían» a sus pies. Hacía poco una solicitante entrada en años, mujer de un pope de aldea, se sintió tan atemorizada que fue incapaz de pronunciar palabra, de modo que partió sin haber pedido nada. Y él, que nunca se había decidido a hablar mal de la gente en sus sermones, que nunca había dirigido un reproche a nadie, porque le daba pena, con los solicitantes se salía de sus casillas, se enfadaba y arrojaba las peticiones al suelo. Desde que estaba allí, ni una sola persona le había hablado con sinceridad, sencillez y humanidad; hasta su anciana madre ya no era la misma, parecía otra. ¿Por qué, se preguntaba, con Sisói hablaba sin parar y se reía tanto y con él, su hijo, se mostraba seria, taciturna y cohibida, algo tan impropio de ella? La única persona que se comportaba con naturalidad en su presencia y decía cuanto se le antojaba era el viejo Sisói, que había tratado con obispos toda su vida y había sobrevivido a once de ellos. ¿Por qué se sentía a gusto con él, cuando en realidad era un hombre difícil y pendenciero?

El martes, después de la misa, monseñor fue al obispado, recibió a los solicitantes, que despertaron su indignación y su enfado, y luego regresó a sus aposentos. Su malestar no había desaparecido y tenía ganas de acostarse; pero nada más entrar, anunciaron la visita del joven comerciante Yerakin, generoso donante, que venía a verle por una cuestión de suma importancia. Había que recibirle. Yerakin se quedó cerca de una hora, habló en voz muy alta, casi a gritos, y el obispo apenas logró entenderle.

–¡Dios quiera que sea así! –dijo al salir–. ¡Es absolutamente necesario! ¡Según las circunstancias, reverendísimo padre! ¡Espero que sea así!

Después recibió la visita de la madre superiora de un lejano convento. Cuando se marchó, tocaron a vísperas y tuvo que ir a la iglesia.

Por la tarde los monjes entonaron un canto armonioso, inspirado; ofició un sacerdote joven, de barba negra; monseñor, al escuchar el pasaje sobre el Esposo que viene a medianoche a la morada engalanada, no sentía arrepentimiento por sus pecados, ni aflicción, sino paz espiritual, sosiego, y se transportó con el pensamiento a un lejano pasado, a su infancia y su juventud, cuando también oía cánticos sobre el Esposo y la morada engalanada; y ese pasado le parecía ahora vivo, magnífico y alegre, como probablemente no lo había sido nunca. Quizá en el otro mundo, en la otra vida, recordaremos el pasado lejano, nuestra vida terrenal, con el mismo sentimiento. ¡Quién sabe! Monseñor estaba sentado en el altar; a su alrededor reinaba la oscuridad. Algunas lágrimas rodaron por sus mejillas. Pensaba que había logrado todo lo que estaba al alcance de un hombre de su condición; tenía fe, pero no todo estaba claro, algo le faltaba, no quería morir; le parecía que carecía de algo esencial, algo con lo que había soñado vagamente alguna vez; tenía la impresión de que en el presente le animaba la misma esperanza en el porvenir que había albergado en la infancia, en el seminario y en el extranjero.

«¡Qué bien cantan hoy! –pensaba, escuchando con atención–. ¡Qué bien!»

IV

El jueves ofició la misa en la catedral, luego se celebró la ceremonia del lavatorio de los pies. Cuando terminó el servicio en la iglesia y la gente se dispuso a volver a sus casas, lucía el sol, el tiempo era caluroso y alegre, el agua murmuraba en las zanjas y desde los campos de los alrededores llegaba el canto ininterrumpido de las alondras, un canto delicado, que invitaba al reposo. Los árboles ya se habían despertado y sonreían afables; y por encima de ellos se extendía, Dios sabe hasta dónde, el cielo insondable, ilimitado y azul.

Al llegar a casa, monseñor Piotr bebió un poco de té, luego se cambió de ropa, se tumbó en la cama y pidió al hermano lego que cerrara los postigos de las ventanas. La habitación quedó a oscuras. ¡Qué cansancio, qué dolor en las piernas y en la espalda, qué sensación de pesadez y de frío, qué zumbido en los oídos! Hacía mucho tiempo que no dormía, pero en cuanto cerraba los ojos cualquier minucia ocupaba su imaginación y le impedía conciliar el sueño. Lo mismo que la víspera, a través de las paredes de las habitaciones vecinas le llegaban voces, ruido de vasos y de cucharillas... María Timoféievna hablaba con animación, aderezando su relato con refranes, mientras el padre Sisói respondía con voz sombría y descontenta: «¡Qué gente! ¡Acabáramos! ¡Hay que ver!». El obispo volvió a sentirse contrariado y hasta ofendido de que su anciana madre se comportara con tanta naturalidad y sencillez en presencia de extraños y en cambio con su propio hijo se sintiera turbada, apenas hablara y solo dejara escapar algún comentario que no correspondía a su modo de pensar; hasta tenía la impresión de que todos esos días había buscado un pretexto para ponerse de pie, pues le turbaba estar sentada a su lado. ¿Y su padre? Probablemente, si estuviera vivo, no se habría atrevido a pronunciar una sola palabra en su presencia...

En la habitación contigua un objeto cayó al suelo y se rompió; seguramente a Katia se le había resbalado una taza o un platillo, porque de pronto el padre Sisói escupió y profirió con voz irritada:

–¡Esta niña es un auténtico castigo! ¡Señor, perdona a este pecador! ¡Va a acabar con todo!

Luego se hizo el silencio; solo llegaban algunos sonidos de la calle. Cuando el obispo abrió los ojos, vio que Katia estaba en su habitación, inmóvil, mirándole fijamente. Como de costumbre, sus cabellos rojizos formaban una suerte de aureola detrás de la peineta.

–¿Eres tú, Katia? –preguntó–. ¿Quién es el que no para de abrir y cerrar puertas allí abajo?

–Yo no oigo nada –respondió Katia, aguzando el oído.

–Alguien acaba de pasar.

–¡Es su estómago, tío!

Él se echó a reír y le acarició la cabeza.

–¿Así que tu hermano Nikolasha descuartiza cadáveres? –preguntó, después de una pausa.

–Sí. Está estudiando.

–¿Y es bueno?

–Sí. Pero bebe mucho vodka.

–Y tu padre ¿de qué enfermedad murió?

–Papá estaba muy débil y delgado; de pronto, empezó a dolerle la garganta. Mi hermano Fedia y yo también caímos enfermos; a todo el mundo le dolía la garganta. Papa murió, tío, y nosotros nos curamos.

Le tembló el mentón y las lágrimas empañaron sus ojos y rodaron por sus mejillas.

–Monseñor –dijo con un hilo de voz, llorando ya con amargura–, tío, mi madre y todos nosotros hemos quedado en la indigencia... Denos algo de dinero... Sea bondadoso... ¡querido tío...!

Los ojos del obispo se llenaron también de lágrimas y durante largo rato la emoción le impidió pronunciar palabra; luego le acarició la cabeza, le dio una palmada en el hombro y dijo:

–Está bien, está bien, pequeña. Cuando llegue el santo Domingo de Pascua, hablaremos... Os ayudaré... Os ayudaré...

La madre entró en silencio y rezó delante del icono con aire cohibido. Al advertir que su hijo no dormía, preguntó:

–¿Quiere tomar un poco de sopa?

–No, gracias... –respondió él–. No me apetece.

–No se encuentra usted bien... a lo que parece. ¡Cómo no va a enfermar! Se pasa todo el día de pie. Dios mío, hasta da pena mirarle. En fin, la Pascua no está lejos y podrá usted descansar si Dios quiere; ya hablaremos entonces, pero ahora no quiero molestarle con mi charla. Vamos, Katia, deja que monseñor duerma un poco.

El obispo recordó que antaño, en un tiempo muy lejano, cuando él era pequeño, su madre hablaba en ese mismo tono, entre divertido y respetuoso, con el superior de la diócesis... Solo por la expresión sumamente bondadosa de los ojos y la mirada tímida y preocupada que le dirigió de reojo al salir, podía adivinarse que era su madre. El obispo cerró los párpados y pareció dormir, pero dos veces oyó dar las horas al reloj, así como la tos del padre Sisói al otro lado de la pared. Su madre volvió a entrar y durante un instante se le quedó mirando con timidez. Un coche o una carreta se acercaba al zaguán, a juzgar por el ruido. De pronto se oyeron golpes en la puerta y a continuación esta se abrió. En el dormitorio entró el hermano lego.

–¡Monseñor! –llamó.

–¿Qué?

–Los caballos están enganchados. Es hora de partir para el oficio de la Pasión del Señor.

–¿Qué hora es?

–Las siete y cuarto.

El obispo se vistió y se dirigió a la catedral. Durante la lectura de los Doce Evangelios había que estar de pie, inmóvil, en medio de la iglesia; el primer Evangelio, el más largo y hermoso, lo leía él. Se sentía animado y en buena disposición. Se sabía de memoria ese primer Evangelio: «Gloria a ti, Hijo del hombre»; mientras recitaba, levantaba de vez en cuando los ojos y veía a ambos lados un mar de luces y oía el chisporroteo de las velas, pero no distinguía a los fieles, igual que en los años anteriores, y tenía la impresión de que eran las mismas personas que llenaban el templo en su infancia y en su juventud, que serían las mismas todos los años. ¿Hasta cuándo? Solo Dios lo sabía.

Su padre había sido diácono; su abuelo, sacerdote; su bisabuelo, diácono; probablemente toda su estirpe había pertenecido al clero desde la época de la cristianización de Rusia; su amor por el servicio religioso, por el clero y por el tintineo de las campanas era innato, profundo, inextirpable; en la iglesia, sobre todo cuando oficiaba él mismo, se sentía feliz, lleno de energía y vitalidad. Así ocurría ahora. Solo tras la lectura del octavo Evangelio, percibió que su voz se había debilitado, que ni siquiera se le oía toser; la cabeza empezó a dolerle de un modo terrible y el miedo a desplomarse en cualquier momento se apoderó de él. En realidad, sus piernas estaban completamente entumecidas, hasta el punto de que poco a poco dejó de sentirlas; no comprendía cómo se tenía en pie, por qué no caía...

Cuando el oficio terminó eran las doce menos cuarto. En cuanto llegó a sus habitaciones, se desvistió y acostó, sin decir siquiera sus oraciones. No podía hablar y tenía la impresión de que ya no era capaz de tenerse en pie. Mientras se cubría con la manta, sintió de pronto unos deseos irreprimibles de partir al extranjero. Le parecía que habría dado la vida por no volver a ver esos miserables y precarios postigos y esos techos bajos; por dejar de percibir ese agobiante olor a monasterio. ¡Si al menos hubiera una persona con quien conversar y aliviar su corazón!

Durante largo rato oyó pasos en la habitación contigua, pero no pudo recordar quién se alojaba allí. Finalmente la puerta se abrió y entró Sisói con una vela y una taza de té en la mano

–¿Ya se ha acostado, monseñor? –preguntó–. Y yo que venía para frotarle con vodka y vinagre. Unas buenas friegas hacen mucho bien. Señor Jesucristo... Así es... Así es... Acabo de volver de nuestro monasterio... ¡No me gusta! Me marcho mañana mismo, excelencia, no quiero quedarme más. Señor Jesucristo... Así es...

El padre Sisói era incapaz de establecerse mucho tiempo en un mismo lugar; en esos momentos, tenía la impresión de haber pasado un año entero en el monasterio de San Pancracio. Al escucharlo, resultaba difícil entender dónde estaba su hogar, si sentía afecto por alguien o por algo, si creía en Dios... Ni él mismo sabía qué le había llevado a hacerse monje; por lo demás, esa cuestión no se le pasaba por la cabeza y hacía mucho que de su memoria se había borrado la época en que recibió la tonsura; parecía como si hubiera nacido monje.

–Me voy mañana. ¡Me despido de todo esto!

–Me gustaría conversar un rato con usted... Nunca encuentro la ocasión –dijo el obispo en voz queda, haciendo un esfuerzo–. Aquí no conozco a nadie ni estoy al corriente de nada...

–Aplazaré mi marcha hasta el domingo si así lo desea, pero ni un día más. ¡Que se queden con Dios!

–¿Qué clase de obispo soy? –continuó en voz baja monseñor–. Debería haber sido cura de aldea, diácono... o un simple monje... Todo esto me agobia... me agobia...

–¿Qué? Señor Jesucristo... Así es... ¡Ahora duérmase, monseñor...! ¡Qué cosas dice! ¡Hay que ver! ¡Buenas noches!

El obispo no pegó ojo en toda la noche. Por la mañana, a eso de las ocho, tuvo una hemorragia intestinal. El hermano lego se asustó y corrió a buscar primero al archimandrita y luego al médico del monasterio, Iván Andreich, que vivía en la ciudad. El médico, un anciano muy grueso, de larga barba gris, lo examinó con detenimiento, moviendo la cabeza y frunciendo el ceño; por último dijo:

–¿Sabe una cosa, monseñor? Ha contraído usted la fiebre tifoidea.

En el espacio de una hora, debido a la hemorragia, el obispo adelgazó mucho, perdió el color y la lozanía; su rostro se cubrió de arrugas, sus ojos se hicieron más grandes; se diría que había envejecido y menguado de talla; tenía la impresión de ser más flaco, débil e insignificante que nadie; que todo lo que había sido se había marchado a un lugar muy lejano para jamás regresar ni tener continuación.

«¡Qué bien! –pensó–. ¡Qué bien!»

Llegó su anciana madre. Al ver su ajado rostro y sus grandes ojos, se asustó, cayó de rodillas ante la cama y se puso a besar su cara, sus hombros, sus manos. Por alguna razón, también ella pensó que no era posible imaginar un ser más flaco, débil e insignificante; olvidando que era un obispo, lo besaba como si fuera un niño muy querido y próximo a su corazón.

–Pavlusha, cariño –dijo–. ¡Mi niño...! ¡Hijo mío...! ¿Por qué te has puesto así? ¡Pavlusha, contéstame!

Katia, pálida, grave, estaba a su lado y no comprendía lo que le pasaba a su tío, por qué el rostro de la abuela expresaba tanto dolor, por qué pronunciaba vocablos tan conmovedores y tristes. Él ya no podía articular palabra, no entendía nada y se imaginaba que era un hombre sencillo y corriente que caminaba por el campo con paso animoso y alegre, haciendo resonar su bastón; que ante él se extendía el anchuroso cielo, inundado de sol; que ahora era libre como un pájaro y podía ir a donde se le antojara.

–¡Pavlusha, hijo mío, contéstame! –decía la anciana–. ¿Qué te pasa? ¡Hijo mío!

–No moleste a su excelencia –le dijo Sisói con tono irritado, atravesando la habitación–. Déjelo que duerma... No se puede hacer nada... ¿Para qué?

Llegaron tres médicos, celebraron consultas y se marcharon. El día fue inconcebiblemente largo; luego llegó la noche, que también duró muchísimo tiempo; en la mañana del sábado el hermano lego se acercó a la anciana, que estaba acostada en el sofá del salón, y le pidió que entrara en el dormitorio: monseñor había pasado a mejor vida.

El día siguiente era Domingo de Resurrección. En la ciudad había cuarenta dos iglesias y seis monasterios; el sonoro y alegre tañido de las campanas recorría incansable la ciudad de la mañana a la noche, avivando el aire primaveral; los pájaros piaban, el sol lucía con fuerza. En la gran plaza del mercado reinaba el bullicio, los columpios se balanceaban, sonaban los organillos, aullaba un acordeón, se oían voces de borrachos. Después del mediodía en la calle principal empezaron los paseos en coche; en una palabra, todo era despreocupación y contento, lo mismo que el año anterior y, probablemente, que el venidero.

Al cabo de un mes, después del nombramiento del nuevo obispo sufragáneo, ya pocos se acordaban de monseñor Piotr; pronto lo olvidaron del todo. Solo la anciana madre del difunto, que ahora vive en casa de su yerno, el diácono, en una remota ciudad de provincias, cuando sale a buscar la vaca al atardecer y se encuentra en el prado con otras mujeres, se pone a hablar de sus hijos y de sus nietos, y cuenta con voz apocada, como temiendo que no la crean, que uno de sus hijos era obispo...

Y, en efecto, no todas la creen.

Este libro se acabó de imprimir en febrero de 2023
en los talleres de Liberdúplex, s.l.
Ctra. BV 2241, km 7,4
Polígono Torrentfondo
08791 Sant Llorenç d'Hortons
(Barcelona)